불순하게
탐하다

불순하게
탐하다

1판 1쇄 찍음 2021년 10월 13일
1판 1쇄 펴냄 2021년 10월 21일

지은이 | 하연우
펴낸이 | 정 필
펴낸곳 | (주)뿔미디어

기획·편집 | 심은지, 배지은, 권지영
표지·디자인 | 우 물

출판등록 | 2002년 9월 11일 (제1081-1-132호)
주소 | 경기도 부천시 소향로 17, 303(두성프라자)
전화 | 032)651-6513 **팩스** | 032)651-6094
E-mail | dahyangs@naver.com
블로그 | http://blog.naver.com/dahyangs
비북스 | http://b-books.co.kr

값 13,000원

ISBN 979-11-6713-692-3 03810

※파본은 구입하신 서점에서 교환하여 드립니다.

불순하게
탐하다

하연우 장편 소설

DAHYANG
ROMANCE
STORY

contents

1

한국은 변한 것이 하나도 없었다. 영하 10도를 웃도는 살인적인 날씨, 싸구려 코트 사이를 기어코 비집고 들어오는 찬 바람, 녹은 눈으로 질척이는 길바닥까지. 모든 것들이 그대로인 듯했다. 조금은 김이 샜다. 한국을 떠나 있던 시간들이 꼭 꿈같이 느껴져서.

"……고장 났나."

걸음을 멈춘 예진이 캐리어를 내려다보았다. 입국하기 위해 짐을 쌀 때부터 바퀴에선 듣기 싫은 소리가 났다. 그래도 이 정도면 오래 버틴 셈이다. 예진은 진창 위에 싸구려 캐리어를 세워 놓았다.

"근처에 택시 정류장이 있을 텐데……."

주위를 두리번거리던 예진이 움찔거렸다.

얼굴을 덮친 차가운 칼바람에서는, 익숙한 향수 냄새와 매캐한 담배 냄새가 났다.

"오랜만이네."

넌지시 들려온 목소리에 예진은 뒤를 돌아보았다. 그러자 낯익은 얼굴이 보였다. 1년 전, 저를 지옥으로 내몰고 한없이 고통스럽게 만들었던 장본인. 박해준이었다.

"그래서."

해준이 손에 들고 있던 담배를 아무렇게나 바닥에 집어 던졌다. 치익. 짤막한 담배꽁초가 눈밭 위를 구르며 단말마의 비명을 내뱉었다.

"재미있었어?"

고저 없이 담담한 목소리였다. 호수처럼 잔잔한 목소리였다. 하지만 그 말속에 숨어 있는 뜻은 제 여행에 대한 궁금증 따위가 아닐 것이다.

"그랬겠지. 갑자기 훌쩍 떠나서 사람 하나 병신 만들고, 아주 재밌었겠지."

"……."

"근데 또 지겨워졌나 봐. 이렇게 다시 돌아온 걸 보면."

"사람 병신 만든 건 그쪽이죠. 즐긴 것도 그쪽이고."

해준은 대답하지 않았다.

"어차피 아무 의미도 없잖아요? 불쌍하고 비참한 여자 하나 떨어져 나간 게 뭐 대수라고."

"잘 아네. 너 불쌍하고 비참한 거."

이번엔 예진이 대답하지 않았다.

"그래서 더 병신 된 기분이었어. 불쌍하고 비참한 여자가 감히 내 뒤통수를 쳐서."

"자기 자신을 너무 과대평가하는 거 아니에요?"

헛웃음이 튀어나왔다. 얼마나 자신만만한 소리란 밀인가. 꼭 예진의 모든 행동이 저를 염두에 두고 하기라도 했다는 것처럼. 그러나 박해준 하나 골탕 먹이기 위해 해외로 도망칠 만큼 예진은 멍청하지 않았다.

"뒤통수칠 가치도 없는 사람이야, 당신 나한테."

싸늘하기 짝이 없는 그 말에, 해준은 아무런 대답도 하지 않았다. 대신 매서운 눈으로 예진을 훑어 내리기 시작했다.

"여전해, 한예진."

보풀이 잔뜩 인 목도리를 타고 내려와 구멍이 난 청바지, 그리고 바퀴가 빠진 싸구려 캐리어까지.

"여전히 보잘것없고, 불쌍하고, 또 비참하고, 거기다 멍청하기까지 하지. 결국 변하는 건 아무것도 없는데, 그걸 혼자만 몰라. 바보 같기 짝이 없어."

해준의 말은 틀렸다. 예진은 1년 전의 예진이 아니었다. 모든 것은 변했다. 해준 혼자만 그것을 몰랐다.

"그래서 이제 어떡할래? 이렇게 들켰으니, 또 도망칠래?"

"저리 비켜요."

"뭐, 네가 어떻게 해도 난 상관없어."

입술을 짓씹은 예진이 매몰차게 뒤돌아섰다. 하지만 해준이 조금 더 빨랐다. 그녀의 어깨를 붙잡은 그가 차가운 낯으로 말했다.

"어디 한번 맘껏 해 봐. 또 말도 없이 도망치고, 사라지고 그렇게 네 맘대로 실컷 한 다음에, 두 눈으로 똑똑히 봐. 결국 네가 나를……."

"놔."

"……벗어날 수 있는지."

해준을 밀쳐 낸 예진이 뒤도 돌아보지 않고 걸음을 떼었다.

"멍청한 계집애."

바퀴가 빠진 싸구려 캐리어가 내뱉는 소음 위에 불쾌한 웃음소리가 겹쳐 들렸다. 예진은 그것을 애써 무시한 채로 빠르게 걸었다.

잰걸음이었다. 뛰고 싶었지만 그래서는 안 된다는 생각이 들었다. 도망치는 꼴처럼 보일 것 같아서.

넌 내게 아무것도 아니야. 넌 내게 그 정도로 영향을 끼칠 수 있는 사람이 아니야.

아니라고.

예진은 해준이 듣지도 못하는 말을 혼자 곱씹으며 걸었다.

어느덧 낯선 골목 앞이었다.

"앗……."

바퀴가 빠진 싸구려 캐리어가 진창을 뒹굴었다. 예진은 완벽하게 고물이 된 캐리어를 보며 피식거렸다.

더러운 진창을 구르는 캐리어가, 꼭 자신 같아서.

"그래, 여전히 난 구질구질하고, 보잘것없고, 비참하고……."

불쌍할지도 모르지.

캐리어를 노려보던 예진이 주먹을 꽉 쥐었다.

하지만 이번에는 다를 것이다.

그러니까, 어디 한번 해 봐. 또 예전처럼 나를 벼랑 끝으로 내몰고, 밀어 버리고. 그렇게 다시 비참하게 만들어 봐. 그런 다음 똑똑히 봐. 내가 그 멍청한 일들을 되풀이하는지, 안 하는지.

예진은 더러워진 캐리어를 집어 들었다. 그러고는 다시 걸음을 옮기기 시작했다.

○ ◎ ●

예진은 불쌍한 여자였다.

지난 평생을 늘 그래 왔지만 그날은 특히 더 불쌍했다. 하지만 그것은 그녀가 만져 본 적도 없는 거액의 돈을 갚고 있어서도 아니었고 하루에 아르바이트를 세 탕이나 뛰고 있어서도 아니었다. 그런 것들엔 이미 지겨울 정도로 익숙했다.

온몸이 펄펄 끓었다. 힘없이 저진 몸이 꼭 물먹은 솜뭉이 같았다. 문득 눈에 들어온 것은 신호등 너머에 있는 종합 병원이었다.

'주말이라…… 응급실로 가야 할 텐데…….'

하지만 한 달에 300만 원도 넘는 대출금을 갚는 예진에겐 응급실에 갈 돈 따위는 없었다.

'집에 가서 좀 쉬면 괜찮아질 거야.'

그날따라 더 불쌍했던 예진은 횡단보도 앞에서 신호가 바뀌기만을 기다렸다. 1초가 1년 같았다. 그 정도로 아팠다. 너무나 아파서 시야까지 희뿌옇게 번져 가고 있었다. 아니, 어쩌면 의식이 흐려져 가고 있는 것인지도 몰랐다. 정신을 차리기 위해 안간힘을 썼지만 딱히 소용은 없었다. 신호가 초록불로 바뀌기도 전에 예진의 몸은 차가운 시멘트 바닥으로 곤두박질쳤다.

끼이익—!

급정거하는 차바퀴의 마찰 소리가 온 거리를 울렸다.

"……이건 또 뭐야."

차에서 내린 남자가 인상을 썼다. 제가 조금만 더 차를 늦게 세웠더라면, 여자의 몸은 넝마처럼 찢겼을 것이었다. 그런 불상사까지는 일어나지 않았으나, 여자는 이미 의식이 없었다.

"빌어먹을."

잠시 고민하던 남자는 여자의 몸을 안아 들었다. 삐쩍 마른 가는 손목이 아래로 축 늘어지며 춤추듯 허공에서 휘청거렸다.

○ ◎ ●

눈을 뜨자마자 제일 먼저 보인 것은 머리맡 행거에 매달린 수액 팩이었다.

기어코 실려 온 모양이지. 예진이 헛웃음을 지었다. 이럴 줄 알았다면 그냥 제 발로 병원에 갈 걸 그랬다. 하지만 그런 후회를 하기에는 이미 늦어 버린지라, 예진은 아까보다 컨디션이 훨씬 나아진 걸 위안 삼기로 했다. 좋아졌으니 좋아진 만큼 더 뛰면 된다. 두 배로, 세 배로. 그리고 주위를 둘러보던 예진의 얼굴이 파사삭 굳어 버린 것은, 바로 그다음의 일이었다.

1인실. 제가 지금 누워 있는 병실은, 그 비싸디비싼 1인실이었다. 당혹감에 머리가 멍했다. 예진은 제 아픔에 이 정도 사치를 누릴 생각이 전혀 없었다.

"일어났네."

갑작스러운 목소리에 예진이 고개를 돌렸다.

"몸살감기라고 하던데, 의사가."

창가 앞에 서 있던 남자가 천천히 다가왔다. 말끔히 올린 머리, 한 치의 흐트러짐도 없는 슈트, 비싸 보이는 시계. 첫눈에 알 수 있었다. 이 풍족해 보이는 남자가, 아무 생각도 없이 사치스러운 1인실에 저를 데려왔다는 것을.

"내가 차 조금이라도 늦게 세웠으면 당신 죽었어."

뭐라고 묻기도 전에 남자가 선수를 쳤다. 그러고 보니 의식을 잃기 직전에 들은 것도 같았다. 귓전을 찢을 듯한 날카로운 클랙슨 소리를.

"죄송합니다. 놀라셨을 텐데……."

"뭐, 조금."

"……."

"돈은 내가 냈고, 나중에 이상 있으면 이쪽으로 전화해요. 괜히 찝찝하기 싫으니까."

남자가 명함을 건네며 말했다.

"그럼."

짤막한 인사를 던진 남자가 병실 밖으로 걸음을 옮겼다. 홀로 남은 예진은 닫힌 문을 물끄러미 쳐다보았다.

'도대체 뭘 하는 사람이기에…….'

빨간불임에도 불구하고 도로를 침범하며 쓰러진 것은 예진이었다. 그 사실을 그녀도 잘 알고 있었다. 그러니 저 남자는 제게 이런 과한 친절을 베풀 의무가 없었다.

문득 시선이 손에 들린 명함으로 향했다. 손바닥 반만 한 크기의 명함은 그기 어째서 이렇게 과도하고 값비싼 친절을 베풀 수 있었는지를 아주 간결하면서도 명확하게 설명해 주고 있었다.

"SL 대표이사…… 박해준."

예진도 잘 알고 있는 기업이었다. 국내에서 세 손가락 안에 드는, 엄청난 대기업.

예진은 명함을 침대 옆 협탁 위에 올려놓았다. 민망한 기분이 들었다. 가져서는 안 될 것을 가진 듯했다.

"……명청하긴. 고작 명함일 뿐인데."

저도 모르게 헛웃음이 튀어나왔다. 예진은 고요히 웃고는 벽에 걸린 시계를 바라보았다. 저녁 아르바이트에 가야 할 시간이었다. 아직 조금 어지럽기는 했지만 어쩔 수 없었다. 1분만 늦어도 한 시간어치의 시급을 깎아 버리는 편의점 점주나, 하루라도 입금이 늦어지면 독촉을 하러 오는 사채업자들은 박해준처럼 친절하지 않으니까.

자리에서 일어난 예진은 손에 꽂혀 있는 주삿바늘을 망설임 없이 빼내고는 티슈를 한 장 뽑아 성의 없이 지혈을 했다. 해진 점퍼를 입고 보풀이 잔뜩 인 낡은 목도리를 목에 두르고, 침대 밑에 정갈하게 놓여 있던 낡은 가방을 집어 들었다. 그러곤 곧장 병실을 벗어나려다 멈칫하고 섰다. 시선이 향한 곳은 협탁 위, 해준의 명함이었다.

'그래도 혹시 모르니까, 이상 있으면 연락해요.'

무슨 이상이고 무슨 연락이란 말인가.

"……쓸데없이 친절하시네."

가진 게 많기 때문일까. 쓸데없이 친절할 수 있는 건.

예진은 그의 명함을 다시 집어 들지 않았다. 그녀는 아르바이트에 늦지 않기 위해 잰걸음으로 병실을 벗어나기 시작했다.

○ ◎ ●

호텔 서빙 아르바이트는 다른 일당 아르바이트에 비해 일당이 꽤나 쏠쏠한 편이었다.

끊임없이 나오는 요리를 옮기고 접시를 수거하느라 정신없이 움직여야 했지만 예진은 틈이 날 때마다 이 아르바이트를 했다. 일을 한 다음 날 바로 일당을 입금해 주었기 때문에 급한 불을 끄기에도 딱 알맞았다.

예진은 제 일당보다 비싼 고급 요리들을 열심히 날랐다. 오늘 처음 아르바이트를 해 보는 어린 친구들은 먹음직스러운 음식들을 보며 군침을 삼키기도 했지만 예진은 그렇지 않았다. 끊임없이 서빙을 하느라 정신이 없기 때문은 아니었다. 이런 값비싼 요리에는 감히 식욕조차 생기지 않았다. 시장에서 파는 몇천 원짜리 싸구려 통닭 한 마리도 한 달에 한 번 먹을까 말까 한 예진은 제 주제를 잘 파악하고 있었다.

"오늘은 좀 괜찮아 보이는데."

접시를 내려놓던 예진의 얼굴 위로 의아한 빛이 스쳐 지나갔다. 호텔 아르바이트를 하면서, 음식을 서빙하면서 단 한 번도 이런 말은 들어 본 적이 없었다. 요리를 보고 말한 걸까. 혹시 자신에게 질문을 한 건 아니겠지. 예진은 평생 먹어 본 적 없는 이런 비싼 스테이크에 대해서는 하나도 알지 못했다.

"그쪽 몸."

알 수 없는 말에 예진은 고개를 들었다. 낯익은 얼굴이 보였다. 제게 과도한 친절을 베풀었던 사람. 갖고 있기도 황송한 명함을 주고 갔던 남자. 박해준이었다.

그는 여전히 저와는 다른 세계의 사람 같아 보였다. 비쌀 것이 분명한 맞춤 슈트, 다이아 따위가 촘촘히 박혀 있는 시계.

"······아, 네."

"다행이네."

"지난번에는 감사했어요."

"그래요."

짤막한 대답에 예진은 다시 한번 고개를 숙이며 감사함을 표했다. 그러고는 하던 일을 마저 하기 위해 걸음을 떼었다. 저를 쳐다보는 시선이 느껴지기는 했지만 크게 신경 쓰지 않았다. 아니, 신경 쓸 겨를이 없었다. 어쨌거나 그녀는 무거운 접시를 날라야 했고, 퇴근까지는 아직 한참이나 많은 시간이 남아 있으니까.

"오늘 와 주신 분들께 정말 감사드립니다. 곧 세미나가 시작될 예정이니······."

음식을 나르는 것을 마친 예진은 단상 위에 서 있는 남자를 바라보았다. 아는 이였다. 일방적인 앎이었다. 남자는 의대 교수였다. 오늘 이 호텔에서는 의학 관련 세미나가 열릴 예정이었다. 꽤 유명한 사람이었다. 언론에도 자주 얼굴을 비치고, 의사로서 솜씨도 좋고 열정도 대단해 평범한 사람들도 그의 이름을 알았다. 의대를 가고 싶어 했던, 그리고 갈 성적도 되었던, 하지만 결국 진학하지 못했던 예진 역시 그를 존경했다.

"이제 접시 수거하고 디저트 내가래요."

교수의 말을 멍하니 듣고 있던 예진이 그제야 정신을 차렸다. 예진의 어깨를 툭툭 친 아르바이트생은 빠르게 나오고 있는 디저트들을 가리켰다.

"저쪽 라인으로 같이 가요. 제가 디저트 내갈 테니까, 언니는 접시 좀 수거해 주세요."

그래. 예진이 짤막하게 대답했다. 그러고는 접시를 수거해야 할 구역을 살펴보았다. 해준이 있는 곳이었다. 그는 지루함을 적나라하게 드러내며 팔짱을 끼고 앉아 있었다. 오만해 보였고, 거만해 보였다. 하지만 해준은 그런 오만함과 거만함을 누려도 되는 사람이었다. 음식물로 더럽혀진 접시 따위를 수거해야 하는 저와는 달리.

"어, 그런데 저 남자 되게 유명한 사람 아니에요?"

예진의 시선이 닿은 곳을 바라보던 아르바이트생이 그녀에게 작은 목소리로 속닥거렸다.

"SL 박해준 이사. 맞는 것 같은데. 그렇죠?"

예진은 아무런 대답도 하지 않았다. 하지만 아르바이트생은 계속해서 말을 이었다.

"거기 요새 되게 시끄럽다고 하던데. 뉴스에서 봤거든요. 후계자를 누구로 삼니, 마니 한다고."

예진은 전혀 궁금하지 않은 이야기들이었다.

"다들 박해준 이사가 지목될 줄 알았는데, 그게 아니라서 말들이 많다더라고요. 회장이 사생아인 이복동생한테 더 애정이 많나?"

웃기는 일이죠. 아르바이트생의 말을 들으면서, 예진은 정말 우스운 건 그런 것에 하나하나 관심을 갖는 사람들이라고 생각했다. 박해준은 후계자가 되든, 되지 못하든 어쨌든 평생을 누리고 살 사람이었다. 저희들과는 전혀 다르게.

"디저트 다 나왔네요. 얼른 가요."

"아…… 네."

예진의 무덤덤한 반응이 재미없었는지, 아르바이트생은 입술을 살짝 삐죽거리고는 뒤로 돌아섰다. 예진은 해준이 앉아 있는 테이블로 천천히 걸음을 떼었다.

"접시 치워 드리겠습니다."

돌아오는 대답은 없었다. 해준은 여전히 지루한 얼굴로 단상 위를 바라볼 뿐이었다. 예진은 조심스럽게 접시를 들어 올리기 시작했다. 두 개만 들어도 묵직한 접시를 네 개나 들었다. 손목이 시큰거렸지만 이렇게 한꺼번에 수거해 가는 편이 일을 빨리 마무리할 수 있어 차라리 더 나았다.

그리고 주방으로 가려던 순간이었다.

눈앞이 흐렸다.

제가 빈혈이 있다는 것은 알았다. 그렇지만 이런 식으로 쓰러진 적은 없었는데.

손끝에서 미끄러지는 접시의 감촉을 느끼며, 예진은 눈을 질끈 감았다.

그러나 들려오는 소리는 아무것도 없었다. 접시가 박살 나는 날카로운 소음도, 주변 사람들의 비명 소리도 들리지 않았다. 예진이 눈을 게슴츠레하게 떴다.

"아 괜찮았나 보네."

떨어지는 접시를 받아 낸 해준이 고개를 끄떡거리며 말했다. 하지만 그의 말은 제대로 들려오지 않았다. 예진의 시선은 음식물 찌꺼기로 더럽혀진 슈트에만 고정돼 있었다.

"죄송합니다. 물수건, 물수건 갖다드릴게요."

예진이 다급하게 사과를 하고는 걸음을 옮겼다. 하지만 예진은 해준에게 물수건을 가져다줄 수 없었다.

바람이 찼다.

예진은 새하얗게 질린 얼굴로 멍하니 거리를 걸었다. 살짝 벌어진 입 속에서 제 얼굴처럼 하얀 입김이 흘러나왔다. 입김을 가장한 한숨이었다.

이제 겨우 8시였다. 원래대로라면 10시가 넘어서 퇴근해야 했다. 그러나 잘린 마당에, 그따위 퇴근 시간은 아무런 소용이 없었다. 예진은 보풀이 잔뜩 일어난 목도리에 얼굴을 묻었다. 그러고는 통장에 남아 있는 잔액과, 오늘 받은 평소 일급의 절반도 되지 않는 푼돈을 더해 보았다. 이번 달 갚아야 하는 돈에 한참은 부족했다. 난감했다. 손님에게 사고를 쳤으니, 앞으로는 이 호텔에서 아르바이트를 하기는 어려울 것이다. 새 아르바이트를 알아봐야 할 것 같았다. 착잡한 예진의 얼굴 위에 어두운 그림자가 졌다.

고개를 드니 담배를 물고 있는 해준이 보였다.

"……아, 아까는 죄송했습니다."

정신이 번뜩 든 예진이 허리를 굽혀 사과하고는 그의 눈치를 살폈다. 예진이야 어떻든, 해준은 신경 쓰지 않는다는 듯 어깨를 살짝 으쓱거렸다.

"뭐, 덕분에 핑계 대고 빨리 빠져나온 거라서."

다행이었다. 세탁비 따위를 요구하지 않아서. 물론 박해준은 세탁비를 운운할 만큼 돈이 없는 사람이 아니기는 했다.

해준이 예진을 훑듯이 쳐다보았다. 그 시선이 어딘가 모르게 불편했다. 어쩌면 괜히 혼자 주눅이 들어서 그런 걸지도 모른다. 예진은 보풀이 인 목도리만 만지작거렸다.

"그런데 벌써 집에 가나?"

"네."

"왜?"

"잘려서요."

"……학생?"

"아니요."

"그럼?"

"그냥 아르바이트해요."

"잘렸다면서?"

"괜찮아요. 다른 아르바이트도 하고 있으니까."

"무슨 아르바이트?"

"카페랑 편의점이랑 신문 배달, 뭐 그런 거요."

"그중 뭘 하는데?"

"다요."

해준이 눈썹을 살짝 찌푸렸다.

"가난해?"

다른 사람에게서 들었다면 퍽 기분이 나쁠 말이었다. 하지만 괜찮았다. SL 그룹의 차기 회장인 박해준, 그에게는 세상 사람들 절반이 가난해 보인다고 해도 전혀 이상한 일이 아니었으니까. 물론 예진은 평범한 사람들보다 더 가난하기는 했지만 어차피 그의 눈에는 다 똑같아 보일 것이다.

그래서 예진은 고개를 끄덕이며 대답했다.

"네."

"내 탓인가? 안 그래도 불쌍한데, 더 불쌍해진 거."

"아니에요."

따지고 보면 해준의 탓은 아니었다. 어쨌거나 그에게 더러운 음식물을 쏟은 것은 저였으니까.

"잠깐만."

예진을 빤히 쳐다보던 해준이 재킷 안주머니에서 지갑을 꺼내 들었다. 그러고는 수표 몇 장을 빼내어 건넸다.

"이걸 왜 저한테……."

"싫어하거든, 찝찝한 거."

흐리멍덩한 눈동자 위에 또렷하게 인쇄된 숫자들이 비쳤다. 건네는 사람에게야 푼돈일지 몰라도 예진의 입장에서는 큰돈이었다. 아르바이트를 몇 개씩 뛰어야 겨우 모을 수 있는 돈.

하지만 예진은 고개를 저었다.

"됐어요."

"왜? 너 불쌍하잖아."

"저도 싫어해서요. 찝찝한 거."

돈이 없어 가난하고 불쌍한 건 맞았지만, 그렇다고 해서 적선까지 받고 싶지는 않았다.

"재밌네."

해준이 피식거렸다. 왠지 조소에 가까운 웃음이었다. 예진이 되물었다.

"뭐가요?"

"꼴에 자존심 부리는 거."

"돈 없다고 자존심까지 없어야 하는 건 아니잖아요."

"원래 돈 없는 거, 그래서 불쌍한 거, 또 그래서 자존심 없는 건 한 세트 아닌가?"

깔봐서 그러는 것인지, 아니면 진심으로 궁금한 것인지 알 수가 없었다. 어쩌면 둘 모두일 수도 있었다. 돈이 없는 것도, 그래서 불쌍한 것도 맞았지만 그렇다고 해서 이런 취급을 받을 이유는 없었다.

"돈 없고, 불쌍한 사람은 자존심도 챙기면 안 되나요?"

"보통은."

예진의 미간이 살짝 일그러졌다.

하긴, 눈앞의 오만한 남자는 이런 말을 거리낌 없이 할 수 있는 위치에 있었다.

하지만 아무리 가진 것이 많다고 하더라도, 제게 이런 말을 할 자격은 없었다.

"원래 다 그렇잖아? 그쪽도 마찬가지일 테고."

"……하지만 돈이 많음에도 불구하고 불쌍해지는 경우도 있는 법이에요."

예진이 짓씹듯 말했다.

"돈이 만사를 다 해결해 주는 건 아니잖아요?"

제가 들어도 궤변이기 짝이 없는 말이었다. 예진도 알고 있었다. 돈이 만사를 다 해결해 주는 게 맞는다는 걸.

그러나 짜증이 났다.

"아니, 어쩌면 지금도 충분히 불쌍하실지도 모르죠. 돈이야 많으시겠지만, 말 그대로 가진 건 돈뿐이신 걸지도."

그런데 박해준의 반응이 조금 이상했다.

"……."

저를 노려보는 검은 눈동자가 매섭기 짝이 없었다. 무슨 말에 기분이 나빠졌는지 구분을 할 수가 없었다. 그래도 한 가지만은 확실히 알았다. 이 자리를 뜨는 게 여러모로 좋다는 것.

"……어쨌든 정말 죄송했습니다. 그럼 먼저 가 볼게요."

일방적으로 대화를 끝내 버린 예진은 그와 정반대 방향으로 걸어가기 시작했다. 아직도 시선이 느껴지는 것 같았지만 신경 쓰고 싶지는 않았다. 어차피 다시 볼 사람도 아니었다. 저런 부유층과는 엮일 일조차 없다. 그래서 예진은 해준을 무시하기로 했다. 그가 돈도 없고, 불쌍한 주제에 자존심을 챙기는 저를 비웃든, 말든.

○ ◎ ●

겨울비가 차가웠다.

호프집에서 나온 예진의 얼굴은 어두웠다. 평소 같았더라면 모든 아르바이트가 끝났으니 지친 기색이더라도 집으로 돌아가는 걸음만큼은 가벼웠을 것이었다.

하지만 오늘은 그러지 못했다.

'예진아, 엄마가 미안하다.'

터덜거리며 걷던 예진은 호프집 앞에 찾아왔던 엄마를 떠올렸다. 맨발에 꿰신은 해진 슬리퍼, 무릎이 늘어난 낡은 면바지, 군데군데 찢어져 솜이 삐져나오는 점퍼, 목이 잔뜩 늘어난 싸구려 티셔츠……

'서랍 안에 잘 숨겨 뒀는데, 네 아빠가 뒤지다 발견했나 봐……'

……그리고 퍼렇게 멍이 들어 있는 얼굴.

'엄마가 정말, 정말 안 뺏기려고 했는데……'

보고 싶었다, 엄마가. 기어코 그 집에 남은 엄마. 지난한 일들이 벌어졌음에도 불구하고 아직도 집을 지키고 있는 엄마가.

엄마는 예진의 두 눈을 쳐다보지 못했다. 죄를 지은 사람처럼 고개를 푹 숙인 채로 의미 없는 사과만 되풀이할 뿐이었다.

'엄마가 정말 미안하다, 예진아……'

제 잘못이었다. 밥 한 끼 제대로 먹지 못하는 엄마가 가여워서 카드를 준, 제 잘못.

'괜찮아.'

그래서 예진은 괜찮다고 했다.

'엄마, 이거…… 뭐라도 먹고 들어가.'

만 원. 엄마에게 쥐여 준 만 원은 700원짜리 삼각김밥을 열 개도 넘게 살 수 있는 돈이었다. 그리고 하루에 삼각김밥 두 개를 먹으며 버티는 예진의 일주일 치 식비이기도 했다.

꼬깃꼬깃하게 접힌 만 원을, 엄마는 조심스럽게 점퍼 안주머니에 넣었다. 귀한 보석을 품기라도 하는 것처럼.

'미안하다. 미안하다, 예진아.'

수백 번을 한들 아무것도 해결되지 않을 사과를 엄마는 몇 번이고 했다. 예진은 호프집 앞에 우두커니 서서 점점 작아지는 엄마의 뒷모습을 바라보았다. 찢어진 점퍼 사이를 비집고 나온, 한 뼘도 넘는, 솜덩이가 바람에 팔락거리는 걸 보면서 예진은 그것이 꼭 천사의 날개 같다고 생각했다.

결국 아무도 구원해 내지 못할 멍청한 천사.

결국 아무것도 해결해 내지 못할 멍청한 천사.

아직도 아버지를 사랑하고 있는 멍청한 천사.

같이 도망치자는 예진을 버리고, 기어코 아버지의 곁에 남은 멍청하기 짝이 없는 천사.

멍한 얼굴을 한 예진은 두 눈을 천천히 깜빡였다. 그리고 제가 갚아야 할, 새로 추가된 빚을 떠올렸다.

……300만 원.

신용등급이 높지 않은 것이 다행이라면 다행이었다. 등급이 높았더라면 그 이율 높은, 그 빌어먹을 카드론의 대출 한도는 더 컸을 테니까.

하지만 그 300만 원은 보증금 100만 원에 월세 20만 원짜리 집에 살고 있는, 당장 몇천 원이 아쉬워 한 시간 거리를 걸어 다니는, 지금도 달마다 대출금만 몇백만 원을 내고 있는 예진에게는 너무나 큰돈이었다. 게다가 예진에게는 비빌 언덕조차 없었다. 비빌 언덕이라니. 무엇을 얘기하는 것이란 말인가. 그 비빌 언덕이 모든 일을 초래했는데.

황망한 얼굴로 걸음을 옮기던 예진의 뺨 위로 차가운 빗방울이 떨어졌다. 한두 방울씩 떨어지던 빗방울은 이내 장대비가 되어 퍼붓기 시작했다. 예진에게는 우산이 없었다. 우산을 살 돈도 없었다. 그래서 예진은 그저 비를 맞으며 걸었다.

끼이익—

승용차 한 대가 빗물이 고인 웅덩이를 기세게 밟으며 지나갔다. 흙탕물을 뒤집어쓴 예진은 자리에 멈추어 섰다. 그러고는 얼굴에 튄 물을 닦아 냈다.

"……."

고개를 든 예진의 눈에 번쩍이며 빛나는 입간판이 들어왔다. 예진은 그제야 제가 서 있는 곳이 주점 앞이라는 사실을 깨달았다.

단란 주점, 아가씨 항시 대기.

초점 없는, 흐릿한 예진의 눈에 휘황찬란한 불빛이 비쳤다.

"몸이라도 팔려고?"

그리고 익숙한 목소리가 들렸다.

그녀의 앞에 서 있는 것은 해준이었다. 한 손에는 담배를, 다른 한 손에는 우산을 든 채. 그는 늘 그랬듯이 오만한 표정을 짓고 있었다.

이 동네는, 그리고 이 동네에서 그나마 가장 상권이 발달된 이 번화가는 해준과는 전혀 어울리지 않는 곳이었다. 싸구려 단란 주점에 싸구려 방석집, 그리고 모텔이 즐비한 공간에 서 있는 그는 무척이나 이질적이었다. 왜 이곳에 있는 걸까. 의아함이 스쳐 지나갔지만 예진은 그의 물음에 대한 답을 먼저 내놓았다.

"⋯⋯그런 거 아니에요."

"왜?"

"네?"

"왜 안 파는데?"

해준의 시선이 적나라하게 예진을 훑었다. 이 동네와 어울리는 싸구려 점퍼에 싸구려 면 티셔츠, 이리저리 실밥이 터져 있는 싸구려 청바지.

"너 가난하잖아."

"⋯⋯."

"그래서 불쌍하잖아. 그런데, 왜?"

이 남자는 왜 마주칠 때마다 저런 말을 퍼붓는 걸까. 그렇지 않아도 밑바닥인 기분을 진창에 처박아야만 속이 풀리는 사람처럼.

"맞아요, 저 불쌍해요. 불쌍한데⋯⋯ 그렇다고 해서 비참하지는 않아요."

해준의 눈썹이 살짝 찌푸려졌다.

"무슨 차인데? 불쌍하면 비참한 거고, 비참하면 불쌍한 거지."

"불쌍한 건 견뎌 낼 수 있지만 비참해지면 살 수 없어요. 그럴 바엔 죽어 버릴 거예요."

해준이 피식거렸다.

"그게 비참해? 돈 때문에 남자랑 자는 게."

"반말하지 마세요. 저 잘 모르시잖아요."

"알아. 너 같은 애들, 잘 알아."

"자선사업이라도 하시나 보네요."

"불쌍하고, 비참하고, 볼 것도 없는데 그걸 무기로 삼아 덤벼드는 애들. 불쌍한 척 울면서. 아주 맹랑하게."

기분이 나빴다. 예진은 단 한 번도 제 불쌍함을 무기로 삼아 본 적이 없었다. 그게 무슨 무기가 된다고. 무기가 될 만큼 가치가 있었다면 이렇게 살지도 않았을 것이다.

"그러다 아주 한껏…… 뜯어 가는 애들."

예진이 무어라 대답하려던 순간이었다. 낯선 남자의 목소리가 들려왔다.

"이사님."

비서인 듯한 남자가 다급하게 달려와 예진과 해준의 앞에 섰다.

"저, 드릴 말씀이…….."

"그냥 말하세요. 상관없으니까."

잠시 망설이던 비서가 결국 입술을 떼었다.

"어제 이사 갔답니다. 박도준도, 김미향도."

"보도는."

"막을 수 없을 것 같습니다. 이미 기자들 사이에 얘기가 쫙 퍼져 버려서……."

비서가 말끝을 흐리자 해준이 '그래요.' 하고 짤막하게 대답했다.

"일단 댁으로 모시겠습니다."

"아니, 됐어요."

"예?"

"됐다고. 이만 들어가 보세요."

"……예, 알겠습니다."

비서가 결국 고개를 한 번 끄덕여 보이고는 자리를 벗어났다. 싸구려 전광판이 번쩍거리는, 비가 쏟아지고 있는 거리 위에는 그렇게 해준과 예진만이 남았다.

쏴아. 장대비 소리가 시끄럽게 귓전을 울렸다. 그것이 들리는 소리의 전부였다. 해준도, 그리고 예진도 아무런 말을 꺼내지 않았다.

잠시 해준을 물끄러미 바라보던 예진은 집으로 돌아가려 걸음을 뗐다.

"정말 그렇게 생각해?"

비웃음이 한껏 묻은 목소리였다. 예진은 다시 자리에 멈추어 섰다. 그러고는 해준을 돌아보았다.

"없는 티 내 가면서, 불쌍한 척하며 빌붙어서. 그렇게 하룻밤 보내고 팔자 고칠 수도 있는데."

"……."

"그것도 정말, 비참한 거라고 생각해? 아주 대단한 자존심이구나. 결국 다 똑같잖아, 너 같은 여자들은."

"그쪽이 상관할 일 아니잖아요?"

예진이 싸늘한 얼굴로 대꾸했다.

"잘 물어서, 잘 들러붙어 봐. 혹시 알아? 애라도 떡 배서 몰래 낳아 협박하면 돈이라도 뜯어낼 수 있을지."

"많이 뜯겨 보셨나 봐요."

그래. 돈 많은 놈이니 개같이 놀리고 다녔겠지, 하반신.

"적게 뜯기지는 않았지."

해준이 피식거리며 대답했다.

"제가 누구한테 얘기하고 다니면 어쩌려고 그런 말을 하세요?"

"해도 상관없어."

아, 그래요. 예진이 짧게 대꾸했다.

"어차피 내일이면 세상 사람들이 다 알게 될 테니까."

……미친 새끼. 돈이 많으면 세상 사람이 다 우스워 보이는 걸까. 그 개같은 돈이 얼마나 대단한 것이기에, 이렇게 자꾸만 저를 불쌍하고 또 불쌍하게 만드는 걸까. 제대로 알지도 못하는 남자에게 이런 말을 듣게 만드는 걸까. 울분이

터질 것만 같았다. 하지만 해준은 예진의 그런 기분 따위는 전혀 신경 쓰지 않는다는 듯 말했다.

"내기할래?"

예진의 눈가가 가늘어졌다.

"나랑 자고 난 다음에도 네가 끝까지 긍지를 지키면서 불쌍하기만 할지, 아니면 넉넉하고 풍요로워지는 대신 비참해지기까지 할지."

예진의 얼굴이 일그러졌다.

"난 후자에 걸게. 넌 전자겠지."

"돈 없고 불쌍한 애들 깔아뭉개는 게 취미신가 봐요."

"글쎄."

"저한테 이러시는 이유가 뭐예요?"

"볼 때마다 매번 뻗대는 게 우스워서."

"……뭐라고요?"

"아무것도 아닌 계집애가, 가진 것 하나 없는 주제에 자존심 차리는 게 거슬려서. 그런 데다 하필이면 오늘, 이 장소에서 그 꼴로 나랑 마주친 게 짜증 나서."

황당했다. 마주치고 싶어서 마주친 것이 아니었다. 그리고 아무것도 없으면 자존심도 차릴 수 없는 걸까.

"어차피 똑같은 것들인데, 혼자서 그렇게 고고한 척 우아 떠는 게 같잖아서."

"……."

"나한테 감히, 불쌍하다는 말을 지껄여서."

예진은 어렴풋이 짐작했다. 박해준은 지금 괜한 화풀이를 하고 있다는 사실을. 그러니 그냥 무시하고 가 버리면 될 일이었다. 보통날이었다면 그랬을 것이었다. 하지만 오늘은 아니었다.

짓씹던 입술 사이로 가라앉은 목소리가 흘러나왔다.

"……제가 이기면 뭘 어떻게 할 건데요?"

"사과하지."

어이가 없을 정도로 단순한 대답이었다.

"어쨌든 네가 손해 볼 건 하나도 없을 텐데."

오늘은 보통날이 아니었다. 평범한 날도 아니었다. 다시 한번 벼랑에 몰린 날이었다.

나는 비참하지 않아. 나는 비참하지 않다고. 단 한 번도 난, 그따위 생각 한 적 없어. 단 한 번도 난, 떳떳하지 못한 일 따위는 한 적 없어. 넉넉하진 않아도 힘껏 살았어. 불쌍해도 당당하게 살면서 버텼어. 자존심 지키면서, 그렇게 살았어. 근데 네가 뭔데 나를 비참한 여자라고 생각해. 너 따위가 뭔데. 돈이 뭔데. 그 엿같은, 돈이 다 뭔데. 나를 이렇게. 나를 이렇게…….

꽉 다물렸던 예진의 입술이 벌어지며 갈라진 목소리가 흘러나왔다.

"내가 이기면 당신, 나한테, 똑바로 사과해."

해준이 비웃듯 피식거렸다.

○ ◎ ●

빗물에 젖은 티셔츠가 허물처럼 벗겨졌다.

하얀 피부 위에 소름이 오소소 돋았다. 추웠다. 세차게 쏟아지는 비를 그대로 다 맞고 있었으니 당연한 일이었다. 그러나 추위를 만끽할 틈조차 없었다. 커다란 손이 비늘처럼 몸에 달라붙은 청바지를 끌어당겼다. 해지고 낡은 옷들이 허물처럼 벗겨지며 바닥에 떨어졌다.

예진은 표정 없는 얼굴로 해준을 바라보았다. 틀림없이 비쌀, 저로선 짐작도 할 수 없을 정도로 비쌀 슈트 재킷이, 와이셔츠가, 바지가 예진의 싸구려 옷 위로 떨어졌다. 예진은 진심으로 우습다고 생각했다.

하나로 포개어진 값비싼 옷과 싸구려 옷이.

제 위에 몸을 포개는 값비싼 남자와 싸구려 자신이.

싸구려 모텔의 싸구려 침대 위에서 싸구려 예진을 안는 이 남자가.

우스웠다.

"……."

예진이 작게 움찔했다. 여린 피부에 와 닿은 손길 때문이었다. 소름이 돋았다. 빗물에 젖은 몸이 차갑게 식었기 때문인지, 아니면 다른 이유에선지 알 수가 없었다.

커다란 손이 천천히 밑으로, 밑으로 내려왔다.

"울진 마."

촉촉하게 젖은 예진의 눈시울을 내려다보며 해준이 말했다.

"……달래 줄 생각 없으니까."

예진은 침대 시트를 그러쥐었다.

○ ◎ ●

눈을 떴을 때, 박해준은 보이지 않았다.

싸구려 모텔이 불쾌했기 때문인지, 아니면 싸구려 한예진과 함께 있는 것이 불쾌했기 때문인지는 알 수 없었다.

어쨌거나 상관없었다.

이불을 덮은 채로 앉아 있던 예진이 낡은 리모컨을 집었다. 버튼이 몇 개 빠져 있기는 했지만 다행히 전원 버튼은 멀쩡했다.

버릇이었다. 잠에서 깨자마자 텔레비전을 트는 것은.

텅 빈, 적막만이 내려앉은 무덤 같은 집에서 버틸 수 있는 방법 중 하나였으므로.

예진은 전원 버튼을 꾹 눌렀다. 그러자 알몸으로 침대 위에 겹쳐진 남녀가 화면을 가득 채웠다. 싸구려 모텔과 잘 어울리는 싸구려 영상이었다.

음악 프로, 다큐멘터리, 드라마…… 휙휙 바뀌던 화면이 순간 멈췄다. 시사 프로 채널이었다.

─SL 회장 박동호 씨에 대한 루머가 사실로 밝혀졌는데요.

'보도는.'

'막을 수 없을 것 같습니다. 이미 기자들 사이에 얘기가 쫙 퍼져 버려서…….'

부단히 말을 주고받는 패널들을 쳐다보면서, 예진은 해준의 얼굴을 떠올렸다.

— 박해준 이사가 꽤 곤란한 상황에 빠졌겠어요.

'제가 누구한테 얘기하고 다니면 어쩌려고 그런 말을 하세요?'

— 그렇죠. 생각지도 않은 경영권 싸움이 벌어지게 된 셈이거든요, 이게.

'해도 상관없어. 어차피 내일이면 세상 사람들이 다 알게 될 테니까.'

— 박해준 이사의 입장은 어떤가요?

— 물론 박도준 씨를 후계자로 받아들일 수 없다는 입장입니다.

— 이유는?

— 박도준 씨가 박동호 씨의 아들, 그러니까 혼외자식인 사실은 인정하지만 박동호 회장의 건강이 좋지 않은 지금 모습을 드러낸 이유를 이해할 수 없고.

— 그건 그렇네요.

— 집안사는 차치하고 보더라도 경영 교육을 제대로 이수하지 않은 사람에게는 그 어떤 직책도 맡길 수 없다.

— 김미향 씨에 대해서도 말이 많던데요.

'너 같은 애들, 잘 알아. 불쌍하고, 비참하고, 볼 것도 없는데, 그걸 무기로 삼아 덤벼드는 애들.'

— 사실, 술집 출신이거든요. 그래서 말이 좀 많았습니다. 꽃뱀한테 물린 게 아니냐, 뭐 그런 거 있잖아요.

'그러다 아주 한껏, 뜯어 가는 애들.'

— 그것도 SL 측에서 먼저 말을 퍼트렸다는 의혹이 있던데.

— 네, 뭐 어쨌든 사실이기는 하니까요. 그런데 박도준 씨가 또 기사를 냈어요. 친자 확인서하고 엄청나게 큰 액수의 입금 내역들. 그동안 생활비로 받아 온 돈이라고 주장하면서요. 만약 친자가 아니라면 이런 걸 보내왔을 리 없지 않겠냐는 논조로.

'잘 물어서, 잘 들러붙어 봐. 혹시 알아? 얘라도 떡 배서 몰래 낳아 협박하면 돈이

29

라도 뜯어낼 수 있을지.'

'……많이 뜯겨 보셨나 봐요.'

— 이게 또 재미있는 게, 그 돈을 입금한 게 SL 측이 맞기는 하거든요.

'적게 뜯기지는 않았지.'

— 그러다 보니 계속해서 돈을 요구하다가 박동호 회장이 쓰러지니 경영권을 넘보는 게 아니냐 말이 나오고 있는데…….

예진은 텔레비전을 껐다. 그러고는 바닥을 뒹구는 옷들을 하나씩 주워 입기 시작했다.

볼품없이 늘어난 브래지어 후크를 채우면서, 예진은 김미향이라는 여자를 떠올렸다.

싸구려 한예진이 사는 싸구려 동네에 사는 싸구려 김미향. 예진과 저와는 핏줄부터 다른 명품 아들을 낳은 김미향. 그 명품 아들과 함께 해준을 피해 도망가 기사를 낸 김미향.

하룻밤을 보내고 팔자를 고치게 된 김미향…….

어쩌면 김미향은, 드러누웠다는 그 회장을 정말로 사랑했을지도 모른다. 그래서 아이를 낳았던 것일지도.

"……하."

예진이 조소를 터트렸다. 그런다고 한들, 무슨 소용이 있을까.

"그래 봤자 싸구려 꽃뱀 취급이지."

세상 사람들이, 박해준이 그러고 있는 것처럼.

옷을 다 챙겨 입은 예진이 테이블 구석에 굴러 들어간 가방을 집었다. 툭. 네모난 메모지가 바닥으로 떨어졌다.

'내기할래?'

명함에 적혀 있는 것과는 다른, 해준의 개인 번호가 적힌 메모지였다.

'나랑 자고 난 다음에도, 네가 긍지를 지키면서 끝까지 불쌍하기만 할지, 아니면'

증명하고 싶었던 걸지도 모른다.

'넉넉하고 풍요로워지는 대신 비참해지기까지 할지.'

나는 그렇지 않다고. 가진 게 없을지라도, 그래서 불쌍할지라도, 비참하지는 않다고. 그런 식으로 살아오지는 않았다고. 아는 것이라고는 이름밖에 없는 그 박해준에게 아득바득 증명하고 싶었던 걸지도 모른다.

예진은 손을 뻗었다.

'난 후자에 걸게.'

그러고는 메모지를 집었다.

'넌 전자겠지.'

짜악. 얇은 메모지가 예진의 손에서 잘게 찢기며 찍 소리를 냈다.

'맞아요. 저 불쌍해요. 불쌍한데.'

협탁에 놓아둔 핸드폰을 쥔 예진이 미련 없이 모텔방 문을 열어젖혔다.

'비참하지는 않아요.'

차가운 공기가 싸구려 점퍼 사이를 비집고 들어왔다. 보풀이 인 목도리에 얼굴을 파묻은 예진은 빠른 걸음으로 걸어가기 시작했다.

해준이 틀렸다.

예진은 불쌍했지만 비참하지는 않았다. 예진은 그에게 하룻밤 화대를 요구할 생각이 없었다. 그 정도로 비참하지는 않았다. 결국, 예진이 이겼다.

○ ◎ ●

"느이 아버진 대체 어떻게 그럴 수 있니……."

물기 어린 목소리엔 숫제 절망만이 가득했다.

"어떻게, 어떻게…… 그년을 먼저 찾을 수가 있어……."

눈물 흘리는 어머니를 눈앞에 두고도 해준은 지루한 표정이었다. 주름 하나 없는 고운 손가락 위로 떨어지는 눈물을 보면서 해준은 그녀가 참 잘도 운다고 생각했다. 버림받는 것에는 이미 익숙해졌을 법도 한데.

"내가 자기한테 어떻게 했는데……."

어머니는 매일 병문안을 갔다. 가서는 꼬박 열 시간을 넘게 의식이 없는 박동호 곁에 붙어 있었다. 퇴근한 해준이 이제 그만 집에 가서 쉬시라며 그녀를 데리고 병실에서 나갈 때까지.

그리고 홀로 병실로 되돌아온 해준은 산소 호흡기를 단 박동호를 바라보면서 뇌까리곤 했다.

그만하고 좀 가세요.

하지만 박동호는 정신을 차렸다. 정말이지 애석하기 짝이 없는 일이었다. 그리고 뻔뻔스럽게도 정신을 차려 버린 그의 첫마디는 그거였다.

미향이.

우리 미향이 좀 데리고 와 다오…….

"해준아……."

해준에게 안긴 어머니는 꼭 아이처럼 울었다. 들썩이는, 안타까울 정도로 마른 등을 쓸어내리면서 해준은 그녀를 달랬다. 지긋지긋했지만 그만큼 익숙한 일이었기에 더 이상 싫은 내색조차 하지 않았다.

"그년이…… 그년이 다 망쳐 놨어. 그년이 느이 아버질."

정말 그럴까요.

"원래 그런 사람이 아니었는데……."

아니요, 어머니.

박동호는 원래 그런 사람입니다.

그 남자는 원래 그런 사람이에요.

"그 망할 년…… 애초에 집에 들이는 게 아니었는데……."

해준은 피골이 상접할 정도로 말라 있던, 그래서 더 불쌍해 보이넌 심미향의 얼굴을 떠올렸다. 일곱 살 무렵의 일이었다.

'인사해. 아버지 고향 동생이다.'

그때는 정말 그런 줄만 알았다. 어린 해준은 그가 하는 말을 믿어 의심치 않았다.

'사모님, 음식은 좀 어떤가요? 입맛에 맞으신가요?'

김미향은 해준의 집에서 파출부로 일했다. 입맛이 까다로운 어머니는 김미향이 해 주는 요리를 참 잘도 먹었다.

그리고 김미향은, 어머니가 먹다 남긴 음식을 먹으면서 배 속의 아이를 키웠다.

아무도 몰랐다. 해준도 몰랐고 어머니도 몰랐다. 물론 박동호는 알았을 것이다. 그 배 속에서 자라고 있는 아이가 제 사생아라는 걸.

'예정일이 얼마 남지 않아서…… 죄송해요, 사모님.'

김미향은 막달 무렵이 되어서야 일을 관두었다. 어머니는 아쉬워하며 두꺼운 돈 봉투를 그녀에게 쥐여 주었다. 왜 그렇게까지 해 주냐는 어린 해준의 물음에 어머니는 그랬다.

불쌍하잖니.

"어흑……."

……불쌍하면, 그래도 돼?

"어머니, 울지 마세요."

"해준아……."

"일단 좀 주무세요. 아침에 다시 올게요. 일이 있어서 나가 봐야 돼요."

눈물범벅이 된 얼굴로 어머니가 힘없이 고개를 끄덕였다. 들썩이는 등을 몇 번 더 토닥인 해준은 자리에서 일어섰다.

걸음을 옮기려던 해준의 시선이 문득 벽에 걸린 액자에 가닿았다. 손바닥만 한 액자에는 웃고 있는 박동호와 어머니, 그리고 어린 저가 찍힌 가족사진이 들어 있었다.

해준이 손을 뻗어 액자를 빼냈다.

콰앙—!

쓰레기통에 처박힌 액자를 내려다보던 해준이 피식거리고 웃었다. 지긋지긋했다. 이 모든 것이. 김미향도, 박동호도, 그리고 매번 부서질 듯 울어 버리는 어머니도.

'……불쌍한데.'

"……."

'비참하지는 않아요.'

금이 간 액자 위에 왜 그 맹랑한 얼굴이 겹쳐 보이는 것인지 알 수 없었다. 하지만 생각났다. 꼭 저는 다른 것처럼 고개를 빳빳하게 들고, 당당한 얼굴로 내뱉던 그 말이.

또…….

'지금도 충분히 불쌍하실지도 모르죠. 돈이야 많으시겠지만, 말 그대로 가진 건 돈뿐이신 걸지도.'

언젠가 김미향도, 같은 소리를 했다.

'도련님, 저는 가진 것도 없고 내세울 것도 없는 사람이지만 그래도 불쌍한 사람은 아니에요. 오히려 저는 도련님이 불쌍한걸요. 도련님도 그렇게 생각하시지 않나요?'

박동호도, 말했었다.

'힘든데도 불구하고 꾸역꾸역 버티는 게, 너무 짠하고 대견하지. 우리 미향이는…….'

우스운 일이었다. 김미향은 제가 불쌍하지 않다고 했지만, 그것을 무기로 박동호를 손에 넣었다. 사생아를 낳고, 입막음의 대가로 셀 수도 없는 많은 돈을 받아 갔다. 박동호는 그런 김미향의 행동을 방관했고, 끝내는 두둔까지 했다.

'지분을 좀 떼어 줄 생각이다.'

'그게 무슨 말씀입니까?'

'해준이 너는 미향이랑 도준이가 가엾지도 않아?'

……그럼 우리는?

해준도 모르지 않았다. 누구보다도 잘 알고 있었다. 제기 예진에게 하고 있는 일은 그저 단순한 화풀이에 지나지 않다는 것을. 애꿎은 사람에게 발길질을 하고 있다는 것을.

하지만 자꾸만 겹쳐 보였다. 가시처럼 앙상했던 몸, 삶의 모진 풍파의 흔적이 고스란히 남아 있던 김미향의 얼굴과 비를 맞고 오들거리며 떨던 한예진의 얼굴이.

그리고 그런데도 불구하고 아득바득 살아가는 그 모습까지.

34

'미향이는 그런 여자가 아니다.'

어쩌면 반박하고 싶었는지도 모른다. 어차피 다 똑같은 족속이라고. 김미향도 마찬가지라고. 그 말을 하면서 그들을, 또 박동호의 말을 깔아뭉개고, 비웃고 싶은 것일지도 몰랐다.

그런 주제에, 감히 내가 불쌍하다고?

"너 따위가 뭘 알아."

해준이 멍한 얼굴로 중얼거렸다.

"너 따위가 뭐가 달라."

똑같은 것들. 구질구질한 것들…….

하지만 핸드폰은 오늘도 조용했다. 모르는 번호로 온 연락은 없었다.

'내가 이기면, 당신 나한테 사과해.'

무릎 꿇게 만들고 싶었다. 기어코 하룻밤 화대를 쥐여 주고는 면전에 대고 비웃어 주고 싶었다.

너는 비참한 여자야. 너희는 비참한 것들이야. 불쌍한 척 가증 떨다가 몸뚱일 굴리는, 그렇게 생을 부지해 나가는 벌레 같은 것들이야. 비참함 말고는 그 어떤 것도 손에 쥐지 못할 불쌍한 족속들이라고.

그러니 불쌍한 건 내가 아니야!

고요한 핸드폰을 노려보던 해준이 어딘가에 전화를 걸었다.

"……여보세요, 납니다."

그러고는 낮은 목소리로 말했다.

"윤 비서한테 지금 당장 사무실로 오라고 하세요."

○ ◎ ●

몸살 기운이 돌았다.

싸구려 전기장판 위에 누인 몸을 힘겹게 일으킨 예진이 머리맡에 두었던 약 봉투와 생수병을 집었다.

"······후."

한숨을 쉬기 무섭게 뿌연 입김이 새어 나왔다. 온기 한 점 묻어나지 않는 방을 돌아보며 예진은 이 지난한 겨울이 어서 지나갔으면 좋겠다는 생각을 했다. 겨울은 여러모로 잔인한 계절이었다. 특히 돈이 없는 사람들에게는 더 그랬다.

침침한 눈을 비빈 예진이 자리에서 일어섰다. 아침 7시였다. 아르바이트를 하러 가야 할 시간이었다. 오늘은 어디어디에 출근하면 되지. 스케줄을 확인하기 위해 핸드폰을 집어 든 순간이었다. 적막이 내려앉은 방 안에 시끄러운 벨 소리가 울렸다. 편의점 사장이었다.

"네, 사장님."

큼, 헛기침을 몇 번 내뱉은 예진이 부러 쾌활한 목소리로 전화를 받았다. 괜히 아픈 티를 냈다가는 좋을 게 하나도 없었다. 어쩌면 '오늘 하루 쉬어.' 하는 필요 없는 배려를 받게 될지도 몰랐고 '오늘은 일찍 퇴근해.' 하는 탐탁지 않은 호의를 받을 수도 있기 때문이었다.

돈 몇 푼에 급급해야만 하는 예진에게 그러한 배려와 호의는 일당이 날아가는 것을 의미했다.

하지만 그것이 쓸데없는 걱정이었다는 사실을 예진은 곧 깨달았다.

— 오늘부터 안 나와도 될 것 같아.

"갑자기 그게 무슨 말씀이세요?"

— 어제까지 일한 건 빠짐없이 챙겨 줄 테니까······.

"아니, 사장님. 너무 갑작스럽잖—"

— 우리도 사정이 생겨서 그래. 예진 씨가 좀 이해해 줘. 미안해.

······여태까지 일한 수당은 지금 바로 부쳐 줄게. 사장의 마지막 말에는 어쩐지 조급함이 묻어 있었다.

통화가 끊어져 버린 핸드폰을 내려다보던 예진의 얼굴 위로 의아한 기색이 스쳐 지나갔다.

갑자기 무슨 일이지. 그 사정이라는 게 뭐기에, 이런 식으로······. 예진의 생각은 이어지지 못했다. 다시 울리기 시작한 핸드폰 때문이었다.

[호프집 사장님]

액정에 뜬 발신인의 이름을 쳐다보던 예진의 눈매가 가늘어졌다.

"……여보세요."

— 아, 예진 씨. 급하게 할 말이 있어서 전화했는데.

순간 불길한 느낌이 들었다.

— 정말 미안한데.

"네."

— 우리가 갑자기 사정이 생겨서 말이야…….

"……네."

— 오늘부터 안 나와도 될 것 같아서.

여보세요, 여보세요. 여보세요? 몇 번을 불러도 돌아오는 대답은 없었다. 곧 띠릭 소리와 함께 통화가 끊겼다. 손에 쥐여 있던 핸드폰이 힘없이 침대 위로 떨어졌고, 이내 싸구려 매트리스가 삐걱거리며 짤막한 비명을 내뱉었다. 날카로운 그 소리와 함께 해준의 목소리가 한데 엉켜 예진의 귓전을 파고들었다.

'내기할래?'

"……."

'나랑 자고 난 다음에도 네가 끝까지 긍지를 지키면서 불쌍하기만 할지, 아니면 넉넉하고 풍요로워지는 대신 비참해지기까지 할지.'

그, 자식…….

'난 후자에 걸게.'

박해준은 지금 예진에게 비참함을 종용하고 있었다.

○ ◎ ●

이사실 안은 담배 연기로 가득했다. 필터 끝까지 타들어 간 꽁초를 재떨이에 비벼 끈 해준은 새 담배를 집어 들었다. 정확히 반 갑째였다.

"……."

37

해준이 하얀 담배 연기를 내뱉으며 테이블 모서리에 놓여 있던 문서들을 집었다. 문서의 첫 장에는 예진의 이름과 사진이 함께 붙어 있었다.

한예진.

"뻔한 계집애."

예진은 해준의 기대를 전혀 벗어나지 않았다. 아니, 너무나 생각했던 대로라 웃음이 나올 지경이었다.

예진은 몇천만 원의 빚을 지고 있었고, 그 돈을 갚기 위해 하루에 아르바이트를 몇 개씩 하고 있었다. 해준에게는 푼돈에 불과한 액수였다. 하지만 그 푼돈 때문에 한예진은 미래를 저당 잡히고 인생을 저당 잡혔다. 정말 지루할 정도로 예상을 벗어나지 않는 여자였다.

그런 주제에, 누가 누구한테 불쌍하다고 운운한 건지.

어이가 없었다.

똑똑. 상념을 깨듯 이사실 문을 두드리는 소리가 들렸다.

"이사님, 윤 비서입니다."

"들어오세요."

조심스럽게 문을 열고 들어온 윤 비서의 얼굴은 어두웠다. 그래서 해준은 저가 원하는 대로 일이 돌아가지 않고 있음을 직감했다.

"……지분을 박도준에게 일정 부분 넘기시겠답니다."

그래요.

해준이 짤막하게 대답했다.

"경영권 양도에 대해서는 아직 진척된 사항이 없습니다."

"회장님은."

"의사 말로는 조금씩 좋아지고 계신다고……."

"회장님은."

윤 비서가 짧게 아, 소리를 냈다. 박해준이 궁금해하는 것은 제 아비의 안위 따위가 아니라는 사실을 새삼 깨닫고서.

"경영 교육을 제대로 받지 않은 것이 문제라면 지금부터 배우면 될 일이 아니겠냐고⋯⋯."

"⋯⋯."

"일단은 자회사 몇 개를 맡겨 보는 게 어떻겠냐고 하셨습니다."

"나가 보세요."

"아, 저⋯⋯."

고개를 든 해준이 더 말할 것이 남았냐는 표정으로 윤 비서를 바라보았다. 살짝 눈치를 보던 윤 비서가 쭈물거리며 말을 이었다.

"그, 한예진 씨가 찾아왔습니다."

"⋯⋯찾아왔다고?"

"예."

해준이 조소했다. 멍청한 계집애. 결국 제 뜻대로 된 것 같았다.

"데려오세요."

"알겠습니다."

해준의 입에 물려 있는 담배 끝에서 타다 만 재가 힘없이 떨어졌다. 미약하게나마 살아 있던 불씨는 정확히 예진의 증명사진 위로 떨어졌다. 해준은 차갑게 식은 얼굴로, 그녀의 사진이 시커멓게 타들어 가는 것을 바라보았다.

○ ◎ ●

주눅이 들었다.

꼭 와서는 안 되는 곳에 온 기분이었다. 이런 고층 빌딩과 초라한 몰골의 저는 전혀 어울리지 않는다고 예진은 생각했다. 그리고 그것은 어느 정도 들어맞는 말이었다. 정장을 입은 사람들 한가운데에서 청바지, 점퍼를 꿰입은 예진은 꼭 이방인 같았다. 주제 파악조차 제대로 하지 못한 멍청한 이방인.

그래서인지 예진은 빌딩 안으로 들어가자마자 경비에게 붙잡혔다. 그 상황을 해결해 준 사람은 다급하게 달려온 해준의 비서였다. 그는 미안하다며 연신 사과했고, 예진은 아무런 대답도 하지 않았다.

"안에서 기다리고 계십니다."

어느새 이사실 앞이었다. 예진은 닫힌 문을 가만히 노려보았다. 비서는 잠깐 눈치를 보나 싶더니, 조심스럽게 노크를 했다.

"이사님, 들어가겠습니다."

비서가 문을 열었다.

다리를 꼬고 팔짱을 낀 채로 거만하게 소파에 앉아 있던 해준이 예진을 보고는 피식거렸다. 그 웃음에 묻어 있는 것은 아마도 경멸일 거라고 예진은 생각했다.

"윤 비서는 밖에서 기다리세요."

"예."

예진이 이사실 안으로 천천히 걸음을 옮겼다. 등 뒤에서 문이 닫히는 소리가 들렸다.

"혼자 유별난 척 다 하더니."

필터까지 타들어 간 담배꽁초가 예진의 낡은 운동화 앞코에 부딪친 뒤 튕겨 나갔다.

"없이 자란 것들은 다 이런 식인가. 어떻게든 살아 보겠다고 바득바득 용쓰는 게, 참……."

해준이 비아냥거리듯 말했다.

"안타깝기 짝이 없지."

"그럼 있이 자란 것들은 다 그딴 식인가요?"

"글쎄."

화가 날 정도로 성의 없는 대답이었다.

"얼마 줄까?"

넌지시 던져진 그 질문에 예진이 아랫입술을 악물었다.

"원하는 만큼 말해 봐. 줄 수 있으니까. 그거 받고 넌…… 깔끔하게 인정만 하면 되는 거야."

"……."

"결국 네 자존심 같은 건 아무것도 아니었다고."

해준의 입꼬리가 비틀어지듯 올라갔다.

"결국 넌 불쌍한데 비참하기까지 한 인간이라고."

잔인한 말을 내뱉으면서도 해준의 얼굴은 퍽 여상했다.

"그러니…… 너희 같은 건 결국 다 그런 족속이라고."

"나한테……."

볼품없이 부르튼 입술이 움직였다.

"그렇게 돈을 주고 싶어요?"

"글쎄. 정확히 말하자면 주제 파악을 시켜 주고 싶은 거겠지."

예진이 저도 모르게 너털웃음을 지었다. 해준은 그런 예진을 빤히 쳐다보았다. 예진 역시 그를 마주 보았다. 검은 눈동자 속에 어려 있는 것이 호기심인지, 흥미인지, 아니면 증오인지 알 수가 없었다. 하지만 그의 얼굴에서 배어나는 게 비웃음이라는 것만은 분명했다.

저 얼굴을 짓이겨 버리고 싶었다. 있는 힘껏 갈겨 버리고 싶었다. 무언가를 곰곰이 생각하던 예진이 천천히 입술을 달싹였다.

"그래요, 그럼."

예진이 짤막하게 대답했다.

"돈 주세요."

그러곤 표정 하나 바꾸지 않은 채 해준을 바라보며 덧붙였다.

"진작에 이렇게 하지 그랬어? 멍청한 계집애."

새 담배를 입에 문 해준이 비웃음 가득한 얼굴로 예진을 쳐다보았다.

"……하나만 묻자."

예진이 갈라진 목소리로 입술을 떼었다.

"너, 왜 나한테 이렇게까지 하니?"

"거슬려서."

돌아온 대답은 단순하기 그지없었다.

"너같이 구질구질한 것들이 대단하지도 않은 자존심 때문에 오기 부리는 게 같잖아서."

"……."

"아무것도 아닌 자존심 때문에 깨끗한 척, 자기는 다른 척 합리화하는 게 우스워서."

"구질구질한 년들 수두룩한데 대체 왜. 자존심 가지고 오기 부리며 사는 년들 한가득인데, 왜 하필 나한테 지랄인데?"

해준은 잠시 입을 닫았다. 그는 그렇게 짙게 일렁이는 검은 눈동자 위에 비친 제 얼굴을 가만히 바라보았다가, 다시 말을 이었다.

"거슬리게 했잖아."

"뭐?"

"쓸데없는 자존심 들먹거리고, 특별한 척 굴면서 열받게 했잖아. 그리고 그날도, 그 동네에 있었잖아. 그래서 내 눈에 띄었잖아. 그년이랑 똑같은 꼴을 하고서."

"……."

"감히 나한테, 불쌍하다고 했잖아."

해준이 테이블 밑으로 손을 뻗었다. 그러곤 자그마한 철제 가방을 테이블 위에 올려놓았다. 뚜껑을 열자 빽빽하게 들어찬 5만 원권 묶음들이 보였다.

예진이 지금껏 살아오면서 단 한 번도 만져 본 적도, 본 적도 없는 돈이었다.

"하룻밤 화대치고는 꽤 거한 액수지. 아냐?"

이렇게도 간단한 일이었나.

아등바등 버텨 온 지난 시간들이 픽 어이가 없어 웃음이 튀어나왔다.

"자존심 값이라 치기에도 거한 액수고."

"……."

"나한테는 푼돈이지만 너한테는 생명 줄 같은 돈일 테지."

예진은 대답하지 않았다.

"잘 써 봐. 어디 한번."

해준이 이죽거리며 말했다.

"네 비참함으로 하루하루 잘, 연명해 봐."

해준은 가방을 닫고 예진의 발치에 던졌다. 해진 운동화 코에 와 닿은 가방을 내려다보던 예진이 허리를 굽혔다. 그러고는 가방 손잡이를 손에 꼭 쥐었다. 곧 문이 열렸다 닫히는 소리가 났고, 이사실에는 해준만이 홀로 남았다.

새 담배를 입에 문 해준이 테이블 모서리에 놓았던 예진의 보고서를 움켜쥐었다. 쾅, 하는 소리와 함께 종이 묶음이 힘없이 쓰레기통 안으로 들어갔다. 퍽 어울린다는 생각이 들었다. 싸구려 푼돈을 받고 결국 비참해져 버린 예진과 쓰레기통이.

빌어먹을 김미향을 닮은 빌어먹을 한예진을 기어코 비참하게까지 만든 해준은 그제야 만족스러운 표정을 지었다.

그래. 너희는 그런 족속이야. 아무리 다른 척하고 특별한 척해도 결국은 비참해져 버릴 그런 것들. 너도, 그리고 김미향도, 박도준도.

불쌍한 건 내가 아니야.

"이사님."

노크 소리가 들렸다. 담배를 재떨이에 아무렇게나 비벼 끈 해준이 문을 열고 들어온 비서를 바라보았다.

"본가에서 연락이 왔습니다. 사모님 상태가 별로 좋지 않으시다고……."

아무래도 우울증이 도진 모양이었다. 예상한 일이었다. 속이 뒤집어질 만도 하지. 해준은 지루한 얼굴로 자리에서 일어섰다. 오늘도 하염없이 울고 있을 어머니를 떠올리면서.

"차 대기시키세요."

예.

윤 비서가 짤막하게 대답했다.

성질 급한 이사를 오래 모신 운전기사는 어떻게 하면 그의 심기를 거스르지 않을 수 있는지 무척이나 잘 알고 있었다. 빌딩 정문 앞에 세워진, 이미 시동이 걸려 있는 세단을 바라보면서 해준은 천천히 걸음을 떼었다. 일단 집으로 돌아가 어머니를 데리고 병원에 가야 했다. 정신과에 다녀온 다음에는 다시 회사로 돌아와야 한다. 퍽 귀찮기 짝이 없는 스케줄이었다.

해준보다 몇 걸음 앞서 걸어간 윤 비서가 차 뒷문을 열어 주었다. 아니, 열어 주려고 했다. 자리에 멈춰 선 윤 비서가 어딘가를 바라보며 조금은 멍청한 표정을 지었다.

"저, 저기······."

눈썹을 살짝 찌푸린 해준이 그의 시선을 따랐다. 윤 비서가 보고 있는 것은 빌딩 옥상이었다. 그리고 그 옥상 난간 앞에는 한예진이 서 있었다. 불쌍한 데다가 오늘부로 비참해지기까지 한 싸구려 한예진.

"저거 사람 아냐?"

사람들이 삼삼오오 빌딩 앞으로 모여들어 떠들어 대기 시작했다. 빌딩 위를 바라보던 해준의 눈가가 가늘어졌다.

죽기라도 하려고? 멍청한 계집애.

해준이 피식거리고 웃던 바로 그 순간이었다.

재킷 안주머니에서 벨 소리가 울렸다. 해준은 핸드폰을 꺼내 통화 버튼을 눌렀다.

한예진이었다.

— 나도 줄게요, 화대.

'나한테는 푼돈이지만 너한테는 생명 줄 같은 돈이겠지.'

— 푼돈이라고 했죠? 이게 그쪽 화대예요. 푼돈.

파라락. 셀 수 없을 정도로 많은 지폐들이 비처럼 쏟아져 내리기 시작했다.

— 그래도 하룻밤 화대치고는.

'하룻밤 화대치고는.'

— 거한 액수죠?

'꽤 거한 액수지, 아냐?'

이내 전화가 끊겼다는 삐 소리만 해준의 귓가를 맴돌았다.

빌딩 앞은 아수라장이었다. 해준은 계속해서 쏟아지는 돈의 비 한가운데에 선 채 빌딩 위에 어른거리는 예진을 노려보았다.

"병신 같은 새끼."

예진이 저 밑에서 저를 노려보고 있는 해준을 쳐다보며 중얼거렸다.

……예진은 불쌍한 여자였다. 비참해지지 않기 위해 목숨을 거는, 그래서 더 불쌍한 여자였다.

하지만 멍청한 여자는 아니었다. 불쌍하고 비참하고 구질구질하지만 가만히 당하고 있지는 않는, 당한 것은 반드시 갚아 줘야만 하는 악에 받친 여자였다. 절대 혼자서는 비참해지지 않는 맹랑한 여자였다.

"그래, 맞아. 푼돈."

예진이 혼잣말하듯 중얼거렸다.

"내 자존심을 부수기에는 너무 턱없이 모자라지, 이 돈은."

바람에 흩날리는 지폐들과, 그 지폐들을 맞으며 꼿꼿이 서 있는 해준을 바라보면서 예진은 생각했다.

너는 나를 비참하게 만들었을지언정 결국 내 자존심에는 흠집 하나 내지 못했다고.

"요새 들어 도통 입맛이 없어 하셨…… 하셨는데……."

대파며 양파, 고기 따위가 잔뜩 든 장바구니를 만지작거리는 파출부의 손이 약하게 떨리고 있었다. 무엇을 만들려고 했던 걸까. 평소에 좋아하던 잡채? 아니면 가끔가다 손수 해 먹었던 불고기.

"며, 며칠 전에 사모님이…… 전골 요리가 드시고 싶다고 하신 게 기억이 나서……."

잡채도 불고기도 아니었다. 아니, 사실 어머니가 잡채를 좋아했었던가? 불고기는? 어쩌면 해준이 만들어 낸 잘못된 기억일지도 몰랐다. 사실 그는 제 어머니에 대해서 잘 알지 못했다. 그래서 오늘 역시 미처 예상하지 못했다. 손만 대도 바스러질 것같이 연약하디연약한 어머니가 제 손목을 그을 줄은.

"재료 준비도 할 겸 조금 일찍 출근했는데……."

어머니의 상태가 별로 좋지 않다는 연락은 이미 받았다. 해준이 부탁한 서류를 가지러 집에 다녀온 운전기사가 말해 주었다. 결국 해준이 돌아오기 전, 잠시나마 홀로 남겨진 어머니는 그 짧막한 시간 동안 기어코 생을 끝낼 결심을 한 모양이었다.

"……됐습니다."

어쨌거나 어머니가 죽지 않은 것은 순전히 한 시간이나 일찍 출근한 파출부 덕분이었다. 하지만 얼굴이 하얗게 질린 파출부는 그녀의 자살 기도가 제 탓이라고 생각하는 것 같았다. 해준은 이 상황이 퍽 우습다고 생각했다. 정작 손목을 긋게 만든 사람들은 아무런 죄책감도 느끼지 않고 있는데.

"그만 들어가 보세요."

욕실 앞에 선 해준이 표정 없는 얼굴로 말했다. 네, 네……. 떨리는 목소리를 들으면서 해준은 아직도 김이 모락모락 피어나고 있는, 붉게 물든 욕조를 물끄러미 쳐다보았다.

파출부를 보내고 홀로 남겨진 해준은 거실 소파에 앉았다. 그러고는 핏자국이 남은 카펫을 응시하며 어머니의 가냘픈 몸을 떠올렸다. 뼈만 남은 그 몸은 들것에 실려 나갔을 것이다. 힘을 주어 잡으면 똑 부러질 것만 같은, 날카로운 면도날에 무참히 찢겨 버린 손목은 허공에서 시계추처럼 흔들렸겠지. 해준은 그 장면을 어렵지 않게 떠올렸다.

어머니는 나약한 사람이었다. 예쁜 얼굴, 늘씬한 몸매, 부유한 친정, 든든한 배경. 모든 것을 다 가졌음에도 나약한 사람이었다.

'갓 스물을 넘겼을 때였어, 느이 아버지를 만났던 건.'

어머니는 가끔 어린 해준을 무릎에 앉혀 놓고는 옛날이야기를 하곤 했다. 그

46

것을 들으면서 해준은 청춘의 한가운데에 서 있었을, 분명히 눈부시게 아름다웠을 그녀의 모습을 상상했다.

'사실은 무서웠어. 겁이 났거든. 제대로 알지도 못하는 남자하고 덜컥 결혼을 한다는 게. 여자들은 다 그렇단다. 마치 그 사람에게 내 남은 인생을 모두 바치는 것 같은 기분이라고 해야 하나. 그래서 혹시라도 이상한 버릇을 가지고 있으면 어떻게 해야 하나. 성격이 좋지 않으면 어떻게 해야 하나 걱정을 많이 했어. 하지만 느이 아버지는 정말 좋은 사람이었단다. 얼굴도 잘생기고 키도 훤칠했지. 능력도 좋았고…… 참 다행스러운 일이었지.'

정말 다행스러운 일이었을까. 물론 박동호에게는 다행스러운 일이었을지도 모른다. 멍청할 정도로 때 묻지 않은 멋모르는 부잣집 막내딸이 제 사탕발림에 넘어와 부인이 되어 준 것이. 그 멍청한 여자 덕분에 박동호는 사업을 키웠고 기업을 키웠고 결국 회장이 될 수 있었다.

'그래서 엄마는 참 노력을 많이 했어. 네 아버지에게 사랑받고 싶어서. 사랑받지 못하는 여자는…… 죽어도 되고 싶지 않았어. 왜냐면 그건 불쌍하고, 또 비참하잖니.'

소녀같이 볼을 발갛게 물들인 채 작게 말하던 어머니를 떠올리면서 해준은 피식거리고 웃었다. 사랑받지 못하는 것. 제 어미에게 그것은 불쌍하고 비참한 여자가 되는 일이었다. 그래서 그녀는 김미향을 끝까지 인정하지 않았다. 불쌍하고 비참한 여자가 되고 싶지 않아서.

하지만 처음부터 박동호의 사랑을 받고 있던 사람은 모든 것을 가진, 이름마저 곱디고운 김연희가 아닌 싸구려 김미향이었다. 매일같이 비싼 피부과에 가서 관리를 받고 온몸에 명품을 휘두르며 공을 들여도, 결국 박동호를 차지한 것은 해진 옷을 입고 얼굴에 버짐이 잔뜩 피어오른 김미향이었다. 결국 불쌍하고 비참해진 것은 김미향이 아닌 김연희였다.

'불쌍한 건 견뎌 낼 수 있지만 비참해지면 살 수 없어요.'

해준은 박동호의 외도를 알게 된 날부터 야위어만 가는, 본래의 빛을 잃어만 가는 어머니를 떠올렸다. 그래, 그 재수 없는 계집애의 말이 맞을지도 모른다. 비참해지면 정말 살아갈 수 없을지도 모른다. 그래서 해준의 어머니는 그날 이미 죽어 버린 것일지도 모른다. 모든 희망과 행복과 꿈을 다 내려놓고서 시름시름 앓다 껍데기만 남아 버린 것일지도 모른다. 그래서 아무것도 남지 않은 몸뚱이의 허물을 벗어 버리려고 기어코 손목을 그어 버린 것일지도 모른다. 그렇게 생각하니 퍽 앞뒤가 들어맞았다.

그러나 인정하고 싶지는 않았다.

……네가 뭘 알아. 너 따위가 뭘 안답시고 그따위 몰골로 그따위 말을 감히 나한테 당당하게 하는 거야. 왜 그런 개같은 꼴을 당하고도 인정하지 않는 거야.

왜, 하필, 그날, 그 단란 주점 앞에, 서 있는 사람이 너였던 거야.

왜 너 같은 년이었던 거야.

해준은 하늘에서 쏟아지던 지폐들을 떠올렸다. 제게는 생명 줄이나 다름없을 그 돈들을 뿌려 대고 보란 듯 웃었던 한예진을 떠올렸다. 차라리 개운해 보이기까지 하던 그 말간 얼굴을 떠올렸다. 한예진은 그렇게 해서는 안 됐다.

불쌍한 주제에.

비참한 주제에.

아무것도 가진 것 없는 주제에…….

'엄마는 참 노력을 많이 했어. 사랑받지 못하는 여자는…… 죽어도 되고 싶지 않았어. 왜냐면 그건 불쌍하고, 또 비참하잖니.'

다 가졌으면서.

하나도 부족함이 없었으면서.

고작 사랑 따위 받지 못했다고, 그렇게…….

불쌍한 김연희와 불쌍한 한예진의 얼굴이 겹쳐지며 떠올랐다. 김연희는 여전히 처연하게 울고 있었지만 한예진은 웃고 있었다.

해준은 눈을 감았다. 모든 것이 지긋지긋했다.

2

괴롭힘이 멎었다.

덕분에 예진은 빠르게 일상으로 돌아왔다. 하루에 아르바이트 서너 탕을 뛰고 지친 몸으로 집에 돌아와 기절하듯 잠드는, 익숙하디익숙한 구질구질한 삶으로.

'거슬리게 했잖아. 쓸데없는 자존심 들먹거리고, 특별한 척 굴면서 열받게 했잖아.'

하지만 모를 일이었다. 그리도 지독한 인간이 왜 갑자기 깔끔히 떨어져 나갔는지.

어쩌면 제대로 미친년한테 걸렸구나 싶어 발을 뺀 것일 수도 있었고, 흥미가 떨어진 것일 수도 있었다. 어쨌거나 예진은 다행이라고 생각했다.

이제 더 이상 시끄러울 일 따위는 없을 것이라고 지레짐작을 하면서. 꼭 그가 사라지기만 하면 모든 일들이 해결되리라 믿기라도 하는 사람처럼.

하지만 그것은 아주 멍청한 생각이었다.

"사장님, 저 이만 들어가 볼게요."

"고생했어. 아, 이것 좀 가져가."

"이게 뭐예요?"

"폐기 남은 거야."

"그렇지만……."

"그래 봤자 삼각김밥이랑 도시락 몇 개가 다야. 부담 갖지 말고, 가져가."

얼른. 응? 사장이 거절하지 말라는 듯 비닐봉지를 손에 들려 주었다. 예진은 잠시 망설이다, 비닐봉지를 힘주어 잡았다.

"감사합니다. 잘 먹을게요."

"그럼 내일 봐."

딸랑거리는 소리를 내며 문이 열렸다. 예진은 도시락이 가득 든 봉지를 꼭 쥐고는 천천히 걸음을 떼었다.

'이거면 며칠 정도는…….'

오늘 한 아르바이트는 전부 새로 구한 것들이었다. 때문에 급여를 받으려면 한 달이라는 시간이 지나야 했다. 한 푼이 아쉬운 힘든 상황이었는데, 그나마 다행이었다.

내일은 어디로 출근해야 하더라.

예진은 여느 때처럼, 다음 날의 스케줄을 곱씹으며 어두운 골목에 들어섰다. 그런데, 집 앞에 무언가가 있었다.

"……."

집으로 향하던 예진이 멈칫했다. 시커먼 무언가는 사람이었다.

"취객인가……."

하지만 날씨가 이렇게 추운데.

내버려 두었다가는 큰일이 날 것이 뻔했다. 예진은 잠시 망설이다, 이름 모를 누군가를 툭 건드려 보았다.

"으윽……."

그러자 집 앞에 쪼그려 있던 사람이 신음 소리를 냈고, 예진은 그대로 딱딱하게 굳어 버렸다.

손에 들려 있던 비닐봉지가 바닥으로 떨어지며 툭, 소리를 냈다. 예진은 멍청한 표정으로 바닥에 주저앉았다.

"……엄마."

"……."

"엄마."

몇 번을 불러 보았지만, 피투성이가 된 엄마는 아무런 대답도 하지 않았다.

○ ◎ ●

앰뷸런스의 사이렌 소리가 날카롭게 귓전을 파고들었다.

차에서 내린 해준의 눈썹이 살짝 찌푸려졌다. 시끄럽게 들어온 앰뷸런스가 다급히 응급실 앞에 멈춰 서는 것을 보면서 해준은 제 어미처럼 멍청한 누군가가 자살 기도를 한 것은 아닐까 짤막하게 생각했다. 어쩌면 사고를 당한 걸지도 모른다. 또 어쩌면 중증의 병을 앓고 있는 환자일지도. 어쨌거나 해준과는 전혀 상관없는 일이었다. 구급대원들의 부산스러운 움직임을 지켜보다 뒤돌아서 걸음을 옮기려던 그 순간이었다.

"엄마아아―!"

해준이 멈칫하고 자리에 섰다. 그러고는 뒤를 돌아보았다. 낯익은 여자가 있었다. 눈물에 잔뜩 젖은 얼굴을 한, 찢어지는 비명을 지르고 있는 한예진이었다.

보호자분, 보호자분…… 조금만 진정하세요…….

한예진은 마치 미친 사람 같았다. 구급대원의 만류에도 계속해서 울부짖었고, 피 칠갑을 한 중년 여자의 몸을 계속해서 쓸어내렸다. 예진을 어렵사리 떼어 놓은 구급대원들이 이동 침대를 끌고 응급실로 향했다.

해준은 무너지듯 복도에 주저앉은 예진을 바라보았다. 닫혀 버린 응급실 문을 멍하니 응시하고 있던 예진이 제 주머니에서 핸드폰을 꺼내 들었다.

여보세요. 그녀의 입에서 튀어나온 것은 뻔하고도 익숙한 그 말이 아니었다.

"씨발, 씨발 새끼야. 네가 어떻게. 네가 어떻게, 네가. 네가 감히. 네가 우리 엄마를……."

응급실 앞을 지나가는 모든 사람들이 예진을 바라보았다. 하지만 예진은 그런 것 따위는 전혀 신경 쓰지 않는 사람 같았다. 그녀는 계속해서 욕설을 내뱉었다. 개같은 새끼, 네가 그러고도. 네가 그러고도 사람이야. 엄마를, 네가. 어떻게…….

"……씨발, 죽여 버릴 거야."

'씨발, 죽여 버릴 거야.'

익숙한 목소리가 들렸다. 해준은 반대편으로 고개를 돌렸다. 그곳에는 자신이 있었다. 눈물로 엉망이 된 얼굴로 울부짖고 있는 어린 해준.

'너희가 어떻게. 너희가 어떻게, 너희가. 감히, 엄마를.'

"남편이라는 새끼가. 사람을 저렇게 개 패듯이. 지 부인한테 어떻게 그렇게……."

'남편이라는 새끼가. 사람을 이렇게 기만해. 지 부인한테 어떻게 그렇게.'

"씨발 새끼, 너 내가 죽일 거야……."

'씨발 새끼들, 너희 내가 다 죽일 거야.'

"아아악!"

통화가 끊긴 핸드폰을 바닥에 집어 던진 예진이 고함을 내질렀다.

'놔, 이 개새끼들아.'

경호원들에게 붙잡힌 어린 해준이 고함을 내질렀다. 해준은 점점 멀어져 가는 박동호와 태어난 지 얼마 되지 않은, 아기 박도준을 안은 김미향을 바라보았다. 아주 귀한 것이라도 매만지는 듯 김미향의 어깨를 끌어안는 손을 노려보았다.

한데 엉킨 고함은 꼭 한 사람의 목소리 같았다.

왜. 이유가 뭐야. 왜 이렇게 울부짖게 하는 거야. 왜 이렇게 비참하게 만드는 거야. 왜 지금도 나를 이렇게. 왜 나를 이렇게…….

홀로 남겨진 어린 해준이 바닥에 주저앉았다. 예진이 그러한 것처럼.

"……일어나."

해준이 거칠게 예진의 어깨를 붙들었다.

"일어나라고……!"

손을 뿌리친 예진이 살기 어린 눈으로 해준을 노려보았다.

"꺼져요."

"……."

"지금 나 건드리면…… 당신도 죽여 버릴 거야."

벌게진 눈에 맺혀 있던 눈물이 맥없이 흘러내렸다. 저를 죽일 듯 노려보다 이내 몸을 일으켜 걸음을 옮기는 예진을 바라보면서 해준은 그녀의 눈물 안에 담겨 있는 것이 무엇일까 생각했다. 분노일까, 증오일까, 아니면 슬픔일까, 하고. 하지만 알 수 없었다. 그 예전 어린 날의 제가 흘렸던 눈물의 의미를 지금도 알지 못하는 것처럼.

비틀거리며 걸음을 옮기는 예진의 뒷모습을 바라보던 해준이 제 손으로 시선을 옮겼다. 손바닥에는 피가 묻어 있었다. 응급실에 실려 간 여자가 흘렸을, 그 여자를 매만지다 묻었을, 또 예진이 저를 뿌리치다 묻었을 시뻘건 피.

도장같이 묻어난 피를 내려다보던 해준이 제 주먹을 꼭 쥐었다.

왜 또, 너야. 왜 자꾸만 너야. 왜, 불쌍하기 짝이 없는 너 따위가 자꾸…….

'씨발, 죽여 버릴 거야…….'

오래전의 제 목소리와 예진의 울부짖음이 한데 엮인 채로 이명처럼 귓전을 울렸다.

○ ◎ ●

엄마의 몸은 엉망이었다.

얼굴에 박힌 유리 조각을 빼내고 이마를 꿰맸기 때문만은 아니었다. 엄마의 옷을 갈아입힌 간호사의 낯빛은 어둡게 질려 있었다. 눈물로 범벅이 된 예진 앞에서 간호사는 엄마의 병원복을 살짝 들춰 보였다.

'보호자분, 알고 계셨어요?'

퍼렇다 못해 시커메진 피멍들을 바라보며 예진은 대답했다.

'······아니요.'

거짓말이었다. 예진은 알고 있었다. 엄마의 이마를 찢어 낸 것이 아마도 재떨이나 유리컵 비슷한 물건일 거라는 사실도 알았고, 엄마가 하루가 멀다 하고 구타를 당하고 있다는 사실도 알았다. 그리고 어느 정도로, 어느 강도로 맞으면 퍼런 멍이 아닌 시커먼 멍이 드는지도 알았다. 너무나 잘 알았다. 저 역시 수십 번도 더 겪은 일이었기 때문에.

'몰랐······어요.'

하지만 그러지 않았기를 바랐기 때문에 아니라고 대답했다. 제가 집을 나오고 나서는 그렇게 하지 않았기를, 같이 도망가자는 예진을 버리고 아버지의 곁에 남은 엄마를 계속해서 그리 대하지는 않았기를 바라서. 그렇게 믿고 싶어서.

그러나 그 믿음은 언제나 보란 듯이 깨지곤 했다. 바로 지금처럼.

지갑을 든 예진이 창백한 얼굴로 접수처 앞에 섰다. 그 와중에도 머릿속으로는 수많은 것들을 곱씹고 있었다.

이제는 정말, 엄마를 더 이상 혼자 그 집에 둘 수는 없다는 것과 그녀와 함께 생활하게 된다면 한 달에 돈을 얼마나 더 벌어야 하는지 하는, 그런 구질구질한 생각들.

"보호자분."

가끔 하던 신문 배달을 매일 한다면 조금이나마 부담을 덜어 낼 수 있을 것이다. 그리고 또 자는 시간을 세 시간 정도 더 줄인다면 새벽 아르바이트를 하나 더 구할 수도 있었다. 그래, 그렇게만 하면······.

"저기, 보호자분."

정신이 든 예진이 흠칫 놀라며 접수처에 앉아 있는 직원을 바라보았다.

"잔액이 모자란다고 뜨는데."

"아······."

"혹시 다른 카드는 없으신가요?"

낭패였다. 생각보다 퍽 많이 나와 버린, 빼곡하게 찍힌 진료 명세서를 본 예진의 눈동자가 짤막하게 흔들렸다.

"저기, 정말 죄송한데."

주머니를 뒤적거린 예진이 몇 개의 체크카드를 끄집어냈다. 그것을 보는 직원의 눈썹이 살짝 찌푸려졌다.

"절반 정도만 먼저 계산하고, 나머지 금액은 다음에 내면 안 될까요?"

"네?"

"어차피 며칠은 입원해야 하니까…… 퇴원할 때 내면……."

"이걸로 계산하세요."

눈앞에 내밀어진 카드를 본 예진의 눈매가 가늘어졌다. 블랙카드였다. 기껏해야 십몇만 원이 들어 있는 제 체크카드와는 너무나 차이가 나는.

"앞으로 청구될 검사비, 입원비도 미리 다."

해준의 얼굴을 본 직원이 고개를 조아리며 카드를 받아 들었다. 그 모습을 지켜보는 예진의 눈가가 설핏 떨렸다.

"……동정이라도 해요? 지금."

동정. 동정이라고?

해준은 잠시 예진이 말한 동정이라는 단어의 뜻을 생각해 보았다. 그저 꼴보기 싫을 뿐이었다. 자꾸만 김미향과 겹쳐지는 그 빌어먹을 모습이 싫을 뿐이었다. 그래서 차라리 눈앞에서 조금이라도 빨리, 꺼져 주기를 바랐다. 이런 것도 동정이라고 부를까. 아마도 아닐 것 같았다.

해준은 대답하지 않은 채로 예진을 빤히 쳐다보았다. 오늘도 모든 것이 그대로였다. 구질구질한 그녀의 상황도 그러했고 어이가 없으리만큼 맹랑한 태도도.

미세하게 떨리고 있는 눈가를 제외한다면.

"너, 지금."

순간 해준의 입꼬리가 비틀어지듯 호를 그렸다

"……비참하구나."

예진의 눈동자가 거칠게 흔들렸다. 그 모습을 놓치지 않은 해준이 피식거리며 웃었다.

"이렇게 싸게 먹힐 비참함이었다니."

그 돈을, 생명 줄 같은 돈을 옥상에서 퍼부은 주제에…… 정말이지 우습기 짝이 없는 일이었다.

"꼴 보기 싫었을 뿐이야. 그런데 그냥 동정한 걸로 할게."

뿌득. 예진의 잇새에서 이가 갈리는 소리가 났다.

"이게 더 마음에 드니까."

해준의 말이 맞았다. 비참했다. 더 이상 비참할 수 없을 만큼 비참했다. 결국 지조나 자존심 같은 것은 아무짝에도 쓸모가 없었다. 지금처럼 당장 필요할 때 쓸 수 있는 돈이 없는 현실에서는 더욱더.

"저 엿 먹이려고 이 병원까지 쫓아왔어요?"

"아니."

"그럼?"

"나도 엿을 먹었거든. 오늘 널 엿 먹이는 건 내 일정에 없었다는 뜻이야."

해준을 쳐다보는 예진의 눈가가 가늘어졌다.

"비켜."

해준이 제 앞을 막아선 예진을 내려다보며 말했다. 입술을 꽉 깨물고 있던 예진이 낮은 목소리로 말을 이었다.

"갚을 거예요."

"……."

"떼먹는 일 없을 테니까 거만 떨지 마세요."

제 할 말을 다 내뱉은 예진이 미련 없이 몸을 홱 돌렸다. 멀어져 가는 예진의 뒷모습을 해준은 빤히 쳐다보았다. 마치 신기한 무언가를 보는 듯한 시선이었다. 아니, 어쩌면 조금쯤은 정말 신기하다고 생각하고 있을지도 몰랐다.

아무것도 없으면서, 불쌍하고 비참하면서, 왜 그렇게 발버둥을 치는지 이해할 수가 없어서. 제가 준 거액의 돈은 아무렇지 않게 버려 놓고 그 돈의 절반도 되지 않는 치료비에 급급해하는 꼴이 우스워서.

○ ◎ ●

엄마는 집으로 돌아가지 않았다.

아니, 돌아가지 못했다. 예진이 막무가내로 제 자취방에 끌고 갔기 때문이었다. 더 이상 가만히 두었다가는 엄마는 정말 죽을지도 모른다. 거기까지 생각이 미친 예진은 집으로 돌아가려는 엄마를 필사적으로 막았다. 그렇게 엄마와 함께 집으로 돌아온 지 며칠이 지났다. 엄마의 얼굴 위에 자리 잡은 상처들에는 그사이 딱지가 졌고 시커멓던 멍은 퍼런색으로 색깔을 바꾸었다.

"춥진 않지?"

엄마를 살펴보던 예진은 장롱 안에 넣어 두었던 얇은 이불을 있는 대로 다 꺼냈다. 그러곤 누워 있는 엄마의 몸 위에 덮어 주었다. 한 겹, 또 한 겹. 전기장판을 켠 것으로도 모자라 보일러까지 튼 예진은 꼼꼼하게 이불 속 온도를 확인했다. 한겨울에도 보일러를 틀지 않은 채로 지내던, 때문에 찬물 샤워를 고수하던 예진에게는 기가 찰 정도의 사치였지만 지금은 하나도 아깝지 않았다.

엄마가 함께 있으니까.

"엄마."

무릎을 꿇은 예진이 입을 꾹 다문 채 눈을 감고 있는 엄마를 바라보았다. 그날 이후로 엄마는 꼭 시체 같았다. 아무런 말도 하지 않았고 움직이지도 않았다. 매일같이 울려 대는 핸드폰을 바라볼 때만 유일하게 흠칫거리며 반응을 했다. 그래서 예진은 그녀에게서 핸드폰을 몰래 뺏었다. 예진이 아버지. 화면 위에 뜬 발신인의 이름을, 그 여섯 글자를 보지 못한 사람처럼.

"엄마."

엄마는 여전히 움직이지 않았다. 손을 뻗은 예진은 땀에 젖은 엄마의 얼굴을 조심스럽게 매만졌다. 눈을 뜨지 않는 엄마를 바라보면서 예진은 그녀가 꼭 깊은 잠에 빠져 버린 공주 같다고 생각했다. 맞아, 엄마는 공주인 거야. 나는 공주를 지키는 기사인 거고. 이 집은 성이야. 세상에서 유일하게 엄마를 지켜 낼 수 있는 성.

군데군데 곰팡이가 피고 하루에도 몇 번씩 바퀴벌레가 튀어나오는 집이었지만 예진은 처음으로 이 공간에서 안정감을 느꼈다. 아무도 찾아오지 않는, 아무도 찾아올 수 없는…… 그래서 아버지도 찾아올 수 없는 성.

"엄마, 뭐 먹고 싶은 거 없어?"

나 내일 월급날인데……. 예진이 작은 목소리로 말을 이었지만 돌아오는 대답은 없었다. 아마도 엄마는 깊게 잠이 든 것 같았다. 그 모습을 보니 또 마음이 아팠다. 아버지가 있는 그 집에서, 편히 자지도 못했을 엄마의 모습이 겹쳐 보이는 것 같아서.

"……엄마."

쭈뼛거리던 예진이 조심스럽게 그녀의 품으로 파고들었다. 따뜻했다. 그리운 냄새가 났다.

"엄마."

엄마, 엄마……. 예진은 이제 막 말을 하기 시작한 아이 같았다. 누가 보면 바보 같다며 손가락질을 할지도 몰랐다. 하지만 예진은 계속해서 엄마를 불렀다. 엄마란 존재들은 다 그런 걸까. 이름만 불러도 뭉클해지고, 걱정을 사라지게 하고……. 이렇게 계속 엄마의 품에 있으면 그 어떤 일도 감히 예진을 괴롭히지 못할 것 같았다. 그 누구도 엄마를 못살게 굴지 못하게, 강해질 수 있을 것 같았다.

예진은 그래서 지긋만 엄마의 이름을 불렀다. 지난 몇 년간 부르지 못했던 몫까지 한꺼번에 부르기라도 하듯이.

이제 정말, 다 괜찮을 거야. 좋아질 일만 남았을 거야. 엄마가 여기 있잖아. 우리 엄마가 내 옆에 같이 있잖아……. 그렇게 생각하며 예진은 천천히 눈을 감았다.

뼈만 남은 앙상한 손이 예진의 등을 쓸어내렸다. 잠이 든 예진을 품에 안은 엄마의 얼굴은 아프게 일그러져 있었다. 흉하게 딱지가 남은 볼을 타고 투명한

58

눈물이 흘러내렸다. 하얗게 부르튼, 마찬가지로 피딱지가 맺혀 있는 입술이 달 싹거리며 힘없이 움직였다.

미안. 미안하다, 예진아. 하지만 너무나 작은 목소리라서 예진의 귓가에 미처 가 닿지 못했다.

○ ◎ ●

박동호는 박도준을 위해서 되살아난 사람 같았다. 그러지 않고서는 이렇게까지 할 수는 없었다. 기가 차다는 표정을 지은 해준이 병상에 앉아 있는 그를 노려보았다.

"지금 뭐라고 하셨습니까?"

"경영 교육은 나중에라도 받을 수 있는 것 아니냐. 그러니……."

"나중에 경영 교육을 받아도 되는 거면, 그럼 그때 생각해도 될 일 아닙니까?"

"해준아."

"제가 맞춰 볼까요? 왜 하루빨리 지분을 나누려고 하시는 건지."

해준의 얼굴에는 조소가 어려 있었다. 어렵사리 상체를 일으켜 앉은 박동호는 저를 노려보고 있는 아들을 마주 보았다.

"시간이 없으시죠, 회장님은."

"……."

"내일 당장 돌아가시기라도 하면, 그 둘이 땡전 한 푼 챙기지 못할 게 걱정이 되어서."

"해준아!"

"그래서 그러시는 거잖습니까."

차라리 내일 당장이라도 죽어 버렸으면 좋겠다. 그래서 그 빌어먹을 모자가 어떤 것도 챙기지 못한 채로 길거리에 나앉았으면 좋겠다. 해준은 진심으로 그렇게 생각했다.

"그래. 아비 소원이다. 마지막 소원……."

"소원이요?"

"한평생 고생만 하면서 살았는데, 제 어미하고 단둘이서……."

주름이 자글자글한 박동호의 얼굴이 고통스럽게 일그러졌다.

"너는…… 너는 도준이가 불쌍하지도 않으냐?"

박동호를 노려보던 해준의 눈꼬리가 미세하게 떨렸다.

"그럼 회장님은 어머니가 불쌍하지도 않으십니까?"

말을 이으려던 박동호가 멈칫했다. 그러고는 싸늘한 얼굴을 한 해준을 바라보았다.

"어머니도 한평생을 살아도 산 게 아닌 채로 살았는데, 저하고 단둘이서."

어느 날부턴가 집에 잘 들어오지도 않는 당신을 기다리며, 우리 둘이서 그렇게 살았는데. 그럼, 우리는?

"……네 어미한테는 미안하게 생각한다."

"아, 그러세요."

"죽어서도 사죄하마. 그러니 제발…… 아비 소원 좀 들어 다오."

해준의 일그러진 얼굴 위로 조소가 스쳐 지나갔다. 거짓말이다. 박동호는 죽어서도 사죄하지 않을 것이다. 속 편하게 죽어 버릴 것이고 죽어서도 평화로울 것이다. 박도준과 김미향의 자리를 만들어 주었다면. 그러니 절대, 절대로 그는…… 불쌍한 김연희에 대한 생각은 죽어서도 하지 않을 것이다. 그 사실을 해준은 아주 잘 알고 있었다.

"해준아……."

"제가 들어줄 거라고 생각하시는 건 아니겠죠."

해준이 피식거리며 웃었다.

"그래도…… 그래도, 네 동생 아니냐……."

해준의 얼굴이 딱딱하게 굳었다. 전신의 피가 일제히 차갑게 식어 버렸다. 그렇게 싸늘하게 식은 피가 척추를 타고 머리끝까지 솟구치는 기분이 들었다. 동생? 동생이라고?

박동호의 멱살을 거칠게 잡아챈 해준이 일렁거리는 눈빛으로 그를 노려보았다.

"난 그따위 동생 둔 적 없어."

주름이 자글자글한 박동호의 얼굴 위로 허망한 빛이 일었다. 박동호의 얼굴을 노려보던 해준이 잡고 있던 멱살을 뿌리치듯 놓았다. 그리고 퍽 여상한 목소리로 말을 이었다.

"회장님, 부탁입니다. 제발 하루빨리……."

제발, 좀. 이 정도로 했으면, 좀…….

"죽어 버리세요."

박동호의 고개가 힘없이 처졌다. 검버섯이 피어난 볼품없는, 주름이 자글자글한 그의 얼굴을 싸늘하게 바라보던 해준이 자리에서 일어섰다.

"……."

병실에서 나온 해준은 복도 한편에 선 채 입술을 꽉 깨물었다. 결국 또 김미향이다. 또 박도준이다. 제 부인이 저 때문에 우울증에 걸려 손목을 긋고 입원을 했는데도 관심이 하나도 없다. 제가 드러눕고 있는 동안 회사를 지킨 것은 해준이었는데도 관심이 하나도 없다.

그렇게 김미향을 사랑했으면 정략결혼은 하지 말아야지.

아니, 정략결혼을 해서, 그래서 그 잘난 회사를 키워 냈으면 이따위로 한몫 챙겨 주려는 생각은 하지 말아야지. 뺏어 가려고 하면 안 되지. 내게 줄 수 있는 건 이것 하나뿐인 주제에.

여기서 더, 비참하게 만들지는 말아야지. 이렇게, 이렇게 비참하게는…….

'사랑받지 못하는 여자는 죽어도 되고 싶지 않았어.'

해준의 잇새에서 이가 갈리는 소리가 났다.

'그건 불쌍하고, 또 비참하잖니…….'

……맞아, 불쌍하고 비참해. 김연희는 불쌍하고 비참하지. 그래서 그런 거야? 불쌍하고 비참한 김연희가 낳은 아들이라서, 나도 불쌍하고 비참해지라는 거야? 한평생을, 나도, 뺏기고 뺏겨서 결국, 어머니처럼 되라는 소리야?

콰앙—!

부들거리며 떨리는 주먹이 기어코 얇은 철문을 내리쳤다. 핏줄이 선 눈으로 문을 노려보던 해준이 이를 악물었다.

"이사님……."

맞은편 복도에 서 있던 윤 비서가 쭈뼛거리며 해준에게 다가갔다. 이런 상황일 때는 곁에 다가가지 않는 게 상책이라는 걸 그도 이미 알고 있었다. 하지만 어쩔 수가 없었다. 눈치를 보는 그의 손에는 해준의 핸드폰이 들려 있었다.

흐트러진 머리를 쓸어 넘긴 해준이 제 핸드폰을 거칠게 낚아챘다. 그러고는 깜빡거리는 액정을 바라보았다.

[돈 돌려줄게요.]

"제 선에서 처리하려다가……."

[계좌를 부르든가, 아니면 찾아오든가. 편한 대로 하세요.]

"그, 여자분한테 온 연락이라서……."

'너 지금, 비참하구나.'

해준은 제 말에 차갑게 굳어 버리던 예진의 얼굴을 떠올렸다.

너는 참 편하구나. 이렇게 간단히 비참함을 없애 버릴 수 있어서. 비참함에도 가격을 매길 수 있는 걸까. 네 비참함이 돈 몇 푼으로 사라질 수 있는 것처럼, 내 비참함도 그렇게 없애 버릴 수 있을까. 만약 그렇다면 나는…… 값을 얼마나 치러야 할까. 얼마의 값을 치르면 이 엿같은 기분에서 벗어날 수 있을까. 핸드폰을 꼭 쥔 해준의 손등 위에 퍼런 힘줄이 돋았다 사라졌다.

○ ◎ ●

새로 구한 아르바이트는 치킨집 서빙이었다. 사장님은 예진의 자취방 맞은편 건물에 살고 있었다. 그래서 예진의 사정을 그나마 잘 알고 있는 사람이었다.

사장님, 정말, 정말 죄송한데……. 차마 말을 잇지 못하는 예진을 잠시 바라보던 그는 아무런 말 없이 한 달 치 월급을 가불해 주었다. 불행 중 다행이었다.

은행에 간 예진은 쪼개 놓은 여러 개의 체크카드에 들어 있는 잔액을 한데 긁어모았다. 치킨집 사장님이 가불해 준 월급과 다른 아르바이트의 월급, 그리고 일당 아르바이트들을 해서 번 돈 합치면 해준에게 빚진 병원비를 갚을 수 있었다. 물론 가불을 받았으니 그 간극을 채우기 위해 일급 아르바이트를 몇 개 더 하기는 해야 했지만 그 정도 수고쯤이야 아무것도 아니었다.

어쨌거나 집으로 향하는 발걸음은 가벼웠다. 걸음을 옮길 때마다 손에 들린 비닐봉지에서 마찰음이 들렸다. 봉지 안에는 엄마가 좋아하는 딸기가 들어 있었다. 지금 예진의 자금 사정으로는 퍽 사치스럽기 짝이 없는 소비였지만 그래도 사고 싶었다. 물론 이 딸기를 산 덕에 며칠 동안은 하루에 한 끼만 먹으며 버텨야 했지만 괜찮았다.

집에 가면 엄마가 있다.

저 멀리 위치한, 환하게 불이 켜져 있는 집을 본 예진의 얼굴 위로 엷은 미소가 스쳐 지나갔다. 지나가는 사람이라곤 아무도 없는, 그래서 더 을씨년스러운 골목길이 오늘은 하나도 무섭지가 않았다.

예진이 딸기가 든 비닐봉지를 흔들며 현관문을 열었다. 그리고 동시에 딱딱하게 굳었다.

없었다.

엄마가.

"……."

아니야.

잠깐 나간 걸지도 몰라…… 다급하게 방 안으로 들어온 예진이 주위를 둘러보았다. 하지만 엄마의 짐은 하나도 보이지 않았다.

"엄마……."

밖으로 뛰쳐나가려던 예진이 멈칫하고 자리에 섰다. 그러고는 부엌을 바라보았다. 다섯 평도 되지 않는 좁은 부엌의 식탁 위에는 아침까지만 해도 보지 못했던 것들이 있었다.

된장찌개, 달걀프라이, 나물 반찬 두 개. 하나도 전부 다 예진이 좋아하는 것들이었다. 차갑게 식어 버린 음식들을 바라보던 예진의 손끝이 미세하게 떨렸다.

'엄마, 나가자. 제발.'

아버지의 구타를 이기지 못한 예진이 그녀의 손을 꼭 붙들고 애원했던 바로 다음 날이었다. 엄마는 그날도 이 음식들을 만들어 줬다. 파리한 얼굴로 꾸역꾸역 식사를 마친 예진에게 엄마는 말했다.

미안하다. 미안하다, 예진아.

그 안에는 거절의 의미가 담겨 있었다. 마지막으로라도 제 딸이 좋아하는 것을 배불리 먹이려고 하는, 받아들이고 싶지 않은 배려 가득한 거절.

식탁 위 음식들을 쳐다보던 예진은 신발도 신지 않은 채 밖으로 달려 나갔다.

○ ◎ ●

예진은 꼭 무언가에 홀린 사람처럼 온 거리를 들쑤셨다. 초점 없는 눈, 아무것도 신지 않은 맨발. 그녀를 본 사람들이 수군거리는 소리가 들렸지만 무슨 말을 하는지 귀에 하나도 들어오지 않았다.

아직 떠나지 않았을지도 몰라. 아니, 가지 않았을 거야. 나를 두고, 나를 두고는 발이 안 떨어져서. 맞아. 그래서 지금도 망설이면서 어딘가에 서 있을 거야.

좁은 골목 하나하나까지 모두 샅샅이 헤집은 예진이 마지막으로 걸음을 옮긴 곳은 버스정류장이었다. 하지만 삼삼오오 모인 사람들 가운데에 그녀가 찾는 사람은 보이지 않았다.

멍하니 서 있는 예진의 앞에 버스가 다가와 멈춰 섰다. 잠시 후 사람들을 잔뜩 실은 버스는 미련 없이 달려가기 시작했다. 멀어져 가는 버스를 바라보면서 예진은 생각했다. 저 사람들은 모두 어디로 갈까. 아마 집으로 돌아갈 것이었다, 엄마처럼. 기어코 그 집으로, 제집으로 돌아가 버린 엄마처럼.

예진은 힘없이 발을 뗐다. 제가 지금 어디를 걷고 있는지도 모른 채로 걸음을 옮겼다. 시야가 점점 뿌예지며 번쩍이는 네온사인이 물감처럼 번졌다.

"엄마……."

왜 자꾸…… 나를 버려. 왜 또 나를 버려. 왜…….

"미친년아!"

예진의 곁을 아슬아슬하게 스쳐 지나간 자동차 운전자가 크게 욕지거리를 내뱉었다. 하지만 예진에게는 들리지 않았다. 그 어떤 소리도 들리지 않았다. 저도 모르게 도로 쪽으로 치우쳐 걷던 예진의 눈물 젖은 얼굴 위로 빨간 신호등 불빛이 번지듯 내려앉았다.

지겨워. 불쌍한 것도, 비참한 것도. 버림받는 것도, 이제는 다…….

빠앙―!

왼쪽에서 달려오던 대형 트럭이 다급하게 클랙슨을 울렸다. 고개를 돌린 예진이 못 박힌 듯 자리에 멈춰 선 채 제게 달려오는 트럭을 바라보았다. 예진의 몸이 트럭에 받히기 바로 직전의 순간이었다. 누군가가 그녀를 덮친 것은.

딱딱한 아스팔트 위에 쓰러진 예진의 얼굴에 어두운 그림자가 졌다.

"……너."

예진은 천천히 고개를 들었다.

"진짜 죽고 싶어 환장했어?"

해준이었다.

예진은 해준의 말에 대답하지 않았다. 멍한 얼굴로 자리에서 일어나 여태까지 온 길을 되돌아갈 뿐이었다. 유리 조각이라도 박힌 듯, 맨발에서 피가 질질 흐르는데도 신음 한 번 내뱉지 않았다. 그녀의 곁을 지나가는 사람들이 흘깃거렸지만 아무런 반응도 없었다.

해준은 조용히 예진의 뒤를 따랐다. 동행이 아닌 것처럼, 일정한 거리를 두고서 걸었다. 얼마 지나지 않아 저 멀리 익숙한 달동네가 보였다. 김미향과 박도준이 살았던 달동네. 지금은 한예진이 살고 있는 그 달동네.

"……한예진."

예진은 여전히 대답하지 않았다. 군데군데 페인트칠이 벗겨진 초록색 대문 앞 계단에 주저앉아 멍한 표정을 짓고 있을 뿐이었다.

'왜…… 여기까지 쫓아와서…….'

자신을 이해할 수 없었다. 그냥 돌아서 가 버리면 되는 것을. 그따위 푼돈, 받아도 그만이고 받지 못해도 그만인데.

어쩌면 자꾸만 겹쳐 보였기 때문일지도 모른다. 병원 앞, 펑펑 울며 자리에 주저앉던 예진과 어렸을 적 제 모습이.

해준도 저렇게 정처 없이 거리를 걸었던 적이 있었다. 예진이 엄마를 찾듯, 그때의 해준은 박동호를 찾았었다. 물론 해준 역시 지금의 예진처럼, 멍한 얼굴을 한 채 홀로 돌아왔었다.

"한예진."

차라리 빨리 집 안으로 들어가, 눈앞에서 꺼져 주기를 바랐다. 하지만 예진은 아무런 반응이 없었다.

"너—"

해준이 무어라 말을 이으려던 순간이었다.

창백하게 질린 예진의 뺨을 타고 눈물방울이 투두둑 떨어졌다.

전혀 생각지 못한 모습이었다. 얼마 되지 않는 그 푼돈을, 제 얼굴에 집어 던지기라도 할 줄 알았다. 빌린 돈 갚았으니 이제 꺼지라며 기세등등하게 소리칠 줄 알았다. 그 모습을 보면서 또 속을 뒤집어 놓을 말을 던질 생각이었다. 또다시 애먼 화풀이를 예진에게 할 셈이었다.

그런데 이렇게 우는 얼굴을 보게 될 거라고는…….

"도대체 뭐 하는 거야."

예진을 노려보던 해준이 천천히 말을 이었다.

"뭐 하는 거냐고."

예진은 대답 대신 낡은 철문에 머리를 기댔다. 해준은 그런 예진을 빤히 쳐다만 보았다.

예진이 입을 뗀 것은 한참이나 지난 후의 일이었다.

"……기다려요."

"뭐?"

"다시 돌아올 수도 있으니까……."

"……."

"이렇게 기다리고 있다 보면…… 다시 돌아올 수도……."

엄마아—!

절망에 빠진 예진의 비명 소리가 머릿속을 스쳐 지나갔다. 해준은 직감적으로 깨달았다. 예진이 말하는 기다린다는 사람이, 바로 그녀의 엄마라는 것을.

"너 정말 멍청하구나."

가시 돋친 말에 예진이 해준을 바라보았다. 공허와 무력감 말고는 아무것도 담기지 않은 눈동자였다. 그것을 마주 보자 부아가 치밀었다. 이유조차 알 수 없는 노여움이었다.

"넌 버림받은 거야. 버리고 떠난 사람이, 네가 이런다고 돌아올 것 같아? 퍽이나, 잘도."

예진은 대답하지 않았다.

"돌아올 사람이었으면 애초에 버리고 가지도 않았겠지. 병신 같은 계집애."

한 번 떠난 건 다시 돌아오지 않는다. 그것이 몸이든, 마음이든 마찬가지였다. 설령 다시 돌아오더라도 결국 변하는 것은 없었다. 한 번 버렸으면, 두 번 버리기는 쉽고 세 번 버리기는 더 쉬웠다. 해준은 그 사실을 누구보다도 잘 알고 있었다.

그래도 어머니는 기다렸다. 눈앞의 예진처럼. 그것도 평생에 걸쳐서.

"……모르잖아요."

"뭐?"

"그렇게 가 놓고도…… 후회하고 있을지…….."

"……."

"그래서 실은…… 내가 기다려 주기를 바라고 있을지도…… 모르잖아……."

"하."

해준은 기가 차 웃음을 터트렸다. 기다려 주기를 바란다고? 버리고 떠난 사람이 그런 걸 바란다는 게 말이 되지 않았다. 아니, 바란다고 한들 그것을 들어주어야 할 의무도 없다. 멍청한 짓이다.

"기다리는 게 아니라, 버림받았다는 걸 받아들이지 못하는 거겠지."

그래서 끝내는 상대방이 제가 기다리길 바란다고 합리화하는 것이다. 그렇게라도 하지 않으면, 견딜 수 없으니까.

저런 기다림에는 익숙했다. 평생 동안 보고 자라 왔으므로.

"멍청한 계집애."

여전히 돌아오는 말은 없었다. 해준은 예진을 짤막하게 노려보고는 골목을 내려가기 시작했다.

'……상관없는 일이야. 저 계집애가 무슨 짓을 하든.'

그게 설령 제 어머니를 떠올리게 하더라도, 저와는 상관없는 일이다.

해준은 입술을 짓씹었다.

"……."

골목을 내려가던 해준이 살짝 흠칫거렸다. 그러고는 하늘을 바라보았다. 비. 몸을 얼려 버릴 듯한 차가운 빗방울이 떨어지고 있었다. 한두 방울씩 떨어지던 비는 이내 소나기로 모습을 바꾸었다.

"빌어먹을……."

욕설을 내뱉은 해준이 내려온 길을 되돌아가기 시작했다. 커다란 보폭으로 걷던 걸음은 어느새 뜀박질이 되어 있었다. 그렇게 달려 예진의 집 앞에 도착한 해준은 거친 숨을 몰아쉬며 쓰러진 예진을 쳐다보았다.

멍청한 계집애…….

입술을 꽉 깨문 해준이 시체처럼 축 늘어진 예진을 안아 들었다.

○ ◎ ●

'당분간은 안정을 취하셔야 합니다.'

뼈만 남은 가녀린 손등에 박힌 주삿바늘을 바라보면서, 해준은 의사의 처방이 이루어질 수 없을 거라고 생각했다.

'몸이 많이 약해진 상태예요. 절대로 무리하시면 안 됩니다.'

애초에 가능성이 없는 말이었다. 풍파 어린 삶은 제 주인을 계속해서 집어삼킬 것이고, 예진은 그 파도 위에서 아슬아슬한 줄타기를 해야 한다.

이 이상 닳을 수조차 없을 너절한 삶. 딱히 새삼스럽지 않은 예진의 면모였다. 처음 봤을 때부터 항상 이 모습이었다. 그래서 더욱 생각하지 못했다. 이 보잘것없는 여자에게서, 제 과거를 떠올리게 될 줄은.

"젠장……."

보호자용 간이 의자에 앉아 있던 해준이 욕설을 내뱉었다. 짜증이 일었다. 갑자기 나타나 계속해서 심기를 불편하게 만들고, 또 거스르기도 하고, 제 예상을 벗어나고.

'그딴 식으로 자존심은 챙겼으면서.'

돈이 없어서 가난하고, 가난해서 불쌍하다는 건 망설임 없이 받아들이더니, 고작 버림받았다는 사실 하나를 인정하지 못해 이렇게 무너진 꼴이 우스웠다.

그래서 떠올랐던 걸까. 예전의 제 모습이. 또 그래서 기분이 나쁜 걸까. 저역시 버림받았다는 사실을 인정하지 못하고 있어서. 해준이 덧없이 피식거렸다.

그 순간 예진이 힘없이 눈을 떴다.

"남의 돈으로 병원 오는 게 취민가 보지?"

가시 돋친 말에도 돌아오는 반응은 없었다. 예진은 조용히 천장만을 응시할 뿐이었다.

"꼴 한번 가관이군."

"왜⋯⋯."

바싹 말라 터진 예진의 입술이 달싹거렸다.

"왜 데려왔어요, 병원."

"송장 꼴로 한다는 말이 고작 그거야?"

대답 대신 예진이 몸을 일으켰다. 길게 늘어진 수액 줄이 허공에서 힘없이 흔들거렸다. 그것을 멍하니 쳐다보던 예진이 막무가내로 손등에 꽂힌 바늘을 향해 손을 뻗었다.

"뭐 하는 거야."

"가야 돼요."

"뭐?"

"엄마가 왔을지도 모르니까."

"넌 아직도 주제 파악이 안 돼?"

해준이 예진을 침대 위로 거칠게 밀쳤다.

"말했잖아, 넌 버림받은 거라고. 며칠을 기다리고 몇 년을 기다려도 네 엄만 안 와!"

나뭇가지처럼 앙상한 손이 제 얼굴을 가렸다. 그 꼴을 보고 있자니 또 부아가 치밀었다.

"만에 하나 돌아온다고 해도, 또 안 떠날 것 같아? 멍청하기 짝이 없지."

어머니는 손목을 그었다. 하지만 박농호는 그런 어머니에게 관심조차 주지 않을 것이다. 똑같았다. 이 덜떨어진 여자애의 엄마나, 빌어먹을 박동호나.

"애초에 선택지에는, 네가 있지도 않은 거야."

누구에게 하는지 모를 말이 자꾸만 쏟아졌다. 괜한 화풀이라는 것을 알면서도 멈출 수가 없었다.

"네가 어떻게 되든 신경도 안 쓰겠지. 굶어 죽든, 말라 죽든 눈 하나 깜짝이나 할 것 같아? 왜 자꾸 주제 파악을 못 하고 병신처럼—"

똑똑.

묵직한 노크 소리가 병실 안을 울렸다.

"이사님, 윤 비서입니다."

"……기다려요."

흐트러진 머리를 쓸어 올린 해준이 씨근거렸다. 예진은 여전히 아무런 반응도 없었다. 바락바락 대들 때와는 영 딴판인 모습이었다. 시체처럼 누워 있는 예진을 노려보던 해준은 천천히 자리에서 일어섰다. 그러고는 병실 문을 거칠게 열었다 닫았다.

어둠이 내려앉은 병실에 다시 무거운 적막이 흘렀다.

치익, 치익 하며 가습기가 돌아가는 소리가 났다. 허리께까지 덮인 얇은 이불에서는 희미한 소독약 냄새가 났다. 닫힌 문 너머에서 박해준의 목소리가 어렴풋하게 들렸다. 그러나 그 어떤 것도 현실로 와닿지는 않았다. 꼭 꿈을 꾸고 있는 것 같았다. 지독한 악몽.

예진은 힘없이 눈을 감았다. 제 얼굴을 손으로 가렸다. 가시처럼 마른 손목을 타고 미지근하게 식은 눈물이 흘러내렸다.

○ ◎ ●

난생처음 받아 보는 귀빈 대접이었다. 아침, 점심, 그리고 저녁. 주치의는 하루에 세 번씩 병실을 찾아와 상태를 체크했고 끼니때가 되면 먹기가 아까울 정도의 특식이 차려졌다. 병원 밥이 맛없다는 정설은 VIP 병실에는 해당되지 않는 모양이었다.

'만성 과로에 영양 불균형이 심각합니다. 당분간 안정을 취하셔야 해요.'

'하지만 딱히 불편한 곳은 없는데요.'

'말씀드렸잖아요, 만성 과로시라고. 이게 쌓이고 쌓여서 병이 되는 겁니다. 요양한다고 생각하시고 며칠 푹 쉬세요.'

언젠가 소주병 파편이 박힌 얼굴로 병원을 찾았을 때, 그리고 아버지가 던진 재떨이에 이마를 정통으로 맞아 피를 흘리는 엄마를 데리고 갔던 응급실에서도 의사들은 그렇게 말했다.

'급한 건 해결했으니, 이제 그만 댁으로 돌아가세요. 침대가 모자라서요.'

돈이 없으면 중한 것도 가벼운 것이 되고, 돈이 있으면 가벼운 것도 중한 것이 되는 모양이었다.

팔자에도 없는 사치놀음은 생각보다 길어졌다. 며칠이 지났지만 예진은 아무런 생각이 없었다. 정확히 말하자면 어떠한 생각을 할 만큼의 기력이 없었다.

어떻게 보면 당연한 일일지도 몰랐다. 지난 몇 년간, 그녀가 그 풍파 어린 삶을 버틸 수 있게 한 원동력은 오로지 엄마의 존재뿐이었으니까. 하루빨리 빚을 갚고, 하루빨리 엄마를 그 지옥에서 데리고 와야 한다는 생각이 전부였으니까.

하지만 이제 그 원동력은 사라져 버렸다. 예진을 버리고 떠나가 버렸다.

모든 것을 놓아 버리고 싶었다. 그래서 계속해서 잠만 잤다. 꼭 겨울잠을 자는 동물처럼. 그리고 예진이 다시 현실로 돌아온 것은 병원에 입원한 지 3일째 되는 날이었다.

잠을 깨운 것은 의사도, 간호사도 아니었다. 얼굴에 내리쬔 겨울 햇볕이었다. 몇 시쯤 되었을까. 해가 중천에 떠 있으니 못해도 아침은 훌쩍 넘겼을 것 같았다.

"……휴."

몸을 일으킨 예진이 멍하니 침대에 걸터앉았다. 개운했다. 매일 아침마다 지겹게도 찾아오던 현기증도, 변누통도, 그 어떤 것도 느껴지지 않았다. 몸이 가벼웠고 정신은 맑았다.

몇 년간 하루도 쉬지 못하고 달려왔으니, 요 며칠의 휴식이 얼마나 가뭄에 단비 같았을지는 굳이 말로 하지 않아도 저 자신이 제일 잘 알았다.

그래서 갑자기 모든 것이 이질적으로 느껴졌다. 멀쩡한 몸도, 곰팡내가 나는 반지하 방이 아닌 1인실 병실도.

그중에서도 가장 이질적이면서 이상한 것은 박해준이었다.

"······자선 사업이라도 할 생각인가."

이 말도 되지 않는 사치를 제공해 놓고도 그는 모습을 보이지 않았다. 매일같이 찾아와 속을 뒤집어 놓는 말을 해도 전혀 놀랍지 않을 텐데.

그리고 보면 애초에 쓰러진 저를 데리고 병원에 온 것 자체부터 이해가 가질 않았다. 비를 맞든, 그러다 얼어 죽어 버리든 아무런 감흥도 없을 사람이.

'아니, 또 혹시 모를 일이지. 갑자기 불쑥 찾아와서 비아냥거릴지.'

어쨌거나 마주치지 않으니 마음은 편했다. 그러니 이 편한 마음이 어그러지기 전에 집으로 돌아가는 것이 가장 나은 선택이었다.

자리에서 일어난 예진이 옷을 갈아입기 시작했다. 사락거리며 바닥으로 떨어지는 환자복을 무표정하게 응시하면서 예진은 여러 가지 것들을 생각했다.

'일단 집으로 돌아가서, 아르바이트 사장님들께 연락을 해야겠어. 통장에 남은 잔고도 확인하고. 그리고 그다음에는······.'

다음에는······.

예진이 또 멍한 표정을 지었다.

집으로 찾아가 볼까.

엄마는 아버지에게 돌아갔을 것이다. 그 집이 아니라면 갈 곳이 없으니까. 예진은 어쩌면 지금 이 순간도 맞고 있을지 모르는 엄마를 떠올렸다.

내가 같이 떠나자고 해도, 그러겠다고 대답할까? 예전처럼 미안하다, 사과만을 내뱉지는 않을까. 억지로 데리고 나온다고 해도, 이런 식으로 또 나를 버리고 가지 않을까?

처음 버리는 것은 어렵지만 두 번 버리기는 쉽다. 횟수가 쌓여 갈수록 더 쉬워진다. 하지만 버림받는 사람의 입장은 달랐다. 한 번 버림받으면 마음이 찢어지지만 두 번 버림받으면 마음이 무너져 내린다.

용기가 나질 않았다.

'만에 하나 돌아온다고 해도, 또 안 떠날 것 같아? 병신 같은 계집애.'

"······."

'넌 버림받은 거야.'

73

차라리 원망이라도 하면 마음이 편할까. 예진은 고개를 저었다.

엄마는 죄가 없어. 무슨 사정이 있었을 거야. 나를 버려야만 했던 사정이…….

예진은 엄마를 원망하는 대신 제 무능력함을 원망했다. 제가 조금만 더 능력이 있었다면, 조금만 더 돈을 잘 벌었다면, 아버지가 진 빚들을 예전에 다 갚아 버렸다면 상황은 지금보다 더 나았을지도 모른다.

'애초에 선택지에는, 네가 있지도 않은 거야.'

얄팍한 자위는 한순간이었다. 자꾸만 그 얄미운 목소리가 머릿속을 웅웅거리며 맴돌았다. 그래, 나도 알아. 나도 안다고. 꽉 깨문 입술에서 비릿한 맛이 났다.

○ ◎ ●

예진이 묵는 병실은 건물의 제일 위층에 자리하고 있었다. 한 층에 겨우 병실 하나. 게다가 저에게 따로 배정된 주치의. 아무리 생각해 보아도 난 자리가 극명하게 눈에 띌 것 같았다. 1층에 가서 퇴원 수속을 밟아야 할까. 아니면 박해준에게 미리 연락을 해야 하나? 그런 고민을 하며 긴 복도를 걸어가던 순간이었다.

"입막음은 똑바로 시키세요……."

코너 끝에서 들려오는 목소리에 예진이 자리에 멈추어 섰다.

"적당히 조치하겠습니다."

"적당하게가 아니라, 확실하게 조치해요. 기사를 먼저 내보내든가."

"예."

"지병이라고 둘러대요. 검진 목적으로 입원했다고 해도 괜찮고. 자살 기도니 뭐니, 그런 말만 막으면 됩니다."

"그럼, 다른 기사 내용은……."

"방금 말하지 않았습니까?"

"지분에…… 관련된 기사를 더 내야 할 것 같습……."

"……."

"갑작스러운 결정인지라, 내부에서도 말이 많은 상황이라서……."

"아주 살판들 났군."

박해준의 목소리에는 짜증이 묻어 있었다.

"박도준이 경영 교육을 받기 시작했다는 말은 루머로 치부하고, 내부에서 경영권 싸움이 일어나고 있다는 얘기 역시 마찬가지입니다. 그에게 넘어간 지분은 전부 자회사의 것이며 아주 극소수라고 정정하세요."

"예."

"박동호 회장이 전면에 나서서, 사생아에게 회사를 넘겨주려 안달이 났다. 그따위 개 같은 소리만 묻으면 될 일입니다."

"알겠습니다."

"어머니나 박동호 회장에 관련된 건은 그렇게 내보내고, 나머지 기사들은……."

시선과 시선이 허공에서 마주쳤다. 코너 끄트머리에 서 있는 박해준이 설핏 인상을 찌푸렸다.

"나머지 기사들은, 알아서 처리하도록 해요. 이만 가 보세요."

"예."

윤 비서가 자리를 벗어나자 널찍한 복도에는 예진과 해준만이 남았다.

어디서부터 들은 거야. 해준의 얼굴이 딱딱하게 굳었다.

"있는 놈이나 없는 년이나……."

"뭐?"

"별다를 게 없네요."

예진이 피식거리고 웃었다.

"그래서 나한테 잔소리한 거였나 봐요. 버림받았니 뭐니, 인정을 하니 마니 하면서."

"그게 무슨 소리야."

75

"어쩐지 이상하다 싶었죠. 자기 일도 아닌데 그렇게까지 화를 내면서 소리를 질러 대는 꼴이."

해준의 눈매가 파르르 떨렸다.

"자기도 인정 못 하는 주제에 남한테 큰소리치는."

예진은 싸구려 모텔방에서 홀로 보았던 방송을 떠올렸다. 신이 난 패널들은 말했다. 박동호 회장과 그의 사생아와 관련된 이야기들을. 그때도 그랬다. 지분을 넘기니 마니 하면서 난리가 났다고. 그리고 기어코 그 지분은 사생아 박도준에게 넘어간 모양이었다.

"……지금 무슨 소릴 하고 싶은 거야, 너."

"그래도 없는 년이 조금 더 낫다는 거죠. 최소한 남들한테 어떻게 보일까 걱정할 일은 없으니까."

"그래서 내가 불쌍하기라도 하다는 거야? 너처럼?"

알지도 못하는 주제에. 무슨 일들이 벌어졌고, 자신이 어떤 심정으로 버티고 있는지 짐작도 못 하는 주제에. 화가 난 해준의 목소리가 커졌다.

"네."

돌아온 대답은 퍽 간단명료했다.

"너—"

"그런데 그게 뭐, 별거겠어요?"

"……뭐?"

"불쌍한 데다가 비참하기까지 한 나도 있는데."

"……."

"그쪽이 그쪽 입으로 그랬잖아요. 최소한 그쪽은 가진 게 많으니 나보다는 좀 낫겠지."

해준이 어이없다는 듯 피식거렸다. 그래, 틀린 말은 아니지. 예진은 불쌍한 데다 돈도 없어 비참하기까지 했지만 해준은 아니었다. 불쌍하긴 해도 가진 것은 많았다. 그가 가진 것들이 그를 계속해서 비참함 속으로 몰아넣고 있어도 '예진 정도'로 상황이 나쁘지는 않았다.

그녀가 가진 불행의 크기가 너무나 컸기 때문에 할 수 있는 말이었다.

해준은 생각했다. 제 불쌍함을 아무렇지 않은 것으로 치부해 줄 수 있는 사람은 아마 이 여자뿐일 거라고.

"……위로라고 하기에는 너무 쓸데없는 오지랖인데."

"내가 지금 그쪽을 위로할 수 있는 군번으로 보여요?"

이번에는 예진이 피식거렸다.

"난 이제 돌아갈 거예요. 얼굴 안 보고 갔으면 더 좋았겠지만 이미 마주쳤으니 어쩔 수 없고."

"넌 참 잘도……."

"……."

"잘도 사는구나. 그렇게 불쌍하면서."

"……그만해요. 불쌍한 연놈들끼리 싸워 봐야 뭐 남는 게 있다고."

예진을 바라보는 해준의 눈은 고요했다. 그러니까, 이해가 가질 않았다. 그렇게 불쌍하면서, 그렇게 비참하면서, 내 앞에서 무너져 내릴 때는 언제고 이렇게 다시 기운을 차리는 것이.

"오지도 않을 사람 기다리면서 멍청한 짓이나 하겠지, 너는."

"그쪽이 무슨 상관이에요?"

"그래서 기운 차린 거, 아냐? 덜떨어진 짓 되풀이하려고."

"기다릴 거예요."

"……."

"불쌍하고 비참해도 기다릴 거예요. 그럼 언젠가 돌아올지도 모르죠. 그쪽이 아무리 속 뒤집는 얘기를 해도 난 신경 안 써요. 그러니까 괜히 힘 낭비하지 마세요."

예진이 손에 쥐고 있던 가방을 어깨에 멨다. 그러고는 엘리베이터로 가 버튼을 눌렀다. 얼마 지나지 않아 띵, 하는 소리가 울리며 문이 열렸다. 엘리베이터에 올라탄 예진이 문 너머에 서 있는 해준을 바라보며 마지막으로 입술을 떼었다.

"다시는 보지 말죠, 우리. 같잖은 내기에 소비할 감정, 난 이제 없으니까."

차가운 고철 문이 스르륵 닫혔다.

홀로 남겨진 해준은 한 층 한 층 내려가는 빨간색 숫자를 물끄러미 쳐다보았다. 숫자가 1로 변하고, 또다시 오르락내리락 할 때까지 그는 움직이지 못했다.

○ ◎ ●

어머니는 시체 같았다.

해준은 아까부터 모친의 손목만을 바라보고 있었다. 이불 밖으로 살짝 삐져나온, 가시같이 앙상한 손목에 겹겹이 둘린 하얀 붕대가 퍽 이질적이었다. 그래서인지 저도 모르게 자조 섞인 웃음이 흘러나왔다. 코미디였다. 과일을 깎다 과도에 손가락 끝을 살짝만 베여도 눈물 바람을 하던 사람이, 기껏해야 한두 방울 피가 맺힌 상처를 바라보면서도 흉이 남으면 어쩌느냐고 발을 동동 구르던 사람이, 이렇게 제 손목을 난도질할 줄이야.

면도날에 베인 그 틈. 피가 줄줄 쏟아져 나오고 생명이 폭포같이 흘러나왔을 그 틈은 잘 기워졌다. 의사의 말에 의하면 흉이 남겠지만 원한다면 성형수술로 재건할 수도 있다고 했다. 하지만 그게 무슨 소용이 있을까. 몸의 흉터가 사라진다고 한들 없었던 일이 되는 게 아니었다. 상처를 아물게 한다고 한들 찢어진 마음까지 낫게 할 수는 없었다.

그래서 이렇게 죽어 가는 사람 같은 거야? 해준은 모친의 손목을 쳐다보며 생각했다. 채 기워지지도, 지혈되지도 못한 김연희의 심장에선 어쩌면 지금도 피를 줄줄 흘러나오고 있을지도 모르겠다고.

찢어진 살은 기워 내면 그만이지만 조각난 마음은 아무도 기워 줄 수 없다. 자신이 직접 해야 한다. 그것이 유일한 방법이었다. 하지만 김연희는 제 마음을 누덕누덕 기워 가며 살아갈 수 있을 정도로 모진 성정이 아니었다.

"회장님이 박도준에게 회사 지분을 넘겼답니다."

그 사실을 뻔히 알면서도 해준은 모친의 속을 긁는 소리를 했다.

"솔직히 이렇게 막무가내로 나오실 줄은 몰랐습니다. 아주 급하신 모양이에요. 남은 시간이 얼마 없으니."

텅 빈 어머니의 두 눈이 처연했다.

"우리 도준이, 우리 미향이 한몫 챙겨 주기 전까지는 편하게 눈감을 수 없다, 이런 뜻이겠죠."

"……."

"사실 그렇게 놀랄 일도 아니긴 해요. 여태까지 해 오신 걸 보면 말이에요. 어머니도 그렇게 생각하시죠?"

매달리는 부인을 내치고 집을 나갔던 일. 어린 해준을 밀어 내고 김미향과 박도준을 감쌌던 일, 의식을 차리자마자 김연희가 아닌 김미향을 찾았던 일. 세세한 이야기까지 입에 담지는 않았다. 어머니는, 그 지난한 사건들을 저보다 더 선연하게 기억하고 있을 테니까.

"결국 우리는 아무것도 아니란 소리예요. 어떻게 되든 신경도 안 쓰겠죠. 굶어 죽든, 말라 죽든 눈 하나 깜짝이나 하겠어요? 당장 오늘 우리 둘이 목매 달고 죽어도 잘됐다고 할 인간이에요, 그 사람은."

……증오든 분노든 상관없어. 인정하란 말이야. 버림받았다는 걸 인정하면 될 일이잖아. 그리고 다시 일어나면 되잖아. 가진 거 하나 없는 그 멍청한 계집애, 그 불쌍한 계집애도 하는 일을 왜 당신은 못 하는 거야.

"지겹지도 않아요, 어머니는? 이렇게 매번 상처받고 매번 무너지는 거."

해준은 입술을 꽉 깨물었다.

"……이럴 이유가 없어요."

"……."

"그 자식 때문에, 이럴 이유 없다고요……."

꼭 쥐어진 주먹이 파르르 떨렸다. 원망인지, 설움인지 알 수 없는 뜨거운 무언가가 심장을 겉돌았다. 그래서 해준은 더 이상 말을 잇지 못한 채 연희의 대답만을 기다렸다. 하지만 아무리 기다려도 원하는 것을 얻을 수는 없었다. 대답 대신 돌아온 것은 마른 볼을 타고 맥없이 흘러내린 눈물뿐이었다.

○ ◎ ●

일상으로 돌아오는 것은 금방이었다.

아르바이트를 하는 곳의 사장들에게는 한 명 한 명 찾아가 직접 사과를 했다. 몸이 너무 좋지 않아 병원에 입원했었다는 말을 덧붙였다. 잔소리를 듣는 것은 물론, 잘리는 상황까지도 각오했지만 혼을 낸 사람은 한 명도 없었다. 모두가 걱정스러운 눈으로 이야기했다. 그러니까, 이제부터는 몸 좀 사려 가면서 일하라고.

바뀐 것은 없었다. 예진은 다시 24시간을 쪼개고 쪼개어 아르바이트를 했고 일이 끝나면 VIP 병실이 아닌 곰팡이와 바퀴벌레가 들끓는 반지하 자취방으로 돌아갔다. 새삼스러운 고됨을 느낄 수도 없을 만큼 구질구질하고 너절한 삶.

지쳐 쓰러질 것 같으면서도, 일어나 물 한 컵 들이마실 기력조차 없으면서도 예진은 잠들기 전에 늘 엄마를 떠올렸다. 그러곤 이내 불안해했다. 혹시 지금도 아버지에게 맞고 있는 건 아닐까. 피를 흘리며 쓰러져 있는 건 아닐까.

퀴퀴한 반지하방 현관문은 언제나 열려 있었다. 혹시라도 엄마가 돌아오지 않을까 하는 기대 때문이었다. 훔쳐 갈 것 하나 없다는 게 이렇게 도움이 될 줄이야. 예진은 쓰게 웃었다.

오늘도 안 오고 내일도 안 오면, 이번 주 주말에는 꼭 찾아가자. 싫다고, 안 간다고 해도 억지로 끌고 오자. 도망가면 또 잡아 오고, 도망가면 또 잡아 오고. 그렇게 하다 보면 언젠가는 엄마도 아버지를 버리는 날이 오겠지.

나를 버리는 게 아니라, 아버지를.

하지만 그 생각은 주말 아침이면 영락없이 사라져 버렸다. 아무리 예진이라고 해도 또 세 번이나 버림받을 용기는 없었다. 그래서 자꾸만 미루게 되었다. 이번 주 주말을 다음 주 주말로. 다음 주 주말을 다다음 주 주말로.

그리고 생각지 못한 뉴스를 접한 것은, 몇 번의 주말이 지난 후의 어느 날이었다.

○ ◎ ●

"어휴, 웬 비가 왜 이렇게 온다니."

계산대에 몸을 기댄 사모님이 짜증 섞인 푸념을 했다. 배달용 치킨 박스를 접던 예진이 고개를 돌려 창밖을 바라보았다. 매서운 겨울비가 후두둑거리며 쏟아지고 있었다. 사람 하나 보이지 않는 구석진 골목, 가로등 불빛이 평소보다 더 을씨년스럽게 느껴졌다.

"오늘 홀 손님 받기는 글렀네."

"그럼 의자 올리고 청소할까요?"

"너는 무슨 일 못 해 죽은 귀신이 붙었니? 그냥 앉아서 쉬어."

말투는 까칠했지만 속뜻은 쉬라는 배려였다. 그것을 알아차린 예진이 설핏 웃었다.

"그럼 박스라도 몇 개 더 접죠, 뭐."

"얘, 이거나 먹고 하자."

식어 빠진 프라이드치킨이 테이블 위에 올려졌다. 그렇지 않아도 오늘 하루 종일 한 끼도 못 먹은 참이었다. 눅눅한 기름 냄새에 무시하고 있었던 배고픔이 불쑥 고개를 쳐들었다.

"맥주 마실래?"

"아뇨, 저 술을 못해서⋯⋯."

"소주는?"

"그것도⋯⋯."

"그럼 말어."

까드득. 사모님이 새 소주병을 깠다. 술잔을 보면서 예진은 차가운 치킨 열심히 씹었다. 딸랑. 꼴꼴거리며 잔이 채워지는 소리에 뒤이어 방정맞은 종소리가 울렸다.

"어휴, 밖에 비가 말도 못 하게 와."

"뭐, 우린 눈이 없어? 우리도 알어."

시큰둥한 태도는 빗속을 뚫고 배달하고 온 남편에게도 여전했다. 빈 소주잔을 내려놓은 사모님이 사장님을 향해 손짓을 했다.

"이리 와, 남은 거나 먹고 가게."

그럴까. 우비를 바닥에 아무렇게나 집어 던진 사장이 예진의 맞은편에 앉았다.

"아, 예진이 너 이따가 갈 때 남은 것도 싸 가라. 여편네가 닭을 한꺼번에 튀겨 가지고 아직 몇 마리나 더 남았어."

"감사합니다."

"감사하긴."

사장이 피식거리며 리모컨을 집어 들었다. 그러고는 버릇처럼 텔레비전을 켰다. 연예 프로그램, 다큐멘터리, 드라마. 지직거리는 브라운관 화면이 몇 번이고 바뀌었다.

잠시 후, 시사 프로그램이 방송되고 있는 채널에 화면이 고정되었다.

"허어……."

사장의 목소리에는 어딘가 모를 기가 참이 묻어 있었다. 오독거리며 무릎 씹던 예진이 고개를 들어 텔레비전을 쳐다보았다.

[SL그룹 경영권 다툼 발발…… 후폭풍 거셀 것으로 예상돼]

헤드라인에 고정된 예진의 눈동자가 짧게 흔들렸다.

— 지난달, SL그룹의 박해준 대표이사는 세간에 돌고 있는 혼외자 이슈에 관한 루머를 정정한 바 있는데요.

"……."

— 혼외자의 존재를 인정하고, 그가 일정 지분을 넘겨받은 것도 사실이지만 경영권에는 손을 대지 않을 것이라는 내용이었습니다. 하지만 금일, 박동호 회장이 후계자로 혼외자 박도준 씨를 지목해…….

"거참, 별일이 다 있네."

ㅡ그룹 내부에서도 의견이 갈리고 있어 경영권 다툼이 거세질 것으로 예상…….

"머리 아프게 뭐 이런 걸 보고 있어? 이리 내놔."

조잘거리며 떠들어 대던 패널의 얼굴 위에 드라마 화면이 겹쳐졌다. 흔하디 흔한 내용의 주말 드라마였다.

"저런 거 암만 본들 뭐 해. 우리랑 다른 세계 이야긴데."

그렇지. 그렇겠지. 재벌들의 경영권 싸움보다는 찢어지게 가난한 여자 주인 공이 찢어지게 가난한 남자 주인공을 만나 찢어지게 가난한 시댁에서 구박받고 사는 내용의 드라마가 더 현실적이었다. 예진에게도, 사장 부부에게도.

"아, 망할 놈의 여편네 무식한 거 티 내기는."

소주잔을 뺏어 들은 사장이 남아 있는 술을 제 입 안에 털어 넣으며 웅얼거렸다.

"내가 뭐가 무식해? 나도 저 그룹 누가 운영하는지 알아. 뉴스 보면 만날 박해준, 박해준 얘기하더만."

"회장 앓아누운 후부터 회사 운영은 그 인간이 다 했다고 하던데."

"운영 잘해 놓으면 뭘 해? 남 주게 생겼는데."

"그러니까 불쌍하다는 거지. 아무리 그래도 자기 친아들을 저렇게 내쳐? 회장이라는 사람도 너무하잖아."

"내침 당해 봤자 등 따시고 배부르게 살 텐데 뭐가 불쌍해?"

생판 모르는 남 걱정할 시간에 우리 가게나 걱정해. 사모가 툴툴거렸다.

'……그래서.'

"……"

'그래서 내가 불쌍하기라도 하다는 거야? 너처럼?'

순간 벌게진 눈으로 쏘아보던 박해준의 얼굴이 떠올랐다.

'그러니까 불쌍하다는 거지. 아무리 그래도 자기 친아들을 저렇게 내쳐?'

'최소한 그쪽은 가진 게 많으니 나보다는 좀 낫겠지.'

불쌍함과 비참함에 값어치를 매길 수 있을까. 그것이 가능하다면 예진의 불쌍함, 비참함의 값어치는 고작해야 몇천만 원이었다. 아버지가 남긴 빚. 끊임없이 허덕이는 삶을 살아야만 하는 그 이유. 바꿔 말하자면 몇천만 원만 있으면 사라질 수 있는 불쌍함과 비참함.

박해준의 불쌍함과 비참함의 값어치는 얼마일까. 예진은 생각했다. 몇십억? 몇백억? 몇천억? 어쩌면 몇조일지도 몰랐다. 확실히 알 수가 없었다. 그 잘난 SL그룹의 값어치에 대해서는 단 한 번도 생각해 본 적이 없었으니까.

박해준은 말했다. 고작 몇천만 원 때문에 그렇게 불쌍하게 사느냐고. 몇천만 원 때문에 불쌍해지는 것은 어리석은 일이고, 수백억 때문에 불쌍해지는 것은 감내할 만한 일일까? 그나마 배가 부르고, 등이 따실 수 있으니, 돈 걱정 하지 않고 살 수 있으니 그쯤은 아무렇지 않은 일이 되는 걸까?

"……잘 먹었습니다."

예진이 먹다 만 치킨을 접시 위에 올려놓으며 말했다. 왠지 모르게 목이 막혔다. 겨울비처럼 차게 식은 치킨 때문만은 아니었다.

"저거, 김씨 아줌마 아냐?"

브라운관에 고정돼 있던 시선들이 창문으로 향했다. 얼룩덜룩한 앞치마를 입고 달려오고 있는 사람은 골목의 입구에서 분식집을 하는 아주머니였다. 다닥다닥 붙은 달동네에 사는 예진의 이웃 주민이기도 한.

"예진, 예진 학생!"

문을 벌컥 열고 들어온 아주머니가 허옇게 질린 얼굴로 거친 숨을 내뱉었다.

"아주머니? 무슨 일이세요?"

"지금 이러고 있을 게 아니라…… 얼른, 얼른 집에 가 봐. 빨리!"

쿵, 쿵, 쿵. 온몸에 불안한 파동이 일었다. 자리를 박차고 일어난 예진이 빗속으로 달려 나갔다.

○ ◎ ●

꽁초 끝에 매달린 회색 재가 눈처럼 날렸다. 죽지 않은 불씨가 값비싼 책상에 시커멓게 눌어붙어 그대로 점이 되었다. 그렇게 만들어진 점이 오늘만 수십 개였다.

"……."

텅 빈 눈동자가 잡기가 나뒹굴고 있는 바닥을 응시했다. 깨진 크리스털 재떨이, 노트북, 낙엽처럼 어지러이 흩어진 문서들. 그리고 저와 박동호 회장의 사진이 실린 일간지.

꽉 깨문 입술에서 비릿한 맛이 났다.

'네가 정 아비 부탁을 안 들어주겠다면…….'

이른 새벽 전화가 걸려 왔다. 핸드폰 너머로 들려오는 박동호의 목소리에는 노기가 잔뜩 묻어 있었다.

'나도 다 생각이 있다.'

해준은 박동호를 비웃었다. 병상에서 일어나지도 못하는 양반에게 무슨 생각이 있고, 또 무슨 힘이 있다고. 그렇게만 생각했다. 얼굴이 새하얗게 질린 윤 비서가 저를 찾아오기 바로 전까지.

……오만이었다. 박동호가 이런 식으로까지 뒤통수를 치지는 않을 거라고 여긴 멍청한 신뢰가 불러온 빌어먹을 오만.

경영 교육도 받지 않은 혼외자를, 게다가 해준보다도 한참이나 나이가 어린 박도준을 차기 회장으로 점찍는 것은 말도 되지 않는 일이었다. 누구보다도 박동호 자신이 제일 잘 알고 있을 것이다.

이것은 그저 협박에 불과했다. 해준이 순순히 지분을 넘겨주는 게 더 현명한 선택이라는 걸 알려 주는 협박. 그리고 제가 원하는 대로 하지 않으면 그 어떤 일이든 벌일 수 있다는 일종의 쇼였다.

하지만 그 협박과 쇼는 너무나 잘 먹혀들었다. 언론은 박동호의 속뜻에는 별로 관심이 없었다. 오랜만의 빅뉴스에 신이 나 한껏 떠들어만 댈 뿐이었다. 그리고 그 이슈로 가장 큰 타격을 받는 것은 물론 해준이었다.

그리고 해준의 모친, 김연희.

그걸 아는 사람이, 알고도 남을 사람이…….

화를 삭이던 해준이 피식거렸다.

······아니, 아니까 이렇게 한 거야.

박동호는 제 발언으로 인해 흔들릴 기업의 이미지나, 해준의 평판에 대해서는 전혀 신경 쓰지 않았다. 어쩌면 제게 쏟아질 비난의 화살도 개의치 않을지도 몰랐다. 그에게는 제 친아들도, 본처도, 혼외자와 내연녀가 있다는 허물을 숨기는 것도 중요치 않았다. 제가 아직 힘이 있을 때 김미향과 박도준에게 한 몫을 챙겨 주는 것만이 중요했다.

'그래서 엄마는 참 노력을 많이 했어. 네 아버지에게 사랑받고 싶어서. 사랑받지 못하는 여자는······ 죽어도 되고 싶지 않았어. 왜냐면 그건······.'

"······."

'그건 불쌍하고, 또 비참하잖니.'

말간 얼굴로 이야기를 하던 어머니의 얼굴이 스쳐 지나갔다. 해준은 주먹을 꼭 쥐었다.

얼마든지 불쌍해진다. 앞으로도 평생 그럴 것이다. 박해준과 김연희는 늘 박도준과 김미향에게 밀려나는 인생을 살 것이다.

'어쩐지 이상하다 싶었죠. 자기 일도 아닌데 그렇게까지 화를 내면서 소리를 질러 대는 꼴이. 자기도 인정 못 하는 주제에 남한테 큰소리치기는.'

그래, 인정하고 싶지 않았다. 저도 인정하지 못하면서 어머니에겐 인정을 종용했다. 우리는 버림받았다는 것을. 하지만 인정해야, 괜찮아질 수 있는 거잖아. 그렇게 생각했다. 그러나 그것도 틀렸다. 괜찮아질 수 있을 리 없었다. 이것은 해준이 인정을 하고 말고의 문제가 아니었다.

이렇게 존재 자체를 부정당하는데, 내가 뭘 어떻게 해야 해?

해준은 처음으로 이해했다. 불쌍한 건 참을 수 있지만 비참해지면 살아갈 수 없다던 예진의 말을.

숨이 턱 막혔다. 현기증이 일었다.

'그래서 내가 불쌍하기라도 하다는 거야? 너처럼?'

'네.'

이 순간 우습게도 그 멍청한 계집애가 떠올랐다.

'그런데 그게 뭐, 별거냈어요? 불쌍한 데다가 비참하기까지 한 나도 있는데.'

아니야. 넌 틀렸어. 난 비참해. 비참하다고. 누구도 이해할 수 없을 만큼 비참해. 모두가 날 동정하고 불쌍하게 여길 정도로 비참해. 너 따위는 상상할 수 없을 만큼. 그깟 돈 몇 푼으로는 감히 해결할 수 없을 만큼.

그렇게 생각하면서도 인정하고 싶지는 않았다. 차갑게 식은 손끝이 파르르 떨렸다. 양손으로 얼굴을 감싸 쥔 해준이 신음 비슷한 소리를 냈다.

'최소한 그쪽은 가진 게 많으니 나보다는⋯⋯.'

가쁘게 들썩거리던 등의 움직임이 멎었다.

'좀 낫겠지.'

너절하게 앉아 있던 해준이 자리를 박차고 일어섰다. 그러고는 어두운 이사실을 달려 나갔다.

졸렬하다고 해도 상관없었다.

지금 해준에게는 기댈 곳이 필요했다. 저를 이해해 주는 사람이 아닌, 저를 감싸 안아 줄 따뜻한 마음을 가진 사람이 아닌, 저보다 더 불행한 사람. 저보다 더 불쌍하고 비참한 사람. 그래서 감히 해준을 가엾다고 생각하지 않을⋯⋯.

또, 그런 말을 해 줄 수 있는 사람이 필요했다. 그것 말고는 도저히 버틸 수 있는 방법이 정말이지 아무것도 없어서.

○ ◎ ●

차갑게 젖은 와이셔츠가 달라붙은 살갗에 소름이 오소소 돋았다.

비가 쏟아지는 달동네는 을씨년스럽기 짝이 없었다. 텅 빈 좁은 길목, 깨져버려 불조차 들어오지 않는 낡은 가로등. 그 낯선 동네를 해준은 무턱대고 걸었다.

개미굴 같은 골목길들은 다 똑같은 모양새를 하고 있었다. 어렴풋한 기억에 의지해 예진의 집을 찾는 것은 생각보다 쉬운 일이 아니었다. 하지만 그 걱정은 이내 사라져 버렸다. 페인트칠이 벗겨진 낡은 초록색 대문 덕분이었다. 끼익 소리를 내며 아슬아슬하게 매달려 있던 그 대문은 길바닥 한복판을 나뒹굴고 있었다. 고개를 돌리자 문이 있던 자리가 뻥 뚫려 있어, 지하로 내려가는 계단 입구가 훤히 보였다. 꼭 지옥으로 향하는 입구 같았다.

어두컴컴한 계단 밑을 내려다보던 해준의 눈매가 가늘어졌다. 지직거리는 소리가 났다. 텔레비전 소리인 것 같았다. 빗줄기에 가려진 어슴푸레한 달빛에 몸을 의지한 채 해준은 천천히 걸음을 옮겼다. 그러고는 활짝 열려 있는 반지하방 문 앞에 섰다.

성한 것이 하나도 없었다. 난장판이었다. 깨진 그릇, 전등 파편, 부서진 목재, 더럽혀진 옷들. 그리고 신발 자국이 또렷하게 남은 방바닥까지 전부 다. 불빛이라고는 시커먼 줄들이 죽죽 그어진 텔레비전 화면이 유일했다.

예진은 그 아수라장 한가운데 멍하니 앉아 있었다.

시선과 시선이 허공에서 마주쳤다. 예진의 얼굴에서는 아무런 표정도 보이지 않았다. 절망, 분노, 슬픔. 그 어떤 감정도 없었다. 있는 것이라고는 새파란 피멍들과 입술가의 핏자국뿐이었다.

"감시라도 하나 봐요. 비참할 때마다 찾아와서 비아냥거리려고."

해준은 대답 대신 물었다.

"이게 뭐야."

"……"

"너, 왜 이래."

"……도망갔대요."

부르터 갈라진 예진의 입술이 달싹거렸다.

"하루아침에, 혼자서. 날 담보로 돈을 꾼 다음에."

길게 드리워진 속눈썹이 천천히 깜빡였다. 브라운관 불빛에 드러난 옆모습이 불쌍할 정도로 처연했다.

"참 쉬워요, 우리 아버지는. 돈을 빌리는 것도, 나를 망치는 것도, 혼자 도망가는 것도."

"⋯⋯."

"항상 나예요. 모든 걸 뒷수습하는 것도, 그럼에도 불구하고 또 버림받는 것도."

해준은 대답하지 않았다.

"다 나야."

집으로 달려왔을 때는 이미 늦어 있었다. 모든 것이 박살 난 뒤였다. 집 안을 아수라장으로 만든 사람은 예진도 잘 알고 있는 사채업자였다. 아버지에게 매번 돈을 빌려주었던 사람. 예진에게 매번 돈을 받아 갔던 사람.

이게 무슨 짓이에요! 눈이 뒤집혔다. 곧장 사채업자에게 달려들었다. 멍청한 짓이었다. 거센 손아귀에 머리채가 휘어잡히고 입술이 터질 때까지 뺨을 맞았다. 사채업자는 말했다. 네가 안 지켰잖아. 일자도, 금액도.

배를 곯을지언정 돈을 상환하는 날짜를 어긴 적은 단 한 번도 없었다. 그럴 리가 없다는 예진의 말에 사채업자는 생각지도 못한 아버지의 소식을 전했다.

못 들었는가 봐? 벌써 일주일도 더 됐는데, 네 아비가 돈 새로 꿔 간 거.

연락이 안 돼서 찾아갔더니 이미 들고 날랐더라고.

그래도 뭐, 상관은 없었지. 어차피 네가 갚을 거라고 했으니까.

⋯⋯근데 아무리 기다려도, 네가 돈을 안 부치더라고?

그럼 엄마는, 우리 엄마는요? 우리 엄마는 어디 있어요? 멍청한 예진은 그 와중에도 제 엄마 걱정을 먼저 했다. 물론 돌아온 대답은 그리 도움이 될 만한 것이 아니었다.

왜, 어미라도 팔아서 돈 갚게? 그럼 알아봐 주고.

"⋯⋯겨워."

고개를 푹 숙인 예진이 제 머리카락을 아무렇게나 헝클었다.

"지겨워⋯⋯."

화가 나지도 않았고 슬프지도 않았다. 그런 감정은 이미 아주 오래전에 사라져 버렸다. 화를 내는 것도 사치였고 우는 것도 사치였다. 어차피 울부짖을 힘도 없었다. 이젠 이런 꼴을 보이는 게 창피하지도 않았다. 그냥 지겨웠다. 자꾸만 목을 죄어 오는 인생이, 숨을 쉬는 것이, 사는 것이, 모든 것이. 그래서 이렇게 쓸데없는 말을 쓸데없는 인간에게 하고 있는 걸지도 몰랐다.

"……."

해준은 고요한 눈으로 예진을 응시했다. 한예진은 오늘도 제 기대를 저버리지 않았다. 상상 이상으로 불쌍했고 상상 이상으로 비참했다. 제 비참함 정도야 아무것도 아니라고 느낄 만큼. 남의 불행을 보며 내가 낫다고 자위하는 것이 역겹기 짝이 없는 행동이라는 걸 저도 알았다.

그래서 해준은 거래를 하기로 했다.

그 역겨움과 졸렬함을 돈으로 환산해서.

제가 필요한 것을 얻고, 예진이 필요한 것을 주는 정당한 거래.

"……나한테 팔아."

예진이 흐린 눈으로 해준을 쳐다보았다.

"네 불행. 네 불쌍함. 네 비참함."

"그것도 사고팔 수 있는 건가요?"

값어치가 있는 거였다면 이미 예전에 팔아 버렸을 것이다. 예진이 힘없이 피식거렸다.

"네가 팔 의향이 있다면 얼마든지."

"……하."

"뭘 갖고 싶은데."

"뭘 갖고 있는데."

당신이 나한테 해 줄 수 있는 게 뭔데. 예진이 멍한 얼굴로 물었다.

"네가 필요한 것, 가져야 하는 것, 하지만 가질 수 없는 것, 전부."

모든 감정은 상대적인 것이다. 불쌍함과 비참함 역시 마찬가지였다. 해준은 불쌍했지만 예진은 해준보다 더 불쌍했다. 게다가 비참하기까지 했다. 그러나 그녀는 내일이면 또다시 자리를 박차고 일어날 것이다. 살아 내려고 발버둥을 치며 또 하루하루를 버틸 것이다. 그런다고 나아질 건 아무것도 없는데.

하지만 해준도 그녀처럼 하고 싶었다. 미쳐 버리지 않고, 나락에 빠지지 않고, 제정신으로 살아남아 저에게 닥친 이 모든 것들을 이겨 내고 싶었다. 그러기 위해서 나보다 더한 불행을 안고 살아가는 사람을 옆에 두고, 그녀의 불행과 비참함을 위안 삼아 합리화라도 하고 싶었다. 그래야 버텨 낼 수 있을 것 같았다. 나는 비참하지 않다고. 그리고 그런 말을 해 줄 수 있는 사람은, 동정이 깃들지 않은 눈으로 저를 바라봐 줄 수 있는 사람은 이 여자 한 명뿐이었다.

"이런 제안을 하는 이유가 뭐예요."

"넌 내가 불쌍하다고 생각하지 않는 유일한 사람이니까."

해준이 예진에게 손을 내밀었다.

"……이번엔 내기가 아니야."

텅 빈 눈동자가 커다란 손을 물끄러미 쳐다보았다.

"거래야."

도대체 왜 이 남자는 내가 가장 비참할 때, 가장 불쌍할 때 나타나는 걸까. 그렇게 나타나 매번 시험 같은 제안을 하고 손을 내밀었다. 남자는 팔라고 말했다. 저번에는 몸을, 이번에는 불쌍함과 비참함을.

싸구려 몸뚱이, 싸구려 불행. 아무런 값어치도 없는 것들인데. 대체 왜. 예진은 잘 알았다. 세상 그 어떤 경우에도 공짜는 없다는 사실을.

이번에도 마찬가지였다. 이 손을 잡으면 지금보다 더 불쌍해질지 모른다. 지금보다 더 비참해질지 모른다. 무슨 일이 일어날지 모른다.

하지만 지겨웠다.

이 상황에서 벗어날 수만 있다면 그 어떤 것이든 팔고 싶었다. 설령 그것이 제 영혼이더라도 팔고 싶었다.

예진이 천천히 손을 뻗었다. 그러고는 해준의 손을 붙잡았다. 주저앉아 있던 몸뚱이가 일으켜졌다. 맞잡은 손바닥 위에 시뻘건 핏자국이 선연하게 묻어났다.

3

하루였다.

모든 일이 해결되는 데는 하루밖에 걸리지 않았다.

지난 몇 년간 수도 없이 쌓인, 그리고 새로 보태어진 빚은 박해준의 전화 한 통으로 단번에 사라졌다. 예진은 몇 년을 걸쳐 갚아도 절반도 메우지 못할 액수였는데.

집으로 찾아온 해준의 비서는 이제 아무것도 걱정하지 말라고 했다. 이자까지 톡톡히 쳐서 돈을 돌려주었으니 더 이상 사채업자들이 찾아오는 일 따위는 없을 거라고. 그 말을 들으면서 예진은 웃었다. 해방되었다는 안도감에서 나오는 웃음이 아니었다. 허망해서 터져 버린 웃음이었다.

이렇게 간단한 거였나.

이렇게 간단하게, 끝낼 수 있었던 거였나.

비서는 예진에게 짐을 챙기라고 했다. 민망한 말이었다. 챙겨야 하는 세간들은 이미 쓰레기가 되어 바닥을 뒹굴고 있었다. 결국 짐이라고 챙겨 든 것은 옷 몇 벌과 휴대폰이 전부였다.

어디로 가는지도 모르는 채 차에 몸을 실었다. 달동네와 전혀 어울리지 않던 외제 차가 멈추어 선 곳은 강남의 한 오피스텔 앞이었다.

여기가 어디예요? 예진의 물음에 비서는 당연하다는 듯 대답했다.

앞으로 묵으실 거처입니다.

"……."

오피스텔 안으로 들어온 예진은 침대 앞에 쪼그리고 앉아 주위를 두리번거렸다. 둘이 살아도 남을 만큼 커다란 오피스텔. 비싸고 예쁜 가구들이 잔뜩 들어차 있는, 바꿔 말하자면 저와는 전혀 어울리지 않는 공간이었다. 익숙하지가 않았다. 바로 며칠 전까지만 해도 곰팡이와 바퀴벌레가 들끓는 반지하 단칸방이 제집이었는데.

도대체 뭐가 어떻게 돌아가는지 모르겠다고 예진은 생각했다. 거액의 빚을 갚아 준 것으로도 모자라 새집까지 얻어 주다니. 제 비참함과 불쌍함, 그리고 불행에는 생각보다 값비싼 가치가 있는 모양이었다.

예진은 부드럽고 포근한 이불 끄트머리를 조심스럽게 만지작거렸다.

이제, 어떻게 되는 거지?

멍하게 뇌까리던 순간이었다.

"……."

갑작스럽게 울린 벨소리에 예진이 현관을 쳐다보았다.

"나야."

박해준이었다.

"열어."

자리에서 일어난 예진이 잠금장치를 해제했다. 삐익, 하는 소리와 함께 현관이 열렸다. 복도에 서 있는 해준은 살짝 피곤해 보였다. 예진은 잠시 고민했다. 들어오라고 해야 할지, 말아야 할지. 외간 남자를 방에 들이는 게 마음에 걸려서가 아니었다. 따지고 보면 박해준의 집이니, 주인 행세를 하며 손님 대하듯 하는 것도 어딘가 우습다는 생각이 들어서였다.

그러나 예진의 고민은 하등 쓸모가 없었다. 그녀가 들어오라는 말을 하기도 전에 박해준은 알아서 문을 닫고 알아서 거실로 걸어 들어왔다.

"급하게 구한 거라 마음에는 안 차지만…… 그 집보단 훨씬 낫군."

해준이 제집처럼 자연스럽게 소파에 앉으며 말했다.

"얘기는 들었겠지. 빚 문제는 이제 신경 쓰지 않아도 될 거야."

"……."

"네 명의로 허튼짓, 다시는 하지 못하게 해 놨으니 새로운 빚이 생길 일은 없을 거야."

해준의 어투는 담백했다. 예전처럼 조소가 묻어 있지 않았다. 돈이 든 가방을 건네며 비웃던 때와 표정도 확연히 달랐다. 무덤덤했다. 지금 제 말이 생색을 내기 위함이 아니라는 것을 증명이라도 하듯.

"아르바이트도 마찬가지야. 윤 비서가 직접 찾아가서 얘기했다고 하니 네가 따로 연락하지 않아도 돼. 내일부턴 병원으로 가."

"병원?"

"급여는 정당하게 지불할 테니까 걱정하지 마. 네가 여태까지 벌었던 금액의 몇 배는 될 테니까."

"병간호를 하라는 소리예요? 누구를?"

"……엄마."

예진이 혼란스러운 표정을 지었다.

"우리 엄마."

"그쪽 어머니를 왜 내가……."

해준은 고요한 시선으로 예진을 응시했다.

……혹시 모르잖아.

불쌍하고 비참한데도 불구하고 바득바득 살아가고 있는 널 보면.

자기도 버텨 내야겠다고 생각할지도.

나처럼.

목 끝까지 차오른 그 말을 해준은 꾸역꾸역 집어삼켰다.

"차라리 간병인을 따로 두는 게—"

"광고라도 하라는 소리야? 그 SL그룹 사모가 왜 병원에 입원했는지, 아니, 어쩌다 자살 기도를 하게 된 건지 여기저기 소문 퍼지게 놔두라는 소리냐고."

"그럼 나는요?"

예진이 되물었다.

"나라고 그런 말, 안 하고 다닐 거라는 보장 있어요?"

"할 거야?"

"……네?"

"할 거냐고."

돌아오는 대답은 없었다. 예진이 입을 꾹 다문 채로 바닥에 깔린 러그를 응시했다. 그런 예진을 바라보던 해준이 다시 말을 이었다.

"10시까지 기사가 데리러 올 테니까 시간 맞춰 준비해."

솔직히 말해 무보수로 병간호를 하라고 해도 할 말이 없는 판이었다. 게다가 급여도 정당하게 지불한다니 딱히 나쁜 제안은 아니었다. 그리고 예진은 그 제안을 내칠 만큼 뻔뻔한 성격도, 박해준 모친의 자살 기도를 여기저기 떠들고 다닐 만큼 모진 성격도 되질 못했다.

"내 용건은 끝났어. 너는 할 말 없나? 나한테. 더 넓은 집을 원한다면 얻어 주지. 급여도 부르는 만큼 줄게. 기사랑 같이 다니는 게 싫으면 차를 사 줄 수도 있고."

"꼭 뭐든 들어줄 수 있는 사람처럼 말하시네요."

"들어주지 못한다고 말한 적도 없어."

예진이 입을 꾹 나물었다. 그러고는 한참 동안 뜸을 들였다.

"말해 봐. 거래라고 했잖아. 내가 너한테 그랬던 것처럼 너도 정당하게 요구해. 나 속 좁은 인간 아냐."

"……찾아 줘요."

"누구를."

"우리 엄마."

여기서 무언가를 더 부탁한다는 것이 염치없는 일이라는 걸 안다. 그래도 어쩔 수가 없었다. 박해준이라면 분명히 찾아낼 수 있을 것이다. 하루아침에 증발해 버린 엄마를.

"어디로 갔는지 모르겠어요. 여기저기 연락해 봤는데 아는 사람이 하나도 없어. 몸도 성하지 않은데……."

해준이 표정 없는 얼굴로 예진을 바라보았다. 제 염치없음에 예진은 고개를 푹 숙였다.

"……아버지보다 먼저, 찾아야 돼요. 다른 건 아무것도 필요 없어요. 그냥 엄마만, 엄마만 찾아 주면—"

"알았어. 무슨 수를 써서라도 찾아 줄 테니까, 너는 네 할 일이나 열심히 해."

어이가 없을 정도로 쉽게 떨어진 승낙에 예진이 멍한 표정을 지었다.

"재밌네."

해준이 피식거렸다.

"나한테 내 앞에서 미안한 표정 짓고 있는 네 얼굴 보는 거. 죽자 살자 덤벼들기만 하더니."

"……그런데 정말 왜 이렇게까지 하는 거예요? 나한테."

"말했잖아. 네 불행, 불쌍함, 비참함 모두 다 사겠다고. 난 그에 맞는 값어치를 지불하는 것뿐이야."

세상 어디에도 이런 불공평한 거래는 없을 것이다. 벌써 해준에게 받은 것이 산더미였지만 예진은 그에게 준 것이 아무것도 없었다. 주고 싶어도 줄 것도 없었다.

"이해가 안 가요."

"그럼 뭐, 나한테 억지로 안기기라도 할 줄 알았나?"

"그게 지금 그쪽 행동보다는 덜 놀라웠을 거예요."

"안을 수 있는 여자는 주변에 널렸어."

당연히 그러시겠지. 박해준을 내칠 여자는 이 세상에 단 한 명도 없을 것이다.

"수십, 수백 명이 넘어. 그리고 넌 절대, 그 바운더리에 들 수 없는 타입이고. 바꿔 말하자면 널 안을 마음은 전혀 생기지 않을 거라는 뜻이지."

"……그런 말하기에는 때가 너무 늦었다고 생각하지 않아요?"

기가 찬 예진이 되물었다.

"안고 싶어서 안는 거랑, 내기 때문에 안는 건 다르지."

"그럼 이렇게 물을게요. 내 불행, 불쌍함, 비참함이 그쪽한테 무슨 가치가 있는데요? 삼류 영화, 막장 드라마 같은 인생 사는 애 옆에 붙여 두고 비웃기라도 하고 싶나 봐요?"

"네 인생이 삼류 영화라면 내 인생은 뭐일 것 같아? 답은 간단해. 대작 영화지. 쓸데없이 돈을 처들여서, 거둬야 할 게 너무나 많은."

"……."

"난 네게 일종의 역할을 주는 거야. 내 삶의 무대에 출연할 수 있는, 그런 역할."

"그게 도대체 불쌍하고 비참한 거랑 무슨 상관—"

"큰 상관이 있지. 내 무대에서 너는, 가장 불쌍하고 비참해야만 하는 단역 같은 거니까."

"하……."

"딱히 놀랍지도 않잖아? 이 정도 일은. 원래 삼류 영화는 그런 거니까. 타당성도, 개연성도 없는데 빌어먹을 사건들이 계속해서 벌어지지. 너는 네 역할만 충실히 수행하면 돼. 아니, 해야 해. 나는 정당한 값어치를 지불했고, 너는 그걸 받아들였으니까."

"내 역할, 어떤 거요."

황당한 얘기였다. 하고 싶지도 않은 역할을 부여하고는 제멋대로 무대에 올라가도록 등을 떠민 것이나 다름없었다. 혐오감이 일었다.

"계속해서 불쌍해지고 비참해지는 거?"

"잘 알고 있네."

"……이러려고 했던 거군요. 처음부터."

'그런데 그게 뭐, 별거겠어요? 불쌍한 데다가 비참하기까지 한 나도 있는데.'

"날 보면서 자기 자신을 위안하고 싶었던 거야."

'최소한 그쪽은 가진 게 많으니 나보다는 좀 낫겠지.'

"아버지가 당신을 내쳐도, 어머니가 자살 기도를 해도…… 나랑 있으면, 내가 있으면 당신은 덜 불쌍하고 덜 비참한 사람이 될 테니까."

예진이 헛웃음을 지었다.

"그렇게까지 해서…… 우월감을 느끼고 싶어요? 고작 나한테?"

"아니."

해준이 무표정한 얼굴로 대답했다.

"그렇게까지 해서라도 버티고 싶은 거야. 모든 것들로부터."

자리에서 일어난 해준이 현관을 향해 걸음을 옮겼다. 값비싼 슈트를 차려입은 그의 뒷모습이 우습게도 처연해 보였다. 그래, 화가 난다기보다는 우스웠다. 우습지. 내 꼴도, 네 꼴도. 예진이 허탈한 얼굴로 입술을 뗐다.

"……그쪽도 참, 불쌍한 인생이네요."

문을 열려던 해준의 움직임이 순간 멎었다. 그는 뒤도 돌아보지 않고 차가운 목소리로 대답했다.

"그래도 너보단 낫겠지."

축 늘어진 손가락 끝이 차갑게 식었다.

"이런 걸 위해 네가 있는 거야."

덜컹. 문이 열렸다 닫히는 소리가 났고, 사치스러운 오피스텔에는 예진 홀로 남겨졌다.

○ ◎ ●

밤새 잠을 설쳤다. 익숙하지가 않아서였다. 포근한 잠자리가, 냉기가 아닌 온기가 들끓는 따뜻한 집이.

새벽 내내 예진은 제 인생이 어디까지 막무가내로 치달을지 짐작해 보려 애를 썼다. 이제 그 어떤 일이 일어난다고 해도 놀라지 않을 것 같았는데, 제 인생은 언제나 늘 상상 이상의 것들을 보란 듯 늘어놓았다. 예진은 제 인생이 꼭 롤러코스터 같다고 생각했다. 고장 난 롤러코스터. 멀미가 일고, 토악질이 날 정도로 극과 극을 오가며 움직이는. 그리고 그렇게 움직이면서도 절대로 멈추지 않는.

아침 해가 밝아 올 무렵, 예진은 차라리 생각하기를 포기했다. 생각한다고 무엇이 달라진단 말인가. 제힘으로 할 수 있는 건 아무것도 없었다. 일단은 눈앞에 닥친 일들을 처리해야 했고, 그가 엄마를 찾아낼 때까지 잠자코 기다리는 수밖에 없었다.

박해준의 말대로 기사는 10시 정각에 찾아왔다. 그러고는 병원 앞에 예진을 내려다 주곤 뒤도 돌아보지 않고 가 버렸다.

병원 로비에 발을 내딛자마자 해준의 비서와 마주쳤다. 예진보다 먼저 와서 기다리고 있었던 것 같았다. 비서는 간략하게 그간의 일을 설명했다. 아시겠지만, 사모님의 건강 상태가 꽤 좋지 않습니다. 그녀의 건강 상태가 어쩌다 이 모양 이 꼴이 된 것인지 예진은 묻지 않았고 비서도 말해 주지 않았다. 어쨌거나 비서가 당부한 사항은 하나뿐이었다.

'다른 건 다 괜찮지만, 절대로 김미향과 박도준에 대한 얘기만은 꺼내지 마세요. 텔레비전, 라디오도 켜지 마세요. 온 채널마다 다 그 이야기를 하느라 난리니까요.'

애초에 꺼낼 생각도 없었다. 그 정도로 남의 상처에 무딘 편은 아니었다. 하지만 비서는 퍽 걱정스러운 모양이었다. 그럴 생각 없어요. 한마디 쏘아붙이려던 예진이 입을 다문 것은 비서의 다음 말 때문이었다.

'두 사람 이름이 나오기만 해도, 발작을 하십니다. 며칠 전에는 진정제까지 맞으셨어요. 간호사들이 복도에서 얘기를 한 모양인데, 그게 화근이었죠.'

'……알겠어요. 걱정하지 마세요.'

'의료진들한테 주의를 주기는 했는데…… 혹시 무슨 일이 생기면 바로 의사를 호출하세요. 저한테도 꼭 연락 주시고요.'

네. 예진은 짧게 대답했다.

99

"……."

최상층 VIP 룸. 예진은 복도에 우두커니 멈춰 선 채 닫힌 병실 문을 쳐다보았다. 환자 이름을 적는 칸은 공란으로 비워져 있었다. 당연한 일이었다. SL그룹의 사모님, 김연희가 이 병원에 입원해 있다는 사실이 밖으로 새어 나가면 곤란해질 테니까. 게다가 그 이유가 자살 기도, 우울증이라면 더 말할 것도 없었다.

텅 비어진 공란을 바라보면서 예진은 문득 그녀의 인생이 이것과 다르지 않았을 거라고 어림짐작했다. 평생을 사랑하는 남자에게 외면당하고, 그와 저 사이에서 태어난 아들과 함께 버림받고. 끝내 지독한 절망을 이기지 못해 제 손목을 난자한 그녀에게 남겨진 건 어쩌면 아무것도 없을지 몰랐다. 그러니, 공란.

불쌍하고 비참한 여자. 부유하고 풍족했지만 결국 공란이 되어 버린 여자. 텅 빈 공란처럼 텅 빈 눈으로 문을 쳐다보던 예진이 피식거렸다. 김연희가 아무리 불쌍하고 비참한들, 저와 견주지는 못할 것이다. 예진은 그녀를 감히 가엾게 여길 군번이 아니었다.

그래서 당신 아들이, 나더러 당신을 돌보라고 한 걸까?

자기가 그러는 것처럼, 당신 역시 날 보며 스스로를 위안하라고.

예진은 너털웃음을 지었다.

"……."

똑, 똑, 똑. 그녀뿐인 병원 복도에 노크 소리가 울려 퍼졌다. 하지만 돌아오는 소리는 없었다. 다시 문을 두드리려던 예진은 고민하다 문고리를 잡았다.

"……실례합니다."

그러고는 조심스럽게 문을 열었다.

○ ◎ ●

쪼르륵. 투명한 유리컵이 맑고 시원한 물로 가득 채워졌다. 널찍한 식탁에는 이미 아침 식사가 차려져 있었지만 해준은 차가운 물만 연거푸 들이켰다.

후. 나이트가운 차림의 해준이 컵을 식탁 위에 아무렇게나 올려놓았다. 그러곤 의자에서 일어나 걸음을 옮기려다 멈칫하고 자리에 섰다. 그의 시선은 네 사람이 먹어도 차고 넘칠 양의 음식들을 향해 있었다.

정성껏 구워 낸 생선 요리, 고기산적, 갈비탕……. 해준의 집 식사 메뉴는 언제나 같았다. 어머니는 매번 저 요리들을 고집했다. 이유는 간단했다.

박동호가 저 음식들을 좋아했기 때문에.

정작 먹어 주길 바라는 사람은 오지도 않는데, 상은 항상 거하게 차려졌다. 결국 음식은 다 남겨졌고, 버려졌다. 정작 저는 만들 줄도 몰라 가정부를 들들 볶는 주제에 저따위 취향을 고집하는 모친이 해준은 우습다고 생각했다. 그가 기억하기로, 박동호가 집에서 매번 끼니를 챙겼던 것은 김미향이 가정부로 있던 때뿐이었다. 꾸역꾸역, 꾸역꾸역. 지나친 과식에 배가 남산같이 불러 와도 박동호는 김미향이 만든 음식은 절대 남기지 않았다. 그리고 식사를 끝마치곤 늘 같은 말을 했다.

잘 먹었어, 미향아. 고맙다.

김미향이 준비한 음식은 다 먹어 치우면서 김연희가 준비한 음식은 한 번도 입에 댄 적이 없다. 당연히 고맙다는 말을 한 적도 없다. 똑같은데. 똑같은 음식인데. 똑같이 준비했는데.

해준은 입술을 꽉 깨물었다.

와장창. 접시가 날카로운 소리를 내며 깨지고 정갈하게 담겨 있던 음식들이 바닥에 나뒹굴었다. 순식간에 난장판이 된 부엌에 해준의 거친 숨소리가 울려 퍼졌다.

"하……."

한참을 씨근거리던 해준이 걸음을 옮겨 거실 소파에 무너지듯 자리했다.

언론은 아주 살판이 났다. 어느 채널을 틀어도 SL그룹과 박해준에 대해 떠들었다. 심지어 하루에 서너 번씩 보도하는 방송사도 있었다.

사람들의 관심은 이제 '누가 후계자가 되느냐'에서 '이사 박해준이 팽당한 배경이 뭐냐 로 탈바꿈해 있었다. 게다가 말도 되지 않는 루머까지 돌았다. 사실 박해준이 박동호의 친아들이 아니라는 게 그 내용이었다. 그리고 그 루머는 두 가지 추론을 이끌어 냈다. 해준의 모친, 김연희가 다른 남자의 아이를 배고 거짓말을 했는데, 이제야 그 사실이 들통났다는 것이다. 그리고 나머지 하나는 박동호가 회사를 키우기 위해, '사생아' 박해준의 존재를 알면서도 결혼을 했는데, 내연녀가 제 아이를 갖게 되자 박해준을 버렸다는 것이었다.

어찌 보면 저 관심의 흐름은 당연한 것이었다. 후계자가 누가 되든 저희들과는 전혀 상관이 없는 일이지만, 그 SL그룹의 박해준이 이런 식으로 불쌍하고 비참해지는 걸 지켜보는 건 재미가 있을 테니까. 원래 사람은 머리 아픈 이야기보다는 자극적이면서도 떠들어 대기 좋은 가십거리를 더 좋아하는 법이었다.

……어쨌거나 참 대단들 한 상상력이었다.

해준은 차라리 그 말도 되지 않는 루머들이 사실인 게 지금보다는 더 나을지도 모르겠다고 생각했다. 그러면 최소한 이해라도 될 것이다. 박동호에게 버림받고 내쳐진 이유를 최소한 머리로는 받아들일 수 있다.

그러나 안타깝게도 해준은 박동호의 친아들이었다. 장남. 그것도 여태까지 그의 빈자리를 착실히 메워 주었던 명실상부한 후계자. 아니, 후계자였던 사람.

이제는 박동호가 무슨 짓을 저지를지 짐작조차 되지 않았다. 그가 처음으로 꺼내 든 카드가 후계자로 박도준을 지목하는 것이었으니, 다음으로 꺼내 들 카드는 그보다 더 강력할 게 뻔했다.

이번엔 또 어떻게 사람 속을 헤집어 놓을까? 또 어떻게 나를 병신 취급 할까? 한참을 생각하던 해준은 힘없이 피식거렸다.

……안다. 지분을 조금 떼어 주고 마는 게 제일 현명한 선택이라는 것을. 지분을 쪼개고 쪼개어 넘긴들, 자회사 몇 개를 넘겨주든 바뀌는 것은 없다. 제대로 된 경영 교육이라고는 한 번도 받아 본 적 없을 박도준이 할 수 있는 건 아무것도 없었다. 아니, 없을 거라고 믿었다.

그래. 줄 수 있지. 줄 수 있어. 내 인생에서 떼어 내는 값이라고 생각하고, 내던질 수 있지. 거지한테 적선을 하는 것처럼 말이야. 그런 다음, 박동호가 죽은 뒤 다시 빼앗으면 된다. 제가 회장 자리에 앉게 되면 그 정도 일이야 어린 아기 손목을 비트는 것보다 쉬웠다.

하지만 영악한 김미향은 지난 몇십 년간, 꾸준히 돈을 받아먹고도 박동호를 이용해 마지막 한몫을 단단히 챙기려 들고 있었다. 그러니 확실히 짚고 넘어가야 했다. 이번을 끝으로 다시는, SL그룹에 눈독을 들이지 않겠다는 것을.

……그냥 죽여 버리고 싶어.

그러면 모든 것이 끝난다. 더 이상 불쌍해질 일도, 비참해질 일도 없다. 저도, 제 어머니도. 무겁게 내려앉은 눈동자가 불꽃처럼 일렁거렸다.

"……."

상념을 깨트린 것은 갑작스럽게 울린 벨소리였다. 해준은 발신인을 확인했다. 윤 비서였다.

"……무슨 일입니까."

— 언론 보도 건으로 전화드렸습니다. 공중파, 케이블을 포함한 모든 방송사에서 오늘 이후, 추가 보도는 없을 거라는 확답을 받았습니다.

그런다고 사람들의 이목을 흩트리지는 못할 것이다. 그래도 어쨌든, 계속해서 방송을 내보내는 것보다는 나았다.

— 그 외 신문사에서도…….

"그건 알아서 하세요."

해준이 지끈거리는 관자놀이를 꾹꾹 누르며 말했다.

"위치는 찾았습니까?"

— 지금 조사 중입니다. 회장님 카드 내역까지 빠짐없이 조사했는데, 별다른 소득이 없었습니다. 아마도 들키지 않기 위해 현금을 이용하고 있는 것 같습니다.

빌어먹을. 해준이 욕설을 내뱉었다. 박동호의 발언 이후로 인력을 몇 배나 증원해 찾고 있었지만 박도준과 김미향의 행적은 묘연했다. 일이 더 커지기 전에, 박동호가 또 다른 카드를 빼 들기 전에 그들을 찾아야 했다. 시간이 별로 없었다.

— 김미향의 고향, 연고지, 회장님 소유의 별장들까지 전부 다 추적할 예정입니다. 단서를 찾으면 바로 보고드리겠습니다. 그리고…….

윤 비서가 돌연 말끝을 흐렸다.

"말하세요."

— ……사모님 병실까지 모셔다드렸습니다. 혹시나 싶어 비서 몇 명을 병원에 대기시켰는데, 아직까지는 호출이 없었다고 합니다.

"……."

— 집에 모셔다드린 후에, 다시 연락드리겠…….

"됐습니다."

— 예?

"내가 직접 갈 테니까."

해준이 막무가내로 전화를 끊었다. 그러고는 음식물이 튄 나이트가운을 아무렇게나 벗어 바닥에 집어 던졌다.

욕실 앞에 선 해준의 시선이 문득 엉망이 된 부엌에 가닿았다. 이가 갈리는 소리가 났다. 아무도 자리하지 않은 테이블에 홀로 앉아 있던 어머니의 뒷모습을 떨쳐 내려 애를 쓰면서, 해준은 욕실 문을 열어젖혔다.

○ ◎ ●

김연희는 상상 그대로였다.

주름 하나 없는 새하얀 피부, 가냘픈 몸, 그리고 쉽게 범접할 수 없는 분위기까지. 고생 한 번 하지 않고 자란 귀한 집 딸. 귀한 집 사모님. 비슷한 연령대의 여자들을 모아 놓고 SL그룹의 사모님을 찾아보라면 단박에 찾아낼 수 있을 만큼, 그녀는 예진이 생각한 이미지에서 동떨어지는 것이 하나도 없었다.

고고하면서도 나약한, 손을 대면 깨져 버릴 것 같은 온실 속 화초. 그것이 김연희의 첫인상이었다.

하지만 모든 것이 제 예상과 같지는 않았다. 그 박해준의 어머니이니, 듣기 싫은 소리를 하든 무슨 구실을 내세워 저를 부려 먹든 전혀 놀라지 않았을 것이다. 그러나 김연희는 그러지 않았다. 그저 침대에 누운 채로 눈만 깜빡일 뿐이었다. 시답잖은 말을 하지도 않았고 잡다한 일들을 시키지도 않았다. 청소라도 할까 싶었지만 병실은 먼지 하나 없이 깨끗했다. 어색하고 민망했다. 그래도 돈을 받고 하는 일인데, 이런 식으로 시간을 까먹는 데 예진은 익숙하지 않았다.

고민하던 예진은 냉장고에 들어 있던 사과를 하나 꺼내어 깎았다. 먹기 좋게 잘라 포크까지 꽂아 놓았지만 사과가 갈색으로 변할 때까지 김연희는 눈길조차 주지 않았다. 그저 텅 빈 눈으로 창밖만 바라볼 뿐이었다. 그렇게 김연희는 조용히 창밖을 쳐다보았고 예진은 그런 김연희를 쳐다보았다. 해가 뉘엿뉘엿 지기 시작할 때까지.

"⋯⋯."

벌써 시간은 오후 5시를 훌쩍 넘겨 있었다. 박해준의 말대로라면 예진은 6시에 돌아가면 되었다. 이 민망한 침묵을 조금만 더 버티면 된다. 그런 생각을 하던 예진의 시선이 문득 김연희의 손목에 가닿았다.

힘없이 축 처진 손목에 감긴 붕대가 거의 풀어지다시피 한 채 나풀거리고 있었다. 간호사를 불러야 할까. 자리에서 일어난 예진이 주위를 두리번거렸다. 침대 옆에 의료진을 호출할 수 있는 버튼이 보였다.

'며칠 전에는 진정제까지 맞으셨어요⋯⋯.'

버튼을 누르려던 예진의 머릿속에 비서의 목소리가 스쳐 지나갔다.

'간호사들이 복도에서 얘기를 한 모양인데, 그게 화근이었죠.'

주의를 주었다고 했지만 그게 능사는 아니었다. 심지어 다른 부위도 아닌 자살 시도의 흔적이 남아 있는 곳이었다. 이 이상 남들에게 알려져서 좋을 게 없다는 건 저도 잘 알았다. 고민하던 예진은 결국 버튼에서 손을 떼었다.

붕대를 갈아매는 것 정도야 제가 할 수 있을 듯했다. 협탁에 있던 새 붕대를 집은 예진이 김연희의 옆에 간이 의자를 놓고 앉았다.

"붕대 갈아 드릴게요. 혹시 불편하시면 말씀하세요."

김연희는 여전히 아무런 반응도 없었다. 예진은 너절하게 늘어진 붕대를 조심스럽게 풀어내기 시작했다.

촘촘히 꿰매진 바늘 자국 위로 붉은 새살들이 빼꼼 고개를 내민 것이 보였다. 예진은 그 상처를 물끄러미 응시했다.

저도 예전에 손목을 그으려고 했던 적이 있었다. 실은 숱하게 많았다. 그러나 결국 긋지는 못했다. 마음대로 죽을 수도 없는 인생이었다. 제 등에 짊어진 것이, 제가 책임져야 하는 것이 너무나 많아서. 아니, 어쩌면 죽을 용기가 없었기 때문이었는지도 모르겠다. 그것도 아니라면 실제로는 죽고 싶은 것이 아니었을지도 모른다. 단지 이렇게 살고 싶지 않았던 것뿐일지도.

하지만 김연희는 아니었다. 제 손으로 파리 한 마리조차 제대로 잡지 못할 것 같은 김연희는 제 손목을 면도날로 짓이겼다. 김연희가 아닌 공란이 되어서, 그래서 가능했던 걸까? 예진은 다 가진 부잣집 사모님이 사랑하는 이에게 버림받아 절망에 떠는 모습을 어렵지 않게 머릿속으로 그려 보았다.

"……많이 아프셨겠네요."

순간 여태까지 창밖에 고정돼 있던 김연희의 두 눈이 예진에게로 향했다. 하지만 고개를 숙이고 있던 예진은 그런 김연희의 시선을 미처 느끼지 못했다.

"괜찮으시다면 앞으로도 제가 갈아 드릴게요. 다른 건 몰라도 붕대 가는 건 아주 잘하거든요."

상처 위에 새하얀 붕대가 돌돌 감겼다. 예진은 아주 조심스럽게, 그리고 살뜰하게 붕대를 매듭짓고 반창고를 붙였다. 이걸 이렇게 써먹을 날이 올 줄이야. 예진은 고사리 같은 손으로 피멍이 든 엄마의 다리며 팔뚝에 붕대를 매어 주던 어릴 적 기억을 떠올렸다.

"간호사가 따로 없군."

익숙한 목소리에 예진이 뒤를 돌아보았다. 해준이 문 앞에 비스듬히 기대서 있었다.

"찜찜하면 의사한테 소독해 달라고—"

"됐어. 방금 네 입으로 그랬잖아, 붕대 가는 거 잘한다고."

비꼬는 것인지 진심인 것인지 분간이 가지 않아 예진은 해준을 그저 쳐다만 보았다.

"나가 있어. 데려다줄 테니까."

자리에서 일어난 예진이 병실을 빠져나갔다. 어머니와 단둘이 남겨진 해준은 침대 옆으로 가까이 다가가 섰다. 그러고는 천천히 입술을 떼었다.

"당분간 어머니 돌봐 드릴 애예요. 마음에 안 드시면 말씀하세요. 바꿔 드릴 테니까."

김연희는 대답하지 않았다. 죽은 생선처럼 멍한, 아무것도 담겨 있지 않은 제 어머니의 눈동자를 바라보던 해준이 뼈마디가 튀어나온 가시 같은 손을 붙잡았다.

"노력하고 있어요."

김연희의 손은 거칠었다. 언제나 피부과에 가서 관리를 받아 늘 실크처럼 부드러웠었는데. 가죽만 남아 부르튼 제 어머니의 손이 퍽 이질적으로 느껴졌다.

"모든 걸 다, 되돌려 놓으려 노력하고 있다고요."

"……."

"그러니까 어머니도 얼른 일어나셔야 해요. 아니, 일어나셔야만 해요."

맞다. 일어나야만 했다. 이렇게 자리보전을 한 채 비참함에 젖어 있어야 하는 사람은 김연희가 아니었다. 박동호와 김미향, 그리고 박도준이어야 했다. 왜 아무 죄도 없는, 불쌍하기 짝이 없는 제 어미가 손목을 그어야 한단 말인가.

"잘못한 건 우리들이 아니니까요."

해준이 마지막 말을 토하듯이 내뱉었다.

하지만 여전히 돌아오는 대답은 없었다. 결국 해준 역시 조용히 입을 다물었다. 그러고는 차갑게 식은 어머니의 손을 만지작거렸다.

○ ◎ ●

오피스텔로 돌아가는 차 안은 조용했다.

조수석에 앉은 예진은 운전을 하는 해준을 말없이 쳐다보았다. 운전대를 잡은 그의 모습이 퍽 생소해서였다.

그 시선이 느껴졌는지 해준이 먼저 침묵을 깼다.

"아무 말도 없으셨나? 어머니는."

"네. 아무 말씀도."

"……그래, 그랬겠지."

해준이 힘없이 피식거렸다.

"그건 그렇고 어떻게 된 일인지는 정말 안 묻는군. 빤히 다 봤으면서."

예진은 꿰맨 자국이 선연하게 남은 김연희의 손목을 떠올렸다.

"앞으로도 물을 생각 없어요."

"왜."

"그럼 꼬치꼬치 캐물어 보는 게 좋겠어요?"

"그렇게 말하지는 않았는데."

"그쪽이 그랬잖아요. 제일 불쌍하고 비참한 건 나라고. 그래서 곁에 두는 거라고. 내 주제에, 감히 누굴 동정해서 그런 걸 묻겠어요?"

다시 무거운 침묵이 차 안에 내려앉았다. 초록색이던 신호등이 빨간색으로 바뀌었고, 차는 도로 위에 멈추어 섰다. 해준이 여전히 정면을 응시한 채 낮게 가라앉은 목소리로 말했다.

"정신을 차리자마자 제일 먼저 찾은 사람이 누군지 알아?"

뜬금없는 물음에 예진이 해준을 바라보았다.

"사경을 헤맬 때 수발을 든 건 어머니였는데, 눈뜨자마자 김미향을 찾았다더군. 우리 미향이 어디 있니, 하고 말이야. 그것도 제 본처한테."

어떻게 느이 아버지가 나한테 이럴 수 있니. 울부짖는 어머니의 목소리가 지금도 귀에 들리는 듯했다.

"몰랐을 거야. 어쩌면 인정하고 싶지 않았던 걸지도 모르지. 자기 자리는 처음부터 없었다는 걸. 자기가 그렇게 정성을 들여도, 돌아오는 건 아무것도 없다는 걸. 하지만 그날 병실에서 깨달은 거지. 그러곤 집으로 돌아오자마자 한 일이 자기 손목을 긋는 거였어."

"……왜요?"

"모르지. 그제야 죽을 용기가 생긴 걸지도."

"그걸 물은 게 아니에요. 왜 말씀하세요? 저한테, 이런 거."

해준은 잠시 대답이 없었다. 그사이 신호등은 초록색으로 모습을 바꾸었고, 도로 위에 서 있던 차들은 다시 달려 나가기 시작했다. 기분 좋은, 미세한 진동이 몸을 울리는 것을 느끼면서 예진은 해준을 빤히 응시했다. 표정 없는 얼굴로 운전대를 돌리던 해준이 다시 입을 연 것은 한참이나 지난 뒤였다.

"……글쎄, 조금 답답했던 걸지도."

"대화 상대가 필요한 거라면 다른 사람 찾아보세요. 그쪽 위로해 줄 만큼 마음의 여유 있는 사람, 난 아니니까."

"필요 없어, 그딴 거."

예진이 짧게 멈칫거렸다.

"그리고 네가 제일 적합하거든. 네 말대로 너는, 제일 불쌍하고 비참한 애잖아. 내가 이런 얘기를 해도 너는 감히 나를 동정할 수 없겠지. 이보다 더 괜찮은 대화 상대는 내게 없어."

불쌍하고 비참하게 여긴다. 오가며 만나는 회사 임원진들, 그리고 비서까지. 눈이 마주치는 순간, 저를 바라보는 그들의 눈동자에 배어나는 감정이 다름 아닌 동정이라는 걸 해준은 잘 알았다. 하지만 예진은 아니었다. 예진은 해준을 동정할 수 없다. 불쌍하고 비참하다고 여길 수도 없다. 그가 무슨 말을 해도 그럴 것이다. 왜냐면 제일 불쌍하고 비참한 것은 바로 그녀 자신이니까.

"……지금 누가 더 불행한지 시합이라도 해 보자는 거예요, 뭐예요?"

"굳이 시합해 보지 않아도, 제일 불행한 건 너잖아."

"나더러 그쪽 감정 쓰레기통이라도 되라는 뜻이에요?"

그게 그렇게 되나. 해준이 피식거렸다.

도로를 달리던 차가 샛길로 빠져 들었다. 어느새 예진의 오피스텔 앞이었다. 차를 세운 해준이 내리라는 듯 예진을 쳐다보았다. 안전벨트를 풀어내는 예진의 표정은 살짝 일그러져 있었다.

"저기요."

차 문을 열려던 예진이 해준을 돌아보며 말했다.

"불쌍하고 비참한 년한테 매번 우월감 느끼고 싶은 거면 돈이라도 더 주세요."

"⋯⋯뭐라고?"

"그게 이사님이 원하는 거 아니에요? 거래라면서. 그럼 매 시간마다 내가 얼마나 불쌍한 년인지 직접 말해 줄게요. 맘껏 동정하고, 그나마 쟤보다는 내가 낫다, 생각할 수 있게."

"⋯⋯."

"나는 이사님한테 줄 돈이 없으니 동정 안 해요. 아니, 못 해요. 그런데 이사님은 아니잖아요? 그럴 거면 돈이라도 더 얹어 줘야지. 동정할 거면 돈으로 달라는 말도 몰라요? 날로 먹으려고 들지 마세요."

제 할 말을 우다다 쏟아 낸 예진이 미련 없이 차에서 내렸다. 탁, 조수석 문이 열렸다 닫히는 소리가 났다.

해준은 멍한 표정을 지었다. 감정 쓰레기통? 그런 생각은 하지 못했다. 딱히 어떤 반응을 바라고서 어머니의 이야기를 한 건 아니었다. 정말 말 그대로 답답했을 뿐이다. 그런데⋯⋯.

"하⋯⋯."

그래. 동정, 안 하지. 못 하지. 너는 나를 불쌍하게 여기지 않지. 저도 모르게 피식거리는 웃음이 튀어나왔다. 기분이 나빠서가 아니었다.

운전대를 붙잡은 해준이 한참을 홀로 웃었다.

4

'이년이 남편 알기를 우습게…….'

아버지의 목소리는 거나하게 취해 있었다. 이런 날에는 꼭 피를 보기 마련이었다. 그게 엄마든, 아니면 저 자신이든.

'예진이 년, 예진이 년은 어디 갔어! 아비가 왔는데 얼굴도 안 내밀어?'

'여보, 제발 그만…….'

예진이 두 눈을 질끈 감았다. 지겨웠다. 진절머리가 났다. 집기가 부서지는 소음도, 물기 가득한 엄마의 목소리도.

'네가 남편 알기를 우습게 아니까 자식새끼도 저러는 것 아니야!'

'여보!'

낡은 미닫이문이 쾅, 소리를 내며 열렸다. 완력에 의해 턱이 허공으로 들어올려졌다.

'너, 이년'

아버지가 예진의 머리채를 잡아당겼다. 늘 그랬듯 거침없는 손길이었다.

'이거 놔요!'

111

'어디서 눈을 동그랗게 뜨고 아비를 쳐다봐?'

짜악. 거친 손길에 여린 볼이 벌겋게 물들었다.

'네 에미가 그렇게 가르치든? 아비랑 맞먹으라고!'

고함 소리와 함께 매서운 손길이 몇 번이고 뺨을 후려갈겼다.

'여보, 여보!'

다급하게 달려온 엄마가 바닥에 널브러진 예진의 몸을 끌어안았다. 딸에게로 쏟아지던 폭력은 그 대상을 바꾸어 부인에게로 고스란히 쏟아졌다. 상대가 바뀌어도 크게 상관은 없었다. 그는 언제나 그랬듯 술에 취한 제 화를 받아 낼 희생양이 필요한 것뿐이었기에.

예진의 몸과 엄마의 몸이 하나가 되어 바닥에 웅크렸다. 앙상한 등의 체온은 미지근했고 흐트러진 머리카락 사이로 무자비하게 발길질을 해 대는 아버지의 발이 보였다. 비명이 튀어나올 것 같았다. 당장이라도 죽어 버리고 싶었다. 그러면 이 모든 게 더 되풀이되지 않을 것이었다.

차라리 혀라도 깨물어 버릴까. 그럼 되지 않을까. 하지만 뼈마디가 튀어나온 앙상한 손이 예진의 어깨를 꽉 붙잡았다. 마치 제 마음을 눈치채고 말리듯이.

참아, 참으렴. 쌕쌕거리는 힘겨운 숨소리에 배어 있는 그 간절함을, 끝내 못 본 척할 수가 없었다. 예진은 차라리 두 눈을 질끈 감았다.

때리는 이가 제풀에 지쳐 떨어져 나갈 때까지 발길질은 계속되었다. 그나마 다행인 점은 아버지가 인사불성이 될 정도로 술에 취했다는 것이었다. 아버지가 잠들자마자 예진은 침대 밑을 뒤졌다. 그러고는 몰래 숨겨 놓았던 구급상자를 들고 쓰러진 엄마 앞에 앉았다.

살갗이 터진 상처 위로 백색의 연고가 뒤덮였다. 수없이 많은 생채기들이 밴드 너머로 모습을 감췄다. 하지만 얼굴을 새파랗게 물들인 멍 자국들은 어떻게 숨겨 낼 도리가 없었다. 낫게 할 방법도 없었다. 일그러진 얼굴을 한 딸을 앞에 둔 채 엄마는 눈두덩이 위를 계란으로 문질렀다. 그러면서 가느다란 목소리로 말했다.

'예진아, 엄마가…… 엄마가 미안하다.'

112

뭐가 미안하단 말인가. 이렇게 매번 아버지에게 얻어터져야 하는 것? 얻어터지면서도 말 한 마디조차 할 수 없는 것? 그 이유가 무엇이든 엄마가 미안해할 일은 아무것도 없었다. 그래서 예진은 고개를 저었다.

'엄마가 너무 모자라서…… 너까지…… 엄마 때문에……'

침묵이 내려앉은 모녀 사이에 소란스러운 코골이 소리만이 가득했다. 예진은 고개 숙인 엄마를 쳐다보며 생각했다.

불쌍한 엄마. 엄마에게 죄가 있다면 너무나 멍청할 정도로 착해 빠졌다는 것뿐이었다. 저런 쓰레기 같은 남편을 내치지도 못할 만큼.

'난 엄마 원망한 적 없어. 그러니까 이상한 말 하지 마요.'

예진의 말에 엄마가 섧게 울기 시작했다. 소리를 내 우는 방법조차 잊어버린 엄마는 울음을 집어삼키며 신음 비슷한 소리를 내뱉었다. 어떻게 원망한단 말인가, 저 사람을. 예진은 진심이었다. 엄마를 원망한 적은 여태까지 단 한 번도 없었다. 예진은 이 모든 일을 겪어 오고, 또 겪어 내면서도 여전히 제 엄마를 사랑했다.

……하지만 절대로, 그녀처럼 살고 싶지는 않았다.

바들바들 떠는 엄마의 모습이 점점 흐려졌다. 엄마의 인영 위에 예진이 좋아하는 반찬들이 빼곡하게 차려진 밥상이 겹쳐 보였다. 엄마가 바들거리는 손으로 예진의 접시에 반찬을 덜어 주었다.

'미안하다, 예진아.'

엄마는…… 못 가. 익숙한 그 말이 날카롭게 귓전을 파고들었다. 왜 매번 그 말만 하는 거야? 왜 매번 미안하다고만 해? 왜 내가 기어코, 엄마를 원망하게 만드는 거야? 예진이 부들거렸다. 김이 모락모락 나는 쌀밥 위로 미지근한 눈물방울이 툭 떨어졌다.

○ ◎ ●

예진은 눈을 떴다. 오랜만에 꾸는 꿈이었다. 머릿속이 멍했다. 초점 없는 눈

113

으로 천장만 바라보고 있던 예진은 시간이 얼마쯤 흐른 뒤에야 제 얼굴이 눈물로 범벅이 되었다는 사실을 깨달았다. 보는 사람도 없는데, 들킬 사람도 없는데 예진은 울지 말라며 혼이 난 아이처럼 황급히 눈물을 훔쳐 내었다.

오래된 버릇이었다. 울면 더 맞았다. 제 몸의 절반도 채 되지 않는 어린 예진을, 아버지는 모질게 때렸다. 시끄럽다고, 뭘 잘했다고 우는 거냐고. 잘한 건 없었지만 잘못한 것도 없었다. 왜 맞아야 하는지 이유를 묻고 싶었다. 그러나 입을 열 틈도 없이 아버지는 폭력을 휘둘렀다.

지금도 여전히 그 꿈속에 있는 것 같았다. 어디에선가 집안 살림이 부서지는 날카로운 소리가 들리고, 솥뚜껑같이 커다란 손이 나타나 제 뺨을 후려갈길 것 같았다. 예진은 심호흡을 했다. 차가운 물을 마시자 조금이나마 정신이 들었다.

아버지는 지금 어디에서 뭘 하고 있을까. 예진은 생각했다. 늘 그랬듯이, 그는 어딘가에서 인생을 허비하며 하루하루를 무가치하게 보내고 있을 것이었다. 예진을 담보로 빌린 돈을 흥청망청 써 가면서 말이다. 그리고 그 돈이 다 떨어지면…….

예진이 버릇처럼 입술을 꽉 깨물었다. 찾아올지도 모른다. 늘 하고 있는 생각이었다. 그 집에서 도망쳐 나온 뒤로, 아버지와 마주치지 않을 수 있었던 것은 아마도 엄마 때문이리라. 엄마는 혼자서 오롯이 아버지를 견뎌 냈을 것이다. 그리고 빌었을 것이다. 예진만은 건드리지 말고 내버려 두라고. 하지만 지금은 아니었다. 그는 언제든 예진을 찾아올 수 있다. 찾아와서 지금까지 그랬던 것처럼 모든 것을 망치고, 종국에는 부술 수도 있다. 그런 사람이었다.

그런다고 변하는 건 없어. 이젠 나한테 아무 짓도 할 수 없어. 예진이 스스로를 위로하듯 중얼거렸다. 많은 것이 바뀌었다. 이제 예진은 무자비한 폭력에 무기력하게 당할 수밖에 없었던 어린아이가 아니었다. 신고를 하면, 그래서 경찰이 오면 네 아버지가 너도 죽이고 나도 죽일 거라는 엄마의 눈물 섞인 애원에 핸드폰을 내려놓았던 어린아이가 아니었다.

그래, 그렇지. 보기 좋게 꾸며진 오피스텔을 둘러보면서 예진이 짧게 뇌까렸다. 살고 있는 주소도 바뀌었다. 그러니 괜찮을 것이다. 더 이상 그와 엮이는 일은 없을 것이었다. 예진은 그렇게 믿고 싶었다.

시계를 보니 벌써 9시가 넘었다. 이제 곧 있으면 기사가 데리러 올 시간이었다. 그 전에 대충 아침을 먹고 외출 준비를 해야 했다. 예진은 천천히 침대에서 일어섰다.

○ ◎ ●

김연희는 오늘도 말이 없었다. 벌써 두 번째 방문이었지만 여전히 이 침묵에는 익숙해지지가 않았다. 앞으로 며칠이 더 지나도 그럴 것 같았다. 넓은 병실이 꼭 무덤 같았다. 풍요로웠지만 삭막했다. 꼭 제사상에 한가득 차려진, 그러나 절대로 비워지지 않는 음식들처럼.

예진은 먼지 하나 나오지 않는 병실을 몇 번이고 청소했다. 그렇게 바닥을 쓸고, 물잔 따위를 설거지했고, 또 해준이 사 온 과일들을 보기 좋게 정돈했다. 그러고도 시간은 남았다. 망설이던 예진은 김연희의 붕대를 갈아 주기로 했다. 어제 갈아 주기는 했지만, 매일 갈아 준다고 해서 나쁠 건 없을 것이었다.

"붕대 갈아 드릴게요."

여전히 돌아오는 대답은 없었다. 예진은 조심스럽게 붕대를 풀어내고, 눈처럼 하얀 새 붕대를 감았다. 흉터가 남은 가는 손목 위, 두텁게 감긴 붕대가 꼭 갑옷 같았다.

"과일이라도 좀 드시겠어요? 어제 아드님이 뭘 많이 사 오셨는데."

예진은 혼자 부산스러웠다. 냉장고에 잘 넣어 두었던 멜론을 가지고 와 정성스럽게 깎았다. 먹기 좋게 잘라 낸 조각에 포크를 찍어 놓았다. 먹여 줄 엄두는 나지 않아서, 접시째 가지런히 침대 옆 협탁에 놓아 주었다.

"……."

예진의 부산스러움이 그치자, 병실에는 다시 적막이 내려앉았다. 음악이라도 틀까. 그런 생각이 들었지만 그만두었다. 고고한 사모님이 시끄러운 것을 싫어할 수도 있으니까.

김연희의 옆에 앉아 있던 예진은 문득 창밖을 바라보았다. 겨울비가 대차게 내리고 있었다. 소나기일까. 시선을 옮기자 김연희 역시 멍한 얼굴로 창밖을 응시하고 있었다. 예진은 김연희를 쳐다보면서 제 엄마를 떠올렸다. 그녀가 해 주었던 말들도 함께.

"······저는 비 오는 날에 태어났대요."

예진이 천천히 입술을 떼었다.

"그래서 엄마가 걱정을 많이 했대요. 비 오는 날에 태어난 사람들은, 커서 울 일이 많다는 이상한 소리를 듣고서."

얼굴이 시퍼렇게 멍 든 엄마는, 쓸쓸한 표정으로 그런 말을 했다. 그날도 이렇게 비가 내렸다. 거센 장대비가 쏟아졌고, 술에 취한 아버지는 비에 흠뻑 젖은 채 집으로 돌아왔다. 맞았고, 도망 나왔다. 차가운 빗줄기가 저를 얼마나 시리게 만들었는지, 예진은 아직도 또렷하게 기억하고 있었다.

"원래 저는 그런 미신 같은 건 잘 안 믿거든요. 그런데 돌이켜 보면 틀린 것도 같고, 맞는 것도 같고 그렇더라고요."

예진은 원체 잘 울었다. 그러나 시간이 지날수록 울지 않게 되었다. 그러니 반은 틀렸고 반은 맞았다.

"또 그런 말도 하셨어요. 화창한 날에 너를 낳았으면, 네게 웃을 일만 가득했을까. 나는 네가 슬프면 다 내 탓 같아."

바보 같은 소리였다. 궂은 날에 태어났든, 맑은 날에 태어났든 예진의 인생은 같았을 것이다. 그런 아버지 밑에서 사는 인생이야 어찌 됐든 뻔했다.

"그래서 언젠가부터는······ 비가 오는 게 싫었어요. 엄마가 자꾸 이상한 소리를 해서. 그러다가 중학생이 되었을 때였나. 여름이었는데, 그날은 갑자기 비가 내렸어요. 소나기였죠. 엄마랑 같이 병원에 갔다가 집으로 돌아가는 길이었어요."

응급실에 갔었다. 그날, 엄마는 심하게 다쳤다. 물론 아버지 때문이었다. 텅 빈 소주병에 머리를 정통으로 맞아 이마가 크게 찢어졌다. 응급실에서 소독을 하고, 상처를 꼬맨 뒤 집으로 돌아가는 길에 갑자기 비가 내렸다.

"저도 모르게 눈물이 났어요. 펑펑 울었죠. 근데 비가 내리잖아요, 타이밍이 좋았죠. 얼굴을 타고 질질 흐르는 게 눈물인지 빗물인지 구분할 수가 없었거든요. 그래서 마음껏 울었어요. 엄마가 왜 울어, 하고 물어봤고 저는 눈물이 아니라 빗물이라고 거짓말을 했죠. 엄마는…… 그렇구나, 하고 마셨어요. 전 또 그랬죠. 그냥, 비가 와서 그래."

비를 핑계로 한참을 울었다. 엄마는 아무런 말도 하지 않았다. 집에 돌아와서야, 퉁퉁 부은 그녀의 눈을 보고 나서야 예진은 깨달았다. 엄마도 울고 있었다는 것을, 비를 핑계로.

"이따금씩 울었어요. 비가 오는 날에만. 그렇게 한참을 울고…… 저 자신한테 핑계를 댔죠. 그냥, 비가 와서 그래, 하고."

예진이 힘없이 웃었다. 그러고는 김연희를 바라보았다.

"주제넘은 말이라는 건 알지만……."

예진이 조심스럽게 말을 이었다.

"사모님도 가끔은 핑계를 대 보세요. 그냥 모든 게, 비가 와서 그런 것 같다고."

말도 되지 않는 소리라는 건 알았다. 하지만 그 말도 안 되는 소리라도 부여잡아야 할 때가 있었다. 그렇게 핑계를 대어 순간순간을 살아 내고, 또 넘겨야 하는 시간들이 있었다. 손목 위에 단단하게 매어진 붕대를 쳐다보면서 예진은 뇌까렸다.

"……때로는 그런 말도 안 되는 핑계가 필요한 순간들이 있으니까요."

김연희는 아무런 말도 하지 않았다. 흐리멍덩한 고동색 눈동자 위에 창문에 잔뜩 맺힌 물방울이 비쳤다. 꼭 눈물 같았다.

○ ◎ ●

병원 로비에는 사람들이 가득했다.

"……."

엘리베이터에서 내린 예진은 주위를 두리번거렸다. 그러나 기사는 보이지 않았다. 일이 있는 모양이지. 예진은 차라리 잘되었다고 생각했다. 정작 기사는 신경 쓰지 않을지 몰라도, 그녀에겐 그 커다란 차 뒷좌석에 앉아 오가는 시간들이 내심 고역이었기 때문이다. 박해준이야 그런 대접에 익숙한 사람이라고 해도 예진은 아니었다.

오피스텔은 병원에서 그리 멀지 않은 곳에 있었다. 게다가 어차피 오가는 길이니, 아무 버스나 타도 상관이 없을 것이었다. 이렇게 비가 퍼부을 줄 알았으면 우산을 챙겨 왔을 텐데. 예진은 작게 한숨을 내쉬었다. 어쩔 수 없었다. 그냥 맞고 가는 수밖에는.

핸드폰을 가방 안에 집어넣은 예진이 문 쪽으로 걸음을 옮겼다. 그리고 빗물에 젖은 유리문을 잡으려던 순간이었다. 갑자기, 몸이 뒤로 훅 잡아당겨졌다.

"아악!"

우악스러운 손에 머리채를 붙잡힌 예진이 날카로운 비명을 질렀다. 상황 파악이 되지 않아 버둥거리던 예진이 순간 멈칫거렸다. 익숙한 냄새가 났다. 술냄새와 케케묵은 담배 냄새. 늘 아버지에게서 풍기던…….

"이년!"

쫘악, 하는 소리와 함께 눈앞이 번쩍했다. 바닥에 주저앉은 예진은 순식간에 빨개진 제 뺨을 감싸 쥔 채 눈앞의 아버지를 쳐다보았다.

"이 망할 년, 감히 도망을 가?"

커다란 고함을 내지른 아버지가 발길질을 했다. 미처 막아 내지 못한 예진은 정통으로 걷어차인 복부를 끌어안고는 신음했다. 그러나 아버지는 전혀 아랑곳하지 않았다. 그는 쓰러진 제 딸에게 다가와 멱살을 틀어쥐었다.

"아비어미 버리고 도망쳐 놓고, 밥이 목구멍으로 넘어가든?"

"이거 놔!"

"김 씨한테 얘기 다 들었다. 네가 그딴 식으로 날 망신 줘?!"

예진은 우습다고 생각했다. 망신은 무슨 망신이란 말인가. 지금 망신을 주고 있는 것은 예진이 아니라 아버지였다. 아니, 언제나 항상 그랬다. 그런데 누가 누구를 탓한단 말인가.

"놓으라고!"

"이년이 뭘 잘했다고 끝까지 눈을 부릅뜨고! 아주 그냥 아비가 우습지!"

다시 한번 짝, 하는 소리가 났다. 살짝 벌어진 입 안에서 비릿한 맛이 났다. 그렇지 않아도 피가 배어 나오는 입술을 꽉 깨문 예진은 있는 힘껏 아버지를 밀쳤다.

"이 씨발년이⋯⋯."

한번 해보자는 거야? 아버지가 헛웃음을 쳤다. 선생님, 이러지 마세요. 난감한 표정을 한 경비원이 싸움을 중재하기 위해 끼어들었다. 헛수고였다. 술에 잔뜩 취한 아버지는 이미 눈에 보이는 것이 없었다. 그는 다시 예진의 머리채를 휘어잡았다. 예진은 발버둥 쳤다, 늘 그랬듯이. 하지만 소용없었다, 늘 그랬듯이.

무자비한 구타가 이어졌다. 익숙한 수순이었다. 사람들의 비명 소리와 제 뺨을 내리치는 둔탁한 마찰음이 한데 얽혀 귓전을 날카롭게 파고들었다. 아버지가 주먹을 쥐었다. 무슨 생각인지야 뻔했다. 손바닥으로 때려도 빌지 않으면 발길질을 했고, 발길질을 해도 빌지 않으면 주먹으로 얼굴을 가격했다. 이것 역시도 익숙했다. 그리고 저 주먹에 잘못 맞으면 코뼈가 부러지거나 눈을 다칠 수도 있다는 것 또한 알았다. 수없이 겪어 온 일이었다.

황망한 검은 눈동자 위에 아버지의 주먹이 비쳤다. 예진은 눈을 질끈 감았다.

"⋯⋯."

그러나 시간이 지나도 아무런 느낌도 없었다. 아프지 않았다. 의아해진 예진이 천천히 눈을 떴다. 제일 먼저 보인 것은 손이었다. 제게로 날아들던 아버지의 주먹을 힘껏 쥐고 있는 커다란 손.

"지금 뭐 하는 겁니까."

해준의 눈동자가, 목소리가 서늘했다. 아버지의 팔을 쥔 그의 손등 위에 퍼런 힘줄이 돋았다. 그의 손을 뿌리친 아버지가 고함을 내질렀다.

"너는 뭐야, 이 새끼야! 내가 내 딸년 가정 교육 좀 시키겠다는데, 네가 뭔데 끼어들어!"

"가정 교육?"

해준이 헛웃음을 지었다.

"딸 명의로 온갖 개같은 짓거리를 벌이고 다닌 인간이, 가정 교육?"

"뭐야!"

"데리고 나가요. 후문 쪽으로."

해준의 말이 떨어지기 무섭게 경호원들이 달려들었다. 이거 놔! 아버지가 저항했지만 그들은 완고했다. 삼삼오오 모여든 사람들이 쑥덕거리는 소리가 들렸다. 예진은 바닥에 멍하니 앉은 채로 움직이지 않았다. 시야가 흐렸다.

"일어나."

"……."

"일으켜 줘?"

힘없이 들고 있던 고개를 천천히 저었다. 입술을 꽉 깨문 예진은 비틀거리며 자리에서 일어났다.

"어머니 병실로 가. 의사 불러 줄 테니까."

"……됐어요."

"……."

"그냥…… 그냥 갈래요."

터진 입술에서 피가 나고 얼굴이 벌겋게 부어오르는데도 예진은 개의치 않았다. 해준은 비틀거리며 문을 열고 나가는 예진을 쳐다보았다. 비가 그렇게 쏟아지는데, 살갗을 뚫을 것처럼 퍼붓는데, 우산도 쓰지 않은 채 예진은 걸어가기 시작했다. 축 처진 어깨가 짙게 젖어 드는 것이 보였다. 멀어져 가는 예진을 빤히 응시하던 해준은 그녀의 뒤를 쫓았다.

○ ◎ ●

차 안은 싸늘하리만큼 고요했다. 운전대를 잡은 해준은 옆을 흘깃 쳐다보았다. 예진은 아무런 말 없이 정면만을 응시하고 있었다. 입가에 선명하게 말라붙은 핏자국이 눈에 들어왔다. 그리고…… 빗물인지 눈물인지, 알 수 없는 물기에 젖은 얼굴까지도.

"의외야. 울 줄은 몰랐는데."

"……운 적 없어요."

"네 꼴을 보고서 말해."

"운 적 없다고요. 그냥…….."

"……."

"……비가 와서 그래요."

떨리는 목소리가 처연했다.

"핸드폰에 대고는 그렇게 욕을 퍼붓더니. 왜 그렇게 가만히 맞고만 있는데? 한 대 치기라도 할 것이지."

멍청하긴. 해준이 작게 읊조렸다.

"개 키워 봤어요? 반려견이든, 뭐든."

"아니."

"난 키워 봤어요. 어릴 적에."

"그래서 지금 그게 뭐 어쨌다고."

"우리 아버지는 참 잘도 때렸어요. 엄마도 때리고, 나도 때리고, 개도 때리고. 그런데 그거 알아요? 개는 한 번 맞으면, 그 이후부턴 손만 살짝 들어 올려도 설설 긴다는 거. 아무것도 못 해요. 학습이 된 거죠."

"……."

"사람도 똑같아요. 다를 게 없어."

예진이 힘없이 피식거렸다. 똑같았다. 공포에, 겁에 학습된 것도 똑같았고 아버지에게 가지는 의미도 똑같을 것이었다. 개나, 엄마나, 예진이나. 그러니

받는 취급 역시 다르지 않았다.

"……이사님도 의외예요."

"내가 뭐."

"비웃을 거라고 생각했는데."

사실 해준이 저를 비웃었어도 상처받지는 않았을 것 같았다. 이제는 더 이상 창피하지도 않았다. 여기서 더 내려갈 곳도 없었다. 지금까지 그에겐 바닥만 보였으니까. 창피해하기에도 너무 늦어 버린 일이다. 그저…… 말 그대로였다. 의외였다.

"남들은 이럴 때 뭘 할까요."

"이럴 때가 어떤 땐데."

"그냥, 비 오는 날."

"글쎄."

해준이 성의 없이 대답했다.

"보통은 술을 마시겠지."

그렇구나. 예진이 작게 읊조렸다.

정면을 바라보고 있던 해준은 슬쩍 곁눈질을 했다. 비에 젖은 모습이 처연하기 짝이 없었다. 하얗게 질린 저 얼굴을 뒤덮고 있는 물기가 빗물이 아니라 눈물이라는 걸 해준은 잘 알고 있었다. 애초에 그런 거짓말 따위에는 속지 않았다. 바보 같기는. 해준은 속으로 읊조렸다.

신호가 몇 번 바뀌었고, 해준의 차가 멈추어 섰다가 다시 출발하기를 반복했다. 막혔다. 퇴근 시간이라, 도로에는 차가 가득했다. 해준은 운전대를 손가락으로 툭툭 쳤다. 빨간색 신호등이 초록불로 바뀌는 것이 보였다. 해준은 액셀을 밟으며 천천히 입술을 떼었다.

"술 정도는 사 줄 수 있어."

"……."

"싫으면 말든가."

예진은 멍한 표정을 지었다. 입에도 대 본 적이 없었다. 그놈의 술, 그렇지 않아도 미친 아버지를 매번 더 미치게 만들었으니까.

술을 마시면 나도 아버지처럼 될까. 아버지처럼 되어서, 말 같지도 않은 일을 벌여 놓고도 멀쩡하게 굴 수 있을까. 속이라도 편할까.

"······사 주세요, 술."

예진이 초점 없는 눈으로 대답했다.

○ ◎ ●

해준이 데리고 간 곳은 호텔 라운지였다. 이런 고급스러운 장소에 와 본 건 처음이라 조금은 주눅이 들었다. 꼭 다른 세상에 온 것 같은 기분이 들었다. 차려입고 앉아 즐겁게 웃고 있는 사람들이, 그들의 여유가 예진은 낯설었다.

직원은 해준과 예진을 안쪽으로 안내했다. 따로 마련된 VIP 룸이었다. 자리를 잡고 앉자, 잠시 후 얼음이 가득 담긴 보틀과 이름을 알 수 없는 술들이 연이어 테이블에 세팅되었다. 그래도 이것 하나만은 확실하게 알았다. 저 술은, 제가 상상도 할 수 없을 만큼 비싸리라는 사실을.

화려한 색깔의 샴페인 위에 초록색 소주병이 스쳐 지나갔다. 예진은 값비싼 샴페인과 싸구려 소주의 차이점이 무엇일까 생각했다. 비싼 술을 마시면 고상하게 취하고, 싸구려 술을 마시면 싸구려처럼 취하게 되는 걸까. 아버지가 늘 그랬듯이.

"마셔."

해준이 술을 따른 잔을 건넸다. 음울한 검은색 눈동자에 핑크빛의 액체가 비쳤다. 예진은 천천히 술을 삼켜 내었다. 맛은 생각보다 쓰지 않았다. 외려 달았다. 예진은 달큼한 샴페인을 연거푸 들이켰다.

한 모금에 아버지의 얼굴이 스쳐 지나갔고, 또 한 모금에 엄마의 얼굴이 스쳐 지나갔다. 목소리도 들렸다. 이 빌어먹을 년들아. 술 가지고 와, 술! 질끈 감은 눈꺼풀이 파르르 떨렸다.

"이건 또 무슨 짓이야."

해준이 빈 잔에 술을 따르던 예진의 손목을 턱 쥐었다.

"마시라고 했다고, 술을 퍼부어? 죽기라도 할 작정이야?"

퍽 예쁘장한 빛깔과는 달리 꽤나 도수가 있는 술이었다. 술 한 번 제대로 마셔 본 적도 없을 계집애가 이런 식으로 나올 줄은 몰랐다. 해준은 인상을 찌푸렸다.

"이렇게 마시면…… 죽어요?"

"뭐?"

"안 죽던데. 이것보다 몇 배를 더 마셔도."

"……."

"멀쩡하게 살아 있던데."

해준은 대답하지 않았다.

"술을…… 정말 엄청나게 마셨어요. 하루도 빼먹지 않고."

아버지는 늘 취해 있었다. 제정신이었던 것이 언제인지, 이제는 기억조차 나질 않았다.

"집에 술이 없으면 난리가 났죠. 엄마더러 당장 술을 가지고 오라고 패악질을 부리면서 손바닥으로 때리고, 주먹으로도 때리고……. 그럼 엄마는 곧장 동네 슈퍼로 달려갔어요. 가서 주인한테 사정사정하며 빌면서 외상을 했죠. 이번 달에는 정말 갚겠다고, 꼭 갚겠다고. 그러다 한 번은 내가 간 적이 있어요."

아버지에게 죽도록 맞은 엄마가 앓아누운 날이었다. 외상으로 술을 가져오기 위해 집을 나섰으면서, 예진은 차마 입술이 떨어지지 않아 슈퍼 앞에서 한참을 서 있었다. 그렇게 오랜 시간 망설이고만 있는데 슈퍼의 문이 열렸다. 주인의 손에는 소주 두 병이 들려 있었다.

"민망해서 말도 못 꺼내고 있는데, 슈퍼 주인이 그러더라고요. 안 갚아도 되니까, 그냥 가져가라고. 아니면 또 맞을 거 아니냐고. 그런데 그 말을 듣고 있는 내 자신이 왜 그렇게 비참하던지."

몇 달간 쌓인 외상값은 적은 돈이 아니었다. 예진은 알았다. 아버지는 저 외상값을 갚기 위해 일을 할 위인이 아니고, 그에게 흠씬 두들겨 맞은 엄마 역시 한동안은 일을 할 수 없을 거라는 사실을.

"고등학생이었어요, 그때. 아르바이트를 구하러 갔는데, 미성년자는 쓸 수가 없다 하더라고요. 그래서 할 수 있는 건 닥치는 대로 다 했어요. 전단지도 돌리고, 스티커도 붙이고…… 그렇게 해서 갚았죠. 갚았는데, 또 눈처럼 쌓였어요. 그때 알았어요. 이건 밑 빠진 독에 물을 붓는 거나 다름없다는 걸."

눈덩이같이 불어나는 밀린 외상값처럼, 엄마의 몸 곳곳을 물들인 시퍼런 멍 역시 물감처럼 번졌다. 꼭 도화지 같았다. 검은색, 보라색 크레파스로 아무렇게나 죽죽 금을 그어 버린 도화지.

"못 참겠어서, 견딜 수가 없어서…… 같이 도망가자고 했어요, 엄마한테."

"그래서."

"미안하다더라고요. 내가 좋아하는 반찬들로만 한 상을 차려 놓고서는."

아직도 그날의 기억이 생생했다. 끝내 엎혀 버린 반찬들도, 미안하다며 작게 뇌까리는 엄마의 목소리도.

"그게 마지막이었어요. 그대로 집을 나왔어요, 엄마를 두고서. 다 싫었거든요. 매일같이 맞는 것도, 욕을 듣는 것도, 머리채가 잡히는 것도. 그런데…… 그러지 말았어야 했을까요?"

"……."

"어떻게든 곁을 지켜야 했을까요. 그랬으면 이런 일이 일어나지는 않았을까요."

글쎄. 해준은 생각했다. 예진이 그 집에서 나왔든, 나오지 않았든 어쨌거나 종국에는 이런 결말을 맺게 되었을 것이라고.

"난 엄마를 사랑하는데. 그러니까 지켜 줬어야 했는데. 하지만 엄마처럼…… 살고 싶지는 않았어요."

해준의 손가락이 작게 움찔했다.

"나까지 그렇게 되고 싶지는 않았어……."

순간 피로 더럽혀진 욕조와 거실 바닥이 떠올랐다. 언젠가 제가 되뇌었던 말들이 귓가를 스쳐 지나갔다.

맞아. 김연희는 불쌍하고 비참하지. 그래서 그런 거야? 불쌍하고 비참한 김
연희가 낳은 아들이라서, 나도 불쌍하고 비참해지라는 거야? 한평생을, 나도
뺏기고 뺏겨서 결국 어머니처럼 되라는 소리야? 나는 그러고 싶지 않아!

"차라리 아버지가 죽었으면 좋겠어요……."

고개 숙인 예진의 잇새로 신음 같은 목소리가 흘러나왔다.

"죽어 버려서 내 눈앞에 영원히 나타나지 않았으면 좋겠어."

"……동감이야."

해준이 작게 대답했다. 하지만 술에 취해 버린 예진은 그의 목소리를 듣지
못했다.

○ ◎ ●

차체를 때리는 빗소리가 요란스러웠다. 비는 여전히 그칠 생각을 하지 않고
있었다. 아니, 아까보다도 더 세차게 퍼붓고 있는 것 같았다. 이 비를 뚫고 오
피스텔까지 무사히 온 것이 용할 정도였다.

차를 세운 해준은 고개를 돌려 예진을 쳐다보았다. 예진은 표정 없는 얼굴로
물기 어린 창문을 응시하고 있었다.

"뒷좌석에 우산 있으니까, 쓰고 가."

"됐어요."

"그럼 그냥 맞고 가든지."

어차피 코앞이니, 뛰어가면 괜찮을 것 같았다. 해준은 마음대로 하라는 듯
성의 없이 대답했다. 해지고 낡은 가방을 챙긴 예진은 인사도 하지 않고 차에
서 내렸다. 그러고는 천천히 걸어가기 시작했다.

해준은 핸들을 잡은 채 예진이 했던 말들을 홀로 곱씹었다. 사랑하지만, 나
까지 그렇게 되고 싶지는 않았다고.

그 말을 되뇔 때마다 예진은 엄마에게 죄책감을 가졌을 것이고, 또 자기 자
신을 혐오하게 됐을 것이다. 그렇게 되고 싶지 않다는 건, 어떻게 보면 상대방

의 인생을 너무나 쉽게 짓밟고 무시하는 것이기도 했다. 상대방을 사랑한다면 더욱더, 괴로웠을 것이다. 해준도 그 괴로움을 잘 알았다. 저 역시 예진과 같았으므로.

불쌍하고, 비참하고, 또 그래서 너절하기 짝이 없는 인생. 평생 봐 왔던 그 모습을 답습하고 싶지는 않았다. 아무리 어머니를 사랑해도 어쩔 수가 없었다.

하지만 그게 뭐가 나쁘다는 거야. 난 괜찮아지고 싶은 것뿐이야. 덜 불쌍하고, 덜 비참해져서 남들처럼 살 수 있을 만큼만…….

해준이 입술을 짓씹었다. 그러고는 액셀을 꾹 눌러 밟았다.

"……."

하지만 얼마 가지 못하고 차가 끼익, 소리를 내며 요란스럽게 자리에 멈추어 섰다. 해준의 시선은 백미러로 향해 있었다. 빗물에 뿌예진 백미러에 예진이 비쳤다. 자리에 주저앉은 예진이.

시동도 끄지 않고 차에서 내린 해준이 예진에게로 천천히 다가갔다.

예진은 울고 있었다.

빗물에 젖은 채로.

해준은 무너지듯 주저앉은 예진을 가만히 쳐다만 보았다. 웅크린 등에 퍼부어지는 거센 빗줄기와 들썩이는 야윈 몸을 그저 쳐다만 보았다.

"비가……."

예진이 쥐어짜 내듯 중얼거렸다.

"그냥 비가 와서……."

"……알아."

"……."

"나도 안다고."

돌아오는 대답은 없었다. 해준도 더 이상은 말을 하지 않았다. 그렇게 두 사람을 흠뻑 적신 비는 차츰 잦아들기 시작했다.

감기에 걸렸다. 매서운 겨울비를 온몸으로 맞은 탓이었다. 열이 났고, 쉴 새 없이 기침이 터졌으며, 몸에 오한이 들었다. 당연한 수순이라는 걸 알면서도 이 반갑지 않은 감기가 조금은 생소했다. 꽤 긴 시간 동안, 예진은 마음 놓고 앓아 본 적도 없었으므로.

조금 늦어질 것 같다는 예진의 전화를 받은 윤 비서는 오피스텔로 찾아왔다. 그의 손에는 죽과 약이 담긴 봉투가 들려 있었다. 그는 그것들을 예진에게 건네주며 말했다. 오늘은 푹 쉬라고 하셨다고.

이건 또 뭘까. 이런 배려 아닌 배려를, 다른 사람도 아닌 해준이 베풀 줄은 몰랐기에 예진은 그의 친절을 조금 의심했다. 하지만 이내 그만두었다. 쏟아지는 장대비를 같이 맞아 주던 해준의 옆얼굴이 떠올라서였다.

비가 와서 그래요. 쥐어짜 냈던 말에 나도 알아, 라고 답하던 목소리가 자꾸만 귓가를 스쳐 지나갔다. 예진은 텅 빈 오피스텔에 누워 홀로 되물었다. 그래? 이사님도 알아요? 이사님한테도 이런 비가 오나요? 어쩌면 정말 그럴지도 몰랐다. 그 역시 아비에게 버림받았으니까. 그렇지만 정말 같을까. 슬픔에도 값어치가 있는 법이었다. 싸구려 한예진이 느끼는 슬픔과 모든 것을 다 가진 박해준이 느끼는 슬픔은 그 결부터 다를지도 몰랐다.

내가 비참해하는 모습을 지켜보고 싶었던 걸지도 모르지. 위안 삼으려고. 저번에도 해준은 그렇게 말했다. 네 비참함을 내게 팔라고. 그래서 그랬던 걸까. 그래서 같이 비를 맞아 주었던 걸까. 아무리 자문해 보아도 정답을 알 수가 없었다.

다음 날, 예진은 기사가 데리러 오기도 전에 혼자 먼저 병원으로 갔다. 이유는 단순했다. 괜히 해준에게 빚을 진 듯해 기분이 찜찜해서.

김연희는 여전히 고요했다. 그녀는 꼭 말하는 방법을 잊어버린 사람 같았다. 잠시 후, 주치의가 병실 안으로 들어왔고 예진의 짐작은 보기 좋게 들어맞았다. 김연희는 정신적 충격으로 인한 실어증, 우울증에 걸린 상태였다. 주치의는 이럴 때일수록 가족의 보살핌이 필요하다고 했다. 아이러니였다. 김연희가 저 꼴이 된 것이 바로 그 가족 때문인데.

예진은 김연희를 정성껏 돌봐 주었다. 매일같이 붕대를 갈아 주었고, 손도 대지 않는다는 걸 알면서도 과일을 깎아 주었다. 갈색으로 변한 사과를 쳐다보면서, 예진은 어쩌면 김연희의 마음 역시 저렇게 변해 버린 것일지도 모르겠다고 생각했다. 생명의 기척이라고는 전혀 느껴지지 않는, 말라 죽은 나무의 겉껍질 같은 어두운 갈색으로.

주치의는 산책을 권했다. 거동이 힘들어 휠체어 신세를 져야 할 테지만, 그래도 병실에만 계시는 것보다는 나을 거라고. 예진은 알겠다고 했다. 따뜻한 햇살을 쬐면, 갈색으로 변해 버린 마음도 조금이나마 제 색깔을 찾을 수 있지 않을까 싶어서.

해준은 이틀에 한 번꼴로 찾아왔다. 포털과 언론은 잠잠해졌지만, 그는 여전히 바쁜 것 같았다. 그러나 예진은 딱히 안부를 물을 마음이 없었고, 해준 역시 제 이야기를 먼저 꺼내지 않았다. 이따금씩 세 사람은 같이 병원 앞뜰을 산책했다. 휠체어는 해준이 밀었고, 예진은 간격을 두고 그들의 뒤를 따라 걸었다. 어머니, 날씨가 좋아요. 춥지는 않으세요? 불편한 곳은? 아들이 아무리 말을 걸어도 김연희는 대답해 주지 않았다.

해준은 예진 모친의 고향에 사람을 보냈다고 했다. 그러니 조금만 기다리면 찾을 수도 있을 거라는 말도 덧붙였다. 그렇지만 엄마는, 고향에는 연고조차 없는데. 그 말이 목 끝까지 차올랐지만 예진은 우선 알겠다고 대답했다.

이제는 다 괜찮아졌는데. 정말 내가 지켜 줄 수 있는데. 병원도 제때 데리고 갈 수 있고, 아무런 걱정도 하지 않게 해 줄 수 있는데. 그런 생각을 하며 예진은 빌었다. 제발, 어디에 있든 무사하기만 해 달라고. 그것이면 된다고.

○ ◎ ●

짤막한 담배 끝, 아슬아슬하게 매달려 있던 재가 테이블 위에서 눈처럼 휘날렸다.

"……."

해준은 재떨이에 담배를 아무렇게나 비벼 껐다. 그러고는 새 담배를 베어 물었다. 이사실에 내려앉은 매캐한 연기를 쳐다보면서, 해준은 홀로 뇌까렸다.

도대체 무슨 꿍꿍이인 거야.

박동호는 잠잠했다. 차기 후계자로 박도준을 지목했던 일이 거짓말처럼 느껴질 정도였다. 그는 꼭 무덤처럼 고요했다. 하지만 해준은 알았다. 박동호는, 제 아버지는 절대로 이렇게 가만히 있을 사람이 아니라는 사실을.

당장 죽을 것처럼 앓아누울 때는 언제고, 박동호는 그사이 건강을 많이 회복했다. 이제는 그 사실마저 혐오스러웠다. 그가 그렇게 악착같이 버티며 살려는 이유를 알고 있기 때문이다. 김미향, 그리고 박도준. 사랑해 마지않는 이들을 만나기 위해서였다.

내 어머니는 죽어 가는데, 말 한 마디 하지 못한 채로 앓아누웠는데 왜 당신은 점점 좋아지는 거지? 해준은 박동호가 거머리 같다고 생각했다. 김연희의 생명력을 빨아먹고 기력을 회복한 더러운 거머리.

박동호의 주치의가 '이제는 많이 안정되신 상태'라는 말을 한 바로 그날, 해준은 박동호를 다른 병원으로 옮겼다. SL재단이 운영하고 있는 병원이었다. 그리고 김연희가 입원해 있는 병원이기도 했다. 물론 그들을 같은 병원에 입원시킨다는 것이 딱히 마음에 들지는 않았다. 그러나 박동호의 일거수일투족을 감시하기 위해서는 어쩔 수가 없었다. 그는 언제 또 무슨 일을 빌일지 모르는 사람이었다. 저번처럼 임원진들을 구슬려 말도 안 되는 짓을 할 수도 있었고, 또 김미향을 불러낼 수도 있었다. 어쩌면 그러기 위해, 지금 이렇게 잠잠한 것일지도.

이제는 더 이상, 박동호에게 놀아나고 싶지 않았다. 해준은 그에게 김미향과 박도준의 행방에 대해 물을 생각이었다. 그리고 그들을 만나, 거래를 할 것이다.

계열사 중 하나를 넘겨주는 대신, 더 이상 SL그룹을 넘보지 말라는 게 조건이었다.

물론 해준은 김미향과 박도준에게 계열사를 완전히 넘겨줄 마음은 추호도 없었다. 눈속임인 셈이었다. 박동호가 허튼짓을 하지 못하게 할 눈속임. 그리고 박동호가 사망하면, 다시 빼앗을 계획이었다. 그리 어려운 것도 아니었다. 여의치 않으면, 해당 계열사의 지원을 끊으면 될 일이다. 마치 도마뱀이 꼬리를 자르듯이.

문제는 김미향이었다. 영악한 사람이라 해준의 의중을 알아챌 가능성이 컸다. 그러니 그녀가 거래를 받아들일지 여부에 대해서는 해준조차도 쉽게 짐작을 할 수가 없었다.

어쨌거나 지금 제일 먼저 해야 할 일은, 박동호에게서 김미향과 박도준의 행방을 알아내는 것이었다.

담배를 재떨이에 비벼 끈 해준이 재킷 안주머니에서 핸드폰을 꺼내 들었다.

"지금 차 대기시키세요. 병원으로 갑니다."

○ ◎ ●

겨울치고는 날씨가 따뜻했다.

"사모님, 춥진 않으시죠?"

예진이 휠체어를 밀다 말고 조심스럽게 물었다. 돌아온 대답은 없었지만, 예진은 김연희의 윗옷 단추를 살뜰하게 여며 주었다.

해준이 오든, 오지 않든 예진은 김연희의 산책을 하루도 빼먹지 않았다. 오늘도 마찬가지였다. 딱히 김연희에게 정이 들어서는 아니었다. 그에게 돈을 받고 있으니, 그만큼의 값어치는 해야 할 것 같아서였다.

그래도 이렇게 김연희를 챙기고 있자면 가끔은 어딘가 모르게 씁쓸한 기분이 들었다. 내 엄마의 행방도 모르면서, 남의 엄마나 챙기고 있는 꼴이라니. 우스웠다. 예진은 그런 자조적인 생각을 하지 않기 위해 애를 썼다.

"두 바퀴나 돌았으니까, 이만 돌아가는 게 좋겠어요. 내일은 아침에 와서 산

책시켜 드릴게요. 오늘 검진받으시는 줄 몰랐거든요."

예상치 못한 검진에 평소보다 늦은 시간에 산책을 하게 되었다. 벌써 밤 7시가 넘어 있었다. 물론 산책을 밤에 하든, 새벽에 하든, 낮에 하든 김연희는 딱히 신경 쓰는 것 같지 않았다. 그저 멍한 얼굴로 휠체어에 앉아 있는 게 전부였으니까. 그래도 햇살을 보는 것이 건강을 회복하는 데는 더 도움이 될 것 같아서, 예진은 대답도 하지 않는 김연희에게 내일은 점심을 먹고 산책을 시켜 드리겠다며 약속까지 했다.

예진은 천천히 휠체어를 밀었다. 뼈와 가죽만 남은 김연희는 깃털같이 가벼웠다. 로비로 들어서면서 예진은 생각했다. 이 사람은, 이 여자는 정말 괜찮아질 수 있을까. 주치의야 김연희가 악화되고 있지는 않다고 했지만 그것이 전부였다. 악화는 되지 않는다. 그 말은 나아지지도 않았다는 뜻이기도 했다. 예진은 언젠가 엄마와 함께 응급실에 갔을 때, 귀찮은 표정을 지으며 진료를 봐 주던 의사를 떠올렸다. 그때 그 의사도 그렇게 말했다. 죽을 정도의 상처는 아니네요.

그러나 때로는, 그 죽을 정도도 아닌 상처가 사람을 나락으로 몰기 마련이었다. 예진은 그것을 누구보다도 잘 알았다.

예진은 엘리베이터 앞에 섰다. 애석하게도 엘리베이터는 높은 층에 멈춰 있었다. 내려오는 데만 해도 한참이 걸릴 것이었다. 예진은 휠체어 손잡이를 꼭 붙든 채 점점 줄어드는 빨간색 숫자를 빤히 쳐다보았다.

그리고 바로 그 순간이었다. 미동도 하지 않고 앉아 있던 김연희가 움찔한 것은.

"……사모님?"

놀란 예진이 김연희를 쳐다보았다. 어딘가 이상했다. 으, 으어. 아아. 김연희는 알아들을 수 없는 말들을 신음처럼 내뱉었다. 주먹을 꽉 쥔 채 휠체어 팔걸이를 내리치기도 했고, 갑자기 허공에 발길질을 하기도 했다. 가슴이 덜컥 내려앉았다. 발작인 걸까. 하지만 내가 온 뒤로 발작한 적은 없다고 했는데……. 의사. 의사를 불러야 했다. 예진은 사람을 부르기 위해 황급하게 뒤를 돌아보았고, 김연희는 비틀거리며 휠체어에서 일어났다.

"으, 으아아!"

그러고는 바닥을 기어 저 앞으로 가기 시작했다.

"사, 사모님!"

얼굴이 파랗게 질린 예진이 다급하게 김연희의 뒤를 쫓았다. 방금 전까지만
해도 산송장처럼 앉아만 있던 사람이 저런 힘을 낸다는 것이 놀라울 지경이었
다. 김연희는 미친 듯이 바닥을 기었고, 이내 누군가를 덮쳐 넘어뜨렸다.

"꺄아악!"

날카로운 비명이 로비에 울려 퍼졌다. 황망한 예진의 눈동자 위에, 김연희
의 밑에 깔려 있는 여자가 비쳤다. 빠글빠글한 파마머리, 버짐이 핀 얼굴, 낡은
옷. 주변에서 흔히 볼 수 있는 평범한 중년 여자였다. 그러나 그 평범한 여자
를, 김연희는 울부짖으면서 때리고 있었다.

달려가는 예진의 등 뒤에서 띵, 하는 소리와 함께 엘리베이터가 열렸다.

"사모—"

"미향아!"

생각지 못한 이름에 예진이 굳은 듯 자리에 멈추어 섰다.

"미향아!"

뒤를 돌아보자 낯익은 얼굴이 보였다. 뉴스에서 뻔질나게 보았던 박동호였
다.

"말려! 말리라고!"

박동호가 소리치기 무섭게, 경호원들이 우르르 김연희와 김미향에게 달려들
었다. 박동호의 얼굴은 다급하기 짝이 없었다. 그는 경호원의 부축을 받아, 한
데 얽혀 있는 여자들에게 다가갔다. 그리고 손을 내밀었다.

김미향에게.

"미향, 미향아……."

김연희의 표정은 황망하기 이를 데 없었다. 어딘가에서 들리는 것 같았다.
그녀가 와르르 무너지는 소리가.

"사모님, 일어나세……."

멍하니 서 있던 예진이 김연희를 일으키려 손을 뻗는 순간이었다.

"……지금."

모두의 시선이 한 곳으로 향했다.

"지금 뭐 하는 거야."

로비 입구에 해준이 서 있었다.

"으, 아아……!"

해준의 시선이 바닥에 주저앉은 김연희에게로 향했다. 그다음은 박동호에게로, 그리고 마지막으로 박동호의 뒤에 숨어 있는 김미향에게로.

"……."

예진은 멈칫했다. 입술을 짓씹는 해준의 표정이 너무나 생소했다. 꽉 쥐어진 채 부들거리며 떨리는 주먹도 생소했다. 그는 제 어머니와 같은 얼굴을 하고 있었다. 세상이 무너진 듯한 표정. 그래서 더없이 비참한. 예진은 봐서는 안 될 것을 본 기분이었다.

"사모님, 일으켜 드릴게요."

예진은 조심스럽게 김연희를 일으켜 세웠다. 해준의 뒤를 따라 들어온 비서가 새파랗게 질린 얼굴로 휠체어를 끌어다 주었다. 예진은 말없이 김연희를 휠체어에 앉혔다. 조금 전 미친 듯이 바닥을 기어갔던 게 거짓말인 것처럼, 김연희는 시체같이 멍했다.

"엘리베이터 좀 잡아 주세요."

비서가 부리나케 달려가 엘리베이터의 버튼을 눌렀다. 예진은 휠체어 손잡이를 잡고 천천히 앞으로 밀었다. 그렇게 해준을 지나치고, 박동호를 지나치고, 또 김미향을 지나쳐 엘리베이터에 올랐다.

"병실에 가 있겠습니다."

비서는 알겠다는 듯 고개를 끄덕였다. 이내 엘리베이터 문이 조용히 닫혔고, 예진은 김연희를 응시했다. 움직임은 없었다. 부들거리며 떨리는 손만 제외한다면.

"사모님."

"……."

"사모님."

돌아온 것은 김연희의 대답이 아니라, 꼭대기 층에 도착했다는 알림음이었다. 엘리베이터에서 내린 예진은 김연희와 함께 병실로 들어섰다.

예진은 깃털처럼 가벼운 그녀를 부축해 침대에 앉히고는 이불을 꼼꼼히 덮어 주었다. 그래도 손의 떨림은 멎지 않았다. 부들거리며 떨리는 손 위에 감긴 붕대가 풀어 헤쳐져 넝마처럼 흘러내렸다. 달빛에 드러난 흉터가 덧없이 쓸쓸해 보였다.

저 흉터가 완전히 아무는 일은 없을 것이다. 앞으로도 영원히. 예진은 어렵지 않게 짐작할 수 있었다. 그리고 박동호는 끝내, 제 부인의 상처를 알아주지 않을 거라는 사실도.

"붕대…… 갈아 드릴게요."

예진이 새 붕대를 집어 들었다. 이렇게 한다고 해도 나아지는 건 없다는 사실은 잘 알았다. 하지만, 눈에 보이느냐, 보이지 않느냐는 천지 차이였다. 눈가림에 불과한 장난질이라고 해도.

선명한 흉터 위로 눈같이 하얀 붕대가 내려앉았고, 이내 완벽하게 가려졌다. 김연희는 멍한 눈동자로 제 손목을 쳐다보았다. 이미 오래전에 죽어 버려서, 그 어떤 것도, 아무것도 느끼지 못하는 사람 같았다.

○ ◎ ●

꽉 다물린 잇새에서 이가 갈리는 소리가 났다.

"……."

병상의 박동호를 노려보는 해준의 눈동자가 형형했다. 저는 화가 나 참을 수가 없는데, 박동호는 아무렇지도 않은 표정이었다. 외려 여상하기 짝이 없었다. 마치 뭐가 잘못되었냐는 얼굴이었다.

"도대체 어디까지……."

해준이 짓씹듯 말했다.

"사람을 어디까지…… 농락할 생각이십니까?"

"그게 무슨 소리야."

"김미향을 불러들여요? 다른 곳도 아닌, 이 병원에! 어머니도 입원해 계신 걸 빤히 알면서!"

온몸의 피가 들끓는 기분이었다. 차라리 어머니가 입원해 계신 걸 몰랐다면 그나마 용서라도 되었을 것이다. 아니, 아니야. 어머니와 마주치지만 않았더라도……. 알아들을 수 없는 말을 뇌까리며 바닥에 주저앉은 어머니의 얼굴이 눈에 선했다. 그리고 그런 어머니가 아닌, 김미향에게 내밀어지던 박동호의 손도.

"어떻게 그러실 수 있습니까? 도대체…… 당신은……."

"……누누이 말했다."

박동호가 여상한 얼굴로 입술을 떼었다.

"미향이, 미향이를 데려오라고. 봐야 한다고!"

"지금 그걸 말이라고—"

"지금이야 상태가 호전됐다고는 해도, 언제 다시 앓아누울지 모르는 일이야!"

박동호가 버럭 소리쳤다.

"이렇게 제정신으로 있는 게, 이번이 마지막일지도 모른단 말이다! 죽기 전에 얼굴 한 번 보겠다는데, 그게 그리도 속이 뒤틀려!"

"당신의 마지막에 어머니는 들어가 있지도 않은 모양이군요."

"……."

"정말 끝까지, 당신이란 사람은……."

어이가 없었다. 그래도 이렇게까지 할 줄은 몰랐다. 이렇게까지는 하지 않기를 바랐다. 하지만 박동호는 늘 그랬듯 제 기대를 부수고, 처참히 망가트려 놓았다, 바로 지금처럼.

"네 어미는 괜찮을 거다."

"……뭐?"

"이미 누릴 수 있는 모든 걸 다 누렸어! 하지만 미향이는…… 미향인 아무것도 없단 말이다! 내가 죽으면 미향이, 도준이는 낙동강 오리알 신세가 되는 거나 마찬가지야! 그래서 죽기 전에 한몫 챙겨 주겠다는데 그게 그렇게도—"

"괜찮을 거라고?"

해준이 조소했다.

"당신 눈에는 아까 그 모습이 괜찮은 걸로 보여? 김연희가, 당신 부인이 괜찮을 걸로 보여!"

분노가 치밀었다. 해준은 박동호의 멱살을 틀어쥐었다.

"김미향이 아무것도 없다고? 아니야. 아무것도 없는 사람은 처음부터 김연희였다고!"

"크, 큭……."

"어머니 덕분에 이 자리까지 올라온 주제에…… 이용해 먹을 건 다 해 먹고, 이제 와서 그딴 소리를 해?"

박동호의 얼굴이 벌겋게 달아올랐다. 하지만 해준은 멱살을 잡은 손에 더욱 힘을 주었다.

"당신 때문이야. 어머니가 저렇게 된 것도, 내가 이렇게 된 것도 다 당신 때문이야. 당신만 아니었으면…… 우리 둘 다 이렇게 되지는 않았을 거라고!"

"네가, 네가 그런 말을 해도…… 내게도 생각이, 있……."

"모든 걸 다 망가뜨리고 무너트려 놓은 주제에 이제 와서 한다는 소리가 고작…… 고작 김미향 얘기야?"

"……."

"똑같이 해 줄 거야. 당신이 우리한테 했던 짓 그대로. 그래서 똑같이 망가트릴 거야. 저세상에서 똑똑히 지켜봐. 김미향, 박도준이 얼마나 비참하게 살아가는—"

해준은 말을 끝맺지 못했다. 축 늘어진 박동호 때문이었다.

137

"……."

툭. 멱살을 잡고 있던 손을 놓자, 박동호의 몸은 힘없이 침대로 고꾸라졌다. 해준은 박동호의 뺨을 살짝 내리쳤다. 돌아오는 반응은 없었다. 박동호는 정신을 잃은 채로 달뜬 숨만 내뱉고 있었다. 저번과 똑같았다. 심근경색으로 쓰러졌던 그날과.

'차라리 죽어 버렸으면 좋겠어.'

'……동감이야.'

울먹이던 예진의 목소리가 귓가를 스쳐 지나갔다. 그녀에게 했던 대답은 진심이었다. 맞아. 차라리 죽어 버렸으면 좋겠어. 그 생각을 수도 없이 해 왔다. 지금도 그랬다. 이대로 죽어 버려서, 조용히 죽어 버려서 더 이상 나를 괴롭지 않게 했으면 좋겠다고. 어머니를 더 비참하게 만들지 않았으면 좋겠다고. 그편이 저와 어머니에겐 더 나을 것이다. 지금까지 받은 상처는 어쩔 수 없다고 하더라도, 최소한 새 상처가 생기는 일은 없을 테니까.

이대로.

이대로…….

'해준아.'

언젠가의 박동호의 목소리가 들렸다. 아주 오래전의 일이었다. 이 사달이 나기 전, 그러니까 초등학생 무렵. 해준이 유일하게 기억하고 있는 박동호의 살가운 모습이었다. 이제 오는 거니? 학교에 다녀온 저를 반겨 주던 얼굴이 스쳐 지나갔다. 우리 해준이는, 당신보다는 나를 닮았지. 어머니와 함께 웃으며 대화를 나누던 얼굴도 스쳐 지나갔다. 모든 것이 산산조각 나기 전의 모습이었다.

황망해하는 해준의 눈동자 위에 새파랗게 질린 박동호가 비쳤다.

"의사……."

허공에 멈춰 있던 주먹이 부들거리며 떨렸다.

"의사, 의사 불러와요!"

해준이 크게 소리쳤다. 병실 밖에서 대기하고 있던 윤 비서가 급히 안으로 달려 들어와 의료진을 호출했다.

다급하게 달려온 의료진들이 박동호를 에워쌌다. 그들이 무어라 외쳤지만 해준의 귀에는 하나도 들어오지 않았다. 해준은 멍하니 선 채, 의료진 사이로 보이는 박동호를 쳐다보았다. 현실로 와닿는 건 아무것도 없었다. 짓씹은 입술 사이에서, 비릿한 피 내음이 났다.

5

윤 비서는 말했다. 박동호가 다시 쓰러졌다고. 심근경색이라고. 그러니 조금
만 기다려 달라고. 김연희가 또 발작을 일으킬까 걱정이 되니, 제가 돌아올 때
까지 잠시만 그녀의 곁에 있어 달라는 부탁과 함께.

김연희는 안정제를 맞고는 조용히 잠들었다. 그나마 다행이었다. 비서에게
그녀가 안정됐다는 말을 전하고 가야 할까. 하지만 그것은 전화로도 할 수 있
는 말이었다. 그러니 이대로 돌아가도 될 일이었다. 그러나 발이 쉬이 떨어지질
않았다. 해준 때문이었다.

병원 로비, 막 들어선 그의 표정이 눈에 선연했다. 세상이 무너진 듯한 얼굴.
제 어머니와 똑같던. 그것이 자꾸만 마음에 걸렸다. 동정이라도 하는 걸까? 감
히 내가? 예진은 조소했다. 그리고 박해준은 제가 그런 적나라한 꼴을 본 걸 그
리 좋아하지 않을 것이다. 그에게는 치부였을 것이다. 박동호가 부인인 김연희
가 아닌, 내연녀 김미향을 먼저 챙겨 드는 그 상황 자체가.

그런 그에게 제가 무슨 말을 할 수 있단 말인가. 그의 곁에서, 그래도 너는
나보다 낫다. 나는 이러이러한 일을 겪었었으니까, 하고 염불을 욀 수도 없는

노릇이었다. 그저 모른 척해 주는 것이 제가 할 수 있는 유일한 배려였다.

그냥 돌아가자. 거기까지 생각이 미친 예진이 걸음을 떼려던 순간이었다.

"회장님은……."

예진의 발목을 붙잡은 것은 김미향의 목소리였다. 김미향은 얼굴이 새파랗게 질린 채, 막 엘리베이터에서 내린 해준의 비서를 붙들었다. 비서의 표정은 난감하기 짝이 없었다. 결국 저를 붙잡은 김미향의 손을 쳐 낸 비서는 예진에게로 다가왔고, 예진은 빠르게 입술을 달싹였다.

"사모님은 안정제 맞고 잠드셨어요. 확인하고 내려오는 길이에요."

"……그렇군요. 다행입니다. 지금 기사를 불러 드리겠습니다. 잠시만 기다려 주세요."

"혼자 돌아가도 되는데요. 저는 괜찮으니까 신경 쓰지 마시고—"

뒷말은 이어지지 못했다. 쿵, 하는 소리를 내며 바닥을 나뒹군 김미향 때문이었다. 그리고 김미향을 밀친 사람은 해준이었다.

"이사님!"

응급실 복도는 금방 난장판이 되었다. 바닥에 주저앉은 김미향과, 그런 김미향에게 달려드는 해준, 또 해준을 말리는 비서로 인해.

"여기가 어디라고, 당신이—"

비서를 밀친 해준이 김미향의 멱살을 잡았다. 버짐이 핀 김미향의 얼굴이 금세 새파랗게 질렸다.

"도, 도련님……."

"……도련님?"

해준이 조소했다.

"그래, 도련님이지. 위층의 맛이 가 있는 여자는 사모님이고, 저 안에서 죽어 가는 남자는 회장님이고! 당신은 일개 파출부였고!"

거칠게 벽으로 밀쳐진 김미향이 신음을 내뱉었다. 해준은 그녀를 죽일 기세였다. 꿔다 놓은 보릿자루처럼 자리를 지키고 있던 예진이 해준에게로 달려갔다.

"그만해요."

"이것 놔—"

"그만하라고!"

비서와 예진이 한꺼번에 달라붙었지만 해준은 막무가내였다. 이러다가는 정말 큰일이 생길지도 몰랐다. 주위에서 수군거리는 소리가 들렸다. 이런 상황을 다른 사람들이 보아서 좋을 것은 하나도 없을 테다. 예진은 김미향을 바라보며 다급하게 소리쳤다.

"가세요. 가시라고요, 얼른!"

자리에서 일어난 김미향은 비틀거리며 복도를 걸어가기 시작했다. 잡아, 저년 잡으라고. 해준의 고함 소리와 사람들의 숙덕거리는 목소리가 한데 어우러져 귓전을 어지럽혔다.

○ ◎ ●

밖은 이미 어두워진 지 오래였다.

퇴근을 하려고 했을 때만 해도 괜찮았는데, 지금은 비까지 쏟아붓고 있었다. 지긋지긋한 겨울비였다.

예진은 담벼락에 기대어 선 해준을 쳐다보았다. 해준은 아까부터 아무런 말이 없었다. 침묵하는 그의 얼굴은 황망하기 짝이 없었다. 생소했다. 그날, 비를 같이 맞아 주던 해준의 옆얼굴도, 그리고 지금 짓고 있는 저 표정도. 꼭 다른 사람을 보는 것 같았다.

"머리 좀 식혀요."

예진이 조심스럽게 말했다.

"진정도 좀 하고."

제게 이런 말을 할 자격이 있을까. 어쩌면 또 비웃을지도 모른다. 네가 뭔데 진정을 하라니 마니, 그런 말을 하냐면서 말이다. 그러나 해준은 어떤 대답도 돌려주지 않았다. 벽에 기댄 채로, 천천히 무릎을 굽히고는 바닥에 주저앉을 뿐이었다.

놀란 예진이 해준을 쳐다보았다.

"지긋지긋해. 전부 다."

뭐가 지긋지긋하다는 걸까. 박동호 때문에 김연희가 저렇게 무너져 버린 것? 아니면 박동호가 제 부인은 나 몰라라 하며 김미향만을 싸고도는 것? 예진은 침묵한 채로 다음 말을 기다렸다.

"죽었으면 좋겠는데. 죽기만 하면 된다고 생각했는데……."

빌어먹을. 말끝을 흐린 해준이 욕설을 내뱉었다. 예진은 문득 비서의 말을 떠올렸다. 박동호가 심근경색을 일으켰을 때, 곁을 지키고 있던 사람은 해준이었다고. 그리고 의료진을 호출한 사람도 그였다고.

"……후회해요?"

그대로 내버려 두었으면, 의료진을 부르지 않았다면 박동호는 죽었을 것이다. 그렇게 그가 죽게 내버려 두었다면 마음이라도 좀 편했을까. 예진은 대답 없는 해준을 빤히 바라보았다.

"모르겠어. 왜 그랬는지……."

"……예전에 아버지가, 술에 취해서 크게 다친 적이 있었어요."

예진이 천천히 입술을 떼었다.

"몸을 제대로 가누지 못해서 상 모서리에 머리를 박았거든요. 피가 엄청나게 나는데, 집에는 나뿐이었어요. 고민했죠. 저대로 내버려 둘까. 그래서 죽으면, 이 지긋지긋한 현실에서 조금이라도 벗어날 수 있지 않을까 싶어서."

방바닥에 쓰러진 채, 피를 흘리던 아버지의 모습이 눈앞에 선명했다. 그때, 예진은 고민했다. 이대로 방관하면 조금은…… 자유로워질 수 있지 않을까. 이 악몽의 고리를 끊을 수 있지 않을까.

"결정을 내리지 못한 채 망설이고 있는데 엄마가 왔고, 아버지는 응급실에 실려 갔어요. 결국 살았고."

그때, 저를 바라보던 엄마의 눈동자를 예진은 똑똑히 기억하고 있었다. 수많은 감정이 배어나던 눈동자였다. 어딘가 원망이, 질책이 묻어 있는. 하지만 이

143

해한다는 눈길이었다.

"아버지는 무사히 돌아왔지만, 하루에도 수십 번씩 죄책감을 느꼈어요. 내가 도대체 무슨 짓을 벌이려고 한 거지? 난…… 정말 아버지가 죽게 내버려 둘 생각이었을까? 역겨웠죠."

그럼 내가 아버지와 다른 게 뭐지? 제일 먼저 든 생각은 그것이었다. 폭언과 폭력을 휘두르며 엄마와 나를 매일같이 죽이고, 또 무너트리던 아버지와 내가 뭐가 다르지? 죄책감과 함께 혐오감이 찾아들었다. 하지만 어쩔 수 없었잖아. 망설일 수밖에 없었잖아. 내가 괴로운데, 고통스러운데…… 그러한 합리화가 정당하다는 걸 증명이라도 해 주듯, 아버지는 하나도 변하지 않았다. 그 이후로도 늘 때렸고, 예진은 늘 맞았다. 그러는 동안 그 죄책감에서 벗어날 수 있었다.

하지만 그 뒤로도 이따금씩 생각하곤 했다.

정말 그대로 내버려 두어서, 아버지가 죽었다면…… 나는 괜찮았을까?

"본인을 위해서였다고 생각해요."

예진의 입술이 힘없이 달싹였다.

"그리고 그쪽이 마지막으로 베푼 친절이었다고도."

"……."

"그냥 단지, 그게 전부였다고만."

해준이 눈을 질끈 감았다. 관자놀이를 짚은 손이 약하게 떨렸다.

제가 지금 후회를 하고 있는 것인지, 아닌지조차 알 수가 없었다. 왜 하필이면 그때, 저를 살갑게 부르던 박동호의 목소리가 떠오른 것인지도.

"……비가 온다고."

비가 와서 그래. 눈물에 젖은 예진의 얼굴을 떠올리며, 해준은 입술을 떼었다.

"비가 와서 그런 거라고……."

낮게 가라앉은 목소리가 덧없이 갈라졌다.

"난 늘 비가 와."

"……."

"늘 비가…… 끊임없이……."

꽉 다물린 잇새로 흘러나온 목소리는 신음에 가까웠다. 예진은 천천히 고개를 들었다. 그러고는 쉼 없이 쏟아지는 빗줄기를 바라보았다. 그래, 비가 오는구나. 당신에게도 나한테 내린 것과 똑같은 비가……. 예진은 아무런 말도 하지 않았다. 그저 해준의 곁에 서 있을 뿐이었다. 그가 비 오던 날 밤, 예진과 함께 비를 맞아 주었던 것처럼.

○ ◎ ●

병원을 빠져나간 김미향은 그대로 사라졌고, 해준은 응급실 앞을 지켰다. 예진은 결국 기사가 모는 차를 타고 집으로 돌아왔다. 늦은 새벽쯤이었다.

샤워를 하는 내내, 침대에 누워서도 예진은 해준의 얼굴을 떠올렸다. 늘 비가 와. 끊임없이. 힘겹게 토해 낸 그 목소리가 여전히 귓가에 맴돌았다.

열대 우림의 어느 지역에서는 매일 비가 온다고 한다. 예진은 문득 텔레비전에서 보았던 다큐멘터리를 떠올렸다. 어쩌면 그것과 같은 걸지도 몰랐다. 비가 멎지 않는 인생. 그래서 자꾸만 눈물짓게 되는.

소나기 같은 거야. 예진은 속으로 되뇌었다. 그의 인생은, 또 제 인생은, 늘 예상치 못한 때에 장대비가 퍼붓는다고. 너무나 시도 때도 없이 퍼부어서, 항상 아무것도 준비하지 못한 채 그 서늘한 비를 온몸으로 다 맞아 내야 하는 걸지도 모르겠다고.

그렇지만 이제는 그만 멎어 주어도 될 텐데. 이런 물기 어린 나날들 따위는 더 이상 견디고 싶지 않았다. 그러나 모르는 일이었다. 하루에도 몇 번씩 맞는 비에 적응하지 못하고 매번 덜덜 떠는 저희들이 멍청한 것인지, 아니면 영원히 멎지 않는 이 비가 잔인한 것인지.

박동호의 소식은 다음 날 아침, 뉴스 속보로 전해 들었다.

그는 다시 자리보전을 하게 되었다고 했다. 게다가 의식 불명 상태였다. 가

145

까스로 수술을 마쳐 목숨은 구했으나 여전히 위험한 상태라는 아나운서의 말과 함께 박동호의 얼굴이 브라운관을 대문짝만하게 장식했다. 텔레비전 속의 박동호와, 김미향의 이름을 부르짖던 박동호는 다른 사람 같았다.

저에게 시간이 얼마 남지 않았다는 걸 알아서 그랬던 걸까. 그래서 그렇게도 간절하게 김미향의 이름을 외쳤던 걸까. 제 손으로 손목을 긋고, 또 실어증까지 걸려 버린 부인을 내쳐 가면서까지.

아무리 생각해도 알 수가 없었다. 어차피 처음부터 예진은 알 수 없는 일이었다. 아들인 박해준조차 제 아비의 속마음을 알지 못하고 있었으므로.

김연희의 상태는 더 악화된 것 같았다. 그녀는 이따금씩 소리를 지르며 발작을 일으키기도 했고 죄 없는 가슴을 주먹으로 거칠게 내리치기도 했다. 나날이 투여되는 진정제와 항우울제의 용량이 높아졌다.

말라 죽어 갈색으로 변해 버린 나무의 겉껍데기. 햇빛을 쬐면 조금이라도 나아지지 않을까 기대했던. 하지만 그 희망은 이제 오간 데 없었다. 김연희는 썩어 가고 있었다. 어쩌면 그날, 박동호가 제가 아닌 김미향에게 손을 내밀었던 순간 그녀는 완전히 죽어 버린 것일지도 몰랐다.

제가 해 줄 수 있는 것은 없었다. 예진은 그저, 그녀의 손목 붕대를 살뜰히 갈아 주었다.

○ ◎ ●

집 안은 고요했다. 불도 꺼져 있고, 사람도 없었다. 막 현관문으로 들어선 해준은 복도 끄트머리에 선 채로 적막이 내려앉은 집 안을 빤히 쳐다보았다.

탁, 하는 소리와 함께 환한 불이 켜졌다. 해준은 걸음을 옮겨 가죽 소파에 자리했다. 모든 것이 평소와 똑같았다. 싸늘하게 식은 가죽 소파의 질감도, 숨을 턱턱 틀어막는 고요함도. 그러나 모를 일이었다. 오늘따라 왜 이렇게, 알 수 없는 감정들이 고개를 쳐드는지.

'해준아.'

해준은 박동호가 쓰러진 그때, 귓가에 스쳤던 상냥한 목소리를 떠올렸다. 왜 하필이면 그때. 왜 하필이면……. 그는 입술을 짓씹었다.

해준이 자리에서 벌떡 일어났다. 발걸음이 향한 곳은 복도 가장 안쪽에 마련된 자그마한 방이었다.

어딘가에 있을 거야. 해준은 미친 사람처럼 방 안의 온 짐들을 다 헤집었다. 그렇게 한참을 이리저리 뒤적인 뒤, 해준이 꺼내 든 것은 케케묵은 먼지가 잔뜩 쌓인 앨범이었다.

앨범은 시간순으로 사진이 정리돼 있었다. 제일 첫 장에는 해준의 돌잔치 사진이 꽂혀 있었다. 어린 해준을 끌어안은 채 환하게 웃고 있는 어머니의 사진도 있었다. 그리고 박동호의 사진도.

박동호가 처음부터 저와 어머니에게 무심했던 것은 아니었다.

해준이 기억하기로, 과거의 그는 나름대로는 꽤 좋은 가장이었다. 처가의 서포트를 받은 후, 그의 사업은 승승장구했고 부부간 금슬도 나쁘지 않은 편이었다. 해준에게도 지금처럼 최악의 아버지는 아니었다. 최소한 남들처럼은 행복하게 살았다. 이렇게 끔찍하지만은 않았다.

김미향이 나타나기 전까지는, 그랬다.

그녀의 배가 빠르게 불러 왔던 것처럼, 박동호 역시 빠르게 변해 버렸다. 몸고생, 마음고생 한 번 하지 않고 유복하게 살았던 어머니의 얼굴에 그늘이 진 것도 그 무렵이었고 아무것도 모르는, 평범한 아이였던 해준이 망가지기 시작한 것도 그 무렵이었다.

……정말 변한 거였을까? 앨범을 넘기는 해준의 눈동자가 짙게 일렁였다. 어쩌면 변한 것이 아닐지도 모른다. 원래부터 박동호는 이런 인간이었을지 모른다. 김미향이 나타나서 변한 것이 아니라, 그동안 제 본성을 잘 숨겨 왔던 것일지 모른다. 부인을 속이고, 아들을 속여 가면서.

"……."

앨범은 어느새 막바지에 이르러 있었다. 제일 마지막 장에 꽂혀 있는 것은 가족사진이었다. 사진 속 그들은 앨범 초반과는 영 딴판인 표정들을 짓고 있었다. 세 사람 중 누구도 웃고 있지 않았다. 아마도, 해준이 중학교를 졸업하던 해의 사진인 듯했다. 그것이 마지막 가족사진이었다.

"어차피 이딴 건……."

앨범을 쥔 해준의 손이 부들거리며 떨렸다.

"다 거짓말이었던 거야. 처음부터……."

꽉 다물린 잇새에서 웃음인지 울음인지 모를 것이 흘러나왔다. 힘줄이 돋은 손에 들려 있던 앨범이 힘없이 찢겨 나갔다. 해준은 입술을 짓씹은 채 사진들을 찢었다. 박동호가, 어머니가, 해준이 서로 갈라져 산산조각이 났다. 갈기갈기 찢어졌다. 원래부터 이런 모습이었던 거야. 애초에 이 모양 이 꼴이었던 거야.

"……."

순식간에 쓰레기더미가 된 사진들을 쳐다보는 해준의 눈동자가 멍했다.

'해준아.'

등 뒤에서 익숙한 목소리가 들렸다. 해준은 천천히 고개를 돌렸다. 그곳에는 언젠가의 박동호와 언젠가의 어머니가 나란히 서 있었다. 그들은 사이가 퍽 좋아보였다. 예전에 그랬던 것처럼.

'해준아…….'

이리 와서 저녁 먹거라. 박동호가 상냥하게 웃으며 말했다. 위선자. 당신은 위선자야. 쓰레기 같은 놈이야. 해준이 허공에 대고 욕설을 내뱉었다. 그러고는 자리에서 일어서, 박동호와 어머니를 스쳐 지나갔다.

거실에 우두커니 선 해준은 문득 부엌을 쳐다보았다. 텅 빈 테이블 위에 익숙하고 지겨운 음식들이 하나눌 겹쳐졌다. 정성껏 구워 낸 생선 요리, 고기산적, 갈비탕…… 모두 다 박동호가 좋아하던 음식들이었다. 김미향이 살뜰하게 차렸던, 또 요리를 못하던 어머니가 파출부에게 따로 지시까지 해 가며 차려 내었던.

구역질이 났다, 새삼. 정말 말 그대로 새삼스러웠다. 하지만 새삼 치밀어 오른 구역질은, 지금까지 참아 왔던 것을 모두 무너트리기라도 하려는 듯 거셌다. 토악질이 일었다.

멍청하게 서 있던 해준은 소파 위에 던져 놓았던 코트를 낚아챘다. 그러곤 집을 나서기 위해 현관으로 걸음을 옮겼다. 해준아, 얼른 이리 와서 저녁 먹거라. 등 뒤에서는 자꾸만 듣고 싶지 않은 목소리가 들렸다.

○ ◎ ●

엘리베이터에 올라탄 예진은 내려야 할 층수의 버튼을 꾹 눌렀다. 소리 없이 조용히 올라가는 빨간 숫자를 바라보면서, 그녀는 무거운 한숨을 내뱉었다.

'난 늘 비가 와…… 끊임없이……'

눈을 감으면 자꾸만, 쏟아붓던 빗줄기와 혼자 중얼거리던 해준의 얼굴이 떠올랐다. 애처롭기 짝이 없던 표정도 떠올랐다. 해서 예진은 아무런 목적지도 없이 집을 나섰다. 그러곤 한참을 정처 없이 떠돌았다. 마음이 너무 갑갑해서.

이내 도착한 엘리베이터 문이 열렸다. 오피스텔 복도를 걸어가자, 사람들의 목소리가 언뜻 들렸다. 늦은 저녁을 먹기라도 하는 것인지, 간혹 찌개 따위의 냄새도 풍겼다. 꼭 먼 나라의 이야기 같았다. 예진과는 전혀 상관이 없는. 예진은 고개를 푹 숙인 채 제집을 향해 걸음을 옮겼다. 그러다 무엇을 발견하곤 멈칫하며 자리에 섰다.

"……"

움직임이 없자 센서 등이 꺼졌다 켜지기를 반복했다. 눈매를 가늘게 뜬 예진은, 제집 현관 앞에 어슴푸레 보이는 인영을 쳐다보았다. 잘못 본 것이 아니었다. 누군가가 있었다.

혹시 아버지가 찾아온 건 아닐까. 지레 겁을 먹은 심장이 미친 듯 쿵쾅거리며 뛰었다. 예진은 저도 모르게 뒷걸음질을 쳤다. 그리고 바로 그때, 현관문에 등을 기댄 채 주저앉아 있던 누군가가 꿈틀거리며 고개를 들고는 예진을 쳐다보았다. 시선과 시선이 허공에서 마주쳤다.

아버지가 아니었다. 해준이었다.

"여기서 뭘 하고 있는—"

예진은 말을 잇다 말고 인상을 찌푸렸다. 술 냄새가 진동했다. 가까이 다가
가니 더 확실하게 알 수 있었다. 해준은 취해 있었다.

"……너, 그거 있어? 앨범. 어렸을 때부터 찍어 놓은…… 사진 같은
거……."

해준의 마른 입술이 힘없이 달싹였다.

"그걸 봤는데…… 아니, 보다가 다 찢어 버렸어."

"……."

"그딴 거, 어차피 처음부터 거짓인데. 뭐가 그렇게 소중한 거라고 하나하나
정리해 놓은 건지. 그게 너무…… 너무 우스워서."

해준은 횡설수설하며 묻지도 않은 말들을 늘어놓았다. 그런 해준을 말없이
쳐다보던 예진은 조용히 키패드를 눌렀다.

"미안하지만 난 그런 거 없어서 몰라요. 하루가 멀다 하고 세간살이를 다 박
살 내는데, 그깟 앨범 같은 게…… 남아 있을 리 없잖아요."

하. 해준이 덧없이 피식거렸다.

역시 한예진은 기대를 저버리지 않았다. 제가 맨땅을 구르면 예진은 진흙탕
을 구르고 있었고 제가 진흙탕을 구르면 예진은 오물에서 구르고 있었다. 헛웃
음이 튀어나왔다.

"들어와요."

"……뭐?"

"어차피 그쪽 집이잖아요. 그리고 거기서 그러고 있는 거, 다른 사람들한테
민폐예요."

"내 집?"

"그쪽 돈으로 얻은 집이니까 그쪽 집이죠."

"……."

"싫으면…… 그냥 가든가요."

해준이 자리에서 일어났다. 솔직히 말하자면, 들어오지 않을 줄 알았다. 그
리고 그가 그런 선택을 한다고 한들, 예진은 그를 붙잡을 생각까지는 없었다.

하지만 해준은 비틀거리며 집 안에 발을 디뎠다.

예진은 구두를 벗는 해준을 물끄러미 쳐다보았다. 그러고는 이 쓸데없는 친절의 기저에 무엇이 있는지 생각했다. 동정? 안타까움? 아니야. 예진이 고개를 저었다. 단지, 저는······.

'술 정도는 사 줄 수 있어. 싫으면 말든가.'

똑같이 갚아 주고 싶을 뿐이었다. 그가 제게 준 것이 비참함이었든, 배려였든.

해준은 꼭 걸어 다니는 알코올램프 같았다. 근처에만 가도 술 냄새가 지독하게 풍겼다. 소파에 축 널브러진 모습은 또 어딘가 모르게 산송장 같기도 했다. 어쨌든 익숙하지 않은 모습이었다.

"마셔요."

예진이 컵을 내밀며 말했다.

"이게······ 뭔데."

"꿀물이요."

술 취한 사람에게 꿀물을 챙겨 주는 것은 퍽 익숙한 일이었다. 숙취에 시달리며 물건을 집어 던지는 아버지를 잠재우기 위해, 늘 해 왔던 일이기 때문에.

해준은 말없이 꿀물을 들이켰다. 예진은 톡 튀어나온 목울대가 울렁이는 것을 가만히 바라만 보았다. 이내 그가 빈 잔을 돌려주었고, 예진은 그것을 받아들고는 부엌으로 가 설거지를 하기 시작했다.

쏴아. 쏟아지는 물소리 사이로 조금은 거친 숨소리가 들렸다.

"······한 번 찾아간 적이 있었어, 어릴 때."

무겁게 가라앉은 목소리가 어깨를 타고 올라와 귓전에 스며들었다.

"어떻게 찾았는지는 기억이 안 나. 그래도 찾았어. 그사이 배가 더 불러서, 꼭 풍선 같았어."

오늘의 해준은 이상하게 말이 많았다. 술에 취해서 그런 걸까. 예진은 아무 말도 하지 않은 채로 묵묵히 설거지를 했다.

"잡으려고 했어. 무슨 생각으로 그랬던 건지는 모르겠어. 머리채라도 잡으려고 손을 뻗었는데…… 박동호가 그 앞을 가로막았어. 그러더니 김미향을 감싼 채 같이 걸어가는 거야. 소리 질렀어. 어떻게 그럴 수 있냐고. 죽여 버릴 거라고. 그런데 들은 척도 안 하고, 그냥 손짓만 했어. 경호원들이 날 끌고 가 문밖에 내동댕이쳤지. 박동호가, 박동호가 나한테 그랬어."

박동호. 아버지, 가 아닌 그저 박동호. 생각해 보면 해준은 늘 그를 이름으로만 불렀다. 예진은 홀로 짐작해 보았다. 아버지와 박동호 사이의 간극은 해준에게 있어서 얼마나 먼 거리일지.

"그런데…… 그러면 안 되는 거잖아."

"……."

"아냐……?"

예진은 대답 대신 고무장갑을 벗었다. 그러고는 소파에 앉아 있는 해준에게로 다가갔다. 초점 하나 없는 해준의 눈동자가 보였다. 빛 한 점 없는, 지독하게 어둡기만 한.

"그만 자요. 내일 출근해야 할 거 아니에요. 주말에도 나간다면서."

"……출근."

해준이 피식거렸다. 이상하게도 쓸쓸하게 느껴지는 웃음이었다.

"내가 다 했어. 박동호 빈자리 채운 것도 나고, 죽어라 일한 것도 나야."

해준의 중얼거림을 들으면서, 예진은 침대 쪽으로 걸음을 옮겼다. 그리고 보기 좋게 개어 놓았던 이불을 끄집었다.

"내가 다…… 전부……."

저는 지금 춥겠지만, 그래도 전기장판을 깔아 놓았으니 하룻밤 정도야 괜찮을 것이었다. 이불을 손에 든 예진이 그것을 아무렇게나 해준의 몸에 덮어 주었다.

"그런데 이것까지 뺏어 가야…… 속이 풀린다는 거야? 다 가져갔으면서. 다 뺏어 갔으면서."

"그만 자라고 했잖……."

"이제 나한테 남은 건 이것밖에 없는데."

"⋯⋯."

"이것 말고는⋯⋯ 아무것도 없는데⋯⋯."

신음처럼 흘러나온 목소리가 허공에 덧없이 흩어졌다. 이내 고개가 축 처졌고, 해준은 더 이상 움직이지 않았다.

예진은 술에 취해 잠이 든 해준을 가만히 쳐다보았다. 오늘의 해준은 꼭 다른 사람 같았다. 늘 제게 퍼붓던 폭언은 오간 데 없었고 저를 깔보던 조소 섞인 시선도 찾아볼 수 없었다. 조금은 낯설었다. 힘없이 처진 어깨도, 미약하게 떨리는 눈꺼풀도, 저 처연한 얼굴도, 전부.

⋯⋯맞다. 박해준은 비참했다. 박해준도 비참했고, 김연희도 비참했다. 감히 제가 그들을 동정할 처지가 아니라는 것은 알았으나, 예진이 그들보다 더 비참하다고 해서 그들의 비참함이 덜어지는 것은 아니었다.

아니, 애초에 누가 누구를 동정하고 비웃는단 말인가. 어차피 모두가 비참하기 짝이 없는데.

하지만 해준은 그 사실을 받아들이지 않을 것이다. 제가 비참하다는 것을 머리로는 알면서도 끝끝내 인정하려 들지 않을 것이다. 그렇게 버틸 것이다. 그게 해준이 이 상황을 버텨 낼 수 있는 유일한 방법이었다. 예진은 해준의 중얼거림을 듣는 순간 그 사실을 새삼 깨달았다.

"그래도 난⋯⋯ 불쌍하지 않아⋯⋯."

"맞아요."

"⋯⋯."

"그쪽이 그랬잖아요. 불쌍한 건 나라고."

그러니 그쪽은, 하나도 불쌍하지 않아요. 예진이 낮은 목소리로 말했다. 그러나 잠이 든 해준은 예진의 대답을 들을 수가 없었다.

○ ◎ ●

눈을 떴을 때는 이미 늦은 오후였다.

머리가 쪼개질 듯했다. 아무래도 저답지 않게 폭음을 한 것 같았다. 해준이 두통에 입술을 짓씹었다.

"약 먹어요."

눈앞에 싸구려 물컵과 약이 들이밀어졌다. 해준은 군말 없이 예진이 건넨 약을 받아먹었다. 그러고는 예진을 쳐다보았다.

"윤 비서님한테 전화 왔었어요."

"……전화?"

"내버려 두려다가 시끄러워서 받았어요. 여기 계신다니까 놀라던데."

해준이 관자놀이를 꾹꾹 짓눌렀다. 오늘이 무슨 요일이었지. 목요일이었나, 금요일이었나. 아주 오랫동안, 주말도 없이 업무에 시달려 왔던 터라 요일 개념은 이미 사라진 지 오래였다. 그럼 오늘 해야 하는 일들이 뭐가 있었지.

"오늘 토요일이니까 그냥 주말 내내 쉬는 게 좋겠다고 했어요. 밀린 업무는 월요일에 보면 된다고."

……토요일이었군. 해준이 알았다는 듯 고개를 끄덕였다. 그래서 예진도 집에 있는 것이었다. 주말이라서.

"머리 아파."

"그럼 조금 더 자요."

돌아온 대답은 성의 없기 짝이 없었다. 관자놀이를, 눈을 꾹꾹 누르던 해준은 소파에 등을 기댄 채로 눈을 감았다 떴다. 그러고는 단출한 방을 새삼 둘러보았다.

마지막으로 보았던 때와 별로 달라진 게 없었다. 짐은 여전히 가짓수가 적었고, 군데군데 어지럽게 늘어져 있는 옷가지들도 여전했다.

"정리를 못하는 성격인가 봐, 보기와는 다르게."

"……세탁기 돌리려고 빼놓은 거예요."

예진은 해준을 살짝 흘겨보고는 바닥에 널려 있는 옷가지들을 챙기기 시작했다. 해준은 그런 예진을 구경하듯 멀뚱히 쳐다보았다. 정말 빨래를 할 생각이 었는지, 예진은 옷들을 모아 드럼세탁기 안에 쑤셔 넣었다. 이내 웅웅거리는 소리와 함께 한데 얽힌 빨랫감들이 소용돌이처럼 돌아가는 것이 보였다.

세탁기가 잘 작동하는 것을 확인한 예진은 이번에는 베란다로 향했다. 잠시 후에 방으로 들어온 예진의 손에는 바짝 마른 양말 따위들이 잔뜩 들려 있었다. 소파 맞은편, 구석에 쪼그리고 앉은 예진은 그것을 하나하나 보기 좋게 개기 시작했다.

예진을 빤히 응시하던 해준은 소파 바로 위에 자리한 창가로 고개를 돌렸다. 살짝 열린 창문 틈 사이로 불어오는 바람에 커튼 자락이 휘날리고 있었다. 해준은 반사적으로 두꺼운 이불을 어깻죽지까지 끌어 올렸다. 그러고는 다시 소파에 누워 버렸다.

따사로운 햇살이 초췌한 얼굴을 비추었고, 창 너머에선 새가 지저귀는 소리가 들렸다. 이상하게 나른했다. 집에서는 낮잠 따위, 자 본 적이 없는데.

……그래, 맞아. 집에서는. 해준이 속으로 되뇌었다. 제집과는 많은 것이 달랐다. 이 집은 제집보다 훨씬 비좁았고, 싸구려 소파는 등이 배겼으며, 늘 주위를 은은하게 감돌던 코튼 향의 샤워 코롱 대신 속을 메스껍게 만드는 섬유유연제 냄새가 풍겼다.

하지만 따뜻했다.

적막도 없었다.

때아닌 수마가 해일처럼 밀려왔다. 이내 해준은 천천히 눈을 감아 버렸다.

"……."

양말의 짝을 맞추던 예진의 시선이 문득 해준에게로 향했다.

박해준은 정말로 이상했다. 오늘도, 또 어제도. 들어오라는 말에 망설임 없이 집 안으로 들어왔고, 그럼 더 자든가, 하는 말에 정말로 다시 누워서 잠을 자고 있었다. 듣기 싫은, 속을 긁는 말은 한마디도 하지 않고서.

하얀색 러그와 소파, 연보랏빛 극세사 이불이 정말이지 끔찍할 정도로 어울리지 않는다는 생각이 들었다. 소파 끄트머리에서 한참이나 튀어나와 있는 그의 발을 보고 있자니 헛웃음이 나왔다.

이 뜻하지 않은 불청객이 불편하지 않다면 거짓말이다. 이불도 뺏겼고, 휴일도 뺏겼다. 원래대로였다면, 그가 찾아오지 않았더라면 예진은 집 청소를 한 뒤 짧막한 낮잠을 잘 생각이었다. 피곤했다. 죽어라 아르바이트를 하던 얼마 전과 비교한다면 퍽 배부른 소리였지만, 그래도 매일같이 김연희를 간병하는 게 그리 쉬운 일은 아니었으니까.

하지만 그 스케줄은 보란 듯 어그러져 버렸다.

양말을 정리한 예진이 그것들을 수납함에 집어넣었다. 그러고는 창문 앞에 다가가 서, 밖을 내다보았다. 겨울치고는 햇살이 퍽 따뜻했고, 날씨도 좋았다.

따사롭게 내리쬐는 햇살을 묵묵히 맞고 있던 예진의 눈동자 위에 해준이 비추었다.

해준은 말했다. 늘 비가 온다고. 멈추지 않고 자꾸만 퍼붓는다고. 예진도 이제는 알았다. 해준도 저와 같은 비를 맞고 있다는 사실을. 지독한 소나기는, 제게만 퍼붓는 것이 아니라는 것도.

그때…… 비를 같이 맞아 주었으니까.

그리고 지금은 당신이 비를 맞고 있으니까.

그 비를 같이 맞아 주는 것 정도는, 해 줄 수 있었다. 그가 먼저 예진에게 그러했듯이.

예진은 해준을 가만히 쳐다보았다. 이따금씩 뒤척이기는 했지만, 그는 곤히 잠든 것 같았다. 꼭 오랜만에 단잠을 자는 사람 같았다.

○ ◎ ●

지끈거리는 두통도, 숙취도 없었다. 해준은 꿈도 꾸지 않은 채로 잤다. 집에서 늘 그랬듯, 중간중간 깨지도 않았다. 얼마 만의 단잠인지 몰랐다.

"……."

눈을 뜬 해준이 소파에 등을 기대고 앉았다. 조금 멍했다. 잠을 너무 많이 자서 그런 것 같았다. 지금은 몇 시나 되었을까. 핸드폰을 보니 이미 밤 8시가 넘은 시간이었다.

핸드폰을 내려놓은 해준은 주위를 둘러보았다. 예진은 보이지 않았고, 집은 조용했다. 얼굴 위에 쏟아지던 햇빛 대신, 건조한 겨울 공기 냄새가 났다.

해준은 멀뚱한 표정으로 현관문만 쳐다보았다. 어딜 간 걸까. 약속이라도 있던 걸까? 어쩌면 정말 그럴지 몰랐다. 오늘은 토요일 밤 저녁이었으니까. 예진에 대해서 알고 있는 것이라고는 그녀의 가정환경과 이름 석 자뿐이었다. 그러니 예진이 누구를 만나러 갔는지는 알 수가 없었다. 또 언제 들어올지도.

해준이 소파에 앉은 채로 꼼지락거렸다. 문득 이렇게 좁은 곳에서 어떻게 사는 걸까, 하는 생각이 들었다. 조금 신기했다. 기껏해야 해준의 서재만 한 집인데, 이 안에서 잠도 자고 밥도 먹고 씻기도 한다는 것이.

하지만 썩 나쁜 것 같지는 않았다. 어딘가 모르게 안정감이 들었고, 마음이 편하기까지 했다. 커다란 집, 아무도 없는 거실에 홀로 앉아 있는 것과는 느낌이 달랐다. 똑같이 조용했지만, 불쾌한 적막은 아니었다. 집이 좁아서 그런 걸까. 햄스터들이 구석에 처박혀 있는 게 이런 이유일까. 해준은 홀로 생각했다.

순간 현관문 너머에서 키패드가 눌리는 소리가 들렸다. 이내 문이 열렸고, 대파 따위가 삐죽 튀어나온 장바구니를 든 예진이 들어왔다.

예진은 해준을 힐끗 쳐다보고는 식탁 위에 장바구니를 내려놓았다. 장을 보고 온 것 같았다.

"안 가요?"

벌써 하루가 지났다. 하루 내내 퍼지게 잠만 잤으니, 이제는 갈 때가 되기도 했다. 또 돌아가서 쉬는 것이 해준에게도 더 편할 테다. 그러나 예진의 말에 돌아온 대답은 상당히 터무니없는 것이었다.

"배고파."

"……."

"배고프다고."

예진은 짧게 한숨을 내쉬었다. 그러고는 장바구니를 뒤적이며 무언가를 꺼냈다. 콩나물이었다.

적막이 내려앉은 집 안에서, 예진 혼자만 분주했다. 육수를 내고, 콩나물을 다듬고, 국을 끓여 간을 했다. 해준은 그런 예진을 소파에 앉은 채 멀뚱멀뚱 쳐다보았다.

"거기서 그러고 있지 말고, 숟가락이라도 놔요. 반찬도 꺼내고."

"그게 어디 있는지 내가 어떻게 알아."

"저기 수저통 있고, 저기 냉장고 있잖아요."

예진은 해준이 제 말을 곧이곧대로 들을 것이라고는 생각하지 않았다. 늘 사람을 부려 먹고, 대접받는 것에 익숙한 남자였다. 안 먹는다고, 재수 없는 말을 몇 마디 하고는 나가 버릴 줄 알았다. 그런데 아니었다.

자리에서 일어난 해준은 정말로 수저와 젓가락을 챙겼고, 제 키 반만 한 소형 냉장고 앞에 쪼그리고 앉아서는 반찬까지 꺼냈다.

상차림은 단출했다. 콩나물국, 쌀밥, 마트에서 사 온 김치, 그리고 대충 볶아 낸 소시지가 전부였다.

그러고 보면 해준과 함께 밥을 먹는 것은 처음이었다. 아니, 이렇게 누군가와 저녁을 먹는 것 자체가 아주 오랜만의 일이었다. 조금은 어색한 것도 같아서, 예진은 해준에게 눈길조차 주지 않은 채로 밥을 먹기 시작했다.

"……."

해준은 아까부터 콩나물국만 쳐다보고 있었다. 먹어 보지 않은 것은 아니지만, 예진이 끓여 낸 콩나물국은 파출부가 늘 해 주던 것과는 모양새가 약간 달랐다. 예쁘게 올라간 고명도 없었고, 안에 들어간 것이라고는 말 그대로 콩나물과 파 따위가 전부였다. 김치는 살짝 쉰내가 났으며 소시지는 군데군데 까맣게 타 있었다. 밥은 말이 밥이지 거의 죽 수준이었다.

그래도 죽지는 않겠지. 일단은 배가 고팠다. 해준이 숟가락을 들었다. 그러고는 국을 먹기 시작했다.

"맛없어. 너무 짜."

역시 그냥 넘어갈 리가 없었다. 예진이 해준의 국그릇을 낚아채며 중얼거렸다.

"그럼 드시지 마세요."

158

그렇게 예진은 제 몫의 밥을 꾸역꾸역 삼켰고, 졸지에 국을 뺏긴 해준은 젓가락을 집어 들고는 반찬을 조금씩 맛보았다.

국과 마찬가지로 반찬도 다 짰다. 상은 거의 염전밭이었다.

얘 혹시 미각에 무슨 문제가 있나. 해준이 떨떠름한 표정으로 예진을 흘깃 쳐다보고는 소시지를 집었다.

조금 타기는 했지만, 그래도 소시지는 괜찮았다. 굽기만 한 것이니 짤 일도 없었다. 그렇게 소시지를 우물거리던 해준이 천천히 입술을 달싹였다.

"어머니가 마지막으로 해 준 게 이거였어. 소시지 구운 거. 나 초등학생 때."

"……."

"그날 파출부 아주머니가 사정이 생겨서 못 왔거든. 배고프다고 하니까 난감해하더니, 소시지를 구워 줬어."

물론 그 값비싼 수제 소시지와 마트에서 사 온 싸구려 소시지는 맛이 다르긴 했다.

"자기는 입맛에 안 맞는다고 하면서, 내가 다 먹을 때까지 앞에 앉아서 기다려 줬지."

혼자 먹으면 너무 외롭잖니. 어머니의 목소리가 아직도 귓가에 선명했다.

"그때도 다 탔었어. 네가 한 것처럼."

어쨌거나 어린 해준은 탄 소시지를 맛있게 먹었다. 엄마가 해 준 것이니까. 그리고 그 이후로 해준은 그녀가 차려 준 밥을 먹어 본 적도, 또 이렇게 소시지를 먹어 본 적도 없었다. 오늘이 처음이었다.

"밥이나 남기지 마세요."

예진이 던지듯 말했다.

"음식물 쓰레기, 처리하기 힘드니까."

해준은 대답 대신 소시지를 우물거렸다. 소시지도 먹고, 죽 같은 밥도 먹었다. 그런데 서로 먹는 속도가 맞지 않아서, 예진이 밥을 다 비워 낼 때까지 해준은 제 몫의 반도 먹질 못했다.

빈 그릇을 들고 일어난 예진이 힐끗 해준의 밥그릇을 쳐다보았다. 탔다고 뭐라고 하는 것 같더니, 소시지만 죄 집어 먹어서 아직도 밥이 가득 남아 있었다.

"……."

예진이 일어나자, 식탁에 홀로 남은 해준은 말없이 물을 들이켰다. 그러고는 텅 빈 맞은편 의자를 쳐다보았다. 그래도 오랜만이었는데. 이렇게 누군가와 함께 식사를 하는 건……. 그런 생각을 하던 순간이었다. 등 뒤에서 다시 불을 올리는 소리가 났다.

"뭐 해."

"소시지 구워요."

예진이 돌아보지도 않고 대답했다.

"너 다 먹었잖아. 그런데 왜."

"더 먹을 거예요."

거짓말이 아니라는 것을 증명이라도 하듯, 예진은 새로 소시지를 구워 낸 뒤 밥을 한 그릇 더 펐다.

식탁 위를 바라보던 해준의 문득 눈매가 가늘어졌다. 접시에 넘칠 듯이 담겨 있는 소시지 때문이었다. 한 봉지를 다 굽기라도 한 것 같았다.

"빨리 드세요."

자리로 돌아온 예진이 담담한 낯으로 말했다. 해준은 그런 예진을 잠시 빤히 쳐다보고는, 제 몫의 밥을 비워 내기 시작했다.

예진이 설거지를 하는 내내, 해준은 테이블에 앉아 있었다. 잠도 잤고, 밥까지 먹었으니 이젠 정말 갈 때가 되었는데도 그는 멀뚱멀뚱 예진을 쳐다보기만 했다. 이건 또 뭔가 싶었다. 설거지를 마친 예진은 고무장갑을 탁 털어 내 싱크대에 올려놓고는 해준을 돌아보았다. 그런데 그는 여상한 표정으로 또 어이없는 말을 했다.

"커피 마시고 싶어."

물이나 드세요. 예진이 플라스틱 컵을 테이블 위에 내려놓았다.

"미안하지만 커피 없어요. 제가 못 마셔서요. 그러니까 그냥 가는 길에 사 드세요."

성의 없는 대답에도 해준은 딱히 가시 돋친 말을 하지 않았다. 솔직히 말해서, 하긴 너 같은 게 무슨 커피 맛을 알겠냐며 비아냥거려도 놀라지 않았을 것이다. 의외였다.

예진이 의아해하든 말든, 해준은 그제야 자리에서 일어났다. 그러고는 소파에 걸어 놓았던 코트를 꿰입었다. 갈게. 잘 가. 그 흔한 말 하나조차도 내뱉어지지 않는 침묵 속에서 그는 구두도 챙겨 신었다. 이번에는 예진이 소파에 앉은 채로, 문을 여는 해준을 멀뚱멀뚱 쳐다보았다.

그런데 해준이 별안간 멈추어 서더니 예진을 돌아보았다.

"왜 못 먹는데?"

"뭘요?"

"커피. 왜 못 마시냐고."

무슨 말을 하나 했더니 또 커피 타령이다. 커피를 못 마셔 죽은 귀신이 붙었나 싶었다.

"카페인 들어간 건 다 못 마셔서요."

"촌스럽긴."

"커피 하나 못 마신다고 촌스럽다고 할 것까지 있어요?"

예진이 짜증을 내며 되물었지만 돌아오는 대답은 없었다. 해준은 제 말만 하곤 나가 버렸고, 현관문은 닫혔다.

홀로 남겨진 예진은 닫힌 현관문을 또 빤히 응시하다가 자리에서 일어나 서랍을 뒤졌다. 여기 어디 있었는데…… 한참을 뒤적거리던 예진이 집어 든 것은 소화제였다.

역시 너무 많이 먹었어.

아무래도 밥을 두 그릇이나 먹은 것이 화근이었다. 무리했는지 속이 더부룩했다. 소화제를 집어삼킨 예진은 다시 소파에 앉았다.

"……."

불청객이 떠나 버린 집은 고요하기 짝이 없었다. 예전에도 요란스럽지는 않았지만 오늘따라 적막감이 피부에 와닿는 것 같았다. 하긴, 원래 그런 법이었다. 누군가와 함께 있다가 혼자가 되어 버리면, 당연하게 여겼던 것들이 생소하게 느껴지기 마련이었다. 그것이 무엇이든.

예진은 TV를 켰다. 가요 프로그램, 시사 저널, 뉴스…… 휙휙 넘어가던 화면이 멈춘 곳은 주말 연속극이 방송되는 채널이었다.

으레 모든 주말 연속극이 그렇듯, 브라운관에는 하하 호호 웃고 떠들며 식사를 하는 가족들의 모습이 보였다. 소파에 드러누운 예진은 해준이 아무렇게나 두고 간 이불을 덮고는 그들을 멍하니 쳐다보았다. 모두가 화목하고, 행복해 보였다.

예진은 이불을 머리끝까지 끌어 덮었다. 사이좋게 수다를 떠는 배우들의 목소리가 들렸고, 어딘가에서 자꾸만 해준의 향수 냄새가 났다.

○ ◎ ●

일요일 내내, 예진은 집에 있었다.

늦은 오후까지 잠도 잤고, 해준 때문에 못다 한 청소도 했다. 그러고도 시간이 남아서, 어제 장을 봐 온 것들로 반찬도 새로 만들었다.

새로 만든 반찬은 버섯볶음과 두부부침이었다. 사실 예진은 요리를 잘하지 못했다. 인터넷에서 본 간단하나는 말을 철석같이 믿고 레시피를 봐 가며 만든 것이었는데, 결과는 썩 좋지 않았다. 이유는 모르겠지만 버섯은 거무튀튀해졌고 두부는 다 으깨져 버렸다. 그래도 크게 상관은 없을 것 같았다. 어차피 제가 다 먹을 건데. 그러면서도 예진은 몇 번이고 맛을 봐 가며 신중하게 간을 보았다.

……정말 짠가?

반찬까지 다 만들고 나니 다시 저녁이 되었다. 예진은 홀로 저녁을 먹었다.

162

밥상머리가 조용한 것은 어제나 오늘이나 마찬가지인데, 이상하게도 퍽 고요하다는 생각이 들었다.

그리고 생각지 못한 손님이 찾아온 것은 밤 9시 무렵이었다.

"한예진 씨, 계십니까?"

현관의 초인종 소리와 함께 갑작스러운 목소리가 들렸다. 놀란 예진은 자리에서 벌떡 일어섰다. 올 사람이 없는데. 주소를 알고 있는 사람도 없었다. 혹시 또 아버지가 무슨 일을 벌인 건 아닐까. 덜컥 겁부터 났다.

"……누구세요?"

"아, 퀵 서비스입니다. 문 좀 열어 주시겠어요?"

의아했다. 퀵 서비스는커녕 택배로 올 만한 물건 하나조차 없는데. 그러나 외시경을 통해 보이는 남자의 손에는 정말 무언가가 들려 있었다. 예진은 결국 문을 열었다.

"한예진 씨 맞으시죠?"

"아, 네. 맞는—"

남자는 예진이 대답도 채 하기 전에 커다란 박스와 쇼핑백 하나를 바닥에 내려놓았다.

"그럼 수고하세요."

그러고는 쏜살같이 가 버렸다.

이건 또 뭐지. 예진은 고민하다 박스를 열어 보기로 했다.

그런데 박스 안에 들어 있는 것이, 조금 터무니없었다.

"……커피 머신?"

한눈에 보기에도 퍽 가격이 나가 보이는 커피 머신과 원두, 캡슐 따위들이었다. 박스 안에는 직원이 한 글자 한 글자 손수 정성 들여 쓴 설명서까지 들어 있었다.

박스를 확인한 예진이 이번에는 쇼핑백을 뒤적거렸다. 쇼핑백 안에 들어 있는 것은 갖가지 종류의 과일청이었다. 이름조차도 생소한, 분명히 값비쌀 과일로 만든 수제 과일청.

"……."

예진이 조금 어이없다는 표정을 지었다. 정말로 박해준이 이상해진 것 같았다.

○ ◎ ●

김연희는 여전했고, 박동호도 여전했다. 그녀는 다시 입을 꼭 다문 채로 시름시름 죽어 가고 있었고, 박동호는 의식이 없었다. 김미향도 볼 수 없었다. 로비는 물론이고 병원의 각층마다 경호원들이 지키고 있었다. 비서에게 지나가는 말로 들었다. 김미향이 병원에 발도 딛지 못하게 하라는 지시가 떨어졌다고.

의식이 없는 박동호는 더 이상 허튼짓을 벌일 수가 없었다. 그래서 해준은 조금이나마 안정을 되찾았다. 아이러니였다.

그에게 내리는 비는 잠시 멈춘 것 같았다. 대신, 이상한 바람이 부는 듯했다.

해준은 월요일에도 오피스텔로 왔고, 화요일에도 왔다. 그리고 수요일에도 예진을 찾아왔다. 김연희와 면회를 하고는 예진과 함께 집으로 가기도 했고, 늦은 저녁 무렵 홀로 찾아오기도 했다. 그렇게 와서, 제 손으로 커피를 내려 먹었다. 그것이 전부였다.

왜 이러는 것인지 도통 이해가 가지 않았다. 커피는 입에도 못 대는 예진에게 커피 머신을 보낸 것도 그랬고, 고작 커피 한 잔을 마시기 위해서 오피스텔까지 오는 것도 그랬다. 예진은 물었다. 왜 자꾸 이런 식으로 찾아오는 것이냐고. 해준은 대답했다. 어차피 너는 커피를 먹지도 못하니, 비싼 돈 주고 산 머신을 쓰지도 않을 거 아니냐고. 예진은 또 되물었다. 그럼 그쪽 집으로 가지고 가면 되는 거 아니냐고. 해준은 잠시 무언가를 생각하는 듯하더니, 한참이 지나고서야 낮은 목소리로 혼자 중얼거렸다.

……그래. 그러면 되는 일인데.

그러나 해준은 커피 머신을 도로 가져가지 않았다.

해준이 커피를 홀짝거리든 말든, 예진은 제 할 일을 했다. 청소도 하고, 빨래도 개고, 반찬도 만들었다. 해준은 소파에 앉은 채 그런 예진을 멀뚱히 쳐다만 보다가, 이따금 시비를 걸었다. 섬유유연제가 싸구려 같아. 냄새가 메스꺼워. 집이 좁아서 청소를 해도 티가 안 나. 그러고는 먹으라고 하지도 않은 반찬을 홀랑 집어 먹고, 여전히 짜다는 잔소리를 했다.

그쪽한테 먹으라고 할 일 없으니까 걱정하지 마요. 예진의 가시 돋친 말에 해준은 이렇게 대꾸했다.

나도 알아. 그냥 말해 본 것뿐이야.

그게 전부였다.

오늘도 마찬가지였다. 예진은 마치 제집인 양, 소파를 차지하고서 커피를 홀짝이는 해준을 빤히 쳐다보고 있었다.

"컵 좀 새로 사."

해준이 인상을 일그러트리고는 싸구려 플라스틱 컵을 응시했다. 기껏 비싼 머신에, 비싼 원두로 커피를 내려놓고 이런 컵에 따라 마시고 있다니.

"그러니까 몇 번이나 얘기했잖아요. 댁에 가셔서 비싼 컵에 마시면 된다고."

예진이 짜증스럽게 대꾸했다.

"……뭐, 딱히 큰 상관은 없지만."

탁. 컵을 내려놓은 해준이 소파에 등을 기대었다.

그러고 보면 마음에 드는 게 하나도 없다. 싸구려 커피, 싸구려 소파, 싸구려 러그……. 사실 그렇게 기능이 떨어지는 싸구려들은 아니었으나, 해준이야 평생을 고급품만 쓰고 살아왔으니 어쩔 수가 없었다.

하지만 신기한 일이지. 이렇게 싸구려들에 둘러싸여 있는데도 불편하지가 않았다. 아니, 외려 집에 있는 것보다 편했다. 어쩌면 마음이 편해서 그런 것일지 몰랐다.

이 좁은 오피스텔에는 적막이 없었고, 고요가 없었고, 냉기가 없었다. 짠 내음이 느껴지지 않았다. 해준의 집엔 온통 어머니의 눈물이 배어 있어 물기가 가득했다.

언젠가 텔레비전에서 다큐멘터리를 본 적이 있었다. 사해에 관련된 내용이었다. 죽음의 바다. 소금이 너무나 많이 함유돼 있어서, 그 어떤 생명체도 살수 없다고 했다. 사람이든 물체든 둥둥 떠날 수 있다고도 했다. 해준은 생각했다.

우리 집은, 사해 같은 거야.

어머니의 눈물로 만들어진 사해. 그래서 그 짠 내음 가득한 집에 있노라면, 자꾸만 붕 떠서 먼지처럼 부유하게 되는 것이다. 둥둥 떠다니게 되는 것이다. 문 너머에서 들려오는 어머니의 흐느낌도, 수면에 번지는 파동처럼 웅웅거리며 귓전을 파고들었다. 그녀가 집을 비웠어도 여전히 해준은 부유할 수밖에 없었다.

소금에 절인 배추는 절대로 예전의 모습으로 돌아갈 수 없다. 아무리 물에 헹구고 씻어 내어도 짠 기는 사라지지 않는다. 마찬가지였다. 그 지독한 짠 기는, 해준의 집에서도 빠져나가지 않았다.

이제 그런 것은 싫었다.

해준은 땅에 발을 딛고 싶었다. 더 이상 부유하고 싶지 않았다.

그래서 이 집이 편했다.

원하지도 않을 커피 머신을 선물하고, 또 그것을 핑계로 이렇게 걸음 할 만큼.

"……."

예진은 짜증을 내는가 싶더니, 이내 저녁을 준비하기 시작했다. 해준은 소파에 앉은 채로 냉장고에서 반찬 통을 주섬주섬 꺼내는 예진을 쳐다보았다.

"그런 식으로 계속 짜게 먹다간 오래 못 살 텐데."

"이사님한테 드려 보라고 할 일 없다고 했잖아요."

어차피 오늘은 밥을 먹고 갈 생각도 없었다. 해준이 자리에서 일어섰다. 그러고는 밥을 푸는 예진에게로 다가가, 손을 뻗었다.

"지금 뭐 하는……!"

기껏 퍼낸 밥이 도로 밥솥으로 들어갔다. 예진이 어이없다는 표정을 지었다.

"옷 입어. 나가서 먹을 거야."

"그럼 이사님만 나가서 드세요. 왜 나까지……."

해준이 잠시 멈칫했다. 생각지 못한 물음이었다. 그냥, 단지…… 저번처럼. 혼자만의 식사가 아닌, 누군가와 함께하는 식사가 하고 싶었다. 하지만 그게 이 여자와 같이 식사를 하고 싶다는 뜻은 아니야. 홀로 변명을 해 대던 해준이 입술을 떼며 터무니없는 말을 했다.

"……비서가 퇴근했어."

"네?"

"그뿐이야. 그러니까 옷 입으라고."

식사까지 같이 해 주는 비서가 있다는 말은 들어 본 적도 없었다. 그리고 설령 해준의 비서가 지금껏 그래 왔다고 해도, 그 빈자리를 제가 채워야 하는 의무는 없었다. 헛소리하지 말고 저리 비키라니까요. 예진이 해준을 밀치고는 다시 밥주걱을 들었다. 그러나 이번에는 주걱이 싱크대로 던져졌다. 황당했다.

"옷 입어. 빨리."

코트를 집어 온 해준이 그것을 막무가내로 예진의 어깨에 얹었다. 그러곤 손목을 덥석 잡아끌었다. 말려 볼 틈도 없었다.

○ ◎ ●

해준이 데리고 간 곳은 레스토랑이었다. 텔레비전에서만 보던 고급 레스토랑. 안내받은 자리도 경치가 가장 좋은 VIP석이었다. 정장을 차려입은 사람들 가운데에서, 예진 홀로 이방인이었다. 예술적인 그림 위에 실수로 찍힌 검은 반점 같았다.

"골라."

예진이야 주눅이 들든 말든, 해준은 메뉴판을 건넸다. 비쌌다. 처음부터 끝까지 전부 다 비싼 것들이었다. 불편했다. 물론 계산이야 해준이 하겠지만…… 아니, 계산을 그가 한다는 것이 제일 불편했다. 괜히 마음의 빚이 생기는 것 같았다.

"제사 지내?"

돌아오는 대답이 없자, 눈썹을 찌푸린 해준이 메뉴판을 뺏어 들고 웨이터를 불렀다. 그러고는 익숙하게 주문을 했다. 그런 해준을 보고 있자니, 며칠 전 그를 동정했던 제 자신이 멍청하게 느껴졌다. 어쨌거나 해준은 저와는 다른 세계의 사람이다. 일반인이라면 엄두도 내지 못할 값비싼 레스토랑을 매일같이 갈 수 있는, 그리고 조금의 망설임도 없이 가장 비싼 메뉴를 시킬 수 있는 사람.

아주 사소한 것이었다. 남들이 본다면, 왜 그렇게 작은 것 하나로 괜한 열등감을 느끼느냐고 할 수도 있었다. 그러나 본디 가장 적나라한 차이는 이런 사소한 것에서부터 오는 법이다.

"어머니는 좀 어떠셔."

먼저 나온 와인을 잔에 따르면서 해준이 물었다.

"이사님도 봤잖아요. 그냥…… 똑같으세요."

해준은 대답하지 않은 채, 와인 대신 미지근한 물을 삼켰다. 예진은 더 이상 어떤 말도 않고 툭 튀어나온 그의 목울대가 울렁거리는 것만 빤히 쳐다보았다. 잠시 후, 스테이크를 내온 웨이터가 조용한 테이블 위에 접시를 놓아 주었다. 예진은 먹기 좋게 익은 고깃덩어리를 불편한 표정으로 응시했다.

"먹어. 그 소금 덩어리들보다는 맛있을 테니까."

글쎄. 예진은 그 소금 덩어리를 먹는 게 차라리 마음은 더 편할 것 같다고 생각하며 해준을 쳐다보았다. 그는 퍽 우아하게도 식사를 했다. 잘 어울렸다. 타다 만 소시지를 먹는 것보다 훨씬.

어쩐지 속이 불편했다.

"……소식은요?"

예진이 입술을 떼었다.

"무슨 소식."

"우리 엄마."

"……아직 별다른 건 없었어."

"사람 더 풀어 줘요."

"어디에."

예진이 멈칫했다.

"어디에."

해준이 다시 물었다. 어디에? 예진이 조금은 멍한 표정을 지었다. 저도 알 수가 없었다. 도대체 어느 지역을 뒤져야 하는 것인지. 그렇다고 전국 팔도를 다 찾아 달라고 할 수도 없는 노릇이다.

해준의 시선이 예진에게로 향했다. 입술을 짓씹는 예진을 힐끗 쳐다본 해준은 다시 고개를 숙이고는 묵묵히 고기를 썰었다. 그렇게 두 조각 정도를 썰어 냈을 즈음, 그가 말을 이었다.

"고향, 그 달동네 근방. 그리고 서울 전체. 그 정도로 뒤지면 찾을 수 있겠지."

예진이 말없이 고개를 끄덕였다.

"그런데 찾아서, 뭐 어디로 가려고."

해준이 던지듯 물었다.

"멀리요."

나이프질을 하던 손이 움직임을 멈추었다.

"연고 없는 지방으로 갈 거예요. 어차피 서울에 있어야 할 이유도 없으니까."

"……."

"그럼 아버지가 찾기도 어렵겠죠."

……그래. 해준이 조용히 대답했다.

당연한 말이었다. 병원에까지 찾아온 인간이니, 마음을 졸여 가며 서울에서 지내는 것보다는 지방으로 가는 편이 더 안전할 것이다. 예진에게 대가를 지불하고 불쌍함과 비참함을 거래했다고 한들, 그녀의 상황을 알면서까지 붙잡아 둘 수는 없었다. 이런 식으로 평생 발목을 잡을 수는 없는 것이다. 그리고 예진 또한, 제 어머니까지 찾은 마당에 해준의 곁에 있어야 할 의무는 없었다.

어쨌거나 처음부터 오래 지속될 관계는 아니었다.

"……."

잘리다 만 고기 사이에서 붉은 피가 흘러나왔다. 흰 접시를 더럽히는 핏물을 쳐다보는 해준의 시선이 조금 멍했다.

○ ◎ ●

예진은 결국 식사를 하지 못했다. 속이 불편해서 어쩔 수가 없었다. 그런데 이상한 것은, 정작 레스토랑으로 데려온 장본인 역시 제 몫의 음식을 남겼다는 것이었다. 와인 역시 마찬가지였다. 그는 그것을 따라 놓기만 한 채, 한 모금도 마시지 않았다. 예진은 딱딱하게 식어 가는 스테이크만 물끄러미 쳐다보았다.

그렇게 이상한 식사가 끝난 후, 해준은 예진을 오피스텔까지 데려다주었다. 오는 내내 오간 대화는 하나도 없었다. 예진은 창밖에 시선을 고정했고, 해준은 묵묵히 운전만 했다.

차에서 내린 예진은 문득 뒤를 돌아보았다. 해준은 핸들을 잡은 채 움직이지 않고 있었다. 정면만 쳐다보고 있었다. 아주 멍하니.

또 무슨 일이 생긴 걸까.

예진의 삶은 바람 잘 날이 없었다. 해준도 크게 다르지는 않았다. 모든 것을 다 가진 남자. 그래서 오만하기 짝이 없는…… 본의는 아니었지만, 그런 남자의 맨얼굴을 벌써 몇 번이나 봐 버렸다. 환장할 정도로 빌어먹을 일들은 계속해서 일어났다. 비는 그쳤다가도 다시 퍼붓기 마련이었다. 그 비를 같이 맞아 줄 수 있었지만, 그 원인까지 아는 것은 해준이 바라지 않을 것이었다.

그러니 저는 그저 제 할 일만 하면 될 뿐이었다.

예진은 제 의무를 다하기 위해, 다음 날에도 병원으로 갔다.

"병실에서 나오실 때 전화 주십시오."

"아, 네……."

"그럼 저녁에 뵙겠습니다."

기사는 차 문을 열어 주고는 허리까지 굽혀 가며 인사를 했다. 몇 번을 겪어도 도저히 적응이 되지 않는 친절이었다.

로비로 들어선 예진은 엘리베이터 앞에 섰다. 그러고는 버튼을 눌렀다. 하나 둘씩 줄어드는 빨간색 숫자를 바라보고 있는데, 누군가의 목소리가 들렸다.

"아가씨."

예진이 뒤를 돌아보았다. 모자를 푹 눌러쓴 여자가 서 있었다. 어두운 그림자 밑으로, 조금 낯익은 얼굴이 보였다. 김미향이었다.

"미안하지만 잠깐 얘기 좀 할 수 있을까?"

"……저요?"

왜 나한테. 예진은 잠시 고민했다. 그 표정 변화를 놓치지 않은 김미향은 예진의 손을 냉큼 붙잡았다.

"잠깐이면 되니까. 응?"

예진은 결국 고개를 끄덕였다.

○ ◎ ●

김미향과 함께 간 곳은 병원 뒤편의 산책로였다.

벤치에 앉은 예진은 퍽 떨떠름한 표정을 짓고 있었다. 이해가 가질 않았다. 박해준도 아니고, 제게 도대체 무슨 할 말이 있다고.

"저번에 본 것 같은데. 맞지?"

"네."

"도련님 여자 친구?"

"아니요."

여자 친구라니. 예진이 조소했다.

"사모님 돌봐 드리는 사람이에요. 간병인이요."

간병인이라고. 김미향이 돌연 피식거렸다.

"……다른 게 아니고, 내가 부탁할 게 좀 있어서 그런데."

171

"저한테요?"

"어려운 건 아니거든. 사모님 간병하는 거면, 매일 병원 올 거 아니야?"

"그런데요."

"회장님 소식 나오는 대로 나한테 연락 좀 해 줄 수 있을까?"

예진의 눈매가 가늘어졌다.

"깨어나시면 깨어났다, 상태 안 좋아지시면 안 좋아졌다, 하고만."

"그걸 왜 저한테 부탁하세요?"

"내가 지금 부탁할 데가 없어서 그래. 사례는 충분히 할 테니까……."

"죄송한데, 저 박해준 이사가 고용한 사람이거든요."

"……."

"간병하는 건 사모님에 한정된 얘기예요. 회장님한테 무슨 일이 생겨도 제가 알 방법도 없고요. 부탁할 사람 잘못 찾으셨어요."

예진이 단호하게 말했다.

"회장님 소식이 궁금하면, 직접 들……."

"도련님하고 아주 가까운 사이 같던데."

"……뭐라고요?"

"오래 봐서 알아. 도련님은, 주위에 아무도 두지 않거든. 아가씨 같은 사람은 더더욱."

김미향의 눈이 예진을 훑어 내렸다. 나 같은 사람이라니. 어쩐지 그 말속에 담긴 뜻을 알 것 같아서, 기분이 묘하게 나빴다.

"도련님이 뭐라고 했어? 내가 회장님 꼬셔 내서, 아들 장사 한다고?"

"……."

"그것도 아니면 파출부가 주제 파악도 못 하고 자꾸 남의 걸 탐낸다고?"

"이사님은 저한테 그쪽 얘기 하신 적 없어요."

"그래?"

"하지만 어떤 분인지는 잘 알겠네요. 지금 나는 대화로도 충분히요."

불쾌했다. 왜 이런 말을 듣고 있어야 하는 건지 이해가 가질 않았다. 예진은 인상을 찌푸린 채로 김미향을 쳐다보았다. 아무리 봐도, 그저 평범한 중년 여자였다. 박동호의 사생아를 낳고, 또 그것을 빌미로 해준에게서 거액의 돈을 갈취한 사람으로는 전혀 보이지 않았다.

그래서 더 이질적이었다.

"매정하네, 아가씨. 비슷한 사람들끼리."

"비슷한 사람이라니요."

"몇 번 봤어. 그 동네. 저기, XX역 위에 있는 달동네 말이야."

"저를 보셨다고요?"

"나도 원래 그 동네에 살았거든. 저번에도 거기 잠시 있었고."

'어제 이사 갔답니다. 박도준도, 김미향도.'

순간 비서의 목소리가 스쳐 지나갔다. 해준과 그 빌어먹을 내기를 했던 날이었다.

'구질구질한 년들 수두룩한데 왜, 자존심 가지고 오기 부리며 사는 년들 한가득인데, 왜 하필 나한테 지랄인데?'

'거슬리게 했잖아. 쓸데없는 자존심 들먹거리고, 특별한 척 굴면서 열받게 했잖아. 게다가 그날도, 그 동네에 있었잖아. 그래서 내 눈에 띄었잖아. 그년이랑 똑같은 꼴을 하고서.'

예진은 뒤늦게 깨달았다. 그날, 해준이 했던 말이 무슨 뜻이었는지를.

"그래서 처음에는 잘못 본 줄 알았지. 그렇지 않아? 아가씨 같은 사람을 근처에 두다니. 그것도 도련님이."

"지금 무슨 말씀을 하시는 거예요?"

"게다가 간병인이라니. 하필이면. 정말 우습기 짝이 없어."

김미향이 엷게 웃었다. 그 웃음의 기저에 깔린 감정이 무엇인지 도무지 이해가 가지 않아서, 예진은 다시 캐물었다.

"제가 사모님을 간병하는 게 그렇게 우스운 일인가요?"

"우습지. 하필이면 그 동네에 산 것도 우습고, 또 하필이면 간병인을 하는 것도 우스워."

"김미향 씨!"

"내가 그랬거든."

"……뭐라고요?"

"내가 그랬다고. 그 동네에 산 것도 그렇고, 회장님 모친도 간병했어. 아가씨처럼."

예진의 얼굴이 일그러졌다. 그래서 무엇이 어쨌다는 말인가. 해준이 제게 그랬던 것처럼, 서로 닮았다는 말이라도 하려는 걸까.

"그렇게 회장님이 싫다고 난리를 피우더니, 결국에는 도련님도 똑같은 거야."

도대체 돈 많은 남자들은 왜들 그럴까. 가난한 여자한테 판타지라도 있나봐. 그렇지 않아? 김미향이 조소했다. 그녀답지 않게 싸늘한 얼굴이었다.

"아가씨, 나 젊었을 때 보는 것 같아서 해 주는 말이니까 기분 상해 하지 말고 들어."

"무슨……."

"너무 마음 주지는 마."

예상치 못한 말을 내뱉는 김미향의 표정은 단호하기 짝이 없었다.

"어차피 그놈들이 택하는 건 우리가 아니거든. 나도 처음부터 이러려던 생각은 아니었어. 그런데 어쩌겠어? 챙길 건 챙겨야지."

"……."

"없이 사는, 가난한 년들은 다 멍청하고 착해 빠진 줄 아나 본데, 그건 큰 착각이지. 원래 그런 년들이 더 지독한 법이거든. 아기씨도 알잖아?"

"……그래서 아들을 빌미로 그런 짓을 벌이셨나요?"

"지울까 고민했지."

생각지 못한 말에 예진이 입을 닫았다.

"그런데 차마 그럴 수가 없었어. 그래서 낳았어. 그게 잘못인가? 내 새끼, 내가 낳겠다는데."

"……."

"도련님은 안됐지만 나쁜 건 회장님이야. 자리 잡을 때까지 기다려 달라고 해서 기다렸고, 치매 와서 자리보전한 노인네 돌본 것도 나였어. 회장님이 사모님을 만나기 전의 일이었다고 해도 말이야. 어쨌든 나도 내 아들 숨구멍은 틔워 줘야 하지 않겠어?"

숨구멍. 숨구멍이라고. 박동호가, 김미향이 제 아들의 숨구멍을 틔워 주려고 하는 만큼, 해준의 숨구멍은 틀어막혔다. 늘 비가 와. 뇌까리던 해준의 목소리가 귓가를 스쳤다.

"어쨌든 부탁 들어줄 생각 없으면 그걸로 됐어. 대신 도련님한테는 말하지 않아 줬으면 해. 물론 말한다고 한들 바뀌는 것도 없겠지만."

할 말을 마친 김미향은 천천히 자리에서 일어섰다. 예진은 멀어져 가는 김미향의 뒷모습을 빤히 쳐다보았다.

예진은 홀로 자문했다. 처음부터 이럴 생각은 아니었다고? 그렇다면 김미향도 알았을까? 언젠가 박동호와의 관계가 이런 식으로 어그러질 것이라는 사실을.

그럼 저 여자는 왜 저렇게 된 걸까. 끝내 김연희를 택한 박동호에 대한 원망 때문에? 하지만 결국 박동호가 손을 내민 건 김연희가 아니라 김미향이었는데.

그리고 닮았다니. 무슨 말을……. 예진이 덧없이 피식거렸다. 어쨌든 최소한, 제가 김미향처럼 굴게 될 일은 없을 것이다. 박동호를 사랑하는 그녀와 달리 저는 해준을 사랑하지도 않았고, 해준 역시 마찬가지니까. 닮은 점을 굳이 따져 보자면 한 가지뿐이었다.

없이 살아서, 가난해서, 지독하다는 것뿐.

어쨌든 나와는 상관없는 일이야. 예진은 김연희의 병실로 걸어가며 홀로 끝없이 되뇌었다.

○ ◎ ●

김연희는 오늘 검진을 받았다. 예진은 그런 그녀의 곁을 묵묵히 지켰다. 주치의는 김연희의 상태를 예진에게 설명했다. 이것을 왜 제가 듣고 있는지는 알수가 없었지만, 예진은 그저 묵묵히 의사의 말을 들었다.

상태가 지난번보다 안 좋아지셨어요. 약의 용량을 더 높여야 될 것 같습니다.

약이요? 예진이 되묻자 의사는 여상한 표정으로 말했다.

식욕 촉진제, 항우울제, 신경 안정제 같은 것들이에요. 신경 안정제는 고용량으로 장기간 복용하면 부작용이 크니, 천천히 증량하겠습니다.

부작용? 이 상황에서 더 나빠질 것이 있을까? 김연희는 지금도 밥은커녕 물조차 제대로 마시지 않았다. 이따금 발작도 했다. 아, 아아……. 알아들을 수없는 괴성을 질러 대면서.

휠체어를 밀며 병실로 돌아가는 내내, 예진은 김미향을 떠올렸다. 김연희와는 전혀 달리, 퍽 멀쩡해 보이던 김미향. 김연희처럼 죽음의 그림자가 드리우지 않았던. 박동호는 여전히 의식이 없는데도, 전혀 개의치 않았던.

없이 사는 년들이 더 지독한 법이거든. 예진은 김미향의 말을 진심으로 체감했다.

"사모님, 이만 돌아가 보겠습니다."

돌아오는 반응은 없었다. 김연희는 누렇게 뜬 얼굴로 하염없이 허공만 쳐다보았다. 예진 역시 그런 김연희를 빤히 응시하다, 이불을 꼼꼼히 덮어 주었다.

"내일 뵐게요."

예진이 마지막 인사를 건네며 돌아섰다. 이불 밖으로 삐져나온 손목이, 그위에 둘둘 말린 붕대가 더할 수 없이 치연해 보였다.

병실에서 나온 예진이 엘리베이터 앞에 섰다. 오늘도 엘리베이터는 높은 층에 멈춰 있었다. 그러고 보면, 저번에 박동호를 봤을 때도 그랬던 것 같은데. 그럼 박동호는 저 층 어딘가에 누워 있는 걸까. 덧없는 생각을 하던 찰나, 엘리베이터의 문이 열렸다. 그런데 안에는 낯익은 얼굴이 타고 있었다.

윤 비서였다.

"아, 예진 씨."

알은체를 하는 비서를 쳐다보던 예진의 눈매가 가늘어졌다. 비서는 오늘따라 낯빛이 엉망이었다. 또 어딘가 허둥거리는 것 같기도 했다. 핸드폰을 꼭 쥐고 있는 손이 약하게 떨리는 것이 보였다.

"무슨 일이라도 있나요? 안색이 안 좋으신 것 같은데."

"그게……."

비서가 말끝을 흐렸다. 예진은 제 직감이 보기 좋게 맞아떨어졌다는 사실을 깨달았다.

층수를 나타내는 빨간색 숫자가 빠르게 줄어들었고, 엘리베이터 안에는 침묵이 내려앉았다. 비서가 대답을 한 것은 엘리베이터가 1층에 도착한 순간이었다.

"회장님이 위독하십니다."

"……네?"

"주치의한테 연락이 와서 제가 직접 뵙고 오는 길인데, 어쩌면 오늘 밤을 넘기기 힘들지도 모르겠다고……."

예진은 그의 허둥거림을 이제야 이해했다.

"지금 이사님 모시러 가는 길이거든요. 혹시 괜찮으시면…… 같이 가 주실 수 있을까요?"

"제가요?"

예진이 의아한 표정을 지었다. 그 자리에 제가 왜 끼어야 한단 말인가. 게다가 박동호가 정말 오늘 밤을 넘기지 못한다면, 그 곁을 지키는 사람은 해준뿐만이 아닐 것이다. 해준은 물론이고 친인척들도 자리할 테니까. 김연희를 간병하고 있다고는 해도, 예진은 이방인이었다. 박동호와는 제대로 대화를 나눠 본 적도 없는데.

"두 분 사이가 좋지 않은 건 사실이지만 그래도 막상 일이 닥치니 많이……. 좀, 그러신 것 같습니다. 사모님도 저러신 상황에, 예진 씨가 곁을 지켜 주신다면 분명히 이사님에게 도움이……."

"아니, 저는 필요 없을 거예요."

"……."

"저 말고도 박해준 씨가 기댈 사람은 많아요. 저는 그냥 일개 간병인일 뿐이에요. 그 자리에 어울리지도 않고요. 죄송합니다."

단호한 대답에 비서가 고개를 푹 숙였다. 그럼 수고하세요. 예진은 엘리베이터를 빠져나와, 걷기 시작했다.

그러니까, 어차피 이 또한 저와는 상관이 없는 일이었다.

그쪽에게 내리는 비는, 더 거세질까. 예진이 걸음을 옮기다 말고 하늘을 바라보았다. 메마른 겨울 공기 사이로 뿌연 입김이 덧없이 흩어졌고, 그 위로 해준의 모습이 자꾸만 어른거렸다.

○ ◎ ●

예상외로 언론은 조용했다. 아직 소식이 새어 나가지 않은 것 같았다.

텔레비전을 끈 예진은 소파에 등을 기대고 앉았다. 집으로 돌아온 지 벌써 몇 시간이 지났다. 박동호는 죽었을까. 예진은 김미향의 이름을 외치던 그를 떠올리며 혼자 뇌까렸다.

모르겠어. 왜 그랬는지…….

그날, 박동호가 다시 쓰러졌을 때 해준은 그렇게 말했다. 왜 의사를 불렀는지 모르겠다고. 예진은 그 말속에 숨은 뜻을 잘 알았다. 그대로 두었으면 분명히 죽었을 텐데. 아마도 박동호가 죽기를 제일 바라는 사람이 해준일 것이다. 하지만 해준은 결국 의사를 호출했고, 박동호를 살렸다.

문득 그런 생각이 들었다. 박동호가 죽으면, 해준은 슬퍼할지도 모르겠다고.

그럼 또 비가 내리겠지. 아주 거센 소나기가.

'예진 씨가 곁을 지켜 주신다면 분명히 이사님에게 도움이……'

비서의 목소리가 귓가를 스쳐 지나갔다. 말도 안 되는 소리였다. 애초에 예진의 존재 자체가 해준에게는 어떤 의미도 가지지 않는데, 무슨 도움이 된다는 것인가. 아버지를 여읜 그에게 그래도 네가 나보단 나아, 제일 불쌍한 건 나니

178

까. 그런 쓸데없는 염불을 외울 수도 없는 노릇이었다.

그리고 해준 역시 바라지 않을 것이다. 그는 제 치부를 남에게 드러내는 것을 좋아하지 않았다. 제 어머니와 함께 나뒹굴고 있는 김미향에게 손을 건네는 박동호의 모습을 응시하던 그의 표정이 아직도 눈에 선연했다. 세상이 무너져 내린 듯한 얼굴. 수치감에 젖은……. 이번에도 마찬가지였다. 박동호가 죽어 정말 슬퍼한다고 하더라도, 해준은 그 감정을 아무에게도 내색하지 않을 것이다.

심지어 예진에게는 더 그럴 것이다.

불쌍하고 비참한 여자의 앞에서, 더 불쌍하고 비참해지는 것을 해준은 전혀 바라지 않을 테니까.

박해준은 불쌍하지 않아. 지금 누가 누구를 불쌍하다고 여기는 거야?

예진이 멍한 얼굴로 되뇌었다. 그러니까 이렇게 제가 이상한 데 신경을 쓸 필요도 전혀 없는 것이다. 괜히 비서가 한 말을 마음에 걸려 하지 않아도 되는 것이다.

시선이 시계로 향했다. 벌써 새벽 3시가 넘어가고 있었다. 오늘 밤을 넘기기 힘들 것 같다고 했는데. 그 오늘 밤도 벌써 저물어 가고 있었다.

신경 쓰지 말자.

예진이 쓸데없는 생각을 떨쳐 내기 위해 고갯짓을 했다. 그리고 바로 그 순간이었다. 문밖에서 난데없이 쿵, 하는 소리가 들린 것은.

놀란 예진이 자리에서 벌떡 일어났다. 그러고는 저도 모르게 달려가 현관문을 열었다. 해준이었다. 문 앞에 무너지듯 주저앉은 해준.

해준은 아무런 말도 하지 않았다. 그저 고개를 푹 숙이고 있었다. 예진은 조심스럽게 손을 뻗었다. 작은 손이 어깨에 닿기 직전, 해준은 고개를 들었다. 슬픔인지, 분노인지, 원망인지 모를 감정에 젖은 눈동자와 당혹감이 배어나는 눈동자가 허공에서 맞부딪쳤다.

"나……."

"……."

"나, 좀……."

뒷말은 이어지지 않았다. 해준은 입술을 짓씹은 채, 다시 고개를 푹 숙였다. 예진의 시선이 문득 해준의 손으로 향했다. 커다란 손이 부들거리며 떨리는 것이 보였다.

예진은 해준의 앞에 자리했다. 눈높이를 맞추었다. 그리고 천천히, 아주 천천히 해준의 머리를 쓸어 넘겼다.

흐트러진 머리카락 사이로 고통스럽게 일그러진 얼굴이 보였다.

박해준은.

박해준은…… 불쌍하지 않아…….

방금 전까지만 해도 홀로 되뇌던 말들이 허공에 흩어졌고, 그 위를 다른 소리가 덮었다. 뚝, 하고 눈물이 떨어지는 소리였다. 예진은 차가운 복도 바닥에 스며드는 눈물을 말없이 쳐다보다 손을 뻗었다. 떨리는 어깨를 조심스럽게 안아 주었다.

……왜 이렇게 불쌍해서.

너는 또 왜 이렇게 불쌍해서…… 힘들 때 찾아올 사람이 나밖에 없어. 왜 고작 이곳을 찾아와서. 왜 하필이면 나를 찾아와서. 왜.

"……."

품에 안긴 커다란 몸이 약하게 떨렸다. 예진은 조용히 그의 등을 토닥였다. 떨림은 한참 동안이나 멎지 않았다.

6

모든 방송사의 아침 뉴스 헤드라인은 박동호의 사망 소식이었다.

몇몇 사람들은 신이 난 것 같았다. 지루한 삼류 경제 토크쇼에서는 '그래서 후계자 자리는 전에 언급된 것처럼 혼외자인 박도준이 차지하느냐, 아니면 박해준 이사가 차지하느냐' 따위에 대해서 떠들어 댔고, 또 저질 기사를 내보내기로 유명한 신문사는 '버림받은 박해준 이사가 일을 꾸민 것일지도 모른다' 고 떠들어 댔다. 정말이지 지독하기 짝이 없는 인간들이었다.

장례식은 SL그룹 계열의 병원 장례식장에서 비공개로 치러졌다. 일반인은 조문할 수 없었고 조화도 받지 않았다. 고인과 살아생전 친분이 있던 이들만 조문을 할 수 있었다.

김연희는 오지 못했다. 그녀의 주치의는 단호하게 말했다. 지금도 상태가 좋지 않은데, 여기서 더 충격을 받으면 정말 무슨 일이 일어날지 모른다고.

해준은 묵묵히 상주 노릇을 했다. 초췌해진 얼굴로 사람들과 인사를 나누었다. 그리고 조문객이 돌아가면 다시 입을 꾹 다물었다.

예진 역시 묵묵히 장례식장에 자리했다. 3일간 하루도 빠짐없이.

김미향도 찾아왔다. 물론 그녀는 장례식장에는 발도 들이지 못했다. 그녀가 올 것을 예상한 비서가 미리 경호원을 풀어놓았기 때문이다. 해준은 그 사실을 알지 못했다. 비서는 예진에게 부탁했다. 이사님이 많이 힘들어하고 계시니, 김미향이 찾아왔다는 것은 말하지 말아 달라고. 예진은 그저 알겠다고 대답했다.

박동호는 SL가의 선영에 묻히게 되었다. 매장이 끝나기 무섭게, 해준은 잡부들을 모두 물렸다. 예진은 망설였다. 저도 자리를 비켜 주어야 하는 건 아닐까 싶었다. 그러나 해준은 예진에게 가라는 말을 하지 않았다. 그래서 예진은 결국 그의 뒤에 우두커니 서 있었다.

"……."

봉분 앞에 선 해준의 눈동자에는 어떤 것도 담겨있지 않았다. 아무것도 느껴지지 않았다. 그는 여느 유가족들처럼 통곡을 하지도 않았고, 또 이젠 편히 쉬시라는 눈물 젖은 말을 하지도 않았다. 그저 봉분을 가만히 응시할 뿐이었다.

처연했다. 시린 겨울바람에 날리는 옷자락이 처연했고, 그 바람을 가만히 맞고 선 해준의 뒷모습이 처연했다. 뒤로 물러나 있던 예진은 다시 해준을 향해 몇 걸음 다가갔다. 이내 그의 마른 입술이 달싹였고, 공기 중에 흩어진 말 몇 마디가 예진의 귓가에 흘러들어 왔다.

"그러지 말지 그랬어요."

해준의 목울대가 울렁거렸다.

"그랬으면 쭉 사랑했을 텐데."

어머니도, 나도.

"행복했을 텐데."

당신도, 다 같이.

"……."

예진은 말없이 해준을 바라보았다. 차라리 저를 찾아왔을 때처럼 울기라도 했다면 조금 더 나을 것 같았다. 그러나 해준은 울지도 않았다. 하지만 이상한 일이었다. 울지도 않는데, 눈물 한 방울 흘리지 않고 표정 또한 여상한데 왜 저렇게 아파 보이는 것인지.

그것이 박동호에게 하는 마지막 말이었다. 그 말을 끝으로, 해준은 침묵하며 한참 동안 봉분 앞에 서 있었다. 서늘한 겨울비가 한두 방울씩 떨어져, 해준과 예진의 몸을 흠뻑 적실 때까지.

○ ◎ ●

서울로 돌아왔을 때는 이미 늦은 밤이었다.

창밖으로 오피스텔이 보였다. 해준은 이내 차를 세웠다. 예진은 안전벨트를 풀고, 가방을 챙겨 든 뒤 해준에게로 시선을 옮겼다. 잘 들어가라는 말을 해야 할지 말아야 할지 망설여졌다.

그러나 그 말을 내뱉기도 전에, 빗물에 잔뜩 젖은 옷이 먼저 눈에 들어왔다. 예진 역시 물에 젖은 생쥐 꼴이었지만, 해준도 더하면 더했지 덜하진 않았다.

예진이 잠시 뜸을 들이다 입술을 떼었다.

"몸이라도 말리고 가요."

"……."

"싫으면…… 말고요."

해준은 대답이 없었다. 하긴, 본인의 집에서 쉬는 게 더 편할 것이다. 예진은 말없이 차에서 내렸다. 그러고는 어떤 말을 덧붙일까 잠시 고민했으나, 끝내 입술을 떼지는 못했다. 그 어떤 위로를 하든, 지금의 해준에게는 위안이 되지 못할 것임을 알았다. 또 그는 그런 어쭙잖은 동정을 바라지 않을 것이라는 사실 역시도.

예진은 이내 오피스텔을 향해 걸어가기 시작했다. 그리고 얼마 지나지 않아, 등 뒤에서 차 문이 열리는 소리가 들렸다.

"……."

자리에 멈추어 선 예진은 고개를 돌려 저를 향해 걸어오는 해준을 쳐다보고는 다시 걸음을 떼었다. 탁, 탁, 타악……. 어둠이 내려앉은 오피스텔 복도에 두 사람의 발걸음 소리가 번갈아 울렸다.

현관문을 연 예진이 방 안으로 들어섰다. 해준도 따라 들어왔다.

"먼저 씻어요."

예진이 욕실을 가리키며 말했다. 그러나 해준은 묵묵부답이었다.

"그럼 앉아서 쉬고 있어요. 옷이라도 새로 줄 테니까."

해준은 대답 대신 소파에 무너지듯 자리했다. 거실을 쳐다보는 눈동자는 여전히 텅 비어 있었다.

입을 만한 옷이 있을까. 저대로 두면 분명 탈이 날 것이다. 예진이 옷장을 뒤지기 시작했다. 그러나 한참을 뒤져도 마땅한 옷이 없었다. 제 옷 중 가장 큰 사이즈의 옷도 해준이 입기에는 무리였다. 난감한 표정을 짓고 있던 예진이 무언가 떠오른 듯 옷장 밑 서랍을 열었다. 이 오피스텔에 처음 들어왔을 때, 가구와 함께 구비되어 있던 샤워가운을 꺼냈다. 원체 체격이 크기에 이 역시도 작을 것 같았지만, 그래도 공용 사이즈인지라 제 옷을 주는 것보다는 나을 것 같았다.

"이거 입⋯⋯."

소파를 돌아본 예진이 멈칫했다. 축 늘어져 있는 해준 때문이었다.

"이사님."

놀란 예진이 해준에게로 달려가 그의 뺨을 톡톡 쳤다. 돌아오는 반응은 없었다. 이마를 짚자 뜨거운 열감이 느껴졌다. 말 그대로 불덩이였다.

"이사님, 정신 차리세요."

눈썹이 살짝 꿈틀거렸지만 그것이 전부였다. 망설이던 예진이 조심스럽게 해준의 와이셔츠 단추를 풀기 시작했다. 젖은 옷을 계속 입고 있다가는 더 탈이 날 것이었다.

예진은 물기가 잔뜩 밴 몸을 마른 수건으로 닦았다. 끙끙거리며 샤워가운도 입혀 주었고, 이불을 끌어와 그의 몸에 덮어 주었다. 그리고 난 뒤 곁에서 한참을 지켜보았지만 열이 떨어질 기미가 전혀 보이지 않았다. 예진은 응급실에 가야 하는 것이 아닌지 고민했다.

윤 비서님을 부를까.

그런 생각이 들었지만 예진은 결국 핸드폰을 내려놓았다. 해준은 원하지 않을 것이다. 이런 식으로 무너진 모습을, 남에게 보이는 것은. 그래서 매장을 할 때도 모두를 물린 것이다. 그 속을 너무나 잘 알아서, 그 속이 너무나 빤해서 비서를 부를 수도 없었다.

소파 앞에 쭈그리고 앉은 예진은 물수건으로 해준의 이마를 하염없이 훔쳐 내었다. 그리고 홀로 생각했다.

……당신은 왜 이렇게 내 앞에서만 불쌍할까.

당신이 남에게는 절대 보이고 싶지 않아 할, 그리고 반드시 보여 주지 않을 그런 모습들을…… 나는 왜 자꾸 보게 되는 걸까. 그건 당신의 의사였을까? 아니면 내가 당신 앞에서 그랬듯, 어쩔 수 없이 벌어진 일들이었을까.

그런 생각을 하던 무렵이었다.

"……."

예진의 시선이 가닿은 곳은 해준의 얼굴이었다. 초췌한 뺨을 타고 흘러내리는 눈물이 보였다. 투명한 눈물은 번듯한 이목구비를 타고 덧없이 떨어져 내렸다.

왜 당신한테는 자꾸 이런 비가 내릴까. 그것도 하루가 멀다 하고 매일매일. 내게 그런 것처럼…….

그럼 그래서 이런 걸까. 자꾸만 당신의 눈물이 가엾어지고, 비에 젖은 당신이 눈에 밟히는 건.

아무리 생각해도 답은 알 수가 없었다. 예진은 조용히 그의 얼굴을 닦아 내었다. 미지근한 식은땀과 뜨거운 눈물만이 한데 얽혀 차가운 물수건에 스며들었다.

아버지는 웃고 있었다.

그의 곁에는 어머니가 있었다. 부모님은 행복해 보였다. 둘 다 웃고 있었고,

뺨에 홍조까지 띠고 있었다. 꼭 가족 앨범 첫 장을 장식하고 있는 사진 같았다.

그럼 이건…… 꿈이구나.

해준아. 저를 부르는 아버지의 음성이 따뜻했다. 해준은 천천히 그에게로 다가갔다. 이내 커다란 손이 머리를 쓰다듬었다. 익숙하면서도 낯선 손길이었다. 그는 김미향이 등장한 뒤로, 저에게 이런 식의 스킨십은 전혀 하지 않았으므로.

해준은 부모님을 바라보았다. 어머니는 아버지의 곁에 꼭 붙어 있었고, 아버지는 어머니의 어깨를 끌어안고 있었다.

두 사람은 서로 마주 보고 웃기도 했고, 또 이따금 해준을 응시하며 미소 짓기도 했다. 해준은 그런 그들을 말없이 쳐다보다, 작게 웃었다. 하지만 이상한 일이었다. 입은 웃고 있는데, 웃으려고 애를 쓰는데 왜 눈에서는 눈물이 질질 흐르는 것인지.

눈을 동그랗게 뜬 아버지는 해준을 안아 주었다. 그러고는 등을 토닥였다. 어렸을 땐 늘 이렇게 해 주었는데. 해준이 조금만 토라져도, 또 조금만 슬퍼해도 이런 식으로 달래 주곤 했다. 어머니는 가끔 말했다. 그러다 버릇 나빠진다고. 그러면 아버지는 너털웃음을 지었다. 내가 내 아들 달래 주겠다는데, 그게 뭐 어때.

"아버지."

품에 안긴 해준이 입술을 달싹였다.

"나한테, 우리한테…… 왜 그랬어요."

그러지 말지.

그렇게까지는 하지 말지.

질끈 감긴 눈꺼풀 사이에서 눈물만 덧없이 흘러나왔다.

"왜……."

해준이 몇 번이고 다시 물었다. 그러나 돌아오는 대답은 없었다. 머리를 쓰다듬는 손의 감촉만이 뚜렷하게 느껴질 뿐이었다.

해준은 천천히 눈을 떴다.

제일 먼저 보인 것은 낯익은 천장이었다. 그 좁은 집. 예진의 오피스텔. 잠시 소파에 앉아 있는다는 것이 그대로 잠이 들어 버린 모양이었다. 아니, 사실 제대로 기억이 나지를 않았다. 넋이 나간 채로 차에서 내린 것만 어렴풋이 떠올랐다. 무슨 정신으로, 무슨 마음으로 이곳까지 왔는지 모를 일이었다.

그저 혼자 있고 싶지가 않았다.

아무도 없는 그 집에는, 절대로 가고 싶지 않았다.

머리가 조금 아팠다. 천장만 바라보고 누워 있던 해준은 천천히 몸을 일으켰다. 그리고 이내, 작게 주춤거렸다.

"……."

소파 끄트머리를 쳐다보는 해준의 눈동자가 작게 흔들렸다. 바닥에 쪼그리고 앉은 채로, 제 허벅지를 베고 잠이 든 예진 때문이었다.

그제야 난장판이 된 주위가 눈에 들어왔다. 벗겨진 와이셔츠, 물이 담긴 대야와 수건…… 간밤에 약국에라도 다녀온 것인지, 테이블에는 갖가지 약들까지 놓여 있었다.

해준은 조용히 예진을 쳐다보았다. 해준의 옷은 갈아입힌 주제에, 정작 본인은 여전히 어제와 같은 옷을 입고 있었다. 역시 추웠는지, 자그마한 몸은 동그랗게 웅크린 채였다.

으음……. 곤히 잠든 예진이 잠꼬대 비슷한 것을 중얼거렸다. 해준은 그런 예진을 한참이나 응시하다가, 천천히 입술을 떼었다.

"……비가 지꾸 내려."

그쳤다가도 언제 그랬냐는 듯 다시 퍼부어. 꼭 나를 비웃기라도 하는 것처럼.

"피할 수가 없어서, 피할 방법이 없어서…… 혼자서 다 맞았어."

아무도 없이, 나 혼자서.

"익숙했어. 익숙한데, 익숙했는데 이젠 너무……."

이제는 너무. 이제는 정말 견딜 수 없을 정도로.

"……추워."

온몸이 얼어 버려서, 이러다가는 정말 죽어 버릴 것 같아.

"너는 어때?"

비가 와서 그런다던 너는. 지독하게 내리는 비 한가운데에 서 있는 너는…….

"춥지…… 않아?"

우리에게는 늘 비가 내리잖아. 그래서 온몸이, 마음이 얼어붙잖아. 그렇게 얼어붙어 버린 마음은 산산조각으로 깨어지고, 또다시 붙기를 반복하고…… 항상 그래 왔잖아.

그 비를 같이 맞아 주는 사람이 있다면, 소나기가 내릴 때 곁을 지켜 주는 사람이 있다면 그래도 조금이나마 따뜻해질 수 있지 않을까. 얼어붙은 마음을 조금이라도 녹일 수 있지 않을까. 아니, 오히려 더 추워져 버릴까? 한기와 한기가 더해져서.

너는…… 뭐라고 대답할까.

또 왜 이런 것을 네게 묻는 거냐고 할까.

창밖에서 비가 퍼붓는 소리가 들렸다. 지독한 소나기였다. 해준은 물기가 가득 맺힌 창문을 말없이 쳐다보았다. 그런데 그 빗소리가, 꼭 먼 나라의 이야기인 것처럼 느껴졌다. 해준은 뒤늦게 깨달았다. 제가 왜 자꾸만 이 집을 찾았던 것인지를.

이 좁은 집은…… 잔인하게 쏟아지는 비를 피할 수 있는 유일한 도피처였다.

고개를 돌린 해준이 다시 예진을 응시했다. 그러고는 저도 모르게 손을 뻗었다.

커다란 손이, 얼굴을 가린 엉클어진 머리카락을 천천히 귀 뒤로 넘겼다. 예진은 작게 움찔거렸지만 깨지는 않았다.

살짝 벌어진 입에서 흘러나온 숨이, 해준의 손가락을 스쳤다. 해준은 멍하니 제 손을 내려다보았다.

따뜻했다. 꼭 꽁꽁 얼어붙은 몸이 녹아내리기라도 하는 것 같았다. 고작 작은 숨결 하나일 뿐인데.

○ ◎ ●

눈을 떴을 때 해준은 보이지 않았다.

온몸이 불덩이 같았는데. 조금 걱정은 되었으나, 예진이 할 수 있는 일은 없었다. 아버지의 장례를 치렀을지라도, 회사에는 그가 해결해야 할 일들이 산더미같이 쌓인 채 그를 기다리고 있을 것이므로.

단 하나 의아한 점은, 제가 침대에서 누워 있다는 것이었다.

분명히 소파 앞에서 잠이 들었는데, 왜 침대에서 자고 있는 것인지 모를 일이었다. 몸에는 이불까지 덮여 있었다. 사실 저를 침대에 눕힌 사람이 누구인지는 불을 보듯 뻔한 일이라서, 예진은 조금 민망해졌다.

예진은 홀로 늦은 저녁을 챙겨 먹었다. 질긴 고사리볶음을 꼭꼭 씹어 내면서 떠올린 사람은 다름 아닌 김미향이었다. 김미향은 꼭 고사리 같았다. 너무나 질기고 질겨서, 제대로 씹히지도 않고 삼켜지지도 않는.

김미향은 박도준의 숨구멍을 틔워 줄 것이라고 했다. 어렵지 않게 예상할 수 있었다. 비록 박동호는 죽었지만 그녀는 쉽게 물러나지 않을 것이다. 하지만 무슨 방법이 있나. 제 편을 들어 줄 사람은 이제 아무도 없는데. 그러나 어차피 저로서는 알 수 없는 일들이고, 또 전혀 상관이 없는 일이기도 했다.

하지만 자꾸만, 울고 있는 해준이 눈에 밟혔다.

'너무 마음 주지는 마.'

김미향의 말도 떠올랐다. 그렇지만 난…… 마음을 준 게 아니야. 우린 그런 관계도 아니야. 예진은 합리화를 했다. 그저 거래를 했을 뿐이었다. 해준은 제가 덜 비참해지기 위해서, 그래서 그 지독한 상황들을 버텨 내기 위해 예진의 비참함을 산 것이다. 그런 식으로라도 마음의 위안이 필요해서. 자신이 비참하다 못해 불쌍하다는 것을 받아들일 수가 없어서.

예진은 불쌍한 여자였다. 사정이 없는 가정은 없다고 하지만, 그래도 유별나게 불쌍했다. 덕분에 이해관계가 맺어진 것이다.

그냥 그뿐이었다.

그래야만 했다.

하지만 그 불쌍한 여자한테까지 불쌍하게 비치는 해준이…… 가여웠다.

제게는 그를 동정할 권리가 없다는 것을 알면서도 그랬다. 제 코가 석 자인데, 남을 불쌍하다고 생각한다니. 그것도 박해준을.

비록 불쌍하고 가엽다고 할지라도, 박해준은 많은 것을 가지고 있었다. 명예, 부, 권력……. 아무것도 없는 예진이 그런 해준을 동정한다는 것은 퍽 터무니없는 이야기였다. 예진도 그것을 누구보다도 잘 알았다.

하지만 머리로 이해하는 것과, 마음으로 이해하는 것은 다른 차원의 문제였다.

그러니까 너는 왜, 내 앞에서만 그렇게 불쌍해서.

"……."

소파에 앉은 예진의 표정이 멍했다. 이런 생각은, 정말 그만두자. 저 혼자 아무리 생각을 한들 바뀌는 것은 없을 것이다. 그냥 쓸데없는 시간 죽이기일 뿐이었다.

예진은 거실 불을 껐다. 그러고는 침대에 누워, 오지 않는 잠을 청하려 애를 썼다. 그러나 저 말고는 아무도 없는 집이 왠지 모르게 텅 빈 것처럼 느껴져서, 예진은 한참을 뒤척였다.

○ ◎ ●

변호사가 찾아온 것은 박동호가 사망한 지 정확히 나흘째 되는 날이었다. 또 해준이 그의 장례를 치르고 회사에 복귀한 첫날이기도 했다.

변호사의 손에는 박동호의 유언장이 들려 있었다.

작성일은 그가 의식을 차렸던 날이었다. 죽음의 문턱에서 돌아온 박동호가 제일 먼저 한 일이 바로 유언장을 작성하는 것이었다는 사실에 헛웃음이 튀어 나왔다. 나도 생각이 있다. 그의 말은 겁을 주기 위한 게 아니라 진심이었던 모양이다.

유언장의 내용은 이러했다. 박동호 본인이 가지고 있는 주식의 상당수를 박도준에게 물려주고, 또 SL그룹의 계열사 중 가장 수익이 큰 곳을 박도준에게 넘긴 다음, 그가 경영 능력을 입증하면 주주총회를 열어 후계자를 정한다. 그 전까지 회장 자리는 공석이었다.

아무것도 모르는 제3자가 본다면, 어쨌든 후계자로 박도준을 지정한 것이 아니고 또 그 역시 SL가의 핏줄이니 정당한 처사가 아니냐고 할 수도 있었다. 그러나 이 유언장은 지독한 말장난에 불과했다. 주주총회에 참석하는 임원진의 상당수는 박동호와 밀접한 관계였다. 이런 식으로 치밀하게 유언장을 작성한 박동호가, 그들과 미리 접촉을 하지 않았을 거라는 보장은 어디에도 없었다.

물론 해준도 호락호락 당하지는 않을 것이었다. 해준 역시도 적지 않은 지분을 가지고 있었고, 또 이사 박해준이 회장이 되기를 바라는 이들도 꽤 있었으니까. 그리고 아직 남아 있는 시간 동안 주주들과 임원진 안에 섞여 있는 박동호의 사람들을 설득할 수도, 협박할 수도 있었다.

"이사님……."

윤 비서가 설핏 말끝을 흐렸다. 아까부터 말 한마디 없이 유언장만 내려 보고 있는 해준 때문이었다. 그를 곁에서 보좌하는 제가 보기에도 황당했다. 제 심정이 이러할진대 장본인인 그의 속은 얼마나 타들어 갔을지 차마 짐작도 할 수가 없었다.

그리고 해준이 어떤 충격에 빠졌든 말든, 회사는 안팎으로 요란스러웠다. 누가 후계자가 되느냐는 문제로 모두가 입을 모아 떠들어 댔고, 지금은 불안감까지 맴돌고 있었다.

"그대로 공표하세요."

해준이 유언장에서 시선을 거두며 말했다.

"토씨 하나 빼지 말고, 그대로."

"그대로…… 말입니까?"

"유언장을 조작할 수는 없으니까요."

"……."

"어차피 처음부터 짐작한 일입니다."

해준의 표정은 여상했다. 너무나 여상해서, 꼭 아무 일도 없는 사람 같았다. 비서는 그런 해준을 물끄러미 쳐다보다가, 알겠다는 말을 하곤 이사실을 빠져나갔다.

홀로 남겨진 해준은 책상 앞에 앉은 채로 제 이마를 짚었다. 그러고는 표정 없는 얼굴로 박동호의 유언장을 응시했다.

맞다. 처음부터 짐작한 일이다. 이렇게까지 철두철미할 줄은 몰랐지만, 그래도 어느 정도는 예상하고 있었다. 그러니 별로 놀라운 일은 아니었다.

단지 이런 생각이 들 뿐이었다. 당신은 정말 지독하다고, 너무나 지독해서 죽어서까지 이렇게 내 발목을 잡고 만다고. 그것이 전부였다. 해준은 지금까지 늘 그래 왔듯 원망에 빠져 허우적거리지 않았고, 들끓는 분노에 시달리지도 않았다. 어차피 이번이 마지막이었다. 박동호에게 이런 식으로 휘둘리는 것은.

그가 살아 있었다면 이보다 더 끔찍한 상황이 벌어졌을 거라는 사실을 해준은 알았다. 아이러니였다. 발목을 잡기도 했지만, 그는 죽고 나서야 제 아들에게 안정을 주고 있었다.

그러나 이 같잖은 상황에 지치는 것은, 박동호가 죽기 전이나 죽은 후나 별반 다를 게 없었다.

피곤해.

해준이 혼잣말처럼 중얼거렸다. 정말이지 피곤했다. 밤새 앓은 덕분인지 감기 몸살은 떨어져 나갔지만, 그래도 피곤했다. 잠을 자고 싶었다. 단잠을 푹 자고 일어나, 모든 것을 떨쳐 버리고 싶었다.

문득 그 비좁은 오피스텔이 떠올랐다.

"……."

조금은 멍한 얼굴로 앉아 있던 해준은, 손을 뻗어 박동호의 유언장을 쓰레기

192

통에 던졌다. 그러고는 생각했다. 내가 다시 찾아가면, 뭐라고 할까. 왜 왔느냐
고 면박을 주지는 않을까, 하고.

○ ◎ ●

피곤해 죽을 지경이었다. 예진은 밤새 잠을 설친 대가를 톡톡히 치르고 있었
다. 김연희를 간병할 때도 졸음을 쫓기 위해 부단히도 애를 썼더랬다. 그러다
퇴근 시간이 되니, 긴장이 풀려서인지 파김치가 되었다.

일단 빨리 집으로 가야겠어. 엘리베이터에서 내린 예진은 병원 로비를 바삐
걷기 시작했다.

"저기요."

배도 좀 고픈데…… 집에 먹을 게 남아 있었나?

"저기……."

내가 엊그제 설거지를 하고 잤나? 설거지할 힘까지는 없는데…….

"저기요!"

낯선 음성이 귓전을 울렸다. 놀란 예진이 눈을 동그랗게 뜬 채 뒤를 돌아보
았다.

"많이 놀라셨나 봐요. 그럴 생각은 아니었는데. 죄송합니다."

모르는 얼굴이었다. 20대 후반 정도 되었을까. 미소 짓는 얼굴이 퍽 상냥해
보이는 남자였다.

"저한테 볼일이 있으세요?"

"아, 네. 다른 게 아니라 지금 저희 아버지가 입원 중이시거든요. 그래서 자
주 면회 오는데, 몇 번 뵀어요. 여기서 일하시나요?"

"간병인이에요. 그런데 그게 그쪽하고 무슨 상관이죠?"

"그냥 언제 한번 밥이나 한 끼 먹으면 좋을 것 같아서요. 커피도 괜찮고요."

그러니까, 한마디로 수작을 거는 것이었다.

"혹시 남자 친구 있으세요?"

이런 경험이 없는 것은 아니었다. 편의점이나 호프집에서 아르바이트를 할 때도 숱하게 겪은 일이었다. 그리고 그때마다 예진은 같은 대답을 내놓았다. 죄송합니다. 이번 역시 예외는 아니었다.

"아뇨, 그런데 제가 지금은 그럴 생각이 없어서요. 죄송—"

합니다. 말을 이으려던 예진의 얼굴 위로 어두운 그림자가 졌고, 동시에 남자의 눈동자가 동그래졌다. 옆으로 고개를 돌리자 얼굴을 구긴 해준이 보였다.

"뭡니까."

낮게 가라앉은 목소리에는 날이 서 있었다. 눈동자는 형형했고, 인상은 찌푸린 채였다.

"이 여자한테 볼일 있습니까?"

남자는 조금 기가 죽은 것 같았다. 지금 제게 적대적으로 구는 사람이 그 박해준이라서 그러는 것인지, 아니면 지금 해준의 분위기가 너무 험악해서 그런지 알 수가 없었다. 어쨌거나 예진이 알 수 있는 한 가지 사실은, 해준의 기분이 무척이나 좋지 않다는 것이었다.

"볼일 없으면 가시죠."

"그······."

"안 들립니까?"

"······실례했습니다."

남자는 싸움에 진 개처럼 꼬리를 말고는 터덜거리며 사라졌다. 해준은 남자의 뒷모습을 노려보다가, 이내 예진에게로 시선을 옮겼다.

"멍청하기는."

해준이 가시 돋친 말을 내뱉었다.

"넌 거절도 할 줄 몰라?"

"하려고 했는데요, 방금."

"그럼 죄송하다는 말을 왜 하는데? 그게 거절이야?"

"······그런데 왜 짜증 내세요? 저한테."

예진의 물음에 해준이 멈칫했다. 예진은 정말로 궁금하다는 표정이었다. 그러니까, 나는……. 해준이 인상을 구겼다. 저도 모르겠다. 제가 지금 왜 이렇게 짜증이 나는 것인지.

그래서 해준은 퍽 터무니없는 말을 내뱉었다.

"너, 간병인이잖아. 괜히 남자 만나느라 정신 팔려서, 간병 소홀히 할지 누가 알아."

예진이 기가 차다는 듯 한숨을 내쉬었다. 어이가 없었다. 역시 박해준은 박해준이었다. 바로 어제까지만 해도 그렇게 눈물 젖은 낯을 하고 있었는데, 눈앞의 남자에게서 그런 모습 따위는 이제 전혀 찾아볼 수 없었다.

그래도 뭐, 차라리 이게 더 나을지도 모르지. 예진이 짧게 생각했다.

"내 할 일은 똑바로 할 거니까 걱정하지 마세요. 남자를 만나든, 만나지 않든."

"……뭐?"

이번에는 해준이 되물었다.

"어쨌든 전 먼저 퇴근할게요."

예진이 해준의 어깨를 살짝 밀쳤다. 그러고는 홀로 걸어가기 시작했다.

해준은 망부석처럼 가만히 선 채로 멀어져 가는 예진의 뒷모습만 바라보았다. 멍했다. 그러니까, 지금 누굴 만난다고? 만나고 있다고? 해준은 예진이 하지도 않은 말을 되물으며 저도 모르게 얼굴을 구겼다.

……아니야. 그는 이내 고개를 저었다. 예진의 말이 맞다. 그녀가 다른 남자를 만나든, 말든 저와는 전혀 상관이 없는 일이었다. 설령 정말 남자가 있다고 한들, 예진의 성격상 간병을 소홀히 할 것 같지도 않았다. 지금까지도 알아서 넘칠 만큼 잘해 왔으니까.

그런데 왜 이렇게 짜증이 나는 거야.

정말이지 저 자신도 이해할 수 없는 감정이었다.

예진이 떠나고 난 뒤에도, 해준은 로비에 우두커니 서 있었다. 그렇게 가만히 서서 애꿎은 병원 유리문만 노려보다, 한참이 지난 뒤에야 김연희의 병실로 향했다.

○ ◎ ●

집에 돌아온 예진은 대충 끼니를 때운 다음 잠들었다. 이른 시간이었지만 일찍 잠자리에 들어 다음 날 늦게 일어났다. 요 며칠 사이 잠을 설치기도 했고, 박동호의 장례식 내내 고생을 한 후폭풍이 이제야 한꺼번에 몰려왔기 때문이다.

그렇게 다시 주말이 왔다. 예진은 전에 살던 달동네에 다시 찾아가 볼까 고민했다. 그러나 새로 들어온 세입자에게도, 아르바이트를 했던 곳의 사장들에게도 연락이 온 게 없어서 괜히 시간 낭비를 하는 것 같다는 생각이 들었다.

……원래 살던 집에 가 볼까.

그렇게 먼 거리는 아니었으나, 망설여졌다. 겁이 나서였다. 다시 아버지를 마주치지는 않을까, 걱정이 되었다. 그런 일만은 피하고 싶었다.

하지만 도망갔다고 했는데. 사채업자는 분명히 그렇게 말했다. 예진의 부친이 하루아침에 도주를 해 버렸다고.

예진은 잠시 망설였으나, 끝내 집에 가 보기로 결정했다. 해준이 사람을 풀어 엄마를 찾고 있다고는 했지만, 그래도 직접 가서 수소문을 해 보면 다른 정보를 얻을 수 있을지도 모르는 일이었다.

그러나 전에 살던 집, 동네 어귀에 들어서는 순간부터 예진은 손을 작게 떨었다. 골목골목마다, 시선이 닿는 길목마다 기억이 선명했다. 더 맞다가는 정말 죽을 것 같아 맨발로 도망쳤던 기억, 소주병에 맞아 머리가 터진 엄마를 업고 달렸던 기억…… 서러워서, 너무 서러워서 펑펑 울며 정처 없이 동네를 돌아다니던 기억.

집에 가까워져 갈수록 기억은 더 선명해졌다.

"……"

걸음을 멈춘 예진은, 골목 끄트머리를 멍하니 쳐다보았다. 페인트칠이 벗겨진 황토색 대문이 보였다. 부모님이 살았던, 한때는 예진도 같이 살았던 집이었다. 지금 당장이라도 저 문을 열고 아버지가 나오지는 않을까. 무서웠다. 그래도 예진은 용기를 내려 안간힘을 썼다. 없는 용기를 쥐어짜서, 가까스로 대문 앞에 섰다.

엄마가 돌아왔을지도 모른다. 어쩌면 이곳에 있을지도 모른다. 벨을 눌러 볼까. 하지만 부들거리며 떨리는 손은 초인종에는 가 닿지 못했다. 예진은 파랗게 질린 얼굴로 죄 없는 입술만 짓씹었다.

그렇게 한참이나 멍하니 서 있던 예진이 움찔했다. 낡은 대문을 열고 나온 남자 때문이었다.

"……누구세요?"

남자는 의아한 표정이었다. 뭐라 대답을 해야 하는데, 머릿속이 하얘졌다. 그, 그게. 저기……. 알 수 없는 말들을 내뱉던 예진이 기어 들어가는 목소리로 물었다.

"여기…… 살고 계세요?"

"그런데요. 이사 온 지 일주일 정도 됐는데."

"……"

"무슨 일 있으세요?"

예진의 시선이 남자의 어깨 너머로 향했다. 살짝 열린 문틈 사이로 익숙한 풍경이 보였다. 낡은 장판, 퀴퀴하게 색이 바랜 벽지, 좁아터진 방.

'술…….'

"저기요?"

'술 가져오라고, 술!'

순간 아버지의 고함이 들렸다. 순서는 항상 같았다. 술이 떨어지고, 고함을 치고, 맞는다. 이제 맞을 순서였다. 숨이 턱 막혔다. 예진은 반사적으로 눈을 질끈 감았다.

"저기요, 괜찮으세요? 안색이 창백하신데……."

"죄, 죄송합니다."

사과의 말을 내뱉은 예진이 왔던 길을 되돌아가기 시작했다. 그렇게 골목 앞, 거리까지 달려 나오고 나서도 불안함에 미친 듯 뛰는 심장은 가라앉을 생각을 하지 않았다. 자리에 멈추어 선 예진이 헉헉거리며 숨을 몰아쉬었다. 그러고는 스스로를 향해 중얼거렸다.

멍청한 계집애. 한심한 년…….

예진이 웃는 것도, 우는 것도 아닌 표정을 지었다.

기억은 남는다. 그것도 선명하게. 나쁜 기억일수록, 더욱더. 그렇게 남은 기억은 절대로 지워지지 않고, 스멀거리며 다가와 발목을 붙잡는다. 그리고 아득한 절벽 밑으로 끌어당기는 것이다. 그래도 이 정도일 줄은 몰랐다. 이렇게 멍청하게 굴 줄은…….

예진의 시선이 문득 건너편으로 향했다. 슈퍼였다. 정확히 말하자면, 슈퍼가 있던 자리였다. 엄마와 예진이 외상을 하러 갔던 바로 그곳.

터만 남은 슈퍼에는 낡은 자재들이 뒹굴고 있었다. 예진은 그곳을 멍하니 쳐다보았다.

이젠 없어. 없다고. 하나도 남아 있지 않았다. 아버지도 없었고, 그 빌어먹을 집에는 새로운 세입자가 들어왔으며, 낡은 슈퍼는 사라져 버렸다. 그러니까 잊으면 되는데. 남은 건 하나도 없는데, 왜 이렇게 기억만은 선명해서…….

왜 이따위 기억만 선명해서…….

"한예진?"

갑작스럽게 들려온 목소리에 예진이 흠칫 떨며 뒤를 돌아보았다. 낯익은 얼굴이 보였다. 중학교 동창이었다. 그녀는 예진의 반응에 더 놀란 것 같았다.

"나 이윤하야. 너랑 같은 반이었던…… 기억나?"

"으, 으응."

"그런데 너 왜 그래? 어디 아파?"

윤하는 퍽 걱정스러운 표정이었다.

"……아냐. 괜찮아. 그냥 좀 어지러워서 그래."

예진이 고개를 저으며 말했다. 그래? 정말 괜찮은 거 맞아? 윤하는 몇 번을 되물었고, 예진은 그렇다고만 대답했다.

두 사람 사이에 잠시 적막이 내려앉았다. 먼저 침묵을 깬 것은 윤하였다.

"그나저나 되게 오랜만이다. 잘…… 지냈어?"

윤하의 말에서는 어딘가 모르게 측은한 감정이 배어났다. 윤하는 예진의 가정환경을 잘 알고 있었다. 알 수밖에 없었다. 그녀는 예진과 같은 동네에 살았고, 예진의 아버지가 하루가 멀다 하고 제 가족들을 개 패듯 팬다는 것은 이미 주변 이웃들에게 기정사실화되어 있었으니까.

"그냥 그럭저럭…… 지냈어. 너는?"

예진은 거짓말을 했다.

"나도 뭐, 그럭저럭. 지금은 회사 다니느라 서울에서 자취해."

"……그렇구나."

저도 모르게 쓴웃음이 튀어나왔다. 사회인이구나, 싶었다. 예진이 먹고살기에 급급해 발버둥을 치는 동안, 동창들은 모두 제자리를 찾았을 것이었다. 입맛이 썼다.

"너는 어디에 있어?"

"나도 서울에서 지내."

"정말?"

윤하의 얼굴에 돌연 화색이 돌았다.

"모레 동창들이랑 만나기로 했거든. 너도 다 아는 애들일 거야. 괜찮으면 나올래?"

"아, 나는……."

"핸드폰 좀 줘. 내 번호 찍어 줄게."

예진이 망설이다 핸드폰을 건넸다. 윤하는 예진의 핸드폰으로 제게 전화를 걸고는 번호를 저장했다.

"너무 부담 갖지 말고 나와. 오랜만이잖아. 재미있을 거야."

홀로 조잘거리던 윤하가 시간을 확인했다. 그러고는 다시 입술을 떼었다.

"예진아, 내가 지금 가 봐야 돼서. 일단 내일 다시 연락할게."

예진의 시선이 문득 윤하의 가방으로 향했다. 본가에서 짐을 챙겨 온 것인지, 축 늘어진 가방이 퍽 무거워 보였다.

"……그래."

알겠어. 예진이 낮은 목소리로 대답했고, 윤하는 택시를 타고 사라져 버렸다.

거리에 홀로 남겨진 예진은 한참 동안 멍하니 서 있었다. 그렇게 멍하니 서 있다가, 골목 끝에 자리한 옛날 집을 쳐다보았다.

모두가 다 나아가고 있는데, 다 제자리를 찾아가고 있는데, 저만 혼자 멈춰 있는 것 같다는 생각이 들었다. 온통 나쁜 기억만 가득한, 그 지난한 시간 한가운데에…….

예진 혼자 그대로였다.

○ ◎ ●

"언론에서 유언장 내용에 대해 말들이 많은 것 같습니다. 추측 기사도 나고 있고요."

조수석에 앉은 비서가 살짝 눈치를 보았다. 예상한 일이기는 했지만, 억측 기사가 너무 많이 났다. 해준에게는 좋을 것이 하나도 없는 상황이었다.

"법무 팀에서 몇몇 건을 추렸습니다. 명예 훼손 혐의로 고소할 예정입니다."

"그래요."

"계열사 임직원들과도 논의를 해 봐야 할 것 같습니다. 그리고 김미향의 변호사에게도 사람을 보냈으니, 조만간 답이 올 겁니다."

"최대한 빨리 처리하세요."

해준이 무표정한 얼굴로 대답했다. 유언장 내용 때문에 이제는 버틸 수도 없는 지경이었다. 시간을 끌면 또 끄는 대로 이상한 억측이 돌 것이다. 차라리 유언장을 따르고, 박도준이 경영할 계열사의 임직원들에게 압력을 넣는 것이 나았다. 어쨌든 박도준이 경영 능력을 증명하지 못하면 되는 일이니까.

"……."

비서는 입을 다문 해준을 물끄러미 쳐다보았다. 창밖을 쳐다보는 해준은 어딘가 모르게 멍한 얼굴이었다. 아니, 해준은 오늘 내내 저런 얼굴이었다. 물론 그렇다고 그가 보고를 받거나 회의를 할 때에도 정신을 놓고 있던 것은 아니었다. 그러나 평소와는 확실히 다른 느낌이었다. 꼭 신경 쓰이는 일이 생긴 사람 같았다. 이제껏 저런 모습은 본 적이 없는데. 비서가 의아한 표정을 지었다. 혹시 다른 일이 생기신 건 아닐까. 그런 생각을 하던 찰나였다. 별안간 해준이 입술을 뗐다. 그러고는 생각지 못한 물음을 던졌다.

"한예진, 남자 있습니까?"

"……예?"

"윤 비서는 매일 병원에 가잖습니까. 본 것 없습니까?"

물론 매일 병원에 가는 것은 사실이었다. 해준도 시간이 나는 대로 면회를 갔고, 지금도 병원으로 향하는 길이었지만 업무가 중해 매일 들르지는 못했다. 그래서 윤 비서가 해준의 몫을 대신했다. 병원에 가서 주치의에게 치료 경과에 대한 이야기를 들었고, 김연희가 괜찮은지 확인하곤 했다.

하지만 이런 것을 물을 줄은 몰랐다.

"그…… 다른 분과 계신 건 본 적이 없습니다. 매일 혼자 오셔서 혼자 가시니까요."

"……"

"혹시 무슨 일이라도……."

"아닙니다. 됐어요."

해준은 시계를 확인했다. 아직 오후 5시 반이었다. 예진은 매일 6시에 퇴근하니, 차만 밀리지 않는다면 만날 수도 있었다.

"윤 비서, K레스토랑에 저녁 예약 하세요. 어머니 뵙고 갈 테니까."

"예, 알겠습니다."

"두 명입니다. 나하고 한예진."

"아, 한예진 씨는……."

비서가 돌연 말끝을 흐렸다.

"오늘 약속이 있다고 하셨습니다."

"……약속?"

"예. 그러니 운전기사에게도 데리러 오지 않아도 된다고 했답니다."

예진의 아버지가 병원에 찾아온 그날, 해준은 윤 비서에게 한예진이 무사히 집으로 돌아가는지 꼭 확인하라고 지시했다. 그래서 윤 비서는 운전기사에게 늘 보고를 받았다. 평소에는 다른 길로 새지 않고 곧장 집으로 가던 예진이었지만, 오늘은 아니었다.

"누구랑 말입니까."

해준의 미간이 설핏 일그러졌다. 누구하고? 정말…… 남자랑?

"그것까지는 보고를 받지 않아서…… 하지만 아마 병원 근처일 겁니다. 기사가 약속 장소까지 데려다드리겠다고 했는데, 멀지 않은 곳이니 괜찮다고……."

차 안에 적막이 내려앉았다. 윤 비서는 아까보다도 더 심하게 해준의 눈치를 보았다. 방금 전까지는 넋을 놓고 있는 것 같더니, 지금은 미간을 잔뜩 찡그리고 있었다. 도대체 왜 저러는 건지 알 수가 없었다. 그리고 한예진에게 남자가 있든 말든 그가 무슨 상관이란 말인가. 어차피 그녀는 일개 간병인일 뿐인데.

윤 비서야 그러거나 말거나, 해준은 낮게 가라앉은 목소리로 천천히 입술을 떼었다.

"어딥니까?"

"예?"

"병원 근처에, 약속 장소로 잡을 만한 곳."

○ ◎ ●

예진은 하루 내내 고민했다. 친구들을 만나러 갈 것인가, 말 것인가 하고.

그냥 가지 말자. 지금까지도 연락 한 번 안 하고 살았는데, 이제 와서 무슨. 그러다가도 이내 생각이 바뀌었다. 한 번쯤 만나 보는 것도 나쁘진 않을 텐데.

202

다들 오랜만이니까.

서울로 이사를 오고, 고등학교에 다니기 시작하면서부터는 친구를 거의 사귀지 못했다. 중학생 때에는 흔한 전단지 아르바이트조차도 할 수 없었지만, 고등학생이 되니 그래도 할 수 있는 아르바이트가 몇 가지 생겼기 때문이었다.

그래서 예진이 가지고 있는 친구라고는 중학교 동창들뿐이었다.

궁금했다. 그들이 어떻게 살고 있는지 궁금했고, 어떻게 자랐는지도 궁금했다. 그동안은 하루하루 살기 바빠 떠올려 본 적도 없었지만, 지금은 그래도 상황이 많이 좋아져 있었다.

나도 남들 하는 것처럼, 친구도 만나고 그럴 수 있잖아.

장소도 마침 병원 근처였다. 약속 장소와 시간이 적힌 윤하의 메시지에, 예진은 결국 가겠다고 답장했다.

어쩐지 신경이 쓰여서, 예진은 제가 가지고 있는 것들 중 가장 좋은 옷과 가장 좋은 가방, 가장 좋은 신발을 신었다. 오랜만에 친구들을 만나는 것이니, 최소한 없어 보이고 싶지는 않았다.

"예진아!"

호프집에 들어서자마자, 손을 흔드는 윤하가 보였다. 같은 테이블에 앉아 있는 친구들도 예진을 보며 반가운 표정을 지었다. 예진도 마찬가지였다.

"안녕, 오랜만이야."

예진이 자리에 앉으며 인사를 건넸다.

"진짜 오랜만이다. 윤하가 너 온다고 해서 얼마나 놀랐는지 몰라."

"맞아. 졸업하고 나서 처음 보는 거니까."

친구들의 말에 예진이 작게 미소 지었다. 기억은 어렴풋하지만, 모두 아는 얼굴들이었다. 크게 내색하진 않았지만 반가움은 컸다. 이런 식으로 친구를 만나는 것은 아주 오랜만의 일이므로.

"안 그래도 애들이 네 소식 많이 궁금해했거든. 도대체 뭐 하고 지내나, 하고."

"그냥 그럭저럭 지냈어. 너희는 어때?"

나는 회사 다녀. 나는 카페 해. 나는 프리랜서야……. 예진은 친구들의 조잘거림을 들으며 물만 들이켰다. 어엿한 사회인이 된 윤하처럼, 친구들 모두가 제 몫을 하며 살아가고 있었다. 초라한 사람은 저뿐인 것 같았다. 아무것도 하지 못하고, 빚을 갚기에 급급해 아르바이트만 전전한…….

"그런데 민주가 늦네. 금방 온다고 했는데……."

민주? 예진이 눈을 가늘게 떴다. 분명히 아는 이름인데, 잘 기억이 나지 않았다. 아마 친했던 사이는 아닌 것 같았다. 그럼 누구지. 고개를 갸웃거리는 예진의 얼굴 위로 어두운 그림자가 졌다.

"미안. 일이 늦게 끝나서."

시선이 문득 제 앞에 선 여자에게로 향했다. 아, 얘구나. 김민주. 이름만 들었을 때는 기억이 가물가물했는데, 얼굴을 보니 생각이 나는 것 같았다.

잘 사는 집 아이였다. 예진이 다니던 중학교에서도 제일 부잣집 딸이었다. 한 달에 사교육비로만 몇백만 원이 든다더라, 하는 말을 지나가면서 들은 기억이 있었다.

얼굴도 예뻤고, 공부도 잘했지만 안타깝게도 민주는 늘 차석이었다. 이유야 간단했다. 지지리도 못 사는 주제에, 공부는 퍽 잘하던 예진 때문이었다.

그래서 민주는 예진을 별로 좋아하지 않았다. 하지만 대놓고 티는 내지 않아서, 예진 역시 그저 그런가 보다, 하고 생각하고 말았었다. 딱히 관심도 없었다. 아버지에게 너무나 시달린 나머지, 그녀에게 쓸 감정이라고는 손톱만큼도 남아 있지 않았으므로.

"오랜만이네?"

맞은편에 앉은 민주가 예진을 쳐다보며 말했다. 응. 그러네. 간단히 대답을 건네자 그녀가 예진을 위아래로 훑어 내렸다. 꼭 평가라도 하듯.

"……."

왠지 모르게 주눅이 드는 것 같았다. 그녀가 걸친 비싸 보이는 정장이, 심플하지만 존재감이 뚜렷한, 고가임이 분명할 액세서리가, 명품에는 문외한인 예진도 알 정도로 유명한 브랜드의 가방이 저를 초라하게 만드는 듯했다. 예전에는 이렇지 않았다. 이렇지 않았는데…… 이런 격차는 나이가 들고 세월이 갈수록 더 벌어지는 법이었다. 예진은 그 사실을 몸소 통감했다.

"요새 되게 바쁜가 봐. 저번에도 야근한다고 하지 않았어?"

"응. 그런데 대기업이 다 그렇지, 뭐."

민주가 엷게 웃었다.

"회사 생활은 좀 어때?"

"그냥 그래. 정신없어. 안 그래도 바쁜데, 요새 분위기가 좀 그랬거든."

"아, 그 회장 죽은 것 때문에?"

예진이 작게 멈칫했다. 아무래도 민주가 다닌다는 그 대기업이 바로 SL그룹인 듯싶었다.

"맞아. 나도 뉴스에서 봤어. 엄청 시끄럽던데."

"사내에서도 말이 많았어. 차기 회장은 누가 되는 거냐고. 회장님 사생아가 어쩌고저쩌고……"

"그래서 어떻게 되는 건데? 넌 알아?"

"나도 자세한 건 몰라. 그냥 그 사생아한테 계열사 넘겨주고, 한동안 경영하는 거 지켜본 다음에 주주총회 열어서 결정한대."

……그렇게 됐구나. 예진은 봉분 앞에 서 있던 해준의 뒷모습을 떠올렸다. 결국 박동호는 죽어서도 제 아들의 발목을 잡은 셈이었다.

"그 이사가 회장 될 줄 알았는데. 신기하네."

윤하가 중얼거렸다. 하긴, 모르는 사람들이 보기에는 그저 의아하기만 한 일일 것이었다.

"민주 너도 실제로 본 적 있어? 박해준 이사. 되게 잘생겼던데."

"그러네. 너도 본사에서 일하면 같은 건물 아니야?"

화제는 이제 해준에게로 향하기 시작했다. 어쩐지 조금 민망한 기분이 들어서, 예진은 괜히 입을 꾹 다물었다.

"응. 뵌 적 있어. 대화도 몇 번 나눈 적 있고. 사적인 건 아니었지만."

"얼굴도장 잘 찍어 놔. 혹시 알아? 눈에 들어서 승진할지."

"나 알고 계시긴 할 거야."

"우와, 좋겠다."

좋겠다. 그 말에 민주는 기분이 퍽 좋은 듯했다.

친구들의 웃음소리를 들으면서, 예진은 홀로 생각했다. 박해준이 그렇게 잘 생긴 편이었나? 곰곰이 생각해 보니 그런 것 같기도 했다. 키도 크고, 외모도 웬만한 연예인 못지않게 수려하기도 하고.

"……."

순간 민주의 시선이 다시 예진에게로 향했다.

"너는 뭐 하고 지냈니?"

"그냥…… 뭐, 정신없이 지냈어."

예진이 떨떠름하게 대답했다. 거짓말은 아니었다.

"대학은 어디로 갔어? 너, 공부 잘했잖아."

"아, 나는……."

"S대? Y대?"

"못 갔어. 사정이 있어서."

윤하를 비롯한 친구들의 눈이 동그래졌다. 그녀들 역시 예상하지 못한 상황이었다. 중학교 때 성적을 그대로 유지만 했다면, 예진은 충분히 S대를 가고도 남았을 테니까.

"그럼 지금 뭐 하는데? 회사? 어디 다녀?"

"회사는…… 안 다니고, 그냥 일해."

저를 쳐다보는 민주의 눈빛이 묘했다.

"하긴. 고졸 써 주는 데 없지."

"……."

"그래서 하는 일이 뭔데? 뭐 알바 같은 거 하니?"

무시를 하는 거구나. 그냥 깔아뭉개고 싶은 것이다. 그 속이 너무나 빤히 들여다보여서 기분이 상했다. 그러나 예진은 그것을 내색하지 않으려 안간힘을 썼다. 내색을 하면 더 지는 기분이 들 것 같아서.

"간병 일 하고 있어. 잠깐이지만."

"간병."

민주가 피식거리고 웃었다. 테이블 분위기는 금세 싸늘하게 식었으나, 민주는 전혀 개의치 않는 듯했다. 그녀는 홀로 즐거워 보였다.

"그런데 그 돈으로 생활이 되니? 월급도 쥐꼬리만 할 텐데."

"아야, 왜 갑자기 그런 얘기를……."

민망한 표정을 한 윤하가 민주를 말리려는 듯 손을 저었다. 그러나 민주는 굳건했다. 왜, 그렇잖아. 그거 돈 얼마나 준다고? 혼자 비아냥거리던 그녀는 예진을 바라보며 다시 말을 이었다.

"안타깝네."

"……."

"네가 이렇게 될 줄은 몰랐는데."

기껏 지키고 있던 포커페이스가 우르르 무너지는 기분이었다. 다른 사람들이 힘차게 달려 나가고 있을 때, 혼자 모래주머니를 차고 바닥을 기었던 저는 받아칠 수 있는 말도 없었다. 애초에 이런 자리에 온 것부터 잘못이었다. 비참한 기분이 들었다. 이런 비참함은, 해준이 저를 농락할 때도 느껴 본 적이 없었는데.

대꾸도 제대로 하지 못한 채, 죄 없는 입술만 짓씹고 있던 예진이 가방을 집어 들었다. 더 이상 이곳에 있고 싶지 않았다.

"미안. 나 먼저 가 볼게."

"예진아……."

상황이 이렇게 되니 민망해지는 것은 윤하였다. 윤하는 민주를 흘겨보았지만, 그녀는 아무런 죄책감도 느끼지 않는 듯해 보였다.

"급한 일이 생겨서 그래. 그러니까 나 신경 쓰지 말고—"

"한예진 씨."

그런데 순간, 전혀 생각지 못한 목소리가 들렸다.

"여기서 뭐 합니까?"

테이블 앞으로 다가온 해준이 예진을 보며 물었다. 당황한 예진이 눈을 동그랗게 떴다. 그러나 예진보다 더 놀란 것은 민주였다.

"……이사님?"

해준이 그제야 민주에게로 시선을 돌렸다. 그러고는 눈을 가늘게 떴다.

"이사님이 여긴 어떻게……?"

그 말에 해준의 시선이 민주의 목에 걸려 있는 사원증으로 향했다.

"우리 회사 직원인가 본데…… 날 압니까?"

"……네?"

"난 처음 보는 얼굴인데."

민주의 뺨이 붉어졌다.

"어쨌든 한예진 씨, 한참 찾았습니다. 전화는 왜 안 받습니까?"

"핸드폰을 가방에, 가방에 둬서……요."

더듬거리며 존대를 한 예진이 친구들을 쳐다보았다. 그들은 모두 어안이 벙벙하다는 표정을 짓고 있었다. 그냥 빨리 이곳을 떠야 할 것 같았다. 여기서 해준이 또 무슨 소리를 할지도 모르겠고.

"얘들아, 어쨌든 먼저 가 볼게. 재밌게 놀아."

겉옷을 챙겨 든 예진이 해준을 살짝 밀쳤다. 가세요. 얼른요. 빨리. 협박하는 눈동자에도 해준은 꿈쩍도 안 했다. 그러더니 별안간 민주를 바라보며 입술을 떼었다.

"김민주 씨, 신입이죠?"

"네? 아, 네……."

"그럼 알겠네요. 우리 회사, 다른 회사보다 초봉 잘 쳐준다는 거."

"그, 그렇죠."

"내가 그렇게 쪼잔한 고용주가 아니거든요. 그리고 그건 한예진 씨한테도 마찬가집니다."

"네……?"

"생활이 걱정될 만큼 적은 액수, 주고 있지 않습니다. 어쩌면 김민주 씨 월급보다 더 많을지도 모르겠군요."

"……."

"덧붙여 말하자면, 고졸이 취업하기 힘든 건 사실이지만 난 스펙보다는 능력을 중시하는 사람입니다. 능력도 없으면서 학벌 내세우며 큰소리치는 사람들을 제법 봐 왔거든요. 나는 그런 직원을 아주 싫어합니다."

민주의 얼굴은 꼭 신호등의 빨간불처럼 달아오르고 있었다. 그녀는 아무런 대답도 하지 못한 채 입술만 깨물었다. 그런 민주와 해준을 번갈아 보던 예진이 다급하게 입술을 떼었다.

"다음에 보자. 또 연락할게, 윤하야."

"으, 으응……."

어안이 벙벙한 일행을 뒤로하고, 예진은 해준의 등을 떠밀었다. 그는 퍽 짜증이 난 얼굴이었지만, 결국 순순히 예진에게 밀리며 걸음을 옮겼다.

"타."

조수석 문을 연 해준이 딱딱한 얼굴로 말했다. 그냥 버스 타고 가도 되는데. 예진은 잠시 망설였다. 그러나 대답을 하기도 전에 해준은 운전석에 올라타 버렸다. 그러고는 얼른 타라는 듯 예진을 빤히 쳐다보았다. 때마침 뒤에서 클랙슨 소리가 들려서, 예진은 하는 수 없이 조수석에 앉았다.

이내 차는 천천히 미끄러지며 도로 위를 달리기 시작했고, 예진은 의아한 표정으로 해준을 바라보며 물었다.

"그런데 저는 왜 찾으셨어요? 그리고 여기 있는 건 또 어떻게……?"

돌아오는 대답은 없었다. 해준은 입을 꾹 다문 채로 운전만 했다. 그는 뭔가 짜증이 난 것 같았다. 평소보다 짙게 잡힌 미간의 주름이 그것을 확실하게 느끼게 하고 있었다. 운전대를 꽉 붙잡은 손등에는 시퍼런 힘줄까지 돋아 있었다. 도대체 왜 저러는 것인지, 예진은 알 길이 없었다.

"……."

입을 꾹 다문 해준의 표정은 좋지 못했다. 속이 부글부글 끓었다. 이유도 알 수 없는 짜증이었다.

'하긴. 고졸 써 주는 데 없지.'

그들의 대화를 엿들으려고 했던 것은 아니었다. 그러려고 했던 건 아니고…… 그냥 정말 남자를 만나나 싶어서 찾아온 것뿐이었다. 그런데 대뜸 던져진 그 물음과 뒤이어 나온 말들이 이상하게도 마음에 들지 않았다.

한예진은 무시당하고 있었다. 그것도 아주 명백히. 김민주인지, 이민주인지 기억도 나지 않는 그 신입사원은 예진을 처참히 뭉개 버리려고 작정이라도 한 사람 같았다.

물론 제가 이런 짜증을 낼 권리가 없는 사람이란 건 잘 안다. 애초에 예진을 제일 우습게 보고, 무시한 사람이 바로 저 자신이었으므로.

……하지만 저건, 나만 할 수 있는 건데.

"너 등신이야?"

"……뭐라고요?"

"그딴 말 듣고 왜 한 마디도 못 하고 있는데? 나한텐 그렇게 따박따박 잘도 대들면서."

예진은 말이 없었다. 창밖만 응시하는 그녀를 보고 있자니 더 짜증이 치밀었다. 화가 난 해준이 무어라 입술을 떼려던 순간이었다.

"맞는 말인데, 뭘요."

"뭐라고?"

"나도 내가 이렇게 될 줄 몰랐으니까."

"……네가 뭐 어떻냐고?"

해준이 정면만 바라보며 핸들을 힘주어 잡았다.

"그렇잖아요. 쟤네 공부해서 대학 가고 스펙 쌓고 졸업하고 취업하는 동안 나는 아무것도 안 했는데. 무시당할 만도 하죠. 다른 애들도 말을 안 해서 그렇지, 똑같이 생각하고 있을 거고요."

퍽 잔인한 말을 내뱉은 것치고, 예진의 표정은 여상했다. 그러니 애초에 저런 자리 따위 나가는 것이 아니었다. 분수도 모르고 그들 사이에 끼려고 했던

210

것이 잘못이다. 예상하지 못한 상황에 아까는 퍽 비참한 기분이 들었으나, 지금은…… 머리로는 이해가 갔다. 저도 자신이 한심하니, 남들의 눈에는 더 한심해 보일 것이다.

그런데 나는 왜 자꾸 그에게 이런 꼴만 보여 주게 되는 걸까. 예진이 천천히 눈을 깜빡였다.

"월급 올릴 거야."

뜬금없이 던져진 말에 예진이 해준을 바라보았다.

"보너스도 지급할 거고, 휴가도 줄 거야."

"……그게 갑자기 무슨 소리예요?"

지금 받는 돈도 그리 적은 액수는 아니었다. 외려 많았다. 그리고 해준이 갚아 준 빚까지 포함한다면 이미 넘칠 만큼 받은 셈이었다. 예진은 당황스러웠다.

"수당도 다 따로 쳐서 줄 거야. 연차 쌓이면 월급도 더 올릴 거고. 그리고 나중에 퇴직금……도…….

"무슨 일개 간병인한테 그렇게까지—"

"네가 일개 간병인이라고? 네가 간병하는 사람, 김연희야. SL그룹 사모님 김연희."

"그래도 그건 좀…….

"준다면 그냥 받아!"

해준이 소리를 빽 질렀다.

"아니, 뜬금없이 찾아오더니 갑자기 이상한 소리를…….

"내가 무시받는 기분이라서 싫어."

"무시받은 건 난데 왜 이사님이 싫다고 하세요?"

"고용한 사람이 나니까."

이건 또 무슨 미친 소린가 싶었다. 솔직히 민주가 재수 없기는 했지만 그래도 한동안 저를 한참이나 못살게 굴던 해준에 비할 바는 아니었다.

"너, 내가 몇 군데를 돌아다녔는지 알아?"

"아니요……?"

예진이 광인을 쳐다보듯 해준을 바라보았다.

"앞으로는 내가 전화하면 바로바로 받아. 이것도 간병인 업무에 포함이야. 그리고 전에 살던 동네엔 왜 갔는데."

"그건 또 어떻게 아셨어요?"

"그 동네에 사람 풀겠다고 했잖아. 거짓말한 줄 알아? 예전 집 찾아갔다면서. 이미 조사 다 했어. 새로 들어온 세입자, 네 어머니 어디로 가신지 몰라."

"……그렇구나."

예진이 작게 고개를 끄덕였다. 그러고는 낡은 현관 너머로 보이던 낯익은 방을 떠올렸다. 지레 겁을 먹고 도망친 자신의 모습도.

"그러니까 앞으로는 괜히 헛걸음—"

"다 바뀌었더라고요. 사는 사람도 바뀌고, 동네도 바뀌고. 엄마가 매일 외상하던 슈퍼도 사라지고."

"그래서 그게 뭐."

"새삼…… 나만 그대로인 것 같다는 생각이 들어서."

생각지 못한 말에 해준은 예진을 바라보았다. 처연한 검은색 눈동자 위에 눈부신 헤드라이트 빛들이 비추었다. 그 모습이 어딘가 모르게 쓸쓸해 보여서, 해준은 입술을 짓씹은 채로 예진의 다음 말을 기다렸다.

"친구들도 그래요. 결국 다 바뀌고, 변하고, 나아가고 있는데 나만 혼자 아무것도 못하고 제 자리에 서 있다가 뒤처지고. 그냥 그게 좀 한심하게 느껴져서."

예진의 뇌까림을 끝으로, 차 안에는 정적이 내려앉았다. 해준은 묵묵히 운전만 했고, 예진은 묵묵히 창밖만 쳐다보았다.

빠르게 지나쳐 가는 풍경을 바라보면서 예진은 생각했다. 하지만 이런 게 아닌 다른 삶이 있었을까. 이렇게 혼자 남겨져 뒤처지는 것 말고, 내게 다른 선택지가 있었을까. 아무리 생각해도 없는 것 같았다. 누구의 탓을 할 수도 없었고, 원망을 할 수도 없었다. 그저 입맛이 쓸 뿐이었다.

오피스텔에 도착한 차가 매끄럽게 멈추어 섰다. 가방과 겉옷을 챙긴 예진이 안전벨트를 풀려고 할 때였다.

"다들 한심하게 살아."

이건 또 무슨 소리람. 예진이 눈을 동그랗게 떴다.

"살면서 몇 번이고 뒤처져. 그게 누구든. 남들보다 좀 뒤처졌다고 지레 겁먹고 아무것도 못 하는 사람. 그런 게 진짜 등신이지."

예진은 정면만 바라보는 해준을 빤히 쳐다보다가, 이내 입술을 떼었다.

"그런데 아까 저한테 등신이냐고 하지 않으셨어요?"

"……."

"지금 제가 한심한 데다 남들보다 뒤처지고 등신이기까지 하다는 소리를 그렇게 길게 말씀하신 건가요?"

"너 그냥 내려."

해준이 짜증스럽게 대꾸했다. 예진은 그런 해준을 잠깐 쳐다보더니, 안전벨트를 마저 풀어내고 차에서 내렸다.

오피스텔을 향해 걸어가던 예진은 몇 걸음을 옮기다 말고 뒤를 돌아보았다. 해준의 차는 여전히 제자리에 서 있었다. 창문 너머로 그가 짜증 난 얼굴로 핸들만 꾹 잡고 있는 것이 보였다. 예진은 그런 그를 말없이 바라보다가, 저도 모르게 피식거리고 웃었다. 그러고는 다시 차로 다가가, 창문에 대고 조심스럽게 노크를 했다. 이내 창문이 내려갔고, 여전히 인상을 쓰고 있는 해준이 예진을 쳐다보았다.

"감사합니다, 이사님."

"……뭐?"

"그럼 잘 들어가세요."

제 할 말을 마친 예진은 미련 한 점 없이 깔끔하게 뒤돌아섰다. 그러고는 오피스텔로 걸어가기 시작했다. 낮게 가라앉은 시동 소리는 예진이 건물로 들어갈 때까지 사라지지 않았다. 엘리베이터에 탄 예진은 버튼을 꾹 누르고는 작게 웃었다. 저도 모르게.

여느 때와 다를 것 없는 주말이었다. 예진은 아침 일찍 일어나 청소를 했고, 빨래도 했다. 얼마 되지도 않는 옷들을 죄 꺼내 다시 개어 놓고, 그래도 시간이 남아 냉장고 정리까지 했다.

예진은 침대에 가만히 누워 있다가도 몇 번씩 일어나 더 할 일이 없는지 확인했다. 딱히 집안일이나 깔끔한 것을 좋아하기 때문은 아니었다. 예진은 무료하게 시간을 보내는 것에 익숙하지 못했다.

평생을 쫓기듯 살았다. 잠도 제대로 자지 못하고, 끼니도 건너 뛰어가며 일만 했으니까. 이제는 그렇게 살지 않아도 된다는 것은 제가 제일 잘 알았다. 더 이상 갚아야 할 빚도 없었고, 때문에 하루하루를 허덕이며 버텨야 할 이유도 없었으므로.

하지만 예진은 그 피곤한 삶에 길들여져 있었다. 그래서인지 자꾸만 조바심이 들었다. 이렇게 쉬고 있어도 되는 걸까. 뭔가를 더 해야 하지 않나. 구질구질한 삶을 살아온 구질구질한 예진은 상황이 나아졌음에도 불구하고 적응하는 데 힘들어했다.

그러다 문득 눈에 들어온 것은, 책상 위에 놓인 낡은 참고서였다. 고등학교 3학년 때 쓰던 것이었다. 제가 번 돈으로 처음 샀던 참고서.

대학만큼은 가고 싶었다. 원하는 곳에 갈 성적도 되었다. 장학금을 받을 수도 있었고, 아니면 또 다른 지원을 받는 방법도 가능했을 것이다. 그러나 결국 꿈은 꿈으로만 그쳤다.

예진은 아직도 담임 선생님의 마지막 말을 선명하게 기억하고 있었다.

'집안 사정이 어려운 건 알아. 그래서 더 대학에 가라는 거야. 그렇게 조금만 버티면 좋은 곳에 취업할 수 있을 테니까. 다시 한번 생각해 볼 수는 없니?'

예진은 그 말이 진심으로 우습다고 생각했다. 그렇게 조금만 더 버티면? 뭘 어떻게 버티라는 것인가. 지금 당장 입에 넣을 쌀조차 없는데. 다시 한번 생각해 보라고? 그것은 선택지가 여러 개인 사람이나 할 수 있는 속 편한 말이었다. 예진은 그런 부류의 사람이 되지 못했다. 그녀에게 놓인 선택지는 처음부터 단 하나밖에 없었다. 고등학교를 졸업하자마자 일을 시작하는 것.

말씀은 감사하지만 안 될 것 같아요. 그 말을 끝으로 예진은 교무실에서 나왔다. 그러고는 집으로 가는 내내 펑펑 울었다. 집에 와서는 얼마 되지 않는 문제집과 교과서 따위를 몽땅 내다 버렸다. 괜한 미련이 생길 것 같았다. 그 미련이 저를 갉아먹을 것만 같았다.

주제 파악을 하자. 예진은 그 생각 하나로 모든 것을 놓기로 했다. 꿈이라는 건, 그것을 이룰 수 없는 사람에게는 독이나 마찬가지였다.

하지만 이 낡은 참고서만은 끝내 버리지 못했다.

예진은 천천히 참고서를 펼쳐 보았다. 페이지마다 빼곡하게 들어찬 공부의 흔적에 가슴이 쓰렸다. 조금만 더 열심히 하자. 모퉁이에 적힌 혼잣말이 심장을 쿡쿡 찔렀다.

'안타깝네. 네가 이렇게 될 줄은 몰랐는데.'

문득 민주의 말이 떠올랐다. 동감이었다. 이때는 저 역시 이렇게 될 줄 몰랐다. 제 처지도 모르고 과분한 꿈을 꾸었다. 멍청하기 짝이 없게도.

'남들보다 좀 뒤처졌다고 지레 겁먹고 아무것도 못 하는 사람, 그런 게 진짜 등신이지.'

예진은 멍한 얼굴로 참고서를 만지작거리며 생각했다. 아니, 나는 겁먹지는 않았어. 이런 것 때문에 겁을 먹는다는 것 자체가 우습다. 그동안 제가 어떤 삶을 살아왔는데.

"고작 그따위 말에……."

상처 안 받아. 예진이 속으로 되뇌었다. 반쯤 넋이 나간 얼굴로 우두커니 자리에 섰다. 그러길 한참, 예진은 겉옷과 지갑을 챙겨 들고 집을 나섰다.

하지만 이건, 당신 말 때문은 아니야. 그 말에 용기를 얻거나 한 건 절대로 아니야. 말을 뱉은 장본인에게는 가당치도 않을 말을 꾹꾹 집어삼키면서.

○ ◎ ●

해준에게는 오랜만의 휴일이었다.

평소 같았다면 주말에도 회사에 나가 일을 했겠지만, 오늘은 아니었다. 윤 비서는 박동호의 유언장 때문에 해준이 아직도 충격이 클 것이라고 어림짐작하는 듯했다. 그는 '마음을 추스르실 시간이 더 필요할 것'이라며 당분간 주말에는 휴식을 취하기를 권했다.

오전에는 어머니를 뵙고 왔다. 여전히 아무런 말도 하지 않는 그녀의 곁을 지키고 또 몇 번 말을 걸며 시간을 보냈다.

어머니, 그 남자가 죽었어요. 이제 어머니가 상처를 받는 일은 없을 거예요. 그러니까 그만 일어나요. 목 끝까지 차오른 그 말을 해준은 힘겹게 집어삼켰다. 아직 그런 말을 하기에는 어머니의 상태가 좋지 못했으므로.

병원을 나선 것은 늦은 오후 무렵이었다. 이제 집으로 돌아가 휴식을 취하고, 또 파출부가 차린 저녁을 먹으면 되었다.

하지만 돌아가고 싶지가 않았다. 그 집에 갇히면, 다시 숨이 턱턱 막혀 버릴 것만 같았다. 해준은 결국 차를 돌렸다.

그렇게 향한 곳은 예진의 오피스텔이었다.

제가 생각해도 우습다. 왜 자꾸만 그 별 볼 일 없는, 불쌍하고 비참하기까지 한 예진을 찾게 되는 것인지. 게다가 딱히 별다른 목적이 있는 것도 아니다. 오늘은 주말이니, 왜 왔냐고 묻는다면 할 말도 없었다.

해준은 안전벨트를 풀며 곰곰이 생각했다. 그러니까, 나는, 그냥 도피처가 필요한 것뿐이야. 그 사해 같은 집에 혼자 있고 싶지 않았다. 궁궐같이 넓으면서도 온기 한 점 찾아볼 수 없는 집은 이제 싫었다. 싸구려 물건이 가득하고, 제 방보다도 좁은 오피스텔이라고 할지라도 그곳이 더 나았다.

또 왜 온 거냐고 하면……. 이건 좀 어려운 문제였다. 해준은 그냥 우기기로 했다. 지난 몇 주 동안에도 그렇게 막무가내로 굴었다. 오늘 한 번 더 그런다고 해도 크게 상관은 없을 것 같았다.

216

해준은 차에서 내렸다.

그런데…… 오피스텔에서 나오는 예진이 보였다.

해준이 살짝 인상을 썼다. 만날 친구도 하나 없으면서. 물론 어제 동창 모임에 참석한 그녀를 보기는 했지만 딱히 친해 보이지는 않았다. 떠오르는 것은 하나밖에 없었다. 남자를 만나러 가는 걸까? 하지만 윤 비서는 남자가 없는 것 같다고 했는데.

걸음을 옮기는 예진의 표정은 너무나도 생소했다. 한 번도 본 적 없는 얼굴이었다. 뺨은 붉게 상기돼 있었고, 늘 밑으로 처져 있던 입꼬리도 미묘하게 올라가 있었다. 기대감에 젖은 그 얼굴이 어딘가 모르게 벅차 보이기까지 해서, 해준은 예진에게 괜한 말로 시비를 걸 수가 없었다.

발걸음조차도 평소와 다른 것 같았다. 자기가 저렇게 들뜰 일이 뭐가 있다고. 그런 생각을 하면서도 해준은 계속해서 그녀를 따라갔다.

"……하."

헛웃음이 절로 튀어나왔다. 그렇게 잔뜩 부푼 얼굴로 향한 곳이 고작해야 서점이라니. 어이가 없었다. 서점 따위가 뭐가 대단해서?

몇 발자국 떨어져 선 해준은 예진을 빤히 쳐다보았다. 예진이 서 있는 곳은 참고서가 종류별로 꽂혀 있는 책장 앞이었다. 예진은 꼼꼼하게 책들을 살펴보는가 싶더니, 이내 두꺼운 참고서 세 권을 꺼내 들었다.

책을 계산한 예진이 그다음으로 간 곳은 문구점이었다. 필통, 볼펜, 노트 묶음을 샀다. 이 정도면 맥이 빠진다. 해준은 어이없다는 표정을 지었지만, 여전히 말을 걸지는 않았다.

그녀답지 않게 신마저 난 것 같은 예진의 모습이…… 어울리지 않으면서도 퍽 의외라는 생각이 들어서였다. 제가 지금 말을 걸면 예진은 또 특유의 무표정한 얼굴로 돌아와 버릴 것 같았다. 그래서 해준은 그냥 묵묵히 그녀를 따라 걷기만 했다.

문구점에서 나온 예진은 종종걸음으로 집으로 돌아가기 시작했다. 그러더니 또 자리에 멈춰 서고는, 조금 떨어진 곳에 세워진 트럭을 빤히 쳐다보았다. 분식을 파는 트럭이었다.

예진은 잠시 망설이는 듯하더니, 트럭 앞으로 다가갔다. 이내 초록색 접시 위에 새빨간 떡볶이가 잔뜩 담겨 나왔다. 해준은 멀뚱멀뚱 예진을 응시했다.

……나는 아직 저녁도 못 먹었는데.

"아가씨, 튀김도 좀 먹어요."

"네? 저 떡볶이만 시켰는데……."

"장사 접을 시간이 돼서 그래. 이거 남기면 다 버려야 해."

"아, 감사합니다. 잘 먹을게요."

"모자라면 말해요. 거기 뒤에 남자분은 뭐 드릴까?"

주인의 말에 예진이 뒤를 돌아보았다.

"……뭐예요?"

어이가 없었다. 박해준이 왜 여기에 있단 말인가. 그것도 분식을 파는 트럭 앞에. 주말인데도 불구하고 정장을 빼입은 해준의 모습은 정말이지 이 자리와는 전혀 어울리지 않았다.

그런데 정작 당사자는 아무런 생각이 없는지, 살짝 인상을 쓰고는 제 옆에 다가와 섰다.

"아가씨 일행이야?"

여기엔 또 뭐라고 대답해야 할지 알 수가 없었다. 뭐, 아는 사람이기는 한데…….

"잘됐네. 안 그래도 오늘 장사가 시원찮았어서…… 서비스 더 줄 테니까 같이 먹어요."

해준은 대답이 없었다. 그는 이상한 표정으로 떡볶이만 쳐다보고 있었다. 예진은 그보다 더 이상한 표정으로 해준을 응시했다.

"……길거리 음식 건강에 안 좋다고 했는데."

이건 또 무슨 미친 소린가 싶었다. 민망해진 예진이 주인의 눈치를 보았다. 그는 해준의 뜬금없는 말에도 기분이 나쁘지 않은지, 사람 좋게 웃으며 입술을 떼었다.

"그래도 먹어 봐요. 우리 집 떡볶이 맛있어. 아니면 여기, 튀김도 있고······."

"아니, 왜 갑자기 나타나서 시비예요. 드실 거면 그냥 조용히 드세요."

해준이 저도 모르게 예진을 살짝 흘겨보았다. 그러니까, 원래 계획대로라면 같이 저녁을 먹을 생각이었다. 지금까지 제가 끼니도 때우지 못하고 배를 곯은 데는 예진의 책임도 일정 정도 있었다. 그런데 저런 식으로 말을 하다니.

"안 먹어."

"그럼 가세요."

예진은 그 말을 끝으로 고개를 팩 돌렸다. 떡볶이만 열심히 먹었다. 저 새빨간 것이 맵지도 않은지, 참 잘도 먹었다. 그걸 보고 있자니 또 짜증이 났다. 우두커니 서 있던 해준이 젓가락을 집어 들고는 예진의 떡볶이를 뺏어 먹기 시작했다.

예진이 기가 막힌다는 표정을 지었다. 안 먹는다고 할 때는 언제고, 지금은 며칠 굶은 사람처럼 굴고 있었다.

"아니, 왜 또 내 걸······."

"아가씨, 떡볶이 많이 남았어. 그러니까 싸우지 마."

주인이 떡볶이를 새로 퍼 주며 말했다. 예진은 허, 하고 헛웃음을 지었다가, 혀를 끌끌 찼다가, 이내 다시 젓가락을 집어 들었다.

해준과 예진은 그 많은 떡볶이를 다 먹었다. 주인은 어차피 남은 것이니 괜찮다고 했지만, 예진은 그에게 돈을 더 주었다. 하여튼 어이가 없었다. 박해준이 이런 식으로 저를 뜯어먹을 줄이야.

그런데 더 어이가 없는 것은, 먹으라고 하지도 않은 떡볶이를 혼자 다 먹어 놓고는 잔뜩 인상을 쓰며 내뱉는 말이었다.

"배 아파. 속 쓰려."

예진이 걸음을 멈추며 황당하다는 표정을 지었다. 아니, 그럼 좀 적당히 먹든가. 길거리 음식이 좋니, 마니 한 사람치고는 너무 많이 먹었다. 배가 아프고도 남을 양이었다.

"병원을 가세요. 약을 드시든가."

"병원까지 가기는 귀찮고 약국은 어디 있는지 몰라."

해준이 뒤따라오며 말했다.

"어제 나한테 고맙다고 했잖아."

뜬금없는 말에 예진이 자리에 멈추어 서고는 해준을 쳐다보았다.

"고마우면 고마운 값을 해. 약 사다 줘."

해준은 꼭 미운 일곱 살처럼 굴고 있었다. 이렇게 그를 때리고 싶은 것도 참 오랜만이었다. 정말 꿀밤이라도 한 대 쥐어박고 싶었다. 짜증이 난 예진이 노려보고 있는데도, 해준은 멀뚱멀뚱 눈만 깜빡였다. 예진은 한숨을 내쉬며 말했다.

"여기서 기다리세요."

○ ◎ ●

약을 산 예진이 해준을 데리고 간 것은 근처 공원이었다.

"여기요."

벤치에 앉은 해준은 군말 없이 예진이 내민 약을 받아 들었다. 그러고는 물도 없이 그것을 꿀꺽 집어삼켰다.

"이제 됐죠? 전 가 볼게요. 약 먹었는데도 안 괜찮아지면 그때는 병원으로 가시고요."

예진이 제 가방을 챙겨 들며 말했다. 해준은 빠르게 손을 뻗더니, 낡은 가방을 뺏어 들었다.

"약 방금 먹었어. 아직 아파. 너 때문에 아픈 건데, 괜찮아질 때까지는 같이 있어 줘야 되는 거 아냐?"

"제가 드시라고 한 적 없는데요."

"고용주가 네 탓이라고 하면 네 탓인 거야."

세상에 이런 악덕 고용주는 없을 것이다. 저런 유치한 인간이 그 SL그룹의 이사라니, 정말이지 통탄할 노릇이다. 어쨌거나 해준은 가방을 돌려줄 생각이 전혀 없는 것 같았다. 예진은 할 수 없이 그의 옆에 조금 떨어져 앉았다.

"……."

해준은 가방 안을 슬쩍 들여다보았다. 서점에서 구입한 책 따위가 눈에 들어왔다.

"공부라도 하려고?"

"이리 내놔요."

예진이 손을 뻗었지만 소용없었다. 두꺼운 참고서를 꺼내 든 해준은 그것을 이리저리 훑어보았다.

"갑자기 왜?"

"……이사님이 알 바 아니잖아요. 왜, 이것도 고용주니까 말하라고 하시려고요?"

괜히 가시 돋친 말이 튀어나갔다. 갑자기 피어오른 민망함 때문이었다. 살짝 마음이 불편하기도 했다. 저를 비웃을까 봐. 이제 와서 이런 짓을 하느냐고.

그런데 해준은 뜻밖의 말을 했다.

"그래, 다시 공부를 하는 것도 괜찮겠지. 상황이 바뀌었으니까."

"……."

"어쨌든 앞으로 사회생활 할 때 대학 졸업장이 있는 편이 더 좋기도 하고."

해준은 예진을 비웃을 생각이 전혀 없었다. 진심이었다. 다시 공부를 해 대학을 졸업하면 그 민주라는 여자도, 저번처럼 예진을 무시하고 깔보지 않을 테니까.

"그래서 어딜 갈 건데. 책까지 샀으면 뭔가 계획이 있는 거 아냐?"

예진은 잠시 말이 없었다. 공부를 다시 시작하고 싶기는 했다. 책도 그래서 산 것이다. 하지만 거창한 계획은 아직 세우지 않았다. 겁이 나서 그런 것은 아니었다. 단지…….

"당장은 모르겠어요. 어쨌든 엄마를 찾으면 지방으로 내려가야 하니까."

"……."

"사이버대학이나 학점은행제 같은 것도 있으니까 그건 천천히 생각해 봐도 될 것 같아요. 지금은 그냥…… 이걸로도 충분해서."

이번에는 해준이 잠시 말이 없었다. 그렇지. 왜 그걸 기억 못 했을까. 예진은 저번에도 그렇게 말했다. 제 아버지가 찾지 못하게, 연고도 없는 아주 먼 곳으로 가 버릴 거라고.

저도 모르게 인상이 써졌다. 이유도 알 수 없이.

"그런데 또 왜 여기까지 오신 거예요? 아까부터 계속 물었는데, 대답 안 해 주셨잖아요."

해준은 대답 대신 가방만 만지작거렸다. 볼일? 그런 것은 애초에 없었다. 스스로도 이해가 안 가서 말도 안 되는 핑계들을 생각하지 않았던가.

하지만 이제 이런 날도 얼마 남지 않은 것이다. 예진은 모친을 찾으면 곧 떠나 버릴 테니까.

"멍청한 계집애."

해준이 괜한 짜증을 내며 손에 들고 있던 가방을 예진에게 내던졌다. 그러고는 자리에서 일어섰다.

"도대체 왜 갑자기 시비……."

예진이 채 말을 잇지 못하고 저 앞을 쳐다보았다. 방금 뭔가, 반짝하고 빛이 났던 것 같은데. 제가 그러거나 말거나, 해준은 눈썹을 찌푸린 채 저만 응시하고 있었다. 잘못 본 건가. 예진이 의아한 표정을 지었다.

"어쨌든 너 때문에 속만 버렸어. 업무에 지장이 생기면 책임져야 될 거야."

비단 배가 아프기 때문만은 아니었다. 그냥 짜증이 났다. 원래 계획대로였다면 오피스텔까지 졸졸 쫓아가 시산을 때웠겠지만 지금은 그러고 싶지 않았다. 해준은 예진을 짤막하게 노려보고는 성큼성큼 걸어가 버렸다.

"……."

홀로 남겨진 예진은 황당한 표정을 지었다. 해준이 매번 말도 안 되는 핑계를 늘어놓으며 제게 시비를 거는 것에야 이제 익숙해져 있었지만, 저런 식으로 구는 것은 또 처음이라 어이가 없었다. 꼭 토라지기라도 한 것 같았다. 아니, 말도 안 되는 얘기지. 그 박해준이 제게 토라진다니. 그럴 이유도 없었다.

"참 나, 황당해서 진짜……."

벤치에 앉아 있던 예진이 헛웃음을 지었다. 그러고는 점점 멀어져 가는 해준의 뒷모습만 빤히 쳐다보았다.

……그리고 바로 다음 날, 예진은 그 반짝이던 불빛의 정체가 무엇인지 확실하게 알게 되었다.

7

예진은 아침 일찍 일어났고, 기사의 차를 타고 병원으로 갔다. 김연희는 여전히 시체처럼 침대에 틀어박힌 채로 멍하니 창밖만 바라보았다. 무슨 말을 걸어도 대답하지 않았다. 이제는 그 적막마저 익숙해졌다. 예진은 묵묵히 그녀의 붕대를 갈아 주었고, 또 산책도 시켜 주었다.

정말이지 평소와 똑같은 월요일이었다.

그리고 그 일상은, 간호를 끝마치고 병원을 나서는 순간 갑자기 깨어졌다.

걸음을 멈춘 예진의 눈이 동그래졌다. 뭔가 이상했다. 카메라 따위를 든 사람들이 건물 앞에 잔뜩 진을 치고 있었기 때문이다. 드라마 촬영이라도 있는 건가? 예진이 고개를 갸웃하던 순간, 누군가 다가와 어깨를 붙잡았다.

"한예진 씨?"

놀란 예진이 뒤를 돌아보았다. 처음 보는 남자였다.

"……누구세요?"

"한예진 씨, 맞죠?"

남자의 말이 들리기라도 한 것인지, 진을 치고 있던 사람들이 카메라를 들어

올렸다. 눈이 부셨다. 어젯밤, 해준과 공원에 있을 때 보았던 반짝이는 무언가처럼.

"XX일간지에서 나왔습니다. SL 박해준 이사 관련……."

"예진 씨!"

낯익은 목소리가 들렸다. 윤 비서였다. 그는 재빨리 달려오더니 예진의 손목을 잡아끌었다. 예진은 무슨 상황인지 파악도 하지 못한 채 비서의 손에 끌려 다시 병원으로 들어갔다. 비서는 허겁지겁 엘리베이터를 잡더니, 주차장으로 향했다.

"저기, 윤 비서님! 이게 도대체 무슨 일이에요?"

"일단 타세요!"

비서는 예진을 차에 욱여넣다시피 했다. 그러고는 재빨리 시동을 걸고는 빠르게 주차장을 벗어나기 시작했다.

"아까 분명 이사님이 어쩌고 했던 것 같은데……."

꼭 누가 쫓아오는지 확인이라도 하듯, 백미러를 응시하고 있던 비서가 무거운 한숨을 내뱉었다.

"찌라시가 터졌어요. 이사님한테 여자가 있다고요."

"그런데 왜 저한테 저러는 거예요?"

"그거야 상대방이 예진 씨니까요."

예진이 황당하다는 표정을 지었다. 이건 또 무슨 말인가.

"이거 보세요."

비서가 신문을 내밀었다. 예진도 아는 일간지였다. 저급한 가십거리를 하루가 멀다 하고 쏟아 내는, 최대한 자극적으로 이야기를 꾸며 평판이 꽤 좋지 않은.

이번에도 예외는 아닌 모양이었다. 일간지에 실린 기사는 정말이지 말도 안 되는 이야기뿐이었다.

대충 내용은 이러했다. SL그룹의 박해준 이사가 일반인과 사랑에 빠졌다. 두 사람은 사실혼 관계라는 이야기가 돌 정도로 아주 깊은 사이고, 이제는 고인이 된 박동호 회장이 박해준에게 경영권을 넘겨주지 않았던 이유가 이 때문이라는 것이었다. 그러나 박해준 이사는 아버지의 반대에도 불구하고 꿋꿋이 사랑을 이어 나갔고, H 씨 역시 입원 중인 김연희를 손수 간병할 정도로 지극 정성을……

"미친 거 아니에요?"

욕이 절로 튀어나왔다. 너무나 황당해서 화도 안 날 지경이었다. 비서는 머리가 아픈지, 계속해서 관자놀이만 꾹꾹 눌러 대었다.

"예진 씨도 잘 아시겠지만, 지금 그렇지 않아도 민감한 때거든요. 경영권 싸움도 지금부터고, 아직 김미향과 박도준과도 제대로 접촉이 안 됐어요. 그런데 괜히 이상한 소문이 퍼지면…… 난감해지는 건 이사님뿐이에요."

"지금 제일 난감한 건 저예요!"

"회장님이 주식의 상당 부분을 박도준에게 물려줬어요. 계열사 중 가장 수익이 큰 곳도 넘겨주라고 하셨죠. 그런 뒤 박도준이 경영 능력을 입증하는 데 성공하면, 주주총회를 열어 후계자를 정하라고요. 그 전까지 회장자리는 공석이에요."

이미 알고 있는 사실이었다. 예진이 인상을 썼다.

"주주총회, 임원진의 상당수는 회장님의 사람들이에요. 분명히 돌아가시기 전에 미리 접촉도 했겠죠. 어쩌면 김미향이나 박도준이 직접 그들과 연락을 하고 있을지도 모르고. 일이 잘되면, 한몫을 챙겨 주든 뭐든 하겠다고."

"지금 그게 어쨌다는 거예요. 나랑 무슨 상관이냐고요!"

"그래서 사모님 친정에서 다른 재벌가 따님을 소개해 주기로 했어요. 이미 얘기도 오간 걸로 알고요. 어쨌든 그럼 이사님이 회장직을 차지할 수 있게끔 힘을 실어 줄 수 있을 테니까요. 그렇게 되면 사내 여론을 유리하게 돌리는 것도 가능하고. 지금처럼 사모님까지 편찮으신 상황에서는 그런 인맥이 더더욱 절실하죠."

꼭 제 탓을 하는 것처럼 느껴졌다. 하지만 아무런 사이도 아닌데. 게다가…… 저 엉터리 찌라시가 터진 것도 해준 때문이었지, 저 때문은 아니었다.

"오늘은 댁으로 모셔다드릴 테니, 잠잠해 질 때까지 병원에는 가지 마세요."

예진은 아무런 대답도 하지 않은 채로, 조용히 창밖만 쳐다보았다. 지금 이런 일이 벌어졌다는 것이 너무나 어이가 없었고, 또 황당했다. 그러나 예진은 이 일로 인해 크게 잃는 건 없을 것이었다. 근거 없는 루머는 곧 잠잠해질 테고, 실제로 둘은 아무런 사이가 아니었으니까.

어쩌면 비서의 말처럼 난감해진 사람은 해준뿐일지 몰랐다. 예진은 문득 언젠가 그가 했던 말을 떠올렸다.

'네 인생이 삼류 영화라면 내 인생은 뭘 것 같아? 답은 간단해. 대작 영화지. 쓸데없이 돈을 처들여서, 거둬들여야 할 게 너무나 많은.'

새삼 그가 저와는 전혀 다른 세상의 사람이라는 생각이 들었다. 애초에 이런 식으로 엮일 가능성조차 없었던······.

예진은 묵묵히 입술만 감쳐물었다.

○ ◎ ●

난리가 났다.

인터넷 기사는 물론이고, 텔레비전에까지 해준과 예진에 대한 이야기로 가득했다. 공통점은 그들 모두가 똑같은 꼬리표를 붙이고 있다는 것이었다. 한국판 신데렐라.

어이가 없었다. 저런 유치한 말을 갖다 붙이는 것도 짜증이 났고, 난데없이 주목을 받게 된 것도 싫었다.

비서는 판을 키우고 있는 것이 어쩌면 박동호의 사람들일지도 모른다고 했다. 해준이 외가에서 소개해 준다는 재벌가 여자와 결혼을 하면, 사내 여론은 박도준이 아닌 박해준을 지지하게 될 것이니까. 그렇게 된다면 박도준은 여러모로 좋을 것이 없었다.

"하······."

한숨이 절로 튀어나왔다. 도대체 어쩌다가 일이 이렇게 된 건지 모르겠다. 머리까지 아파 오는 것 같아 관자놀이를 꾹꾹 짓누르는데, 갑자기 초인종 소리가 들렸다.

"나야."

익숙한 목소리도.

예진은 잠시 고민하다, 자리에서 일어섰다. 문을 열자 사태를 이렇게 만든 장본인이 서 있었다. 그는 아주 자연스럽게 안으로 들어왔다. 예진은 그의 앞을 막아섰다.

"기사도 못 보셨어요? 그냥 돌아가세요. 여기서 이러지 마시고."

지금 이 상황에서 해준이 집으로 온다면 상황은 더 안 좋아질 것이었다. 게다가 이 근처에도 파파라치들이 있을지 어떻게 안단 말인가. 비서는 오피스텔 주위에 경호원을 배치하겠다고 했지만 그것만으론 안심할 수 없었다.

"내 집이라며."

그런데 돌아온 대답이 가관이었다.

"네가 그랬잖아. 여기, 내 집이라고. 내 집에 내가 있겠다는데 네가 무슨 상관이야."

그러고는 막무가내로 들어오는 것이었다.

해준은 참 뻔뻔했다. 뻔뻔하게 들어와서 뻔뻔하게 소파에 앉았다. 마치 제 집이라도 된다는 양. 아니, 박해준 집이 맞기는 맞았다. 어쨌든 이 집을 구하는 데 드는 돈은 그가 다 냈으니까.

"……그럼 이사님은 이사님 집에 계세요. 전 나갈 테니까."

예진은 짤막한 말을 내뱉고는 뒤돌아섰다. 그렇게 신발을 신으려는데, 한순간에 코앞까지 다가온 해준이 손목을 붙잡았다.

"왜 나가는데."

"왜긴 왜예요. 일단 이거 놔요."

"……안 나간다고 하면 놓아 줄게."

꼭 떼를 쓰는 어린아이 같았다. 그것도 말도 안 되는 생떼를 쓰는.

"어차피 갈 데도 없잖아. 이 근방이야 경호원들이 지키고 있지만, 벗어나면 얘기가 달라질 텐데. 그러니까 그냥 있으라고."

생떼치고는 꽤 논리적이었다. 제 말이 먹혀든 것을 알았는지, 해준은 재빠르게 예진을 끌어당겨 소파에 앉혔다.

저도 제가 말도 안 되는 소리를 하고 있다는 것은 알았다. 그러나 해준으로서도 어쩔 수가 없었다. 그 빈집에는 가고 싶지 않아서? 숨이 막히니까? 그렇다면 호텔로 가면 될 일이다.

하지만 호텔에 가도 혼자 있어야 한다는 건 똑같았다. 그곳 역시 마찬가지로 적막이 내려앉을 것이었다. 혼자이고 싶지 않았다. 누군가와 함께 있고 싶었다. 가능하다면, 이 비좁은 오피스텔에서 구질구질한 한예진과 함께.

그걸 제 입으로 내뱉기는 싫었다.

"이 집이 무슨 숙박업소예요? 그럴 거면 그냥 다른 집을 구해요. 나 귀찮게 하지 말고."

"그럼 숙박비 줄게."

예진이 헛웃음을 지었다.

"윤 비서한테 들었지. 당분간 병원에는 가지 마. 월급은 원래대로 다 나갈 테니까 그건 걱정하지 말고."

그러니까, 왜 병원에 못 가게 되었는데. 그걸 알면서도 이러는 것이 이해가 가질 않았다.

"……맞선 볼 여자가 알면 퍽이나 좋아하겠어요."

"맞선?"

해준이 피식거렸다.

"그딴 거 볼 생각 없어. 난 정략결혼 같은 건 안 해. 죽어도."

박동호도 김연희와 정략결혼을 하지 않았던가? 물론 재벌가에서 정략결혼은 빈번한 일이었다. 제게, 가문에 필요한 걸 주고받을 수 있는 상대와 결혼하는 것. 물물교환에 가까운.

해준은 그럴 생각이 추호도 없었다. 사랑에 대한 환상 따위가 있어서는 아니었다. 박동호와는 조금이라도 닮고 싶지 않았다. 그게 무엇이든. 그래서 제가 조금 손해를 보게 된다고 할지라도.

229

"그딴 거 안 해도 혼자 충분히 잘할 수 있어."

하지만 회사 임원진들도 그렇게 생각할까? 예진은 해준을 바라보며 홀로 자문해 보았다.

"그리고 그러다 상대방이 불행해지기라도 하면…… 꼭 다 내 탓 같다고 생각할 것 같거든."

예진은 아무런 말도 하지 않았다. 문득 떠올렸을 뿐이다. 공란이 된 김연희와 김미향의 이름을 부르짖던 박동호를.

"어차피 네가 신경 쓸 일도 아니야. 곧 있으면 잠잠해질 테니까."

"그 잠잠해질 시기를 이사님이 늦추고 있다는 생각은 안 해 보셨고요?"

"잘 모르겠는데."

해준이 정말 모르겠다는 표정을 지었다. 그는 이 사달을 내 놓고도 딱히 느끼는 바가 없는 것 같았다. 그가 누구와 맞선을 보든, 정략결혼을 하든 저와는 상관이 없었지만 지금 코앞에 들이닥친 현실을 무시할 순 없었다. 예진이 단호하게 말을 이었다.

"어쨌든 이젠 오지 마세요. 더 이상 머리 아픈 일 만들고 싶지 않으니까."

예진으로서는 당연한 말이었다. 그렇지 않아도 머리 아픈 관계였다. 그것에서 더 나아가, 더 피곤한 관계가 되고 싶은 마음은 전혀 없었다. 그건 박해준 역시 마찬가지겠지. 게다가 솔직히 말하자면, 이런 일은 저보다는 해준에게 있어서 더 악영향을 끼칠 것이었다.

그래서 한 말이었다.

그러나 돌아오는 대답이 없었다.

"왜 말을……"

안 하세요?

예진은 원래 내뱉으려던 말을 제대로 하지 못했다. 저를 응시하는 해준의 표정이, 어딘가 모르게 미묘해 보여서.

그리고 이내, 해준이 천천히 입술을 달싹였다.

"이게 너한테는…… 고작 머리가 아픈 일이야?"

무어라 대답을 하려던 예진은 답지 않게 입술을 감쳐물었다. 이상하게도, 저를 쳐다보는 해준의 표정이 평소와는 다르게 느껴졌기 때문이었다.

그는 잠시 말이 없는가 싶더니, 무언가 생각하는 듯 눈썹을 살짝 찌푸렸다. 그러고는 또 알아들을 수 없는 말을 하는 것이었다.

"그래, 그렇겠지."

어찌 보면 당연한 것이었다. 이번 일은, 해준 역시 짐작하지 못했던 일이었다. 그건 예진 역시 마찬가지이리라. 그녀의 입장에서 본다면, 당연히 귀찮고 또 번거로운 일에 불과할 테다.

차라리 이게 말이나 되냐면서, 가당키나 하냐고 평소처럼 화라도 냈으면 나았을 것 같았다. 하지만 그녀의 반응은 정말이지 신경조차 쓰고 싶지 않은 것으로만 느껴져서, 이상하게도 기분이 좋지 않았다.

예진에게 있어서 제 존재는 고작 그 정도뿐이라는 것을 증명받기라도 한 듯해서.

"……."

해준을 응시하는 예진의 표정 역시 밝지는 못했다. 이게 고작 머리가 아픈 일이야? 그 말에 담겨 있는 그의 속마음을 예진이 알 수 있는 방법은 없었다. 단지 아까 차 안에서 윤 비서가 제게 해 줬던 이야기들이 떠올랐을 뿐이다.

그래, 박해준에게는 고작 머리가 아픈 일이 아닐 테다. 그는 신경 쓰지 않는다는 듯 굴었지만, 속은 그렇지 않을지 몰랐다. 물론 원인 제공을 한 것은 해준이기는 했지만…….

예진은 고민하다 다시 입술을 떼었다.

"그래도 너무 걱정하지는 마세요. 전에도 그랬잖아요. 엄마 찾으면, 지방으로 내려갈 거라고."

해준은 아무런 대답도 하지 않았다. 그저 갑자기 튀어나온 그녀의 말에, 작게 움찔거렸을 뿐이었다.

"그럼 이런 이상한 기사들도 더 이상 나올 일 없겠죠. 어쨌든 시간이 지나면 잠잠해질 거고. 상대 여자도 그냥 웃긴 해프닝이었다고만 생각……."

"안 한다고 했잖아."

해준이 표정을 딱딱하게 굳히며 말했다. 방금 전보다도 더 차가운 낯이었다. 그럼 여기서 내가 무슨 말을 해야 했던 건데? 그의 태도에 화가 난다기보다는, 의아함이 먼저 느껴졌다. 그렇게 예진이 멍한 표정을 짓고 있는데, 해준은 갑자기 손에 들고 있던 무언가를 소파에 내던지듯 내려놓았다.

"어차피 당분간 할 일도 없을 테니까, 집에서 이거나 봐."

그러고는 짜증을 억누르려는 듯 관자놀이를 꾹꾹 짓누르며 말을 이었다.

"그리고 앞으로는 그런 이상한 소리 하면서 사람 속 긁지 마. 네가 그렇게 하지 않아도, 지금 오만 군데에서 내 속을 못 긁어서 안달이니까."

"아니, 내가 언제 속을 긁었다고……."

하. 해준이 흐트러진 머리를 쓸어 올렸다. 그는 무언가 더 말을 이으려고 했으나, 갑자기 핸드폰이 울렸다. 윤 비서가 보낸 메시지였다.

"어쨌든 오늘은 이만 돌아가세요."

"……."

"상황 보다가, 간병 나가도 될 것 같으면 그때 다시 연락 주세요. 어쨌든 다른 간병인 붙이는 것보다는 그게 이사님도 더 안심될 테니까……."

예진은 계속해서 입술을 달싹였지만, 그녀의 말은 귀에 하나도 들어오지 않았다. 해준은 형용하기 어려운 표정을 지은 채, 당황한 눈동자로 핸드폰만 내려다보고 있었다.

[한예진 씨 모친으로 의심되는 분을 봤다는 연락이 왔습니다.]

"……이사님?"

돌아오는 말이 없자, 무엇인가 이상하다는 것을 깨달은 예진이 눈을 가늘게 뜨며 물었다. 또 말도 안 되는 기사가 터진 걸까. 그녀는 의아한 낯을 한 채로 그의 핸드폰을 바라보려고 했으나, 해준의 움직임이 조금 더 빨랐다.

"아무것도 아니야."

핸드폰을 주머니에 집어넣으면서, 해준이 작게 중얼거리듯 말했다.

"아무것도."

머릿속이 새하얘지는 기분이 들었다. 그는 마치 거짓말을 하다 들킨 소년처럼 예진의 눈을 마주 보지 못했다. 대신, 이제는 익숙해진 이 좁고 보잘것없는 방을 둘러보았다. 그리고 이내 깨달았다. 방금 온 메시지가 사실이라면. 그래서 정말 예진의 모친을 찾은 게 맞는다면, 나는…… 이곳에서조차 혼자 남겨지겠구나. 그 구질구질한 한예진조차 없이, 철저하게.

해준은 더 이상 아무런 말도 하지 않았다. 뒤도 돌아보지 않고 걸어가, 신발을 꿰신은 뒤 문을 닫고 나가 버렸다.

"……왜 저러는 거야, 또."

예진이 혼잣말을 작게 중얼거렸다. 또 무슨 일이 생긴 걸까. 충분히 가능성이 있는 일이었다. 해준의 세계는 여러 사람들이 일으킨 문제로 늘 바람 잘 날이 없었으니까. 그러나 예진으로서도 해준이 저런 표정을 짓는 것은 처음 보았다. 그러니까, 꼭…… 어쩔 줄을 모르는 황망한 얼굴 같은 것.

얘기해 주지 않는다 하더라도, 물어볼 걸 그랬다. 우습게도 해준을 걱정하고 있었다. 나가라고 할 때는 언제고. 어쨌거나 예진은 뒤늦게 후회했지만, 이미 늦어 버린 일이었다.

시선이 가닿은 곳은 소파 위였다. 해준이 두고 간 종이 가방. 예진은 손을 뻗어 그것을 뒤적거려 보았다. 이번엔 어떤 쓸데없는 것을 두고 가려고 했던 걸까. 저번에 커피 머신을 두고 갔던 것처럼.

하지만 종이 가방 안에서 나온 건 예진이 전혀 생각하지 못했던 어떤 것이었다.

그러니까, 참고서들.

"……."

예진은 멍한 표정을 지은 채로, 해준이 두고 간 책들을 내려다보았다.

○ ◎ ●

해준은 메시지를 확인한 뒤, 예진의 집에서 다시 바로 이사실로 돌아갔다.

그러고는 아무런 반응조차 하지 않은 채, 의자에 가만히 앉아 윤 비서의 보고를 들었다.

"……해서 처음에 연락이 온 곳은 한예진 씨 모친 고향 부근이었습니다."

그럼 한예진은 모친을 데리고 그 고향으로 다시 돌아갈까. 원래 살았던 곳으로는 가지 않겠다고 했으니, 아마 그럴 것이다. 그것도 아니라면 완전히 새로운 곳으로 떠날지도. 분명히 아주 먼 곳으로 가겠지. 그렇게 해야, 그 악몽 같다는 부친이 감히 따라오지 못할 테니까.

"나이대나 외양도 사진과 비슷해서, 보고를 받고 그 근방을 다 수소문했습니다. 그러다 결국 장본인과 연락이 닿았고, 바로 이사님께 말씀드린 겁니다."

그 모든 일들을 해결하는 것에는 채 하루도 걸리지 않았다. 해준의 경호원들은 일 처리가 아주 빠른 편이었다. 거기에 지금까지 모자람 없이 지원해 주었으니, 어찌 보면 당연한 결과였다.

"그런데……"

윤 비서는 돌연 말끝을 흐렸고, 해준은 굳은 낯을 한 채로 작게 멈칫거렸다. 입 안이 바짝바짝 타들어 가는 것만 같았다. 그 짧은 찰나에도 수만 가지 생각들이 그의 머릿속을 어지럽히고 있었다. 하지만 이어진 그의 말은 해준이 걱정하던 내용이 아니었다.

"연락을 해 본 결과, 아쉽게도 한예진 씨 모친이 아니었습니다. 정말 죄송합니다. 예진 씨가 많이 기대하고 있었을 텐데……"

어쩌면 정말 그랬을지도. 해준이 윤 비서에게 전달받은 내용을 말했다면, 예진은 차고 넘치도록 기대했을 것이다. 하지만 그의 걱정은 괜한 것이었다. 해준은 예진에게 그 어떤 말도 하지 않았으니까.

"앞으로는 확실하게 알아본 다음 보고드리겠습니다."

"……아니, 됐습니다."

해준이 천천히 입술을 달싹였다.

"어쨌든 앞으로도 나한테 바로바로 보고하도록 하세요. 상황이 어떻게 돌아가고 있는지 알아야 하니까."

"예, 알겠습니다."

"그럼 이만 나가 보세요."

예. 윤 비서는 짧은 대답을 남기고는 이사실을 빠져나갔다. 문이 닫히는 소리와 함께, 해준은 담배를 한 대 입에 물었다. 이내 희뿌옇고 매캐한 연기가 이사실을 가득 메우기 시작했고, 해준은 한숨을 내뿜으며 손가락을 바르작거렸다.

아쉽게도, 한예진의 모친이 아니었다고?

아니, 하나도 아쉽지 않았다. 저는 오히려 안도하고 있었다. 하지만 그 안도감에서는 구역질이 날 정도로 썩은 내가 진동을 하는 것 같았다. 그렇게 제 엄마를 찾고 싶어 한다는 사실을 알면서. 숱하게 학대를 당했던 장소인 집까지 찾아갔다는 것도 알고 있었으면서.

태어나 처음으로 느껴 보는 자책감이었다. 그리고 그 자책은 여전히 선명하게 느껴지는 안도감과 함께 어우러져서, 해준을 자꾸만 혼란스럽게 만들고 있었다.

그러니까, 왜.

나는 왜 그 사실에 안도하고 있는 걸까.

"……."

해준은 담배를 아무렇게나 비벼 껐다. 그러고는 주먹을 꽉 쥐었다. 그렇게 커다란 손등에 푸른 힘줄이 돋아나는 것을 내려다보면서, 해준은 조소했다. 스스로를 비웃었다. 제가 왜 이러고 있는 것인지, 이유조차 하나도 알지 못한 채로.

이윽고 해준은 천천히 고개를 들었다. 그의 시선이 문득 가닿은 곳은 어둠이 내려앉은 투명한 창문이었다. 그는 입술을 짓씹은 채로, 창문에 비친 저를 빤히 쳐다보았다. 하지만 이상한 일이었다. 그렇게 평생 봐 온 제 얼굴이, 왜 이렇게 타인처럼 느껴지는 것인지.

……또 왜 이렇게, 낯선 괴리감이 느껴지는 것인지 역시도.

○ ◎ ●

그날 이후, 예진은 집 밖으로 한 발자국도 나가지 않았다. 상황이 나아지기를 기다리는 것이 최선이었으니, 어쩔 수 없는 일이었다.

윤 비서는 김연희에게 급하게 다른 간병인을 붙여 놓았다고 했다. 하지만 무엇이 문제인지, 예진이 그녀를 돌볼 때보다 상태가 더 안 좋아지는 것 같다는 말을 했다. 붕대 하나를 갈려고 해도 몸부림을 치고, 알아들을 수 없는 괴성을 지르곤 한다면서.

그러나 예진의 입장에서도 할 수 있는 일이 없었다. 그래도 다행인 것이 있다면, 며칠이 지나자 하루가 멀다 하고 쏟아지던 기사들을 거의 찾아볼 수 없게 되었다는 사실이었다. 이미 올라가 있는 것들도 하루 이틀이면 전부 삭제 처리가 될 거라면서, 윤 비서는 예진에게 아무런 걱정도 하지 않아도 된다는 말을 덧붙였다.

걱정. 내가 무슨 걱정을 할 일이 있다고.

그나마 예진의 신상 정보 같은 것들은 상세하게 알려지지 않았고, 솔직히 말해 보자면 예진은 크게 타격을 입을 것이 없었다. 문제는 해준이었다.

박해준과 맞선을 보기로 했다는 그 여자는, 이런 일들을 어떻게 생각하고 있을까.

예진은 그런 일들을 혼자 생각하다 말았다.

"……후."

여전히 짠 기가 가득한 저녁을 혼자 차려 먹고, 설거지까지 마친 예진이 한숨을 내뱉으며 기지개를 켰다. 그러고는 천천히 걸음을 옮겨, 책상 앞에 앉았다. 책상에는 책들이 가득이었다. 며칠 전 예진이 손수 사 온 것도 있었으나, 해준이 가져온 책들이 조금 더 많았다.

"……."

예진은 해준이 갖다준 책들을 말없이 물끄러미 바라보았다.

'그래. 다시 공부를 하는 것도 괜찮겠지. 상황이 바뀌었으니까.'

문득 귓가를 스쳐 지나간 것은 해준의 목소리였다. 비웃음이나 조소 따위는 전혀 묻어 있지 않던, 그 음성.

참 알 수 없는 일들투성이였다. 비웃지 않은 것은 그렇다고 치더라도, 왜 이런 친절까지 베풀었을까. 그것도 손수 사 오기까지 하면서. 이런 책들을. 예진은 괜히 두껍게 쌓인 책 표지를 몇 번 만지작거렸다.

"……바보 같기는."

예진이 덧없이 혼자 중얼거렸다. 그녀는 그렇게 혼자 피식거리고 웃었다가, 버릇처럼 핸드폰을 확인했다. 혹시 윤 비서에게 다시 병원으로 나와도 된다는 연락이 와 있지는 않을까 싶어서. 하지만 핸드폰은 잠잠했다. 그런데 오늘따라, 유독 포털 앱이 눈에 들어왔다.

기사들은…… 다 지워졌을까?

예진은 천천히 앱을 켜 보았다.

[SL그룹 박해준 이사, 일반인 여성과 열애……]

아직 채 못 지워진 것들이 남은 모양인지, 몇몇 개의 기사가 눈에 들어왔다. 예진은 그것들을 무표정한 낯으로 읽어 보았다. 본문에는 딱히 영양가 있는 내용이 없었다. 대신 그녀의 시선을 사로잡은 것은…….

[여자가 남자 하나 제대로 물었네.]

사람들이 남겨 놓은 댓글들이었다.

[대충 간병 몇 번 해 주고, 비위 맞춰 주고 하다가 눈 맞은 거지.]

"……."

[요즘 꽃뱀들은 스케일이 다르네.]

'김미향 씨에 대해서도 말이 많던데요. 사실, 술집 출신이거든요. 그래서 말이 좀 많잖습니다. 꽃뱀한테 물린 거 아니냐, 뭐 그런 거 있잖아요.'

'매정하네, 아가씨. 비슷한 사람들끼리.'

하필이면 지금, 하필이면 왜. 뉴스에서 떠들던 말과 김미향이 제게 했던 말들이 같이 떠오른 것인지…… 알 수가 없었다.

예진은 조용히 인터넷창을 껐다. 그러고는 혼자 헛웃음을 지었다. 하긴, 예상하지 못한 반응들도 아니었다. 오히려 저런 시선으로 저를 보지 않는 사람이 더 드물 것이다. 과정이야 어찌 되었든 가진 게 아무것도 없는, 심지어 빚만 가득한 저를 거둬 준 것이 박해준이었으니까. 이런 사실 정도는 예진 역시 모르지 않았다.

……그럼 당신도 그렇게 생각하고 있을까. 그렇게 생각하게 될까.

그런 생각을 하고 있던 찰나였다. 갑자기 전화가 걸려 온 것은.

윤 비서였다.

"……네, 비서님."

내일부터는 나와도 된다는 말을 하려는 걸까. 예진으로서도 이런 식으로 계속 집에 틀어박혀 있는 것은 별로 좋지 않았다. 정말이지 박해준에게만 의지하고 있다는 기분이 들어서.

— 예진 씨, 지금 밖으로 나오시겠어요?

하지만 윤 비서는 다른 말을 했다.

"지금요? 왜……."

— 병원으로 가는 건 아니에요. 밑에서 기다리고 있겠습니다. 최대한 빨리 내려오세요.

무언가를 더 물어보기도 전에, 전화는 빠르게 끊겨 버렸다. 예진은 조용해진 핸드폰을 멍하니 쳐다보았다가, 이내 정신을 차리고는 겉옷을 입었다.

8

며칠 만에 본 윤 비서는 꽤나 피곤한 낯을 하고 있었다. 하긴, 어떻게 보면 당연한 일이기도 했다. 그렇지 않아도 할 일이 많을 텐데, 해결해야 하는 것들 이 더 늘어 버렸으니까.

그런데 지금 어디로 가고 있는 걸까. 묵묵히 조수석에 앉아 있던 예진은 조 용히 창밖을 바라보았다. 그러나 처음 와 보는 동네인지라, 예진은 지금 이 차 의 목적지가 어디인지 알 수가 없었다.

"죄송합니다. 예진 씨에게도 먼저 설명드렸어야 했는데, 경황이 너무 없어 서."

"아, 네. 전 괜찮아요. 신경 쓰지 마세요."

"일단 사모님은 퇴원하셨습니다."

퇴원? 김연희가 퇴원을 할 수 있을 정도의 상태가 되었던가? 예진은 눈을 동그랗게 떴고, 윤 비서는 한숨을 내뱉으며 말을 이었다.

"실은 예진 씨 없는 사이에 간병인이 몇 명이나 바뀌었어요."

예진은 김연희가 붕대 하나를 갈려고 해도 몸부림을 치고, 괴성을 지른다던 그의 이야기를 떠올렸다.

"아무래도 예진 씨가 간병을 해 주는 게 마음이 편하신 모양입니다. 그런데 아시다시피, 상황이 상황인지라 계속해서 병원에 오가는 건 좀 위험할 것 같아서."

"……."

"그래서 일단 퇴원 조치를 하고, 별채에 의료진을 따로 대기시켜 놨습니다. 예진 씨 역시 이게 더 편하실 겁니다. 사람들 이목도 없고, 출퇴근은 원래 하시던 대로 기사가 찾아갈 거고요. 장소만 바뀐 거라고 생각하시면 됩니다."

예진은 그제야 윤 비서가 향하고 있는 목적지가 어디인지 알 것 같았다. 그 재벌가. 박해준의 집. 김연희가 공란이 되어 천천히 시들어 가기 시작했을 그 저택.

"말씀드렸다시피 의료진은 별채에 머물 겁니다. 예진 씨처럼 출퇴근을 하는 게 아니고, 그곳에서 계속 지내고 있을 테니 크게 걱정할 일도 없을 거고요."

"……네. 그렇군요."

"그리고……."

윤 비서는 갑자기 말끝을 흐렸다. 그러고는 예진의 눈치를 살피듯 그녀를 쳐다보았다. 또 무슨 말을 하려고 이러는 걸까. 그 어색한 적막에 마음이 불편해서, 예진은 선뜻 그에게 먼저 말을 건넸다.

"편하게 말씀하세요. 뭐든 상관없으니까."

"……회장님이 돌아가시기 전도 그렇고, 요즘도 그렇고…… 이사님이 예진 씨 댁에 가신 적이 몇 번 있으셨죠?"

예진은 대답 대신 고개를 끄덕였고, 윤 비서는 옅은 한숨을 내뱉으며 입술을 달싹였다.

"주제넘은 말인 줄은 알지만, 혹시…… 이사님께서……."

"걱정하실 일 같은 건 없었어요."

예진이 단호하게 잘라내듯 말했다.

"그리고 그런 일은, 앞으로도 계속해서 없을 거고요."

"……."

"이사님이 뭐가 아쉽다고 저한테 그런 마음을 품겠어요?"

이번에는 윤 비서가 대답 대신 고개를 끄덕였다. 그러고는 걱정이 잔뜩 어린 낯으로 중얼거리듯 말했다.

"이사님께서는 맞선 같은 건 절대 보지 않겠다고 하셨지만, 사모님 친정 쪽에서는 뜻을 굽힐 생각이 없으십니다. 어쨌든 회장직을 차지할 수 있게끔 힘을 실어 줄 수 있는 사람을 찾기에는 그 방법이 제일 좋으니까요."

"……네."

"사모님이 예전처럼 건강하셨다면 이사님을 설득이라도 해 주셨을 텐데…… 이래저래 머리가 아프네요."

해준은 그렇게 말했다. 정략결혼 같은 것은 죽어도 하지 않겠다고. 그러다 상대가 불행해지기라도 하면, 모든 것이 다 제 탓이라고 생각하게 될 것만 같다고. 김연희는 어떻게 생각할까. 그녀도 똑같이 생각하지 않을까. 해준이 두려워하는 그 미래를, 몇십 년에 걸쳐 몸소 체험한 사람이 바로 김연희였으니까.

김연희, 그 가엾은 여자는 기업의 회장이라는 명예와 권력 대신 아들의 행복을 우선시했을까? 아니면 역시, 윤 비서의 생각과 같았을까. 무참히 난자되어진 가느다란 흰 손목과, 죽은 생선처럼 멍하니 풀려 있던 김연희의 눈동자가 번갈아 가며 예진의 머릿속을 스쳐 지나갔다.

"다 왔습니다. 이제 내리시면 됩니다."

그런 부질없는 생각을 하는 동안, 어느새 차는 목적지에 다다라 있었다. 꼭 잘 훈련된 맹견처럼 저택 앞을 지키고 있는 경호원들을 바라보면서, 예진은 천천히 안전벨트를 풀었다. 그러고는 천천히, 아주 천천히 저택을 향해 걸음을 떼었다.

○ ◎ ●

"예진 씨는 여기서 잠시만 기다리세요. 지금 이사님이 의료진과 대화 중이셔서. 아마 곧 나오실 겁니다."

윤 비서는 저 말을 끝으로, 예진을 거실에 둔 채 사라졌다. 그는 무척이나 바빠 보였다. 대화를 나누는 내내도, 그의 핸드폰은 쉴 틈 없이 울려 댔으므로.

"……."

우두커니 혼자 남겨진 예진은 괜히 손만 만지작거렸다. 처음 방문하는 것이기도 하지만, 이곳이 재벌가의 저택이라고 생각하니 더할 나위 없이 마음이 불편했다. 예진은 그렇게 한참이나 할 일 없이 서 있다가, 아주 조용히 주위를 둘러보았다.

저택은 삭막하기 짝이 없었다.

길고 긴 복도를 걷고, 또 윤 비서에게 간략한 설명을 들으면서도 혼자 내내 생각했다. 참 이상한 일이라고. 들어선 가구들이 수도 없이 많고, 또 사람의 손길이 분주히 오간 흔적들이 너무나 선명한데, 어쩜 이렇게나 삭막할 수 있는 것일까.

이 저택은 꼭, 비행기를 타고 한참을 날아가야 볼 수 있다는 어딘가의 사막 같았다. 이건 내가 이 집의 사람들이 이곳에서 어떤 시간을 보냈는지 알고 있기 때문일까. 어쩌면 정말 그럴지도 몰랐다. 그래서 이 집 곳곳에는 김연희의 울음이 묻어 있을 것이고, 박해준의 분노가 스며들어 있을 것이라는 사실을 너무나 잘 알아서.

박해준은 이런 곳에서 어떤 생각을 하며 버텨 왔을까. 답을 알 수 없는 혼자만의 질문을 던지던 예진의 시선이 문득 저 너머의 거실장으로 가닿았다.

먼지 한 톨 없이 깔끔하게 정리된 거실장에는, 액자 몇 개가 가지런히 놓여 있었다. 모두 해준의 것이었고, 전부 다 저택에서 찍은 사진들이었다.

사진 속의 해준은 무척이나 어렸고, 또 지금과는 전혀 다른 사람 같았다. 티 하나 없이 맑은 소년. 평생 살아생전 어려움이라고는 단 한 번도 느껴 보지 못했을 것이 분명한.

그래서 예진은 어렵지 않게 알 수 있었다. 이 사진들은, 박동호가 제 발톱을 드러내기 전의 모습들이라는 사실을.

하지만 이렇게도 웃을 수 있는 사람이었구나.

"……뭘 그렇게 보고 있는 거야."

갑자기 들려온 익숙한 목소리에 예진은 뒤를 돌아보았다. 그러자 팔짱을 낀 채 저를 바라보고 있는 해준이 보였다. 오전에도 일을 보고 온 것인지, 그의 차림새는 언제나 그래 왔듯 정장이었다.

"내가 몇 번이나 내다 버렸는데, 매번 다시 제자리로 돌아오더군."

예진이 제 사진을 바라보고 있던 것을 깨달은 해준이, 덧없이 피식거리며 중얼거렸다.

"다 어머니 짓이었어. 이제는 다시 돌아오지도 못할 나날들인데, 저딴 사진 몇 장 갖고 있다 해서 그때로 돌아갈 수도 없는데. 꼭 그게 아니라고 부정이라도 하는 사람처럼."

"……"

"참 웃긴 일이지."

해준은 웃긴 일이라고 했지만, 예진은 웃지 않았다. 어쩐지 알 것도 같았다. 김연희가 그런 바보 같은 행동을 왜 했던 것인지.

"……때로는 안고 살아갈 기억이라도 있어야 할 때가 있으니까요."

예진이 천천히 입술을 달싹였다.

"눈앞의 현실이 지옥이라면 더더욱."

"그러니까 바보 같은 짓이라는 거야."

해준이 잘라 내듯 대답했다. 그게 무슨 의미가 있단 말인가. 어쨌거나 지금 처한 상황이 지옥인데. 그렇게 해서 무엇이 달라진다고?

"하지만 어머니가 생각하시는 가장 행복했던 순간은 저때였을 거예요."

"왜."

"이사님이 저렇게 밝게 웃고 있으니까."

"……"

"그때로 돌아가고 싶어서 그러신 게 아니라, 그나마 행복했던 때를 추억이라도 하면서 버티려고 하셨던 걸 거예요. 늘 눈에 보이는 곳에 두고 계속 생각하셨겠죠. 버티자고. 아무리 힘이 들어도."

예진 역시 마찬가지였다. 엄마와 행복했던 나날들을 계속해서 추억했다. 돌아갈 수는 없는 나날들이라고 해도, 추억하고 회상하며 버틸 수 있는 원동력이 그것뿐이라서.

그러니 김연희의 마음을 모를 수가 없었다.

"어쨌든 비서님한테 얘기는 다 들었어요. 내일부터는 여기로 출근할게요."

예진의 말에, 해준은 아무런 대답도 하지 않았다. 그저 조금 의외라는 표정을 지었을 뿐이었다.

솔직히 말하자면, 예진이 조금 짜증을 냈어도 해준은 전혀 놀라지 않을 자신이 있었다. 저택은 예진의 오피스텔에서 병원보다도 훨씬 더 먼 거리에 있었고, 무엇보다 이런 식의 번거로움을 예진이 반기지 않을 것임을 알았으니까. 돈을 주고 고용한 관계라고는 하나, 그런 것이 통하지 않는 여자였다, 한예진은.

"어머니 간병 일 대충 할 생각 없어요. 그러니까 걱정하지 마세요."

그런 해준의 속마음을 눈치라도 챈 것인지, 예진은 다시 말을 이었다.

"이사님도 우리 엄마 찾아 주려고 노력하고 계시니까. 저도 해야 할 일은 똑바로 해야죠."

그 말에 해준의 눈동자가 미세하게 흔들렸으나, 예진은 그것을 알아채지 못했다.

"어머니 좀 뵙고 갈게요. 앞으로는 여기로 오겠다고 말씀도 드리고. 안내 좀 해 주세요."

"……."

"……이사님?"

예진이 저를 힘주어 부른 다음에야, 해준은 정신을 차렸다. 이윽고 그는 알겠다는 듯 고개를 끄덕이고는, 저 앞을 가리키며 말했다.

"저 방으로 가."

예진은 고개를 끄덕이고는 해준을 거실에 홀로 내버려 둔 채 걸어가기 시작했다. 해준은 우두커니 서서 그런 그녀의 뒷모습만 빤히 바라보았다.

○ ◎ ●

김연희는 이미 잠들어 있었다.

사모님, 오랜만이에요. 대답도 돌아오지 않는 인사를, 예진은 몇 번이나 건네었다. 그리고 오늘 역시도 그녀의 붕대를 갈아 주는 일을 잊지 않았다. 상처는 이제 거의 다 아물었으나, 그래도.

깊게 잠이 든 김연희의 얼굴은 우습게도 병원에서 보았을 때보다 훨씬 더 편해 보였다. 고통스러운 기억이 남아 있는 장소일지라도, 당신에게는 이곳이 집이라 그런 것일까. 예진은 앙상하게 마른 김연희의 몸 위에 이불을 살뜰하게 덮어 주었다. 그러고는 귓가에 대고 말해 주었다. 안녕히 주무세요, 사모님. 우리 내일 봐요.

늦은 오후쯤 저택에 도착했는데, 어느새 퇴근 시간에 다다라 있었다. 시간을 확인한 예진은 발걸음 소리를 내지 않으려 부단히 노력하며 김연희의 방을 빠져나왔다.

그런데 어딘가에서 지독하게 탄 냄새가 났다.

"이게 무슨 일……."

당황한 예진의 걸음이 향한 곳은 부엌 쪽이었다. 부엌에 들어선 순간, 예진은 탄 냄새의 주범이 무엇인지 깨달았다.

"밥 먹고 가."

와이셔츠를 아무렇게나 걷어 올린 해준이, 음식물이라고 하기도 뭣한 탄 무언가들을 접시에 쏟아부으며 말했다.

"소시지 구웠어."

"……."

"조금 타긴 했지만."

아무리 봐도 조금 탄 게 아니라 모조리 태운 것이었다. 저런 걸 먹어도 되는 걸까. 하지만 해준은 예진의 떨떠름한 표정을 두 눈으로 봐 놓고도 그녀의 손목을 아무렇지 않게 잡아끌었다. 그러고는 그녀를 의자에 앉혔다.

"음식을 왜…… 이사님이 하셨어요?"

참혹한 광경 앞에서 적당한 물음을 찾지 못한 예진이 최대한 에둘러 물었다.

"원래는 파출부 아주머니들이 상주하는데, 지금은 없으니까."

해준이 조촐하게 음식이 차려진 식탁 앞에 앉으며 대답했다.

"내가 그렇게 하라고 했어. 예전처럼 음식 같은 건 하지 않아도 되니까, 청소만 하라고. 이제는 어머니가 퇴원하셨으니 환자가 먹을 것 정도는 준비시켜야겠지만."

"왜 그렇게 하라고 하셨는데요?"

"어떤 음식을 해도 박동호 입맛에 맞춘 음식만 할 테니까."

"……."

"상다리가 부러지도록 음식을 차려 놔도, 그게 비워지는 날은 거의 없었지."

해준이 피식거렸다.

"차갑게 식어서 딱딱해진 그 음식들을 보고 있으면…… 왠지 모르게 비참한 기분이 들어서."

예진은 어렵지 않게 상상해 볼 수 있었다. 한 상 가득 차려진 음식들 앞에서, 무표정한 낯으로 우두커니 서 있는 어린 해준과 지금의 해준을.

"그딴 건 이제 지겨워."

때때로 어떤 장면들은 뇌리에 깊숙하게 박혀 흔적으로 남는다. 흔적으로 남아 문신이 되고, 그것은 삶을 지독하게 쫓아다니며 불현듯 나타나곤 한다. 그렇게 나타나 사람의 발목을 붙잡아, 늪 같은 우울과 고독으로 끌어내리기 마련이었다. 예진에게도 그런 장면이 있었다. 가지런히 차려진, 조촐하지만 정성이 가득 들여진 한 상. 아버지를 버리고 도망가자고 했던 날, 엄마가 차려 주었던.

예진은 해준을 이해했다. 그래서 어떤 반응도 하지 않은 채, 조용히 숟가락을 들었다. 그러고는 타들어 간 소시지를 입 안에 억지로 욱여넣어 보았다. 하지만 그러기에는 너무나 처참한 수준인지라, 예진은 인상을 찌푸릴 수밖에 없었다.

"저한테 음식 짜게 한다고 뭐라고 하더니…… 이사님은 다 태우시네요."

"뭐 어때. 소시지 좋아하잖아."

"제가 좋아하는 게 아니라, 이사님이 좋아하는 거잖아요."

"그날도 두 그릇이나 먹었잖아. 밥."

"그건 이사님 혼자 먹으면 좀 그럴까 봐……!"

예진은 말을 잇다 말았고, 해준은 작게 멈칫거렸다.

'어머니가 마지막으로 해 준 게 아니었어. 소시지 구운 거. 나 초등학생 때. 자기는 입맛에 안 맞는다고 하면서, 내가 다 먹을 때까지 앞에 앉아서 기다려 줬지……'

그래서였나. 그렇게 꾸역꾸역 억지로 밥을 두 공기나 먹었던 건. 거기까지 생각이 미친 해준이 저도 모르게 웃음을 터트렸다. 비웃음이 아니었다. 그저 순전히, 예진의 마음이…….

너무나 뜻밖이었고, 고마워서.

"……"

예진은 이제 어떤 말도 하지 않았다. 그저 조용히 밥만 먹어 댔다. 마치 며칠을 굶기라도 한 사람처럼. 그녀의 저런 행동이, 스스로 내뱉은 말에 당황했기 때문이라는 사실을 해준은 알았다. 그래서 그는 어떤 것도 캐묻지 않았다. 그저 조용히, 저 역시 숟가락을 들며 다른 것을 말했을 뿐이었다.

"지금 당장 좋아하지 않아도, 한번 좋아하려 노력해 봐."

해준이 예진을 바라보며 말했다.

"소시지."

"제가 왜요."

"내가 할 줄 아는 요리는 이것뿐이거든."

그의 말뜻을 제대로 이해하지 못한 예진이, 그제야 고개를 들고는 해준을 마주 보았다.

"좋아하는 마음이라도 있어야, 매일 먹어도 덜 질리지 않겠어?"

"그게 무슨 뜻이에요."

"……나쁘지 않은 것 같아서."

해준이 뇌까리듯 말했다.

"너랑 같이 밥 먹는 거. 이 집에서."

늘 고요만이 가득한 집. 새하얗게 엉글어 온 집 안에 깃들어 있을 어머니의 눈물 때문에, 사해처럼 부유할 수밖에 없는. 이 저택에서 해준에게 가장 트라우마로 다가오는 공간은 바로 부엌이었다. 늘 식어 가는 음식들을 처연하게 바라보던 어머니와, 그런 어머니를 바라보며 느꼈던 수많은 감정들.

하지만 가능하다면, 그 위에 또 다른 기억들이 덧입혀지기를 바랐다. 그럼 그나마 버틸 수라도 있지 않을까. 예진이 말했던 것처럼, 그나마 좋았던 때를 추억이라도 하면서.

그러다 보면 언젠가, 이 숨 막히는 저택에도 숨구멍이 트일 수도 있을지 모르지.

해준은 그렇게 생각했다.

"먹어."

"⋯⋯."

"내일은 좀 덜 태워도 볼 테니까."

예진은 탄 소시지가 가득 담긴 접시를 내려다보았다. 그것들은 여전히 참혹한 꼴을 하고 있기는 하였으나, 그래도 못 먹을 정도는 아니었다.

이내 예진은 다시 젓가락을 들었다.

얼마 지나지 않아, 식기와 젓가락 따위가 부딪치는 소리만이 부엌을 가득 메웠다. 익숙한 적막 위에 내려앉는 그 오묘한 소음이, 이상하게도 나쁘시 않아서⋯⋯ 식사 내내, 해준의 입가에는 엷은 미소가 어려 있었다.

"오랜만입니다, 상무님."

"이사님."

해준이 넌지시 건넨 인사에, 상무라 불린 남자가 밝게 웃었다. 그러고는 그의 맞은편 자리에 앉으며 입술을 달싹였다.

"회장님 장례 이후로 연락을 드릴까 했었는데, 아무래도 상황이 여의치 않으실 듯해서 조금 더 기다리고 있었습니다. 그래도 생각보다는 얼굴이 좋아 보이셔서 다행이군요."

"그래 보인다면 저 역시 다행이고요."

해준이 별로 대수롭지 않다는 듯 대답했다.

"그리고 뭐, 아시지 않습니까? 그렇게 얼굴까지 상할 정도로 낙담하지는 않았을 거라는 거."

"여전히 시니컬하시군요."

해준의 미묘하게 되바라진 그 말에도, 상무는 그저 웃고만 말았다. 그러는 동안에도 잔뜩 주름이 잡힌 눈매 사이에서 빛나는 눈동자는 여전히 해준을 다정하게 응시하고 있어서, 해준 역시 작게 피식거렸다.

이 상무는 그룹 내에서 영향력이 큰 사람 중 하나였고, 박동호와 친밀한 관계를 맺고 있던 이이기도 했다. 아주 오래전, 박동호가 처가의 도움을 받아 회사의 몸집을 부풀려 가기 시작했을 때부터 함께했었던.

그는 박동호와는 달리 모든 면에서 도덕적인 사람이었다. 해서 어린 마음에, 해준은 지나가듯 생각해 본 적이 있었다. 저런 사람이 내 아버지였다면 내가 이렇게까지 불행하지는 않았을 텐데.

이 상무는 어린 해준의 바람대로 그의 아버지가 되어 줄 수는 없었다. 하지만 아버지인 박동호가 해 주지 않은 일들을 해 주었다. 간단히 말해 보자면, 해준이 입지를 조금 더 단단하게 다질 수 있도록 힘을 실어 주는 일 같은 것들. 그리고 그것은 지금도 마찬가지였다.

"지금도 김미향과 박도준을 찾고 계십니까? 이사님께서는."

이내 이 상무가 조심스러운 말투로 물었고, 해준은 고개를 저으며 대답했다.

"유언장까지 공개된 마당에, 찾아서 뭘 하겠습니까. 아무런 의미가 없어졌죠."

박동호의 유언장이 공개되기 전이었다면, 해준은 어떻게 해서든 그들을 찾아냈을 것이다. 찾아내서 거래를 시도했을 것이다. 최대한 피해를 덜 입을 수 있는 방법들은 얼마든지 있었으니까. 하지만 이제는 그럴 수도 없었다. 어쨌거나 박동호가 가지고 있던 주식의 상당 부분은 이미 박도준에게 넘어갔고, 계열사 중 가장 수익이 큰 곳 역시 그의 손아귀에 있었다.

이제 박도준은 본인의 경영 능력을 입증해야 했다. 그리고 후에 열릴 주주총회에서 후계자가 정해지기 전까지, 회장 자리는 공석이었다.

그러니 이제 더 이상, 박도준도 도망칠 필요가 없었고 해준 역시 그들을 찾아낼 이유가 없었다. 지금부터는 해준과 도준 둘 다 가진 것을 모두 걸고 싸워야 했으므로.

"임원진에게 접촉을 시도하고 있다더군요. 김미향, 그 여자가."

"아무래도 지금부터 초석을 까는 게 현명한 선택일 테니까요."

이미 예상한 일이었다. 그래서 해준은 그럴 줄 알았다는 듯 고개를 주억거리며 말했다. 하지만 이 상무는 무언가 겸연쩍은 표정을 짓고 있었다. 마치 마음에 걸리는 것이 있기라도 한 사람처럼.

"저는 이사님의 사람이니 접촉은 없었지만, 그래도 여전히 오가며 듣는 이야기들은 있습니다. 그런데……."

"그런데요."

"……내부에서 마찰이 있는 모양입니다."

생각지 못한 말에, 해준의 미간이 살짝 찌푸려졌다.

"정확히 말하자면 모자 사이에서 말입니다. 그러니까, 김미향과 박도준."

"하지만 김미향은 임원진에게 접촉을 하고 있다고 하지 않으셨습니까?"

"네, 그런데 박도준이 그걸 원하지 않는 것 같다는 말들이 나오고 있어서."

어이가 없었다. 그럼 본인이 정말 경영 능력을 제대로 평가받고, 정정당당하게 이길 수 있다고 생각하는 것일까. 그러나 그다음에 이어진 이 상무의 말은 더 당혹스러운 것이었다.

"정확히 말하자면, 박도준은 회사 경영에는 의지가 없는 듯 보인다더군요."

"……뭐라고요?"

"그런데 어머니인 김미향은 어떻게든 아들을 회장으로 만들려고 하니, 마찰이 안 생기려야 안 생길 수가 없지 않겠습니까? 저도 처음에는 근거 없는 말인 줄 알았는데, 계속해서 얘기가 나오는 걸 보면 영 없는 이야기는 아닌가 봅니다."

해준은 이제 얼굴조차 생각나지 않는 이복동생을 가만히 떠올려 보았다. 마지막으로 보았던 것이 벌써 십수 년 전의 일이었다. 김미향의 품에 안긴 채로 꼬물거리던 그 핏덩이.

하지만 말이 안 되는 일이 아닌가? 애초에 그런 싸움을 원하지 않았던 거라면, 그들은 여기까지 오지 말았어야 했다.

"어쨌든 계속해서 상황을 살펴봐야 할 것 같습니다. 아무쪼록 그쪽에서 알아서 떨어져 나가 준다면 우리야 더할 나위 없이 편한 일이니까요. 물론 김미향이 그걸 가만히 지켜볼 위인은 전혀 못 되겠지만."

"……일단 앞으로도 주시해 주세요. 그 소문조차도 함정일 수 있으니."

아무렴요. 이 상무가 알겠다는 듯 대답했고, 해준 역시 고개를 끄덕였다. 그렇게 대화를 끝마친 해준은 시간을 확인했다.

"벌써 시간이 이렇게 됐네요. 이사님은 먼저 들어가 보세요."

그것을 놓치지 않은 이 상무가 배려하듯 먼저 입술을 떼었다.

"그럼 나중에 따로 연락드리겠습니다."

자리에서 일어나는 해준을 바라보는 이 상무의 표정에는 걱정이 어려 있었다. 그가 여태까지 해 온 고생과 또 앞으로 겪어야 할 고생들을 모르지 않기 때문이었다. 하지만 어쩔 수 없는 일이었다. 박해준은 원래 그런 삶을 사는 사람이었으므로.

"오늘도 바로 회사로 돌아가실 거지요? 그래도 일은 쉬엄쉬엄하세요. 그러다 쓰러지시기라도 하면 큰일이니. 요즘 같은 때는 더더욱 말입니다."

"걱정 감사합니다. 하지만 오늘은 바로 귀가할 예정이라서."

해준의 말에 이 상무는 저도 모르게 의아하다는 표정을 지었다. 박해준이 집을 간다고? 그것도 이 시간에. 그것은 해준이 단순히 워커홀릭이기 때문만은 아니었다. 해준에게 있어서 그 집이 가지는 의미가 어떤 것인지, 이 상무 역시 모르지 않았기 때문이었다.

"어쨌든 조심히 들어가십시오. 먼저 가 보겠습니다."

"예, 그럼……."

인사를 마친 해준은 미련 없이 뒤돌아섰고, 혼자 남겨진 이 상무는 걸어가는 그의 뒷모습을 말없이 바라보았다. 그의 발걸음에선 어딘가 모르게 조급함이 느껴져서, 이 상무는 고개를 갸웃했지만 그 이유를 알 수는 없었다.

○ ◎ ●

"회사로 모시겠습니다."

"아뇨, 오늘은 바로 퇴근할 겁니다."

이 상무가 그러했듯, 운전기사는 저도 모르게 의아한 표정을 지으며 백미러로 해준의 얼굴을 바라보았다. 이 까다로운 이사가 이 시간에 퇴근을 하는 것은 처음 있는 일이어서.

"집으로 가세요. 최대한 빨리."

그 말을 하는 해준은 또 어딘가 모르게 들뜬 느낌이 났지만, 그런 것을 캐물을 만큼 가까운 사이는 전혀 못 되었다. 그래서 운전기사는 알겠다는 짤막한 대답을 남기고는 운전대를 잡았다.

뒷좌석에 등을 기대고 앉은 해준은 조용히 창밖을 바라보았다. 이윽고 얼마 지나지 않아 톡, 톡 하며 갑자기 쏟아져 내린 빗줄기가 창문을 두들기는 소리가 들렸다. 지겨운 비였다. 그럼 차가 막힐까. 그래도 이곳에서 집까지는 그리 먼 거리가 아니었으니 아무리 막힌다 해도 30분이면 충분할 것이다. 대충 시간 계산을 해 보아도 6시 전에는 도착할 성싶었다.

그럼 그 여자가 퇴근하기 전에 도착해서, 또 같이 식사를 하고…….

"……."

혼자 생각에 잠겨 있던 해준이 작게 멈칫거렸다. 그리고 이내 깨달았다. 최대한 빨리 집으로 가라는 말을 하며 부산을 떨었던 게, 또 이 어울리지도 않는 조바심을 느끼는 게…… 예진 때문이라는 사실을.

그렇구나.

이제는 그 집에, 네가 있어서 그런 거구나.

해준이 조금은 멍한 표정을 지었다.

"이사님, 전화 오신 것 같은데."

"……."

"저…… 이사님?"

기사의 목소리에 뒤늦게 정신이 든 해준이 그제야 창문 쪽에서 고개를 돌렸다. 그러고는 수트 재킷 안주머니에서 웅웅거리며 울고 있는 핸드폰을 꺼내 들었다.

"무슨 일입니까."

발신인은 윤 비서였다. 해준은 평소와 다름없이 전화를 받았고, 그 역시 평소와 다름없이 보고를 올렸다. 회사 내의 분위기나, 새로 돌고 있는 이야기들. 또 인터넷에 올라간 해준과 예진에 관련된 기사들은 오늘부로 하나도 빠짐없이 전부 내려갔다는 것 따위의 내용이었다. 별 영양가 없는 그 보고들은 점점 끝나 가고 있었고, 해준의 차 역시 점점 저택에 가까워지고 있었다.

— 그리고, 저…… 이사님…….

그런데, 그는 중요한 할 말이 남은 모양이었다.

— 어쨌든 알려 드리는 게 맞을 것 같아 말씀드립니다…… 한예진 씨 관련해서…….

이내 윤 비서의 말이 이어졌고…….

그의 목소리를 잠자코 듣고 있던 해준의 얼굴이 무참히 구겨졌다.

○ ◎ ●

"세상에, 그래도 식사를 하셨네요. 한두 숟갈이나 드시면 다행이라고 생각

253

했는데……."

빈 그릇을 들고 나가자, 파출부는 감격한 낯을 한 채로 예진을 바라보며 중얼거렸다.

"죽도 다 드셨고, 약도 다 드셨어요. 지금은 다시 잠드셨고요."

김연희는 오늘 식사를 했다. 물론 긴 시간이 걸렸고, 그마저도 예진이 떠먹여 준 것이었으나 어쨌든 장족의 발전인 것만은 분명했다. 병원에 있는 동안에도 그녀가 이런 식으로 식사를 하는 일은 거의 없었으니까.

"그래도 집에 오셔서, 마음이 편하신가 봐요……."

훌쩍임이 가득 묻어나는 파출부의 목소리에, 예진은 뭐라고 대답을 해야 할지 잠시 망설이다가 그저 고개만 끄덕이고 말았다.

"……그럼 저는 이만 들어가 보겠습니다. 고생하세요."

인사를 마친 예진은 거실에 내려놓았던 가방과 겉옷 따위를 챙겨 들었다. 그런데 저 너머에서 별로 달갑지 않은 소리가 들려왔다. 빗소리였다.

해준과 비서는 늘 운전기사를 붙여 주려고 했지만, 솔직히 말하자면 예진은 기사와 함께 차를 타고 돌아가는 것이 불편했다. 그러니 비에 조금 젖는다고 하더라도, 버스를 타고 귀가하는 게 마음이 편했다.

하지만 비가 너무 오는데…….

"우산 가지고 오셨어요?"

아침에 집을 나설 때까지만 해도 하늘은 화창했다. 일기예보에서도 비가 온다는 말은 없었는데. 예진은 고개를 저었고, 파출부는 부산을 떨며 기다란 장우산을 하나 가져와 예진의 손에 쥐여 주었다.

"비 맞고 가시지 말고, 이거 챙겨 가세요."

"아, 감사합니다. 내일 갖다드릴게요."

우산을 손에 든 예진이 살짝 웃어 보였다. 그러고는 현관 쪽을 향해 걸음을 떼다 말고 문득 뒤를 돌아보았다. 부엌 쪽이었다. 어제 함께 해준과 식사를 했던…….

'나쁘지 않은 것 같아서. 너랑 밥 먹는 거. 이 집에서.'

"뭐 두고 가는 거 있으세요?"

"……아니, 아무것도 아니에요."

내가 이렇게 돌아가고 나면…… 이사님은 오늘, 혼자서 식사를 할까. 다 타 버린 소시지들을 먹으면서.

그런 덧없는 생각을 하던 찰나였다.

갑자기 닫혀 있던 현관문이, 거칠게 열어젖혀진 것은.

"……."

문을 부술 듯 열고 들어온 해준의 시선은 한 곳을 향해 있었다. 예진에게. 그러나 그는 거친 숨을 내몰아 쉬기만 할 뿐, 어떤 말도 하지 않았다.

"이사님……? 왜 그러세요. 무슨 일이라도 있으세요?"

기껏 물은 질문에도 돌아오는 대답이 없었다. 아주 급한 일이 생기기라도 한 사람처럼 들이닥칠 때는 언제고, 해준은 꼭 적당히 할 말을 찾지 못한 사람 같아 보였다. 도대체 왜 이러는 것인지 알 수가 없었다.

"퇴근……하려고?"

짧지 않은 시간이 지난 뒤, 호흡을 가다듬은 해준이 한 말은 고작해야 이것이었다.

"네. 퇴근할 시간이 다 됐……!"

예진이 대답을 마무리 짓는 것보다, 해준의 움직임이 더 빨랐다. 그는 막무가내로 예진의 손목을 턱 하고 붙잡는가 싶더니, 그녀를 다시 거실 쪽으로 질질 끌었다.

"아주머니, 저녁 좀 준비해 주세요. 그리고 손님방도 적당히 정리해 주시고."

"손님방이요?"

"네. 오늘 이 사람 자고 갈 거라서."

"그게 무슨……!"

"어서요."

네, 네. 무슨 상황인지 알 방법은 전혀 없었으나, 어쨌든 파출부는 고개를 먼저 끄덕이고 보았다. 그러고는 부엌 쪽으로 다급하게 걸음을 옮겼다. 이내 텅 빈 거실에는 해준과 예진만이 남겨졌고, 예진은 어이없다는 표정을 지으며 그에게 물었다.

"자고 간다뇨? 그게 무슨 말이에요?"

"……."

"이사님."

"……비 오잖아. 이 날씨에 구태여 기사까지 불러 가면서 운전시키는 거, 민폐야."

비가 퍼붓고 있다는 사실 정도는 예진 역시 모르지 않았다. 하지만 어차피 버스를 타고 갈 생각이었고, 걸어간다고 한들 집에 가지 못할 정도는 전혀 아니었다. 그 마음을 눈치채기라도 한 것인지, 해준은 빠르게 말을 덧붙였다.

"……그리고 기사들이야 다 내려갔다고 하지만, 언제 기자들이 집에 다시 붙을지 모르는 일이야. 어쨌든 내일 정도면 일단락될 것 같으니까, 내 말 들어."

저는 지금 말 같지도 않은 핑계들을 대고 있었다. 하지만 해준으로서도 어찌할 도리가 없었다. 그가 생각하기에는, 이것이 제일 현명하고 좋은 선택이었으므로.

"아무 짓도 안 할 테니까…… 그러니까 제발 그냥 좀, 자고 가라고."

참 이상한 일이었다. 내뱉는 말만 보자면 거의 강요하는 것이나 다름이 없는데, 목소리를 들어 보면 순 애원조에 가까웠다.

"대답해."

"……."

"얼른."

예진은 잠시 아무런 말도 하지 않은 채 해준을 마주 보았다. 알 수 없는 일투성이였다. 해준이 왜 이렇게 억지를 부리는지도 알 수 없었고, 또…… 그의 이런 모습이 왜 이렇게 신경이 쓰이는지도.

예진의 눈동자에 문득 아직도 제 손목을 붙잡고 있는 해준의 손이 비쳤다. 그렇게 마치 무슨 일이 벌어져도 절대로 놔주지 않겠다는 듯 힘이 들어간 손이, 이상하게도 꼭 같이 있어 달라며 떼를 쓰는 아이처럼 보였다.

"……알겠어요."

이윽고 예진이 고개를 끄덕이며 대답했다.

"그러니까 이젠 좀 놔 줘요. 아파."

아프다는 말에 조금은 당황했는지, 해준은 흠칫거리며 그제야 손을 놓아 주었다. 그러고는 예진의 손에 들려 있던 짐을 거의 빼앗듯 낚아챘다. 그렇게라도 하지 않으면 예진이 금세라도 도망가 버릴 거라고 믿기라도 하는 사람 같았다.

"옷은 아주머니가 준비해 주실 거야."

이건 손님방에 갖다 놓을게. 해준은 그 말을 끝으로 성큼성큼 복도를 걸어가기 시작했고, 예진은 그의 뒷모습을 빤히 바라보았다.

○ ◎ ●

파출부가 식사를 차려 주었기에, 오늘만큼은 타다 만 소시지를 먹는 일을 피할 수 있었다.

예진은 해준과 함께 저녁을 먹었다. 그리고 그렇게 식사를 하는 내내, 해준은 이상할 정도로 말이 없었다. 여태껏 생각 없이 하던 그 시답잖은 이야기들 같은 것은 하나도 하지 않았다.

차라리 김연희를 조금 더 돌보는 게 마음이라도 편할 것 같았으나, 약에 취해 잠든 그녀는 미동조차 없었다. 예진은 그녀의 잠자리를 다시 봐주었다가, 조용히 방에서 빠져나왔다.

어차피 잠자리도 다 봐 뒀다고 했으니, 그냥 방에 가는 게 좋겠지. 하지만 잠이 들기에는 너무 이른 시간이었다. 시계는 기껏해야 10시를 가리키고 있었다. 그렇게 거실에 선 예진이 혼자 조용히 고민을 하고 있던 찰나였다. 갑자기 문이 열리는 소리가 들렸다.

고개를 돌리자, 막 샤워를 마치고 욕실을 나온 해준이 보였다. 눈이 마주치자, 그는 또 혼자 무언가를 생각하는 듯하더니 천천히 입술을 달싹였다.

"할 게 없어, 이 집은."

조금은 자조적인 말투였다.

"텔레비전은 어머니 때문에 치웠고, 딱히 유흥할 거리도 없지. 그리고 이런 식으로 손님을 재우는 것도 처음이라."

"신경 안 쓰셔도 돼요."

예진이 괜찮다는 듯 대답했다. 어차피 그런 것을 바라고 있지도 않았다. 대신, 그녀는 다른 것을 물었다.

"그런데 정말 말 안 해 주실 거예요?"

"……무얼."

"왜 자고 가라고 한 건지."

해준이 작게 멈칫거렸다.

"……아무것도 아냐."

아무것도.

하지만 그 말을 내뱉는 사람의 표정은, 아무 일도 없는 사람의 얼굴이 아니었다. 어쩌면 내게 그런 것들을 하나하나 말하고 싶지 않은 걸지도 모르지. 하지만 이상하게도 계속해서 신경이 쓰였다. 그러나 사실 따지고 보자면 해준이 본인의 일거수일투족을 예진에게 말할 의무는 없었다.

"……알겠어요. 전 먼저 잘게요. 내일 어머니 간병하다가, 시간 되면 알아서 퇴근……."

"내일은 내가 데려다줄 테니까, 집에 계속 있어."

해준이 예진의 말을 자르듯 대답했다.

"그리고 잠들기에는 너무 이른 시간 아닌가? 원래 늦게 자잖아, 너."

어쨌든 그간 하루가 멀다 하고 예진의 오피스텔을 찾았으니, 그런 기본 생활 패턴 정도야 모를 리가 없었다. 시간은 그렇게 이르지만, 할 수 있을 만한 일이 없고 또 마음 역시 불편하니 괜히 방에 먼저 들어가려고 하는 것이겠지.

"따라와."

해준은 잠시 고민하는 듯하다가, 물에 젖은 머리를 털어 내며 말했다.

"딱히 할 거리는 없어도, 시간 때우면서 볼거리 정도는 있으니까."

○ ◎ ●

비는 여전히 퍼붓고 있었다.

우산을 하나 챙겨 든 해준은 예진을 데리고 집 밖으로 나가는가 싶더니, 안쪽을 향해 계속해서 걸었다. 저쪽이 별채야. 의료진들이 항상 대기 중이고. 그리고 저쪽은……. 해준의 안내 아닌 안내를 들으면서, 예진은 혼자 생각했다. 재벌가의 저택이라는 건, 원래 이렇게 광활할 정도로 넓고 큰 것일까.

기껏해야 5평짜리 반지하방에서 살았던 그녀에게 이런 것은 전혀 다른 세계의 이야기였다. 그 비좁은 5평 남짓한 방 안에 가득 찼던 외로움과, 이 무식할 정도로 큰 저택에 가득 찼을 외로움의 농도는 혹시 다를까. 어쩌면 정말 그럴지도 몰랐다. 빈 공간이 넓어질수록, 똑같이 사람의 마음 역시 공허해지기 마련이었으므로.

그리고 어느새, 낯선 건물 앞이었다.

"이게…… 뭐예요?"

눈을 동그랗게 뜬 예진이 앞을 바라보며 중얼거렸다.

"온실."

일단 들어와. 우산을 접은 해준이 문을 열며 대답했다.

예진은 조심스럽게, 온실 안으로 걸음을 떼었다. 그러고는 주위를 둘러보았다. 그러자 이름조차 알 수 없는 생소한 꽃나무들과 난초 따위들이 보였다. 또 적당하게 폭신해 보이는 안락의자와 담요 같은 것들도.

"원래는 어머니가 손수 관리하셨는데, 지금은 정원사가 보고 있어."

김연희의 유일한 취미였다. 이 온실에서 시간을 보내고, 또 값비싼 꽃나무 따위들을 돌보는 것은. 물론 이제는 그조차도 아주 오래전의 일이 되어 버렸지만.

"앉아."

해준이 의자로 예진을 끌며 말했고, 예진은 별다른 저항 없이 그곳에 앉았다. 이내 무릎 위에 두터운 담요가 덮였고, 해준은 그녀의 맞은편에 자리했다.

"가끔 이곳에 왔어. 어머니가 저렇게 된 이후에도."

그리고 해준이 천천히 입술을 달싹였다.

"집이 꼭 무덤 같아서, 도망치듯이."

적막한 것은 온실 역시 마찬가지였다. 하지만 이곳은 그 무덤과는 달리, 좋은 기억들이 많았다.

"내가 어렸을 때…… 어머니는 늘 이곳에 계셨어."

김연희는 집에 있는 시간이 많은 사람이었다. 으레 회장 남편을 둔 사모님들이 그러하듯 저희들끼리 모이는 자리에 참석하는 일도 거의 없었고, 성격 역시 외향적이지는 못했으므로.

"그래서 나도 여기 있는 일이 잦았지. 학교가 끝나고 달려오면, 늘 웃는 낯으로 반겨 줬어."

우리 해준이 왔니. 다정하게 내뱉어지는 그 목소리를, 해준은 선명히 기억하고 있었다.

"가끔은 네가 앉아 있는 그 의자에서 낮잠을 자곤 했어. 그러다 일어나면, 유리 온실 가득 노을이 지는 게…… 참 예뻤어. 이상하게도 두근거렸는데."

해준이 기억하고 있는, 몇 안 되는 좋은 순간들 중 하나였다.

"그래서 이곳이, 이 저택에서 유일하게 내가 좋게 기억하는 공간이야."

"……."

"어제 나한테 그러지 않았나? 그나마 행복했던 때를 추억이라도 하면서 버티려고 하셨던 거라고. 나한테는 여기에서의 기억이 그랬어."

예진은 조용히 떠올려 보았다. 이 자그마한 안락의자에 기대어 앉아, 잠이 든 어린 해준의 모습을. 그 거실장에 놓인 사진들에서처럼, 지금과는 전혀 달리 밝게 웃고 있는.

"……어쨌든 여긴 구경거리가 많으니까, 저기서 시간을 보내는 것보단 낫겠지."

그러니까, 그런 생각으로 온실에 데려온 것이었다. 하지만 저는 지금 예진이 묻지도 않은 제 이야기들을 마음대로 쏟아 내고 있었다. 마치 이곳이 제게 어떤 의미인지 알아 달라는 말이라도 하듯이.

그러나 참 다행이었다. 예진은 더 이상 어떤 것도 캐묻지 않았다. 그런 것을 구태여 왜 얘기하냐는 말도, 저는 전혀 궁금하지 않다는 말도…….

그녀는 그저 조용히, 해준을 바라보며 그의 이야기를 들어 줄 뿐이었다. 어쩌면 그것이 차라리 다행인 일일지도 몰랐다. 예진이 그런 것을 묻는다고 한들, 저는 그 질문에 대한 답을 확실히 내놓지 못할 것 같았다. 저 역시도, 매번 제가 이 여자 앞에서 이러는 이유를 알 수 없었으니까.

그리고…….

'어쨌든 알려 드리는 게 맞을 것 같아 말씀드립니다. 한예진 씨 관련해서……'

가장 말해야 하는 것을, 왜 말하지 못하고 있는 것인지 역시도…….

뭐라고 얘기해야 할까. 어떻게 말해야, 네가 조금이라도 더 괜찮을 수 있을까. 상대를 배려하는 화법이 무엇인지 해준은 전혀 알지 못했다. 태어나 단 한 번도 해 본 적이 없었으므로.

그렇게 해준이 적당한 말을 찾지 못하고 있을 무렵이었다. 예진이 천천히 입술을 달싹인 것은.

"저도 있어요. 행복했던 기억."

생각지 못한 예진의 대답에, 해준은 아무런 말도 하지 않은 채 그녀를 바라보았다. 묻지도 않은 제 이야기를 떠벌리는 걸 가만히 들어 주기는 했지만, 이런 식으로 함께 대화를 나누어 줄 거라곤 생각지 못했다.

"아주 어릴 때였거든요. 기껏해야 대여섯 살쯤 됐을 때였나."

예진은 어딘가 모르게 공허한 표정을 지으며, 천천히 말을 이어 가기 시작했다.

"가족끼리 바다에 놀러 간 적이 있어요. 태어나서 처음이자 마지막이었지만."

아마도 가을 무렵이었을 것이다. 날씨는 무덥지도, 춥지도 않게 화창했고 휴

261

가철이 지나가버린 바닷가는 한산하기 짝이 없었다.

"그날…… 엄마랑 아버지랑, 다 같이 손을 잡고 걸었어요. 바닷가를."

아버지는 그날 술을 마시지 않았다. 엄마를 때리지도 않았고, 예진에게 역시 손찌검을 하지 않았다. 모든 것이 좋았다. 즐거웠다.

"부모님도 웃었고, 나도 웃었어요. 꼭 꿈같이 행복했죠. 그런데 원래 꿈이라는 건 깨지기 마련이라는 걸, 그때는 별로 믿고 싶지 않았나 봐요."

매일이 오늘 같을 수 있지 않을까? 이렇게 계속 유지될 수 있지 않을까? 예진은 기대했지만 그것은 날카로운 파편이 되어 그녀의 마음을 무너뜨렸고, 보기 싫게 헤집어 놓았다.

"아버지가 나한테 다시 소리를 질러도, 다시 때려도…… 어릴 땐, 그래도 포기를 못 했던 것 같아요. 그날처럼, 그때처럼 평범하게 돌아갈 수도 있지 않을까 싶어서."

정말 바보 같죠. 예진이 피식거렸다.

"하지만 어느 순간부터는 완전히 포기했어요. 그런데도 가끔은 생각이 났죠. 내 손을 잡고, 웃어 주는 아버지 얼굴이."

해준 역시 예진의 마음을 모르지 않았다. 그녀가 그 모든 것들을 완전히 포기하게 될 때까지, 예진의 마음이 얼마나 만신창이가 되었을지도.

'그러지 말지 그랬어요…… 그랬으면 쭉 사랑했을 텐데……'

……그리고 박동호의 무덤 앞에서, 제가 뇌까렸던 말 역시도 기억이 났다.

"원망하다가, 미워하다가, 그러는 것도 지칠 때는 그냥 물어보고도 싶었어요. 왜 그랬냐고. 그러지 않았으면, 쭉 사랑했을 텐데."

"……."

"난 처음부터 아버지를 사랑하지 않았던 게 아닌데, 왜 이렇게 다 망쳐 놓았느냐고."

해준은 잠시 아무런 말 없이 예진을 바라보았다. 공허하게 내려앉은 그녀의 검은색 눈동자에 깃든 것이 어떤 감정인지 조금은 알 것도 같았다.

박동호는 죽었지만, 예진의 아버지는 죽지 않았다. 해준에게는 이미 끝난 이야기가 되었지만, 예진에게는 아직 현재진행형이었다. 그리고 그의 존재는 앞으로도 계속해서 그녀를 갉아먹을 것이었다. 바로 윤 비서에게서 왔던 그 연락처럼.

"……어떡하고 싶어?"

해준이 예진을 응시하며 물었다.

"네 아버지가 만약 다시 찾아오면. 그래서 널 붙잡으면."

"우리 아버지는 날 그 구렁텅이로 끌고 가려고 할 거예요. 지금까지 했던 일들을, 질리지도 않고 되풀이하면서."

"평생 보지 않게 해 줄 수도 있어."

예상하지 못한 해준의 대답에, 예진은 작게 멈칫거렸다. 그러고는 해준을 바라보았다. 해준은 어딘가 모르게 진지한 표정을 짓고 있었다. 마치 방금 제가 한 말이 진심이라는 것을 증명이라도 하듯이.

"네가 원한다면, 그 정도는 내가 해 줄 수 있어."

해준이 다시 힘주어 말했다.

"그리고 그렇게 하면…… 어머니를 찾고 난 뒤에도 멀리 가지 않아도 되잖아. 불안해할 일도 없겠지. 말해 봐. 어떻게 하고 싶은지."

"……모르겠어요."

예진의 마른 입술이 힘없이 달싹거렸다.

"물론 다시 같이 살 생각은 전혀 없어요. 되풀이할 생각도 전혀 없고."

"……"

"그런데 계속해서…… 뭔가를 꼭 말해 주고 싶었던 것 같아요."

뭐가 그렇게 애틋한 관계였다고, 뭐가 그렇게 대단한 아버지였다고. 그런 생각을 하면서도 예진의 가슴에는 멍울이 남았다. 왜 생겼는지, 어떻게 없애야 하는지조차 모르는 멍울이었다.

"내가 당신 때문에 이렇게 망가졌다는 걸 알리고 싶었던 건지, 그럼에도 불구하고 살아 보겠다고 바득바득 버티고 있다고, 당신이 모든 걸 다 망쳐 놨어도 난 노력하고 있다고…… 그걸 보여 주고 싶었던 건지…… 이제는 잘 기억이 안 나요. 언젠가 마지막이 오면 그걸 꼭 말하고 싶었는데."

발악을 하고 싶었던 것도 같고, 분노를 표출하고 싶었던 것도 같았다. 또 어쩌면 울고 싶었던 것도 같고. 아니면 이 모든 감정들이 깃든 말이었을까. 예진이 덧없이 웃었다.

"이사님, 소라게 알아요?"

"그게 갑자기 왜."

"소라게들이 그렇잖아요. 갑자기 공포감이나 위협을 느끼면 껍질 안으로 숨어 버려요. 제가 그래요. 어떤 말을 하려고 해도, 아버지가 손을 들어 올리는 순간 머릿속이 새하얘져서…… 꼭 맞고 자란 개처럼."

해준은 예진의 말에, 언젠가 그녀의 부친이 병원에 찾아왔던 날을 떠올렸다. 그 흔한 말대꾸 하나 하지 못한 채로, 무방비하게 맞고만 있던 예진의 모습도…….

"사실은 소라게처럼 숨을 껍질도 없는 주제에, 꼭 그래요. 바보같이. 불쌍하고 비참하게."

"……아니, 그건 불쌍하고 비참한 게 아니야."

해준이 낮은 음성으로 뇌까리듯 말했다.

"네가 느끼는 감정들을 말하고 싶다는 건, 그래도 끝까지 도망치지 않고 맞서고 싶어 한다는 반증이니까."

저는 단 한 번도 그런 생각을 한 적 없었다. 그저 원망만 했을 뿐이다. 그리고 생각했다. 차라리 빨리 죽어 버리라고. 마지막까지 해준은 그에게 하고 싶었던 말들을 하지 못했다. 죽음의 그림자가 드리워진 박동호에게 제가 마지막으로 했던 말은 김미향과 박도준을 똑같이 비참하게 만들어 줄 것이라는 저주뿐이었다.

그럼 어쩌면, 정말 불쌍하고 비참한 건 나였던 걸까. 해준이 속으로 혼자 자조했다.

"……뭔가 이상하네요. 이사님하고 이런 얘기를 하고 있다는 게. 이사님이 저한테 그런 말을 해 주신다는 게."

짧지 않은 시간이 지난 뒤에야, 예진이 작게 중얼거리며 말했다.

"그래서 그게 불만이라는 뜻이야?"

해준이 조금은 눈썹을 찌푸리며 물었고, 그 모습을 빤히 바라보던 예진은 저도 모르게 웃음을 터트렸다.

해준은 그런 예진을 조금은 멍한 낯으로 응시했다. 저렇게 웃는 얼굴을, 지금까지 한 번이라도 본 적이 있었나. 아마 없던 것 같았다.

"이사님은 위로하는 게 참 서투르신 것 같아요."

"……"

"그런데 서투른 만큼, 진심이 느껴져서 나쁘진 않아요."

"위로하려고 한 말 아냐."

"그래서 제 말은, 생각보다 나쁘지 않다고요."

참 놀라운 일이었다. 매번 그렇게 가시처럼 날카로운 말만 쏟아 내며 저를 아프게 한 사람이었는데. 매번 그렇게 찢어진 마음을 헤집어 놓던 사람이었는데. 그 오만하기 짝이 없던 남자와 함께 있는 지금 이 순간이…… 하나도 나쁘지 않았다. 외려 덜 외로운 것 같았다.

어쩌면 그건 내가 이런 내 마음들을, 누군가에게 단 한 번도 털어놓지 않아서인지도 모르지. 하지만 하필이면 처음으로 속내를 털어놓은 상대가 박해준이라는 사실 역시도 나쁘지 않았다. 놀랍게도.

"엎드려 절받는 기분이군."

해준은 작게 중얼거리는가 싶더니, 의자에 비스듬하게 기대앉았다. 그러고는 편하게 고개를 뒤로 젖혔다. 그런 그가 조금은 피곤해 보여서, 예진은 그의 어깨를 툭툭 치며 말했다.

"여기서 졸지 말고, 들어가서 주무세요."

"안 졸아. 그냥 쉬려는 것뿐이야."

다시 집으로 돌아가면, 넌 뒤도 돌아보지 않고 방으로 가 버리겠지. 해준은 혼자 생각했다. 그러니 몸이 조금 배겨도, 이 온실에 있고 싶었다. 예진과 함께.

"……."

예진은 그런 해준을 잠시 말없이 바라보았다. 거짓말. 졸리면서. 박해준은 늘 저렇게 고개를 뒤로 젖히고는 잠에 빠져들곤 했다. 제 오피스텔에서도 매번 그랬다. 하지만 두 눈을 살짝 감은 그의 얼굴이 이상하게도 편안해 보여서, 예진은 그를 그냥 내버려 두기로 했다.

바깥에서는 여전히 요란스럽게 비가 퍼붓고 있었다. 하지만 온실을 쉴 틈 없이 때리는 그 빗줄기 소리가 싫지만은 않았다. 그렇게도 지긋지긋하던 비였는데도 불구하고.

조금만 있다가, 그때 깨워서 같이 돌아가면 되겠지. 그런 생각을 하면서, 예진 역시 천천히 눈을 감았다. 그가 무릎에 덮어 준 담요를 살짝 끌어 올린 채로.

○ ◎ ●

예진은 결국 해준을 깨우지 못했다.

"……."

꾹 감겨 있던 해준의 눈꺼풀이 조용히, 그리고 천천히 떠졌다. 그대로 까무룩 잠이 들어 버린 모양이었다. 조금은 어이가 없었다. 그래도 여기서 이렇게 재울 생각은 아니었는데.

몸을 일으킨 해준이 제일 먼저 한 것은 예진을 보는 일이었다. 여기서 졸지 말라고 할 때는 언제고, 그 말을 한 장본인은 세상모르게 잠들어 있었다. 그것도 꽤나 깊게.

의자에서 일어난 해준은 예진에게 가까이 다가갔으나, 그녀를 깨우지는 않았다. 대신, 다리를 굽힌 채 눈높이를 맞추고 예진을 내려다보았을 뿐이었다.

온실을 때리는 빗소리와, 아스라한 어둠에 잠긴 예진의 얼굴은 너무나 평안해 보였다. 마치 어젯밤, 그녀가 저를 마주 보며 웃었을 때 지었던 그 표정처럼.

해준은 그런 그녀를 한없이 바라만 보다가, 낮은 음성으로 입술을 달싹였다.

"……자꾸만 궁금해져."

네가 어떤 표정으로 웃을 수 있는지. 어떤 표정으로 행복해하는지.

"내가 모르는 네 얼굴들이."

넌 내 앞에서 매번 같은 낯이었으니까. 울거나, 화를 내거나, 아니면 비참해하거나.

"그걸 보고 싶어. 앞으로도 계속."

네가 허락한다면.

"……그리고 그렇게 웃는 네가 내 풍경에 있었으면 좋겠어."

해서 앞으로 힘들어진다고 해도, 부둥켜안고 살아갈 행복한 기억들 안에 네가 살았으면 좋겠어. 해준이 뇌까리듯 말했다.

"그래서 힘들어하지 않을 수 있도록, 내가 도와줄 수 있다면 좋겠어."

그럼 넌 뭐라고 할까. 또 너를 동정하는 거냐면서 싫은 말들을 내뱉을까? 네 불쌍함과 비참함을 사겠다고 널 비웃던 날 떠올리면서.

'나한테 팔아. 네 불행. 네 불쌍함. 네 비참함.'

해준은 문득 언젠가 예진에게 했던 말을 떠올렸다. 너는 가장 불쌍하고 비참해야만 하는 단역 같은 거야. 그 저주 같은 이야기까지도.

하지만 정말 그 이유뿐이었을까.

어쩌면 합리화가 아니었을까.

그럼에도 불구하고 살아가는, 바득바득 버텨 내는 너를 보고 있으면 나도 그렇게 살아갈 수 있지 않을까…… 난 나조차도 모르게, 그런 생각을 했던 건 아니었나. 그걸 인정하고 싶지 않았던 건 아닐까.

해준은 천천히 손을 뻗었다. 그러고는 예진의 뺨을 아주 조심스럽게 쓸어내리며 작은 목소리로 말했다.

"……네가 내 옆에 있었으면 좋겠어."

늘 한마디도 지지 않는 맹랑한 네가. 가진 것도 없다면서 주눅조차 들지 않는 네가…….

······모든 것을 다 가진 나보다도, 훨씬 더 강한 네가. 내 곁에. 언제나. 해준의 눈동자가 애처롭게 빛났다.

"그렇게 내가 없는 곳에서는 네가 힘들지도 않았으면 좋겠어."

해서 예진이 예전처럼 혼자 그 차디찬 비를 맞지 않았으면. 그 지난한 시간들을 홀로 버티지 않게 해 줄 수 있다면, 무엇이든 할 수 있을 것도 같았다. 예진이 그걸 허락만 해 준다면.

"으음······."

그러나 대답을 해 줄 수 있는 유일한 이는 단잠에서 깨어날 생각이 전혀 없어 보였다. 예진은 여전히 잠이 든 채로 작게 웅얼거리며 살짝 인상을 썼다. 남의 속도 모르고. 해준이 작게 웃었다. 그러고는 예진의 뺨을 만지던 손을 천천히 떼어 내었다.

"······잘 자, 한예진."

그리고 귓가에 대고, 작게 속삭였다.

"꿈도 꾸지 말고, 깊게."

그 말을 끝으로, 해준은 입을 다물었다. 대신 따뜻한 눈으로 예진만을 한없이 바라보았다. 출근 시간이 다 되었는데도 전화조차 받지 않는 그를 걱정한 윤 비서가 저택으로 찾아올 때까지.

9

잠에서 깼을 때, 예진은 혼자였다.

해준은 이미 출근을 한 것인지, 모습조차 보이지 않았다. 일어났으면 나도 좀 깨워 주지. 어쩜 이렇게 혼자 가 버릴 수가 있을까.

그래도 다행인 것은, 예진이 원래의 출근 시간보다는 일찍 깼다는 것이었다. 예진은 살짝 부은 눈으로 담요를 걷었다. 그렇게 천천히 자리에서 일어나는 순간, 무언가가 툭 하는 소리를 내며 바닥으로 떨어졌다.

어깨에 덮여 있던 해준의 카디건이었다.

예진은 땅을 뒹구는 카디건을 잠시 말없이 바라보았다가, 그것을 조심스럽게 주워 들었다.

손에 들린 카디건에서는 해준의 냄새가 났다. 이제는 너무나 익숙해져 버린.

……나는 왜 자꾸만 이 사람에게 익숙해지는 것일까. 이렇게 향취에 익숙해지고, 무언가를 받는 것에 익숙해지고, 또 남들에게는 절대로 털어놓지 않을 속 이야기와 맨얼굴에 익숙해지고. 또 반대로, 나 역시 내 맨얼굴을 보여 주는 것에 익숙해지고.

그리고 왜 그것이 싫지가 않은 것일까. 도대체 무엇을 어쩌자고. 무엇을 어쩌려고…….

아무리 생각해 보아도, 예진은 정답을 알 수가 없었다. 그녀는 결국 어떤 결론도 내리지 못한 채, 해준의 카디건만을 손에 쥐고는 우두커니 서서 밖을 바라보았다. 비는 여전히 하늘에 구멍이라도 뚫린 듯 퍼붓고 있었다.

○ ◎ ●

"비가 어제부터 하루 종일 퍼붓네요."

해준과 함께 복도를 걷던 윤 비서가 창밖을 응시하며 중얼거렸다.

"좀 그칠 때도 된 것 같은데 말입니다."

그야말로 지긋지긋한 비였다. 겨울이니 장마가 올 계절도 아닌데, 이상하게도 요즘 들어 유독 비가 많이 내리는 것 같았다. 그는 원래 날씨 따위에 감정이 변하는 사람은 아니었으나, 해준의 비서가 된 뒤부터는 상황이 조금 바뀌었다.

김연희가 손목을 그은 날에도, 박동호가 세상을 완전히 떠나 버린 날에도 비가 왔다. 해준은 그날 뒤로 이렇게 다시 비가 퍼부어도 아무런 말도 하지 않았다. 하지만 어떤 것들은 내색하지 않아도 티가 나기 마련이었다. 예를 들어, 무겁게 내려앉는 그의 기분 같은 것들.

"그러게요. 꼭 열대 우림이라도 된 것처럼."

해준이 작게 피식거리며 대답했고, 윤 비서는 저도 모르게 놀란 표정을 지었다. 그러나 더 놀라운 것은 그다음에 이어진 말이었다.

"하지만 어쩔 수 없는 일이죠. 저러다가도 곧 그칠 테니, 그걸 기다릴 수밖에…… 윤 비서?"

해준이 걸음을 떼다 말고 뒤를 돌아보았다. 제자리에 멈춰 선 채로 저를 빤히 바라보고 있는 윤 비서 때문이었다.

"비…… 싫어하지 않으셨습니까?"

때아닌 엉뚱맞은 질문에 해준은 살짝 눈을 가늘게 떴다. 그러고는 자연스럽게 창밖을 쳐다보았다.

맞다. 정말 지독한 비였다. 여느 때였다면 그는 또 수렁 같은 감정에 발목을 붙잡혔을 것이고, 또 그렇게 밑바닥으로 속절없이 끌려만 갔을 것이었다. 아무런 의지도 없이, 도축장으로 끌려가는 동물처럼.

하지만…….

"예전에는 싫어했는데, 지금은 아닙니다."

말 그대로, 지금은 아니었다.

"그렇게 나쁘지도 않은 것 같아서."

"……예?"

"말 그대롭니다."

고요한 밤. 그리고 아득한 새벽 내내 들려온, 온실 찬장을 때리는 빗소리. 그 위에 조용히 덧입혀지던 누군가의 따뜻한 숨. 그것 말고는 어떤 것도 생각나지 않았다. 비 오는 날의 끔찍했던 기억들은 그것으로 모두 덮어졌다. 마치 그의 생에 비가 왔던 날은 바로 어제뿐이었던 것처럼.

"……."

윤 비서는 혼자 말없이 웃는 해준을 복잡한 낯으로 바라보았다. 그가 왜 이러는 것인지, 어쩐지 알 것도 같았다. 아마도 그에게 거센 비가 내릴 때마다, 그것을 같이 맞아 준 보잘것없는 여자 때문이겠지. 거기까지 생각이 미친 윤 비서가 아주 조심스럽게 말문을 열었다.

"그런데 이사님, 어제 전화로 보고드린 건 어떻게 할까요……?"

그의 말에 해준이 크게 멈칫거렸다.

"일단 말씀하신 것처럼 한예진 씨 오피스텔 근처에 경호 인력을 최대한 늘렸습니다. 물론 본인이 알아채지 못하게끔 신경 쓰라는 말도 잊지 않았고요."

해준은 모르지 않았다. 고작 경호 인력을 늘리는 것만으로는 이 본질적인 문제를 전혀 해결할 수 없다는 사실을. 그렇지만…….

'어떡하고 싶어? 네 아버지가 만약 다시 찾아오면. 그래서 널 붙잡으면.'

평생 보지 않게 해 줄 수도 있어. 해준의 말에, 예진은 그렇게 대답했다.

'……모르겠어요.'

"그렇지만 아시다시피, 한예진 씨 부친이 쉽게 떨어져 나갈 것 같지는 않아서…… 그게 걱정입니다. 지금 당장은 모면했다고 하더라도, 반드시 다시 찾아 올 거고요."

윤 비서의 말이 맞았다. 해준은 그를 완전히 치워 버릴 수도 있었다. 예진 모르게, 오로지 제 뜻대로.

'그런데 계속해서…… 뭔가를 꼭 말해 주고 싶었던 것 같아요.'

하지만 그렇게 하면 예진은 그 무언가를 영원히 말할 수 없게 될 것이었다.

예진의 가슴에는 멍울이 있었다. 해준에게도 있던 멍울이었다. 오래도록 내뱉지 못한 케케묵은 감정들은 마음 가장 깊숙한 곳에 고인 채 내려앉아 악취를 풍기며 썩어 들어가기 마련이었다. 썩고 또 썩어서, 종국에는 마음 전체를 갉아 먹고 지독한 그림자로 남아 평생을 따라다닐 것이었다. 해준에게, 박동호의 존재가 그러하듯이.

예진만은 그러지 않기를 바랐다. 시간을 벌어 주고 싶었다. 그녀가 제 부친에게 원망 어린 저주를 퍼붓고 싶은 것인지, 아니면 그럼에도 불구하고 저는 잘 살고 있다는 것을 보여 주고 싶은 것인지 본인이 깨달을 수 있을 때까지. 그래서 그렇게 예진이 현실에서도 마음속에서도 그와 영원히, 완전히 이별할 수 있기를 바랐다. 해서 앞으로 나아갈 수 있기를. 발목에 채워진 족쇄를 보지 못한 척한 채, 억지로 걸음을 옮기다 자꾸만 고꾸라졌던 저와는 전혀 다르게.

"……일단 경호원들은 그대로 내버려 두고, 그 남자한테 사람을 붙이세요. 그럼 위험한 일이 벌어질 가능성은 더 낮아질 테니까."

"예, 알겠습니다."

"그리고 운전기사는 일찍 퇴근하라고 하세요. 어차피 당분간은 집으로 출퇴근을 할 테니, 내가 데려다주면 됩니다."

"……."

"그렇게 하세요."

예진의 존재가 해준에게 도움이 전혀 되지 않을 것이라는 사실을 알아도, 일

272

개 비서가 할 수 있는 일은 아무것도 없었다. 결국 그는 고개를 끄덕였고, 해준은 망설임 없이 다시 걸음을 옮겼다. 그만 돌아가야 할 시간이었다. 이제는 예진이 있는 집으로.

그런데 갑자기, 알림 소리가 들렸다.

자리에 멈추어 선 해준은 핸드폰을 확인했다. 파출부가 보낸 것이었다. 내용은 간략했다. 예진이 지금 막 저택을 벗어났다는 것이었다.

해준의 얼굴이 무참히 구겨졌다.

이런 일이 생길까 봐, 혹시 예진이 저보다 먼저 퇴근하면 알려 달라고 부탁한 것이었는데.

"……이사님?"

갑작스럽게 표정이 굳어 버린 해준의 모습에 당황한 윤 비서가 그를 불렀으나, 해준은 뒤도 돌아보지 않은 채 달려가기 시작했다.

비가 추적추적 내리고 있었다.

예진은 우산을 손에 꼭 쥐고는 거리를 걸었다. 깊게 고인 물웅덩이를 가까스로 피하기도 하고, 또 토독토독 떨어지는 빗소리를 귀에 담기도 하면서.

그러면서, 해준을 생각했다.

어쩌면 이사님은 오늘도 나와 함께 저녁을 먹으려고 했을지도 모르지. 그 시커멓게 탄 소시지들로 가득한 접시를 자랑스럽게 내려놓으면서.

하지만 예진은 퇴근 시간이 되자마자 저택을 나섰다. 조금만, 잠시만 기다리면 그가 올 것을 다 알고 있는데도 불구하고.

'그래서 제 말은, 생각보다 나쁘지 않다고요.'

해준에게 한 말은 진심이었다. 저도 모르게 튀어나와 버린 진심. 그렇게 생각보다 나쁘지 않아서, 예상보다 즐겁기까지 해서…… 그래서 깨달았다. 자꾸만 이런 시간에 익숙해지고 있는 본인의 모습을.

그것에 덜컥, 갑자기 겁이 나는 것도 같았다. 그래서 도망치듯 우산을 빌려 빠져나온 것이었다.

이사님은 서운해했을까. 함께 저녁을 먹고, 데려다주겠다는 말을 내가 듣지 않아서. 그래서 또 그렇게 심통이 나서, 화가 난 얼굴로 빈 식탁 앞에 앉아 있을지도 몰랐다.

"……"

예진은 그런 해준의 모습을 어렵지 않게 상상해 보았다가, 혼자 피식거리고 웃었다. 참 이상한 일이었다. 예전에는 쳐다도 보기 싫던 그 얼굴이 지금은 전혀 다른 감정으로 와닿는다는 것이.

……그러니까, 그런 생각을 하며 오피스텔을 향해 걸어가던 찰나였다.

"한예진."

익숙한 목소리가 예진의 귓가에 내려앉았다. 술기운이 물씬 풍기는, 그런 음성. 이내 우산을 쥔 손이 바들거리며 떨렸다. 마치 파블로프의 개처럼.

아니야. 잘못 들은 걸 수도 있잖아. 어쩌면 정말 그럴지 몰랐다. 아버지의 목소리는, 가끔가다 환청처럼 예진의 귓가에 남아 그녀를 무던히도 괴롭혀 왔으므로.

우산 너머로 해지고 낡은 누군가의 구두가 보였다. 예진은 천천히 우산을 들었다. 그러자 똑같이 가난의 냄새가 물씬 풍기는 오래된 바지가, 티셔츠가 보였고…….

아버지가 보였다.

시선이 허공에서 맞부딪쳤다. 예신은 숨을 쉬는 것도 잊은 사람처럼 짤막하게 헐떡거렸다. 그때와 똑같았다. 병원에서 그를 다시 마주했던 날. 그렇게 개처럼 맞으면서도, 소리 한번 제대로 지르지 못했던 그 순간.

"한예진!"

딸이 아무런 반응을 보이지 않자, 화가 난 아버지가 큰 소리를 쳤다. 예진은 저도 모르게 뒷걸음질을 쳤다. 하지만 아버지의 보폭은 예진의 잰걸음보다 훨씬 빨랐다. 늘 그랬던 것처럼. 지난 평생, 아무리 달아나려 노력해도 지치지도 않고 쫓아와 늘 머리채를 휘어잡았던 기억들처럼.

"딸년은 어미 팔자 닮는다더니, 지 어미 쫓아서 도망을 가?"

아니야. 난 이러고 싶지 않아. 겁먹은 채 도망치고 싶지 않아. 그러나 그 뇌까림들은 메아리처럼 예진의 마음속을 웅웅거리며 울리기만 할 뿐, 그 어떤 것도 해내지 못했다.

예진의 손에 잡혀 있던 우산이 툭, 하는 소리를 내며 바닥을 뒹굴었다.

"당장 이리 안 와!"

너, 이 빌어먹을 년. 은혜도 모르는 망할 기집 년. 오늘 역시 술에 취한 것인지, 붉게 물든 아버지의 얼굴이, 예진의 절망이 코앞까지 다가왔다. 커다란 손아귀가 그녀를 집어삼킬 듯 머리를 향해 날아왔다. 그것이 꼭 고장 난 비디오테이프를 돌린 것처럼, 느리게 보였다.

날 또 때리겠지. 윽박지르고, 소리치겠지. 그렇게 또 내가 어렵게 쌓아 올린 내 세상을, 내 마음을 무너트리겠지. 그 손짓 하나로 너무나 간단하게. 지금까지 매번 그래 왔던 것처럼. 지치지도 않고.

예진은 제게 날아드는 아버지의 손을 멍하니 바라보았다.

그리고 아스라하게 꺼져 가는 검은 눈동자에 누군가의 손이 비쳤다.

해준이었다.

"……."

아버지의 손을 낚아챈 해준은 그를 죽일 듯 노려보았다. 그러고는 나머지 손으로 예진을 제 뒤로 잡아끌었다. 마치 숨기기라도 하듯이.

"이사님이…… 여기 왜…….

예진이 꺼져 가는 목소리로 중얼거렸고, 해준은 그녀의 아버지에게 시선을 고정한 채 낮은 목소리로 말했다.

"나한테 그랬지. 자꾸만 소라게처럼 숨어 버린다고."

'소라게들이 그렇잖아요. 갑자기 공포감이나 위협을 느끼면 껍질 안으로 숨어 버려요. 제가 그래요. 어떤 말을 하려고 해도, 아버지가 손을 들어 올리는 순간 머릿속이 새하얘져서…… 사실은 소라게처럼 숨을 껍질도 없는 주제에, 꼭 그래요. 바보같이. 불쌍

하고 비참하게.'

"내가 해 줄게."

"……."

"정말 숨어야 할 순간이 닥치면, 내가 숨겨 줄게. 그러니까 넌…… 더 이상
불쌍하고 비참해지지 마. 스스로에게."

내게는 그렇게 비치지 않았어도, 네게는 다를 수 있으니까. 해준은 그렇게
생각했다.

"지금이 네가 말한 바로 그 마지막이야. 원망을 하든, 저주를 퍼붓든, 아니
면 네가 정말 하고 싶었던 말을 하든…… 전부 해."

그게 뭐든. 해준이 힘주어 말했다.

"이 개같은 새끼가……!"

해준에게 손목이 붙들린 아버지가 욕설을 내뱉었다. 그는 여전히 술에 거나
하게 취해 있었다. 해서 평소보다 더 용기가 넘쳤고, 겁이 없었다. 저 앞에 경
호원들이 한가득 몰려오고 있는데도 불구하고.

해준은 그의 손목을 놓아 주었다. 그는 경호원들을 향해 다가오지 말라는 듯
시선을 보내더니, 이번에는 등 뒤에 숨긴 예진의 손을 꼭 쥐었다. 그러고는 조
용히 예진을 바라보았다.

"……."

죽은 듯 고정돼 있는 예진의 검은 눈동자에 아버지의 얼굴이 비쳤다. 도깨비
처럼 붉게 물든 그 낯짝이, 숨을 내쉴 때마다 풍기는 술 냄새가…… 무섭지 않
다면 거짓말이었다. 어느 때였다면. 항상 그래 왔던 것처럼 그저 몸을 둥글게
말았을 것이다. 그렇게 무자비하게 쏟아지는 구타를 묵묵히 견뎌 내기만 했겠
지. 제대로 울지도 못하면서.

하지만 오늘은 아니었다. 저를 꽉 붙잡은 해준의 손이 말해 주고 있었다. 너
는 혼자가 아니라고.

해준의 말이 맞았다.

오늘이 마지막이었다.

"아빠, 나는……."

부르튼 예진의 입술이, 힘없이 파들거리며 달싹였다.

"……아빠를 닮았대. 엄마가 그랬어."

너는 참 느이 아버지를 쏙 빼다 닮았어. 엄마는 그것을 아주 뿌듯하다는 듯 말하고는 했으나, 예진에게 있어서 그 말은 저주였다.

"난 아빠가 죽여 버리고 싶을 정도로 싫고, 미웠는데…… 가끔 아빠 얼굴을 보고 있으면……."

그가 죽기를 바랐고, 사라지길 바랐다. 하지만 때때로 고요히 잠이 든 그를 내려다볼 때, 혹은 아주 가끔, 그가 저를 꼭 닮은 얼굴로 웃는 것을 볼 때면…….

"기대를 하고도 싶었어."

그래도 우리 아빠니까. 내 아빠니까. 우린 이렇게 서로를 닮았으니까. 그러니까 언젠가는, 그가 스스로 깨닫고 괜찮아질 수도 있지 않을까. 그런 기대를 해 보기도 했다. 하지만 그 기대는 얄팍하고 연약하기 짝이 없어, 매번 산산조각이 나 예진의 심장을 날카롭게 파헤쳤다.

"그리고 가끔은 너무 무서웠지. 내가 아빠처럼 살까 봐. 이렇게 죽을힘을 다해 바둥거리며 버텨 놓고, 결국에는 아빠처럼 될까 봐."

내 몸에 흐르는 피의 절반은 당신 것이겠지. 그 사실이 예진은 죽도록 싫었다. 어쩌면 그래서 더 기를 쓰며 살아온 것일지도 몰랐다. 그래도 난 아니야. 난 아빠와는 틀려. 그것을 스스로에게 증명하고 싶어서.

"그게, 그런 생각들이…… 나한테 무슨 의미였는지 알아?"

예진이 눈물이 고인 눈동자로 아빠를 바라보며 말했다.

"아, 나는 앞으로도 평생 이렇게 버티듯 살아야만 되는구나. 끊임없이 내 자신에게 나는 아버지와 다르다는 걸 증명하고 또 증명하면서…… 그렇게 시달려야만 하는 거구나. 엄마를 때린 것도, 날 때린 것도 용서할 수 없었지만 이게 제일 고통스러웠어. 단 한 번이라도, 이런 생각 같은 거…… 해 본 적 있었어?"

그래서 나한테 미안하다는 생각. 해 봤어? 예진이 물었다.

"이년이…… 뚫린 입이라고 아비 앞에서 감히 그딴 말을 해! 내가 너한테 못해 준 게 또 뭐야! 낳아 주고 키워 줬으면 된 일이지!"

하지만 아버지는 예진의 말을 전혀 듣지 않았다. 예진은 힘없이 헛웃음을 흘렸다. 이미 예상한 것이었다. 그는 앞으로도 제 이야기를 들어 주지 않을 것이다. 대화할 수 없을 것이다. 이제는 그것을 알았다. 그러니 이런 말을 하는 것 역시 아무런 의미가 없다는 사실도…….

하지만 마지막이었다. 이것은 어쩌면 아버지를 위한 것이 아닌, 저를 위한 대화일지도 몰랐다.

"그런데 아빠, 이제는 그런 생각 안 할 거야."

예진의 목소리는 여전히 떨리고 있었으나……,

"아빠는 아빠고, 나는 그냥 나인 거야."

아까와는 달리 그녀의 눈동자에서는 단호함이 묻어나고 있었다.

"이제부터 아빠는, 그냥 내 인생에서 없는 사람인 거야. 죽은 사람인 거야."

"너……!"

"난 이런 이유로 나를 괴롭히지 않을 거고, 얽매이지도 않을 거야."

그렇게 제 인생을 살 것이었다. 그 지옥에 두고 온, 마음을 건져 내서.

"그러니까. 그러니까……."

가만히 예진을 바라보고 있던 해준의 시선이 문득 맞잡은 손으로 향했다. 예진은 떨고 있었다. 그것이 고스란히 피부를 타고 마음까지 전해져 오는 것 같아서, 해준은 부러 그녀의 손을 더 힘주어 잡아 주었다.

"이제 이런 식으로 내 삶에 끼어드는 거, 날 망치는 거…… 용납 안 할 거야."

고여 있던 눈물은 기어코 뺨을 타고 흘러내렸으나, 예진은 끝까지 시선을 돌리지 않았다.

"그만 내 인생에서 사라져."

그것을 끝으로, 예진은 해준을 바라보았다. 해준 역시 그녀를 마주 보았다. 그리고 그는 이내 깨달았다. 예진은 방금, 제 손으로 스스로의 비참함을 끝냈다는 사실을.

"아무리 용써 봤자, 결국 넌 아비 손아귀 못 벗어난다. 네 어미 머리채 휘어 잡고 있으면 다시 기어들어 오겠지!"

"저 사람 데리고 가세요."

해준이 말하기 무섭게, 뒤에서 대기하고 있던 경호원들이 몰려왔다. 그러고는 예진의 아버지를 끌고 가기 시작했다. 너, 이 빌어먹을 년. 은혜도 모르는 년. 그는 계속해서 패악질을 부렸으나, 그가 할 수 있는 일은 그저 그것뿐이었다.

집에 돌아온 뒤에도, 예진은 아무런 말을 하지 않았다.

침대에 앉아 있는 예진의 얼굴은 처연하기 짝이 없었다. 해준은 그렇게 고개를 살짝 숙인 예진의 옆얼굴을 말없이 바라보았다. 들려오는 말은 없어도, 수많은 감정이 선명히 느껴지는 것도 같았다. 혼란이나 슬픔 같은 그런 케케묵은 것들.

이내 해준의 시선이 침대 위에 놓인 손으로 향했다. 예진은 여전히 그의 손을 붙잡고 있었다. 해준 역시 그녀의 손을 놓지 않았다. 그저 아까 그녀의 아버지 앞에서 그랬던 것처럼, 부러 힘을 주어 잡아 줄 뿐이었다.

"……좀 자."

그리고 짧지 않은 시간이 지난 뒤, 해준이 낮게 내려앉은 목소리로 말했다.

"차라리 그게 나을지도 모르니까."

어떤 감정이든, 한숨 자고 일어나면 조금은 흐려지기 마련이었다. 그래서 해준 말이었는데, 예진은 넋이 나간 사람처럼 아무런 반응도 보이지 않았다.

해준은 그런 그녀를 짧게 응시했다가, 반대편 손으로 예진의 어깨를 붙잡았다. 그러고는 그녀를 안은 채 천천히 침대에 누웠다.

"잠들 때까지 옆에 있어 줄게."

"……."

"너도 그랬으니까."

귓가에 스며드는 음성이 따뜻했고, 제 머리를 받치고 있는 탄탄한 팔이 따뜻했고, 조심스럽게, 그리고 아주 어설프게 등을 토닥이는 손길이 따뜻했다.

그래서인지 자꾸만…… 눈물이 나려는 것도 같았다. 이런 온기는 지금껏 살아 버려 온 시간들 중 단 한 번도 느껴 보지 못한 것이었으므로.

"……다 알고 계셨죠, 이사님."

예진이 해준에게 안긴 채, 조용히 물었다.

"날 다시 찾아왔다는 거. 그래서…… 어제도 집에 못 가게 한 거였군요."

해준은 아무런 대답도 하지 않았으나, 때로는 침묵이 그렇다는 말 한마디보다 더 확실한 대답일 때가 있었다.

그래, 해준이 모를 리가 없었다. 저 수많은 경호원들이 오피스텔을 지키고 있었던 것도, 또 그가 어제 아주 다급하게 저택에 뛰어 들어온 것도 모두 다 같은 이유였을 것이다.

저를 걱정해서.

그리고 그것을 말하지 않았던 것은…….

"……고마워요."

마지막이 온다면 그에게 하고 싶은 말이 있었다는 제게, 하지만 그것이 무엇인지 잊어버렸다는 제게 시간을 주고 싶어서였을지 몰랐다.

"전부…… 다."

진심 어린 인사임에도 해준은 그럴싸한 내답을 찾지 못했다. 솔직히 말하자면 화를 내도 할 말이 없다고 생각했다. 왜 네가 그런 것을 참견하냐면서, 네가 도대체 뭐라고 왜 제 인생에 자꾸만 끼어드냐고 짜증을 냈어도 그저 듣고만 있을 참이었는데.

"아버지가 작아 보였어요. 처음으로."

예진이 꺼져가는 목소리로 중얼거렸다.

"내 인생을 처참하게 무너뜨린 사람이…… 실은 그렇게 작았다는 게, 나는······."

해준이 그럴싸한 대답을 찾지 못했듯, 예진 역시 제 심경을 확실히 표현해 줄 수 있는 말을 찾지 못했다.

"이제 알았으니까 됐잖아."

그 마음을 알기라도 했다는 듯, 해준이 덤덤한 음성으로 말했다.

"그러니까 네 인생에서 사라지라고, 다시는 널 망치는 걸 용납하지 않겠다고 얘기한 거잖아. 그거면 됐어."

저를 품에 안아 주는 해준은 꼭 아이를 어르는 어른 같았다. 누군가에게 이런 식의 대접을 받는 것 역시 처음이었다. 지금과 같은 시간들이 지치지도 않고 찾아올 때마다, 예진은 언제나 항상 오롯이 혼자였으므로.

어쩌면 그래서일지도 몰랐다. 이 따뜻한 온기를 결국 조금도 밀쳐 낼 수가 없는 까닭은.

"그리고 난 오늘만을 얘기한 게 아니야."

그 알아들을 수 없는 말에, 예진은 눈물 젖은 낯으로 고개를 들었다. 그러고는 코앞에 놓인 해준의 얼굴을 마주 보았다.

"네 인생에서 지금 같은 일들이 생길 때마다······ 같이 있어 줄게. 매번."

그래서 매번, 혼자 두지도 않을 것이었다. 해준이 고요히 예진을 응시하며 말을 이었다.

"그러다 너무 겁이 나면, 도망치고 싶어지면 나한테 숨어."

"······."

"그 정도는 해 줄 수 있으니까."

해준을 담은 예진의 눈동자가 짤막하게 흔들렸다. 왜? 왜 그렇게까지 내게 해 주려고 하는데? 그러다 내가 의지라도 하게 되면? 그럼 그때 난 어떻게 해야 해?

하지만 예진이 그 물음들을 입에 담기 전에, 해준은 그녀를 제 품에 꽉 가두듯 안았다.

"잘했어."

그러고는 이불을 덮고, 다시 그녀의 등을 토닥이며 속삭이듯 말했다.

"잘했어, 한예진."

그 말에, 애써 참고 있던 눈물이 다시 터졌다. 예진은 다시 고개를 숙였다. 하지만 해준은 그녀를 놓아줄 생각이 전혀 없는 것 같았다. 그렇게 예진은 도망칠 수조차 없어서, 그저 그의 가슴에 얼굴을 묻었다.

저를 감싸 안은 해준의 품은 슬플 정도로 다정했고, 끊임없이 등을 토닥이는 손길은 상냥하기 그지없었다. 예진은 아주 긴 시간 동안 소리조차 내지 않고 울며 그의 앞섶을 부단히도 적셔 내었지만, 해준은 아무런 말도 하지 않았다.

예진은 결국 그에게 안긴 채 지친 낯으로 잠이 들었다. 아주 고되고 긴 잠이었지만, 그녀는 조금의 악몽도 꾸지 않았다. 어쩌면 그것은 꿈에서라도 그녀를 지켜 주겠다는 듯, 잠에서 깰 때까지 그녀를 도닥여 준 누군가의 마음 때문일지도 몰랐다.

……그리고 그렇게 눈을 떴을 때, 비는 거짓말처럼 그쳐 있었다.

○ ◎ ●

"일어나."

잠을 깨운 것은 해준의 목소리였다.

"한예진."

제 이름을 부르는 그의 음성에, 예진은 천천히 부은 눈을 떴다. 그러고는 여전히 저를 품에 안고 있는 해준을 올려다보았다. 그는 밤새 저를 이렇게 안고 있던 것 같았다. 조금도 움직이지 않은 채로.

"……."

예진은 순간 저도 모르게 멍한 표정을 지었다. 조금은 어이가 없는 것도 같았다. 어떻게 해준의 품에 안겨 자는 내내, 한 번도 깨지 않았던 것일까. 예진은 잠귀가 밝아 조금의 소음만 들려도 화들짝 놀라며 깨곤 했다. 모두 다 아버지 때문이었다.

282

"엄청 잘 자던데."

해준이 예진을 내려다보며 말했다.

"알람 소리도 전혀 못 듣고."

말도 안 되는 일이었다. 하지만 그 말도 안 되는 일이 일어난 이유를, 예진은 어렴풋이 알 것도 같았다.

안심이 되어서.

해준과 함께라서.

하지만 그 깨달음이 뒤늦게 찾아온 민망함을 떨쳐 낼 수는 없었다.

"……미안해요."

예진은 해준을 다급하게 밀어 내고는, 부리나케 일어나 앉았다. 그러고는 늦어도 너무 늦은 사과의 말을 내뱉었다. 해준은 아무런 대답도 하지 않았다. 그는 그저 작게 피식거리는가 싶더니, 살짝 흐트러진 머리를 쓸어 넘겼다.

"어쨌든 일어나서 다행이야. 나가 봐야 해서."

시침은 벌써 아침 9시를 가리키고 있었다. 해준의 말이 맞기는 맞았다. 그는 회사로 출근해야 했고, 예진은 그의 저택으로 출근할 시간이었으니까.

"그럼 이사님은 먼저 가 보세요. 저는 택시 타고 댁으로 갈 테니까……."

"아니, 오늘은 휴가야."

때아닌 휴가 소식에 예진의 눈이 동그래졌다.

"대신 어딜 좀 같이 가 줘야겠는데."

"……네?"

"그러니까 빨리 씻고 나와. 지금 당장 출발해야 하니까."

그게 무슨 소리냐며 재차 물어도 해준은 이렇다 할만한 뾰족한 대답을 내놓지 않았다. 그저 계속해서 채근할 뿐이었다. 그럼 그대로 그냥 나가든가. 난 상관없어. 해준의 고집을 모르지 않았다. 결국 예진은 그의 말에 한숨을 내뱉으며 욕실로 향했다.

세면대 앞에 선 예진은 양치를 했고, 세수를 했다. 수건으로 얼굴을 대충 닦아 낸 그녀는 문득 거울 속에 비친 제 얼굴을 바라보았다.

거울 속의 저는 여전히 빨갛게 부은 눈을 하고 있었으나…… 그전과 같은 기분은 전혀 들지 않았다. 그러니까, 아버지가 찾아와 제 인생을 무너트릴 때마다 매번 느끼곤 했던 그 비참한 감정. 그래서인지, 매일같이 보았던 제 얼굴이 이상하게도 낯선 것도 같았다.

거울에 향해 있던 예진의 시선이 살짝 열어 놓았던 창밖으로 향했다. 쏟아지던 폭우는 어느새 멀끔하게 그쳐 있었다. 차가운 겨울 공기는 건조하기 짝이 없었으나, 하늘만은 새파랗게 화창했다. 마치 홀가분하게 개어 버린 제 기분처럼.

"내일 나올 생각인가?"

닫힌 문 너머로, 해준의 목소리가 들려왔다. 창밖만 멍하니 쳐다보던 예진은 수건을 다급하게 수건걸이에 걸어 놓았다.

"지금, 지금 나가요."

그러고는 작게 중얼거리며 욕실을 빠져나갔다.

○ ◎ ●

도대체 어디로 향하고 있는 것인지 알 방법이 없었다.

해준은 예진을 차에 태우자마자 곧장 액셀을 밟았다. 지금 어디 가는 건데요? 몇 번이나 물어보았지만, 그는 짤막한 대답만을 내놓을 뿐이었다. 가 보면 알 거야.

평일 오전 시간대의 고속도로는 말 그대로 뻥 뚫려 있었다. 조수석에 앉아 있던 예진은 괜히 저 앞만 바라보았다가, 손을 꼼지락거렸다를 반복하며 혼자 멋쩍어했다.

참 우습기 짝이 없다는 생각이 들었다. 제대로 알지도 못하는 사이일 때, 아무런 감정도 없이 몸을 섞어 놓고 이제 와서 이런 식으로 해준을 의식하고 있다니.

하지만 그때의 해준과, 지금 제 옆에 앉아 있는 해준은 전혀 다른 사람 같았다. 아니, 어쩌면…… 저 자신에게 있어 그의 의미가 달라져 버린 것일지도 몰랐다.

"이제 아버지 일은 걱정하지 않아도 될 거야."

묵묵히 운전을 하던 해준이, 시선을 정면에 둔 채 입술을 달싹였다.

"알아서 손써 놨으니까."

예진은 그의 말에 몇 가지를 물으려다가, 그냥 그만두었다. 어떤 방법이든 무슨 상관이란 말인가. 그런 생각이 들어서.

"멋있었어."

"……누가요?"

"너."

해준이 피식거리고 웃었다.

"누군가 그러더군. 어떤 식의 관계든, 본인의 방식으로 헤어지지 못하면 미련이 남게 된다고. 그게 가족이든, 아니면 이성이든 간에."

"……."

"난 내 방식으로 헤어지지 못했어. 마음에 담아 둔 말을 제대로 하지도 못했지. 박동호는 그렇게 제멋대로 떠나 버렸으니까."

예진은 아무런 말도 하지 않았다. 그저 조용히, 박동호의 무덤 앞에 서 있던 해준의 모습을 떠올릴 뿐이었다. 그랬나. 그렇게 본인의 방식으로 헤어지지 못해서, 해준은 그렇게 아파 보였던 것일까.

"하지만 넌 아니지. 그러니 미련이 남을 일도 없을 거고, 지난 일들이 네 발목을 잡을 일도 없을 거야."

해준의 말이 맞았다. 이상할 정도로 온몸을 울렸던 후련함은 아마 그 때문이리라.

"오늘 널 데리고 나온 건 그 이유도 있어. 해야 할 일을 했으니, 더 앞으로 나아가 보라고."

"무슨 말씀이신지 잘 이해가 안 가요."

"곧 알게 될 거야."

해준은 오늘따라 알아들을 수 없는 말뿐이었다. 하지만 예진은 그냥 입을 다물기로 했다. 그 말을 하는 그의 기분이 조금 좋아 보이는 것도 같아서.

그리고 얼마 지나지 않아, 해준의 차가 천천히 멈추어 섰다.

"다 왔어. 내려."

예진은 조금 의아한 표정을 지은 채로, 저 앞을 바라보았다. 해준이 저를 데리고 온 곳은 전혀 생각지 못한 장소였다.

바다.

예진이 그렇게 차창 너머로 바다를 바라보는 사이, 해준은 먼저 차에서 내렸다. 그러고는 문을 열어 주었다.

"……."

차에서 내린 예진은 천천히 걸음을 뗐다. 바닷가를 향해서.

아주 오랜만에 오는 바다였다. 겨울 바다는 생각보다 많이 쌀쌀했고, 또 추웠지만…… 그래도 무척이나 아름다웠다. 그 언젠가, 오래전, 가족과 함께 왔던 바닷가처럼.

예진은 그렇게 바닷가를 바라보았고, 해준은 그런 예진의 뒷모습을 바라보았다. 그는 그녀와 한두 발자국 떨어진 채, 아주 조용히 예진을 따라 걸었다. 한 걸음, 한 걸음을 뗄 때마다 선명히 남는 예진의 발자국을 쫓아서.

그들은 그렇게 물가에 다다랐다. 조용한 소음과 함께 파도가 새하얗게 부서지는 것이 보였고, 황금색의 모래가 한없이 젖어 드는 것이 보였다.

"걸어 봐, 그때처럼."

그리고 해준이 예진을 응시하며 말했다.

"꿈같이 행복했다고 했잖아. 태어나서 처음이자 마지막으로 바다에 갔을 때. 바닷가를 걸었을 때. 그때처럼 걸어 보라고."

해준의 시선이 문득 예진의 발치로 향했다. 그러자 모래에 더럽혀진 단화가 보였다. 그는 그것을 물끄러미 쳐다보는가 싶더니, 그녀의 앞에 한쪽 무릎을 굽혔다.

"이사님……?"

예진은 당황했으나, 해준은 여상하기 짝이 없었다. 손을 뻗은 그는 아주 조심스러운 손길로 예진의 신발을 벗겼다. 그러고는 낡은 단화를 한 손으로 쥔 채 자리에서 일어났다.

"아무래도 이게 더 편하겠지. 그리고, 자."

해준이 예진에게 손을 내밀었다.

"잡아."

"……."

"다 같이 손을 잡고 걸었다 하지 않았나? 그러니까 오늘도 잡아."

예진의 검은 눈동자 위로 해준의 커다란 손이 비쳤다.

나한테 팔아, 내 불행. 네 불쌍함. 네 비참함. 문득 폐허가 된 반지하방에 찾아와, 지금처럼 저를 향해 내밀어지던 손과…….

내가 해 줄게. 정말 숨어야 할 순간이 닥치면, 내가 숨겨 줄게. 아버지의 앞에서 겁을 집어먹은 저를 꼭 잡아 주던 손이, 번갈아 가며 겹쳐 보이는 것도 같았다.

……그날의 손과 그때의 손. 그리고 오늘 당신이 내게 내민 손에는 얼마큼의 간극이 있을까. 또 이 손을 잡을 때마다, 당신과 나 사이의 간극은 얼마큼 변하게 되는 것일까.

"고작 손잡는 걸로 낯을 가리기에는 너무 멀리 온 사이 같은데, 우리는."

넌지시 내뱉어진 해준의 농담에, 예진은 저도 모르게 피식거렸다. 하지만 그 피식거림은 오래가지 못했다. 마음대로 제 손을 붙잡은 해준 때문이었다.

"그래도 상관은 없어. 네가 싫다고 해도 잡아 줄 생각이었으니까."

이번에는 해준이 웃었다.

"이리 와. 그쪽에 있다가는 옷까지 다 젖을 테니."

해준은 예진을 제 쪽으로 잡아끌었고, 예진은 아무런 말도 하지 않은 채 순순히 그의 곁으로 다가갔다.

두 사람은 발을 맞추어, 천천히. 아주 천천히 걸었다. 차가운 바닷물이 끊임없이 발을 집어삼켰으나, 춥지는 않았다. 그것은 어쩌면 서로 맞잡은 손이 너무나 따뜻해서 그런 것일지도 몰랐다.

말을 하는 사람은 없었다. 그저 파도가 몰려오는 소리만이 두 사람 사이에 조용히, 그리고 끊임없이 내려앉을 뿐이었다. 하지만 이것도 나쁘지는 않았다. 꼭 정말, 그 행복했던 어느 날로 돌아가 버린 것만 같은 기분이 들어서.

그 마음을 알고 있기라도 하듯, 해준이 천천히 입술을 달싹였다.

"오늘부터인 거야."

다정한 미소를 지은 채로.

"오늘부터 다시 시작인 거야. 꿈처럼 행복했다던 그 날들. 하지만 그때랑은 달라."

'부모님도 웃었고, 나도 웃었죠. 꼭 꿈같이 행복했어요.'

"이번에는 깨지지 않을 테니까."

'그런데 원래 꿈이라는 건 깨지기 마련이라는 걸, 그때는 별로 믿고 싶지 않았나 봐요.'

"그러니까 오늘부터 넌, 그때의 한예진으로 돌아가는 거야. 하고 싶은 게 많았고, 또 할 수도 있었던 한예진."

이제야 알 것 같았다. 해야 할 일을 했으니, 더 앞으로 나아가 보라는 해준의 말에 담겨 있던 의미가 무엇이었는지.

"비참하지도 않고, 불쌍하지도 않은 한예진."

해준을 담은 예진의 검은 눈동자에 눈물이 고였다.

정말 그럴 수 있을까. 그래도 되는 일일까. 평생이라는 시간에 매인 채 버티기만 한 제 삶에서, 그런 일은 일어날 것이라고 생각해 본 적이 없었다. 감히 꿈꿔 본 적도 없었다. 이렇게 나아갈 수 있을 거라고는, 전혀.

"내가 같이 걸어 줄게. 지금처럼, 네 손을 잡고서. 네가 다시 무너지지 않을 수 있도록."

눈가에 맺혀 있던 눈물이 기어코 뺨을 타고 흘러내렸다. 예진은 천천히 고개를 숙였다. 그러고는 저를 꽉 붙잡고 있는 해준의 손을 내려다보았다. 이제는 이런 식으로 온기를 나누는 것조차 익숙해져 버린, 그 손……

그리고 해준이 말했다.

"덧붙여 확실히 말해 두겠지만…… 이건 내기도, 거래도 아냐."

저를 바라보는 해준의 눈동자가 약하게 떨렸다. 예진 역시 마찬가지였다. 그녀는 잠시 말없이 해준을 바라보았다. 또 무슨 감정일까. 위안? 위로? 아니면 동정?

"모르겠어?"

그리고 그런 예진의 마음을 읽었다는 듯, 해준이 다시 힘주어 말했다.

"난 지금 네게 간청하고 있는 거야."

태어나 누군가에게 한 번도 해 본 적 없었다. 늘 아쉬운 것이 없었고, 가지지 못하는 것 또한 없었다. 모든 것이 손쉬웠다. 불우하다고는 하나 배경이 있었고, 지위가 있었고, 명예와 권력이 있었다.

하지만 어쩌면, 그건 내가 무언가를 아쉬워할 만큼 바라 보지 않았던 것일지도 모르지. 그래서 애달파 본 적이 없어 모든 것이 그렇게 손쉬웠던 것일지 몰랐다.

그러나 눈앞의 여자는 달랐다. 제 마음대로 움직일 수 없었고, 제 바람대로 따라 주지도 않았다. 해서 항상 어렵기 짝이 없었다.

그래도 이제는 모르지 않았다. 지금 제가 원하는 것은, 그 어려운 여자의 곁을 지키는 것이라는 사실을.

"같이 있고 싶어졌어. 한예진, 너하고."

예진은 어떤 대답도 내놓지 못했다. 그녀는 숨을 내쉬는 것조차 잊어버린 사람처럼, 그저 우두커니 멈춰 선 채로 해준을 바라볼 뿐이었다.

"……왜요?"

그리고 그렇게 짧지 않은 시간이 지난 뒤, 마른 입술을 달싹이며 물었다.

"전 이사님한테 어울리는 사람이 아니에요."

알고 계시잖아요, 누구보다도 잘. 예진의 말에 해준은 작게 피식거렸다.

"뭐라고 생각할지는 모르겠지만, 그거 알아? 너와 난 이상하게 닮았다는 거."

그런 식으로는 단 한 번도 생각해 본 적이 없었다. 해준의 슬픔. 해준의 비참함. 그것은 예진의 슬픔과 비참함과는 태생부터 다른 것이었다. 언젠가 해준이 했던 말은 틀리지 않았다. 본인의 삶은 쓸데없이 돈을 부어 댄 대작 영화라고. 해서 거둬야 할 것이 너무나 많은. 그에 반해 예진의 삶은 그저 싸구려 삼류 영화일 뿐이었다. 예진이 그의 무대에서 부여받을 수 있는 역할은, 보잘것없는 불쌍하고 비참한 단역에 불과했다.

"넌 내 슬픔을 알잖아."

하지만 해준은 꿋꿋이 말했다.

"나 역시 마찬가지지. 네 비참함을 알고, 네 불쌍함을 알아. 다르지 않으니까."

"……"

"그래서 자꾸 신경이 쓰여."

혼자 그 지독한 감정을 끌어안고, 울지도 못한 채 좌절하는 것을 알았다. 오갈 곳 없는, 어디에도 정을 붙일 수조차 없는 마음이 얼마나 외롭게 시들어 가는지 알았다. 저도 평생 그렇게 살아왔으므로.

"동정하는 건 아니야. 넌 내가 동정을 할 만큼 약한 사람이 아니니까. 그건 이제 내가 누구보다도 더 잘 알고 있어."

그래서, 난……. 그저…….

해준은 말끝을 조금 흐리는가 싶더니, 예진의 눈을 마주 보며 말을 이었다.

"네 인생에서 다시 비가 내릴 때, 네가 찾는 게 나였으면 좋겠어."

예진이 직게 멈칫서렸다.

"그렇게 네가 숨을 수 있는 곳이 되었으면 좋겠어. 내가."

그 순간 문득 떠오르는 게 있었다. 지독하게 비가 퍼붓던 날. 저와 함께 차가운 겨울비를 맞아 주던 해준의 모습이었다. 아무것도 묻지 않고, 어떤 것도 말하지 않은 채로.

생각해 보면 해준은…… 항상 저와 함께 비를 맞아 주었다. 그때도, 그리고 어제 역시도.

"진심이야."

예진의 검은 눈동자에 저를 꼭 붙잡은 해준의 손이 비쳤다.

나와는 다른 사람. 다른 세상에 살고 있는 사람. 그것은 언제까지고 변하지 않을 사실이라는 것을, 예진은 잘 알고 있었다.

하지만 이 손이, 소리 없이 우는 저를 밤새 안아 주었던 그 품이 진심이었다는 사실 역시도 모르지 않았다. 어쩌면 그래서 더 매몰차게 굴 수 없는 것일지 몰랐다. 속절없이 기대고, 의지하게 되고 싶어지는 것일지 몰랐다. 평생 단 한 번도 그래 본 적 없던 예진에게 이런 식으로 다가온 사람은 처음이었으니까. 또 해준의 말이 거짓이 아니라는 것을 알고 있으니까.

"이사님은 그렇게 제게 해 주실 수 있는 일이 많지만…… 아까도 말했듯, 저는 드릴 수 있는 게 하나도 없어요."

예진이 작게 떠듬거렸다.

"가진 게 아무것도 없으니까."

"그래, 없지."

해준이 낮은 음성으로 대답했다.

"대신 내가 다 가졌잖아."

"……."

"그러니까 넌 내게 아무것도 주지 않아도 돼. 다른 건 바라지 않아. 그냥 옆에만 있어 주면 돼."

누군가와 함께하길 바란 적도, 또 누군가를 필요로 한 적도 없었다. 해준은 그냥 그렇게 살았다. 그저 버티듯이. 그게 당연한 삶이었다.

그러나 지금은 아니었다. 함께하고 싶어졌다. 저와 같은 슬픔을 가진, 또 저와 같은 목소리로 울 수 있는 사람과. 해준에게 있어 그만큼 값어치 있는 일은 없었다. 세상 누구도 해 줄 수 없는. 오로지 예진만이 할 수 있는 일이었다.

"지금 당장 대답하지 않아도 상관없어. 기다릴 테니까."

해준이 꼭 붙잡고 있던 예진의 손을 천천히 놓으며 말했다.

"그래도 너무 오래 끌지는 마. 너도 알다시피, 내가 그렇게 그릇이 큰 편은 못 되거든."

그러고는 피식 웃으며 다시 한쪽 다리를 굽혀, 모래가 잔뜩 묻은 예진의 발을 살짝 털어 내고 신발을 신겨 주었다. 그것이 전부였다. 그는 대답을 종용하지 않았고, 채근하지 않았다.

해준은 예진이 섣불리 제 마음을 받아 줄 것이라고는 생각하지 않은 것 같았다. 기다리겠다는 그 말이, 그 배려가 우습게도 그의 진심을 더 적나라하게 보여 주는 듯싶어서 예진은 함부로 어떤 대답도 내놓을 수가 없었다.

○ ◎ ●

오피스텔에 돌아왔을 때는 늦은 저녁 무렵이었다.

침대에 혼자 앉아 있는 예진의 얼굴은 멍하기 짝이 없었다. 하나도 실감이 나지 않았다. 오늘 있었던 일. 그리고 해준에게서 들은 그 말들 전부가 꼭 꿈속에서 있었던 일처럼 느껴졌다.

예진은 그렇게 말없이 앉아만 있다가, 문득 텅 비어 있는 침대를 돌아보았다. 온기에 젖어 있던 어제와는 전혀 달리, 싸늘한 냉기가 내려앉은.

든 자리는 몰라도, 난 자리는 안다고 했던가. 예진은 그 옛말이 하나도 틀리지 않다는 생각을 했다. 그러고는 조용히 적막한 오피스텔을 둘러보았다.

'이것까지 뺏어 가야…… 속이 풀린다는 거야? 다 가져갔으면서. 다 뺏어 갔으면서.'

그러자 술에 취해 소파에 힘없이 앉아 있던 언젠가의 해준이 보였고,

'맛없어. 너무 짜.'

식탁 앞에서 예진이 한 음식들을 먹으며 투덜거리는 해준이 보였다.

그리고 박동호를 묻고 돌아온 날. 소리 없이 숨죽여 울던 그의 얼굴 역시도, 눈앞에 선명히 아른거렸다.

예진은 이내 깨달았다. 이 좁은 집에는, 해준의 흔적이 가득하다는 것을. 해서 그렇게 그가 들렀다 간 뒤, 혼자 남겨지면 무척 고독해졌다는 사실 역시도. 바로 지금 그러하듯이.

박해준은 참 이상한 사람이었다.

그는 전혀 예상하지 못한 사고처럼 예진의 인생에 나타나, 짐작도 하지 못한 일들을 끊임없이 벌여 놓았다. 그러고는 가랑비에 옷이 젖듯 조용히 일상에 스며들었고, 자꾸만 예진의 외로움을 새삼스러운 것으로 만들어 놓았다.

"난 누군가가……."

필요했던 걸지도 모르지. 예진이 혼자 중얼거렸다. 더 이상은 이런 식으로 혼자 버티고 싶지 않아서. 그래서 마음을 나누고, 내 슬픔을 이해할 누군가가 필요했던 걸지도.

그리고 지금은 그 누군가가, 해준이기를 바라는 것도 같았다. 늘 아쉬운 것이 없는. 그래서 지독하리만큼 오만한 그 남자가.

하지만 그래도 되는 일일까. 고작 이런 마음 하나 가지고, 서로가 서로의 곁을 지켜도 되는 것일까. 아무리 생각해 보아도 예진은 그 답을 차마 알 수가 없었다.

"……."

예진은 그렇게 한참 동안 텅 빈 방을 둘러보다가, 스러지듯 침대 위에 누웠다. 그러고는 해준이 누워 있었던 자리를 가만히 쓸어 보았다. 그러나 온기를 잃은, 혼자 누운 침대는 어제와는 달리 차디찼고, 쓸쓸했고, 외롭기 짝이 없을 뿐이었다. 예진은 차라리 눈을 감았다.

'같이 있고 싶어졌어. 한예진, 너하고.'

그리고 해준의 아득한 목소리만이, 예진의 귓가를 고요히 울렸다. 밤이 지고, 달이 가고, 해가 뜰 때까지. 그렇게 아주 긴 시간 동안.

○ ◎ ●

"얼른 들어오세요. 날도 추운데."

오시느라 고생하셨어요. 예진을 맞이하는 파출부의 얼굴은 무척이나 밝았다.

"사모님은 벌써 일어나 계세요. 아침도 생각보다 잘 드시더라고요. 물론 제가 먹여 드리기는 했지만. 어제도 별일 없었고요."

"아, 정말요? 다행이에요."

그녀의 기분이 좋은 이유가 김연희의 상태가 호전되었기 때문인 것 같았다. 넉살 좋게 웃어 보이는 여자의 얼굴을 보니, 괜히 저도 기분이 좋아지는 듯했다.

"아무래도 예진 씨 얼굴을 다시 보니, 마음이 놓이시는 모양이에요. 비서님한테 들었어요. 병원에 계실 때도 계속 간병하셨다고."

"아…… 네."

"어디서 이런 분을 구하셨을까, 우리 도련님은."

파출부의 말에, 예진은 뭐라고 대답을 해야 할지 알 수가 없었다. 이내 그녀는 씩 웃어 보이고는, 부엌 쪽을 돌아보았다. 널찍한 식탁에는 식재료들이 한가득 놓여 있었다.

"오늘 장을 새로 봐 달라 부탁드렸거든요. 사모님 입맛에 맞춰서 반찬을 좀 해 보려고요. 의사 선생님 말로는 곧 일반식도 드실 수 있을 것 같다고 해서."

"잘된 일이네요."

"몇 개 가지고 가세요."

"네?"

"도련님이 신신당부를 하셨거든요. 예진 씨가 끼니를 제대로 안 챙기니까, 꼭 챙겨 주라고요. 점심도 맛있는 걸로 준비해 드릴게요."

그녀는 그 말을 끝으로, 부산을 떨며 부엌으로 돌아갔다. 예진은 그런 그녀의 뒷모습을 말없이 바라보았다가, 천천히 김연희가 있는 방으로 걸음을 떼었다.

"안녕하세요, 사모님. 저 들어갈게요."

문을 열자, 창가 앞 침대에 앉아 있는 김연희가 보였다. 그녀의 시선은 늘 그랬듯 푸른 하늘에 고정된 채였다.

"얘기 들었어요. 식사도 하셨다고. 정말 다행……."

김연희의 곁으로 다가간 예진이 돌연 말끝을 흐렸다. 그녀의 손에 꼭 쥐어진 액자 때문이었다. 며칠 전, 거실장에서 보았던 사진이었다. 어린 해준이 밝게 웃고 있는.

"……그 사진 저도 봤어요, 사모님."

예진이 천천히, 침대 옆 보조의자에 앉으며 말했다.

"참 잘생기셨더라고요. 어릴 적부터."

예진은 김연희가 묻지도 않은 말들을 천천히 이어 나가면서, 그녀의 손목에 칭칭 감긴 붕대를 풀기 시작했다. 오늘 역시 새 붕대로 갈아 줄 생각이었다.

"이사님이 어머님을 정말 많이 생각하시는 것 같아요. 그렇죠?"

이내 김연희의 시선이, 창밖에서 손에 들린 액자로 천천히 움직여졌다. 아들의 사진을 물끄러미 응시하는 그녀의 얼굴에서는 미묘한 감정들이 묻어났다. 지금껏 한 번도 보지 못한 표정이었다. 예진은 늘, 그녀가 넋을 놓고 있는 것과 울부짖는 것만을 본 기억밖에 없었으므로.

더 말을 걸어 볼까. 거기까지 생각이 미친 예진이 다시 말을 이었다.

"저한테도 그러셨거든요. 어머니, 잘 부탁드린다고 신신당부까지 하시고."

"……."

"사실 처음에는 이사님이 조금 무섭기도 했거든요. 그래서 정말 놀랐어요. 그렇게까지 하실 줄은 몰랐거든요."

예진이 엷게 피식거렸다. 그러고 보면 해준은 참 복합적인 사람이었다. 가진 게 많지만 가여웠고, 가엾지만 오만했다. 그리고 그는 오만하면서도 때로는 상대를 이해해 주는 방법을 알았다. 그래서 그는 차가우면서도, 참…….

"예전에는 하나도 몰랐는데, 지금은 알 것도 같아요. 서투르셔서 그렇지, 겉으로 비치는 것과는 달리 마음이 따뜻하신 분이라는 거…….."

예진은 말끝을 흐리며 김연희의 붕대를 완전히 풀었다. 면도칼로 난자를 해 놨다는 손목의 상처는 이미 거의 사라져 있었다. 눈을 가늘게 뜨고, 살펴보아야만 겨우 보일 정도로.

"사모님, 우리…….."

예진은 김연희의 손목을 말없이 한참이나 내려보다가 조심스럽게 입술을 달싹였다.

"이제 붕대…… 하지 말까요?"

문득 김연희의 손이 작게 움찔거리는 것이 느껴졌다. 김연희는 그렇게 흠칫거리는가 싶더니, 놀랍게도 예진을 마주 보았다.

"다 아물었거든요. 물론 희미하게 흉은 남았지만, 꼭 숨겨야 할 필요까지는 없으니까요."

"……."

"이건 남들 눈에 보이지 말아야 할 치부가 아니라, 사모님이 힘든 일들을 잘 버텨 내셨다는 증거잖아요."

저를 담은 김연희의 눈동자가 덧없이 떨리는 것이 보였다. 그녀는 당장이라도 눈물을 터트릴 것만 같았다. 예진은 그녀가 지금까지 봐 왔던 것처럼 죽은 사람 같은 눈동자를 하고 있지 않아 다행이라 생각했다.

"때로는 그런 걸…… 자기 자신이 제일 먼저 인정해 주고, 알아줘야 할 때가 있더라고요."

예진이 천천히 말을 이었다.

"잘 버텼다고, 잘 해냈다고…… 그러니까 이제는 앞으로 나아가도 된다고……."

지금 제가 내뱉고 있는 것들이 김연희에게 하는 말인지, 본인에게 하는 말인지 알 수가 없었다. 하지만 그래도, 김연희가 이제는 나아갈 수 있기를 바랐다. 그리고 저 역시도, 그럴 수 있기를 바랐다.

"그래 주기를 바라는 사람이 옆을 지키고 있다면, 더더욱……이요."

'오늘부터 넌, 그때의 한예진으로 돌아가는 거야. 하고 싶은 게 많았고, 또 할 수도 있었던 한예진. 비참하지도 않고, 불쌍하지도 않은.'

그 바닷가 앞에서, 해준이 제게 해 준 말들이 문득 귓가를 스쳐 지나갔다. 그리고 손을 타고 온몸으로 전해지던 따뜻한 온기까지도.

"말처럼 쉬운 일이 아니지만, 정말 어려운 일이지만…… 저도 그래 보고 싶어졌거든요……."

하지만 당신이 이 모든 것을 알게 되면, 내게 뭐라고 할까. 예진은 김연희의 얼굴을 마주 보았다.

"그게 주제넘은 짓이라는 걸 알면서도…… 그래서 포기하는 게 옳다는 것도 아는데…… 그러네요."

바보 같은 짓이었다. 정신도 온전치 않은 사람에게 이런 말들을 늘어놓고 있다니. 어찌 보면 비겁하다고도 할 수 있는 일이었다. 두 사람의 관계를 반대할 것이 뻔한 김연희에게 어렴풋한 허락이라도 받아 내고 싶은 제 마음을, 예진은 모르지 않았다.

"……이사님은 참 좋으신 분이에요."

예진이 힘없이 웃으며 말했다.

"그러니 저는 이렇게 여전히 제자리에 묶이게 될지도 모르지만…… 사모님은, 꼭 나아지셨으면 좋겠어요. 이사님을 위해서라도요."

그 말을 끝으로, 예진은 힘없이 고개를 숙였다.

그리고 전혀 생각지 못한 일이 일어났다.

김연희는 고요히 예진을 바라보는가 싶더니, 천천히, 아주 천천히…… 제 손목을 붙들고 있던 예진의 손을 잡았다. 그러고는 본인이 들고 있던 해준의 사진을, 예진의 손에 꼭 쥐여 주었다.

멍한 얼굴로 고개를 든 예진은 당황한 눈빛으로 김연희를 바라보았다.

"사모……님……?"

예진은 용기 내어 그녀를 다시 불러 보았으나, 김연희는 어떤 말도 하지 않았다. 대신, 흉터가 남은 본인의 손으로 예진의 손을 조심스럽게 잡아 주었을 뿐이었다.

○ ◎ ●

김연희는 예진이 먹여 주는 밥을 먹었고, 약을 먹었다. 그러고는 다시 깊은 잠에 들었다. 예진이 퇴근하기 직전 무렵이었다.

조용히 문을 닫고 나온 예진은, 벽에 걸려 있는 시계를 확인했다. 이내 그녀의 시선은 저 멀리, 현관으로 향했다. 하지만 현관은 텅 비어 있었다. 기척 하나 없이.

"아유, 고생했어요. 예진 씨."

예진이 나오기를 기다리고 있었는지, 파출부는 반색을 하며 부엌에서 걸어 나왔다. 많이 힘들진 않았어요? 그녀는 몇 가지 시답잖은 질문들을 하더니, 웃으며 말을 이었다.

"내가 반찬을 다 싸 놓기는 했는데, 오늘 일이 있다면서요. 그래서 일단 냉장고에 넣어 놨어요. 사모님이 좋아하시는 것 말고도 몇 개 더 해 놨거든? 다 오래가는 것들이라서, 하루 정도는 괜찮을 거예요. 집에 가져가서 두고두고 먹는 것 잊지 말고요. 혼자 산다면서."

"네, 감사합니다. 그런데 제가 일이 있다뇨?"

처음 듣는 소리에 예진이 눈을 동그랗게 뜨고 물었다.

"아까 기사 양반이 그러던데? 예진 씨, 퇴근하고 갈 곳 있다고요."

"제가요?"

"밖에서 기다리고 있을 거예요. 한 30분 전에 미리 왔거든."

그러니까, 얼른 나가 봐요. 그녀는 어서 가 보라는 듯 예진의 등을 떠밀었다. 이게 무슨 상황인지 알 길이 없었다.

저택을 빠져나오자, 저 앞에 운전기사가 차를 대고 기다리는 것이 보였다. 창문을 열고 있던 그는 예진을 발견하자, 반가운 목소리로 말했다.

"일이 지금 끝나셨나 보네요. 일단 얼른 타세요."

"기사님, 혹시 집까지 데려다주려고 그러시는 건가요? 퇴근 정도는 저 혼자서도—"

"아직 말씀 못 전해 들으셨나 봐요."

기사가 웃으며 말했다.

"오늘 갈 곳이 있다고, 이사님이 꼭 모시고 오라고 하셨거든요."

"이사님이요?"

"네. 나오시는 대로 바로 데리고 오라고 몇 번을 말씀하셨는지."

그러니까 빨리 타세요. 기사의 그 채근에, 예진은 어쩔 수 없이 차에 올라탈 수밖에 없었다.

○ ◎ ●

운전기사가 예진을 데리고 간 곳은 아주 뜻밖의 장소였다.

"이사님이 여기로 오라고 하셨다고요?"

창밖을 바라본 예진이 믿을 수 없다는 듯 기사에게 물었다. 하지만 기사는 맞는다는 듯 고개를 끄덕였다.

"갑자기 한강을 왜……?"

한강 근처의 라운지나, 레스토랑이었다면 차라리 이해라도 갔을 것이다. 그런데 한강 둔치에서 무슨 볼일이 있다고.

"글쎄요, 같이 좋은 구경이라도 하고 싶으셨던 걸지도 모르죠. 저기 앞에 보세요. 사람들이 한가득이잖아요."

기사의 말이 맞았다. 어두워지기 시작한 한강 근처에는 벌써 사람들이 가득 들어차 있었다. 원래 한강에는 사시사철 사람이 많다고는 하지만, 그렇다고 해도 너무 많은 수였다.

"오늘 불꽃축제가 있다고 하더라고요."

"……."

"그러니 어서 가 보세요. 이사님은 아까 전에 도착했다고 하셨으니."

예진은 고개를 끄덕이고는 차에서 내렸다. 그리고는 주위를 두리번거리며, 천천히 걸었다. 인파 속에서 해준을 찾으면서. 그리고 얼마 지나지 않아, 익숙한 목소리가 저를 부르는 것이 들렸다.

"한예진."

뒤를 돌아보자, 주머니에 손을 꽂고 있는 해준이 보였다. 그는 엷게 웃어 보이고는 예진에게 천천히 다가왔다.

"생각보다 사람이 많아서 좋은 자리를 차지할 수 있을지는 모르겠군. 어쨌든 일단 따라와."

해준은 억지로 예진의 손을 잡지도 않았고, 그녀를 잡아끌지도 않았다. 그녀와 보조를 맞추려는 듯, 평소보다는 느린 걸음으로 걸어갈 뿐이었다. 예진은 그런 그의 뒷모습을 물끄러미 쳐다보다가, 종종걸음으로 그를 쫓았다.

"이사님, 기사 난 지 얼마나 됐다고…… 또 사진이라도 찍히면 어쩌시려고요."

"이제 그런 걱정은 안 해도 돼."

해준이 어깨를 으쓱하며 말했다.

"내가 제일 잘하는 일 있잖아. 그걸 했거든."

"……돈 주고 협박하는 거?"

예진이 진지한 표정으로 물었고, 해준은 너털웃음을 터트렸다.

"그래, 그거. 얌전히 입 다물고 있는 게 서로 좋을 거라고 얘기했지. 물론 최대한 듣기 좋게 포장해서."

"정말 포장을 한 게 맞아요?"

"나를 도대체 어떻게 생각하는지는 모르겠지만, 그렇게 막돼먹게 굴지는 않았어. 재벌과 언론사는 긴밀하게 맞닿아 있기 마련이거든."

"그래서 뭐라고 하셨는데요?"

"쓸데없는 짓을 계속 했다간, 내가 알고 있는 당신네들 치부를 모조리 까발릴 거라고 했지. 각자 라이벌인 언론사 쪽에 말이야. 자료까지 취합해서, 아주 정성껏."

저 말에 도대체 웃어야 하는 건지, 울어야 하는 건지 예진은 알 수가 없었다.

"물론 난 그런 기사가 더 나온다고 해도 상관은 없지만…… 네가 별로 좋아하는 것 같지 않아서."

"……"

"어쨌든 네가 그런 걸 걱정할 일은, 오늘도 그렇고 앞으로도 없을 거라는 뜻이야."

이제 됐나? 해준의 말에 예진은 알겠다는 듯 고개를 끄덕였다.

"그럼 그만 가지."

아직도 해준이 왜 저를 이곳에 데려왔는지는 알 수 없었지만, 그가 어서 따라오라는 듯 손짓을 하는 바람에 예진은 더 이상의 것을 물어볼 수 없었다.

○ ◎ ●

해준이 예진을 데리고 자리 잡은 곳은, 바로 앞에 강이 내다보이는 둔치 어딘가였다.

"잠깐만 기다려."

짧은 말을 내뱉은 해준은 빠르게 제 코트를 벗었다. 그러고는 코트를 잔디 위에 깐 뒤, 예진을 바라보며 말했다.

"아무래도 그냥 앉는 것보다는 이게 더 낫겠지."

"하지만 추우시잖아요."

"글쎄. 더위나 추위 같은 건 별로 안 타는 편이라."

예진은 결국 해준의 코트 위에 조심스럽게 자리했고, 해준은 그녀가 앉는 것을 확인한 뒤에야 살짝 간격을 두고 옆에 자리했다.

아직 화려한 불꽃 따위는 터지지 않았지만, 그래도 밤에 보는 한강은 제법 운치가 있었다. 서울에서 생활한 지 오래되었으나, 이렇게 야경을 보는 일은 처음이었다. 예진의 삶에서는 그런 여유 따위는 허락되지 않았었으므로.

"실은 저걸 빌리려 했는데."

이내 해준이 저 멀리 무언가를 가리키며 말했다. 화려하게 빛나고 있는, 아주 작게 보이는 크루즈였다.

"그런데 네가 하고 싶어 하는 건, 어쩐지 이쪽일 것 같아서."

해준이 피식거렸다.

"처음 해 봐요. 이런 거."

"한강 보는 거?"

"그것도 그렇고, 야경 보는 것도 그렇고, 불꽃축제 와 본 것도 그렇고……."

"알아. 못 해 봤을 것 같았어."

해준이 고개를 주억거리며 말했다.

"나도 그렇거든."

"이사님도요?"

"솔직히 말하자면 하고 싶다고 생각해 본 적도 없었어. 이런 일에는 별로 흥미가 없었으니까."

예진의 삶이 그런 여유를 허락지 않았다면, 해준은 본인의 의지로 이런 여유를 바라지 않았다. 이유야 단순했다. 그게 무슨 의미가 있다고. 이런 보잘것없는 축제 따위에 모여드는 사람들을, 해준은 이따금 한심하다고 생각했다. 일을 하기에도 모자란 시간을 왜 저렇게 낭비하는 것일까.

"그런데 생겼어. 흥미가."

하지만 지금은 아니었다.

"그냥, 남들은 다 이렇게 살 것 같아서. 짬을 내서 별것도 아닌 일을 하고, 여유를 부리고…… 그게 사실은 정말 사는 게 아닌가도 싶어서."

"……."

"그래서 가능하다면, 너랑 함께 해 보고 싶었지."

"……왜요?"

"너랑 나는 이런 걸 한 번도 누리지 못하고 살아온 사람들이니까."

그렇게 차근차근 같이 발을 뻗어 보고 싶었다. 한 걸음, 한 걸음을 떼면서, 함께.

"뭐, 생각보다 나쁘진 않군."

예진은 어떻게 느끼고 있을지 모르겠지만, 말 그대로였다. 나쁘지 않았다. 아무것도 아닌 불꽃을 보겠다며 모여든 사람들 속에 섞이는 것도, 또 한량처럼 시간을 보내는 것도.

"그렇게 춥지도 않고."

"겨울이 거의 다 끝나 가니까요."

예진이 작게 대답했다.

"곧 봄이 오잖아요. 그땐 사람들이 또 벚꽃을 보러 모여들겠죠."

"그럼 그때도 와."

넌지시 내뱉어진 해준의 말에, 예진은 천천히 고개를 돌렸다. 그러고는 저를 응시하고 있는 해준을 마주 보았다.

"그렇게 하나씩 같이 해 봐. 남들이 하고 사는 것들 전부 다. 나랑 같이."

예진은 혼자 조용히 생각해 보았다. 날이 풀려 벚꽃이 흐드러지게 핀 한강. 그곳에서 오늘처럼 저를 바라보고 있는 해준을. 또 언젠가의 여름, 무더위를 식히며 푸른 잔디밭 위에 앉아 있는 저와 해준. 그러다 가을이 오면, 떨어지는 낙엽을 맞으면서 그와 이곳을 거닐 수도 있었다. 예진은 그렇게 스쳐 지나가는 사계절 속에서 함께하는 저희들의 모습을 조심스럽게 그려 보았다.

……그리고 그 모습들 안에서, 저는 해준의 손을 꼭 붙잡고 있었다.

문득 김연희가 손에 쥐여 주었던 해준의 사진이 머릿속을 스쳐 지나갔다. 마치 해준처럼, 제 손을 꼭 잡아 주던 그녀의 온기.

'아가씨, 너무 마음 주지는 마. 어차피 그놈들이 택하는 건 우리가 아니거든.'

또 김미향이 해 준 조언 아닌 조언과,

'그래서 사모님 친정에서 다른 재벌가 따님을 소개해 주기로 했어요.'

우환이 가득하던 윤 비서의 목소리.

'대충 간병 몇 번 해 주고, 비위 맞춰 주고 하다가 눈 맞은 거지. 요즘 꽃뱀들은 스케일이 다르네.'

……얼굴도 알 수 없는 누군가가 썼던 그 말,

'정말 숨어야 할 순간이 닥치면, 내가 숨겨 줄게. 소라게처럼.'

'내가 같이 걸어 줄게. 지금처럼, 네 손을 잡고서. 네가 다시 무너지지 않을 수 있도록.'

그리고 제 마음을 몇 번이고 무너트리며 다가왔던 해준의 음성이 차례차례 예진을 훑고 지나갔다.

그래, 잘 알고 있었다.

해준은 제게 전혀 어울리지 않는 사람이라는 것을.

하지만, 그래도.

그래도…….

"그래서, 대답은 언제 해 줄 생각이지?"

상념을 깨트린 것은 해준이었다. 대답. 예진은 그의 말을 천천히 곱씹다가, 그를 바라보며 말했다.

"아직 하루밖에 안 지났는데요. 기다려 주시겠다면서요?"

"난 그렇게 큰 그릇이 못 된다고 했잖아. 그 뒤에 덧붙인 말은 그새 잊어버리고, 본인이 기억하고 싶은 것만 기억하나 보군. 아주 뻔뻔하기 짝이 없어."

해준의 말에 예진은 저도 모르게 웃음을 터트리고 말았다. 물론 모르지 않았다. 해준의 성격이 얼마나 급한지. 그러니 안 봐도 빤한 일이었다. 해준이 바닷가에서부터 지금 이 순간까지, 채근하고 싶은 것을 혼자서 얼마나 꾹 참아 왔는지 말이다.

"넌 지금 이 상황에서 웃음이 나와?"

해준은 살짝 얼굴을 찡그리며 묻고는 이내 저도 웃음을 터트렸다. 그냥, 이유가 무엇이든 예진이 저렇게 웃는 것을 보는 게 기분이 좋은 것도 같아서.

한참을 옅게 웃던 예진은 얼굴에서 천천히 미소를 거두었다.

"지금 할게요."

그러고는 진지한 낯으로 해준을 바라보며 입술을 달싹였다.

"대답."

그 짤막한 한마디에, 해준의 얼굴에는 긴장감이 내려앉았다. 그와는 전혀 어울리지도 않는, 또 처음 보는 표정이었다.

"이사님은 자꾸만 생각지도 못한 것들을 보여 주시네요, 제게."

"그건 또 무슨 소리야."

해준이 살짝 미간을 찌푸렸다.

"저는 이사님께 전혀 어울리는 사람이 아니라는 제 생각은, 아직도 변함이 없어요. 그건 앞으로도 그럴 테죠. 어쩌면 전 이사님에게 약점이 될지도 몰라요."

예진이 천천히 입술을 떼었고, 해준은 그런 그녀를 조용히 바라보았다.

"그리고…… 전 앞으로 무슨 일을 해야 할지, 또 어떻게 살아가야 할지도 아직 정하지 못했어요. 엄마도 찾지 못했고요."

조용히 흘러나온 어머니의 이야기에, 해준은 작게 멈칫거렸다.

"찾은 뒤에도 마찬가지예요. 다시 아버지가 찾아오지 않는다고 해도, 어느 곳으로 흘러갈지 몰라요. 엄마가 원하는 곳이 제가 원하는 곳이 될 테니까. 우린 그냥…… 조용히 살고 싶었거든요."

아직 해결된 것은 아무것도 없었다. 물론 상황이 나아지기는 했으나, 단지 그것뿐이었다. 해준 역시 그 사실을 모르지 않았다.

그래서, 결국에는 내 손을 잡지 않으려는 걸까. 어쩌면 정말 그럴지도 몰랐다. 예진의 인생은 너무나 고단하고 피곤하기 짝이 없었으니까. 그런 그녀에게 있어 저의 존재는 그 고단함을 곱절로 늘려 주는 짐 따위일지도 몰랐다.

"하지만…… 같이 걸어 보자고 하셨잖아요."

"……."

"그 끝이 결국 천 길 낭떠러지일지, 아니면 곧게 뻗은 길일지는 알 수 없지만…… 그런데도 불구하고 이사님께서 제 손을 잡아 주신다면……."

"……잡아 준다면?"

"한 번쯤은…… 같이 걸어 볼까도…… 해요."

내가 정말 그래도 되는 것일까? 내 주제에. 감히. 도대체 무엇을 어떡하려고? 그래서는 안 되는 일이야. 해준의 고백을 듣고 난 뒤, 저 생각은 계속해서 예진의 발목을 붙잡았다.

그러나 한 번쯤은 용기를 내 보고도 싶었다. 김미향이 말했듯, 저를 기다리고 있는 것이 빤한 결과라고 해도, 지금의 선택이 제 삶을 또 어떤 식으로 어그러뜨릴지 모른다고 해도…….

다른 사람들이 그렇듯, 평범하게 사랑할 수 없을 것이라고 해도 괜찮았다.

너무 탐내지 않으면서, 정도껏. 딱 그 정도만이라도⋯⋯.

그것은 앞으로 나아가고 싶다는 욕심 때문만은 아니었다. 그냥, 해준은 제 앞이 아니면 마음대로 무너지지도 못하는 사람이니까. 늘 혼자였던 사람이니까. 제가 그랬던 것처럼. 그래서 저처럼 아파했던 사람이었고, 제가 없으면 또 그렇게 아플 것이었으니까.

슬픔을 공감하는 것은 해준만이 아니었다. 예진 역시 마찬가지였다.

스스로의 고독과 힘듦조차 제대로 이겨 내지 못하면서. 제대로 해결하지 못하면서, 상대의 슬픔이 그렇게도 마음에 걸렸다. 원래 누군가를 마음에 담는다는 것은 그렇게 멍청하고, 또 무모한 일일지 몰랐다.

"그럼 우리, 이렇게 하지."

예진의 말을 묵묵히 듣고 있던 해준이, 낮은 목소리로 입술을 달싹였다.

"차근차근, 천천히 하는 걸로."

"천천히⋯⋯?"

"급해야 할 이유는 하나도 없으니까. 우선, 자."

해준은 손을 뻗더니, 가지런히 무릎 위에 놓여 있던 예진의 손을 빠르게 맞잡았다. 미처 피해 볼 틈도 없이 벌어진 일이었다.

"처음부터 다시 시작하는 거야. 남들이 하는 것처럼. 보통은 이렇게, 손 먼저 잡겠지."

"⋯⋯."

"그리고 그냥⋯⋯ 그냥 이대로 같이 걷는 거야. 무슨 일이 일어나든, 어떤 풍경 속에 있든. 지금은 그걸로 충분해."

물론 늘 맑은 날만 계속되지는 않을 것이다. 지치지도 않는 폭우가 언제 다시 내릴지 모르는 삶이었다, 둘 모두. 하지만 그래도 괜찮을 것 같았다. 이 손을 서로가 놓지만 않는다면.

"우리는 매번 순서가 조금 이상하네요."

예진이 웃음을 터트리며 작게 중얼거렸다. 해준 역시 마찬가지였다.

"괜찮아. 그래도 결말은 나쁘지 않을 테니까."

"그걸 어떻게 장담하세요?"

"내가 반드시 그렇게 만들 거거든."

정말 그럴 수 있을까. 예진은 혼자 되뇌어 보다가, 그냥 생각을 멈추기로 했다.

지금은 이 정도로도 괜찮았다. 그저 조금 용기를 내어, 천천히 앞으로 걸어갈 수만 있다면. 함께 손을 잡은 채로. 이것으로 족했다. 어쩌면 먼 미래의 일 같은 것은 당장 상상하고 싶지 않았기 때문일지도 몰랐다.

……그리고 얼마 지나지 않아, 저 멀리서 요란스러운 소리가 들려왔다. 쉼 없이 쏘아 올려진 폭죽들이 어두운 밤하늘을 하염없이 화려하게 수놓기 시작했다. 예진은 잠시 넋을 놓은 채, 그 광경을 멍하니 바라보았다.

그렇게 예진은 밤하늘을 바라보았고, 해준은 그런 예진을 바라보았다. 검은 눈동자 속에서 퍼지는 눈부신 불빛이 아름다웠고, 아스라이 빛나는 예진의 옆얼굴도 아름다웠다.

이상한 직감이 들었다. 앞으로 수많은 시간이 저를 스쳐 지나간다고 하더라도, 지금 이 순간만큼은…… 늘 방금 전에 일어난 일인 듯 선명히 기억할 것이라고.

그건 오늘이 우리의 첫 시작이라서 그런 걸까. 내가 네 풍경에 들어가고, 네가 내 풍경에 들어온. 해준은 그렇게 혼자 생각하다가, 여전히 예진의 손을 꼭 붙잡은 채로 목을 길게 뺐다. 그러고는 하늘을 응시하고 있는 그녀의 뺨에 살짝 입을 맞추었다.

"……"

갑작스러운 해준의 행동에 놀란 예진이 그를 돌아보았다. 하지만 그는 아무렇지도 않은 표정을 지으며 웃을 뿐이었다.

"이번에는 순서가 많이 이상하진 않았잖아. 그렇지 않나?"

어쨌든 손 먼저 잡은 다음에 한 거니까. 해준의 말에 예진 역시 웃을 수밖에 없었다.

그러는 동안에도 폭죽은 어두운 밤하늘을 하염없이 밝히고 있었고, 사람들은 저마다의 연인과 함께 즐거운 시간을 보내고 있었다. 해준과 예진 역시 마찬가지였다. 인파 속에 섞인 저들은 불쌍하고 가엾은 여자도, 또 불우하고 비참한 남자도 아니었다. 그저 서로를 마음에 담은, 평범한 연인일 뿐이었다. 그것이 좋았다. 눈물겹도록.

이 순간이 영원할 수 있다면 좋을 텐데. 해준은 혼자 생각했다. 하지만 그러면, 벚꽃이 흐드러지게 핀 것을 보며 기뻐하는 너를 볼 수가 없겠지. 그래서 해준은 아쉬움을 뒤로한 채, 예전과는 전혀 달리 밝게 웃는 예진의 얼굴만을 한없이 두 눈에 담았다.

너무나 행복한. 태어나서 처음으로, 누군가와 함께할 다음 계절을 기대하게 된…… 늦겨울의 어느 밤이 그렇게 저물어 가고 있었다.

○ ◎ ●

"그래서…… 그 기사들이 정말 하나도 근거 없는 말이라고 장담할 수 있어요? 윤 비서는."

"너무 걱정하실 건 없습니다. 지금 포털에 남은 기사는 아무것도 없고, 또 이사님이 직접 나서서 입막음까지…….

"지금 내가 묻고 있는 건 그게 아니잖아요?"

"……."

"내가 궁금한 건, 또 반드시 알아야겠는 건 딱 하나예요. 내 조카의 가장 최측근인 윤 비서가 보기에, 그 싸구려 스캔들이 아예 없는 소리였는지 아닌지. 그걸 묻고 있는 거예요, 나는."

윤 비서는 잠시 입을 다물었다. 그 짧은 순간에도 수없이 많은 장면들이 머릿속을 스쳐 지나갔다. 비가 오던 그날, 해준과 대화를 나누고 있던 예진. 하루가 멀다 하고 예진의 집을 찾아가던 해준. 조금이라도 빨리, 예진이 있는 저택으로 돌아가기 위해 바쁘게 걸음을 옮기던 해준…… 그런 것들이었다.

"아무래도 내 짐작이 맞았나 보네요."

여자의 목소리는 싸늘하기 짝이 없었다. 그녀는 기가 막힌다는 듯 코웃음을 몇 번 치는가 싶더니, 온기 한 점 찾아볼 수 없는 낯으로 입술을 달싹였다.

"정말이지 어이가 없어. 하필이면 골라도 그런 년을 골라서, 해준이는."

"사모님, 정말 그런…… 그런 일은 없었습니다. 또 한예진 씨도…….”

"윤 비서, 그거 알아요? 연희도 나한테 똑같이 얘기했어. 내가 그년을 그렇게 의심할 때도, 절대로 그런 일은 없을 거라면서. 말도 안 된다면서. 혼자서 멍청하게."

"……."

"그래서, 봐요. 내가 없는 사이에 지금 일이 어떻게 됐어요?"

윤 비서는 어떤 말도 할 수가 없었다. 대신, 그는 난처한 표정을 지었다. 그러고는 지독할 정도로 오만한 낯을 하고 있는 여자를 바라보았다.

김연정.

김연희의 언니이자, 해준의 이모인 여자였다.

박동호가 SL그룹을 이만큼 키울 수 있었던 것은, 김연희의 든든한 친정 덕분이었다. 자산가이자 사업가였던 장인은 조금의 아낌도 없이 손에 쥔 재력을 박동호에게 내주었고, SL그룹은 그것을 자양분으로 여기까지 왔다고 해도 과언이 아니었다.

장인과 장모는 세상을 떠난 지 오래였으나, 김연희의 친정은 여전히 탄탄했다. 그것은 오롯이 김연정의 덕분이었다. 그녀는 누구보다도 영리했고, 셈이 빨랐고, 사업 수완이 좋았으며, 불필요한 것을 내칠 가장 적절한 시기를 아는 사람이었다.

그런 김연정에게 있어 한예진은 그저 불필요한 존재에 불과할 것이었다. 마치 김미향 같은.

"세월이 아무리 지나도, 저런 유형의 인간들이 늘 있어요. 아무것도 가진 게 없으면서 그걸 빌미로 들러붙는 것들. 꼭 기생충처럼."

더러운 것들. 김연정이 역겨운 표정을 지으며 중얼거렸다.

"어쨌든 더 들을 것도 없겠군요. 윤 비서는 이만 나가 보세요. 뒷일은 내가 알아서 할 테니까."

윤 비서는 입술을 짓씹은 채로, 살짝 고개를 숙였다. 그녀가 말하는 '뒷일'이 어떤 것인지 짐작조차 할 수 없어, 그저 당혹감에 잔뜩 젖은 채로.

10

평소와 똑같은 하루였다.

해준은 늘 일어나던 시간에 일어났고, 누구보다도 이르게 출근했다. 하루 사이에 잔뜩 쌓인 업무들을 살펴보았고, 밀린 서류의 결재를 했다. 보고를 받았고, 그룹 내 돌아가는 현황을 확인했다.

그렇게 별다를 것 없는 일상이었으나, 그래도 몇 가지 변화한 점들이 있었다.

늘 담배꽁초가 가득하던 재떨이는 텅 비어 있었고, 희뿌옇고 매캐한 연기로 가득 메워져 있던 이사실의 공기는 맑기 짝이 없었다. 해준 역시 마찬가지였다. 그렇게 오전 내내 일에 시달렸는데도 불구하고, 그는 전혀 지쳐 보이는 기색이 아니었다.

"……"

테이블 앞에 앉아 있던 해준은 살짝 흐트러진 머리를 쓸어 넘겼다. 그는 차갑게 식은 커피를 몇 번 홀짝이고는, 활짝 열어 놓은 창밖을 내다보았다. 날씨는 화창했고, 하늘은 맑았으며, 거리에는 점심을 먹으러 나온 사람들이 한가득이었다.

이내 해준의 시선이 테이블 위에 올려 두었던 핸드폰으로 향했다. 그의 눈동자에는 왠지 모를 기대감이 조금 묻어나고 있었으나, 핸드폰은 조용할 뿐이었다.

"완전히 을이 따로 없군."

해준이 작게 피식거리며 중얼거렸다. 그래도 상관없었다. 원래 다 그런 법이 아닌가? 사업을 할 때도 마찬가지였다. 보통은 아쉬운 쪽이 을이 된다. 물론 사업과 연애를 같은 선상에 놓는다는 것이 조금 우습기는 했으나, 처음 겪어 본 을의 감정은 생각처럼 그렇게 나쁘지만은 않았다.

뭘 하고 있을까. 잠은 잘 자고 출근했을까. 지금쯤은 식사를 했을까. 그렇지 않아도 파출부에게 신신당부를 몇 번이나 해 놓았는데.

잠이 든 예진, 막 눈을 뜬 예진, 식사를 하는 예진이 번갈아 가며 눈앞을 스쳐 지나갔다. 해준은 그렇게 그녀를 떠올리다가, 혼자 웃었다.

참 신기했다. 누군가를 마음에 담고, 또 그 누군가와 함께한다는 것만으로도 세상이 이렇게도 달라 보일 수 있다는 게.

그럼 너도 그럴까. 너도 지금 내 일상을 궁금해하고 있을까. 그런 생각을 하고 있던 찰나였다.

"……이사님."

상념에 젖어 있던 해준의 귓가에 정중한 노크 소리가 울려 퍼졌다.

"윤 비서입니다. 들어가겠습니다."

이내 문이 열렸고, 표정이 좋지 않은 윤 비서가 들어왔다. 그는 해준을 향해 인사를 하고는 착잡한 낯으로 그를 바라보았다.

"무슨 일 있습니까?"

무엇인가 이상하다는 것을 감지한 해준이 물었다.

"어제 연락을 먼저 드릴까 했는데, 시간이 너무 늦기도 했고 얼굴을 직접 뵈고 말씀드리는 게 나을 듯해서……."

"이번에는 뭡니까. 편하게 말해 보세요."

"……어제 이사님 이모님을 뵙고 왔습니다. 알고 계시죠? 엊그제 귀국하셨다는 거."

생각지 못한 말에, 해준의 얼굴이 순간적으로 미세하게 굳었다.

"댁으로 오라는 연락을 받고 갔는데, 몇 가지를 물어보셨습니다. 간략히 말씀드리면……."

"한예진에 관한 것들이겠지."

윤 비서는 입술을 감쳐물었고, 해준은 버릇처럼 관자놀이를 꾹꾹 눌러 대었다.

"미리 조사를 다 해 보신 듯했습니다. 예진 씨에 관한 인적 사항은 물론이고요. 이사님도 알고 계시겠지만, 아무래도 뜻을 굽히실 생각이 없으신 것 같습니다."

"그렇겠죠. 바라지도 않았습니다."

"아무래도…… 걱정이……."

윤 비서가 말을 채 다 잇기도 전에, 알림 소리가 울렸다. 해준의 핸드폰이었다. 해준과 윤 비서의 시선이 동시에 그의 핸드폰으로 향했다. 메시지였다. 하지만 그것은 해준이 기다리던 사람의 것이 아니었다.

[회사 앞이다. 할 얘기가 있으니 나와.]

발신자는 역시 연정이었다. 해준은 미간을 찌푸렸고, 적막이 내려앉은 이사실에는 알림 소리만 연달아 울렸다.

[너도 생각이 있다면, 피하지는 않겠지.]

"이사님……."

[네가 지금 안 나오겠다면, 집으로 갈 생각이야. 알아 두거라.]

연정의 성격이 급하고, 다혈질이라는 사실은 알았으나 이렇게 하루 만에 해준에게 연락을 할 것이라고는 생각지 못했다. 윤 비서는 반사적으로 해준의 눈치를 보았으나, 그는 아무렇지도 않은 듯 보였다. 물론 여전히 짜증이 가득한 낯을 하고는 있었지만 말이다.

해준은 천천히 자리에서 일어났다. 그러고는 윤 비서를 돌아보며 말했다.

"잠깐 나갔다 올 테니까, 그렇게 알고 있어요."

"……예."

"그리고 한예진한테는 아무 말도 하지 마세요. 알게 돼 봤자 좋을 것 하나 없는 일이니까."

그것을 끝으로, 해준은 이사실 밖을 향해 천천히 걸음을 떼었다.

○ ◎ ●

연정을 보는 것은 오랜만의 일이었다.

"잘 지내셨습니까, 이모님."

연정의 맞은편에 천천히 자리하면서, 해준은 짤막한 인사를 건넸다. 그러고는 말없이 차를 홀짝이고 있는 그녀를 바라보았다.

"넌 내가 잘 지냈을 거라고 생각해서 묻는 거니? 아니면 약이라도 올리려는 참이니?"

연정은 여전한 듯 보였다.

연정은 동생인 김연희와는 닮은 듯 전혀 닮지 않은 사람이었다. 두 살 차이인 자매의 얼굴은 무척이나 닮은 편이었으나, 성격은 극과 극이었다. 단순히 설명해 보자면 그런 것이었다. 김연희는 파리 한 마리도 죽이지 못하는 위인이었고, 김연정은…….

"거두절미하고 말하마. 덜떨어진 짓 그만하고, 그 계집애 치워."

……본인이 하고자 하는 일에 방해가 되는 것이 있다면, 그게 무엇이든지 위해를 끼치고야 마는 인간이었다. 파리든, 사람이든.

"아니라고 잡아뗄 생각은 하지 마라. 이미 다 알고 있으니까."

연정이 기가 막힌다는 표정으로 해준을 응시하며 말했다. 그래, 알고 있겠지. 놀랄 일도 아니었고, 애초에 잡아뗄 생각조차 없었다.

"이모님."

그리고 해준이 연정을 마주 보며 입술을 달싹였다.

"이런 일에까지 간섭할 생각은 하지 마십시오. 이건 어디까지나 제 개인사일 뿐입니다."

"개인사?"

연정이 코웃음을 쳤다.

"이게 어떻게 네 개인사가 될 수 있니? 애초에 SL이 이렇게 클 수 있었던 건 다 우리 집안 덕분이었어."

그런데 그런 말을 감히 내 앞에서 해? 연정의 눈매가 약하게 떨렸다.

"지금은 도움이 될 수 있는 일이면 뭐든지 해야 할 때야. 애먼 곳에 멍청하게 신경을 쏟다가 박도준이 회장 자리를 차지하면? 그때는 어쩔 생각이지?"

"회장직이 그렇게 바로 정해지진 않을 겁니다. 그리고 도움이 될 수 있는 일이요?"

이번에는 해준이 싸늘한 표정을 지었다.

"이름도, 얼굴도 모르는 재벌가 딸하고 정략결혼을 해서, 그걸 빌미로 차기 회장이 되는 것 말씀이십니까?"

"그래."

연정의 대답은 간략하기 짝이 없었다. 표정 역시 여상했다. 해준이라고 그녀의 말을 이해하지 못하는 것은 아니었다. 오히려 아주 잘 이해하고 있었다. 하지만 그가 그 선택을 하고 싶지 않아 하는 이유는, 비단 예진 때문만은 아니었다.

"죄송하지만 저는 그런 식으로는 살고 싶지 않습니다. 이모님도 알고 계시잖아요? 제가 평생 어떤 꼴을 보고 살아왔는지."

"그건 어디까지나 네 행동에 달린 일이야. 그러니 멍청한 소리 하지 마라."

"박동호가 쓰러진 뒤부터 회사를 운영하는 건 제 일이었습니다. 설마 모른다고 하지는 않으시겠죠."

연정이 작게 멈칫거렸다.

"제 능력으로도 충분히 버틸 수 있고, 해낼 수 있는 일입니다. 그러니 더 이상 그런 말씀은 하지 마십시오."

김미향이 임원진들과 접촉을 하고, 그들을 어떻게 구워삶든. 또 박동호가 죽기 전에 어떤 일들을 벌여 놓았든, 어쨌거나 능력이 있는 것은 누가 보아도 박도준이 아닌 해준이었다. 과정이야 번거로울지 모르나, 충분히 이길 수 있는 싸움이었다. 해준은 그렇게 생각했다.

"예전이었다면 이모님의 말씀을 들었을지도 모르죠. 어떻게든, 무슨 수를 써서든 회장직을 차지하고 싶어서. 그렇게 박도준과 김미향, 죽은 박동호에게 보란 듯 복수하고 싶어서."

해준이 낮은 음성으로 말을 이었다.

"물론 그 자리를 뺏길 생각은 여전히 없습니다. 하지만 이제 저는 압니다. 이모님의 제안을 받아들이면, 저는 반드시 불행해질 거라는 사실을 말입니다."

자꾸만 저를 메마르게 만드는 삶의 방식이 싫었다. 그런 시간들은 해준의 지난 시간들을 모조리 메워 왔다. 버림받았고, 인정받지 못했던 만큼 해준은 힘겹게 버둥거렸다. 어쩌면 스스로를 복수의 도구로 삼았던 것일지도 몰랐다. 그래서 어떤 일이든 벌일 수 있었고, 그래야만 한다고 생각했다. 그러나 지금은 아니었다.

"제 곁에 있을 사람만큼은 스스로 선택할 겁니다. 제 행복을 위해서라도."

해준에게는 숨을 쉴 수 있는 장소가 필요했다. 세상 모든 사람들이 저를 동정하고, 저조차도 스스로가 비참하여 비명을 내지르고 싶을 때. 그럴 때 저를 말없이 안아 줄 품이 필요했다. 그것이 예진이었다. 그러니 연정의 말을 들을 수 없었다. 아니, 듣고 싶지 않았다.

"미안하지만 지금 네가 든 이유들은 날 전혀 설득하지 못할 거다."

……하지만 연정의 생각은 전혀 다른 모양이었다.

"난 네 감정 따위는 하나도 알고 싶지 않거든. 관심도 없고, 흥미도 없으니까."

싸늘한 낯을 한 연정이, 해준을 빤히 쳐다보며 말했다. 감정 따위는 하나도 묻어나지 않는 목소리였다.

"하지만 한 가지 사실만은 확실하게 알지. 지금 네가 해야 하는 일은, 어쭙잖은 감정놀음에 취하는 게 아니라 현실을 직시하는 것임을 말이야."

어쭙잖은 감정놀음. 그 적나라하기 짝이 없는 말에, 해준은 덧없이 헛웃음을 지었다.

"내가 몇 번을 후회했는지 넌 모를 거야. 김미향, 그년을 미리 치웠어야 했는데. 어떤 방법이나 수단이든 가리지 않고서. 그랬다면 일이 이렇게 되지도 않았겠지."

"……"

"그때 나는 다짐했지. 만약 같은 상황이 또 반복된다면, 그때는 기필코 기회를 놓치지 않을 거라고."

연정은 지금 해준을 협박하고 있었다. 그녀의 수법은 항상 같았다. 애초에 박동호가 김미향과 박도준을 몰래 빼돌린 것 역시 연정의 영향이 컸을 것이다.

"아니면 너도 네 아버지처럼 그 계집애를 빼돌리기라도 할 셈이냐?"

"말 함부로 하지 마십시오."

저를 노려보는 해준의 눈동자는 형형하기 짝이 없었다. 연정은 난생처음 보는 조카의 그 얼굴을 물끄러미 쳐다보았다가, 이내 실소를 터트렸다.

"네 엄마가, 연희가. 내 동생이 손목을 긋기 전에 나한테 뭐라고 했는지 알아?"

연정은 미국에 있었다. 그곳에서 사업 관련한 일들을 해결하고 있었고, 그녀를 대체할 수 있는 인력은 어디에도 없었다. 연정으로서도 어쩔 수 없는 선택이기는 하였으나, 혼자 구렁텅이에 남겨진 동생에 대한 생각을 하지 않았을 리가 없었다.

"더 이상 살 수가 없다더구나. 세상 모든 사람들이, 얼마나 불쌍하고 가엾기 짝이 없냐고 저를 손가락질하는 것 같다고. 그러면서도 비웃고 또 비웃어서, 비참해서 견딜 수가 없다고."

"……"

"네 엄마를 여기서 더 비참하게 만들려고? 네 아버지가 그랬듯이!"

"비참하게 만들 거라고 한 적 없습니다!"

모욕에 가까운 연정의 폭언을 듣다 못한 해준이 화를 꾹 눌러 참으며 대답했다.

"지금까지는 경황이 없었다고 쳐도, 이제부터는 안 될 일이야. 내가 돌아왔으니까."

연정이 해준을 싸늘하게 응시하며 말했다.

"당분간 다시 한국을 떠나는 일은 없을 거야. 적어도 네가 내 말을 듣기 전까지는 말이지."

이내 연정은 가방을 향해 손을 뻗는가 싶더니, 무언가를 꺼내 해준에게 건네었다. 누군가의 사진이었다.

"내일 밤 8시, W호텔이다."

사진 속 여자는 해준도 어렴풋이 얼굴을 아는 사람이었다. SL그룹과 견주어도 전혀 손색이 없는, 유명한 재벌가의 외동딸이었다.

"듣기로는 그렇다더구나. 나이는 어린 편이지만 머리도 좋은 데다가 사업 수완까지 훌륭해서 회장이 딸에게 그룹을 물려줄 거라고. 이미 주식의 상당 부분도 증여받았고, 벌써 계열사 중 몇 개를 넘겨받아 경영도 하고 있는 모양이야. 이만큼 조건이 좋은 여자는 어딜 가도 찾을 수 없을 테고."

말 그대로, 마음에 들지 않는 구석이 한 군데도 없는 여자였다. 한예진이라는 그 보잘것없는, 기생충 같은 김미향을 닮은 여자와는 천지 차이인.

"네 아버지는 이미 내 동생을 망가트렸어."

그리고 연정이 쐐기를 박듯 말을 이었다.

"아들인 너마저 연희를 비참하게 만든다면, 난 너를 절대로 용서하지 않을 거다. 그러니 날 실망시키지 마."

실망? 실망이라고? 해준은 얼굴을 일그러트린 채 연정을 마주 보았다.

"만약 네가 내 말을 어긴다면, 난 무슨 수를 써서라도 그 계집애를 내 손으로 직접 치워 버릴 거야. 알고 있겠지?"

할 말을 다 마쳤기 때문인지, 아니면 해준의 대답 따위는 전혀 중요하지 않기 때문인지 연정은 아무런 미련 없이 자리에서 일어났다. 그녀는 그렇게 걸어

가려는가 싶더니, 잊고 있던 것이 떠올랐다는 듯 다시 해준을 바라보았다. 그러고는 단호하게 말했다.

"김미향 때와는 달라. 그때는 놓쳤지만, 이번에는 놓치지 않을 테니까."

"……."

"그걸 잊지 말렴."

이윽고 또각거리는 하이힐 소리가 해준의 귓가에서 점점 멀어지기 시작했다. 그리고 테이블 위에 올라가 있던 해준의 손등에 푸른 힘줄이 소리 없이 선명하게 돋았다 사라지기를 반복했다.

○ ◎ ●

예진은 혼자 오피스텔에 있었다.

"……."

식탁 앞에 앉아 있던 예진은 벽에 걸려 있는 시계를 확인했다. 시침은 벌써 밤 8시를 가리키고 있었고, 창밖은 이미 어두워진 지 오래였다. 예진은 그렇게 검게 물든 밤하늘을 물끄러미 응시하다가, 식탁 위에 올려 둔 핸드폰을 바라보았다.

오후 무렵, 해준에게서 전화가 왔다.

'오늘은 시간 되자마자 바로 퇴근해. 그리고 꼭, 차 타고 돌아가.'

당분간은 그렇게 해. 해준의 목소리에는 어딘가 모를 조급함이 묻어났다. 혹시 무슨 일 있어요? 예진은 물었지만, 해준은 그저 아무것도 아니라는 대답과 함께 짤막한 한마디를 끝으로 전화를 끊었다.

'내가 집으로 갈게. 집에서 보자.'

등 뒤에서 들려온 알람 소리에 예진은 살짝 멈칫거렸다. 밥솥에 안친 밥이 다 되었나 보다. 식탁 위에는 반찬도 몇 개 놓여 있었다. 전부 파출부가 챙겨 준 것이었다. 본인이 배가 고파 차린 것은 아니었다.

……아마 끼니도 제대로 챙기지 못했을 텐데, 이사님은.

하지만 기다리는 이는 그림자조차 보이지 않았다. 전화를 해 볼까. 그러나 해준이 지금 무슨 일을 하고 있을지, 통화를 할 수 있는 상황인지조차 알 수가 없었다. 예진은 잠시 고민하다가, 핸드폰을 집어 들었다.

[괜찮으면 얼른 와서, 같이 저녁 먹어요.]

[참고로 오늘 반찬은 하나도 안 짜요.]

그리고 그 짤막한 메시지를 보낸 지 얼마 지나지 않았을 무렵, 초인종 소리가 들렸다.

"나야."

기다리고 있던 목소리에, 예진은 빠르게 자리에서 일어났다. 문을 열자, 조금은 지친 기색을 한 해준의 얼굴이 보였다.

"나 몰래 입맛을 바꿨나 봐."

해준이 핸드폰을 들어 보이며 엷게 피식거렸다.

"사실 짜다고 해도 이제 큰 상관은 없는데. 원래 을은 투정 같은 거 못 부리게 되어 있거든."

"이사님이 을이에요?"

"그래. 난 을이고, 너는 갑이고."

"언제부터 그렇게 된 건데요?"

"꽤 됐어."

너는 모르겠지만 말이야. 해준은 시답잖은 농담을 하는가 싶더니, 천천히 방 안으로 들어섰다. 예진은 그런 그를 말없이 바라보다가, 조심스럽게 입술을 달싹였다.

"표정이 안 좋아요."

"……내가?"

"무슨 일 있는 거, 맞죠?"

"그냥 좀 피곤한 것뿐이야. 네가 신경 쓸 건 없어."

해준의 목소리는 평소와는 다르게 조금 더 낮았고, 미묘하게 갈라져 있었다. 그는 겉옷을 벗고는 소파에 앉았다. 예진 역시 그의 옆에 자리했다.

"……."

소파에 기댄 해준의 시선은 예진에게 가닿았다가, 그녀의 등 뒤로 보이는 식탁으로 향했다. 정성스럽게 차려 놓은 음식들이 보였다. 함께 식사를 하고 싶어서, 제가 걱정이 되어 혼자 기다리고 있었던 것이 뻔했다.

참 신기한 일이었다. 그런 모습을 상상하는 것만으로도, 또 예진의 공간에서 예진의 얼굴을 바라보고 있는 것만으로도 하루 내 있었던 모든 일들이 희미해지는 것도 같았다. 종일 추위에만 떨다가, 따뜻한 집으로 돌아온 기분이었다.

……그래. 내가 원하는 건 그저 이것뿐인데.

'난 네 감정 따위는 하나도 알고 싶지 않단다. 관심도 없고, 흥미도 없으니까!'

문득 스쳐 지나간 것은 연정의 싸늘한 목소리였다.

해준은 모르지 않았다. 연정은 본인이 한 말을, 정말로 지키고 마는 사람이라는 사실을. 그러니 제게서 예진을 떨어뜨리기 위해서는 어떤 일이든 벌일 수 있다는 것 역시도.

"내 말 기억하고 있지? 당분간은 제 시간에 퇴근하고, 혼자 돌아가지 말라고 한 거."

예진이 대답 대신 고개를 끄덕였다.

"그냥 걱정이 되어서 그런 거니까, 그렇게 해 줘. 당분간 일이 끝나면 바로 여기로 올게."

예진의 아버지를 그녀의 인생에서 치워 낸 이후에도, 오피스텔 근처에는 최소한의 경호 인력들이 남아 있었다. 혹시 모를 상황을 대비한 것이었다. 물론 이런 식으로 쓸모가 있게 될 줄은 몰랐지만.

"그리고 내일은…… 못 올 수도 있을 것 같아. 갑자기 급한 일이 생겨서."

"괜찮아요."

"……그래."

어쨌거나 해준은 연정의 말을 곧이곧대로 들을 마음이 전혀 없었다. 그러니 그녀의 억지를 포기하게 만들기 위해서는, 저 나름대로도 머리를 써야만 했다.

문득 그런 생각이 들었다. 난 언제까지 이런 식으로 끝없이 싸우기만 해야 할까.

"이사님, 조금 쉬세요."

고요히 해준을 바라보던 예진이, 발치에 개어 놓았던 담요를 그의 무릎에 덮어 주며 말했다.

"너무 지쳐 보여서."

"······."

"식사는 나중에 해요."

해준은 대답 대신 예진의 손을 확 잡아끌었다. 예진은 맥없이 그의 품에 갇히듯 안겼고, 해준은 그녀의 목덜미에 얼굴을 묻었다.

"이사님······?"

"쉬라면서. 나한테는 이게 쉬는 거야."

이것이 해준에게는 편하게 숨 쉴 수 있고, 또 요란스러운 마음을 잠재울 수 있는 유일한 방법이었다.

"······."

해준에게 안긴 예진은 여전히 의아한 낯을 하고 있었으나, 그를 내치지는 않았다. 그녀는 조금 망설였다가, 천천히 손을 뻗었다. 그러고는 엉거주춤한 몸짓으로 해준을 살짝 마주 안고, 그의 널찍한 등을 조심스럽게 토닥여 주었다.

해준의 갑작스러운 행동이 무슨 이유 때문인지는 정확히 알 수는 없었으나······ 그래도 한 가지만은 확실하게 알기 때문이었다. 지금 해준이 필요로 하는 것은, 그 어떤 것도 아닌 본인의 품이라는 사실을.

○ ◎ ●

예진은 해준이 당부한 말을 지켰다.

여느 때였다면 버스를 타고 출근했을 테지만, 당분간은 기사가 모는 차를 타기로 했다. 퇴근을 할 때 역시 그렇게 하기로 했다. 하지만 여전히 미심쩍은 부분은 있었다. 해준은 아무런 일도 없다고 했지만, 어딘가 모르게 피곤해 보이기 짝이 없던 그의 얼굴이 자꾸만 마음에 걸렸기 때문이다.

그리고 그 미심쩍음은, 출근길에 걸려 온 윤 비서의 전화 한 통으로 더 몸집을 키워 나가기 시작했다.

― 이사님께 말씀 들으셨겠지만, 예진 씨. 시간이 되면 곧장 퇴근하세요.

거기까지는 상관이 없었다. 문제는 그다음 말이었다.

― 덧붙여 혹시…… 음…… 갑자기 손님이 오신 것 같다거나 하면, 바로 나오셔도 됩니다.

'손님이요?'

이 광활한 저택을 오간지 벌써 며칠째였다. 하지만 그 며칠 내내, 예진은 파출부 아주머니와 기사를 제외한 다른 이는 본 적도 없었다.

― 네, 지금 한창 바쁘실 테니 그렇게까지 하실 것 같지는 않지만…… 그래도 혹시 모르는 일이니까요.

'비서님, 지금 누구를 말씀하시는 건가요?'

― ……이사님 댁 집안일일 뿐입니다. 크게 신경 쓰실 건 없어요. 그냥 제가 말씀드린 것만 기억하시면 됩니다.

그러나 윤 비서의 그 이유 모를 걱정은 괜한 것인 듯싶었다. 오전부터 퇴근 시간이 다 되어 갈 때까지, 찾아오는 사람은 없었다. 김연희의 상태도 역시 나쁘지 않았고, 그저 평소와 같은 하루가 이어졌다.

물론 어제 해준이 했던 말과, 윤 비서가 한 말들은 계속해서 예진의 머릿속을 숨 가쁘게 돌아다녔다.

오늘 이사님이 집으로 오면, 아무래도 물어보는 게 낫지 않을까.

하지만 예진은 도대체 무슨 일이냐며 해준에게 캐묻기 전에, 그들이 걱정한 것이 어떤 일이었는지 바로 알게 되었다. 퇴근을 앞둔 늦은 오후 무렵에.

"아주머니, 여기 빈 그릇이요."

김연희의 방 문을 열고 나온 예진의 손에는 나무로 된 트레이가 들려 있었다. 그 안에는 죽의 잔해 따위가 묻은 그릇과, 빈 물잔이 담겨 있었다. 그렇게 많은 양은 아니었지만, 김연희는 오늘도 식사를 했고 약 역시 별다른 거부 없이 순순히 받아먹었다.

"고생했어요, 예진 씨. 그런데 사모님은⋯⋯."

"졸리신 것 같아서 일단 잠자리 확인하고 나오는 길이에요. 약에 수면제 성분이 들었다고 했는데, 그것 때문인 것 같아요."

"어휴, 얼른 약도 끊으셔야 될 텐데⋯⋯."

그러게요. 예진이 씁쓸하게 웃었다.

"시간이 벌써 이렇게 됐네. 오늘은 그냥 가지 말고, 밥이라도 먹고 가요. 왜, 저번에 도련님이⋯⋯."

"아니요, 일이 있어서요."

예진이 손을 휘휘 내저으며 말했다.

"당분간은 바로 들어가 봐야 할 것 같아요. 그러니⋯⋯."

바로 그 순간이었다. 부엌에서는 보이지 않는 복도 끄트머리, 현관 쪽에서 인기척이 들려온 것은.

"올 사람이 없는데⋯⋯?"

파출부 아주머니가 당황한 표정을 지으며 중얼거렸다. 당연한 일이었다. 해준과 윤 비서는 이 시간대에는 회사에 있을 것이었고, 그들이 아니면 바깥에 배치된 경호 인력을 뚫고 제 마음대로 저택에 들어올 수 있는 사람은 없었으므로.

문득 윤 비서가 제게 했던 말이 스쳐 지나갔다.

⋯⋯손님.

그리고 얼마 지나지 않아, 그 손님이 예신의 앞에 모습을 드러내었다.

그 손님은, 한눈에 보기에도 싸늘하기 짝이 없는 분위기를 풍기는 여자였다. 그것은 비단 그녀의 냉한 이목구비 때문만은 아니었다. 저를 바라보는 그 시선. 그 눈동자에서 흘러나오는 한기 탓이었다.

"⋯⋯."

이름 모를 중년의 여자는 혐오감 비슷한 것이 어린 낯을 한 채로, 예진을 훑어보았다. 아주 노골적이었다.

그녀에게서는 해준과 같은 냄새가 나는 것도 같았다. 그러니까, 단 한 번도 인생을 살아가며 아쉬운 것이 없었던 부류들. 단 한 번도 수렁에 빠진 삶 따위는 살아 보지 않았을. 가진 것이 넘치도록 많은.

"사모님……?"

불편한 적막을 깨트린 것은, 예진의 뒤에 서 있던 파출부 아주머니였다. 그녀는 이 상황이 이해가 가지 않는다는 듯, 눈을 끔뻑이며 말을 이었다.

"오신다는 말씀은 못 들은 것 같은데……."

"아주머니, 자리 좀 잠깐 비켜 주겠어요?"

여전히 예진에게 시선을 고정한 채 여자가 단호한 목소리로 말했다. 네, 네. 아주머니는 짤막한 대답을 남기고는 자리를 비켜 주었다. 어딘가 모르게 겁을 먹은 것도 같은 낯이었다.

그리고 그렇게 둘만이 남겨지자, 여자는 다시 말을 이었다.

"한예진 씨. 맞죠."

○ ◎ ●

약속 시간은 8시였다. 장소는 회사에서 얼마 떨어지지 않은 W호텔이었다. 맞선 상대의 그룹이 운영하는 호텔 중 하나였다.

연정이 해준에게 이야기한 여자의 정보는 하나도 틀린 것이 없었다. 그녀는 말 그대로 모든 것을 다 가진 사람이었다. 나이는 어렸지만 현명했고, 사업 수완도 좋았다. 하지만 그것들 중 가장 행운이었던 것은, 그녀는 해준과는 달리 외동딸로 태어났다는 사실이었다.

그녀는 적어도 5년 안에 그룹의 모든 결정권과 권력을 손에 쥐게 될 것이었다. 그런 여자와 함께한다면, 김미향과 박도준이 임원진들을 어떻게 구워삶든 그들에게는 승산이 거의 없었다. 설령 박도준에게 회사 운영을 맡겨 볼 만한 실력이 있다고 해도 마찬가지였다.

그래, 그렇겠지. 모든 게 그렇게 손쉬워지겠지. 하지만 그것은 해준이 바라는 일과는 너무나 동떨어진 것이었다.

"……."

프라이빗 라운지 안으로 들어선 해준은 조용히 주위를 둘러보았다. 그리고 얼마 지나지 않아, 저 앞에서 저를 빤히 바라보고 있는 여자와 눈이 마주쳤다. 사진 속의 여자였다.

해준은 천천히 그녀를 향해 걸음을 떼었다. 그러고는 낮은 음성으로 인사를 하며 악수를 청했다.

"안녕하세요, 박해준입니다."

"반갑습니다."

앉아 있던 여자가 자리에서 일어나, 악수를 청했다.

"정혜연입니다. 일단 앉으실까요?"

해준은 고개를 끄덕였고, 이내 혜연을 마주 보고 앉았다. 짤막한 적막이 두 사람 사이에 내려앉았다. 혜연은 한동안 아무런 말도 하지 않은 채 해준을 바라만 보더니 이내 천천히 입술을 열었다.

"이사님께서는 제 생각보다 훨씬 더 멋지시네요."

"그렇습니까."

"네. 아무래도 기사에 나온 사진이 실물을 반도 못 담은 모양이에요."

혜연이 엷게 웃으며 말했다.

"저 다 봤거든요. 얼마 전에 간병인분하고 기사 나신 거."

해준은 아무런 말도 하지 않았다. 부정도 긍정도 하지 않은 채로, 조용히 혜연을 마주 볼 뿐이었다.

"사모님께서는 별일이 아니라고 하셨지만, 어쨌든 남녀 사이의 일은 당사자에게 들어야 하는 것 아니겠어요?"

"하고 싶으신 말씀이 뭡니까."

"어렸을 적에는 환상이 있었죠. 이사님도 그러시겠지만, 나이가 들수록 그런 건 없다는 사실을 뼈저리게 깨달았고요. 특히 재벌가끼리의 정략결혼에서 제일 중요한 건 애정 따위가 아니잖아요?"

해준이 피식거렸다. 연정의 말이 맞았다. 혜연은 똑똑하고, 현명한 여자였다. 해서 환상에 기대 사는 것이 아닌, 현실에 두 발을 붙이고 살아가는.

"실례되는 말이겠지만, 전 회장님에 대한 이야기 역시 모르지 않는답니다."

"그 이야기를 아는 게 어디 혜연 씨뿐이겠습니까? 이미 전 국민이 다 알고 있을 텐데."

"그럼 불편하실 걸 알면서도 부러 이런 말을 꺼낸 이유도 알고 계시겠네요."

"박동호 회장이 그랬던 것처럼, 내가 똑같은 짓을 벌이지는 않을까 신경이 쓰이는 것 아닙니까?"

"아니라고는 할 수 없죠."

"어쨌든 혜연 씨 쪽에서도 나 말고 다른 선택지들이 많았겠죠. 하지만 환상이 깨졌다는 걸 보니, 답 역시 빤할 겁니다. 혜연 씨는 오늘 나랑 맞선을 보러 나온 게 아니라, 투자를 하러 나오신 거겠죠."

혜연이 웃었다.

"나 역시 마찬가집니다."

얼굴에서 웃음기를 금세 거둬 낸 해준이, 혜연을 보며 단호한 목소리로 말했다.

'만약 네가 내 말을 어긴다면, 난 무슨 수를 써서라도 그 계집애를 내 손으로 직접 치워 버릴 거야. 알고 있겠지?'

"나도 맞선을 보러 나온 게 아닙니다. 혜연 씨에게 이득이 될 것이 분명한 사업에 투자를 권유하기 위해, 기꺼이 발걸음 한 거니까."

'네 아버지는 이미 내 동생을 망가트렸어. 아들인 너마저 연희를 비참하게 만든다면, 난 너를 절대로 용서하지 않을 거다. 그러니 날 실망시키지 마!'

연정은 틀렸다. 해준은 연정이 예진을 손수 치워 내지 못하게 만들 것이었고, 어머니인 김연희를 비참하게 만들 생각도 없었다. 결국 그녀의 뜻대로, 그녀의 걱정대로 될 일은 아무것도 없었다.

그러기 위해 나온 자리였다.

"결혼 얘기보다는 그쪽이 더 구미가 당기네요."

혜연이 입꼬리를 틀어 올리며 말했다. 그러고는 해준을 마주 보며 물었다.

"그래서 제게 어떤 권유를 하실 생각이신가요?"

○ ◎ ●

"나, 김연정이에요. 해준이 이모 되는 사람."

"……네, 제가 한예진입니다."

예진은 짤막한 대답을 내놓았다. 만나 뵙게 되어 반갑다는 틀에 박힌 말 같은 것은 나오지 않았다. 이유는 단순했다. 저를 바라보는 연정의 눈빛에서 묻어나는 혐오감 비슷한 것들 때문이었다. 아주 빠르게, 선명한 직감이 들었다. 이 사님이, 윤 비서님이 걱정하던 일이 바로 이것이었구나. 그리고 이 사람은 나를……

"하…… 내가 정말 기가 차서."

……김미향과 같은 취급을 하겠구나.

"기사 난 것, 봤어요. 주변 사람들한테 얘기도 전해 들었고. 아니라고 잡아뗄 생각 같은 건 아니겠죠?"

예진은 아무런 반응도 보이지 않았다. 아니, 솔직히 말하자면 마땅히 내놓을 대답이 없었다. 어떤 말을 하건, 저를 바라보는 저 눈빛은 전혀 변하지 않을 것이었다. 예진은 그것을 누구보다도 잘, 그리고 확실하게 알고 있었다.

"피는 못 속인다더니, 그게 없는 말은 아닌가 봐. 하필이면 왜 이딴 기분 나쁜 것만 빼다 박아서……."

연정은 해준에게는 아무런 정이 없는 사람 같았다. 그렇지 않고서야 저런 말을 할 수는 없었다. 그것도 하나뿐인 조카가, 제 아비에게 가진 분노심이 얼마나 큰지 안다면 더더욱 그러할 것이다.

"그 난리 난 거, 다 봤다면서요? 병원에서 간병하면서."

연정은 병원에서 있었던 모든 일들을 전해 들었다. 박동호가 김미향을 병원으로 불러들인 일. 그래서 김연희와 김미향이 마주친 일. 또 그래서 그녀가 어떻게 무너졌는지도.

"뭐, 백 보 양보해서 이해하려고 노력은 해 볼 수 있어요. 당신 같은 사람들 입장에서, 해준이 같은 사람이 관심을 보이면 당연히 탐이 났겠지. 날 수밖에 없었겠지."

눈앞의 이 여자에게, 나 같은 사람과 이사님 같은 사람의 간극은 얼마나 클까. 아마 죽었다 다시 태어난다고 해도, 예진은 그것을 절대로 가늠해 볼 수 없을 듯싶었다.

"하지만 그래도 예진 씨, 사람이 양심이 있어야죠."

"……."

"상황을 아무것도 모르면 몰라. 다 봤고, 다 알잖아요. 그런데 어떻게 감히 이런 짓을 할 생각을 해? 내 동생이 아무리 지금 제정신이 아니라지만, 예진 씨를 마음에 들어 하겠어요? 그걸 아는 사람이, 그것도 하필이면 간병?"

'제가 사모님 간병을 하는 게 그렇게 우스운 일인가요?'

그리고 문득, 언젠가 김미향과 나누었던 대화가 예진의 귓가를 스쳐 지나갔다.

'우습지. 하필이면 그 동네에 산 것도 우습고, 또 하필이면 간병인을 하는 것도 우스워. 내가 그랬거든. 회장님 모친도 간병했어. 아가씨처럼.'

"우리는 당신 같은 여자한테 아주 평생을 데여 온 사람들이야."

연정이 치를 떨며, 분노에 찬 음성으로 말했다.

"그 여자랑 똑같아. 김미향, 그년이랑 아주 하나도 다를 게 없어."

예진은 단 한 번도, 김미향과 서를 동일시해서 생각해 본 적이 없었다. 그녀와 제가 닮은 것이라고는 구질구질한 몇 가지들이 전부였다. 사정이 뻔하디뻔한 가난한 달동네에서 살았고, 또 마음을 준 남자의 모친을 간병한다는 것. 그게 전부였다. 예진은 김미향이 박동호에게 그랬듯, 불쌍하고 비참하여 애잔하기 짝이 없는 인생을 빌미로 해준의 마음을 잡고, 끝내는 발목까지 잡아 낼 생각이 전혀 없었다.

하지만 그게 다 무슨 의미가 있단 말인가. 어쨌든 연정의 눈에는, 방금 들은 것처럼 김미향이나 저나 다르지 않은 존재일 것이었다.

"분수에 맞지도 않는 걸 탐하지 말아요."

그래. 분수에 맞지도 않는 것을 감히 탐한, 그런 양심 없고 **뻔뻔한** 족속……

"지금까지 해준이한테 뭘 어떻게 뜯어냈을지는 몰라도, 그것도 오늘까지야. 더 이상은 안 돼. 알아듣겠어요?"

"……말씀 중에 죄송하지만 뭔가를 뜯어낸 적은 없습니다."

예진이 낮은 목소리로 말했다.

"제 말을 어떻게 받아들이실지는 모르겠지만, 앞으로도 그럴 생각 같은 건 없어요. 그뿐입니다."

"그럼 왜?"

연정이 어이없다는 표정으로 되물었다.

"그럼 왜, 무슨 이유로 당신 같은 여자가 해준이한테 이런 식으로 접근을 하죠?"

예진은 잠시 입술을 다물었다. 연정의 말은 전제부터가 틀린 것이었다. 예진은 해준에게 먼저 접근을 한 적도, 무언가를 바란 적도 없었으니까. 하지만…… 글쎄. 그런 생각이 들었다. 언젠가 이런 취급을 받게 될 것을 알았음에도 불구하고 그와 함께 걷고 싶다는 바람을 가지게 되었던 이유는 있었다고.

"이사님이 가엾으셔서요."

"……뭐?"

"평생을 숨 쉴 구멍 하나 없이 살아오신 게 안타까워서요. 그게 꼭 저를 보는 것 같아서."

연정의 얼굴이 노기로 붉어지는 것이 보였다. 제 말이 연정의 심기를 거스를 것임은 알았다. 알면서도 이런 말을 한 것은, 그저 한 가지 이유뿐이었다. 당신은 당신의 조카를, 당신이 그렇게나 보잘것없다고 생각하는 나와 같은 수준으로 끌어내리고 있었다고. 그렇게 숨구멍을 틀어막고, 비참하게 만들고 있었노라고……

330

"해준이한테 숨 쉴 구멍이 있든 없든, 그건 당신이 신경 쓸 일이 아니에요."

하지만 연정은 싸늘한 대답을 내놓았다.

"당신한테는 그런 신경을 쓸 수 있는 자격조차 없어. 어딜, 감히?"

"……."

"적당히 말할 때, 적당히 알아듣고 떨어져 나가. 그 말을 하려고 온 거예요. 어차피 목표는 하나였잖아요?"

돈. 뻔하지. 연정이 비아냥거리듯 말했다.

"차라리 깔끔하게 원하는 금액을 말해요. 그럼 바로 보내 줄 테니까."

해준의 말이 맞았다. 제 삶은 여전히 삼류 영화 그 자체였다. 그리고 그 삼류 영화에는, 이제 멸시 비슷한 것까지 더해지고 있었다.

"어머니 찾고 있다면서요?"

생각지 못한 연정의 말에, 예진이 작게 멈칫거렸다.

"찾아내서 데리고 지방에 내려가 살든지, 아니면 한국을 뜨든지. 그만한 돈은 적선할 테니까, 어쨌든 내 조카 앞에서 사라져요. 난 분명히 경고했어."

할 말을 다 마친 것인지, 아니면 더 이상 예진과는 상종조차 하고 싶지 않은 것인지 연정은 저것을 끝으로 시선을 거두었다. 그러고는 김연희가 있는 방으로 향하기 시작했다. 하지만 그녀는 몇 걸음도 채 걷지 않고, 다시 자리에 멈추더니 예진을 돌아보았다.

"한 가지 더 말해 주자면, 당신이 아니어도 해준일 걱정해 줄 여자는 있어."

그리고 조소가 가득히 묻어나는 음성으로 말했다.

"그렇게 가엾다는 해준이가, 지금 어디서 누구랑 뭘 하고 있는지는 알아요?"

'내일은…… 못 올 수도 있을 것 같아. 갑자기 급한 일이 생겨서.'

문득 어제 해준이 제게 했던 말이 떠올랐다.

"결혼할 여자 만나고 있어요. 결국 당신 자리는 거기까지인 거야. 그냥 심심풀이. 그걸 가지고 뭐라도 된 것처럼 착각하지 말아요. 아주 꼴사나우니까."

이윽고 저벅거리며 걸어가는 연정의 발걸음 소리가 집 안을 가득 메웠다. 얼마 지나지 않아, 김연희의 방 문이 열리는 소리 역시 들려왔고······.

예진은 조금은 멍한 낯으로, 우두커니 거실에 서 있었다.

○ ◎ ●

"재밌는 대화였어요. 말씀하셨듯, 좋은 권유였고요."

혜연의 말에, 해준은 대답 대신 피식거리고 웃었다.

"그럴 것 같았습니다. 어쨌든 다행이군요. 서로 원하는 걸 얻을 수 있게 되어서."

"곧 기사가 데리러 올 거예요. 그러니 먼저 들어가 보셔도 돼요."

날이 많이 풀리기는 했으나, 어쨌든 늦은 시간이었다. 차 정도는 혼자서도 얼마든지 기다릴 수 있었다. 그래서 한 말이었으나, 해준은 고개를 저으며 말했다.

"이 정도는 딱히 결혼할 사이가 아니어도 베풀 수 있는 친절이니까요. 물론 오해를 하실 것 같다면 갈 생각이지만."

이번에는 혜연이 피식거리고 웃었다.

이내 얼마 지나지 않아, 저 앞에서 차가 다가오는 것이 보였다. 이제는 작별할 시간이었다. 혜연은 조용히 해준을 돌아보더니, 궁금하다는 낯으로 물었다.

"그래서 정말 그 여자분과는 그런 관계가 맞는 건가요?"

"그게 그렇게 궁금합니까?"

"네. 아까는 확인차 여쭤본 기였고, 지금은 그냥 호기심이 생겨서."

본인의 말을 증명이라도 하듯, 혜연의 말투에서는 그 어떤 공격성도 느껴지지 않았다.

"그렇지 않고서야 이렇게까지 하실 이유가 없잖아요? 오해를 할 것 같으면 가겠다는 말까지 하시고."

하지만 제대로 된 대답을 듣기도 전에, 차 한 대가 혜연의 앞에 다가와 섰다. 해준은 문을 열어 주었고, 혜연은 차에 올라탔다.

"어쨌든 즐거웠어요. 제 물음에 답을 해 주실 생각은 없으신 것 같지만."

혜연의 말에 해준은 문을 향해 가까이 다가갔다. 그러고는 허리를 살짝 굽혀, 그녀를 바라보며 말해 주었다.

"답을 이미 알고 있는 듯하니, 딱히 대답할 필요성을 못 느끼는 것뿐입니다."

"……."

"혜연 씨 말대로, 그런 관계가 아니라면 이렇게까지 할 이유가 없겠죠. 그럼."

그 말을 끝으로, 해준은 차에서 멀찍이 떨어졌다. 이내 혜연이 웃는 낯으로 창문을 올리는 것이 보였고, 차는 천천히 멀어지기 시작했다.

혼자 호텔 앞에 남겨진 해준은 살짝 흐트러진 머리를 뒤로 넘겼다. 본인이 원하는 대로 일은 진척시켰으나, 피곤한 것은 어쩔 수가 없었다. 하지만 그렇게 피곤한 와중에도 떠오르는 것은 쉬어야겠다는 생각이 아닌, 누군가의 따뜻한 품과 목소리였다.

집에는 잘 들어갔을까.

해준이 품에서 핸드폰을 꺼내 들던 찰나였다. 갑자기 진동이 울리기 시작한 것은.

"여보세요."

그리고 건조한 표정으로 전화를 받은 해준의 얼굴이 딱딱하게 굳어진 것은, 바로 그다음에 일어난 일이었다.

"……정말입니까? 그게."

난감함이 잔뜩 섞인 윤 비서의 목소리가 해준의 귓가를 웅웅거리며 울려 대기 시작했다. 그는 잠시 말없이 우두커니 서 있다가, 어딘가 모르게 미묘한 목소리로 마른 입술을 달싹였다.

"아니, 됐습니다. 주소 보내세요. 바로 갈 테니까."

……그러고는 전화를 아무렇게나 끊은 뒤, 다급하게 달려가기 시작했다.

○ ◎ ●

어느새 자정이 넘어가는 시간이었다.

원래대로였다면 예진의 오피스텔로 향할 생각이었으나, 해준은 그곳에 가지 못했다.

대신, 서울에서 멀리 떨어진 외곽 어딘가의 병원…….

고요하기 짝이 없는 병실에 있었다.

"……."

침대 앞, 간이 의자에 앉아 있는 해준의 얼굴은 어둡기 그지없었다. 그는 입술을 짓씹었다가, 납처럼 무거운 한숨을 내뱉으며 침대에 누운 이를 바라보았다.

……예진의 모친이 발견된 것은 불과 몇 시간 전의 일이었다.

— 혹시나 해서 찾아본 거였는데, 역시 쉼터에 있었답니다.

'그런데 왜 여태까지 보호자한테 연락이 안 왔던 겁니까. 아버지는 그렇다고 쳐도, 딸이 있는데. 그게 말이 됩니까?'

이해가 가지 않는다는 해준의 그 물음에, 윤 비서는 그렇게 대답했다.

— 그…… 정신이 온전치가 못하셔서…… 가족이나 주소 같은 것을 물어봐도 계속 같은 말만 하셨답니다.

'……무슨 말.'

— 얼른 남편한테 가야 된다고…… 그러지 않으면, 남편이 또 딸을 찾아갈 거라고…….

윤 비서가 한 말을 곱씹으면서, 해준은 지끈거리는 관자놀이를 손으로 꾹꾹 눌러 대었다.

……온전치 않은 것은 정신뿐만이 아니었다. 그녀의 몸은 이미 쇠약해질 대로 쇠약해져 있었다. 어찌 보면 당연한 일일지 몰랐다. 이 시린 겨울 내내, 그녀는 쉼터에 있다가도 한눈을 팔면 곧장 밖으로 뛰쳐나갔다고 했다. 윤 비서가 말했듯, 어서 남편에게 가야 된다면서.

― 병원에 입원시키고 난 뒤에도 몇 차례 난리가 있었습니다.

예진의 어머니는 진정제와 수면제를 맞고 나서야 겨우 잠이 들었다고 했다.

― 당장 목숨에 지장이 있는 정도는 아닙니다. 하지만 의사 말로는…… 원래 지병도 있으신 것 같고, 현재 상태도 좋지 않아서 일단은 절대 안정을 취하셔야 한답니다.

거무죽죽한 피부. 가시처럼 앙상하게 마른 몸. 시커멓게 꺼져 있는 눈 밑. 그녀는 누가 본다고 해도 영락없는 환자의 모습이었다.

도대체 왜 이렇게까지. 해준은 창백하게 질린 낯으로, 예진의 어머니를 내려다보았다.

'엄마아아―!'

……그리고 언젠가 들었던, 예진의 절규 비슷한 목소리가 귓가를 스쳐 지나갔다.

'모르잖아요…… 그렇게 가 놓고도, 후회하고 있을지……'

'찾아 줘요, 우리 엄마. 어디로 갔는지 모르겠어요. 몸도 성하지 않은데……'

'연고 없는 지방으로 갈 거예요. 어차피 서울에 있어야 할 이유도 없으니까.'

"빌어먹을……."

예진이 했던 말들을 번갈아 떠올리던 해준이 욕설을 내뱉었다.

어머니를 찾으면, 날 떠나겠지.

그 생각을 계속해서 해 왔다. 이제 해준은 알고 있었다. 저번, 윤 비서가 예진의 모친을 찾은 것 같다는 보고를 했던 날. 스스로가 느꼈던 그 안도감은 저 생각에서 기인한 것이라는 사실을.

하지만…….

해준은 마른세수를 하며 힘없이 피식거렸다. 그런 감정을 품었던 자신에게, 조금은 혐오감이 이는 것도 같았다.

예진에게 말을 하지 않을 수는 없는 일이었다. 설령, 정말로 그녀가 제 어머니와 함께 먼 곳으로 가 버린다고 하더라도.

그러나 마음에 걸리는 것이 있었다.

'……아버지보다 먼저, 찾아야 돼요.'

'아무리 용써 봤자, 결국 넌 아비 손아귀 못 벗어난다. 네 어미 머리채 휘어잡고 있으면 다시 기어들어 오겠지!'

예진의 아버지에게는 미리 사람을 붙여 놓았다. 그렇게 해준은 그의 일거수 일투족을 보고받았다. 딱히 보잘것없는 일상들이었다. 어느 날은 죽어라 술을 마시고, 또 어느 날은 어쩌다 생긴 푼돈으로 도박장을 전전하는.

하지만 그의 으름장은 진심이었던 듯했다. 그는 계속해서 제 부인을 찾아다니고 있었다. 마치 그녀를 이용하여 예진에게 복수를 하려고 작정이라도 한 사람처럼.

이제야 조금은 이해가 가는 것도 같았다. 예진의 모친이, 왜 함께 떠나자는 딸의 말을 거부하고 남편의 곁에 남은 것인지.

예진의 어머니는 혼자 불행해지는 쪽을 선택한 것일지 몰랐다. 둘 모두가 불행해지는 것보다는, 그게 더 나은 법이라서.

— 이사님, 어떻게 할까요.

근심 가득한 윤 비서의 물음에, 해준은 이렇게 대답했다.

'의식 차리시는 대로, 병원 옮길 겁니다. 그게 여러모로 안전할 테니까.'

서울 쪽의 병원으로 옮길 생각이었다. 거리가 가까워지면, 예진 아버지의 접근을 막기도 용이할 것이었고 예진이 그녀를 돌보는 것 역시 용이할 테니까.

아마 내일 정도 되면 정신을 차릴 것이라고, 의사는 말했다. 그럼 그때, 병원을 옮기고, 예진에게 말할 생각이었다.

네 어머니를 찾았다고…….

하지만 당신의 이런 모습을 보면, 그 여자는 또 무너져 내릴 테지. 해준이 애잔한 표정을 지으며 예진의 모친을 바라보았다.

"그래도 당신 딸은 내가 지킬 테니……."

그러고는 예진의 어머니가 듣지 못하는 말을 조용히 뇌까렸다.

"얼른 좋아지세요. 한예진이 바라는 건 그것뿐일 테니까."

해준은 천천히 손을 뻗었다. 손을 뻗어, 그녀의 야윈 몸 위로 이불을 꼼꼼히 덮어 주었다.

"⋯⋯."

한편 입원실 앞, 복도. 살짝 열린 문틈 사이로, 누군가의 눈동자가 어둠에 젖은 채로 빛나고 있었다. 그 누군가는 침대 옆에 앉은 해준의 모습을 한참 동안이나 바라보았다. 한참이 지난 뒤, 그가 지친 낯으로 자리에서 일어날 때까지.

○ ◎ ●

연정은 여전히 저택에 있었다.

"⋯⋯."

사람 한 명 없는 거실, 소파에 앉은 연정의 표정은 좋지 않았다. 그녀는 입술을 꾹 다문 채로 한참이나 말없이 허공만을 응시하더니, 이내 짤막한 욕설을 내뱉었다.

"빌어먹을 새끼⋯⋯."

처음부터 마음에 들지 않았다. 박동호, 그 쓰레기 같은 인간은.

그것은 지난 몇십 년의 세월 동안 늘 하던 생각이었으나, 오늘만큼 죽어 버린 박동호가 이렇게까지 저주스러운 적은 처음이었다.

연희야, 언니. 언니 왔잖아. 뭐라고 말 좀 해 봐.

연정의 말에도 김연희는 아무런 대답이 없었다. 그저 초점 없는 눈으로 오랜만에 보는 언니를 응시할 뿐이었다.

마지막으로 보았을 때도 이 정도는 아니었다. 물론 그때 역시 김연희의 상태는 좋지 못했지만, 그래도 지금보다는 나았다.

연정이 할 수 있는 것은, 말을 잃어버린 동생의 손을 꼭 잡아 주는 것밖에 없었다. 그렇게 동생의 손을 몇 번이나 매만진 뒤, 연정은 그녀의 손목에 남은 흉터를 발견했다. 면도날로 그어 버렸다던 그 흉터.

연정은 흉터를 빤히 바라보았다가, 이내 이를 꽉 다물었다. 구급상자를 꺼냈고, 상자에서 커다란 밴드를 찾아냈다. 그러고는 그것을 김연희의 손목에 꾹 눌러 붙였다. 몇 번이고.

'연희야, 이따위 상처는 가려 내면 그만이야. 그럼 아무도 모른다고. 그러니까 너도 그냥 잊어버려.'

그리고 말했다.

'언니가 왔잖아. 내가, 내가 그럴 수 있게 해 줄게.'

아무도 네게 손가락질을 하지 못하게. 그 누구도 너를 감히 비참하고 불쌍하다고 생각하지 못하게.

그 빌어먹을 김미향을 무너트리고, 박도준을 무너트려 동생의 앞에 무릎을 꿇게 만들 심산이었다. 무슨 수를 써서라도.

그래, 반드시. 반드시 그럴 거야.

주먹을 꽉 쥔 채로 부들거리며 떨던 연정이 문득 작게 멈칫거렸다.

'……네, 제가 한예진입니다.'

갑작스럽게 그 빌어먹을 여자가 떠올랐다. 김미향과 다를 것이 하나 없던, 그 계집애.

'이사님이 가엾으셔서요. 평생을 숨 쉴 구멍 하나 없이 살아오신 게 안타까워서요. 그게 꼭 저를 보는 것 같아서.'

말도 안 되는 얘기였다. 해준은 저런 보잘것없는 여자와는 닮은 점이 하나도 없었다. 여태껏 그래 왔고, 지금도 그렇고, 앞으로도 그럴 것이었다.

"역겨운 년들……."

연정은 토할 것 같은 표정으로 작게 중얼거리곤 시계를 확인했다. 자정이 넘은 시간이었지만, 해준은 돌아올 생각을 하지 않고 있었다.

"……"

연정은 핸드폰을 확인했다. 액정에는 아까 도착한 사진이 한 장 띄워져 있었다. 호텔 앞에서 찍힌 해준과 혜연의 사진이었다.

솔직히 말하자면, 연정이라고 해준이 제 뜻을 순순히 들을 거라고 생각한 것은 아니었다. 그녀 역시 모르지 않았다. 하나뿐인 제 조카는, 사실 누구보다도 고집과 자존심이 센 사람이라는 것을.

혹시 모르는 일이었다. 그 구질구질한 여자를 어디로 빼돌릴지. 어디로 빼돌려서, 박동호가 한 짓을 똑같이 벌일지.

그러니 제가 손을 써야 하는 것이었다.

사진을 내려다보던 연정은 그것을 첨부하여, 짤막한 메시지를 치기 시작했다. 그러고는 그대로 전송 버튼을 눌렀다.

생각지 못한 전화가 걸려 온 것은, 바로 그다음에 일어난 일이었다.

"해준이는?"

전화를 받자마자 연정은 해준의 행방부터 물었다. 혹시라도 또, 그 구질구질한 여자와 함께 있을지도 모르니, 미리 사람을 붙여 놓았다.

— 지금 XX시에 계십니다. 방금 출발하셨습니다.

"XX시? 거기는 왜?"

연정이 의아한 표정을 지으며 되물었으나, 그것은 오래가지 못했다. 핸드폰 너머에서 누군가의 목소리가 이어질수록, 그녀의 얼굴은 싸늘하게 굳었다.

"하……."

— ……어떡할까요?

기가 차다는 연정의 한숨에, 남자가 물었다. 연정은 잠시 생각에 빠진 듯하더니, 중얼거리듯 말했다.

"아니…… 아니야. 오히려 잘된 일이지."

— 사모님?

"빼돌려요."

그리고 쐐기를 박듯 단호하게 대답했다.

"그 여자 엄마, 어떻게든 빼돌려. 무슨 수를 써서라도!"

○ ◎ ●

무슨 정신으로 집에 돌아온 것인지, 잘 기억이 나지 않았다.

불이 꺼진 집은 어둡기 짝이 없었다. 적막만이 맴도는 싸늘한 집에서, 예진은 가만히 소파에 누워 있었다. 마치 시체처럼.

"......"

예진은 그렇게 아무렇게나 누워서, 초점 없이 텅 빈 눈으로 천장만을 응시했다. 하지만 그런 와중에도 연정이 한 말만은 마치 저주처럼 내려앉아, 끊임없이 예진의 귓가를 파고들고 있었다.

문득 예진이 힘없이 피식거렸다.

......몰랐던 거, 아니잖아. 이런 취급 정도는 다 예상한 일이었잖아.

말 그대로였다. 딱히 새삼스러울 것도 없는 폭언들이었다. 하지만......

'분수에 맞지도 않는 걸 탐하지 말아요.'

그 말만은 이상하게도 예진의 가슴을 더없이 후벼 파고 있었다.

그건 어쩌면, 사람들이 나를 어떻게 생각할지 너무나 적나라하게. 또 명확하게 보여 주는 말이라서 그런 걸지도 모르지. 예진은 혼자 생각했다.

예진은 손에 쥐고 있던 핸드폰을 물끄러미 바라보았다. 해준은 오피스텔로 오겠다고 했지만, 그림자조차 보이지 않았다. 연락조차 없었다. 생각나는 것은 하나뿐이었다. 해준이 맞선을 보러 갔다던 연정의 그 말.

어쩌면 정말 그녀의 말이 맞을지 몰랐다. 그리고 정말 그렇다고 한들, 해준에게는 어쩔 수 없는 선택이라는 사실 역시 알았다. 윤 비서도 그렇게 얘기하지 않았던가? 해준이 무사히 회장 자리를 차지하기 위해서는, 그런 도움이 필요하다고.

하지만 우스운 일이었다. 그리 생각을 하면서도, 자꾸만 제 손을 꼭 잡아 주던 해준의 얼굴이 떠올랐다. 같이 걷는 거야. 따뜻한 목소리가 스쳐 지나갔고 저를 응시하던 그 다정한 눈빛이 보였다.

"혼자서 생각해 봤자...... 아무것도 안 돼."

예진이 덧없이 중얼거렸다. 그러고는 생각했다. 이렇게 있을 것이 아니라, 직접 확인해야 한다고. 해준에게.

예진이 통화 버튼을 누르려던 순간이었다.

"......"

갑작스럽게 도착한 메시지에 예진의 눈매가 가늘어졌다. 하지만 발신인은 예진이 기다리던 사람이 아니었다. 그리고 메시지에 첨부된 사진 역시도, 그녀가 보고 싶어 하던 것이 전혀 아니었다.

[현명한 선택 내려요. 주제 파악 똑바로 하고.]

짤막하게 적힌 메시지 밑으로, 호텔 앞에서 엷게 웃고 있는 해준의 사진이 보였다. 또 그런 그의 옆을 차지하고 선 젊은 여자까지도.

예진은 잠시 말없이, 사진에 나온 여자를 바라보았다. 작게 나온 얼굴임에도 불구하고, 한눈에 알아볼 수 있었다.

이 여자는 나와는 다른 세상에 살고 있는 사람이구나. 그래서 이사님과는 같은 세상에서 살고, 같은 땅을 디디고 같은 공기를 마실 수 있는.

'아가씨, 나 젊었을 때 보는 것 같아서 해 주는 말이니까 너무 기분 상해 하지 말고 들어.'

그리고 언젠가 김미향이 해 주었던 충고가 떠올랐다. 그녀의 까랑까랑한 목소리와 함께.

'……너무 마음 주지는 마. 어차피 그놈들이 택하는 건 우리가 아니거든.'

그래, 어쩌면 정말 그럴지도.

그럼 김미향도 나와 비슷한 상황에 놓여 있었을까. 예진은 혼자 자문해 보았다. 박동호와 함께 그 기나긴 시간을 보내오면서, 기대와 좌절을 한없이 겪었을. 그래서 그 시간들이, 종국에는 지금의 김미향을 만들게 된 것일까.

……하지만 난 그 여자와는 달라.

사진을 바라보던 예진이 속으로 중얼거렸다.

저는 절대로, 어떤 식으로든 해준의 발목을 붙잡을 생각이 없었다. 연정의 말처럼 그를 감히 함부로 탐할 마음도 없었다.

예진은 그런 식으로 비참한 삶을 살고 싶은 생각이 전혀 없었다.

그것이 예진의 마지막 자존심이었다.

어렵사리 붙잡았던 손을 놓아야 하는 때가 된다면, 그저 조용히 놓으면 되는 일이었다. 예진이 할 수 있는 일은 그것 말고는 아무것도 없었다.

그렇게 다시 원래의 자리로 돌아갈 뿐이었다. 처음처럼. 그게 설령 본인이 원하는 일이 아니라 할지라도…….

"……."

그런 생각을 하면서도, 예진은 손에 들고 있던 핸드폰을 내려놓지 못했다. 그녀는 그렇게 뜬눈으로 하염없이 밤을 지새웠지만, 해준은 결국 나타나지 않았다.

달이 지고, 해가 떠 눈부신 아침이 찾아올 때까지도.

○ ◎ ●

예진이 집을 나선 것은 오전 무렵의 일이었다.

딱히 갈 곳이, 혹은 가고 싶은 곳이 있어 그런 것은 아니었다. 그저 집에 혼자 남겨진 자신이, 집 안에 내려앉은 그 적막이 너무나 새삼스러워 제 목을 조르는 것만 같았다.

적막이 더해지자 생각은 많아졌고, 생각이 많아지자 숨이 더 막혀 오는 것도 같았다. 예진은 그래서 끝도 없이, 정처 없이 걸었다. 그렇게 하면 제 고민들이 다 사라질 것이라고 믿기라도 하는 사람처럼.

그나마 다행인 것은, 오늘이 주말이라는 점이었다.

연정은 예진이 계속해서 김연희를 간병하길 전혀 바라지 않을 것이다. 그녀의 방문을 해준이, 혹은 윤 비서가 이미 알고 있을지는 모르는 일이었으나 어쨌거나 한 가지 사실만은 확실했다. 더 이상 그 저택에 갈 일이 없어져 버렸다는 것.

만약 이사님이 아직도 모르고 있다면. 그럼 뭐라고 운을 떼야 할까. 어디서부터 무슨 얘기를 해야 할까. 하지만 그런 일들을 해결하기에는, 예진은 조금 지쳐 있었다. 밤 내내 이어진 생각들 때문에.

발걸음이 다다른 곳은 오피스텔 근처의 작은 공원이었다.

"……."

예진은 멍하니 벤치에 앉아, 각자 무리를 짓고 즐거운 시간을 보내고 있는 사람들을 바라보았다. 연인도 있었고, 가족도 있었다. 모두 예진이 곁에 두고 싶어 하는 것들이었다.

예진의 시선이 가닿은 곳은, 그늘 밑에 앉아 있는 중년의 여성이었다. 낡고 해져 솜이 삐져나온 점퍼, 올이 풀린 목도리. 그녀와 엄마의 모습이 문득 겹쳐 보이는 것도 같았다.

……그래서, 원래의 자리로 돌아가서. 다시 혼자가 되면, 내게는 무엇이 남을까.

참 우스운 일이 아닐 수 없었다. 혼자 지내 온 시간이 그렇지 않았던 시간보다 훨씬 더 길 것이 분명한데, 이상하게도 그 나날들은 전생의 일처럼 아득하게만 느껴졌다.

누군가와 함께 있었고, 누군가에게 저도 모르게 계속해서 의지해 왔고, 그 누군가와 보내는 시간에 익숙해져 그런 것이었다.

'그래도 나한테는 엄마가 있잖아……'

예진은 스스로를 위로하듯 속으로 되뇌었다. 운이 좋다면, 그렇다면 곧 그녀를 찾을 수 있을지 모른다. 그렇게 엄마라도 찾아내서, 엄마와 함께 모든 것을 버리고 먼 곳으로 간다면…….

"하……"

예진이 작게 조소했다. 운이 좋다면? 운이 좋다면, 이라니.

어차피 어느 곳에 있든, 제가 혼자인 것은 마찬가지였다. 장소가 어떻게 변해도 바뀌는 것은 없을 터였다.

예진은 한참이나 벤치에 우두커니 앉아 있다가, 천천히 자리에서 일어났다. 그러고는 오피스텔을 향해 다시 걸어가기 시작했다.

아무리 벨을 눌러도, 인기척은 들려오지 않았다.

"……빌어먹을."

해준은 문 앞에 선 채로, 예진에게 전화를 걸었다. 하지만 핸드폰조차 챙기지 않고 나간 것인지, 문 너머에서는 희미하게 벨소리가 들려왔다.

예진은 마땅히 만날 사람도, 갈 곳도 없었다. 그 사실은 누구보다도 해준이 더 잘 알고 있었다.

도대체 어딜 간 거야. 짜증보다 앞선 것은 걱정이었다. 하지만 잠깐 자리를 비운 것일지 몰랐다. 저번에 그랬던 것처럼, 장을 보러 나간 것일지도. 거기까지 생각이 미친 해준은 잰걸음으로 계단을 내려가기 시작했다. 동네를 다 돌아다녀 볼 생각이었다.

"……."

오피스텔 입구에 다다른 해준의 시선이, 주차해 둔 차에 가닿았다. 하지만 부러 차를 끌고 가는 것보다는 직접 움직이는 게 더 나을 듯했다. 만약 길이 엇갈린다고 하더라도, 주차된 차를 보면 제가 온 것을 예진이 알 수 있을 테니까.

그렇게 해준이 반대쪽 길을 향해 돌아서려던 순간이었다.

문득 저 앞에서 걸어오고 있는 예진이 보인 것은.

"한예진."

예진을 발견한 해준이 그녀의 이름을 불렀다. 땅을 보며 멍하니 걷고 있던 예진의 고개가 천천히 들어 올려졌고, 이내 두 사람의 시선이 허공에서 맞부딪쳤다.

그런데 무언가가 이상했다. 예진의 표정은…… 어둡기 짝이 없었다. 마치 무슨 일이라도 벌어진 사람 같았다. 마음이 다급해진 해준이 예진에게로 빠르게 다가가 섰다.

"어딜 다녀오는 거야."

해준이 예진에게 물었다.

"아니, 그보다…… 얼굴이 왜 이래."

"……제 얼굴이 왜요?"

이번에는 예진이 물었다.

"왜요, 이사님."

"안 좋잖아."

해준이 당연한 것을 묻는다는 목소리로 말했다.

"평소보다, 훨씬."

내가 그걸 못 알아볼 수가 있어? 이어진 해준의 말에, 예진은 뭐라고 답해야 할지 알 수가 없었다.

당신은 내 표정에서 묻어나는 기분들을 모조리 알고 있는데, 나는 왜 그런 당신이 오늘따라 너무나 먼 존재로만 느껴질까.

"대답해."

해준이 채근하듯 말했고, 예진은 잠시 아무런 말 없이 그를 마주 보았다.

해준은 평소와 전혀 다를 것이 없어 보였다. 저를 응시하는 눈동자에서는 여전히 다정함이 묻어났고, 온기가 느껴졌다. 하지만 그 상냥함은 연정이 보내 온 사진과, 그녀가 한 말들을 지워 내기에는 역부족이었다.

예진은 그렇게 입술을 짓씹었다가…….

천천히 말문을 열었다.

"그냥 좀 걷고 들어오는 길이에요. 집이 답답해서. 그게 다예요."

대답을 내놓았는데도 불구하고, 살짝 일그러진 해준의 눈썹은 풀어질 줄을 몰랐다. 그는 무엇인가 마뜩잖은 사람처럼 보였다.

"일단 들어가지. 여기서 이러고 있는 것보다는 그게 더 나을 테니까."

해준의 말에 예진은 작게 멈칫거렸다. 여느 때와 같았다면, 예진은 그와 함께 집으로 돌아갔을 것이었다. 그러고는 늦은 점심을 먹었을 것이고, 또 같이 주말을 보냈겠지. 그의 마음을 알기 전에도 매번 그러했듯이.

하지만 오늘은 그러고 싶지 않았다. 그런 일상이 당연해지는 것이, 그래서 제 외로움이 새삼스러워지는 것이…… 싫어진 것도 같았다.

그것도 그에게서 아무런 말도 듣지 못한 지금 이 순간은 더더욱.

"……피곤한 거야?"

해준은 예진의 컨디션이 좋지 않다고 생각하는 것인지, 조금은 걱정스러운 어투로 물었다. 그리고 예진은 직감적으로 깨달았다. 김연정. 해준의 이모라는 그 여자가 저와 만났다는 사실을, 그는 아직 모르고 있다는 것을 말이다.

"한예진."

"어제……."

이윽고 예진이 낮은 목소리로 중얼거리듯 말을 이었다.

"오신다고 해서, 기다렸었는데."

"……."

"많이 바쁘셨나 봐요."

예진의 그 말에, 이번에는 해준이 작게 멈칫거렸다.

……얘기를 해 줄까. 어머니를 찾았다고.

서울로 돌아오는 동안에도 몇 번은 더 고민했다. 하지만 그건 옳은 선택이 아닐 것 같았다. 게다가 저 외진 곳에, 저런 상태로 누워 있는 모친을 보게 하는 일은 더더욱 내키지가 않았다. 예진이 어떤 식으로 무너질지가 눈에 빤히 보였으므로.

의사는 예진의 어머니가 늦어도 오후 무렵에는 의식을 차릴 것이라고 했다. 그녀는 잠에서 깨면 해준이 남겨 놓고 온 경호원들과 함께 서울로 올라와 SL재단이 운영하고 있는 병원에서 치료받게 될 것이다.

그러니 지금 예진에게 이야기를 한들, 괜한 불안감만 안겨 줄 것 같았다. 특히 부친이 그런 말을 한 직후니 더더욱 그럴지도 몰랐다.

저녁 무렵에는 모든 일이 해결돼 있을 테니, 차라리 그때 예진을 데리고 병원에 가는 것이 더 나을 것이라는 생각이 들었다.

덧붙여 혜연과의 일을 예진에게 말할 생각은 더더욱 없었다. 연정은 그것이 맞선이라고 했으나 해준에게는 맞선이 아니었고, 혜연에게 역시 마찬가지였다. 그러한 사정을 하나부터 열까지 구구절절 설명하는 것도 우스웠다.

"급한 일이 있었어."

이어진 해준의 대답에 예진의 검은 눈동자가 짤막히 흔들렸다.

"말했던 것처럼."

예진은 아무런 말도 하지 않았다. 그저 조용히, 아주 조용히 해준을 마주 보앉을 뿐이었다.

그러고는 짧지 않은 시간이 지난 뒤에야, 꺼져 가는 목소리로 대답했다.

"……그렇군요."

더 이상 물을 수 있는 것이 없었다. 아무것도. 그저 한 가지 생각만이 들 뿐
이었다.

결국 그들의 말이 모두 맞았노라고. 연정의 말이 맞았고, 김미향의 말이 맞
았다.

하지만 어쩔 수 없는 일이었다. 어차피 이런 것은 처음부터 예상했으니까.
다른 사람들이 그렇듯, 평범하게 사랑할 수 없어도 괜찮다고 생각했으니까. 너
무 탐내지 않으면서, 딱 그 정도로만.

그렇게 제 앞이 아니면 무너지지도 못하는 가엾은 해준을, 늘 혼자였던 해준
의 슬픔이 덜어지기만을 바랐을 뿐이니까.

……그러나 예진은, 이 모든 것들을 받아들이고 견뎌 내면서까지 변하지 않
을 만큼 순진한 여자는 못 되었다.

"이사님, 저 먼저 들어가 볼게요."

"……뭐?"

"좀 쉬어야 할 것 같아요. 그러니 이사님도 댁으로 가세요."

그것이 끝이었다. 예진은 해준의 대답조차 듣지 않은 채, 뒤도 돌아보지 않
고 혼자 걸어가기 시작했다.

"잠깐…… 한예진!"

의아한 낯을 한 해준은 그녀를 뒤쫓아, 어깨를 살짝 잡아 돌렸다. 하지만 예
진은 무덤덤한 표정을 지으며 작게 말할 뿐이었다.

"몸이 안 좋은 것 같아서."

"……."

"저도 별일은 아니니까, 그냥 내버려 두세요. 곧 괜찮아질 테니까."

할 말을 마친 예진은, 오피스텔 앞에 해준을 홀로 남겨 둔 채로 걸음을 떼었
다. 등 뒤에서는 여전히 저를 좇는 시선이 느껴졌으나, 그저 그뿐이었다.

엘리베이터를 탄 예진은 내려야 할 층수를 누른 뒤 닫힘 버튼을 눌렀다. 이윽고 문은 서서히 닫히기 시작했고, 유리문 너머로 보이던 해준의 모습이 차츰 가려지더니 눈앞에서 완전히 사라졌다.

"……."

그렇게 완전히 혼자 남겨지고 난 뒤에야, 예진은 힘없이 쪼그려 앉았다. 그녀는 울지는 않았으나, 그 자세 그대로 한참이나 움직이지 않았다.

○ ◎ ●

"깨어나실 때가 된 것 같은데……."

경호원의 목소리에는 의아함이 잔뜩 묻어나고 있었다.

그도 그럴 것이, 벌써 오후가 훌쩍 넘어가고 있었다. 진정제도, 수면제도 적당량을 투여했다고 했다. 그러니 눈을 뜨고도 남을 시간이었는데, 등을 지고 누워 있는 중년의 여자는 일어날 생각이 없는 듯했다.

"아까 깨어나실 수 있게 도와줄 수도 있다고 하지 않았습니까?"

경호원의 말에, 옆에 서 있던 동료가 만류하듯 말했다.

"조금만 더 기다려 봅시다. 안 그래도 편찮으신 분인데, 구태여 뭘 그렇게까지."

"흠……."

"어차피 행선지도 다 정해져 있으니 괜히 서두를 이유도 없고. 이사님께서도 최대한 불편함 없이 이동하라고 하셨으니까요. 깨어나시면 소량의 진정제만 투여한다고 했으니, 그거면 됩니다."

병원에 입원한 그 짧은 시간 동안에도, 예진의 모친은 자꾸만 밖으로 뛰쳐나가려고 했다. 그리고 같은 말만을 되뇌었다. 집으로 얼른 돌아가야 한다고.

발작에 가까운 그녀의 행동을 막을 수 있는 방법이 없었다. 게다가 이동 중에 무슨 일이 일어날지 모르니, 어쨌거나 그 정도의 조치는 필요할 성싶었다.

"일단 더 기다려 보죠."

"예."

짧막한 대화를 끝으로, 경호원들은 조용히 병실을 나왔다. 그러고는 복도에 선 채로, 또 하릴없이 그녀가 잠에서 깨어나기를 기다리기 시작했다.

그렇게 문이 닫히는 소리가 들린 동시에, 벽을 바라보고 누워 있던 메마른 몸이 살짝 움찔거렸다.

이윽고 꾹 감겨 있던 눈꺼풀이 힘없이 뜨여졌다. 제가 깨 있는 것을 들킬까 염려라도 했던 것인지, 숨조차 조심스럽게 쉬었다. 그들이 나간 것을 확실하게 깨닫고 난 뒤에야, 뒤늦게 옅은 숨이 가쁘게 튀어나왔다.

초점 없이 풀린 그녀의 흐리멍덩한 눈동자에는 몇 개의 감정들이 엉망으로 뒤섞여 있었다. 혼란, 두려움, 공포 같은 것들이었다.

이불을 꼭 붙든 가시처럼 앙상한 손은 벌벌 떨리고 있었고, 피가 배어 나올 정도로 메마른 입술은 쉼 없이 파들거렸다.

"……."

내가 왜 이런 곳에 있는 거지. 여긴 어디지. 그녀는 지금 본인에게 일어난 일을 하나도 이해하지 못하는 사람 같은 표정을 짓고 있었다. 그녀는 공포에 질린 낯으로 손을 바르작거리다가, 짧게 헐떡이기 시작했다.

'엄마……'

문득 들려온 것은, 제가 무척이나 잘 알고 있는 목소리였다.

'나가자…… 제발.'

언젠가 보았던 예진의 얼굴이 눈앞에 선명하게 그려졌다. 제 손을 꼭 붙든 작고 하얀 손과, 애원하며 떨리던 음성까지도.

그리고 된장찌개, 달걀프라이, 나물 반찬 두어 개로 차려진 상이 보였다.

'미안하다. 미안해, 예진아.'

같이 떠날 수가 없었다.

그녀는 너무나도 잘 알고 있었다. 제 딸의 애원처럼 함께 집을 나가 버리면, 그렇게 떠나 버리면…… 그는 무슨 수를 써서라도 두 사람을 쫓아올 것이라는 사실을.

덧붙여 그때는, 매번 겪는 폭력이 전부가 아닐 것임도 알았다. 그녀의 남편은, 예진의 부친은 이따금 그런 얘기를 늘어놓고는 했다. 예진이 집을 나가 버린 그 뒤부터.

그 망할 계집애. 은혜도 모르는 기집 년. 쫓아가서, 죽여 버릴까. 내가 그걸 못 할 것 같아? 너도 어디 한번 그년 따라 나가 봐!

남편은 정말로 그럴 수 있는 사람이었다. 그래서 그가 그런 말을 할 때마다, 그녀는 하염없이 빌었다. 제발 그러지는 말아 달라고. 이렇게 당신 곁에 있는 나를 봐서라도.

결국 예진은 집을 나갔지만, 그녀는 여전히 발목을 붙잡힌 채 살았다. 삶은 계속해서 나락을 향해 곤두박질쳤지만, 그래도 괜찮았다. 둘이 겪어야 할 불행을 저 혼자 다 겪어 낼 수만 있다면. 그래서 예진이라도, 이 굴레에서 자유로워질 수 있다면…….

"예진…… 예진이…….″

자꾸만 덜컥 겁이 났다. 이러고 있는 동안에도, 제 남편이 당장 딸을 찾아가 목을 조르지는 않을까. 칼을 휘두르지는 않을까. 나한테 그랬던 것처럼.

그래서였다. 그래서 이렇게 몸이 상하고, 정신도 온전치 못한 주제에 자꾸만 집으로, 남편에게로 돌아가야 한다는 것만을 떠올리는 이유는.

어서 가야만 했다. 남편에게. 그래야만 그가 예진을 찾아가지 않을 테니까. 그래야만 그의 바짓가랑이를 붙들고, 제발 예진만은 내버려 두라며 빌 수라도 있으니까.

"……″

여길 나가야 해. 도망. 도망가야 해. 돌아가야 해. 집으로. 그녀는 계속해서 같은 말만을 염불처럼 되뇌었다.

엄마.

저를 바라보며 말갛게 웃는 딸의 얼굴을 떠올리면서.

○ ◎ ●

거실로 들어선 해준은 겉옷을 아무렇게나 벗고는 그대로 소파에 주저앉았다.

"……."

말없이 허공을 바라보는 그의 눈동자는 공허하기 짝이 없었다. 그것은 아마도, 예진이 없는 집이 우습게도 너무나 낯설게 느껴지기 때문일지도 몰랐다.

어이가 없는 일이었다. 이 저택에서 살아온 지난 평생의 시간은 오간 데 없고, 오로지 그녀와 함께 지냈던 시간들만 떠오를 뿐이었다. 그렇게도 싫어했던 집인데.

고요히 입술만 짓씹고 있던 해준의 눈썹이 살짝 일그러졌다. 방금 전에 보았던, 예진의 얼굴 때문이었다. 평소와는 전혀 다른 모습 역시 마음에 걸렸다.

아무리 생각해 보아도, 딱히 걸리는 일은 없었다. 그리고 얼마 뒤, 그녀의 어머니가 서울에 있는 병원으로 오게 되면 걱정할 일들도 더 덜어질 터였다.

……그런데 갑자기 왜.

해준의 그런 의아한 물음에 대한 답을 내놓은 것은, 예상외의 인물이었다.

"도련님, 오셨어요?"

"……아, 예."

해준을 발견한 파출부가 밝게 웃으며 인사를 건네었고, 해준은 고개를 살짝 끄덕였다.

"사모님은 주무시고 계시더라고요. 곧 저녁을 드실 시간이라 깨울까 싶기도 했는데, 아무래도 쉬시는 게 더 좋을 것 같아서."

"예. 저도 봤습니다."

그렇지 않아도 귀가하자마자 어머니의 상태를 확인했다. 그녀는 평안히 잠들어 있었고, 해준은 조용히 거실로 나왔다. 혹시라도 그녀의 잠을 깨울까 봐서.

"일단 도련님이라도 먼저 저녁 드세요. 얼른 차려 드릴게요."

351

"아니, 괜찮습니다. 생각이 없어서."

해준은 손을 저으며 대답했으나, 그녀는 그러면 안 된다는 듯 말했다.

"그래도 끼니는 잘 챙기셔야죠. 실은 이모님이 오늘도 오실 줄 알아서, 음식을 뭘 해 놔야 할지 고민을 많이 했는데······."

"······그게 무슨 말입니까?"

생각지 못한 그녀의 말에, 해준의 눈매가 가늘어졌다.

"어머, 모르셨어요? 어제 왔다 가셨어요. 예진 씨 퇴근하기 전쯤이었는데······ 오셔서 사모님이랑 같이 좀 계시다가 돌아가셨어요."

저는 이모님이, 이사님께 미리 연락을 하고 오신 줄 알았는데. 파출부의 말을 가만히 듣고 있던 해준의 주먹이 꽉 쥐어졌다.

······이제야 알 것 같았다. 예진의 얼굴이 왜 그렇게도 좋지 않았는지. 왜 저와 함께 있는 것을 피했는지.

"한예진하고······ 무슨 대화를 했습니까? 이모님이."

"그건 못 들었어요. 잠깐 자리를 비켜 달라 하셔서······."

이 저택에서 일을 한 지 꽤 오래되었으나, 연정의 존재는 파출부 아주머니에게 있어서도 꽤 불편한 것이었다. 여러 번 본 사이는 아니었으나, 그녀는 늘 깐깐했고 차갑기 짝이 없었으니까. 그러니 연정의 그 말을 못 들은 체할 수는 없었다.

"10분 정도였을 거예요. 다시 돌아왔을 때는 이미 퇴근한 것 같았는데. 안 보이더라고요."

무슨 대화가 오갔는지, 파출부는 알 수 없다고 했으나 듣지 않아도 빤한 것이었다.

"······."

꽉 다물린 해준의 입술 사이에서 이가 갈리는 소리가 들렸다.

연정이 집에 찾아온 시간에 해준은 혜연과 함께 있었다. 연정이 가만히 있을 것이라고는 생각지 않았으나, 그래도 이렇게 바로 움직일 줄은 몰랐다. 심지어 예진에게 접촉까지 할 줄이야.

"저녁은…… 저녁은 됐습니다. 차리지 마세요."

"네?"

"급한 일이 생겨서. 아주머니도 얼른 정리하고 퇴근하세요."

그 말을 끝으로, 해준은 다시 소파에서 몸을 일으켰다.

일단 예진을 만나야 했다. 만나서 대화를 해야만 했다.

하지만 해준이 그렇게 몇 발걸음을 떼기도 전에, 저 앞에서 요란스러운 소리가 들렸다.

"이사님!"

급하게 달려 들어온 윤 비서의 이마에는 식은땀이 송골거리며 맺혀 있었다. 그래서 해준은 직감적으로 깨달았다. 무엇인가 잘못 돌아가고 있다는 사실을.

"바, 방금 경호원들한테 연락이 왔습니다."

그리고 그의 직감이 맞는다는 것을 증명이라도 하듯, 윤 비서가 떨리는 목소리로 말을 이었다.

"예진 씨 어머니가, 사라, 사라졌답니다."

"……뭐라고 했습니까, 방금?"

무슨 말을 듣고 있는 것인지, 하나도 이해가 가지 않았다. 해준이 굳은 낮으로 물었다.

"해당 병원에서 퇴원 절차를 끝내고, 곧바로 이동을 하려 대기 중이었는데……."

"……."

"그대로 사라지셨답니다."

"그러니 철저하게 주시해야 한다고 하지 않았습니까! 이 겨울에, 몸도 성치 않은 분을……."

병원에 붙여 둔 경호원만 해도 적은 수가 아니었다. 그런데 어떻게 이런 일이 가능하단 말인가. 해준의 얼굴이 딱딱하게 굳었고, 윤 비서는 빠르게 말을 이었다.

"지금 그 지역 전체를 다 뒤지고 있답니다. 경찰에도 협조 요청을 했고요.

일단 지금은…… 지금은 조금 기다려 보는 수밖에는……."

화를 참지 못한 해준이 짤막하게 욕설을 내뱉었다. 그러고는 굳은 얼굴을 마른세수했다.

"경호원들도 더 지원하고, 연락 들어오는 대로 바로 말씀드리겠습니다."

정말 죄송합니다. 윤 비서의 말에, 해준은 아무런 대답도 하지 않았다. 그저 일그러진 얼굴로 벽만을 응시할 뿐이었다.

'아니, 아니야…….'

몸이 성치 않으니 멀리 가지는 못했을 것이다. 보지 않았던가. 가시처럼 앙상하게 마른 예진의 모친을, 직접.

게다가 그 지역은 그다지 크지 않은 협소한 곳이었다. 그러니 경호원들을 더 풀면 분명히 찾을 수 있을 것이다.

하지만 그렇게 생각하면서도, 알 수 없는 불안감이 온몸을 에워싸는 것 같았다.

왜 이렇게…….

왜 이렇게, 불길한 느낌이 드는 걸까. 마치 꼭 무슨 일이 벌어지기라도 할 것처럼.

꽉 쥐어진 주먹 위에 푸른 힘줄이 돋았다 사라지기를 반복했다. 그의 눈치를 보던 윤 비서는 다시 다급하게 저택을 빠져나갔고, 홀로 남겨진 해준은 여전히 우두커니 자리에 선 채 입술만을 짓씹고 있었다.

"그래서 어디로 데리고 갈까요, 사모님."

남자의 목소리는 건조하기 짝이 없었다.

"일단 빼돌리는 것까지는 성공했는데, 아무래도 이 지역을 빨리 빠져나가는 게 안전할 듯싶습니다."

대기하고 있던 예진의 모친을 빼내는 것에는 생각보다 긴 시간이 걸렸다. 여러모로 난관은 있었으나, 그래도 그렇게 어려운 일은 아니었다.

연정이 보낸 이들은 해준의 경호원들과 한데 뒤섞였고, 이미 재빠르게 경호원 명단에 이름까지 올린 뒤였으므로. 그야말로 철저하기 짝이 없었다.

— SL과 관련된 병원은 안 돼요.

핸드폰 너머에서, 연정의 단호한 음성이 들려왔다.

— 최대한 찾기 어려운 곳으로 가요. 멀리 떨어지고, 외진 병원으로. 해준이가 뒤쫓을 수 없는 곳이면 어디든 상관없으니까.

"예."

— 환자 정보 같은 것도 전부 공란으로 올려요. 어차피 길게 데리고 있을 것도 아니니.

승용차 뒷좌석에 타고 있는 예진 모친의 얼굴에서는 공포심이 가득 묻어나고 있었다. 어떤 일이 벌어지고 있는 것인지, 하나도 알 수가 없었다. 그녀는 다만 앙상한 두 손을 더듬거리며, 창백하게 질린 낯으로 낯선 남자들을 바라볼 뿐이었다.

"그럼 그렇게 하겠습니다. 예."

어딜, 어딜 간다는 거지? 그녀의 얼굴에 짙은 두려움이 어렸다. 나는 집에, 집에 돌아가야 하는데.

"……잠시만요."

그리고 모친의 옆에 앉아 있던 남자가, 예진의 모친을 내려다보며 말했다.

"갈아입을 옷을 좀 사 와야 할 것 같습니다."

"갑자기 그게 무슨 소리……."

운전대를 잡고 있던 남자는 뒤를 돌아보는가 싶더니, 말끝을 살짝 흐렸다. 흥건하게 젖은 모친의 바지 때문이었다. 남자는 할 말을 잃은 듯 그녀를 응시했다가, 한숨을 내쉬며 대답했다.

"같이 다녀오죠. 옷만 사 온다고 해서 될 일이 아니니."

차창 저 너머로 시장이 보였다. 대충 옷을 하나 산 뒤, 갈아입힌 다음 출발해야 할 것 같았다.

정신이 온전치 않은 것은 알고 있었지만, 이런 일까지 겪게 될 줄이야. 남자는 한숨을 쉬며 차에서 내렸고, 예진의 모친 양옆에 앉아 있던 이들 역시 마찬가지였다.

"내리……."

남자는 예진의 모친을 향해 손을 뻗다 말고 멈칫거렸다. 저를 때릴 거라고 생각했는지 그녀가 벌벌 떨며 얼굴을 가렸다.

"……내리십시오. 얼른."

말은 정중했으나, 행동은 딱히 정중하지 않았다. 그는 결국 예진 모친의 팔을 붙잡고는 차에서 끌어 내렸다.

이내 연정의 경호원들은 그녀를 데리고 걸어가기 시작했다. 마음이 급했다. 지역에서 조금 떨어진 곳으로 바로 오기는 했지만, 어쨌거나 시간을 끌어서 좋을 것은 하나도 없었으므로.

"……."

이윽고 그들은 시장 안으로 들어섰고, 거리를 가득 메운 인파 속에 섞였다.

하지만 그러는 와중에도, 예진 모친은 여전히 공포에 질려 있었다.

도망가야 해.

도망을…….

"이거 하나면 돼? 총각."

바지를 든 아주머니가 경호원을 바라보며 물었다. 그러고는 미심쩍은 눈으로 예진의 모친을 응시했다.

"그런데 어디가 좀…… 아픈가 봐? 아줌마가."

"근처에 옷을 갈아입을 만한 곳이 있습니까? 화장실이든, 뭐든."

"그야, 뭐…… 저 앞에 화장실 하나 있는데."

저기로 가 봐. 그 말을 하며, 아주머니는 모친의 팔을 잡고 있는 경호원에게 바지를 건넸고…….

경호원은 잠시, 아주 잠시 그녀의 팔을 놓았다.

그리고 바로 그 순간이었다.

"으······ 으으!"

아주 찰나에 벌어진 일이었다. 예진의 모친이, 나머지 한쪽 팔을 붙들고 있던 남자를 확 밀쳐 낸 것은.

그녀는 그렇게 그를 밀쳐 내고는, 맹수에게 쫓기기라도 하는 사람처럼 다급하게 달려가기 시작했다.

"잡아! 잡으라고!"

당황한 경호원이 뭐라고 소리쳤고, 함께 있던 이들이 그녀의 뒤를 쫓았다. 하지만 사람으로 가득 찬 좁은 시장이었다. 그들의 목소리는 빠르게 묻혔고, 예진의 모친은 인파에 묻혀 가며 달아나고 있었다. 어디서 저런 힘이 나는지, 이해조차 가지 않을 정도로.

"······."

헐떡이며 쉼 없이 뜀박질을 하는 그녀의 눈동자는 여전히 흐리멍덩했다. 하지만 한 가지만은 확실하게 인지하고 있었다. 어서 집으로 돌아가야 한다는 것. 그러지 않으면, 제 남편은 하나뿐인 딸을 찾아가 어떤 일이든 벌일 수 있을 거라는 사실 역시도.

빨리······ 빨리······.

제정신이 아닌 예진의 모친은 달리다가도 몇 번이나 주저앉았고, 넘어졌다. 그러나 그녀는 오뚝이처럼 번번이 다시 일어났다.

그리고 어느새, 거리 앞이었다.

신호가 깜빡였고, 곧 빨간불이 될 것이었다. 하지만 그녀에게 그것을 눈여겨볼 여유 따위는 존재하지 않았다.

그녀는 그대로, 횡단보도를 향해 달려 나갔다.

그렇게 발을 몇 걸음 채 딛지도 않았을 때였다. 그녀의 얼굴 위로 어두운 그림자가 진 것은.

이내 멍하게 풀린 눈동자에 괴물처럼 커다란 덤프트럭이 비쳤다.

끼이익—!

차가 급정거하는 소음과 함께 둔탁한 소리가 온 거리에 울려 퍼졌고······.

"꺄아악—!"

울컥거리며 아스팔트를 적시는 핏자국, 축 늘어진 그녀를 본 사람들의 비명이 터져 나왔다.

"······."

다급하게 뒤따라온 경호원 몇이 우두커니 자리에 멈추어 섰다. 그러고는 할 말을 잃은 낯으로, 눈앞의 참극을 바라보았다.

11

'우리 예진이, 예쁘기도 하지.'

다정하고 상냥한 목소리와 함께, 누군가 뺨을 매만지는 것이 느껴졌다.

'잘 잤어?'

눈을 뜨자, 조용히 웃고 있는 엄마의 얼굴이 보였다. 그녀는 예진이 마지막에 보았던 것보다 젊었고, 또 그때처럼 상처투성인 낯을 하고 있지도 않았다. 물론 이마나 뺨 같은 곳에 흐릿한 멍 자국이 남아 있기는 하였으나, 그래도 이 정도면 비교적 괜찮은 편이었다.

그래서 예진은 이내 깨달았다. 이것은 꿈이라는 것을. 스스로조차 잊고 있었던, 그 아득한 언젠가의 기억.

'무서운 꿈 꿨어? 자면서 계속 훌쩍거리던데.'

엄마의 눈에는 걱정이 잔뜩 묻어 있었다. 그녀는 어린 예진의 등을 살짝 토닥이고는, 흐트러진 머리카락을 넘겨 주며 속삭였다.

'앞으로도 그런 꿈 꾸면, 엄마 불러. 그럼 엄마가 짠, 하고 나타나서 우리 예진이 지켜 줄게.'

'······정말?'

'그럼.'

하지만 그럴 수 있을까. 지금의 예진은 꿈속의 예진처럼 어리지 않았다. 그리고 지금 예진의 기억 속에 남은 엄마는 저를 지켜 줄 만한 힘이 없어 보였다. 오히려 그 반대라면 모를까.

'엄마는, 늘 예진일 지켜 줄 거야.'

······하지만 그녀는 계속해서 말을 이었다.

'그러니까 우리 예진이는······ 행복할 수 있었으면 좋겠어. 조금이라도.'

엄마랑은 다르게.

그 말을 하는 엄마의 눈동자에는 슬픔이 가득했다. 지금도, 그리고 저 날의 어린 예진 역시 알고 있었다. 엄마의 말이 무슨 뜻인지를. 그래서 그녀에게는 조금 잔인했을지도 모르는 대답을 내놓았었다.

'그런데 엄마는 불행하잖아.'

'······.'

'예진이는 그런 거 싫어. 그냥 예진이랑 엄마랑, 같이 행복했으면 좋겠는데.'

엄마는 잠시 말이 없었다. 그녀는 어린 예진이 한 말이 슬픈 것도 같았고, 또 딸이 이런 얘기를 하게끔 만든 상황이 슬픈 것도 같았다. 어쩌면 두 가지 모두 다 같은 이야기일지도 몰랐다.

'엄마는 괜찮아.'

이내 엄마가 애써 웃어 보이며 말했다. 마치 울음을 참듯, 갈라진 목소리였다.

'다 괜찮으니까······ 엄마는 그냥······.'

너만 행복하면 돼. 엄마의 그 실낱같이 가냘픈 목소리 위에 익숙한 소음이 겹쳐 들려왔다. 상이 뒤엎어지고, 그릇이 깨지는 소리였다.

그리고 저 소리가 멎은 다음에 이어질 일이 무엇인지를, 예진도, 또 엄마도 무척이나 잘 알고 있었다.

'술 가져와. 술. 이 개같은 년들······.'

이윽고 아버지의 목소리가 날카롭게 귓가를 파고들었고, 모녀의 얼굴 위로 어두운 그림자가 졌다.

엄마는 빠르게, 아주 빠르게 예진의 몸을 끌어안았다. 그러고는 그대로 바닥에 납작하게 엎드렸다. 거친 발길질이 이어졌지만, 그것은 예진의 몸에는 하나도 와 닿지 못하였다.

'예진아.'

그리고 품 안에 갇힌 예진에게, 엄마는 울먹이며 말했다.

'엄마가······ 너한테 늘 미안해.'

'······.'

'정말 미안하다······.'

○ ◎ ●

잠에서 깬 예진은 멍한 낯으로 천장만을 바라보았다. 조용히 눈을 깜빡이자, 눈가에 고여 있던 눈물이 소리 없이 뺨을 타고 흘러내렸다. 그래서 예진은 제가 울고 있었다는 사실을 깨달았다.

"······."

예진은 눈을 질끈 감았다가, 소맷부리로 아무렇게나 눈물을 훔쳐 내었다. 그러고는 비틀거리며 일어나, 소파에 등을 기대고 앉았다.

······해준과 마주친 뒤, 예진은 곧장 오피스텔에 돌아와 한참을 우두커니 앉아만 있었다. 그러다 까무룩 잠이 든 것도 같았다. 어제 역시도, 한숨도 자지 못했었으니까.

불이 꺼진 오피스텔은 어둡기 짝이 없었다. 지금은 몇 시나 되었을까. 예진은 그런 부질없는 생각들을 하다가, 양팔로 제 다리를 끌어안고는 고개를 푹 숙였다.

······왜 이런 꿈을 꾼 거지. 그것도 갑자기.

아버지는 하루가 멀다 하고 폭력을 휘둘렀다. 그러니 저런 기억들은 셀 수도 없을 만큼 많았다. 거의 평생의 기억이라고 해도 무방했다. 하지만 엄마가 저런 말을 했던 일을 떠올린 것은 오늘이 처음이었다.

"……."

예진은 몸을 둥글게 만 채로 작게 떨었다. 꿈속의 엄마가 저를 품에 안고 그랬던 것처럼.

그저 꿈일 뿐이라고, 그냥 그렇게 생각해도 되는 일이었다. 그러나 무엇인가 자꾸만 불길한 느낌이 들었다. 이유도, 원인도 알 수 없는 불안이었다.

'네 인생에서 다시 비가 내릴 때, 네가 찾는 게 나였으면 좋겠어.'

그리고 문득 해준의 목소리가 스쳐 지나갔다.

'네가 숨을 수 있는 곳이 되었으면 좋겠어, 내가.'

고개를 푹 숙이고 있던 예진이 다시 두 눈을 질끈 감았다. 이런 순간에 떠오르는 사람이, 떠올릴 수 있는 사람이 박해준 한 사람뿐이라는 사실이 절망스럽고 비참해서.

결국 해준 역시, 예진이 마음을 붙이고 살아갈 존재는 되지 못한 것이었다. 그저 잠시 꾸었던, 말도 안 되는 짤막한 꿈에 불과한.

그래. 그런 거겠지. 어차피 처음부터 끝이 훤히 들여다보이는 관계였으니까. 그걸 모르지도 않았잖아.

하지만 그럼 이사님은, 이렇게 될 거라는 걸 알면서 왜. 왜 그렇게까지…….

예진은 속으로 되뇌었으나, 답은 알 수가 없었다. 하지만 그녀의 그런 덧없는 상념은 오래가지 못하였다.

갑작스럽게 울린 핸드폰 때문이었다.

박해준. 액정 위에 뜬 그의 이름을 예진은 물끄러미 바라보았다. 해준의 목소리를 듣고 싶은 것 같기도, 듣고 싶지 않은 것 같기도 했다. 그러는 동안에도 전화는 몇 번이나 끊겼다가 다시 걸려 오기를 반복했고, 예진은 결국 전화를 받았다.

"……여보세요."

전화를 받자마자, 낮게 잠긴 해준의 목소리가 들려왔고⋯⋯.

이내 예진은, 손에 들고 있던 핸드폰을 힘없이 놓쳐 버렸다.

○ ◎ ●

엄마는 그곳에 있었다.

박동호와 김연희가 입원했던 병원. 예진이 하루가 멀다 하고 매일같이 방문했던.

하지만 엄마가 있는 곳은 병실 따위가 아니었다.

⋯⋯태어나 처음 들어와 본 영안실의 공기는 차갑고, 적막하고, 무겁기 짝이 없었다.

"⋯⋯."

시신을 내려다보는 예진의 얼굴에서는 빛 한 점조차 찾아볼 수가 없었다. 그녀는 끝도 없는 무저갱에 혼자 내동댕이쳐진 사람 같았다.

"엄⋯⋯마."

짧지 않은 시간이 지난 다음에야, 예진은 말라비틀어진 입술을 힘겹게 달싹거렸다. 엄마, 엄마. 몇 번을 더 불러 보았으나, 엄마는 아무런 반응도 보이지 않았다. 대답도 하지 않았고, 눈을 떠 자신을 바라보지도 않았다.

예진의 벌벌 떨리는 손이 힘없이 그녀의 뺨으로 가 닿았다. 하지만 느껴지는 것은 차가운 한기뿐이었다.

이럴 리가 없잖아. 이런 건 말도 안 되는 거잖아. 예진은 엄마의 뺨을 하릴없이 매만졌다. 그러나 변하는 것은 아무것도 없었다.

눈을 감은 모친의 얼굴 위로, 결국 눈물이 쏟아져 내렸다.

"엄마, 왜⋯⋯."

예진이 떠듬거리며 중얼거렸다.

"왜 이렇게⋯⋯ 말랐어⋯⋯."

왜 이렇게 차가워.

왜 이렇게 누워만 있어.

흐느끼는 예진의 음성을 귀에 담으면서, 해준은 참담한 표정을 지었다.

결국 모든 것은 제 탓이었다. 예진의 어머니가 저렇게 죽게 된 것도, 또 개기 시작하던 예진의 인생에 이따위 소나기가 다시 퍼붓기 시작한 것도, 그래서 예진이 산산조각이 난 채로 무너져 내리는 것 역시도.

"엄마……."

예진은 할 수 있는 말이 엄마뿐인 사람처럼 굴었다. 그러다가도 원망인지, 슬픔인지, 아니면 둘 다일지 모를 감정들이 묻어나는 말들을 내뱉었다.

"이건 정말 너무하잖아……."

어떻게 그래? 어떻게 하필이면 이런 모습으로 돌아올 수 있어? 난 도대체 어떻게 살아가라고…….

"나한테 이러면 안 되는 거잖아……."

내가 엄마를 그 집에 두고 혼자 나와 버려서. 그래서 내가 미워서 그런 거야? 왜 나한테 이렇게까지 해. 대답 좀 해 봐, 엄마. 예진은 흐느끼며 모친을 힘 없이 흔들었지만, 저 물음에 답을 해 줄 수 있는 이는 이미 세상에 없었다.

"으……흑……."

얼마 지나지 않아 예진은 차가운 영안실 바닥에 무너지듯 주저앉았다. 그러고는 제 가슴을 내리쳤다. 숨이 쉬어지질 않아서.

"……."

바닥에 다리를 굽힌 해준은, 조심스럽게 그녀의 손을 쥐었다. 통곡조차 하지 못하고 조용히 흐느끼기만 하는 예진을 가슴에 안았다. 예진은 그런 저를 밀어 내려 했지만, 해준은 물러나지 않았다.

어떤 원망이든, 어떤 분노든 달게 받을 수 있었다. 그래야만 하는 일이었다. 사죄해야 했고, 용서를 구해야 했다. 하지만 지금은…… 네가 울고 있으니까. 네가 다시 무너져 내리고 있으니까.

해준의 와이셔츠 앞자락이 눈물에 소리 없이 젖어 들어가기 시작했다.

차라리 모든 게 꿈이었으면. 눈을 뜨면, 그 지긋지긋한 반지하 단칸방이었으면. 예진은 그렇게 진심을 다해 빌었으나, 인생은 늘 그랬듯 제 바람을 들어주지 않았다.

그저 이제 두 번 다시는 엄마와 대화를 나눌 수 없고, 그녀의 눈동자를 마주할 수 없고, 그녀의 목소리를 들을 수 없다는 사실만이 뼈저리게 몸을 울리고 있을 뿐이었다.

○ ◎ ●

태어나 처음 치러 보는 장례였다. 예전에 그런 말을 들어 본 적이 있었다. 장례식은 생각보다 손이 많이 가고, 신경 쓸 것이 많은 일인지라 제대로 슬퍼할 시간조차 없다고.

하지만 예진이 따로 신경 쓸 일은 없었다. 해준의 배려 덕분이었다. 찾아오는 이 역시 없었다. 예진과 그녀의 어머니는 오로지 서로만이 유일한 가족이었으므로.

아버지는 부르고 싶지 않았다. 이런 사실을 알릴 마음조차 없었다. 아니, 지금은 그저 그의 얼굴을 마주하는 것조차 감당할 수 없을 듯했다.

"……."

텅 빈 장례식장, 예진은 상복 차림으로 자리에 앉아 있었다. 더 이상은 눈물조차 흐르지 않아서, 그녀는 그렇게 영정 사진만 멍하니 바라보았다.

"……물이라도 마셔."

눈앞에 내밀어진 종이컵에 예진의 시선이 옆으로 향했다. 그러자 걱정 어린 표정을 짓고 있는 해준의 얼굴이 보였다.

병원에 온 뒤부터, 해준은 한 순간도 빠짐없이 예진의 곁에 있었다. 회사에도, 집에도 가지 않았다. 그저 묵묵히 자리를 지킬 뿐이었다.

"쓰러지기라도 할 참이야?"

해준의 말에, 예진은 힘없이 종이컵을 받아 들었다. 그리고 보면 장례를 치르는 내내, 무언가를 먹거나 마신 기억이 전혀 나질 않았다.

바짝 메말라 있던 입 안에 물이 가득 들어찼다. 하지만 예진은 몇 모금도 채 마시지 못하고 종이컵을 내려놓았다.

엄마가 죽었는데, 목을 축이고 있다니. 엄마가 없는데, 이렇게 팔자 좋게 있을 수 있다니. 그 사실이 지독할 만큼 제 심장을 쥐어짜는 듯해서.

"……."

그런 예진을 바라보던 해준의 얼굴이 아프게 일그러졌다.

"날 원망해."

해준이 잠긴 목소리로 말했다.

"다 내 잘못이었어."

해준은 예진에게 사실을 털어놓았다. 먼 지역에서 모친을 발견했었던 일. 다음 날 바로 그녀를 서울에 있는 병원으로 데리고 오려고 했던 것. 그리고 왜 바로 그녀에게 이 모든 것들을 말하지 못했었는지까지.

"내 탓이야."

맥없이 풀린 예진의 눈동자는 여전히 해준에게 머물러 있었다.

글쎄. 나는 도대체 당신에게 무슨 말을 해야 할까. 왜 그런 짓을 했냐는 원망? 당신 때문에 결국 이런 결말을 보게 되었다는 분노?

그러나 예진도 모르지 않았다. 어쨌든 해준은 해준 나름대로, 엄마를 찾아 주겠다는 약속을 지키려고 노력해 왔다는 사실을. 또 아버지가 다시 찾아올 것을 염려한 것 역시도, 당연한 걱정이었다. 그는 충분히 그럴 수 있는 사람이었으니까.

하지만 해준이 처음부터 모든 것을 제게 말했더라면, 그랬다면, 설령 엄마가 이렇게 돌아가시는 것을 막을 수 없었다고 해도, 대화라도 나눌 수 있었을 것이다. 엄마, 라고 소리 내 부르면 대답이라도 들을 수 있었을 것이었다.

"내가 본 엄마의 마지막 모습이…… 뭔 줄 알아요?"

"……."

"아버지한테 죽기 직전까지 두들겨 맞은 거."

해준은 아무런 대답도 할 수 없었다. 그저 떠올랐을 뿐이었다. 그 언젠가, 병원 앞에서 통곡을 하며 주저앉았던 예진의 모습이.

"끝까지…… 그런 모습으로만 남았어, 결국에는."

살아 있는 엄마의 마지막 모습이 고작 그거라니. 예진은 저도 모르게 헛웃음을 터트렸다. 그렇게 우는 낯으로 웃었다.

"……어쩔 수 없었다는 건 알아요. 이건 정말 말 그대로 사고였다는 것도."

예진이 힘없는 목소리로 말했다.

"하지만…… 하나도 원망하지 않는다면 그건 거짓말이에요."

지금은 그런 거짓말을 아무렇지 않게 할 수 있을 만큼 마음의 여유도, 기력도 없었다. 엊그제 있었던 일 역시 마찬가지였다. 연정과 이런 일이 있었다고, 그 여자와 찍힌 사진을 봤다고, 그런데 왜 저를 속였냐는 얘기는 하고 싶지 않았다. 그래서 예진은 그저 있는 그대로의 제 감정만을 이야기했다.

"당분간은 이사님 얼굴…… 보고 싶지 않아요. 그뿐이에요."

해준은 말없이 고개를 끄덕였다. 이해할 수밖에 없는 일이었다. 게다가 지금은 예진에게 어떤 말을 한들, 귀에 들어오지 않으리라는 사실 역시 잘 알고 있었다.

해준은 조심스럽게 손을 뻗었다. 그러고는 예진의 야윈 등을 아주 조심스럽게 쓸어내렸다.

"무슨 뜻인지 알겠어."

"……."

"연락해. 기다리고 있을 테니까."

그 말을 끝으로, 해준은 천천히 자리에서 일어났다. 저는 이제 저택으로도, 회사로도 돌아가지 못한 채 병원 근처만을 맴돌게 될 것이었으나 그래도 상관없었다. 지금 예진이 바라는 게 이것이라면.

예진은 점점 시야에서 멀어지기 시작하는 해준의 뒷모습을 맥없이 바라보았다. 그리고 다시 시선을 돌려, 영정 사진 속 웃고 있는 엄마를 마주 보았다.

"이사님……."

빈소 앞을 서성이던 윤 비서의 안색 역시 좋지 못했다. 그리고 이런 상황이 당황스럽지 않을 리 없었다.

"윤 비서는 회사로 돌아가세요. 필요한 일이 있으면 연락할 테니까."

해준이 지친 낯으로 그를 바라보며 말했다. 하지만 윤 비서는 무언가 할 말이 남은 것인지, 사람이 있는지 확인이라도 하듯 주위를 두리번거렸다. 그러고는 아주 작은 목소리로 해준을 향해 입술을 달싹였다.

"말씀하신 대로 뭔가 좀 이상해서…… 경호원들에게 그날 상황을 다시 물어보고, 병원 근처의 CCTV도 전부 확인했습니다."

윤 비서의 말에, 해준의 눈매가 살짝 가늘어졌다.

경호원들은 그렇게 말했다. 퇴원 수속을 밟고 있을 때, 예진의 모친이 사라졌다고. 그리고 그녀가 발견된 곳은 병원에서 거리가 있는 시장 근방이었다. 또 목격자들은 입을 모아 말했다. 그녀는 꼭 누군가에게 쫓기기라도 하는 사람 같았다고.

백 보 양보하여 그녀가 제 발로 그곳까지 빠져나갔다고 해도, 그들의 말은 이해가 되지 않았다.

"우선 이것들 먼저 확인해 보십시오."

윤 비서가 건넨 것은 그날, 병원에 있었던 경호원들의 이름이 적힌 명단이었다.

"어머님이 사라지셨을 당시, 전체 인원에서 꼭 세 명이 비었습니다. 아마도 여기, 사진에 찍힌 사람들일 겁니다."

명단을 넘기자, 흐릿하게 찍힌 CCTV 사진이 보였다. 남자 세 명과 함께 차에 올라타는 예진 모친의 모습이었다.

"차 넘버도 조회를 해 봤는데, 등록이 되어 있지 않은 차량이라고……."

무엇인가 아주 확고하고 명백하게 어긋난 느낌이 들었다. 그리고 해준이 알기로, 이런 짓을 벌일 수 있는 사람은…….

'내가 몇 번을 후회했는지 넌 모를 거야. 김미향, 그년을 미리 치웠어야 했는데. 그때 나는 다짐했지. 만약 같은 상황이 또 반복된다면, 그때는 기필코 기회를 놓치지 않을 거라고.'

설마. 설마 이렇게까지. 아닐 것이라 믿고 싶었다. 아무리 그래도, 그런 일까지 꾸밀 사람은 아닐 거라고…….

하지만 해준은 알고 있었다. 연정이 제게 그날 했던 말들은 모두 진심이었다는 사실을.

그리고 윤 비서의 생각 역시 다르지 않은 듯했다. 윤 비서는 이제 거의 참담한 낯을 하고 있었다. 그는 잠시 마땅히 할 만한 이야기를 애써 생각하는가 싶더니, 어렵사리 말을 이었다.

"일단…… 더 알아보겠습니다. 아직 확실한 건 없으니까요. 새로 알게 되는 사실이 있으면, 바로 보고드리겠습니다."

"……그렇게 하세요."

예. 윤 비서는 짤막한 대답을 내놓고는 자리를 벗어났다.

혼자 남겨진 해준은 지친 낯으로 벽에 기대어 섰다. 그러고는 조용히 고개를 옆으로 돌렸다. 처연하게 앉아 있는 예진의 뒷모습이 보였다. 그는 차라리 두 눈을 질끈 감았다.

○ ◎ ●

"하……."

하여튼 되는 일이 하나도 없었다. 소파에 앉아 있던 연정은 한쪽 손으로 관자놀이를 짚으며 연거푸 한숨을 내뱉었다.

연정이라고 해서, 일을 이렇게까지 만들려는 생각을 갖고 있던 것은 아니었다.

분명히 그 한예진이라는 여자를 싸고돌겠지. 그런 것 정도는 이미 예상한 일이었다. 그래서 연정은 해준에게 사람을 붙여 놓았고, 그러다 뜻밖의 사실을 알게 되었다.

그 한예진이라는 여자의 모친을 해준이 찾고 있다는 것. 그리고 끝내는 정말 찾아냈다는 것을 말이다.

아마도 한예진이 부탁했을 것이다. 하지만 해준이 그녀의 모친을 찾아낸 것은, 연정에게 있어 별로 좋은 소식은 못 되었다. 연정의 목표는 하나뿐이었다. 설령 상대가 혜연이 아니라고 하더라도, 반드시 급이 맞는 여자와 해준을 결혼시켜 회장직을 차지하도록 도움을 주는 것.

그리고 저 목표에서 가장 강력한 방해물은 바로 한예진의 존재였다. 그래서 돈으로 회유했으나, 생각 외로 예진은 꼼짝도 하지 않았다. 돈을 바라서 해준의 곁을 지킨 게 아니라는 걸 증명이라도 하듯이.

그것이 마음에 들 리가 없었다. 애초에 예진이나 해준의 마음이 진심이건 말건, 연정에게는 큰 상관이 없었으므로.

하지만 해준이 끝까지 저런 자세를 고수한다면, 연정으로서도 당장은 뾰족한 수가 없었다. 그래서 그녀의 모친을 빼돌려, 예진에게 협박에 가까운 제안을 할 생각이었다. 떠나라고.

그런데 이제는 잃을 것이 아무것도 없어진 한예진이, 이대로 해준을 떠나지 않겠다고 하면? 그때는 도대체 무슨 방법을 써야 한단 말인가. 짐작하지 못한 상황에 욕이 튀어나올 것 같았다.

"아니…… 아니지…….'

연정이 작게 중얼거렸다. 오히려 더 손쉽게 이용할 수도 있는 게 아닐까, 이 상황을.

"……."

혼자 생각에 잠긴 연정의 얼굴은 싸늘하기 그지없었다. 그녀에게서는 본인 때문에 예진의 모친이 사망했다는 사실에 대한 죄책감이나, 장례를 치르고 있을 예진에 대한 미안함 같은 것은 하나도 찾아볼 수 없었다.

○ ◎ ●

장례가 끝난 뒤, 예진은 집에만 틀어박혀 있었다. 아무것도 먹지 않고, 또 아무것도 마시지도 않은 채로.

"……."

멍하니 침대에 누운 예진의 얼굴은 파리하기 짝이 없었다. 피곤했다. 너무나 피곤했지만, 잠조차 쉽게 들 수가 없었다.

눈을 감으면 엄마의 모습이 떠올랐다. 앙상하기 짝이 없는 얼굴도 함께.

화장을 하러 가기 전, 예진은 엄마의 마지막 모습을 하염없이 눈에 담았다. 하지만 현실로 와닿는 것은 아무것도 없었다. 마치 꿈을 꾸고 있는 것만 같은 기분이었다. 그것도 절대로 깨지 못할, 아주 지독한 꿈.

그래도 한 가지 사실만은 모르지 않았다. 이제 엄마의 이런 모습조차도 영영 볼 수 없다는 것.

화장터에 도착한 뒤에도 예진은 울지 않았다. 여느 사람들이 그러하듯 슬픔을 토해 내며 울부짖지도 못했다. 그저 꾸역꾸역 삼켜 냈을 뿐이었다.

평생토록 삶이 고단했을 그녀에게 저를 두고 가지 말라는 얘기를 차마 할 수가 없었다. 또 언젠가 스쳐 지나가듯 들었던 어른들의 말이 자꾸만 떠올랐다. 자식이 우는 소리는 저승길에까지 들려.

이제는 엄마가 조금이라도 평안하기를 바랐다. 늘 바람 잘 날 없는 애잔한 삶을 살아온 그녀가 마음 편히 떠나기를 바랐다. 그래서 예진은 차마 울지조차 못했다.

하지만 엄마가 그렇게 떠났다고 한들, 남겨진 이의 슬픔과 고통은 쉽게 사라지지 않았다. 혼자서 감내해야 했고, 혼자서 버텨 내야만 했다.

나는 왜 이렇게 매번 항상 무언가를 혼자 버텨 내야만 하는 것일까. 그런 삶이 이제는 조금 지겨워진 것도 같았다. 아니, 어쩌면 이미 아주 오래전부터 그랬는지도 몰랐다.

"엄마……."

모로 누운 예진이 작게 중얼거렸다. 그녀는 그렇게 엄마를 몇 번 불러 보다가, 결국에는 힘겹게 입술을 다물었다. 그러고는 혼자 생각했다.

나는 이제 어떻게 살아가야 할까.

엄마를 찾고, 그녀와 함께 평안하게 살아가는 것이 유일한 꿈이었다. 그것만을 보고 버텨 왔다고 해도 과언이 아니었다. 하지만 예진은 혼자 남겨졌다. 늘 그랬듯이.

그리고 해준은······.

눈을 꾹 감자, 연정이 했던 말들과 그녀가 찍어 보낸 사진이 머릿속을 스쳐 지나갔다.

당분간 보고 싶지 않다는 그 말에도, 해준은 계속해서 예진의 근처를 맴돌았다. 물론 그전처럼 가까이 다가오거나 말을 걸지는 않았지만 그는 묵묵히 제자리를 지켰다. 박동호의 장례를 치르고 무덤에 묻던 날, 예진이 그에게 해 줬던 것처럼.

그것이 그가 할 수 있는 최대한의 배려라는 것을 알았다. 언제든 부르면 망설이지 않고 달려와 품을 내어 줄지도 모르지. 하지만 그게 다 무슨 소용이란 말인가.

"······."

침대에 누워 있는 예진의 시선이 베개 옆에 두었던 핸드폰으로 가닿았다. 메시지가 도착했다는 소리가 들렸다. 저장조차 해 놓지 않은 번호였으나, 확인해 보지 않아도 누구인지 알 것만 같은 내용이었다.

[할 말 있으니까, 나와요. 해준이한테는 얘기하지 않는 게 당신한테도 좋을 거예요.]

그러나 더 이상 들을 이야기가 없었고, 할 말 역시 없었다. 아니, 그 여자의 얼굴을 다시 마주하고 싶지가 않았다. 지금 그런 취급을 받게 된다면 또 한 번 무너져 버릴 것만 같았다.

[들을 말씀 없습니다.]

그리고 답장을 보내기 무섭게, 메시지가 다시 도착했다.

[듣는 게 좋을 거예요.]

[당신 엄마 얘기니까.]

······전혀 생각지도 못한 연정의 메시지에, 예진의 눈동자가 짤막하게 흔들렸다.

○ ◎ ●

연정이 예진을 불러낸 곳은, 오피스텔에서 멀리 떨어진 조용한 카페였다.

저를 쳐다보는 연정은 그날과 전혀 다름이 없었다. 여전히 그녀의 눈동자에서는 혐오에 가까운, 마뜩잖은 감정이 묻어났다.

"그래서 하실 말씀이 뭔가요."

조금이라도 빨리 이 자리를 벗어나고 싶었다. 애초에 그녀가 엄마의 이야기를 들먹이지 않았다면, 이렇게 얼굴을 마주할 일도 없었을 것이다. 예진이 건조하게 물었다.

"우선 얘기는 들었어요. 아주 유감이에요."

말에 담겨 있는 내용과는 달리, 연정은 여전히 여상한 표정을 짓고 있었다. 저따위 감정 없는 위로를 듣기 위해 나온 게 아닌데.

"해준이한테 얘기를 어디까지 들었을지는 모르겠네요. 하지만 있는 그대로 말하지는 않았겠지."

이내 연정이 예진을 바라보며 천천히 입술을 달싹였다.

"그쪽 모친, 찾아 달라고 부탁했죠, 해준이한테."

예진은 대답 대신 고개를 끄덕였다.

"그게 문제가 되나요?"

"아니, 내 말은 당신이 아주 잘못된 선택을 했다는 거예요."

이제 와서 무슨 소리를 하려는 걸까. 엄마는 이미 돌아가셨고 예진에게는 연정과 맞서 싸울 힘이 없었다. 그래서 예진은 의아한 표정을 지으며 그녀를 마주 보았다.

"경호원들이 어머니 발견하고, 병원에서 데리고 있었다는 건 알고 있겠죠?"

"하고 싶으신 말씀 바로 하세요. 빙빙 돌려서 말하지 않으셔도 되니까."

예진의 말에 연정은 어이가 없다는 듯 피식거렸다. 마치 아주 같잖다는 듯이.

"예진 씨가 그렇게 말하니, 나도 거두절미하고 말할게요."

"네, 하세요."

"모친분, 도망치다 사고당한 건 알아요?"

……도망이라니. 갑작스럽게 튀어나온 그 단어에 예진의 눈동자가 짤막하게 흔들렸다.

"병원에서 그저 얌전히 데리고만, 보호하고만 있던 거라면 왜 도망을 치셨겠어요? 그런 생각은 안 해 봤어요? 아무리 제정신이 아닌 사람이라고 해도, 그렇게까지 하지는 않아요."

연정이 하는 말을 하나도 이해할 수가 없었다. 해준은 그렇게만 이야기했다. 모친을 찾은 뒤, 그녀를 바로 병원에 입원시켰고 보호하고 있었다고. 그리고 그다음 날, 서울로 데려올 예정이었다고…….

"내가 당신과 해준이 사이를 캐물었을 때, 윤 비서가 그러더군요. 모친을 찾으면 예진 씨는 지방으로 내려가고 싶어 했다고. 그리고 그걸 해준이도 알고 있다고. 아직도 내가 무슨 말을 하려는 건지 모르겠어요?"

"……."

"당신 어머니, 계속 병원에 데리고 있으면서 끝까지 못 찾았다고 거짓말하려 했던 거예요, 해준이는."

연정이 애잔한 표정을 지으며 말했다.

"그쪽 모친은 거기서 도망가려다가 그렇게 된 거고."

……말도 안 돼. 예진의 얼굴이 바닥을 뒹구는 낙엽처럼 굳었다. 손을 대면 금방이라도 부스러져 버릴 듯이.

그리고 연정은 계속해서 말을 이었다.

"일단 맞선은 봤고, 언젠가는 그 사실을 예진 씨가 알게 될 거라고 생각했겠지. 그런 상황에서 모친까지 찾았다고 하면?"

"……."

"해준이도 알았을 거예요. 그럼 예진 씨가 정말 떠날 수도 있다는 걸 말이지."

설마 그렇게까지. 나한테 이렇게까지. 연정의 말을 믿고 싶지 않았다.

하지만 언젠가 해준이 했던 말들이 귓가에 선명히 되살아나고 있었다.

'그런데 찾아서, 뭐 어디로 가려고.'

'멀리요. 연고 없는 지방으로 갈 거예요.'

그는 언제나…….

'그래서 어딜 갈 건데. 뭔가 계획이 있는 거 아냐?'

'당장은 모르겠어요. 어쨌든 엄마를 찾으면 지방으로 내려가야 하니까.'

'……멍청한 계집애.'

같은 질문을 했다.

'그래도 너무 걱정하지는 마세요. 전에도 그랬잖아요. 엄마 찾으면, 지방으로 내려갈 거라고.'

또, 저 역시 같은 대답을 내놓았고.

"봐요."

연정이 가방에서 무언가를 꺼내 예진에게 건네었다.

엄마가 찍힌 사진이었다. 다급하게 달려가고 있는.

"목격자들도 다 하나같이 똑같은 말을 한 거, 알아요? 꼭 쫓기는 사람처럼 보였다고."

"……."

"그러다 이런 사고가 났으니, 대충 거짓말을 지어냈겠지. 실은 가까운 병원으로 옮기려고 했다. 그런 다음에 알리려고 했다. 뭐, 그런 빤한 말들."

내 잘못이었어. 나를 탓해. 해준의 무너진 얼굴이 보였다. 그럴 리 없었다. 그렇게 믿고 싶었다.

"해준이가 말하던가요? 맞선 본 거."

하지만 연정이, 그 믿음을 산산조각 내려는 듯 입술을 달싹였다.

"했을 리가 없겠지. 속였겠지. 아무 일도 없었다면서."

해준의 속이야 빤히 들여다보였다. 눈앞의 보잘것없는 여자가 괜한 신경을 쓸까 봐 어떤 얘기도 꺼내지 않았을 것이다. 그 나름대로는 배려를 한 것이었으나, 연정에게 있어 그것은 제 거짓말을 믿게끔 만드는 수단 중 하나일 뿐이었다.

"내 말을 믿고 싶지 않겠죠. 하지만 그런 것 하나조차도 제대로 털어놓지 않는 해준이를 예진 씨는 믿을 수가 있어요?"

'난 네게 일종의 역할을 주는 거야. 내 삶의 무대에 출연할 수 있는, 그런 역할.'

그게 도대체 무슨 상관이냐고 물었었다. 그리고 해준은 그렇게 대답했다.

'큰 상관이 있지. 내 무대에서 너는, 가장 불쌍하고 비참해야만 하는 단역 같은 거니까. 너는 네 역할만 충실히 수행하면 돼. 아니, 해야 해. 나는 정당한 값어치를 지불했고, 너는 그걸 받아들였으니까.'

'내 역할, 어떤 거요. 계속해서 불쌍해지고 비참해지는 거?'

'잘 알고 있네.'

그래, 어쩌면 정말 그럴지도.

당신이 변했다고 생각했던 건, 내 지독한 착각이었을지도.

연정의 말을 믿고 싶지 않았다. 하지만 완전히 믿지 않을 수도 없었다. 그것도 이런 상황이라면 더더욱.

"어쨌든 안타까운 일이라고는 생각해요. 난 그 애의 이모니까."

연정이 애잔한 표정을 지으며 말했다.

"하지만 예진 씨가 할 수 있는 일이 뭐가 있겠어요?"

"……"

"아무것도 없어요. 어디에 뭔가를 알리려고 한들 바뀌는 것도 없을 거고, 그걸 내가 가만히 시켜볼 것도 아니니까. 해준이 역시 마찬가지 아니겠어요? 그러니 그냥 깔끔하게 끝내요. 그게 예진 씨를 위해서도 좋을 테니까."

그 말을 하는 연정의 손에는 명함이 들려 있었다. 자그마한, 빳빳한 종이에는 연정이 운영하는 기업체와 주소 따위가 적혀 있었다.

"번호는 이미 알 테니 연락을 줘도 되고, 찾아와도 상관없어요."

예진의 공허한 검은 눈동자 위에 연정의 명함이 비쳤다.

"원하는 건 뭐든 들어줄 테니까. 나, 괜히 찜찜한 거 싫어하거든."

그리고 그 명함 위에…….

'돈은 내가 냈고, 나중에 이상 있으면 이쪽으로 전화해요. 괜히 찝찝하기 싫으니까.'

처음 만났던 날, 해준이 내밀었던 명함이 겹쳐 보이는 것도 같았다.

"……."

말없이 앉아 있던 예진의 입술이 비틀어지며 벌어졌다. 이내 그녀는 웃기 시작했다. 마치 미쳐 버리기라도 한 사람처럼, 그렇게 우는 낯으로 웃었다. 연정의 표정이 일그러지는 게 보였으나, 그런 건 하나도 중요하지 않았다.

그저 한 가지 생각만이 들었을 뿐이었다. 이제는 정말이지, 다 지겹다고. 지겹고 지겨워서 모든 것을 놓아 버리고만 싶다고.

○ ◎ ●

차 안에는 무거운 적막이 내려앉아 있었다.

— 그래서, 지금 내게 무슨 말을 하고 싶은 거니.

핸드폰 너머에서 들려오는 연정의 목소리에는 그 어떤 감정도 느껴지지 않았다.

— 지금 날 의심이라도 하는 거야? 내가 그 여자 어머니한테 손이라도 댔다고.

그날, 예진의 모친을 데리고 간 이들의 행방은 아직 묘연했다. 그들이 몰았던 차 역시 조회가 되지 않았다.

그런 적이 없다고 하겠지. 전혀 모르는 일이라고 하겠지. 해준은 연정의 수법을 누구보다도 잘 알고 있었다. 그러니 지금은 기다려야만 했다. 그녀가 그런 일들을 벌인 게 맞다는 증거가 나올 때까지.

"겨우 그런 말을 하려고…… 전화를 건 게 아닙니다. 이모님, 제발……."

해준이 끓는 목소리로 말했다.

"제가 이모님에게까지 등을 돌리게 만들지 마십시오."

— 등을 돌려?

하지만 돌아오는 것은 조소 섞인 되물음뿐이었다.

— 네가 감히 내게 그런 말을 해?

연정의 입장에서는 해준의 이런 행동들이 말 그대로 '감히'였다. 감히 제 뜻에 반하고, 박동호가 그랬듯 어머니를 배신하는 걸로 비칠 것이다. 하지만 해준역시 그런 강요에 넘어갈 생각은 조금도 없었다.

"다른 어떤 여자를 데려와도 이모님이 바라는 일은 일어나지 않을 겁니다. 확실하게 알아 두세요."

— 그렇지 않아도 얘기 들었다. 정말이지 어이가 없어서…….

연정이 혜연에게서 들은 말은 아주 뜻밖이었다. 혜연은 그날 해준과 있었던 일을 간략히 설명했다.

혜연 집안의 주요 사업은 호텔에 관련한 것이었다. 신축 호텔을 짓기도 했지만, 혜연은 낡고 오래된 호텔들을 매입하여 리모델링하는 데 더 열을 올리고 있었다. 하지만 그것은 짐작보다 시간과 돈이 많이 드는 일이었다. 물론 그정도의 자금력이 없지는 않았으나, 그녀가 생각하고 있던 규모와 현실이 판이하게 다른 것 역시 사실이었다. 해준도 그런 상황을 모르지 않았다. 해서, 그는 그녀에게 제안했다고 한다.

SL 산하에는 여러 계열사가 있었고, 그중 건설사는 규모가 꽤 큰 축에 속했다. 해준은 약속했다. 혜연이 바라는 규모에 최대한 맞추어 수주를 받겠다고. 단, 그녀가 알고 있는 모든 인맥을 동원해 제가 회장직을 차지하도록 도움을 주는 것이 조건이라고.

혜연의 입장에서는 결혼을 하지 않고도 목적한 바를 달성할 수 있게 된 셈이었다. 결혼이라는 위험 부담을 지지 않아도 훌륭한 거래를 할 수 있게 되었으니 어찌 보면 더 이득일지도 몰랐다.

설명을 마친 혜연은 한마디를 더 덧붙였다. 다른 여자를 마음에 둔 남자는 저도 크게 관심이 없어서요, 사모님.

해준이 제 뜻대로 순순히 맞선을 볼 것이라고는 생각지 않았으나, 이런 식으로 머리를 굴릴 줄은 몰랐다. 어찌 보면 사업 수완이 좋은 것이라고도 할 수 있겠지만, 연정에게 있어서는 그저 제게 반하는 행위일 뿐이었다.

하지만 이제 연정은 그런 것들을 크게 걱정하지 않았다. 해준이 이렇게 소소하게 제 뜻에 반해도, 어쨌든 상황은 제가 바라고 그린 대로 흘러가고 있었으니까.

— 앞으로 두고 보면 알 일이겠지. 네게서 정말 등을 돌리는 사람이 누구일지 말이야.

그녀의 어투 하나하나에는 선명한 비웃음이 묻어 있었다. 해준은 잠시 입술을 짓씹었다가, 낮은 음성으로 말했다.

"한예진, 더 이상 건들지 마십시오."

태어나 처음으로 가져 본 마음의 안식처였다. 어떤 식으로든 빼앗기고 싶지 않았다. 만약 제게서 예진을 빼앗아 가려는 이가 있다면, 해준은 싸울 수 있었다. 설령 그 상대가 이모인 연정이라고 하더라도.

"이모님이 뭐라고 하시든 전 전혀 상관이 없습니다. 흔들리지도 않을 거고, 귀담아듣지도 않을 테니까."

— 하······.

"경고하는 겁니다. 절대로 잊지 마세요. 제가 방금 한 말들을."

할 말을 마친 해준은, 연정이 무어라 대답을 하기도 전에 일방적으로 전화를 끊어 버렸다.

"······."

운전석에 앉은 해준의 시선이 저 앞으로 향했다. 예진의 오피스텔이었다.

예진 어머니의 장례를 치른 뒤, 해준은 매일같이 오피스텔을 찾았다. 예전처럼 문을 두드리고, 그 좁은 오피스텔 안으로 들어가 일상을 보낼 수는 없었으나 그래도 버릇처럼 이곳을 찾아오게 됐다.

'당분간은 이사님 얼굴······ 보고 싶지 않아요. 그뿐이에요.'

그런 말을 듣고도 제 감정을 우선시하며 예진에게 다가갈 만큼, 해준은 뻔뻔하지 않았다. 할 수 있는 일이 아무것도 없다는 걸 누구보다도 해준이 제일 잘 알고 있었다. 그저 지금처럼 묵묵히, 또 고요히 기다리는 것 말고는······.

'날 원망해.'

예진에게 했던 말은 진심이었다. 그렇게 차라리 예진이 저를 원망하고, 또 원망하기를 바랐다. 그녀가 본인을 원망하는 것보다는 그편이 더 나을 것 같아서.

차라리 소리를 지르고, 저를 밀어 내고 울부짖었다면 속이라도 편했을 것이다. 하지만 예진은 그러지 않았고, 해준은 그래서 더 괴로웠다.

⋯⋯어쩌면 난 네 인생에 있어서, 어떤 재앙 같은 존재일지도 모르지. 해준이 혼자 되뇌었다.

그래서 피할 새도 주어지지 않는 사고처럼 튀어나와, 예진의 인생을 송두리째 흔들고 마는 것이었다. 처음 만날 때부터 지금까지, 언제나 항상. 해준의 마음이 어떻게 변했는지와는 전혀 상관없이.

그러나 그래도, 기다릴 것이었다. 예진이 저를 용서하지 않는다고 해도 괜찮았다. 끊임없이 사과하고, 끊임없이 사죄할 수 있었다. 앞으로 평생의 시간이 걸린다고 하더라도⋯⋯.

"⋯⋯."

오피스텔 건물을 올려다보던 해준의 얼굴이 아프게 일그러졌다. 하지만 오래가지는 못했다. 꼭 닫혀 있던, 언제까지고 열리지 않을 것만 같았던 예진의 방 창문이 조용히 열어젖혀졌기 때문이었다.

창가 앞에 선 예진은 어떤 말도 하지 않은 채, 차 안의 해준을 내려다보았고, 이내 잠잠해졌던 핸드폰이 다시 울렸다. 예진이었다.

— 언제까지 서기서 그러고 게실 건가요.

"⋯⋯보고 있는 줄 몰랐어."

— 며칠째 계속 그 자리에만 계셨잖아요. 이 시간만 되면.

그걸 제가 모를 수가 있나요? 예진이 되물었고, 해준은 잠시 입을 닫았다.

어쩌면 이런 식으로 찾아오는 것조차 바라지 않을지 모르는 일이었다. 그렇다면 그것 역시도 어쩔 수 없는 일이었다. 거기까지 생각이 미친 해준이 뭐라고 말을 이으려고 했으나, 예진의 목소리가 조금 더 빨랐다.

— 내려갈게요.

"……뭐?"

— 지금 가겠다고요. 이사님한테.

그것을 끝으로, 전화는 끊겼고 창문도 닫혔다. 그리고 얼마 지나지 않아 계단을 내려오는 인기척이 들려왔다. 파리한 낯빛을 한 예진이 어둠 속에서 천천히 모습을 드러내었다.

○ ◎ ●

며칠 만에 본 예진은 눈에 띌 정도로 확연히 수척해져 있었다.

이 상황에서 그녀가 끼니를 제대로 챙겼을 리 없었다. 원래 마음이 곯으면 입이 곯고, 그렇게 모든 것이 곯기 마련이었으니까.

하지만 예진은 그렇게 말했다. 아무것도 먹고 싶지 않아요. 머리가 아플 뿐이에요. 그래서, 그냥 바람을 좀 쐬고 싶어서.

"……가고 싶은 곳은 없나?"

조용히 도로를 달리던 해준이 예진을 바라보며 물었다. 예진은 없다는 듯 고개를 저었고, 해준은 말없이 핸들을 쥔 손에 힘을 주었다.

예진은 꼭 살아 움직이는 시체 같기도 했고, 손만 대어도 부스러지는 마른 낙엽 같기도 했다. 그렇게 금방이라도 사라져 버릴 듯 아스라하게만 느껴져서, 괜히 제 마음까지 무너지는 것도 같았다.

"……."

활짝 열린 창문 틈 사이로 들어온 시린 바람이 예진의 검은 머리를 아무렇게나 흩트렸다. 예진은 머리를 정돈하지 않은 채, 그저 창밖만을 바라보았다. 그러자 어둠이 내려앉은 한강이 보였고…… 문득 그날, 해준과 함께 행복해하던 제 모습 역시도 눈앞을 스쳐 지나가기 시작했다.

얼마 지나지 않아, 예진의 입가에는 웃음이 어렸다. 즐거워 짓는 게 아닌 헛웃음에 가까운 것이었다. 예진은 그렇게 혼자 말없이 피식거리다가…… 해준을 돌아보았다.

때마침 적당한 곳에 차를 세운 해준 역시, 그런 예진을 마주 보았다.

저를 응시하는 예진의 검은 눈동자는, 이상하게도 오늘따라 다른 느낌을 빚어내고 있었다. 그래서 해준은 저 안에 깃든 감정이 어떤 것인지 정확히 읽어낼 수가 없었다. 원망인지, 분노인지, 아니면 다른 어떤 것인지.

꽤 오랜 시간 둘의 시선이 허공에서 맞부딪쳤다. 그제야 예진이 천천히 입술을 달싹였다.

"이사님."

"……말해. 뭐든지."

어떤 것이든. 해준의 대답을 들은 예진은 잠시 그를 물끄러미 응시하였다가…….

"저한테…….."

평소와는 달리 어딘가 모르게 메인 목소리로 물었다.

"할 말 없으세요? 이사님이 말하신 것처럼, 어떤 것이든."

……나는 무슨 대답을 듣고 싶은 것일까, 이 사람에게. 해준을 응시하는 예진의 눈동자에 공허한 빛이 어렸다.

모든 사실을 얘기해 주기를 바라는 것일까. 하지만, 만약 정말로. 그렇게 솔직하게 내게 숨긴 것들을 털어놓는다면…….

그것을…… 믿을 수나 있을까? 아무리 생각해 보아도, 답을 알 수가 없었다.

"미안해."

해준이, 낮게 갈라지는 목소리로 토해 내듯 말했다.

"아무리 머리를 써도, 생각을 해 봐도 네게 할 수 있는 말은 이것뿐이더군."

"……."

"나 역시 모르지 않아. 네게 있어서 네 어머니가 어떤 존재였는지."

어떤 대답을 듣고 싶은 것인지는 여전히 알 수가 없었다.

하지만 그것이 이런 사과가 아니라는 사실만큼은 확실했다.

"과정이야 어찌 되었든, 네가 어머니를 그런 식으로…… 얼굴도 제대로 뵙지 못하고 잃은 건 내 탓이 맞아."

해준은 연정을 의심하고 있었다. 하지만 지금은 아무런 증거가 없었다. 그저 심증뿐이었다.

이 모든 것들이 연정의 짓이었다는 게 확실해지면, 그때는 숨길 생각이 없었다. 털어놓고, 사죄해야만 했다. 그러나 최소한 지금은, 그 모든 걸 말할 수 있는 적기가 전혀 아니었다.

"평생 곁에서 용서를 구할 거야. 네가 그것을 받아들여 줄 때까지."

진심 어린 말이었으나, 예진은 그 어떤 반응도 보이지 않았다. 이 역시도 어쩔 수 없는 일이었다.

"……그렇군요."

예진이 마른 입술을 달싹이며 대답했다. 꺼져 가는 목소리였다.

"파출부 아주머니에게 이야기 들었어. 이모님을 만났다고."

갑작스럽게 튀어나온 연정의 이야기에, 예진은 작게 멈칫거렸다.

"이해해 달라는 말 같은 건 할 생각 없어."

저 역시도 이해하지 못하는 피붙이였다. 게다가 연정이 예진에게 무슨 말을 했을지는 불을 보듯 뻔했다. 사람의 마음에 생채기를 내고, 종국에는 후벼 파흉터로 남을 이야기들을 했겠지.

"당분간 저택으로는 오지 않아도 돼. 어머니 일은 내가 알아서 할 테니까."

지금은 우선, 예진이 연정과 만날 일이 없도록 하는 것이 급선무였다. 그렇지 않아도 그녀에게는 마음을 달랠 휴식이, 안정이 필요했다.

"어떤 말씀을 하셨든, 귀담아들을 필요 없어. 아무런 가치도, 의미도 없는 이야기들이야. 그거 하나만큼은 장담하지."

해준은 연정이 제게 무슨 이야기들을 했는지 알지 못하는 것 같았다. 아마 그럴 테지. 그래서 저런 이야기를 할 수 있는 것이리라.

하지만 당신은 알고나 있을까? 어떤 말을 했든 귀담아들을 필요가 없다는 그 말이, 내게 지금 얼마나 오만하고 뻔뻔하게 들리는지.

"······자꾸 네게 용서를 구하고, 사과를 할 일만 벌여 놓는군."

해준은 덧없이 중얼거리며 천천히 손을 뻗었다. 그러고는 예진의 야윈 뺨을 아주 조심스럽게 매만지며 말을 이었다.

"이렇게 하고 싶은 게 아니었는데······."

그저 웃게 하고만 싶었다. 지금까지 그렇게 살아오지 못했으니까.

하지만 제 삶이, 자꾸만 예진의 삶을 집어삼키는 것 같은 기분이 들었다. 그렇지 않아도 풍파 어린 예진의 인생을 무너트리고, 헤집고 있는 것만 같았다.

그러나 그러니 떠나라고, 널 놓아주겠다는 말을 할 용기는 없었다. 그런 제가 이기적이기 짝이 없다는 사실 역시 모르지 않았으나, 해준으로서도 어쩔 수가 없었다.

눈앞의 여자가 제 곁에 없으면 숨이 막힐 것만 같았다. 살아가는 것이 아닌, 그저 버텨 내는 삶. 그런 것 따위를 목도하게 될 것만 같았다. 예진을 만나기 전의 시간들처럼.

"이런 말을 한다는 것 자체가 염치없다는 건 알아."

"······."

"하지만······ 그래도 내 곁에 있어 줬으면 해."

곁에 있어 달라고? 어떻게? 어떤 모습으로? 무슨 방법으로?

'그렇게 화장님이 싫다고 난리를 피우더니, 결국에는 도련님도 똑같은 거야.'

······그 순간 김미향의 조소 어린 얼굴과 무덤덤한 목소리로 내뱉던 말이 머릿속을 스쳐 지나갔다.

'어차피 그놈들이 택하는 건 우리가 아니거든. 나도 처음부터 이러려던 생각은 아니었어.'

아니, 난 그렇게 살고 싶지 않아. 그런 식으로 당신 곁에 있고 싶지 않아. 그렇게까지 불쌍하고 비참해지고 싶지는 않아.

······당신 때문에 여기서 더, 망가지고 싶지는 않아.

예진은 잠시 말없이 해준을 바라보았다. 저를 응시하는 그의 검은 눈동자에서는 여전히 애원 비슷한 감정이 묻어나는 듯도 싶었으나…….

이상하게도 그것을 가만히 마주 보고 있자니, 구역질이 나려는 것도 같았다. 속이 뜨겁고 요란해졌다. 마치 화병에 걸린 사람처럼.

내가 곁에 있어 주길 바란다는 사람이 왜 내게 그런 거짓말을 했나요? 왜 나를 속였어요? 그런데도 불구하고 어쩜 이렇게 뻔뻔하게 이런 이야기를 할 수가 있나요?

하고 싶은 말들은 많았으나, 입 밖으로 흘러나온 것은 전혀 다른 이야기였다.

"이사님은…… 저를 믿으시나요?"

"……뭐?"

"제가 이사님의 곁을 지킬 거라고…… 무슨 일이 있어도 그럴 거라고…… 믿으시나요?"

해준의 눈동자에 비친 제 얼굴이, 우습게도 다른 사람 같아 보인다는 생각이 들었다. 예진은 그의 대답을 기다렸고, 이내 해준이 입술을 떼었다.

"응."

"……."

"그럴 거라고 믿고 싶고, 또 믿어."

예진은 어떤 반응도 보이지 않았다. 그저 조용히, 아주 한참 동안 해준을 바라볼 뿐이었다.

해준이 저를 그만큼 소중하게 생각한다면, 그 마음만큼은 진심이라면, 예진은 그에게 가장 상처를 줄 수 있는 방법이 무엇인지 잘 알고 있었다. 그가 제게 그러했으니까.

원망에는 힘이 없었다. 예진은 그 사실을 세상 누구보다도 잘 알고 있는 사람이었다. 그러니 원망을 하기보다는…….

……상처를 주고 싶은 것도 같았다. 이 역시, 그가 제게 그러한 것처럼.

"알겠어요."

예진이 천천히 고개를 끄덕이며 말했다.

"이사님 마음…… 잘 알았어요."

난 당신의 마음을 알았지만, 당신은 내 마음을 하나도 알 수 없겠지. 예진은 그 혼잣말을 조용히 집어삼켰다.

"……."

예진을 마주하던 해준의 눈동자가 짤막하게 흔들렸다. 무엇인가 이상한 기시감이 들었다. 그리고 해준은 그것이 무엇인지, 얼마 지나지 않아 깨달았다.

저를 바라보는 예진은 꼭 처음 만났던 날의 눈빛을 하고 있었다.

어떤 감정도 찾아볼 수 없고, 또 어떤 빛도 찾아볼 수 없는 건조한 눈빛.

하지만 예진은 뺨을 쓰다듬는 제 손을 내치지 않았고, 애달프게 응시하는 제 시선을 피하지도 않았다. 그러나 참 이상한 일이었다. 왜 이렇게도, 심장이 내려앉는 것만 같은 기분이 드는지.

그렇게 이유를 알 수 없는 마음의 불안은 쉬이 사라질 생각이 전혀 없는 듯하였으나, 안타깝게도 해준은 예진이 무슨 생각을 하고 있는지 하나도 알아차릴 수 없었다.

○ ◎ ●

"이유를 말해 봐. 도대체 왜 이러는 건지."

어머니는 금방이라도 답답해서 쓰러질 것만 같은 표정을 짓고 있었다.

"지금까지 충분히 잘 버텨 왔잖니. 그런데 이제 와서 이렇게 답답하게 구는 이유가 뭐야!"

"잘 버텨 왔다뇨, 엄마."

어머니의 말에는 어폐가 있었다. 그는 진심으로 그렇게 생각했다. 세상 어느 누가, 이렇게 손가락질을 받는 삶에 저런 말을 덧붙일 수 있겠느냐고.

"그건 잘 버틴 게 아니라, 비굴하게 연명해 온 거였어요."

"그러니까 그런 시간을 견뎌 놓고, 왜 이제 와서 그러냔 말이야!"

"누누이 말해 오지 않았어요? 그동안 몇 번이고. 지치지도 않고. 이런 식의 삶은 내가 바라는 게 아니라고."

매번 말해 왔다. 사태 파악조차 제대로 할 수 없었던 유년 시절에도, 또 어느 정도 상황을 이해한 뒤에도 같은 이야기를 했다. 거의 애원조에 가까웠다.

……엄마, 우리 이렇게 안 살면 안 돼요?

그리고 그때마다, 어머니는 같은 대답을 내놓았다.

"그럼 나는."

바로 지금처럼.

"평생 그렇게 산 내 인생은, 누가 보상해 줄 수 있어? 네가 아니면, 도대체 누가!"

저 말에 상처 아닌 상처를 받을 때가 있었다. 그리고 저의 의지와는 전혀 상관없이 흘러가는 이따위 인생을 어떻게든 살아 내고, 버텨 내야겠다는 생각을 했던 때가 있었다.

하지만 이제는 그조차도 지겨워졌다. 아니, 어쩌면 지금이 이런 인생에서 도망칠 수 있는 마지막 기회라고 생각해서 그런 것일지도 몰랐다.

"지겹고 창피하잖아요, 엄마."

그 역시 알고 있었다. 세간에서 저와 제 어머니를 어떤 식으로 취급하는지. 또 무슨 소리를 지껄여 대는지.

"난 이런 거 더 이상 하고 싶지 않아. 진심이에요."

"박도준!"

비명을 지르는 듯한 김미향의 외침에, 도준은 말없이 그녀를 바라보았다.

"뭐가 그렇게 어렵고, 또 뭐가 그렇게 힘든 일이라고 그래! 넌 그냥 버티기만 하면 돼. 엄마가, 내가 다 알아서 도와주겠다는데……."

"……."

"그리고 너도 회장님 아들이야. 도련님이 하는 것만큼, 너도 충분히 할 수 있어."

도련님.

제 어머니는 늘 그 남자를 도련님이라고 불렀다. 도준은 그것이 참 우습다고 생각했다. 도련님이라니. 이 모든 일들을 벌여 놓고도, 그녀는 여전히 그 집에서 일하는 파출부처럼 행동했다.

"회장님이 돌아가시기 전에 임원진 쪽에 심어 놓은 사람들이 한가득이야. 승산 없는 싸움 아니니까, 겁부터 집어먹을 이유 없어."

제 어머니는 여전히 저에 대해 아무것도 모르는 듯했다. 아니, 어쩌면 알고 싶지 않은 것일지도 모르지. 지금까지 했던 그 애원들을 깡그리 무시하는 걸 보면 더더욱 그러했다.

"지금까지 엄마 말 잘 들어 왔잖아? 이번에도 그렇게 해야지, 도준아. 너는 엄마가 불쌍하지도 않니?"

김미향은 무거운 한숨을 내뱉는가 싶더니, 자리에서 일어나며 말했다.

"우선 혼자 머리 좀 식혀."

이내 김미향은 자리를 벗어나 버렸고, 방에 혼자 남겨진 도준은 닫힌 문만 물끄러미 바라보다가 흐트러진 머리를 아무렇게나 쓸어 넘겼다.

"하⋯⋯."

지겹기 짝이 없었다. 이런 대화가.

살아오는 내내 도준은 늘 같은 이야기를 들었다. 도준아, 엄마가 불쌍하지. 엄마는 엄마가 불쌍해. 엄마한테는 너밖에 없어. 그러니까, 너는 꼭 엄마 말대로 해야만 해.

어린 도준의 눈에 비친 김미향은 가여운 사람이었다. 사랑하는 남자를 뺏기고, 그와 함께 누려야 할 행복을 빼앗긴 여자. 하지만 그 '회장님'은 그녀를 사랑했다고 했다. 그래, 완전히 틀린 말은 아니었다.

"⋯⋯."

도준의 시선이 문득 책상 위에 올려놓은 신문으로 향했다. 짜깁기 기사만을 쏟아 내는 엉터리 신문이었다. SL그룹, 회장 후계자 공석. 짤막한 헤드라인 옆에는 그 남자의 사진이 큼지막하게 실려 있었다. 박해준.

배다른 형은 끊임없이 저와 어머니를 쫓았다. 후계자 싸움에서 완전히 물러나라는 걸 조건으로 거래를 하려고 한 것이겠지. 지금은 이해했으나, 어린 도준은 그것을 받아들일 수가 없었다. 왜 이렇게 살아가야 하지? 왜 이렇게 늘, 도망치면서 버텨야 하지?

언젠가는 그런 생각을 해 본 적도 있었다. 차라리 엄마처럼 야욕이 있었다면, 조금 더 나았을 것이라고. 하지만 야욕을 채우려 삶을 쏟아붓기에는, 너무나 좋지 않은 선례를 평생 보아 왔다. 도준에겐 그것을 위해 모든 걸 걸고 싸워야만 하는 이유가 없었다.

그렇게 성인이 된 뒤에도 도준의 마음은 한 가지 감정으로 통일되지 못했다.

어머니는 가여우면서도 뻔뻔스럽게 느껴졌고, 해준을 이해하면서도 원망했다. 그리고 그 혼란스럽기 짝이 없는 감정들은 결국 하나의 결론에 다다랐다.

"······이렇게는 살고 싶지 않아."

도준이 혼자 작게 중얼거렸다. 하지만 그럼 어떻게 해야 할까. 도준은 잘 알고 있었다. 김미향은 절대로, 제 꿈을 포기하지도, 저를 놓아주지도 않을 사람이라는 사실을.

그러나 이제는 시간이 없었다. 김미향은 지금도 계속해서 임원진들과 긴밀한 만남을 이어 가고 있었고, 도준이 아무것도 하지 않은 채 계속 버티는 것도 한계에 부딪친 상황이었다.

"······."

무거운 한숨이 꾹 다물려 있던 도준의 입술 사이를 비집고 흘러나왔다. 도준은 생각에 잠긴 채, 한참 동안 움직이지 않았다. 신문에 실린, 왠지 저와 꽤 닮은 듯한 해준의 얼굴을 내려다보면서.

○ ◎ ●

며칠의 시간이 지나갔다.

딱히 특별한 일은 없었다. 예진은 해준의 말처럼, 당분간 저택에 가지 않고 휴식을 취하기로 했다.

그사이 연정에게서 몇 통의 전화와 메시지가 왔으나, 예진은 전화를 받지도, 메시지에 답을 하지도 않았다. 그저 혼자 생각할 뿐이었다. 당신이 그렇게 나를 괴롭히지 않아도, 결국 모든 일들은 당신이 원하는 대로 될 것이라고.

예진의 집에는 매일같이 꽃이 배달되었다. 전부 해준이 보낸 것들이었다. 오늘 역시 마찬가지였다. 방금 도착한 꽃다발을 손에 든 예진은, 창가 앞에 서서 그것을 물끄러미 내려다보았다.

"……."

꽃다발을 응시하던 예진은 저도 모르게 힘없이 헛웃음을 터트렸다. 그러고는 정성스럽게 꾸며진 꽃다발을 쥔 손에 힘을 주었다. 고개를 돌리자, 쓰레기통에 처박혀 있는 시든 꽃들이 보였다. 역시 며칠 전에 해준이 보내온 것들이었다.

이런 게 도대체 무슨 의미가 있을까. 또 어떤 가치가 있을까.

이제는 두 번 다시 예전으로는 돌아갈 수 없을 것이었다. 예진은 그 사실을 누구보다도 잘 알고 있었으나, 해준 혼자만 그것을 몰랐다.

하지만 그래도 상관없었다. 아니, 오히려 그러기를 바랐다. 그래서 예진은 하루도 빠지지 않고 오피스텔 앞을 찾아오는 해준을 만났고, 아무렇지 않게 그와 함께 식사를 했다. 예전처럼 해준을 집 안에 들이지는 않았지만, 그녀는 그렇게 평소처럼 굴었다.

꽃다발을 책상 위에 내려놓은 예진은 그 옆에 놓인 탁상 달력을 확인했다. 눈에 들어온 것은, 빨간색 동그라미가 쳐져 있는 날짜였다.

해준의 생일.

'이사님은 생일 날, 뭘 하고 싶으세요?'

언제였을까. 해준이 지친 낯으로 집에 찾아왔던 날이었을까. 아니면 그보다 더 전의 일이었을까. 언젠가 예진은 해준에게 그렇게 물었었다.

'딱히 그런 생각을 해 본 적은 없어. 제대로 챙겨 본 적도 없고. 하지만 내가 정할 수 있는 거라면, 그냥 평범하게 보내고 싶어. 남들처럼.'

'남들처럼?'

'그래 본 적이 없었으니까. 성인이 된 이후에는 단 한 번도.'

우울함에 발목을 잡힌 채, 자꾸만 나락으로 떨어지는 김연희와 지치지도 않고 저를 비참하고 가엾게 만드는 박동호에게 치이기만 하는 삶이었다. 그것은 어렸을 때도 마찬가지였을 테지만, 해준이 성인이 되고 회사 일을 도맡아 한 이후부터는 더더욱 그러했을 것이었다.

'그럼 올해부터는 챙겨요. 아니, 제가 챙겨 드릴게요. 평범하게. 남들 하는 것처럼.'

우습기 짝이 없는 일이었다. 생일 따위에 의미를 두지 않고 건조하게 살아온 것은 예진 역시 마찬가지였다. 저 역시 다를 것이 하나 없는 주제에, 그저 스쳐 지나가기만 했을 그의 생일들이 못내 마음 아팠다.

······하지만 이제 그런 일은 없을 것이었다. 두 번 다시는, 절대로.

다리를 굽혀 앉은 예진은 무언가를 찾듯 책상 서랍 안을 뒤적거렸다.

"······."

얼마 지나지 않아 예진의 손에는 통장이 쥐어졌다.

펼쳐 보자 적지 않은 금액의 돈이 찍혀 있었다. 그간 김연희를 간병하며 받은 돈들이었다. 언젠가 민주를 찍어 누르며 해준이 했던 말들에는 하나 틀린 것이 없었다. 해준은 그렇게 쪼잔한 고용주가 아니었다. 예진이 덧없이 피식거리며 웃었다.

어쨌든 통장 속 금액은 적은 돈은 아니었으나, 평생을 먹고살 수 있을 만큼의 커다란 돈 역시 전혀 아니었다.

'차라리 깔끔하게 원하는 금액을 말해요. 그럼 바로 보내 줄 테니까.'

얼마를 부르든, 연정은 그 금액을 그대로 내어 줬을 것이다. 그리고 해준에게 다시는 접근하지 말라는 말을 덧붙였겠지. 하지만 예진은 얼마큼의 돈을 준다고 하여도, 그것을 받을 생각이 전혀 없었다. 연정의 하나뿐인 조카와의 연을 끊을 수 있을 거라는 자신을 할 수 없기 때문은 아니었다. 이유는 단순했다. 여기서 더 이상 비참해지고 싶지 않아서.

"그래, 큰 금액은 아니지. 하지만······."

······떠나기에는 충분한 돈이야. 예진이 혼자 중얼거렸다.

앞으로의 일? 미래에 관한 것? 그런 것은 지금 생각하고 싶지 않았다. 그저 가만히 있기만 하여도 숨이 막혔다. 벗어나고 싶었다. 이 모든 것들로부터. 그리고 해준에게서.

결국 처음으로 돌아가 버린 것만 같다는 생각이 들었다. 예진은 여전히 불쌍하고 애잔한 인생을 살고 있었고, 그들에게 같은 취급을 받고 있었다. 그러면서도 예진은 혼자 떼를 쓰고 있었다. 마지막 자존심이나마 지키기 위해서.

하지만 한 가지 달라진 게 있다면, 내가 당신을 상처 입힐 수도 있다는 것이겠지. 그때와는 달리.

예진은 통장을 다시 서랍 안에 집어넣고, 몸을 일으켰다. 그러고는 어느새 익숙해진 오피스텔을 둘러보았다. 공간 곳곳에서 여전히 해준의 모습이 아른거리는 것도 같으나, 이제 두 번 다시 그런 시간들은 오지 않을 것이었다.

그걸로 다 되었다. 예진은 그렇게 생각하기 위해 애를 쓰며, 수많은 감정이 묻어나는 얼굴을 한 채로 지친 듯 고개를 숙였다.

……그리고 어느새, 해준의 생일은 하루 앞으로 다가와 있었다.

해준의 생일 하루 전날.

예진은 예진대로, 또 해준은 해준대로 각자의 나날을 보내고 있었다. 그렇게 일상을 찾은 것도 같은 시간들이었다.

……하지만 이상하게도, 해준은 요 며칠 계속해서 무언가 이상한 이질감을 느끼고 있었다.

자동차 안, 룸미러에 비친 해준의 얼굴에는 간단하게 형용하기 어려운 감정들이 묻어나고 있었다.

'이사님. 이사님은…… 저를 믿으시나요?'

해준은 운전을 하면서, 며칠 전 예진이 제게 물었던 말을 수없이 곱씹고 있었다.

392

'제가 이사님의 곁을 지킬 거라고…… 무슨 일이 있어도 그럴 거라고, 믿으시나요?'

그럴 거라고 믿고 싶고, 또 동시에 믿는다고 대답했다. 하지만 그날 이후부터, 예진에게서는 그동안 찾아볼 수 없었던 괴리감이 느껴졌다.

그렇다고 특별한 일이 있던 것은 아니었다. 해준은 여전히 회사 업무를 끝낸 뒤 예진을 만나러 갔고, 그녀와 함께 저녁을 먹었다. 예진 역시 별다른 말을 하지 않았다. 평소와 전혀 다를 게 없었다.

회사 일 역시 마찬가지였다. 아무래도 김미향과 박도준 사이에 마찰이 있는 것 같다는 이 상무의 말이 사실인 듯싶었다. 모자는 마치 서로 동상이몽을 꾸기라도 하는 사람들 같았다. 김미향은 여전히 부단히도 움직이고 있었으나, 박도준은 아직까지도 박동호가 물려준 계열사들을 운영하려는 의지조차 보이지 않고 있었다. 이런 식으로 시간을 끌수록 불리한 것은 저희들이라는 사실을 모르지 않을 텐데도.

어찌 되었든 해준에게는 그리 나쁜 소식이 아니었다. 모든 것이 순조로웠고, 특별히 나쁜 것 또한 없었다.

……최소한 겉으로는, 그렇게 보였다.

"그런데 왜 이렇게……."

불안한 걸까. 해준은 낮은 목소리로 혼잣말을 중얼거렸다. 그저 기분 탓인 걸까. 이런 평화 아닌 평화는 그간 겪어 본 적이 없어서.

하지만 이유를 알 수 없는 불안감은 계속해서 해준의 마음에 똬리를 틀었다. 똬리를 틀고 점점 몸집을 키워 그의 마음을 좀먹고 있었다.

한 뼘.

딱 한 뼘의 틈이 벌어진 기분이었다. 저와 예진 사이에.

"하……."

해준은 무거운 한숨을 내뱉었다. 하지만 그렇다고 한들, 예진을 탓할 수는 없었고 그렇게 하고 싶은 마음 역시 없었다. 그래서도 안 되는 일이었다.

그러니 지금 해준이 할 수 있는 일은 그저 기다리는 것밖에 없었다. 한 뼘의 틈이 다시 메워지기를. 설령 그 틈을 사죄와 용서로밖에 메울 수 없다고 해도 상관없었다. 예전처럼 돌아갈 수만 있다면. 그래서 예진의 환하게 웃는 얼굴을 볼 수만 있다면.

이내 해준의 차가 예진의 오피스텔 앞으로 유유히 들어섰다. 그는 익숙하게 차를 주차했고, 예진에게 전화를 걸었다. 준비를 마치고 기다리고 있었던 듯, 얼마 지나지 않아 예진이 걸어 나오는 것이 보였다.

그녀는 여전히 건조한 낯을 하고 있었으나, 해준은 예진이 제게 오고 있다는 사실만으로도 감사했다.

○ ◎ ●

해준이 예진을 데리고 간 곳은, 전에도 함께 온 적이 있는 레스토랑이었다.

"자."

해준은 고기를 먹기 좋게 자르고는, 접시를 예진의 앞에 내려 주었다. 예진은 그것을 물끄러미 내려다보는가 싶더니, 피식거리며 입술을 달싹였다.

"전에 여기 같이 왔을 때, 그런 생각 했어요."

"어떤 생각?"

"이런 아무것도 아닌 것들에서조차 이사님이랑 저의 격차가 보인다고."

이런 값비싼 음식을 아무렇게나 시키고, 또 그것이 당연한 사람. 말 그대로 아주 사소한 부분이었으나, 본디 가장 적나라한 차이는 이런 사소한 것에서 오는 법이었다. 그렇게 생각했었다.

"바보 같은 소리."

해준이 말도 안 되는 소리라는 듯 고개를 저으며 말했다.

"하지만 그런 생각을 하게끔 만든 게 이사님이셨는걸요. 기억 안 나세요? 제가 살던 동네에서 처음 마주쳤을 때…… 저한테 뭐라고 하셨었는지."

아무것도 아닌 계집애가, 가진 것 하나 없는 주제에 자존심 차리는 것이 우습다고 했다. 어차피 똑같은 것들인데, 혼자서 고고한 척 우아 떠는 게 같잖다고도 했다. 예진은 해준이 한 말을 전부 기억하고 있었다. 해준 역시 마찬가지

394

이리라.

"그냥 재밌다는 생각이 들어서요. 그런 때가 있었는데, 싶어서."

"……실언이었어. 지금은 전혀 그렇게 생각하지 않아. 진심이야."

그 생각이 여태껏 변하지 않았다면, 그런 여자에게 곁에 있게 해 달라는 간청 따위는 하지 않았을 것이다. 그녀의 행동이나 말 하나하나에 온갖 신경을 쓰면서 마음을 좀먹히지도 않았겠지.

"그런가요."

예진이 덧없이 중얼거렸다. 그러고는 혼자 생각했다. 아니라고, 당신의 말이 맞았다고. 나는 여전히 가진 것 하나 없는 주제에 자존심을 차리고, 혼자서 고고한 척 우아를 떨면서, 나는 다르다는 것을 증명하고 싶어 한다고.

"드세요, 이사님. 식겠어요."

이내 예진이 어서 먹으라는 듯 말했고, 해준은 고개를 끄덕였다. 예진 역시 나이프와 포크를 들었고, 먹기 좋게 썰린 고깃덩이를 입 안에 욱여넣었다. 마치 모래알을 씹는 것만 같은 기분이 들었으나, 예진은 전혀 내색하지 않았다. 지난 며칠간, 제 마음을 꽁꽁 숨겨 온 것처럼.

○ ◎ ●

해준은 예진을 데리고 오피스텔로 돌아왔다. 조금 걷고 싶어요. 속이 불편한 것 같아서. 예진의 그 말에, 해준은 그녀와 함께 오피스텔 근처에 있는 공원으로 향했다.

늦은 밤의 공원에는 사람의 그림자조차 찾아볼 수가 없었다. 곳곳에 켜진 가로등만이 외롭게 자리를 지키고 있을 뿐이었다. 그렇게 고요하고, 적막한 공원을 해준은 예진과 함께 걸었다.

그리고 아무런 말도 없던 예진이 침묵을 깬 것은, 짧지 않은 시간이 흐른 뒤의 일이었다.

"이사님."

해준과 나란히 걸음을 맞춰 걷던 예진은 가로등 앞에 멈춰 서곤 해준을 가만히 올려다보았다.

"응. 말해."

"아직도 생각이 변하지 않으셨어요?"

예진이 물었다.

"그때, 바닷가에서 저한테 하신 말들 말이에요."

"……."

"아직도 저랑 같이 있고 싶으세요?"

예진의 물음이 끝나기 무섭게, 해준이 낮게 내려앉은 음성으로 빠르게 대답했다.

"지금도 그렇고, 앞으로도 그럴 거야. 무슨 일이 있어도 변하지 않을 거라고 장담하지."

대답을 들은 예진은 잠시 아무런 반응도 보이지 않았다. 그 간극이 낯설어 해준은 작게 멈칫거렸지만, 예진은 이내 입술을 달싹이며 대답했다.

"저한테는 정말 다행이에요. 지금도 그렇게 생각해 주셔서."

해준은 그런 예진을 말없이 바라보다가 천천히 손을 뻗었다. 그러고는 그녀를 조심스럽게 품에 안았다.

"네가 지금 많이 힘든 것 알아."

그러나 해준은 알지 못했다. 제 어깨에 턱을 괴고 있는 예진의 얼굴에서는, 예전과 같은 온기 따위는 전혀 찾아볼 수 없다는 사실을.

"모르지 않아. 다 알고 있어."

……아니, 당신은 하나도 몰라. 내 마음이 어떻게 무너졌는지 모르고, 또 그게 어떻게 날 망가트렸는지도 모르지. 그걸 조금이라도 알았다면, 내게 그랬을리 없으니까.

"네 눈에 비친 나는 처음 만났을 때처럼 여전히 이기적이겠지. 날 원망해도 상관없고, 욕해도 상관없어. 내 곁에만 있어 주면 돼."

"……."

"나는 늘 네가 필요해. 네가 없으면 난…… 분명 무너져 내릴 테니까. 예전 처럼."

오래전이었다면, 이 모든 사실을 알기 전이었다면 저는 그렇게 대답했을지 도 몰랐다. 그런 걱정 같은 것은 하지 말라고. 나는 언제나 당신의 곁을 지킬 것이라고. 그러기로 약속하지 않았느냐면서.

예진의 얼굴이 아프게 일그러졌다. 수없이 많은 감정들이 제 마음을 잡아 뜯 고 있는 것만 같은 기분이었다. 이제는 더 이상 해질 곳조차 남지 않은 마음인 데.

해준이 미웠다. 이런 기분을 느끼게 만드는 게 미웠고, 이런 상황을 만든 게 미웠다. 그렇게 모조리 다 밉기 짝이 없어서, 예진은 차라리 두 눈을 질끈 감았 다.

얼마 지나지 않아, 예진은 천천히 해준의 품에서 제 몸을 떼어 내었다. 그러 고는 가만히 그를 마주 보면서, 홀로 생각했다.

……당신의 얼굴을 마주하는 것도 지금이 마지막이겠지.

"……."

그녀의 마음을 알 리 없는 해준은, 커다란 손으로 예진의 뺨을 애달프게 매 만질 뿐이었다.

"내일은 집으로 바로 갈게."

해준이 예진을 내려다보며 말했다.

"주말이니까 하루 종일 같이 있는 것도 좋겠지."

요 며칠 내내, 예진은 본인의 공간에 해준이 들어오는 것을 허락하지 않았 다. 대놓고 말한 것은 아니었으나, 이상하게도 그런 기분이 들었다.

가능하다면, 예진이 허락한다면…… 그 공간에 함께 있고 싶었다. 예진의 향기가 나고, 예진의 흔적을 느낄 수 있는. 그래서 온통 예진으로 가득한 그 좁 은 집에 같이 있다 보면, 이런 불투명한 불안이 사라질 수 있을 것도 같았다.

"……네."

그리고 예진이 고개를 끄덕이며 대답했다.

"그렇게 해요."

그것이 끝이었다. 예진은 그 대답을 마지막으로, 입을 다물었다. 그러고는 아스라한 가로등 불빛에 드러난 해준의 얼굴을 말없이 바라보았다. 아주 긴 시간 동안. 그렇게 한참 동안이나.

12

해준은 이른 아침 일어났다.

일어나 김연희의 아침을 챙겼고, 그녀가 낮잠에 들 때까지 곁을 지켰다. 그리고 바로 나갈 준비를 했다.

"그런데 예진 씨는…… 이제 안 오는 건가 봐요, 도련님."

준비를 마치고 거실로 나가자 파출부 아주머니가 말을 붙여 왔다. 그녀는 요 며칠 예진에게 정이 들었는지, 무척이나 아쉬운 낯을 하고 있었다.

"모르긴 몰라도, 사모님이 많이 의지하신 것 같았는데……."

"……."

"정말 이제 안 오는 거예요?"

"아니요, 다시 올 겁니다."

해준은 잠시 멈칫거렸다가, 고개를 저으며 대답했다.

"당분간 일이 생겨서 쉬는 것뿐입니다. 그러니 너무 마음 쓰지 마세요."

"어머, 정말요?"

말을 마치기 무섭게, 아주머니의 얼굴에는 화색이 돌았다. 마치 예진이 오늘 당장 저택으로 돌아올 것이라는 대답이라도 들은 사람처럼.

해준은 그런 아주머니를 엷게 웃는 낯으로 바라보다가 천천히 말을 이었다.

"네. 그리고…… 혹시 앞으로도 이모님이 방문하시면, 제게 바로 말씀해 주세요. 윤 비서한테 말고."

경호원들에게도 귀띔을 해 놓기는 하였으나, 연정이 막무가내로 저택에 발을 디디려고 한다면 막을 방도가 없었다. 저번에 예진이 있을 때 그랬던 것처럼.

"네, 그렇게 할게요."

아주머니는 조금 의아한 표정을 지었으나 금세 표정을 갈무리하곤 알겠다는 듯 해준을 바라보았다. 그러고는 부엌을 돌아보며 말했다.

"아침이라도 드시고 나가세요, 도련님."

고개를 돌리자, 테이블 위에 차려진 음식들이 보였다.

"오늘 생일이시잖아요. 제가 미역국도 끓였는데."

해준은 잠시 말없이, 김이 모락모락 피어나고 있는 미역국을 바라보았다.

"물론 사모님이 끓여 주시는 거랑은 조금 다르겠지만, 그래도……."

아주머니가 작게 머뭇거렸다. 혹시라도 해준의 기분이 상하지는 않을까 염려한 것 같았다.

"괜찮습니다. 약속이 있어서요."

"아……."

"고맙습니다. 다녀와서 꼭 먹겠습니다."

해준의 대답을 들은 아주머니의 두 눈이 실쩍 커다래졌다. 오랜 시간 동안 이 저택에서 일해 왔으나, 그 오만하기 짝이 없는 도련님이 이런 식으로 인사를 전한 것은 처음 있는 일이었으므로.

"그럼."

말을 마친 해준은 천천히 구두를 꿰신었다. 그러고는 저택을 빠져나가기 시작했다.

○ ◎ ●

오늘따라 날씨가 무척이나 추운 듯싶었다. 게다가 어젯밤부터 내리기 시작한 눈은 아직도 멈출 생각이 없는 것 같았다. 해준은 거리마다 한가득 쌓인 눈을 보며 덧없이 피식거렸다.

"겨울도 다 끝나 간다더니……."

핸들을 잡고 있던 해준이 혼자 중얼거렸다. 문득 예진이 제게 했던 말이 떠올라서였다.

'곧 봄이 오잖아요. 그땐 사람들이 또 벚꽃을 보러 모여들겠죠.'

'그럼 그때도 와.'

아직 그녀가 말한 꽃이 피기까지는 시간이 조금 더 걸릴 듯했다. 하지만 괜찮았다. 함께할 수만 있다면, 계절이 어떻든 해준은 딱히 신경을 쓰지 않았으므로.

"……."

그렇게 해준은 그날 예진이 했던 말들을 떠올렸다가, 어제 그녀가 한 말 역시 곱씹어 보았다.

왜 갑자기 그런 얘기를 했던 것일까. 품 안의 예진은 여느 때처럼 따뜻했고, 제 시선 역시 피하지 않았으나 근원을 알 수 없는 불안은 여전히 사라지지 않은 채였다.

아니야. 기분 탓일 거야.

해준은 스스로를 위안이라도 하듯, 속으로 혼잣말을 되뇌며 고개를 저었다. 그러고는 힘주어 액셀을 밟았다.

얼마 지나지 않아, 예진의 오피스텔이 보였다. 주차를 마친 해준은 천천히 차에서 내려, 엘리베이터에 올랐다.

"……."

정중앙에 선 해준은 하나씩 올라가는 층수를 조용히 쳐다보았다. 무얼 하고 있을까. 끼니를 챙기긴 했을까. 그에게는 오늘이 제 생일이라는 설렘보다는, 예진의 일상에 대한 궁금증이 더 컸다.

이내 엘리베이터가 도착했다는 소리가 들려왔다.

그런데 무언가, 평소와는 다른 이질감이 느껴졌다. 이유조차 알 수 없는 이질감이었다. 해준은 미세하게 굳은 낯을 한 채로 복도를 걸었다. 그러고는 예진의 집 앞에 멈춰 서 초인종을 눌렀다.

땡동, 하는 높은 소리가 복도에 울려 퍼졌다. 하지만 돌아오는 반응이나 인기척 따위는 없었다.

"……한예진."

해준은 예진의 이름을 불러 보았다가, 노크를 했다가, 다시 벨을 눌렀다. 그러나 여전히 아무런 반응도 없었다.

"……."

현관 앞에 선 해준의 얼굴은 딱딱하게 굳었다. 아니야. 설마. 해준은 부질없는 혼잣말을 속으로 늘어놓다가 문고리를 잡았다.

처음부터 잠겨 있지도 않았던 것인지, 문고리는 아무런 저항도 없이 돌아갔다. 문이 열리기 직전, 그 몇 초의 시간이 영원처럼 느껴졌고…….

이내 고요한 적막이 내려앉은 오피스텔이 해준을 반겼다.

해준은 멍한 낯으로 방을 바라보았다가, 그 안으로 천천히 들어섰다. 겉으로 보기에는 크게 변한 것이 없는 듯하였으나, 실상은 많은 것이 달라져 있었다. 서랍장 따위는 이미 텅 비어 있었고, 집에서는 온기 한 점조차 느낄 수 없었다.

문득 해준의 시선이 예진의 책상으로 가닿았다. 책상 위에는 낯익은 물건이 놓여 있었다. 그 언젠가, 제가 예진에게 주었던 참고서들이었다.

해준은 그것을 말없이 응시하다가 품 안에서 핸드폰을 꺼내 들었다. 이내 신호음이 그의 귓가를 파고들었고, 익숙한 목소리가 핸드폰 너머에서 들려왔다.

"……한예진."

너, 어디야. 질문을 던지는 해준의 목소리는 한없이 메말라, 볼품없이 갈라졌다.

"설명해. 지금 이게 어떻게 된 일인지."

— 그런 걸 굳이 설명해야 할 필요까지 있던 사이였나요? 우리가.

"……뭐?"

— 다시 처음으로 돌아간 것뿐이에요.

아는 음성이었다. 그런데도 불구하고, 마치 완전히 모르는 타인과 대화를 나누는 것만 같은 기분이 들었다. 그렇지 않고서야 이럴 수는 없는 일이었으므로.

— 이사님 말씀이 맞았어요. 전 결국 내기에서 진 거예요. 우리가 처음 했던 그 내기.

하지만 예진은 그런 해준의 마음 따위는 전혀 상관없는 것인지, 건조한 목소리로 계속해서 말을 이었다.

— 그날부터 다시 시작하는 거라고 하셨죠. 비참하지도, 불쌍하지도 않은 한예진으로 돌아가는 거라고.

'그러니까 오늘부터 넌, 그때의 한예진으로 돌아가는 거야. 내가 같이 걸어 줄게. 지금처럼, 네 손을 잡고서.'

— 하지만 전제 조건부터가 틀렸어요. 이사님이 함께 있는 한, 아니, 이사님이라는 존재가 자꾸만 저를 그렇게 만들어요. 불쌍하고, 비참하게. 매번.

"그게 무슨 소리야……!"

— 그래서 이제는 그만두고 싶어졌어요. 지속해야 할 마음도, 흥미도, 관심도 사라졌으니까.

"……."

— 처음에는 그냥 그렇게 생각했어요. 어쨌든 내게 많은 걸 해 줬으니, 그걸로 됐다고. 하지만 더 이상은 이사님한테 바랄 수 있는 게 없어요. 상황을 아시잖아요?

이어지는 예진의 말을 귀에 담는 해준의 얼굴은 무참하게 일그러져 있었다.

— 그리고 이 모든 걸 감수해 가면서까지 이사님의 곁에 있어야 할 이유도 없어요. 애초에 처음부터, 그런 마음이지도 않았으니까.

"……."

— 전 이사님한테 진심이었던 적 없어요. 단 한 번도.

말도 안 돼. 거짓말이었다. 아니면 지독한 악몽이라거나. 저를 바라보며 웃어 주던 예진의 얼굴과, 그녀의 다정한 눈빛이 번갈아 가며 눈앞을 스쳐 지나갔다.

— 같이 손을 잡고 걷자고 하셨나요? 하지만 이사님, 이사님은 저한테 재앙 같은 존재예요.

그러나 그것은 해준만의 생각이라는 걸 증명이라도 하듯, 예진의 목소리는 단호하기 짝이 없었다.

— 전 결국 이사님 때문에 많은 걸 잃었어요. 알고 계시잖아요?

"……한예진."

— 그러니까 이사님이 고통스러웠으면 좋겠어요. 무척이나.

"한예진!"

— 이게 우리 내기의 끝이에요.

그러니까 이제, 서로의 인생에 나타나지 않기로 해요. 예진의 목소리가 해준의 귓전을 날카롭게 파고들었다.

— 영원히 보지 말아요.

그것이 마지막이었다. 해준이 어떠한 대답을 내놓기도 전에, 통화는 매정히 끊겨 버렸다. 다시 전화를 걸어 보았으나, 예진은 받지 않았다.

"……."

해준의 손에 들려 있던 핸드폰이 탁, 하는 소리를 내며 바닥을 뒹굴었다. 그는 그렇게 멍한 낯으로, 텅 빈 오피스텔에 혼자 우두커니 서 있었다. 아주 긴 시간 동안, 한참이나.

○ ◎ ●

"제대로 들은 소식이 맞아요?"

경호원을 응시하는 연정의 얼굴에는 선명한 미심쩍음이 묻어나고 있었다.

"예. 몇 번이나 확인했습니다. 아침에 공항으로 갔답니다."

이런 상황에서 갑자기 혼자 훌쩍 여행이라도 떠나는 것은 아닐 테다. 그럼 왜.

'하지만 예진 씨가 할 수 있는 일이 뭐가 있겠어요?'

문득 며칠 전 예진과 나누었던 대화가 스쳐 지나갔다. 제 말을 듣고 미친 사람처럼 헛웃음을 터트리던 그녀의 모습도.

그럼 혹시…… 이대로…….

연정이 그런 생각을 하던 찰나였다. 메시지가 도착했다는 소리가 들려온 것은.

[조카분의 인생에서 영원히 사라져 드릴 테니, 안심하세요.]

발신인은 그 여자였다. 한예진.

[대신 제 인생에서도 영원히 사라져 주시길 바랍니다. 조카분도, 아주머니도. 원하는 건 뭐든 들어주겠다고 하셨으니, 이 정도는 할 수 있으시겠죠. 괜히 찝찝한 걸 싫어하는 건 저 역시 마찬가지라서.]

연정은 저도 모르게 실소를 터트렸다. 아주머니라는 단어도, 괜히 찝찝한 것은 싫어한다는 제 말을 따라 하는 것도, 또 저 메시지에 담긴 모든 문장들이 어이가 없어서.

"제대로 배우지도 못한 천박한 여자 같으니……."

연정은 혼잣말로 욕설을 중얼거렸지만, 어쨌거나 그녀가 바라던 대로 되기는 했다. 저는 손해 본 것이 하나도 없었고, 그 구질구질한 여자는 알아서 떨어져 나갔으므로.

이내 연정은 핸드폰을 탁상 위에 내려놓았다. 그러고는 만족스럽다는 표정을 지은 채, 고요히 혼자 웃었다.

○ ◎ ●

공항은 북적였다.

“…….”

혼자 의자에 앉아 있던 예진은 끊임없이 울어 대는 핸드폰을 말없이 내려다 보았다. 이미 걸려 온 부재중 전화만 해도 수십 통이 넘었다. 발신인은 전부 한 사람이었다. 박해준.

예진은 핸드폰 전원을 아무렇게나 꺼 버렸다. 그렇게 핸드폰은 잠잠해졌으 나, 예진의 시선은 여전히 그대로였다.

한예진! 핸드폰 너머로 들려오던, 분노에 찬 해준의 목소리가 여전히 귓가에 서 울리고 있는 것만 같았다.

당신은 무슨 표정을 짓고서 내 이야기들을 들었을까. 해준의 얼굴까지는 알 수 없었으나, 예진은 어렵지 않게 상상할 수 있었다. 그 텅 빈 오피스텔에 혼자 우두커니 서 있는 해준의 모습을.

왜 나를 속여 왔냐는 말도, 모든 것을 알고 있다는 얘기도 하고 싶지 않았다. 그런 걸 묻는다고 한들, 변하는 건 아무것도 없을 것이었다. 그리고 만에 하나 해준이 그 일들이 진실이 아니라고 하여도, 그것을 믿을 생각도 없었다.

예진이 바란 것은 하나뿐이었다. 해준이 상처받는 것. 그가 제게 상처를 주 었듯이. 그래서 계속해서 오늘을 기다렸다. 해준이 조금이라도 더 무너지기를 바라서.

언젠가 그런 말을 들은 적이 있었다. 누군가를 가장 효과적으로 무너트리고, 또 깊게 상처 입히는 방법은 그에게 칼을 휘두르거나 험한 말을 하는 것 따위 가 아니라고. 그저 그 사람의 인생에 있어 어떤 것으로도 대체할 수 없는 유일 한 존재가 되었다가, 영원히 사라져 버리는 것이라고. 붙잡을 틈조차 없이.

그래서 예진은 그렇게 했다.

……하지만 당신에게 있어서 내 존재가 그 정도는 아니었겠지. 자조에 가득 찬, 힘없는 웃음이 터져 나왔다. 내가 그런 존재였다면, 이런 식으로 나를 상처 입히지도 않았겠지.

참 우스운 일이었다. 그렇게 해준이 상처 입기를 바랐으면서, 그에게 있어 저의 존재 가치가 어느 정도인지에 대한 자신감도 없다니. 어이가 없었다.

그것이 못내 마음에 걸려, 예진은 그런 말을 했다. 최대한 그의 마음에 생채기를 남기고 싶어서.

'전 이사님한테 진심이었던 적 없어요. 단 한 번도.'

해준이 그 말을 어떻게 받아들였을지는 알 수 없었으나, 예진은 잘 알고 있었다. 제가 내뱉은 그 말은 거짓이라는 사실을.

본인이 해준에게 그 정도의 배신감을 느꼈던 것은 그만큼 그를 믿고 의지하고, 또 마음에 담았기 때문이었다. 그렇지 않았다면, 처음 만났던 그날의 관계에 그대로 머물러 있었다면 상처를 받지도 않았을 것이었다.

"……아냐. 이제 됐어."

더 이상 생각하고 싶지 않아. 예진은 혼잣말을 작게 중얼거렸다. 이제 와서 무슨 소용이란 말인가. 이미 다 지나가 버린 일인 것을. 그리고 예진은 그 모든 것들을 잊을 생각이었다.

먼 곳으로 가고 싶었다. 한국이 아닌 어딘가로. 그래서 해준이 쫓아올 수도, 저를 찾아낼 수도 없기를 바랐다. 그렇게 철저히 떠나, 생각을 정리하고 마음을 정돈하고 싶었다. 아주 긴 휴식을 취하면서. 지금 그녀가 하고 싶은 일은 오직 그것뿐이었다.

"……."

고개를 든 예진은 저 멀리 보이는 안내 화면을 통해 시간을 확인했다. 이제 가야 할 때였다. 그녀는 천천히 자리에서 일어나, 걸음을 옮기기 시작했다.

"앗……."

하지만 얼마 걷지 않아, 예진은 작게 비틀거렸다. 맞은편에서 걸어오던 누군가가, 제 어깨에 부딪쳤기 때문이었다. 낡은 캐리어를 놓친 예진이 작게 신음을 내뱉었다.

"아, 잠시만요."

예진의 어깨를 친 것은 젊은 남자였다. 그는 짤막한 사과를 내뱉곤, 바닥을 뒹굴고 있는 예진의 캐리어를 주웠다. 그러고는 그녀에게 손잡이를 건네며 말했다.

"죄송합니다. 다치진 않으셨어요?"

"네, 괜찮아요. 감사합니다."

예진은 그에게는 시선조차 주지 않은 채 캐리어를 건네받았다. 그리고 다시 바쁘게 걸어가기 시작했다.

"……."

혼자 남겨진 도준은 점점 멀어져 가는 예진의 뒷모습을 물끄러미 바라보다가 저 역시 성큼성큼 걸어가기 시작했다.

……아주 춥고 추운, 겨울의 끝 무렵. 어느 날이었다. 누군가는 버림받았고, 누군가는 버렸고, 또 누군가는 차라리 도망치는 것을 선택한.

○ ◎ ●

"……그쪽에서도 최대한 차질 없이 진행하겠다는 확답을 했습니다. 그러니 당분간은 크게 걱정할 일이 없을 듯합니다."

"……."

"덧붙여 논외로 이번 사업과 관련된 몇 가지의 질의를 보내왔는데, 한 시간 전에 서면으로 답변을 한 상태입니다. 추가로 보고드릴 부분 생기면 바로 말씀 드리겠습니다."

"그렇게 하세요."

해준의 답변은 간결하기 짝이 없었다. 그것은 윤 비서에게 있어 무척이나 익숙한 일이었으나, 1년 진과 비교하면 또 애매한 차이가 있었다.

해준은 훨씬 더 건조해졌고, 훨씬 더 차가워졌다. 그전에는 그래도 화를 냈고, 이따금 분노를 퍼붓기도 했다. 하지만 눈앞의 해준은 이제 더 이상 감정 같은 것을 제대로 느끼지도 못하는 사람 같았다.

"김미향은 어떻게 됐습니까."

바로 지금, 그의 말투만 보아도 그런 변화가 여실히 보였다. 해준은 이제 김미향이나 박도준의 이야기를 꺼낼 때에도 전혀 동요하지 않았다. 꼭 로봇이라도 된 것처럼.

"아, 예. 그렇지 않아도 시간이 얼마 남지 않아 곤혹스러운 모양입니다. 심지어 기일을 정한 게 본인이니 말을 쉽게 바꿀 수도 없을 테고요."

원래대로였다면 박도준은 1년 전부터 박동호가 넘긴 계열사들을 운영하며 본인의 능력을 증명해야만 했다. 그리고 해준과 함께, 공석인 회장직을 놓고 싸워야 했다. 그것은 박동호가 남긴 유언이었고, 김미향 역시 동의했다. 해준 역시 마찬가지였다.

하지만 김미향은 말을 바꾸었다. 박도준의 건강에 중대한 문제가 생겼다는 게 그 이유였다. 그것을 빌미로 그녀는 1년이라는 유예 기간을 달라고 했다.

처음부터 그 말을 순순히 받아들인 건 아니었다. 하지만 해준은 잘 알고 있었다. 이런 식으로 시간을 끌수록 유리해지는 것은 제 쪽이라는 사실을. 그러니 박동호의 사람들이 아직 굳건히 남아 있는 이때, 괜히 그들의 반감을 살 이유는 없었다.

어쨌든 시간이 지날수록 그들은 불안해질 것이었고, 반대로 해준과 해준을 따르는 이들은 입지를 단단히 굳혀 갈 수 있을 것이었으므로.

"이사님도 아시겠지만, 발등에 불이 붙은 격이 아닙니까. 해서 국내는 물론이고, 해외로도 사람을 보내서 박도준을 계속 찾고 있는 것 같기는 한데……."

윤 비서는 말을 잇다 말고 멈칫거렸다. 이유는 단순했다. 김미향과 똑같이, 누군가를 그렇게 찾고 있는 이가 바로 눈앞의 남자이기 때문이었다.

윤 비서는 살짝 해준의 눈치를 보았다가, 작은 목소리로 다시 말을 이었다.

"어쨌든 이 역시, 새로운 소식이 들려오면 바로 보고드리겠습니다."

"알겠으니 나가 보세요."

해준의 시선은 여전히 손에 들린 문서에만 고정돼 있었다. 일을 하고 있는 해준의 얼굴에는 피곤함이 선명히 묻어나고 있었다. 어찌 보면 당연한 일이었다. 그는 자기 자신을 학대라도 하듯, 일에만 몰두하고 매달리는 게 생활이 되었으니까.

"이사님, 아무래도 조금 쉬시는 게 좋겠습니다."

윤 비서는 망설이다가, 아주 조심스럽게 해준에게 말했다.

"괜찮으시면 바로 기사를 대기시키겠습니다. 댁으로 가셔서 눈이라도 붙이고 오시는 게……."

"됐습니다."

"……."

"나가 보세요."

하지만 돌아온 것은 단호하기 짝이 없는 대답뿐이었다. 제가 아무리 설득을 한들, 결과가 바뀌지 않을 것이라는 사실을 윤 비서는 잘 알고 있었다. 그래서 그는 착잡한 낯을 한 채로 해준을 바라보다가 인사를 하고는 이사실을 벗어났다.

이내 해준 혼자 남겨진 이사실에는 무거운 적막만이 맴돌았다. 문서를 마저 확인한 해준은 천천히 고개를 들었다. 그러고는 책상 위에 올려놓았던 담배를 한 대 입에 물었다.

창가 앞에 선 해준의 입가에서 한숨과 한데 섞인 흰색 연기가 흘러나왔다. 담배는 얼마 지나지 않아 짤막하게 타들어 갔고, 해준은 그것을 꽁초가 잔뜩 쌓인 재떨이에 아무렇게나 비벼 껐다.

"……."

해준의 검은 눈동자에 어둠이 내려앉은 창밖의 풍경이 비쳤다. 아침까지도 지겹게 퍼부은 눈 때문에, 길거리는 온통 더럽기 짝이 없었다. 날은 무척이나 추웠고, 바람은 칼날처럼 거칠게 휘몰아쳤다.

꼭 그날 그랬던 것처럼.

'전 이사님한테 진심이었던 적 없어요. 단 한 번도.'

예진의 차갑기 짝이 없는 목소리가 선명하게 귓가에 들려오고 있었다. 예진이 그날 했던 말들은 해준의 머릿속에 각인돼 절대로 잊히지 않았고, 그렇게 해준은 여전히 그날에 발목이 묶인 채 멈춰 있었다.

하지만 예진의 행방을 알 수가 없었다. 영리한 한예진은 국내가 아닌 해외로 도망가는 것을 선택했다. 경험했으니, 이미 알고 있었던 거겠지. 내가 어떤 식으로 저를 다시 잡아낼 수 있을지. 해준의 눈동자가 싸늘하게 빛났다.

"빌어먹을 여자……."

살짝 벌어져 있던 해준의 입술 사이에서 욕설이 튀어나왔다.

반드시 찾아내고 싶었다. 어떤 수를 써서라도. 그리고 해준은 예진을 찾는 일의 진행이 더뎌도 낙담하지 않았다. 어쨌든 예진은 한국으로 돌아올 테니까. 귀국을 한다면, 예진을 찾아내는 것은 하나도 어려운 일이 아니었다.

'영원히 보지 말아요.'

예진의 그 말을, 해준은 들어줄 마음이 하나도 없었다. 다시 그녀의 인생에 사고처럼 끼어들 것이었다.

'이사님은 저한테 재앙 같은 존재예요.'

예진의 생각이 그러하다면, 그것을 현실로 만들어 주고 싶었다. 그래서 제가 무너진 것처럼 똑같이 무너지라고. 너도 한번, 지옥에서 살아 보라고 저주를 퍼부으면서.

해준의 입장에서 본다면 그것은 너무나 정당한 일이었다.

'아직도 저랑 같이 있고 싶으세요?'

'지금도 그렇고, 앞으로도 그럴 거야. 무슨 일이 있어도 변하지 않을 거라고 장담하지.'

'……저한테는 정말 다행이에요. 지금도 그렇게 생각해 주셔서.'

이제는 모르지 않았다. 예진의 대답에 숨겨져 있던 진짜 뜻을.

그런 말을 했던 건, 네 행동이 나를 얼마큼 다치게 할 수 있을지 알았기 때문이겠지. 그래서 기뻤던 거겠지.

차라리 예진이 어머니의 일을 이야기하며 저를 원망했다면, 이해했을 것이다. 언제까지고 용서를 구했을 것이다. 하지만 모든 것이 거짓이었다는 예진의 말 앞에서, 해준이 할 수 있는 일이라고는 아무것도 없었다.

"……."

입술을 짓씹던 해준은 담배를 하나 새로 꺼내 물었다. 그렇지 않아도 매캐하기 짝이 없던 이사실의 공기는 더더욱 혼탁해졌으나, 해준은 전혀 개의치 않았다. 그는 여전히 창가 앞에 서서, 혼자만의 생각에 잠겨 있었다. 일그러진 낯을 한 채로.

○ ◎ ●

여느 때와 같은 평화로운 아침이었다.

"······."

막 잠에서 깬 예진은 천천히 침대에서 일어났다. 그러고는 습관처럼 포트에 물을 올렸다. 얼마 지나지 않아 물이 끓는 소리가 들렸고, 예진은 정성껏 커피를 내렸다.

창가 앞에 자리한 예진은 가만히 앉아 따뜻한 커피를 홀짝이면서, 바깥 풍경을 바라보았다. 지금은 겨울이었으나, 한국의 겨울과 골웨이의 겨울은 무척이나 달랐다.

골웨이의 겨울은 한국에서 그러했듯 뼈가 시릴 정도로 춥지도 않았고, 예진에게 잔인한 기억만을 남겨 놓지도 않았으니까.

예진이 아일랜드로 온 것은 벌써 세 달 전의 일이었다.

한국을 떠나온 뒤, 예진은 이곳저곳을 부단히도 돌아다녔다. 정착지가 없는 걸음이었다. 비자 기한이 다가오면 다른 국가로 떠났고, 그것을 계속해서 반복해 왔다.

그러다 이곳으로 오게 된 이유는 딱 하나였다. 골웨이는 아일랜드의 항구 도시인데, 바닷가가 정말 예쁘다고 했다. 게다가 여행객도 많지 않고 한적해서, 아무 생각 없이 쉬기에 가장 좋다고.

스쳐 지나가듯 들은 것이었으나, 틀린 말은 아니었다. 골웨이의 바닷가는 언제나 아름다웠다. 이곳은 늘 고요하고 한적했고, 사람들은 여유로웠다. 예진은 그들에게 한데 섞인 채로 시간을 보냈다. 최대한, 아무것도 떠올리지 않기 위해 안간힘을 쓰면서.

하지만 그것은 노력으로 되는 일이 아니었다. 예진은 이따금 악몽을 꾸었고,

식은땀과 눈물을 함께 흘리며 겨우 잠에서 깨고는 했다.

'내기할래? 나랑 자고 난 다음에도 네가 끝까지 긍지를 지키면서 불쌍하기만 할지, 아니면 넉넉하고 풍요로워지는 대신 비참해지기까지 할지.'

'예진아, 미안하다……'

'이 빌어먹을 년, 감히 아비한테……!'

전부 예진이 잊고 싶었으나, 끝내 완전히 잊지는 못한 것들이었다.

저 꿈들은 잊을 만하면 하루가 멀다 하고 예진을 찾아와, 그녀의 발목을 지치지도 않고 붙잡고는 했다.

그러나 저런 것들 정도는 전부 견뎌 낼 수 있었다. 가장 힘들고, 마음을 갉아먹는 꿈은 따로 있었으므로.

'걸어 봐, 그때처럼.'

'내가 같이 걸어 줄게. 지금처럼. 네 손을 잡고서. 네가 다시 무너지지 않을 수 있도록.'

'넌 내 슬픔을 알잖아. 나 역시 마찬가지. 네 비참함을 알고, 네 불쌍함을 알아. 다르지 않으니까.'

'……네 인생에서 다시 비가 내릴 때, 네가 찾는 게 나였으면 좋겠어.'

그 꿈을 꾼 날이면, 예진은 다시 잠이 들 수조차 없었다. 그저 뜬눈으로 밤을 지새우면서, 조용히 제 감정을 꾹꾹 집어삼키고 삭일 뿐이었다.

그렇게 울음처럼 집어삼켜지는 감정들이 도대체 무엇인지, 예진은 확실히 알 수가 없었다. 아직도 선명하게 남은 원망인지, 자꾸만 피어오르는 분노인지, 아니면 저조차도 모르는 미련인지.

어쩌면 셋 모두일지 몰랐다. 어떤 날은 해준이 왜 그런 행동을 했는지 하나도 이해할 수 없었고, 어떤 날은 그가 죽이고 싶을 정도로 미웠다.

그리고 또 어떤 날은…….

'비가 온다고. 비가 와서 그런 거라고……'

'이사님……'

'난 늘 비가 와. 늘 비가…… 끊임없이……'

병원 앞 벽에 기댄 채, 무너지듯 주저앉아 있던 해준의 모습을 떠올렸다.

"멍청하긴."

커피를 홀짝이던 예진이 자조적으로 중얼거렸다. 말 그대로 멍청한 짓이었다. 그 지긋지긋한 일들에서 벗어나고 싶어 이곳까지 떠나와 놓고서.

그런 생각이 들 때마다, 예진은 합리화를 했다. 곧 한국으로 돌아갈 때가 되어서, 그래서 괜히 싱숭생숭해져 이러는 것이라고. 실은 한국을 떠나온 그날부터 지금까지, 하루도 빠짐없이 쭉 그래 왔다는 사실을 애써 모른 척하면서.

"……."

묵묵히 앉아 있던 예진의 얼굴 위로 어두운 그림자가 드리워졌다. 그녀는 말없이 창문 밖을 바라만 보다가, 천천히 자리에서 일어났다.

○ ◎ ●

발걸음이 가 닿는 장소는 늘 정해져 있었다. 숙소에서 그리 멀리 떨어지지 않은 바닷가.

"……."

예진은 커다란 돌 위를 성의 없이 털어 내고는 그 위에 조심스럽게 앉았다. 그러고는 언제나 그래 왔던 것처럼, 아무런 말 없이 조용히 저 앞을 바라보았다.

끊임없이, 그리고 잔잔히 몰아치는 파도를 물끄러미 응시하는 예진의 얼굴에서는 수많은 감정이 묻어나고 있었다.

……한국으로 돌아가면.

예전과 같은 삶을 살 수 있을까? 아니, 어떻게 살아가야 할까.

그런 생각을 하고 있던 무렵이었다.

"오늘도 여기 있네요."

갑작스럽게 들려온 목소리에 예진은 뒤를 돌아보았다. 그러자 엷은 미소를 짓고 있는 남자가 보였다.

"춥지도 않나 봐요."

이거라도 마셔요. 남자가 예진에게 따뜻한 차가 담긴 종이컵을 내밀며 말했다. 그는 그렇게 컵을 건네주는가 싶더니, 자연스럽게 예진의 옆자리에 앉았다.

"어제는 잘 잤어요?"

"뭐…… 네."

"거짓말. 잘 잔 사람 얼굴은 아닌 것 같은데."

예진은 대답 대신 피식거리고 웃었다. 그러고는 저를 응시하고 있는 남자를 마주 보았다.

남자를 만난 것은 두 달 전의 일이었다.

골웨이라고 여행객이 없는 것은 아니었으나, 다른 나라에 비해 한국인의 숫자는 많지 않았다. 남자는 이곳에 와서 만난 한국인은 예진이 처음이라고 했다.

1년 내내 해외를 돌아다니면서, 예진은 많은 사람들을 만났다. 하지만 그들과 깊이 교류하지는 않았다. 그러니 이런 식으로 예진의 일과를 꿰고 있는 것도, 또 아무렇지 않게 다가와 말을 거는 것도 눈앞의 남자가 유일했다.

'전 박준이에요. 박준.'

인사를 주고받고, 이름을 주고받은 뒤, 그는 예진에게 물었다.

'그런데 예진 씨는 왜 여기까지 온 거예요? 장기 여행도 나쁘진 않지만, 더 좋은 나라들도 있었을 텐데.'

'그냥 마음 편히 쉬고 싶어서요.'

그러는 준이 씨는요? 그 말에, 준은 그렇게 대답했다.

'나도 그래요. 내 세상은 너무 요란해서, 한적하고 고요한 곳에서 쉬고 싶었어요. 조금이라도.'

그는 예진과 미묘하게 닮은 구석이 있었다. 가령 예를 들어 보자면, 아일랜드로 오기 전 다른 나라들을 여행하고 왔다는 점이나, 아무런 생각도 하지 않고 쉬기 위해 이곳에 왔다는 점 같은 것들이었다.

상대에 대한 자세한 이야기를 물은 적도 없었고, 저에 대한 자세한 이야기를 한 적도 없었다. 그와 예진은 그저 서로의 풍경에만 이따금씩 머무르며 함께 시간을 보내기만 했다. 가깝지도, 멀지도 않은 친구 사이처럼.

그렇게 그는 성인이 된 뒤로는 친구 한 번 제대로 사귀어 보지 못한 예진에게 있어 익숙한 사람이 되었다. 하지만 예진은 가끔씩, 그를 바라볼 때마다 다른 사람을 떠올리고는 했다. 그는 예진이 그렇게도 잊고 싶어 하는 이와 미묘하게 닮아 있었으므로.

……물론 그것은 당연한 일이었으나, 예진이 그런 사실을 알 리 없었다.

"한국에는 이번 주에 돌아간다면서요."

"네."

"준비는 잘하고 있어요?"

그럼요. 예진이 고개를 끄덕이며 대답했다.

"준 씨는요? 다음 행선지는 정해졌어요?"

그는 매번 그렇게 이야기했다. 한국에는 최대한 돌아가고 싶지 않다고. 물론 평생을 떠돌며 살 수는 없으니 언젠가는 귀국을 해야겠지만, 그래도 조금이나마 시간을 끌고 싶다고. 예진은 그 이유를 묻지 않았다. 그 역시 제게 그렇게 해 줬으니까.

하지만 예진의 말에 그는 어딘가 모르게 허탈한 웃음을 지었다.

"아니요, 저도 곧 돌아가야 할 것 같아요. 예진 씨보다는 조금 더 늦어지겠지만."

이럴 줄 알았으면 차라리 같이 돌아갈 걸 그랬네요. 도준이 장난을 치듯 말했다.

"비자 때문에요? 하지만 저보다 더 늦게 오셨잖아요."

"비자……."

예진의 말에 도준은 작게 피식거렸다.

"네, 맞아요. 비자 때문에 그런 거. 몰랐는데, 제 비자는 유효 기간이 1년이었더라고요. 어딜 가든."

"……네?"

416

"그래서 그래요. 어쨌든 돌아가게 됐어요."

……며칠 전, 어머니에게서는 전화가 걸려 왔다. 번호를 그렇게나 바꾸었는데, 어떻게 알아낸 것인지 참 신기할 노릇이었다. 하지만 어찌 보면 당연한 일일지도 몰랐다. 그녀는 쉼 없이 수단과 방법을 가리지 않고 저를 찾고 있었을 테니까.

'1년. 꼭 1년이 지났어!'

그녀의 목소리에서는 선명한 노기가 느껴졌다. 도준은 아무런 대꾸조차 하지 않은 채 그녀의 다음 말을 기다렸다.

'지금껏 시간을 끈 걸로도 족해야지. 이번에야말로 정말 돌아오지 않으면…….'

넌 네 엄마 시체를 보게 될 줄 알아.

전화를 끊은 도준은 한참을 실없이 웃었다. 즐겁고 재미있어서 터트린 웃음이 아니었다. 그저 허무해 터져 나온 웃음이었다.

어머니의 말이 장난이나 거짓이 아니라는 사실은 누구보다도 도준이 제일 잘 알고 있었다. 그녀는 마지막 카드를 빼 들었다. 본인의 목숨이라는 아주 강력하면서도 유일한 카드. 그래서 지금까지와는 달리, 도준이 절대로 거부할 수 없는.

귀국을 앞두고 생각이 많아진 것은 비단 예진뿐만이 아니었다. 도준 역시 마찬가지였다. 저는 다시, 제가 바라지도 않는 그 싸움판에 내던져질 것이었다. 그리고 하염없이 뜯어먹히며 버텨야 할 것이었다. 저를 기다리고 있는 게 그런 삶이라는 사실을 빤히 알고 있으니, 기분이 좋을 리가 없었다.

"그렇군요."

예진은 언제나 그래 왔듯, 더 이상의 것을 제게 캐묻지 않았다. 도준은 그런 예진을 물끄러미 바라보다가 천천히 입술을 달싹였다.

"돌아가서는 뭘 할지 생각해 봤어요?"

도준의 물음에 예진은 작게 멈칫거렸다. 그가 이런 것을 묻는 건 처음이기 때문이었다. 그들의 대화는 늘 어렴풋이 변죽만을 울리는 식이었다. 이곳에 오기 전 한국에서 있었던 일이라든가, 한국으로 돌아간 뒤의 일 같은 것은 서로 얘기해 본 적이 없었다.

"미안해요. 내가 괜한 걸 물었나 봐요."

그 찰나의 침묵을 알아챈 도준이 신경 쓰지 말라는 듯 웃어 보이며 말했다.

"아니, 괜찮아요."

예진이 고개를 저으며 대답했다. 눈앞의 남자는 어차피 곧 헤어질 사람이었다. 그러니 이런 사소한 것 정도를 이야기한다고 한들, 크게 상관은 없을 것 같았다. 그저 조금 놀란 것뿐이지.

"아직은 잘 모르겠어요. 그냥 생각 중이에요. 무슨 일을 해야 할지."

예진이 작게 중얼거렸다.

"그럼 거처 같은 건요?"

"그것도 아직 정해진 게 없어요."

제 말에 도준은 약간 의아한 표정을 지었고, 예진은 어색하게 웃어 보이며 다시 말을 이었다.

"제가 가족이 없어서요."

"……."

"돌아갈 집도 없네요. 그래서 그래요."

도준은 잠시 아무런 말이 없었다. 역시 그렇겠지. 이런 말을 듣고 아무렇지 않게 대답을 할 수 있는 사람은 세상에 없을 것이었다. 괜한 말을 했다는 후회가 드는 순간, 도준이 천천히 입술을 달싹였다.

"저도 비슷해요."

"……네?"

"가족은 있지만, 돌아갈 집이 없거든요."

도준이 어깨를 으쓱이며 말했다.

"예진 씨랑 저는 다른 게 별로 없네요. 늘 미묘하게 비슷해서."

닮았다는 식으로 말해서 기분이 나쁜 건 아니죠? 도준의 장난에 예진은 그만 피식거리고 웃고 말았다. 도준 역시 그런 예진을 바라보며 작게 웃었다.

"그럼 보고 싶은 사람도 없어요?"

그러고는 다시 물었다.

"1년 만에 돌아가는 거잖아요. 타지 생활 오래 하면, 괜히 그리워지기도 하고 그렇더라고요. 전에 만났던 사람이라거나, 좋아했던 사람들이."

좋아했던 사람…….

도준의 말에, 예진은 복잡한 표정을 지었다.

"얼굴 보니까 없는 건 또 아닌 것 같은데. 맞죠?"

"없어요, 하나도."

하지만 예진은 아니라는 듯, 고개를 내저으며 대답했다.

"그리고 그런 건 다시 만들고 싶지도 않고요."

"왜요?"

도준이 진심으로 궁금하다는 듯 되물었다. 그 짤막한 물음에 예진은 말을 하는 법을 잊어버린 사람처럼 머뭇거리다가 입술을 달싹이며 갈라지는 목소리로 말했다.

"있었는데, 정말 악몽 같았거든요."

"……."

"제 인생을 너무 나락까지 몰고 갔거든요. 그래서 두 번 다시는, 그런 멍청한 짓 같은 건 하지 않을 거예요."

"그렇군요."

그리고 도준이 작은 음성으로 대답했다.

"이해해요. 그럴 수 있죠."

도준의 눈에 비친 예진은 아직도 그 상처에서 자유롭지 못한 사람 같았다. 어렴풋이 짐작할 수 있었다. 이 사람의 얼굴에 어두운 그림자가 지치지도 않고 매번 드리워지는 것은, 아마도 인생을 나락까지 몰고 갔다는 악몽 같았던 그 사람 때문일 것이라고.

"어쨌든 한국으로 돌아가고 나면 당분간 바쁘겠어요. 거처도 정해야 할 거고, 무슨 일을 할지도 알아봐야 하니까."

이내 도준이 화제를 돌리듯, 부러 아까보다 밝은 목소리로 예진에게 물었다.

"네. 아마도 그렇겠죠. 일단 취업 준비 먼저 하지 않을까 싶어요. 모아 둔 돈을 거의 다 썼거든요."

김연희를 간병하며 받았던 돈은 서서히 바닥을 드러내고 있었다. 그것은 한국을 떠나오기에는 충분한 금액이었으나, 남은 삶을 이어 가기에는 턱없이 모자란 금액이었다. 물론 연정에게 해준의 곁을 떠나는 대가를 요구했다면 상황이 달라졌겠지만, 예진은 본인의 선택을 후회해 본 적이 단 한 번도 없었다.

"······취업."

그렇구나. 도준은 혼자 중얼거리는가 싶더니, 예진을 바라보며 뜬금없는 말을 내뱉었다.

"내가 시켜 줄까요?"

예진은 저도 모르게 그게 무슨 소리냐는 듯한 표정을 지었고, 그녀의 얼굴을 본 도준은 너털웃음을 터트렸다.

"사람을 그렇게 대놓고 이상하게 보면 어떻게 해요."

"아니, 그게 아니라······."

"너무 사기꾼 같았어요?"

"뭐····· 너무까지는 아니고, 조금······."

예진의 맥 빠진 목소리에 도준은 또 한참을 웃어 댔다.

"그 정도쯤은 해 줄 수 있게 될 예정이라서요. 내가 바란 건 아니지만."

알아들을 수 없는 말을 하는 도준은 여전히 웃는 낯을 하고 있었으나, 그의 얼굴은 방금 전과는 미묘하게 다른 느낌이었다. 꼭 어딘가 모르게 자조가 섞인 것만 같았다.

"예진 씨만 싫지 않다면, 진심이에요."

"준 씨 말이 사실이라고 해도, 저는 그렇다 할 만한 이력이 없어서요."

"그건 저도 마찬가지라서."

예진과 저는 크게 보자면 그렇게 다른 입장은 못 되었다. 그렇다 할 만한 이력이 없는 것은 도준 역시 마찬가지였다. 문제는 그럼에도 불구하고 그 싸움판 한가운데로 내던져질 것이라는 사실이었지만.

우습게도, 그런 상황에서 눈앞의 여자가 지금처럼 같이 있어 준다면 마음의 짐을 조금 덜 수도 있을 것 같았다. 도준에게 있어 예진은 처음 사귄 친구이자 유일하게 편한 사람이었다.

이곳에서 지낸 몇 개월의 시간 동안, 도준은 태어나 처음으로 자유로움을 느꼈다. 일상이 재미있었고, 가끔은 내일이 기대되기도 했다. 도준으로 하여금 그런 시간을 보낼 수 있게 한 것은 예진의 덕이 컸다.

예진은 늘 제 이야기를 말없이 들어 주었고, 실없는 농담에도 웃어 주고는 했다. 이따금 생각해 보기도 했다. 제 정체를 알게 되어도, 제가 어머니와 함께 평생 어떤 시선을 받아 왔는지 알게 되어도 예진은 지금처럼 같은 눈동자로 저를 바라봐 줄지도 모르겠다고.

그늘이 있는 사람은 그늘이 있는 사람을 알아보는 법이었다. 예진에게는 평생 씻어 내지 못할 것만 같은 짙은 그늘이 드리워져 있었다. 도준 역시 다르지 않았다. 어쩌면 그 이유로 예진을 더 편하게 느끼고 있는 것일지도 몰랐다.

"지금은 내 말이 별로 신빙성이 없게 느껴질 것 같네요. 한국으로 돌아가면 다시 연락할게요. 그때 무시하지만 말고요."

도준은 여느 때와 똑같이 장난인 듯, 진심인 듯 애매한 느낌으로 웃으며 말했다. 예진 역시 늘 그래 왔던 것처럼 미소를 띤 채 고개를 끄덕여 주었다.

"시간이 벌써 이렇게 됐네요. 그만 돌아가 봐야겠어요."

예진이 천천히 자리에서 일어나며 말했다.

"아직 짐을 다 못 쌌거든요."

"그래요, 그럼."

그렇지 않아도 정리할 것이 많을 테다. 거기까지 생각이 미친 도준 역시 예진을 따라 몸을 일으켰다.

"출국하기 전에 꼭 연락해요."

그러고는 예진을 응시하며 말했다.

"배웅 정도는 해 줄 수 있거든요. 뭐, 나도 곧 따라 들어갈 테지만."

"알겠어요."

예진은 그러라는 듯 웃으며 대답했고, 이내 천천히 뒤돌아서 걸어가기 시작했다.

바닷가에 혼자 남겨진 도준은 그녀의 뒷모습을 가만히 바라보다가, 다시 바다를 향해 시선을 돌렸다. 그러고는 조용히, 무거운 한숨을 내뱉었다.

○ ◎ ●

오피스텔은 그대로였다.

"……."

활짝 열어젖혀진 현관 앞에 선 해준의 표정은 싸늘하게 식은 채였다.

불이 꺼진 오피스텔은 무척이나 어두웠다. 빛 한 점 찾아볼 수 없는 널찍한 현관은 꼭 괴물의 커다란 아가리 같았다. 너무나 깊고 어둡기 짝이 없어, 안이 하나도 들여다보이지 않는…….

굳은 듯 서 있던 해준은 천천히 발을 옮겼다. 신발조차 벗지 않은 채 오피스텔 안으로 들어서, 조용히 불을 켰다.

환한 불빛이 방을 밝혔다. 바뀐 것은 아무것도 없었다. 함께 누웠던 침대도, 술에 취해 잠이 들었던, 길게 누우면 다리가 삐죽 튀어나오던 소파도, 소태처럼 짜기만 한 식사를 했던 식탁도 전부 자리를 지키고 있었다.

……주인이 사라졌다는 사실만 제외한다면, 그러했다.

그럼에도 불구하고, 해준은 이따금 오피스텔을 찾아왔다. 그럴수록 예진이 떠났다는 사실만을 체감하게 될 뿐인데.

저를 배신한 예진이 미웠고, 싫었고, 원망스러웠다. 그녀의 행동을 조금이나마 이해해 보려고 애도 써 보았으나, 해준은 여전히 예진을 이해할 수 없었다. 남은 감정은 그저 분노뿐이었다.

하지만 알 수가 없는 일이었다. 왜 자꾸 이곳으로 돌아오게 되는 것인지. 제자리를 빙빙 돌면서, 꼬리를 쫓는 멍청한 개처럼.

'표정이 안 좋아요, 이사님.'

문득, 언젠가의 예진의 목소리가 귓전을 선명하게 스쳐 지나갔다.

'무슨 일 있는 거, 맞죠?'

해준은 계속해서 들려오는 그녀의 음성을 애써 무시했다. 그러고는 낮게 중얼거렸다.

"……난 네가 불행했으면 좋겠어."

'걱정되는데…….'

"또 반드시 그렇게 만들 거야. 네가 말했듯이, 재앙처럼."

해준이 엄포를 놓듯 말했다. 그렇게 삶을 송두리째 뒤흔들고, 종국에는 망가트려 놓을 것이라고. 무슨 수를 써서라도.

하지만 예진의 목소리는 멈추지 않았다.

'조금 쉬세요, 이사님. 너무 지쳐 보여서…….'

저를 따뜻하게 안아 주던 품이 보였고, 조심스럽게 등을 토닥이던 손길이 되살아나는 듯했다. 해준은 있는 힘껏 제 입술을 짓씹었다. 그러고는 한참 동안 움직이지 않았다.

시간이 얼마나 흘렀을까. 창밖에서 시린 겨울비가 퍼붓는 것이 보였다. 그리고 얼마 지나지 않아, 적막이 내려앉은 오피스텔에는 빗소리만이 가득 메워지기 시작했다.

'난 늘 비가 와…… 끊임없이…….'

그때 예진에게 했던 말은 여전히 현재진행형이었다. 해준은 지금도 혼자 그 시린 빗속에 있었다. 빗줄기는 여전히 지독할 정도로 세찼다.

13

아일랜드에서의 마지막 날, 예진은 도준과 함께 저녁을 먹었다. 도준은 평소처럼 예진을 대했다. 장난을 치기도 하고, 또 웃기도 하면서.

'어차피 다시 볼 테니까, 크게 아쉽지는 않아서요.'

도준의 그 말에, 예진은 그냥 웃고만 말았다. 하긴, 어쩌면 정말 그럴 수도 있는 일일지 몰랐다. 한국에 돌아간 뒤에도 한두 번 정도는 이렇게 만나서 대화를 나누고 함께 시간을 보낼지도. 그런 것도 크게 나쁘지는 않을 것 같았다. 예진은 도준처럼 친구도, 시답지 않은 대화를 나눌 만한 인간관계도 없었으므로.

떠나올 때는 모든 것을 다 버리고 온다고 생각했기 때문인지 마음이 가벼웠던 듯도 한데, 돌아갈 때는 그 반대였다. 그건 어쩌면 그렇게 떠나 놓고도 지난 일들을 완벽하게 잊지 못했기 때문일지도 몰랐다.

그래도 괜찮을 거야. 괜찮을 수 있을 거야. 예진은 고장 난 인형처럼 그 말만을 계속해서 되풀이하며…… 그렇게, 한국으로 돌아왔다.

○ ◎ ●

희끄무레한 담배 연기가 입김과 한데 섞인 채 허공을 부유하고 있었다.

"……."

이내 거칠게 불어온 칼바람이 담배 연기를 뭉그러트리고, 해준의 머리카락을 휩쓸었다. 담배를 피우던 해준은 흐트러진 머리카락을 아무렇게나 쓸어 올렸다.

'이사님……'

정말 가실 겁니까.

예진의 소식을 전하는 윤 비서의 얼굴에는 근심이 가득해 보였다.

'안 가시는 게…… 좋지 않을까요.'

그의 말에 섞인 걱정이 누구를 향한 것인지, 해준은 알 수가 없다고 생각했다. 기어이 그녀의 삶을 망가트리고 싶어 하는 제 마음을 알아서 예진을 걱정하는 것인지, 아니면 애증으로 마음을 불태울 저를 걱정하는 것인지. 어쩌면 둘 모두일지도 몰랐다.

하지만 그게 무슨 상관이 있단 말인가. 그런 것은 하나도 중요하지 않았다.

예진의 소식을 전해 들은 그 순간부터, 알 수 없는 감정들이 휘몰아쳤다. 그것들이 무엇인지 하나하나 구분할 수는 없었으나, 그래도 한 가지 사실만은 확실하게 알았다. 어떻게든 그 여자를 다시 보고, 망가트리고 싶다는 것.

오늘은 날이 무척이나 추웠다. 영하 10도를 웃도는 살인적인 날씨, 그리고 쉼 없이 몰아치는 칼바람. 마치 예진이 떠난 날 같았다. 다시 그날로 돌아온 것 같은 기시감마저 들었다.

하지만 해준은 지난 1년간의 시간을 또렷이 기억하고 있었다. 그의 마음이 기억했고, 몸이 기억했다. 얼마나 고통스러웠고, 또 얼마나 깊은 나락에 빠져 있었는지를.

난 절대로 너를 용서하지 않을 거야. 그리고 네 인생에서 사라지지도 않을 거야. 해준이 떼를 쓰듯 혼자 되뇌었다. 마치 어린아이처럼.

……그리고 얼마 지나지 않아 저 앞에서, 낯익은 인영이 나타났다.

"고장 났나……."

예진이 작게 중얼거리며 눈이 녹아 더러워진 진창 위에, 싸구려 캐리어를 세워 놓는 것이 보였다.

예진은 그대로였다. 바뀐 건 아무것도 없는 것 같았다. 목소리도 그대로였고, 얼굴도 그대로였다. 그렇게 모든 것이 그대로여서, 아무렇지 않게 지난 1년을 지내 온 사람 같았다. 그래서 해준은 저도 모르게 헛웃음을 지었다.

"근처에 택시 정류장이 있을 텐데……."

예진의 작은 중얼거림을 들으면서, 해준은 천천히 걸음을 떼었다. 그러고는 마른 입술을 달싹였다.

"오랜만이네."

등을 보이고 서 있던 예진이 몸을 움찔거렸다. 이내 그녀는 천천히 뒤돌아섰고, 해준을 마주 보았다.

"그래서…… 재미있었어?"

난 지난 1년간 지옥에 있었는데, 넌 아니었겠지. 해준이 말했다.

"그랬겠지. 갑자기 훌쩍 떠나서 사람 하나 병신 만들고, 아주 재밌었겠지."

"……."

"근데 또 지겨워졌나 봐. 이렇게 다시 돌아온 걸 보면."

"사람 병신 만든 건 그쪽이죠. 즐긴 것도 그쪽이고."

해준은 대답하지 않았다.

"어차피 아무 의미도 없잖아요? 불쌍하고 비참한 여자 하나 떨어져 나간 게 뭐 대수라고."

이사님 말씀이 맞았어요. 전 결국 내기에서 진 거예요. 우리가 처음 했던, 그 내기. 1년 전 예진이 전화로 했던 말이 문득 귓가를 스쳐 지나갔다.

글쎄. 잘 모르겠다는 생각이 들었다. 그렇게 예진이 떠나 불쌍하고 비참해진 것은 제 쪽이었다. 하지만 그런 것 따위를 인정하고 싶은 마음은 전혀 없었다. 제가 없는 곳에서 예진이 평범하고 행복하게 살았다는 사실은 받아들이고 싶지 않아서.

"잘 아네. 너 불쌍하고 비참한 거."

그래서 해준은 스스로에게 떼라도 쓰듯, 예진을 응시하며 말했다.

"그래서 더 병신 된 기분이었어. 불쌍하고 비참한 여자가 감히 내 뒤통수를 쳐서."

"자기 자신을 너무 과대평가하는 거 아니에요?"

하지만 예진은 실소를 터트리며 말했다.

"뒤통수칠 가치도 없는 사람이야, 당신 나한테."

그녀는 이제 해준 같은 것은 아무런 상관도 없는 존재라고 생각하는 사람 같았다. 그래서 조금의 죄책감도, 미련도 느끼지 못하는 사람 같았다.

그러나 해준은 아니었다. 그는 여전히 1년 전 겨울에 발목을 묶인 채 살아가고 있었으므로.

"여전해, 한예진. 여전히 보잘것없고, 불쌍하고, 또 비참하고, 거기다 멍청하기까지 하지. 결국 변하는 건 아무것도 없는데, 그걸 혼자만 몰라. 바보 같기 짝이 없어."

한예진은 여전해야만 했다. 그렇게 혼자, 아무 일도 없었던 것처럼 앞으로 나아가지 못해야 했다. 그래서 해준은 진실인지, 아니면 제 바람에 가까운 것인지 알 수 없는 말들을 내뱉었다.

"그래서 이제 어떡할래? 이렇게 들켰으니, 또 도망칠래?"

"저리 비켜요."

"뭐, 네가 어떻게 해도 난 상관없어."

예진은 입술을 꾹 짓씹고는 매몰차게 돌아섰다. 하지만 해준의 움직임이 조금 더 빨랐다. 그는 커다란 손으로 예진의 가녀린 어깨를 붙잡았다. 그러고는 차가운 낯으로 말했다.

"어디 한번 맘껏 해 봐. 또 말도 없이 도망치고, 사라지고 그렇게 네 맘대로 실컷 한 다음에, 두 눈으로 똑똑히 봐. 결국 네가 나를……."

"봐."

"……벗어날 수 있는지."

해준을 밀쳐 낸 예진이 뒤도 돌아보지 않고 걸음을 떼었다.

"멍청한 계집애."

이윽고 싸구려 캐리어가 둔탁한 소음을 내며 굴러가기 시작했고, 해준은 점점 멀어져 가는 예진의 뒷모습을 물끄러미 바라보다가 헛웃음을 터트렸다.

'너, 왜 나한테 이렇게까지 하니?'

'거슬려서.'

문득 오래전, 언젠가 나누었던 대화가 떠올랐기 때문이었다.

'구질구질한 년들 수두룩한데 대체 왜, 자존심 가지고 오기 부리며 사는 년들 한가득인데, 왜 하필 나한테 지랄인데?'

처음으로 되돌아갔다는 생각이 들었다. 그래서 웃음이 터져 나왔다. 즐거워서 짓는 웃음은 아니었다.

결국 그 내기는 아직도 끝나지 않은 걸지도 모르지. 네가 아무리 차갑게 굴어도. 그래서 우리는 더 이상 영원히 볼 일조차 없는 사이라고 말해도, 나는 네 인생에서 사라지지 않을 거야. 네게 전에 말했듯, 마치 재앙처럼.

해준은 그렇게 혼자 되뇌며 자리를 지키고 서 있었다. 예진의 모습이 완전히 사라지고 난 뒤에도, 한참 동안이나.

○ ◎ ●

예신은 서울 외곽 쪽에 급하게 집을 얻었다. 얼마 되지 않는 짐을 정리하고, 통장에 남은 잔고를 확인했다. 아무래도 제대로 된 취업을 하기 전에는 아르바이트를 해야 할 것 같아 일자리 역시 알아보았다. 그렇게 예진은 정신없는 일주일을 보내고 있었다.

"……휴."

방바닥에 쪼그리고 앉아 있던 예진이 지친 듯 한숨을 내쉬며 목 주변을 주물렀다. 며칠간 너무 무리를 한 것 같았다.

자리에서 일어난 예진은 짧게 기지개를 켜고는 좁은 침대에 앉았다. 그러고는 문득 방 안을 둘러보았다.

급하게 구한 집이기는 했으나, 그래도 구색은 다 갖추어져 있었다. 물론 방은 하나밖에 없었고, 평수도 좁았으나 자그마한 텔레비전이나 냉장고 따위들도 딸려 있었다.

전에 지냈던 오피스텔에 비하면 볼 것 없었으나, 평생을 살아온 반지하방 같은 것에는 비교할 수도 없었다.

"……."

조용히 앉아 있던 예진의 얼굴이 조금 멍해졌다. 문득 떠오른 그 오피스텔 때문이었다.

……그날 이후, 해준과는 다시 마주치지 않았다. 그는 본인이 한 말과는 다르게 아주 조용했다. 하지만 모를 일이었다. 해준은 예전에도 천천히, 하지만 확실하게 그녀의 숨통을 조여 왔으니까.

그럼 이번에도 그때처럼 나를 방해할까. 도대체 무얼 위해서.

'잘 아네. 너 불쌍하고 비참한 거. 그래서 더 병신 된 기분이었어. 불쌍하고 비참한 여자가 감히 내 뒤통수를 쳐서.'

그래, 결국 그 정도인 것이다. 상처를 주고 싶었으나, 그의 마음에 자그마한 생채기조차 남기지 못했다. 그저 그뿐이었겠지. 가지고 놀던 여자가 사라져서, 기분이 더러운 정도.

해준이 한 말을 떠올리던 예진이 입술을 짓씹었다. 더 이상은 아무것도 생각하고 싶지 않았다. 박해준에 대해서는 더더욱.

손을 뻗은 예진은 침대 구석에 올라가 있는 리모컨을 쥐었다. 그러고는 텔레비전 전원을 켰다. 조금이라도 정신을 다른 곳에 쏟고 싶어서. 그러다 보면, 그에 대한 생각을 떨쳐 버릴 수도 있지 않을까 싶어서.

……그런데, 전혀 생각지 못한 상황이 브라운관에서 펼쳐지고 있었다.

― 건강상의 문제로 물러나 있던 박동호 전 회장의 혼외자, 박도준 씨가 1년 만에 계열사 운영에 대한 의지를 표명했는데요.

─ 네, 그래서 SL그룹의 경영권 싸움이 다시 발발할 것으로 예측됩니다.

텔레비전을 바라보는 예진의 눈동자에는 당혹감이 가득 들어차 있었다. 그것은 비단 출연진들이 주고받는 말들 때문만은 아니었다.

상단에 고정된 두 남자의 사진 때문이었다.

해준과…… 예진이 아주 잘 알고 있는 사람.

─ 사실 박도준 씨 측에서 의외로 시간을 많이 끌었지 않습니까? 건강에 이상이 있었다고는 하지만, 그래도 1년의 공백이…….

번갈아 가며 내뱉어지는 목소리와 그의 음성이 겹쳐 들렸다.

'저도 비슷해요. 가족은 있지만, 돌아갈 집이 없거든요.'

"말도 안 돼……."

예진이 그렇게 덧없이 혼자 중얼거리던 찰나였다.

전화가 걸려 온 핸드폰이 요란스러운 벨 소리를 울려 댔다. 놀란 예진은 핸드폰을 바라보았으나, 액정에 뜬 발신인의 번호는 그녀가 처음 보는 것이었다.

예진은 잠시 망설이다가 조심스럽게 전화를 받았다.

─ 여보세요.

"……."

─ 예진 씨?

그러자 익숙한 음성이 들렸다.

─ 저예요. 박준. 아니, 박도준.

○ ◎ ●

도준이 예진을 불러낸 곳은 호텔 라운지 바였다.

"많이 놀랐어요?"

그 말을 하는 도준은 아일랜드에서 보았던 것과 똑같은 얼굴을 하고 있었다. 그러니까, 여상한 표정. 전혀 아무렇지도 않은.

혹시 내가 아직도 그곳에 있는 건 아닐까. 한국으로 돌아온 건 실은 꿈이었고. 그런 착각을 하게 만들 만큼의 분위기였다.

"예진 씨는 나보다 먼저 한국에 돌아왔을 텐데…… 어차피 이 난리를 다 보지 않았을까 싶었어요. 우선 너무 늦게 말하게 돼서 미안해요. 그때는 어떻게든 숨기고 싶었거든요."

대답으로 할 만한 적당한 말이 떠오르질 않았다. 그래서 예진은 멍한 낯으로 도준을 바라보기만 했다.

……그래서였구나. 이 사람을 볼 때마다, 이사님이 떠올랐던 건.

그러고 보면 두 사람은 미묘하게 닮은 것도 같았다. 어찌 보면 당연한 일이었다. 아버지가 같으니까. 하지만 이런 일이 일어날 것이라고는 전혀 생각조차 하지 못했다. 하필이면 그곳에서 사귄 첫 친구가 박도준이었다니.

"화났어요?"

돌아오는 대답이 없자, 도준이 살짝 예진의 눈치를 보며 물었다. 어쨌든 함께 지냈던 시간 동안 제가 누구인지 숨기고 있었던 것이니 화가 났다고 해도 이해가 갈 만한 일이었다.

"아니에요. 괜찮아요."

이내 예진이 고개를 저으며 중얼거렸다. 하지만 우스운 일이었다. 괜찮다는 말을 하면서도, 자꾸만 해준이 떠올랐다. 박동호 때문에 괴로워하던 그의 얼굴이. 그리고 뻔뻔스럽게 제게 말을 붙이던 김미향 역시 기억났다.

당신이었구나, 김미향의 아들이. 이사님이 평생을 저주하고, 박동호가 죽기 전까지 어떻게든 챙겨 주려고 했던 자식이. 그 혼외자가…….

"한국으로 돌아가면 다시 만날 수 있을 거라는 거, 거짓말 아니었어요."

도준이 예진을 바라보며 말했다.

"일자리는 구했어요?"

"구하고 있는 중이에요. 일단 그때까지는 아르바이트를 할까 하고요."

"잘됐네요. 내가 한국으로 돌아오기도 전에 취업했으면 어쩌나 싶었는데."

예진은 그게 무슨 말이냐는 듯한 표정을 지었고, 도준은 씩 웃어 보이며 말을 이었다.

"이미 알고 있겠지만, 제 상황이 조금 그래요."

예진은 아무런 대답도 하지 않았다.

"곧 여러모로 정신이 없어질 거예요. 지금보다도 훨씬."

그렇겠지. 텔레비전에서는 그렇게 말했다. 박도준이 1년 만에 돌아와 계열사 경영을 하겠다는 입장을 표명했으니, 후계자 싸움에 다시 불이 붙을 것이라고.

"비서로 일할 사람을 찾고 있어요. 그리고 그걸 예진 씨가 해 줬으면 하고요."

"……네?"

전혀 생각지도 못한 말에 예진의 눈동자가 짤막하게 흔들렸다.

"그걸 왜 저한테…… 비서로 일할 사람은 널리고 널렸을 거예요. 그런데 이력도 없는 저를……."

"예진 씨 말이 맞아요. 비서로 일할 사람은 널리고 널렸지만, 제 비서로 일하면서 박해준 이사한테 밉보이고 싶은 사람은 아무도 없거든요."

"……."

"계열사라고는 해도 박해준 이사의 사람들이 대부분일 거예요. 어쨌든 그들은 내 일거수일투족을 박해준 이사한테 보고할 거고, 친분이 있는 사람들이 누구인지도 알아내려 할 테죠. 그러다 내가 밀리고 그가 회장이 되면, 나와 함께 일했던 사람들이 밀려나는 건 뻔한 일이고요."

아예 가능성이 없는 말은 아니었다. 박해준은 실제로 그러고도 남을 사람이었으니까. 그것은 누구보다도 예진이 잘 알고 있는 사실이었다.

"그렇게 어려운 일은 없을 거예요. 이력이나 자격이 필요할 만큼도 아니고요."

물론 예진 말고도 다른 인원을 더 충원하기는 할 생각이었다. 하지만 그들을 완전히 믿을 수는 없었다. 대신 예진이 부담해야 하는 일거리는 줄어들 것이고, 도준은 예진의 모든 조건을 맞춰 줄 의향이 있었다.

"한번 잘 생각해 봐요. 진심으로 하는 말이니까."

예진은 입을 닫은 채, 짧지 않은 시간 동안 침묵했다. 이 사람은 알고나 있을까? 내가 그 박해준 이사와 어떤 식으로 얽힌 사이였는지.

아마도 도준은 그런 것 따위는 전혀 모르고 있을 터였다. 그러나 그것을 하나하나 설명할 이유도 없었고, 그리고 싶지도 않았다.

그리고 예진은 더 이상 어떤 식으로든 해준과는 연관되고 싶은 마음이 없었다. 그가 제 인생에 마음대로 나타나고, 끼어드는 것은 과거로 족했다.

"미안해요. 그렇게는 못 할 것 같아요."

그래서 예진은 도준의 제안을 거절했다.

"왜요. 마음에 걸리는 게 있어요?"

다 말해 봐요. 도준은 그렇게 얘기했으나, 말할 수 있는 성질의 것들이 아니었다.

"그냥…… 사정이 있어서 그래요. 이해해 줬으면 좋겠어요."

"아쉽네요."

도준이 조금은 서운한 표정을 지으며 말했다.

"그래도 생각 바뀌면 언제든 말해 줘요. 기다리고 있을 테니까."

예진은 고개를 끄덕였으나, 도준이 기대하는 것처럼 생각이 바뀌는 일은 일어나지 않을 것이라는 사실을 잘 알고 있었다.

어쩔 수 없는 일이었다. 그냥, 최대한…… 어떤 방식으로든 제 인생에서 해준을 배제시키고 싶은 마음뿐이었으니까.

예진의 시선이 문득 다시 도준에게로 가닿았다. 눈앞의 남자는 생각보다 본인이 처한 상황에 대해 잘 파악하고 있는 것 같았다. 그 사실이 조금은 놀라웠다.

하지만 이유가 뭐였을까. 언론에서는 도준이 1년간 모습을 드러내지 않은 게 건강상의 이유라고 했지만, 그것은 진실이 아닐 테다. 그게 사실이었다면 애초에 아일랜드에서 도준과 만날 일은 없었겠지.

'나도 그래요. 내 세상은 너무 요란해서, 한적하고 고요한 곳에서 쉬고 싶었어요. 조금이라도.'

순간 언젠가 아일랜드에서 도준이 제게 했던 말이 떠올랐다.

그의 마음이 이해가 가지 않는 것은 아니었다. 하지만 도준의 어머니인 김미향의 생각은 전혀 다를 것이었다. 그래서 도망치고 싶었던 걸까. 어떻게든 그 구렁텅이에서 달아나고 싶어서. 내가 그랬던 것처럼.

"왜 나를 그렇게 측은하게 쳐다봐요?"

일자리 거절한 게 미안해서 그래요? 도준이 장난을 치듯 말했고, 예진은 힘없이 웃었다.

"미안하면 오든가."

"안 간다니까요."

"알았어요."

이번에는 도준이 피식거리며 대답했다.

"얼른 마시기나 해요. 커피 다 식겠어요."

아무리 미안해도 커피 정돈 같이 마셔 줄 수 있죠? 도준의 농담에 예진은 미소 띤 낯으로 커피 잔을 손에 쥐었다.

하지만 그녀는 그것을 입에 가져다 대기도 전에, 멈칫거리며 굳어 버렸다.

"왜 그래요?"

도준의 의아한 목소리가 들려왔으나, 예진의 시선은 한 곳을 향해 있었다.

방금 막 라운지로 들어온, 도준의 어깨 너머로 보이는 누군가.

해준과, 어딘가 모르게 낯이 익은 여자……

그리고 예진은 얼마 지나지 않아, 그와 함께 들어온 여자가 누구인지 알 수 있었다.

'현명한 선택 내려요. 주제 파악 똑바로 하고.'

언젠가 연정이 보내왔던 메시지와 사진들이 번갈아 가며 눈앞에 아른거렸다. 그 여자였다. 해준의 맞선 상대. 호텔 앞에서 해준과 함께 사진에 찍혔던.

이런 것을 보고 싶은 게 아니었다. 이렇게 마주칠 줄 알았다면, 애초에 이 장소에 나오지도 않았을 것이다.

하지만 바로 그 순간 더 끔찍한 일이 벌어졌다.

"……."

"……."

해준의 눈동자와 예진의 눈동자가 허공에서 맞부딪쳤다. 이내 그의 얼굴이 미묘하게 뒤틀렸고, 예진은 자리를 박차고 일어났다.

"예진 씨?"

"미안해요, 저 갑자기 급한 일이 생겨서."

"그럼 제가 데려다줄……."

"괜찮아요. 먼저 가 봐야 할 것 같아요."

나중에 연락할게요. 정말 미안해요. 예진은 도준에게 연거푸 사과를 하고는, 겉옷과 가방을 챙겨 다급하게 자리를 벗어나기 시작했다.

엘리베이터 앞에 선 예진은 미세하게 질린 낯을 하고 있었다. 그녀는 천천히 올라오고 있는 엘리베이터를 바라보다가 괜히 연거푸 버튼을 눌렀다.

조금이라도 빨리 나가고 싶었다. 박해준이 없는 곳으로.

"하……."

예진은 저도 모르게 헛웃음을 지었다.

'뒤통수칠 가치도 없는 사람이야, 당신 나한테.'

그렇게 너는 아무것도 아니라는 식으로 대한 주제에, 이런 식으로 무너지는 것이 어처구니가 없었다.

어쩌면 예진이 자리를 박차고 나오게 한 것은, 단순히 해준 자체의 문제는 아닐지도 몰랐다. 정확히 말하자면, 그 이름 모를 여자와 함께 있는 그의 모습을 보고 싶지 않은 것일지도.

멍청하기 짝이 없는 일이었다. 그래서 예진은 애꿎은 입술을 꼭 짓씹은 채로 벽만 바라보았다. 제발 엘리베이터가 빨리 도착하기를 바라면서.

"도망치는 게 버릇이 됐나 봐?"

……하지만 듣고 싶지 않은 목소리가, 등 뒤에서 먼저 들려왔다.

"고고한 척은 혼자 다 하더니, 우습기 짝이 없어."

애써 뒤를 돌아보지 않아도 알 수 있었다. 이 오만하기 짝이 없는 목소리의 주인공이 누구인지.

이내 엘리베이터가 도착했다는 소리가 들렸다. 이 상황에서는 차라리 구세주였다. 하지만 예진은 그것을 타지 못했다. 제 손목을 잡아끈 해준 때문이었다.

"지금 무슨……!"

"왜 도망가는데."

예진은 대답 대신, 그의 손을 있는 힘껏 뿌리쳤다. 그러고는 해준을 쏘아보며 말했다.

"그쪽 얼굴 보고 싶지 않거든요. 이런 식으로는 더더욱."

"……."

"이제 됐어요?"

해준은 입술을 꽉 짓씹는가 싶더니, 예진의 턱을 손에 쥐었다.

"누구 맘대로?"

그리고 낮게 내려앉은 목소리로 다시 물었다.

"누구 맘대로."

"저리 비켜요."

그러나 해준은 예진의 말을 듣지 않았다. 그의 가슴을 밀어도 보았으나, 딱히 소용은 없었다.

"이미 끝난 사이에 추잡하게 이러지 말아요. 꼴 보기 싫으니까."

"그러니까 물었잖아. 누구 맘대로 끝이 났냐고."

예진을 내려다보는 해준의 눈동자는 차갑기 짝이 없었다. 말 그대로였다. 누구 맘대로 그렇게 끝을 낸단 말인가. 해준은 어떤 것도 끝내지 못했는데. 그에게는 예진과 있었던 모든 일들이 아직 현재진행형이었다.

"내가 아무것도 몰라서 널 가만히 내버려 둔 것 같아? 지금도 네 일거수일투족 정도는 빤히 알고 있어."

해준이 비웃듯 말했다.

"난 그저 기다리고 있는 거야. 망가트리고 무너지게 만들고 싶어도, 넌 지금 가진 게 아무것도 없으니까."

예진이 작게 멈칫거렸다.

"최소한 뭐라도 손에 쥐고 있을 때 무너트리는 게 더 낫지 않겠어?"

하긴, 어쩌면 정말 그럴지도 몰랐다. 그래서 지난 며칠간, 어떤 것도 하지 않은 채 저를 가만히 내버려 둔 걸지도. 따지고 보면 해준이 예진의 행방에 대해 알아내는 건 어린아이의 손목을 비트는 것보다 쉬운 일이었다.

"못 본 사이 성격이 좀 유해지기라도 했나 봐. 어울리지도 않게. 그땐 바락 바락 우기기라도 했는데, 지금은 아주 볼품까지 없군."

해준의 말에 예진은 실소를 터트렸다. 그러고는 그를 쏘아보며 말했다.

"그거야 당연히 그렇겠죠. 저한테 이사님은 이제 더 이상 어떻게 되든 신경 도 쓰이지 않는 사람이거든요."

이번에는 해준이 멈칫거렸다.

"그러니 마음대로 하세요. 뭘 어떻게 하든 전 아무런 상관도 없으니까."

이내 해준의 얼굴이 오묘하게 굳었다.

예진은 꼭 어떤 말을 하면 제일 효과적으로 해준의 마음을 후벼 팔 수 있는 지 공부라도 한 사람 같았다. 그렇지 않고서야 저런 말들을 아무렇지 않게 할 수가 있을까.

"……그래, 그럼 어디 한번 볼까."

예진을 노려보던 해준이, 낮은 음성으로 입술을 달싹거렸다.

"내가 어떤 짓을 해도 아무런 상관도 없다는 말을 네가 언제까지 할 수 있을 지."

이제는 대답할 의지조차 잃은 예진이, 수많은 감정이 묻어나는 낯으로 해준 을 마주 보았다.

이 사람은 도대체 나를 어디까지 나락으로 밀어 넣고, 등을 떠밀어야 족할 생각일까. 지금까지 해 왔던 것으로는 모자랐을까.

알기나 할까? 내가 어떤 마음으로, 무슨 심정으로 한국을 떠났던 건지. 그

반의반이라도.

"……예진 씨, 이리 와요."

그때 익숙한 음성과 함께, 누군가의 손이 예진을 제 쪽으로 천천히 잡아끌었다.

"……."

이윽고 예진을 제 뒤에 숨기듯 세운 도준과, 어이가 없다는 표정을 지은 해준이 서로를 바라보았다.

"하……."

해준은 잠시 말없이 도준을 빤히 내려다보는가 싶더니, 곧 실소를 터트렸다.

"이런 식으로 첫 만남을 갖게 될 줄은 몰랐는데."

그렇지 않습니까? 이사님. 도준의 말에 해준은 어떤 대답도 하지 않았다. 그저 그를 죽일 듯 노려볼 뿐이었다.

언제였던가. 처음이자 마지막으로 배다른 동생을 보았던 건. 지금은 흐릿해진 기억이었으나, 그래도 떠올릴 수는 있었다. 김미향의 품에 안긴 그 핏덩이를.

훌쩍 자란 그 핏덩이는 저를 조금 닮아 있는 것도 같았다. 어찌 보면 당연한 일이었다. 해준은 박동호를 닮았고, 도준은 박동호의 아들이었으니까.

그리고 그 사실이 너무나 기분 더러웠다. 하지만 지금 해준의 속을 더 뒤틀리게 만드는 것은 박도준의 외양이 아니었다. 바로 그 박도준이, 그 한예진을 지키듯 저를 막아섰다는 사실이었다.

"너……."

분노가 어린 해준의 시선이 예진에게로 가닿았다. 도대체 언제부터? 언제부터 알고 있던 사이지? 그리고 또 어떻게? 하필이면, 하필이면…….

"이사님……!"

놀란 목소리로 해준을 부른 윤 비서가 다급하게 달려왔다. 그는 제대로 상황 파악이 되지 않는지, 꽤나 당혹스럽다는 표정을 지었다.

"도준 씨, 미안해요. 먼저 가 볼게요."

예진은 끝까지, 해준에게는 시선 한 번 주지 않은 채 도준에게 인사를 건넸다. 그러고는 잰걸음으로 비상구를 향해 걸어가기 시작했다.

"예진…… 예진 씨!"

잠시만요. 윤 비서는 예진의 이름을 황급히 외치며 그녀의 뒤를 쫓기 시작했고, 이내 엘리베이터 앞에는 해준과 도준만이 남겨졌다.

"……."

도준을 응시하는 해준의 눈동자에는 혐오 비슷한 것이 어려 있었다. 해준은 공식적인 기사가 나가기 전에 이미 소식을 전해 들었다. 박도준이 1년간의 공백을 끝으로 계열사 운영에 의지를 보였다고.

박도준은 그간 김미향의 치마폭에 둘러싸인 채 끊임없이 도망만 친 인간이었다. 시간을 끌고 끌다 결국 이런 식으로 나타난 것 자체가 코미디였다. 좋게 볼 이유가 하나도 없었다.

"꼭 벌레를 보듯 쳐다보시네요, 이사님."

"그야 당연한 일이지."

해준이 싸늘한 낯으로 대답했다.

"나한테 있어서 너나 김미향은 벌레…… 그 이상도, 이하도 아닌 존재니까."

"그런가요."

"바퀴벌레처럼 잘도 도망치고, 또 바퀴벌레처럼 끈질기게 버텨 살아남지. 아주 지겹기 짝이 없어."

그래, 그렇게 보일 것이다. 도준은 해준의 말에 아무런 토를 달지 않았다.

"말도 안 되는 핑계를 대면서 도망치더니, 이제 와서 심경의 변화라도 생긴 모양이야."

이미 알고 있었다. 도준과 김미향 사이에 마찰이 있었다는 사실을. 김미향이 본인의 아들에게 건강상 문제가 생겼다는 거짓말을 한 데는 어쩔 수 없는 이유가 있었을 것이다. 가령 예를 들어 보자면, 박도준이 말도 없이 사라져 버렸다거나 하는 것.

"네가 무슨 생각으로 다시 돌아온 건지는 모르지만……."

이내 해준의 커다란 손이 도준의 멱살을 위협적으로 낚아챘다. 해준은 그를 벽에 밀어붙이고는, 얼굴을 가까이 들이대며 음산한 목소리로 말했다.

"결국 아무 소용도 없을 거야. 세상 사람들이 다 너나 네 부모처럼 멍청하지만은 않거든."

도준은 해준의 말이 조금은 우습다고 생각했다. 네 부모라니. 김미향은 그렇다 치더라도, 박동호는 해준의 아버지이기도 했다.

해준은 꼭 본인이 도준과는 전혀 연이 없는 사람이라고 생각하는 것 같았다. 완전히 남에 불과하다고.

"지긋지긋한 것들."

해준은 더러운 걸 잡고 있기라도 했던 것처럼 탁, 하는 소리를 내며 도준을 놓아 버렸다. 그러고는 곧장 뒤돌아서서 성큼성큼 걸음을 옮겼다.

하지만 도준에게서 등을 돌린 해준의 얼굴에서는 혼란이 가득 묻어나고 있었다. 그의 머릿속에는 한 가지 의문만이 가득했다. 도대체 예진이, 어떻게 박도준과 아는 사이인 것인지.

"……."

혼자 남겨진 도준은, 점점 멀어져 가는 해준의 뒷모습을 고요히 바라보았다.

해준이 저런 식으로 저를 대할 것이라는 사실은 어차피 예상한 일이었다. 물론 이렇게 마주치게 될 줄은 몰랐지만 말이다.

하지만 이해가 가지 않는 점이 하나 있었다.

"그 대화들은 대체……."

뭐였지. 도준이 의아한 낯으로 혼자 중얼거렸다.

'예진 씨? 왜 그래요?'

도준은 조금 전 자리를 박차고 나간 예진의 뒤를 쫓아 나왔다. 그리고 예진이 해준과 나눈 대화를 처음부터 끝까지 모두 들었다.

그들은 이미 아주 오래전부터 알고 지낸 사이 같았다. 그것도 가벼운 사이가 아닌, 지독하게 얽힌 관계처럼 보였다. 예진의 태도는 냉랭하기 짝이 없어, 다른 감정은 느껴지지 않았으나 해준은 아니었다.

'그럼 보고 싶은 사람도 없어요? 좋아했던 사람이라거나.'

'없어요, 하나도.'

아일랜드에서 예진과 나누었던 대화가 문득 머릿속을 스쳐 지나갔다.

'그런 건 다시 만들고 싶지도 않고요. 정말 악몽 같았거든요.'

'왜요?'

'제 인생을 너무 나락까지 몰고 갔거든요. 그래서 두 번 다시는, 그런 멍청한 짓 같은 건 하지 않을 거예요.'

"그래서……."

내 제안도 거절한 거였구나. 박해준 이사와는 다시 얽히고 싶지 않아서.

그리고 얼마 지나지 않아, 문득 떠오르는 게 있었다. 김연희를 돌보는 간병인과 해준 사이에서 터졌던 추문.

이제야 방금 제가 보고 들은 상황들이 조금이나마 이해가 갔다. 도준은 자리에 그대로 멈춰 선 채로, 혼자 생각에 잠겼다.

○ ◎ ●

"예진 씨, 잠깐만요……!"

숨 가쁘게 층계를 내려가기 시작한 지 얼마 되지 않아, 누군가의 다급한 목소리가 들려왔다. 윤 비서였다.

예진은 음성의 주인공이 해준이 아니라는 사실을 깨달은 다음에야 자리에 멈추어 섰다. 뒤를 돌아보자, 저를 쫓아오고 있는 윤 비서의 모습이 보였다.

"예진 씨……."

애써 그녀를 붙잡을 때는 언제고, 윤 비서는 애매하게 말끝을 흐렸다. 뭐라고 운을 떼야 할지, 적당한 말을 찾을 수가 없어서.

1년 전, 예진이 그렇게 떠나 버린 뒤, 윤 비서는 해준이 어떤 식으로, 또 어디까지 무너질 수 있는지 두 눈으로 똑똑히 보아 왔다. 그리고 그런 해준을 볼 때마다, 그는 생각하곤 했다. 차라리 예진이 해준의 곁에 있는 편이 더 좋았을 것이라고.

물론 윤 비서라고 처음부터 예진을 좋게 생각한 것은 아니었다. 예진에게 해준과의 사이를 물었던 것이나, 맞선 관련한 이야기를 꺼냈던 것 역시 같은 이유였다. 어쨌거나 해준이 할 수 있는 가장 현명한 선택은 집안이 창창한 여자와 결혼을 하는 것이었으므로.

하지만 해준은 그런 것이 없이도 제 몫을 충분히 해낼 수 있는 사람이었고, 그 사실을 모자람 없이 증명해 냈다. 그리고 무엇보다도, 해준은 연정이나 윤 비서의 생각처럼 그런 식으로 여자를 만날 생각이 전혀 없는 듯했다.

거기까지는 괜찮았다. 괜찮았는데, 문제는 해준에게 있어 예진의 빈자리가 짐작한 것보다 너무 컸다는 사실이었다.

이런 상황은 장기적으로 보아서 해준에게 좋을 것이 전혀 없었다. 그리고 윤 비서가 예진을 좋지 않게 생각했던 건 순전히 해준의 이득을 위해서였고, 개인적인 감정은 없었다. 아니, 오히려 김연희를 살뜰하게 돌봐 준 것에 대한 고마움이 더 크다고 말하는 게 맞을지도 몰랐다.

예진이 그렇게 떠나고, 시간이 점점 지날수록 한 가지 의아함이 계속해서 윤 비서의 발목을 붙잡았다.

도대체 왜 떠난 것일까. 그것도 한마디 말도 없이, 꼭 이사님을 망가트리려고 작정이라도 한 사람처럼.

처음에는 예진의 심경의 변화가 모친 때문이라고 생각했었다. 하지만 그렇다기에는 무언가 석연치 않은 구석이 있었다.

윤 비서는 잠시 생각을 정리하는가 싶더니, 우선 인부를 먼저 물었다.

"1년 만이네요. 그간 잘 지냈어요?"

"……네."

그러나 예진은 제 인사 따위는 전혀 반갑지 않은 사람 같았다. 그녀는 건조한 낯으로 그저 대답만을 할 뿐, 그것 말고는 아무런 반응도 보이지 않았다. 윤 비서는 짧게 멈칫거렸다가, 조심스럽게 다시 말을 이었다.

"음…… 어쨌든 다시 보게 돼서 좋네요. 사실 예진 씨가 갑자기 떠나서 조금 놀랐었거든요."

예진은 어떤 대답도 하지 않았다.

"이사님도…… 마찬가지셨던 것 같아요. 아, 그리고 사모님도 많이 아쉬워하는 눈치셨어요. 그래도 작년보다는 조금씩 상태가 호전돼서, 지금은 훨씬 많이 좋아지셨……."

"윤 비서님."

하지만 윤 비서가 말을 마무리하기도 전에, 예진은 그를 바라보며 단호한 어투로 말했다.

"죄송하지만 궁금하지 않아요."

"예진 씨……?"

"그러니 굳이 알려 주지 않으셔도 돼요. 이사님에 대한 것도, 사모님에 관한 것도."

이제 와서 그런 것을 알게 된다고 한들 도대체 무슨 소용이 있단 말인가. 듣고 싶지도, 알고 싶지도 않았다.

그리고 윤 비서와도 이런 식으로 얼굴을 마주하고 싶지 않았다. 모든 것이 불편할 뿐이었다.

"……."

예진을 응시하던 윤 비서의 눈동자가 짤막하게 흔들렸다. 무엇인가 이상하다는 생각이 들었다. 이유는 알 수 없었으나 예진의 심경 변화가 너무나 급작스럽게 느껴졌다.

……어쩌면 다른 일이 있었던 건 아닐까. 나와 이사님이 모르는.

"예진 씨, 왜……."

거기까지 생각이 미친 윤 비서가 아주 조심스럽게 입술을 달싹였다.

"왜 그렇게 떠난 거였어요? 한마디 말도, 예고도 없이…… 그것도 해외로……."

무슨 이유가 있었을 거 아닙니까. 윤 비서는 예진에게 물었고, 예진은 그런 그를 싸늘한 눈빛으로 쳐다보았다.

"그건 비서님과 이사님이 제일 잘 알고 있겠죠."

당신도 처음부터 모든 걸 다 알고 있었겠지. 이사님과 같이 나를 속인 거였 겠지. 떠오르는 것은 이 생각뿐이었다.

"그게 무슨……."

하지만 그 말을 들은 윤 비서는, 저도 모르게 당혹스러운 표정을 지었다.

"전 더 이상 이사님한테 놀아날 생각 추호도 없어요."

……윤 비서님한테도 마찬가지고요. 예진은 그렇게 짤막한 답을 내놓고는 그를 층계에 혼자 내버려 둔 채 홀로 계단을 내려가기 시작했다.

혼자 남겨진 윤 비서는 멀어져 가는 예진의 뒷모습을 조금은 멍한 표정으로 쳐다보았다.

하나도 이해할 수가 없었다. 지금 예진이 무슨 이야기를 하는 것인지. 또 왜 저런 생각을 하게 된 것인지도.

하지만 확실한 건 하나 있었다. 예진과 해준 사이에 무언가 알 수 없는 오해 가 생겼다는 사실이었다.

○ ◎ ●

집으로 돌아왔을 때는 이미 늦은 저녁이었다.

방 안으로 들어서는 예진의 얼굴에는 짙은 피곤이 묻어 있었다. 그녀는 무거 운 한숨을 내뱉고는 좁은 침대에 무너지듯 앉았다.

"……."

그렇게 우두커니 자리하고 있던 예진의 얼굴 위로 어두운 그림자가 졌다. 문 득 머릿속을 스쳐 지나간 어떤 장면 때문이었다.

그러니까, 해준이 이름 모를 여자와 함께 라운지 바에 들어서던 모습이었다.

그 여자에 대해서 아는 것은 없었으나, 얼굴만은 또렷하게 기억했다. 연정이 보내온 사진 때문이었다.

아마도 당신에게 어울리는 그런 사람이겠지. 나와는 전혀 다른 세상에 살고 있는. 그래서 당신과는 같은 세상에 살 수 있는.

예진은 그 사진을 처음 봤던 순간을 기억했다. 그때 느꼈던 감정들 역시도 마찬가지였다. 늘 잊고 싶었으나 잊히지 않는 괴로운 기억이었다. 속이 답답해졌었고, 배신감에 치가 떨렸던 것도 같았다.

하지만 그 둘의 모습을 직접 눈으로 보는 것은 전혀 차원이 다른 이야기라는 사실을 예진은 오늘에서야 뒤늦게 깨달았다. 무엇인가 가슴에 얹힌 것만 같은 기분이었다.

내가 그렇게 떠났어도, 그 사람은 아무렇지도 않았겠지. 어떤 상처도 받지 않았겠지. 지난 1년간 수도 없이 해 왔던 그 생각을 현실로 목도한 것만 같아서…….

'난 그저 기다리고 있는 거야. 망가트리고 무너지게 만들고 싶어도, 넌 지금 가진 게 아무것도 없으니까.'

최소한 뭐라도 손에 쥐고 있을 때 무너트리는 게 더 낫지 않겠어? 아까 들었던 해준의 음성이 계속해서 귓가를 울리고 있는 것만 같았다.

도대체 어디까지 나를 망가트리려고. 도대체 언제까지 나를 기만하고, 농락해야 직성이 풀린다는 것일까.

……정작 본인에게 나는 아무런 존재도 아니면서.

그런 생각을 하며 입술을 짓씹던 무렵이었다. 도준에게 다시 전화가 걸려 온 것은.

— 예진 씨.

핸드폰 너머에서 들려오는 도준의 목소리에는 선명한 걱정이 묻어 있었다.

— ……괜찮아요?

이 사람에게까지 그런 모습을 보일 생각은 없었는데. 예진이 착잡한 표정을 지었다.

"네, 저 괜찮아요. 걱정하지 마세요."

예진은 부러 아무렇지 않은 목소리로 대답했다.

"아까 다 들으셨으니까, 이제 아시겠네요. 제가 왜 도준 씨의 제안을 거절한 건지."

— ……

"그리고 저야말로 미안해요. 어쩌다 보니 그런 일이 있었다는 걸 숨긴 것처럼 되어 버렸네요. 하지만 뭐라고 운을 떼야 할지 알 수가 없어서."

— 신경 안 써요. 편하게 말할 수 있는 이야기는 아니잖아요.

도준이 괜찮다는 듯 말했다.

— 그냥 내가 누군지 알고 나서 더 놀랐겠다 싶었어요. 그것만 걱정했을 뿐이에요.

"……고마워요."

뭘요. 도준이 웃었다.

— 그리고 지금 다시 전화 건 이유는 하나예요.

"네, 말하세요."

— 아깐 마음이 바뀌면 말해 달라고 했지만…… 그냥, 제 생각이 먼저 바뀌어서요.

이건 또 무슨 소리지. 통화를 하던 예진의 눈매가 살짝 가늘어졌다.

— 그냥 같이 일하는 걸로 해요, 나랑.

"도준 씨, 저는……."

— 아까 박해준 이사가 말하는 거, 들었잖아요.

가만히 내버려 두지 않는다고 했었잖아요. 도준의 말에, 예진은 아무런 대답도 하지 않았다.

— 예진 씨는 잘 모르겠지만, 전 그들의 수법에 대해서 아주 잘 알아요. 평생을 겪고 살았으니까요.

그래, 어쩌면 그럴지도. 문득 비 내리던 달동네에서, 윤 비서에게 보고를 받던 해준의 모습이 떠올랐다.

— 빈말로 한 소리는 절대 아닐 거예요. 그럴 만한 힘은 차고 넘칠 만큼 있는 사람이니까.

"……그건 저도 이미 잘 알고 있어요."

오래전, 해준은 예진의 일자리를 제 마음대로 다 끊어 버린 적이 있었다. 이미 잘 알고 있었다. 해준은 충분히 그렇게 할 수 있는 사람이라는 것을.

— 최소한 나랑 같이 있으면 그런 일들을 피할 수는 있어요. 장담할게요.

"하지만……."

— 이게 제일 현명한 선택이라는 거, 알잖아요. 예진 씨와 박해준 이사 사이에 무슨 일이 있었는지…… 그런 건 묻지 않을게요. 난 다만 그냥 도와주고 싶은 것뿐이에요. 예진 씨는 이런 내가 주제넘다고 생각할 수도 있겠지만.

"그런 식으로 생각해 본 적은 없어요."

— 그럼 내 제안, 받아들이는 걸로 해요.

예진은 잠시 멈칫거렸다.

……예진 역시 잘 알고 있었다. 마음만 먹으면, 해준은 언제든 제 삶을 다시 절벽 끝까지 밀어 넣을 수도 있는 사람이라는 사실을 말이다. 그것이 어떤 형태든 간에.

그리고 해준은, 여전히 그런 행동을 멈출 생각이 전혀 없는 것 같았다.

당신이 그렇게 내 인생에서 나가 주지 않는다면…….

이런 선택 같은 건 어쩔 수 없는 일이겠지.

도준의 말이 맞았다. 지금 이 상황에서, 예진이 할 수 있는 현명한 선택은 그의 제안을 받아들이는 것뿐이었다.

결국 예진은 낮게 내려앉은 목소리로 대답했다.

"알겠어요. 그렇게 할게요."

그러고는 생각할 뿐이었다. 도대체 이런 나날들이, 얼마나 더 지속되어야 그를 만나기 전처럼 자유로워질 수 있을지.

14

국내에서 손가락 안에 드는 대기업이라는 말에 걸맞게, SL그룹은 여러 부문에서 적지 않은 계열사를 거느리고 있었다.

박동호는 이렇게 유언장을 남겼다. 본인이 가지고 있는 주식의 상당 부분을 박도준에게 물려준 뒤, 계열사 중 수익이 큰 곳을 그에게 넘기라고. 그리고 그가 경영 능력을 입증한 후, 주주총회를 열어 후계자를 정하는 것이 그 내용이었다. 그 전까지 회장 자리는 공석이었다.

도준이 맡게 된 계열사는 SL건설이었다. 하지만 계열사 사람들은 하루아침에 본부장으로 온, 그것도 새파랗게 젊은 도준을 날카이 여기지 않았다.

그러나 그것은 어쩔 수 없는 일이었다. 애초에 이런 상황을 만든 박동호도, 또 도준 역시도 예상해야 했던 일이었으므로.

어쨌거나 그 좋지 않은 분위기는, 첫 출근을 한 예진마저도 여실하게 느낄 수 있는 정도였다.

도준이 있는 본부장실로 걸어가는 동안, 예진은 생각했다. 박동호도, 김미향도 이 모든 일들을 바라고 있었을 테지만, 그 과정에 박도준의 의사는 반영되었을까.

예진은 그간 도준에 대해 상세하게 생각해 본 일이 없었다. 한국을 떠나기 전에도 그랬고, 떠난 뒤에도 마찬가지였다. 모든 감정은 해준에게 맞춰져 있었고, 해준이 느끼는 기분들 역시 이해했다.

그리 긴 시간 동안 알고 지낸 사이는 아니었으나, 최소한 예진이 보았던 도준은 제 부모처럼 뻔뻔한 인간상과는 거리가 멀었다.

도준이 예진에게서 그녀의 그림자를 알아보았듯, 예진 역시 그것을 알아보았다. 제 것이 아닌 무언가를 탐할 정도로 뻔뻔한 인간이 가질 수 있는 것이 아니었다.

……하지만 모르는 일이지. 예진은 자조했다. 그렇게 잘 알고 있다고 생각했던 해준이 그런 식으로 저를 속였던 걸 본다면, 도준이라고 검은 속내를 감추고 있지 않을 거라는 보장은 할 수 없었으니까.

예진은 그런 쓸데없는 생각을 하면서, 본부장실 안으로 발을 디뎠다.

"예진 씨."

널찍한 테이블 앞에 서 있던 도준이 예진을 바라보고는 살짝 웃었다. 그러고는 어서 오라는 듯 그녀를 향해 손짓했다.

"일단 앉아요."

예진은 짤막하게 고개를 끄덕이고는 도준과 함께 자리를 잡고 앉았다.

예진의 손에는 간략히 정리된 일정표 따위가 들려 있었다.

갑작스러운 취업이었으니, 제대로 된 인수인계를 받을 시간도 없었다. 어쩔 수 없는 일이었다. 그래도 주어진 일은 최대한 열심히 하고 싶었다. 물론 사람들의 쑥덕임은 들려왔으나, 그것 역시 예상한 것이었다.

'우리 본부장님은 이런 식으로 낙하산을 들여보내시네. 그것도 곧바로.'

무슨 사이예요? 본부장님하고는. 그들의 물음에 예진은 아무런 대답도 하지 않았다.

"말들이 많죠?"

그리고 그것을 이미 알고 있었다는 듯, 도준이 예진에게 물었다.

"나에 대한 말들도 많을 거고, 예진 씨한테 뒷말을 하기도 할 거고."

"괜찮아요. 신경 쓰지 마세요."

예진의 말에, 도준은 조금은 미안하다는 듯 웃었다.

"다 예상한 것들이기는 한데, 역시 생각한 것하고 직접 겪는 건 차이가 크네요."

대답으로 내놓을 만한 적당한 말이 떠오르지 않아서, 예진은 그냥 그의 말을 가만히 듣고만 있었다.

"뭐, 당연한 일이긴 하지만."

혼자 중얼거리던 도준의 귓가를 문득 스쳐 지나간 것은, 예전에 김미향이 제게 했던 말이었다.

"저희 어머니는 그렇게 말하셨거든요. 나도 회장님 아들이라고. 그러니 박해준 이사가 하는 만큼, 충분히 할 수 있다고."

"……."

"그 기대를 가진 건 어머니뿐만이 아니었어요. 회장님 역시 마찬가지셨죠."

갑자기 튀어나온 박동호의 이야기에, 예진은 도준을 말없이 바라보았다.

"경영을 아예 배우지 않은 건 아니에요. 두 분 모두 다 제가 어릴 적부터 늘 극성이셨으니까."

어릴 적부터. 그럼 박동호는 이 모든 일들을 언제부터 그리고 있었던 것일까. 예진은 혼자 그런 생각을 했다.

"그땐 그 기대에 부응하고 싶었던 것도 같아요."

도준이 덧없이 웃으며 중얼거렸다.

"그래서 공부도 제법 열심히 했었어요. 회장님 건강이 안 좋아지기 시작했을 무렵이었나. 그때부터 해외로 나갔었어요."

박동호는 도준의 손을 꼭 붙잡고 말했다. 어머니는 본인이 잘 챙길 테니 아무런 걱정도 하지 말고 다녀오라고.

그것은 도준을 위한 일이기도 했으나, 박동호 역시도 어쩔 수 없는 선택이었다. 제 건강이 안 좋아지면 안 좋아질수록, 해준은 무슨 수를 써서라도 김미향과 박도준을 찾아내 수족을 묶으려 들려고 할 것이 틀림없었다. 그러니 가능할 때, 도준이라도 해외로 내보내 경영을 맡을 수 있는 최소한의 여건을 만들어 주고 싶었던 것이었다.

"아마 그때가 제 인생에서 가장 행복한 때 같기도 해요."

어린 나이에 처음 해 보는 타국살이였다. 그러나 생각처럼 그리 고되지는 않았다. 어쩌면 그것은 도준이 그저 자유롭게 제 생활만을 영위할 수 있었기 때문일지도 몰랐다.

부담을 지워 주는 김미향이 없고, 박동호가 없어서. 그렇게 온전히 박도준으로서의 인생만을 살 수 있어서. 하지만 그것은 멍청한 생각이었다.

"그런데 다시 돌아왔을 땐, 상황이 많이 좋지 않았죠."

박동호는 생사의 기로를 넘나들고 있었고, 배다른 이복형제는 미친 듯이 저와 제 어머니를 찾고 있었다.

어머니는, 김미향은 박동호의 상태보다는 다른 것이 더 중요한 사람 같았다. 그러니까, 그의 생명이 붙어 있을 때 반드시 손에 쥐어야 할 어떠한 것들.

그저 공부에만 매진할 수 있었던 시간들은 이제 다시는 돌아오지 않을 것이었다. 도준은 귀국한 즉시 그것을 깨달았다.

'아니…… 아니야. 그래도 뭐라도, 뭐라도 챙겨 주고 떠나실 거야. 그거라도 해야지. 양심이 있으면 너랑 나를 이런 식으로 남겨 두고 가진 말아야지.'

……김미향의 말들을 귀에 담으면서 말이다.

어쩌면 그때 도준은 바랐던 것도 같았다. 차라리 어머니의 걱정처럼, 회장님이, 제 아버지가 그렇게 아무것도 없이 저희를 남겨 두고 떠나기를.

김미향은 무너질 테지만, 제 숨구멍은 그녀가 그렇게 무너져야만 트일 수 있을 것 같아서.

"어쨌든 가끔 생각해요. 이런 건 별로 내가 원하던 인생은 아니라고."

"……."

"계열사를 맡은 지 얼마 되지도 않았는데 할 말은 아니겠지만요."

예진은 허탈하게 웃음 짓는 도준을 물끄러미 바라보았다.

그들은 어떻게 생각할지 모르겠으나, 예진의 눈에 비친 해준과 도준은 닮은 구석이 꽤 있었다. 이런 식의 삶을 살고 싶지 않다는 것도, 또 박동호를 아버지라고 부르지 않는 것 역시도…….

후자는 예진이 이해할 수 없는 감정이었으나, 전자는 아니었다.

"갑자기 말이 많았죠. 미안해요."

도준은 멋쩍게 웃었고, 예진은 아니라는 듯 고개를 저으며 말했다.

"본부장님 마음, 뭔지 잘 알아요."

"……."

"저도 그런 생각을 자주 했었거든요. 이렇게 살고 싶은 건 아니었다고."

지난 평생 살아오며 수없이 해 온 생각이었다. 그러니 예진은 해준을 이해했듯, 도준의 감정 역시 이해했다.

"그건 너무 잔인하고, 숨이 막히는 일이잖아요. 그러니 저한테 말하는 걸로 조금이라도 마음이 풀리신다면, 그걸로 됐어요."

도준은 아무런 대답도 하지 않았다. 그저 예진을 마주 보며 엷게 웃을 뿐이었다.

제게 이런 말을 해 주는 사람은 어디에도 없었다. 그리고 도준은 잘 알고 있었다. 세상 사람들이 저와 제 어머니를 어떻게 보고 있는지. 해준이 그러했듯, 도준 역시 그런 시선에서 자유롭지 못했다.

하지만 눈앞의 여자는 그저 있는 그대로의 제 감정이나 기분 따위를 알아주었고, 이해한다고 말했다. 그것이 못내 고마웠다. 누구도 해 줄 수 없는 일이라는 것을 잘 알아서.

"둘이 있을 땐 예전처럼 불러도 돼요."

이내 도준이 코를 살짝 찡긋하며 말했다.

"도준 씨라고."

"……."

"사실 본부장님이라고 불리는 거, 익숙지가 않아서요."

너무 나이 들어 보이잖아요. 도준의 장난 섞인 말에 예진은 작게 피식거렸

452

고, 도준 역시 여엾게 웃었다.

"그럼 이만 나가 보세요. 첫날이라 안 그래도 정신없을 텐데, 괜히 시간까지 더 뺏을 순 없죠."

도준의 말에 예진은 고개를 끄덕였고, 조용히 본부장실을 빠져나오기 시작했다.

○ ◎ ●

예진은 나름대로 정신없는 시간을 보냈다.

남들의 시선이야 어쨌건, 도준에게 민폐를 끼치고 싶지는 않았다. 예진은 업무에 대한 것들을 필사적으로 숙지했고, 체득하느라 여념이 없었다.

물론 다른 생각을 전혀 하지 않았다면 그건 거짓말이었다. 문득문득 해준에 대한 생각이 떠올랐다. 내가 그 박도준과 함께 일하고 있는 걸 알면, 그 사람은 어떤 표정을 지을까.

그러나 예진은 애써 그 생각을 지워 내었다. 그녀가 할 수 있는 건 최대한 해준과는 엮일 일이 없기를 바라는 것뿐이었다.

어쨌거나 당분간 SL건설은 도준이 경영하게 되었으니, 해준이 있는 곳으로 가지 않는 한 그를 볼 일이 없을 것이었다. 차라리 다행이었다.

하지만 그 생각이 잘못되었다는 것을 깨닫는 것에는 반나절도 채 걸리지 않았다.

"……휴."

복도를 걸어가는 예진의 얼굴에는 피곤이 가득했다. 그래도 곧 퇴근 시간인 것이 그나마 다행이었다. 집까지는 가까운 거리가 아니었으나, 그렇다고 크게 먼 거리도 아니었다.

내일은 조금 더 일찍 출근해서, 다 못 본 것들을 챙겨야지. 그런 생각을 하던 찰나였다.

"……."

부던히 걸음을 옮기던 예진은 저도 모르게 자리에 멈추어 섰다. 그러고는 딱딱하게 굳은 얼굴로 저 앞을 바라보았다.

예진이 잘 알고 있는, 그리고 절대로 마주치고 싶지 않은 사람이 보였기 때문이었다.

그러나 굳은 낯을 하고 있는 것은 예진뿐만이 아니었다. 복도 끄트머리, 반대편에서 윤 비서와 함께 걸어오던 해준 역시 예진과 비슷한 표정을 지은 채 그녀를 마주 보고 있었다.

○ ◎ ●

해준은 SL건설에 많은 눈들을 심어 놓았다. 결국 이복형이 제 일거수일투족을 다 알고 있을 거라던 도준의 말은 괜한 것이 아닌 셈이었다.

덕분에 도준이 손수 데리고 왔다는 그 전속 비서가 누구인지 해준은 처음부터 알고 있었다. 그리고 그 소식을 전할 때 윤 비서가 저를 향해 지었던 표정까지도.

······하지만 아닐 거라고 믿고 싶었던 것도 같았다. 그것도 박도준이, 제게 어떤 의미인지 알고 있을 테니 더더욱.

그러나 한예진은 그런 제 바람들을 매번 무참히 깨트려 놓는 사람이었다. 이번 역시 마찬가지였다.

"······."

의자에 비스듬히 앉아 있던 해준은 저를 바라보고 크게 멈칫거리던 예진의 얼굴을 떠올렸다. 마치 못 볼 것을 본 것만 같은 그런 낯.

도대체 무슨 사이이기에.

그것을 묻고도 싶었으나, 해준은 그녀를 놓쳐 버렸다. 예진은 저를 발견하자마자 바로 뒤돌아섰다. 그러고는 빠르게 시야에서 사라져 버렸다. 미처 잡아 볼 틈도 없는 사이에.

이사님····· 어서 가셔야 합니다. 상황을 본 윤 비서는 마치 해준의 행동을 염려라도 하듯, 살며시 채근하며 말했다.

그렇게 해준이 온 곳은 본부장실이었다. 도준이 있는.

"이런 일이 있을 거라고 짐작을 하지 않았다면 거짓말이겠지만, 그래도 생각보다 너무 빨리 움직이시네요."

맞은편에 앉아 있던 도준이 해준을 바라보며 말했다. 그는 방금 말했듯, 이 상황을 예견이라도 했는지 그다지 놀란 것 같지는 않은 표정을 짓고 있었다.

"알고 있었다니 다행이군. 괜히 입 아프게 설명할 일 같은 건 없을 테니 말이야."

해준이 차가운 낯으로 대답했다.

"그쪽이랑 길게 얼굴 맞대고 있을 생각 같은 건 없어서."

"……."

"내가 비위가 약하거든."

해준의 그 적나라한 말에 눈치를 보는 것은 도준이 아닌 윤 비서였다. 문가 앞에서 대기하고 있던 그는 조용히 무거운 한숨을 내뱉었다.

해준은 도준이 본부장 자리에 앉는 것을 제지하지 않았다. 하지만 그것을 가만히 지켜볼 생각 역시 없었다. 게다가 그에게는 명분이 있었다. 어쨌거나 도준은 경영 업무를 해 본 이력이 없는 것이 사실이었다. 해준은 SL그룹의 이사라는 직함을 내세워, 새 본부장하에서 SL건설이 안정적인 경영을 할 때까지 도움을 주겠다는 그럴싸한 말로 감시를 할 생각이었다.

물론 박동호가 남겨 놓은 사람들. 그러니까 도준이 회장직에 앉기를 바라는 사람들이야 반대를 할 것이 뻔했으나, 해준의 주장에 반박할 만한 논리는 없었다.

게다가 이런 상황을 만들기에도 유리한 시기였다. 1년 전, 해준은 혜연과 약속했다. 그녀가 시작하려 하는 호텔 사업과 관련한 약속이었다. 혜연이 바라는 규모에 최대한 맞추어 수주를 받는 대신, 제가 회장직에 앉도록 도움을 주기로 했던 그 약속.

약속은 1년 전이었으나, 그것이 실체화되기까지는 약간의 시간이 걸렸다.

도준이 돌아오기 얼마 전 SL건설은 혜연 측에서 보낸 수주를 받았다. 계열사가 도준에게 넘어가기 전이었으니, 그 사업에 대한 권한을 갖고 있는 사람은 해준이었다.

"처음 뵀던 날도, 오늘도 똑같은 눈빛으로 저를 바라보시네요."

도준이 피식거리며 말했다.

"벌레를 보는 듯한 눈빛."

"보기보다는 눈치가 빠른 성격인가 보군. 그때도 말했듯, 나한테는 크게 다를 게 없어서."

그래, 그렇겠지. 해준의 말에 화가 난다거나, 분노가 치솟거나 하는 일은 없었다.

저였어도 크게 다르지는 않았을 것이다. 도준은 이따금 입장을 바꾸어 생각을 해 보곤 했다. 만약 내가 박해준 그 남자였다면 어땠을까.

어릴 적 도준의 세상은 온통 김미향뿐이었다. 어린아이가 제 세계를 구축해 나가는 데 지대한 영향을 미치는 것은 부모, 특히 어머니였다. 도준 역시 마찬가지였다.

엄마는 불쌍한 사람이야. 그러니 도준이, 너만큼은 엄마 말을 들어야 해. 도준은 그 말을 평생 귀에 딱지가 앉도록 듣고 살았다. 그녀의 이야기들만이 유일하게 옳다고 여기면서.

하지만 나이를 먹고, 머리가 커 갈수록 그 생각은 바뀌기 시작했다. 이제는 도준도 모르지 않았다. 굳이 피해자를 따진다면, 그것은 저와 김미향이 아니라는 사실을.

이런 삶을 살고 싶은 건 아니었다던 그 말은 거짓이 아니었다. 그 마음은 지금도 변하지 않았다. 그러나 저는 결국 여전히 어머니의 손아귀를 벗어나지 못한 채, 그녀의 꼭두각시처럼 살고 있을 뿐이었다. 도준이 그것을 원하든, 원하지 않았든 해준의 눈에는 똑같이 보일 것이었다. 어쨌든 결과적으로 제 어머니와 저는 같은 선택을 한 사람들이었으므로.

본인조차도 원하지 않는 선택이었다. 마음이 내키지 않아서. 그러니 해준이 저런 생각을 하는 것에 감히 토를 달 수는 없었다.

……평생 나를 증오하며 살았겠지. 하지만 그조차 어쩔 수 없는 일이었다.

"유한그룹 따님과 긴밀한 거래를 하신 모양이던데."

도준은 해준을 말없이 바라보다가 이내 천천히 입술을 달싹였다.

"참 아이러니한 일이죠. 이사님께 도움이 될 사업을 보기 좋게 성공해야, 제 능력을 증명받을 수 있다니."

혜연은 해준의 편이었으니, 도준에게는 적이었다. 그리고 저는 지금 그들의 사업을 도맡아 진행시켜야 했다. 우습기 짝이 없었다.

"본인이 묻힐 자리를 스스로 파는 것도 나쁘지는 않을 텐데. 다른 수가 있는 거라면 어디 한번 해 봐. 어차피 먹히지도 않을 테지만."

이번 일을 뒤로 미룬 뒤, 다른 방법으로 본인의 경영 능력을 인정받을 수 있는 방법을 고안할 수도 있었다. 그것도 박동호가 남긴 임원진들을 마음껏 주무르고 있는 김미향을 어머니로 둔 도준이라면 더더욱.

하지만 그래도 상관은 없었다. 도준이 어떤 식의 방법을 쓰든 결국 결과는 같을 테니까.

"우선 무슨 말씀이신지는 이해했습니다. 이렇게 걸음 하신 게 감시 목적이라면 이해하지 못할 것도 없죠."

도준이 해준을 바라보며 말했다.

"그런데 제가 생각하기에는, 이유가 하나 더 있으신 것 같아서."

그리고 짐작하지 못한 도준의 말에, 해준의 눈동자가 짤막하게 흔들렸다.

"아마도 한예진 씨 때문이 아닐까 하는데."

그렇지 않습니까? 이사님. 도준의 물음에 해준은 아무런 말도 하지 않았다. 그저 싸늘하게 식은 낯으로 그를 마주 볼 뿐이었다.

"역시 제 짐작이 맞았나 보군요."

두 사람의 사이가 심상치 않다는 것은 이미 눈치챈 상황이었지만, 이렇게까지 할 줄은 몰랐다. 그래서 조금은 어이가 없는 것도 같았다.

도대체 저 남자에게 한예진이라는 여자가 어떤 존재이길래.

"……한예진과는 무슨 사이지?"

그리고 이번에는 해준이 도준에게 물었다.

"다 알고 오셨을 텐데요. 한예진 씨는 이제 제 비서고, 저는 예진 씨의 상사일 뿐입니다."

"그따위 걸 물은 게 아니란 걸 모르지 않을 텐데."

"예진 씨와 저는……."

도준은 말을 잇다 말고 작게 멈칫거렸다. 솔직히 얘기해 보자면, 사실 저렇게 해준이 열을 올릴 이유는 어디에도 없었다. 아일랜드에 있을 때나 지금이나, 예진과 도준은 그저 친구 사이일 뿐이었으므로.

하지만 그것을 그대로 말하고 싶지 않은 것도 같았다. 저 오만하기 짝이 없는 남자가 맨얼굴을 드러내는 것은, 예진과 관계되었을 때가 유일하다는 걸 알아서.

"글쎄요. 사적으로는 꽤 긴밀한 사이라고 할까요."

"……."

"대충 그렇게 말할 수 있겠군요."

해준은 저도 모르게 헛웃음을 지었다. 너무나 어이가 없어서. 또 단전 어딘가에서, 뜨거운 무언가가 똬리를 튼 채 제 속을 뒤집고만 있는 듯하여 어떤 말도 할 수가 없던 것일지 몰랐다.

하지만 한 가지만은 확실하게 알 것도 같았다. 지금 제가 느끼고 있는 수많은 감정들 중에는, 분명히 구역질이 날 정도로 선명한 질투 역시 섞여 있다는 사실이었다.

○ ◎ ●

"도대체 무슨 생각을 하고 있는지, 속이 들여다보이지 않는 사람인 것 같습니다."

해준과 함께 복도를 걸어가던 윤 비서가, 조심스러운 목소리로 운을 뗐다.

"지금 본인이 처한 상황도, 또 입지도 좋지 않다는 것을 모를 리가 없는 데…… 너무 태평한 게 아닙니까."

"신경 쓰지 마세요. 그렇게 신경을 쓴다는 것 자체가 말려들어 가는 꼴이니까."

"하지만……."

"그리고 지금 박도준이 할 수 있는 일은 아무것도 없습니다. 그러니 걱정할 것 역시 없어요."

알겠습니다. 윤 비서는 작게 대답했고, 부단히 걸음을 떼며 조용히 해준의 눈치를 보았다.

해준이 저렇게 갑자기 저기압이 된 것은, 박도준의 태도 때문이라기보다는 그의 입에서 흘러나온 예진의 이야기 때문일 테다. 윤 비서는 그 사실을 누구보다도 잘 알고 있었다.

'왜 그렇게 떠난 거였어요? 한마디 말도, 예고도 없이…….'

'그건 비서님과 이사님이 제일 잘 알고 있겠죠. 전 더 이상 이사님한테 놀아날 생각, 추호도 없어요.'

그날 이후, 윤 비서는 깨달았다. 무엇인가 일이 잘못 돌아가고 있었다는 사실을. 그리고 어렴풋이 직감하였다. 아마도 둘의 관계가 저렇게 된 것에는 연정의 영향이 있지 않았을까 하고.

예진이 한국을 떠난 뒤에도, 해준은 계속해서 사라진 경호원들을 찾고 있었다. 윤 비서 역시 마찬가지였다. 그러나 그들은 모습조차 보이지 않았고, 결국 지금껏 아무런 소득도 얻지 못했다.

……그것조차도 혹시, 무슨 연관이 있는 건 아닐까.

"이사님, 그런데…… 1년 전에 말입니다."

거기까지 생각이 미친 윤 비서가 아주 조심스럽게 운을 뗐다.

"정말 이사님께도, 어떤 말도 없이 떠났……."

하지만 윤 비서가 물음을 채 다 던지기도 전에, 해준은 갑자기 자리에 멈추어 섰다.

그의 시선은 저 앞에 보이는 유리문 너머에 향해 있었다. 이내 윤 비서의 시선 역시 그를 뒤따랐다.

건물 앞에는 예진이 있었다.

"오늘은 먼저 들어가세요."

"이사님? 이사님!"

윤 비서는 그를 불러도 보았으나, 해준은 저 말을 내뱉고는 뒤도 돌아보지 않고 걸어가기 시작했다.

○ ◎ ●

퇴근은 했지만, 예진의 표정은 그다지 밝지 못했다.

그녀의 머릿속에는 온통 한 가지 장면뿐이었다. 얼마 전, 복도에서 해준과 마주친 그 기억이었다.

도대체 왜 그 사람이 여기에 있는 거지. 계열사는 분명히 도준 씨가 맡기로 했는데.

감시를 하려고 온 것일까. 문득 그런 생각이 들었다. 해준의 성격을 놓고 본다면 가능성이 아예 없는 일도 아니었다.

하지만 이런 식으로 계속해서 마주치고 싶지는 않았는데. 예진은 무거운 한숨을 내쉬며, 괜히 애먼 가방을 든 손에 힘을 주었다. 그러고는 걸음을 떼려고 했으나, 그녀는 다시 자리에 멈춰 설 수밖에 없었다. 앞을 막아선 해준 때문이었다.

"……."

하지만 해준은 아무런 말도 하지 않은 채, 입술을 짓씹으며 예진을 바라보기만 할 뿐이었다.

"저리 비켜요."

침묵을 먼저 깬 사람은 예진이었다. 그녀는 해준을 바라보며 단호하게 말했다.

"비키라고요."

하지만 돌아온 것은, 예진의 말에 대한 반응이 아니었다.

"그래도 아닐 거라고 생각하고 싶었지."

해준이 낮은 목소리로 중얼거리듯 입술을 달싹였다.

"그 모든 상황을 다 알고 있으면서, 굳이."

"……."

"정말, 굳이."

해준의 말이 뜻하는 것이 무엇인지, 예진은 모르지 않았다.

"내 기분을 더럽게 만들려고 한 거였다면, 아주 보기 좋게 성공했어."

어떻게 그럴 수 있었을까. 나한테 있어서 박도준이 어떤 의미인지 모르지도 않는 사람. 예진의 뻔뻔함에 조금은 어이가 없는 것도 같았다.

"그럼 그걸로 된 일이네요."

저의 이러한 선택이 해준의 마음에 작은 생채기나마 남겼다면, 그걸로 족하다는 생각이 들었다. 해준이 지난 1년간 아무렇지도 않게, 그 이름 모를 여자와 함께 행복한 시간을 보내 왔다고 생각한다면 더더욱 그런 것도 같았다.

"박도준이 그러더군. 너와 아주, 긴밀한 사이라고."

도준의 그 말은 해준의 속을 무참히 뒤집어 놓았다. 박도준과 한예진은 번갈아 가며 저를 뒤흔들려고 작정이라도 한 사람들 같았다.

"네 입으로 말해 봐. 그 말이 진짜인지."

하지만 그래도 한 번쯤은 예진에게서 대답을 듣고 싶었다. 도대체 무슨 기대를 하고 있는 것일까. 그런다고 바뀌는 건 아무것도 없는데. 그런 생각이 들기는 했으나, 아니라는 말을 해 주기를 바랐다.

그러나 예진은 해준을 빤히 바라보는가 싶더니, 해준이 바라지 않는 대답을 내놓았다.

"마음대로 생각하세요."

"……."

"그리고 본부장님 말이 사실이든 아니든, 이사님이 아실 바 아니잖아요? 우리는 아무런 상관도 없는 사람들인데."

"……뭐?"

"제가 누굴 만나 어떤 관계를 맺든 이사님이 뭐라고 하실 자격은 없어요."

그 말에, 해준의 얼굴이 싸늘하게 식었다. 해준은 그렇게 예진을 가만히 노려보는가 싶더니, 다시 말을 이었다.

"끝난 적 없다고 했지."

"하……."

"끝을 내도 내가 내. 그런데 왜 내가 자격이 없지?"

예진은 저도 모르게 헛웃음을 터트렸다. 그러고 보면 해준은 며칠 전 마주쳤을 때도 같은 말을 했다. 누구 마음대로 끝을 내냐면서.

하지만 해준이 아무리 우겨 댄다고 한들, 끝이 난 것은 끝이 난 것이었다. 그리고 그 끝맺음을 맺은 것은 제가 아니었다. 예진은 그렇게 생각했다.

"이사님 말씀이 맞아요. 끝을 낸 건 이사님이셨으니까."

해준은 예진의 말을 전혀 알아들을 수가 없었다. 저는 단 한 번도 이 관계를 끝낸 적이 없었고, 또 끝을 낼 생각도 없었다.

"1년 전에 이미 그렇게 하셨잖아요. 그리고 고작 기분이 더러운 정도로는…… 그때 제가 받았던 상처의 절반에도 못 미쳐요."

"너한테 상처 준 적 없어."

줄 수 있었다면, 정말 줬다면 차라리 쉬웠을 것이다. 지금처럼 화가 나지도 않았을 것이고, 지난 1년을 그렇게 버티듯 살아오지도 않았겠지.

"……이사님이 생각하기에 상처가 안 되는 것들이었다면, 그런 거겠죠."

날 기만하고 속인 것들이 당신에게 아무것도 아닌 정도였다면, 정말 그렇게 생각할 수도 있겠지. 나는 너를 상처 입힌 적이 없다고.

우습게도 대화를 나누면 나눌수록 점점 비참해지는 기분이었다. 눈앞의 남자는 그저 제가 그런 식으로 떠난 것에 화가 난 것 그 이상도, 이하도 아닌 듯했다.

더 이상 해준의 얼굴을 마주 보고 싶지 않았다. 그러나 그동안 생각해 왔던,

하지만 미처 하지 못했던 말만큼은 꼭 하고 싶었다.

"제게 그러셨죠. 제 인생에서 또 비가 쏟아지면 피할 곳이 이사님이셨으면 좋겠다고."

'네 인생에서 다시 비가 내릴 때, 네가 찾는 게 나였으면 좋겠어. 그렇게 네가 숨을 수 있는 곳이 되었으면 좋겠어. 내가.'

언젠가 제가 예진에게 했던 말이 머릿속을 스쳐 지나갔다. 함께 맞잡았던 손의 온기까지도. 하지만 눈앞의 예진은 그때의 예진이 아니었다.

"이사님은 제가 피할 곳이 아니라, 그 비를 자꾸만 쏟아지게 만드는 사람이에요."

"……."

"이사님과 함께 있으면 전 늘 비를 맞게 되겠죠. 그저 그뿐이에요."

그 말을 끝으로, 예진은 시선조차 마주치지 않은 채 뒤돌아섰다. 그러고는 미련 없이 걸어가기 시작했다.

해준의 검은 눈동자에 점점 멀어져 가고 있는 예진의 뒷모습이 비쳤다. 그것은 이내 점이 되어 사라져 버렸으나, 해준은 못이 박힌 듯 움직이지 않았다.

……차라리 치워 버리면. 그렇게 내 인생에 다시는 나타날 수 없도록 망가트리면. 그럼 더 쉬울 텐데.

저를 버리고 떠난 예진에게 복수를 하고 싶었다. 그녀의 삶을 송두리째 뒤흔들고 싶었다.

하지만 해준은 뒤늦게 깨닫고 있었다. 저는 애초에 그런 일을 할 수조차 없었다는 사실을.

그게 아니었다면, 이런 식으로 이곳에 올 일도 없었을 것이다. 그리고 매번 저를 피하기만 하는 예진을 붙잡지도 않았을 것이다. 너는 내 인생에 비를 내리게 만드는 사람이라는 말을 듣고, 이렇게 멈춰 서지도 않았을 것이다.

……나는 결국 네게 아무런 상처도 줄 수가 없구나.

난 그저 떼를 쓰고 싶었던 걸지도 모르지. 다시 내 인생에 돌아와 달라고. 그럼 모든 걸 다 용서하겠다고…….

도대체 나는 지금 뭘 하고 있는 것일까. 너를 상처 입히지도 못하고, 완전히 용서하지도 못하는 주제에. 해준은 저도 모르게 멍한 표정을 지었다.

○ ◎ ●

연정은 모든 일이 순조롭게 돌아가고 있다고 생각했다. 지난 1년간, 그 생각은 딱히 틀리지는 않았다. 그녀가 바랐던 것처럼 예진은 해준에게서 떨어져 나갔으니까.

원래 눈에 보이지 않으면 마음 역시 멀어지는 법이었다. 그것도 상대방이 아무런 말이나 정당한 이유 없이 저를 버리고 떠난 것이라면 더더욱 그러했다.

물론 해준은 여전히 연정이 가지고 오는 혼처 따위는 거들떠보지도 않았지만, 그런 것 정도는 시간이 해결해 줄 일이라고 믿었다.

예진이 돌아왔다는 소식을 전해 듣기 전까지는, 그러했다.

"하……."

가만히 앉아 있던 연정이 기가 차다는 듯 한숨을 내뱉었다. 한국으로 돌아왔으면, 그런 일들을 당했으면 쥐 죽은 듯 지내야 하는 것이 아닌가. 하지만 한예진이라는 여자는 거머리처럼 다시 해준의 앞에 나타났다. 그것도 심지어, 다른 이도 아닌 박도준과 함께.

"김미향보다도 더한 년 같으니."

해준과의 관계가 틀어졌으니, 이제는 박도준에게 가서 붙은 것이리라. 드는 생각은 오로지 그것뿐이었다.

박도준이 어떤 여자와 함께하든, 그것은 연정이 알 바가 아니었다. 하지만 그 여자가 한예진이라는 사실은 하나도 좋을 것이 없었다. 특히 해준이 그녀를 아직도 잊지 못한 지금은 더더욱.

그리고 최악의 경우, 만에 하나…… 해준이 미련을 끝내 떨치지 못하고 다시 예진과 함께하고 싶어 한다면, 그것은 연정에게 있어 거의 재앙이나 다름이 없었다.

'아직도 경호원들을 쫓고 있는 것 같습니다.'

벌써 1년이라는 시간이 지났는데도 불구하고, 해준은 예진 모친의 사고와 관련된 이들을 찾는 일을 포기하지 않았다. 그래도 연정은 상황을 낙관했다. 시간이 지나면, 이 역시 언젠가는 포기할 것이라고.

하지만 해준이 모든 사실을 알게 된다면…… 해서 예진과 함께 서로의 오해를 풀게 된다면? 그때는 돌이킬 수도 없어질 것이 빤했다.

충분히 난감한 상황이었다. 그러나 아직 더 나빠질 것이 남아 있었는지, 몇 시간 전에 연정에게 전화가 한 통 걸려 왔다.

– 윤 비서라는 그 남자가, 경호원 중 하나의 신상 명세를 알아냈습니다.

'아니, 지금 그게 무슨 소리예요? 도대체 누구랑!'

– 전에 말씀드렸던 그 사람입니다. 최 팀장이요.

그는 예진 모친의 죽음을 눈앞에서 목격한 사람 중 하나였다. 적잖은 충격을 받았던 것인지, 아니면 죄책감 때문인지는 몰라도 그는 그날부로 경호 일을 그만두었다. 혹시 모를 일을 대비하여, 연정은 그를 계속해서 주시하라고 했었다. 그런데 왜 이렇게 갑자기.

– 지난달까지는 연락이 되었는데, 지금은 아무런 소식이 없습니다. 행방도 알 수가 없고요. 하지만 윤 비서라는 남자도 그걸 알아내기까지는 시간이 걸릴 테니…….

지금 그걸 말이라고 하는 거예요? 연정은 크게 소리쳤다. 그러다 윤 비서가 저들보다 먼저 최 팀장이라는 남자와 연락이 되면? 그래서 그 남자가 모든 사실을 실토하기라도 하면 어찌한단 말인가.

"젠장……."

꾹 다물려 있던 연정의 고운 입술 사이로 결국 험한 욕설이 튀어나왔다. 무슨 일이 있어도 반드시, 윤 비서보다 그를 먼저 찾아내겠다는 말을 듣기는 하였으나, 그런 약속 따위는 아무런 힘이 없다는 사실은 누구보다도 연정이 제일 잘 알고 있었다.

하지만 이제는 예진을 잡고 뒤흔들 방법조차 없었다. 그녀의 유일한 약점이던 모친은 이미 죽었고, 다른 이도 아닌 도준과 함께하고 있었으니까.

"……."

소파 위에 늘어져 있던 연정의 손이 꽉 쥐어졌다. 그녀는 그렇게 혼자 속으로 화를 삭이며, 그저 빌 뿐이었다. 제발 제가 걱정하는 일들이 생기지 않기를.

○ ◎ ●

며칠이 지났다. 비웃던 사람들의 걱정과는 달리, 도준은 생각보다 제 몫을 잘해 나가고 있었다. 물론 성과를 보이기에는 턱없이 짧은 시간이기는 했으나, 어쨌든 그는 무난하고 무탈하게 순항을 하고 있는 셈이었다.

하지만 김미향의, 어머니의 의견은 다른 모양이었다.

"지금 정도로는 턱도 없어."

미향은 아침을 먹다 말고 도준에게 단호한 목소리로 말을 꺼냈다.

이런 상황을 피하기 위해 일부러 어제 늦게까지 회사에 남아 야근을 한 것이었는데. 도준은 쓴웃음을 지었다.

"더 눈에 띄는 성과를 내야 해. 그래야 더 안전하게 갈 수 있어."

도준은 아무런 대답도 하지 않았다. 그저 조금씩 식어 가는 음식들을 가만히 내려다볼 뿐이었다.

"그리고 얘기 들었다. 네가 계열사를 맡기 전에, 도련님이 유한그룹한테 수주를 받기로 했었다면서?"

어머니의 인맥은 늘 도준의 상상 이상이었다. 그것은 전부, 박동호가 살아 있을 적부터 시간을 들여 노력해 온 결과라고도 할 수 있었다. 솔직히 말해 보자면 그들이 챙기려는 잇속은 빤한 것이었으나, 미향이 그런 것을 신경 쓸 리 없었다. 그녀는 그저 제가 원하는 바만 이루면 다른 건 어떻게 되든 상관이 없었으니까.

"그 사업 건이 성공하면 너한테는, 우리한테는 좋을 게 하나도 없을 거야. 아마 도련님하고 사전에 말을 맞춰 놓았겠지. 회장직에 오르도록 힘을 실어 주겠다면서."

"……."

"계열사 내부에도 엄마가 믿을 만한 사람들이 몇 있어. 너 혼자라면 무리겠지만, 그 사람들이 힘만 실어 준다면…… 사업을 완전히 중단시키지는 못하더라도, 최소한 시간을 끌 수는 있을 테고."

기껏 숨 가쁘게 말을 했는데도 돌아오는 반응이 없었다. 미향은 대답 없는 아들을 빤히 쳐다보았다. 고개를 든 도준 역시 미향을 마주 보았다. 그러고는 그제야 천천히 입술을 달싹였다.

"엄마, 그거 알아요?"

"무얼."

"가끔 난…… 차라리 엄마가 나였으면 좋겠다는 생각을 한다는 거."

도준이 힘없이 피식거리며 중얼거렸다.

만약 그럴 수만 있다면, 모든 게 행복할 것이다. 어떠한 부채감도, 압박감도 느끼지 않을 수 있을 테니까.

하지만 안타깝게도 도준은 미향이 아니었다. 아마도 그게 가장 큰 비극이 아닐까.

"엄마는 지금 널 위해서 최선을 다하고 있어."

미향이 진지한 낯으로 아들에게 말했다.

"그러니 너도 날 실망시키지 말렴. 너까지 나를 비참하게 만들 생각이 아니라면."

……늘 그래 왔듯, 같은 소리들이었다.

이다음은 뭔가요. 그리고 또 그다음은? 어디까지 해야 만족할 건가요. 당신의 비참함을 없애기 위해 발버둥 치는 나의 비참함은 그럼 누가 알아주는 건가요? 도준은 제 어머니를 바라보면서, 자꾸만 입술 사이를 비집고 튀어나올 것만 같은 물음들을 애써 집어삼켰다.

난 널 위해서 최선을 다하고 있어. 미향의 그 말은 다른 측면으로 보자면 완전히 거짓말은 아니었다.

한때는 어머니의 치맛바람에 휩싸인 채 안정감을 느끼기도 했었다. 그리고 그 안에서 남몰래 스스로에게 약속을 한 적도 있었다. 난 엄마를 지킬 거야. 엄마는 불쌍한 사람이니까. 나까지 엄마를 실망시켜서는 안 돼.

그러나 나이가 든 도준은 그녀의 치맛바람이 강철보다 더 단단하다는 사실을 깨달았다. 그래서 휩싸인 이의 숨통을 하릴없이 막아 버린다는 사실 역시도.

애초에 도준은 지금 일어나고 있는 모든 일들을 진심으로 바란 적이 단 한 번도 없었다. 이런 식으로 꼭두각시 같은 삶을 사는 것 역시 마찬가지였다.

"힘들 건 아무것도 없어. 너는 그냥 엄마가 말하는 대로만 하면 되는 거야. 그러니 다른 생각은 하지 마."

도준은 더 이상 아무런 말도 하지 않았다. 제 속마음을 드러내는 어떤 말을 한다고 하더라도, 미향은 그것을 들어 주지 않을 것임을 알고 있었으므로.

……하지만 이상하게도, 문득 예진이 했던 말이 떠올랐다.

'본부장님 마음, 뭔지 잘 알아요. 저도 그런 생각을 자주 했었거든요. 이렇게 살고 싶은 건 아니었다고. 그건 너무 잔인하고, 숨이 막히는 일이잖아요. 그러니 저한테 말하는 걸로 조금이라도 마음이 풀리신다면, 그걸로 됐어요.'

당신은 다르겠지. 당신은 내 이야기들을 말없이 들어 주고, 또 이해해 주겠지. 내게 말했던 것처럼. 그래서 조금이나마, 나를 숨 쉴 수 있게 해 주겠지.

이윽고 도준은 입을 꾹 다문 채 자리에서 일어났다. 무어라 말을 잇는 미향의 목소리가 들렸으나, 그는 제 어머니를 돌아보지 않았다. 그렇게 했다가는, 정말이지 숨이 막혀 쓰러져 버릴 것만 같아서.

○ ◎ ●

건물 안으로 들어서는 예진의 얼굴은 그다지 밝지 못했다.

그녀는 복도를 걸어가며 저도 모르게 반사적으로 주위를 두리번거렸다. 지난 며칠간 그랬듯 혹시라도 해준과 마주치는 일이 생길까 싶어서였다.

어젯밤 도준에게서 메시지가 왔다. 그는 상황을 간략히 설명하고, 해준이 당분간 회사에 걸음 할 듯싶다는 말을 전해 주었다.

이미 예상을 한 일이기는 했으나, 기분이 좋을 리는 없었다.

도대체 언제까지 이런 식으로 끊임없이 얽혀야만 하는 것일까. 예진은 문득 어제 회사 앞에서 마주쳤던 해준을 떠올렸다. 마치 저를 원망이라도 하는 듯하던 그 표정도 함께.

더 이상 생각하고 싶지 않아. 예진은 괜히 애꿎은 입술만 있는 힘껏 짓씹은 채, 조용히 엘리베이터에 올랐다.

하지만 그것이 마음대로 되는 일이었다면, 지난 1년간 그렇게 마음고생을 할 일도 없었을 것이었다.

'너한테 상처 준 적 없어.'

해준의 말을 곱씹던 예진은 조용히 헛웃음을 지었다. 그 말을 하는 해준은 꼭…… 상처를 입은 것은 예진이 아닌 본인이라고 하는 사람 같아 보였다. 그래서 더 어처구니가 없었다.

아니, 어쩌면 상처를 받은 내가 멍청했던 것일지도 모르지. 문득 그런 생각이 들었다. 그만큼 해준은 변했고, 또 믿었던 제가 잘못이었다고.

……그러니까, 그렇게 머릿속에서 덧없는 상념들만을 하염없이 늘어놓고 있던 찰나였다.

서서히 닫혀 가고 있던 엘리베이터 문이 덜컹 소리를 내며 다시 열렸다. 그래서 예진은 제가 닫힘 버튼이나, 내려야 할 층수 따위를 누르지도 않고 있었다는 사실을 뒤늦게 깨달았다.

"미안해요. 가려는 걸 억지로 잡았네요."

"아, 괜찮……."

고개를 든 예진이 뭐라고 대답을 하려다가 크게 멈칫거렸다.

그 여자였다.

연정이 보내온 사진 속의 여자. 해준과 맞선을 보았던. 그리고 지금까지도 그와의 관계를 긴밀하게 유지하고 있는 것만 같았던.

"……."

예진은 시선을 감출 생각은 하지도 못한 채, 저도 모르게 그녀를 빤히 바라보았다.

여자를 가까이에서 보는 것은 처음이었다. 저번에 마주쳤을 때는 멀리서만 보고 도망치듯 라운지 바를 나와 버렸으니까.

코앞에서 본 여자는 예진이 어렴풋이 생각했던 모든 이미지에 부합하는 사람 같았다. 그녀에게서는 머리부터 발끝까지, 해준과 같은 냄새가 났다. 아쉬운 것 하나 없이 살아왔을 게 분명한. 그래서 예진과는 전혀 다른 시간들을 보내 왔을 거라는 사실을 쉽게 유추할 수 있는…… 그런 냄새.

예진이 그러하듯, 여자 역시 말없이 예진을 가만히 마주 보았다. 그제야 제가 너무 적나라하게 상대방을 바라보고 있었다는 사실을 깨달은 예진이 살짝 고개를 돌렸으나, 그녀의 시선은 계속해서 제게 고정돼 있었다.

"반가워요. 정혜연이라고 해요."

도대체 무슨 생각을 하고 있는 것인지, 혜연은 아무렇지 않은 듯 웃으며 예진에게 인사를 건네었다.

"짐작은 하고 계시겠지만 박해준 이사님 뵈러 왔어요. 당분간 본사가 아니라 이쪽에 계신다고 하기에."

"……그러시군요. 저도 반갑습니다. 한예진이라고 합니다."

어쨌거나 인사를 받았으니, 저 역시 답인사를 하는 것이 맞았다. 예진은 불편한 마음을 애써 감추며 다시 혜연을 바라보았다.

이 사람은 내가 누군지 알면서 이러는 것일까. 예전에 났던 기사를 보지 못했을 리가 없을 텐데.

그리고 마치 예진의 생각을 읽어 내기라도 한 듯, 혜연이 말을 이었다.

"예진 씨는 저를 못 봤을 것 같지만, 저는 며칠 전에 예진 씨 봤거든요. 그 호텔, 저희 집안에서 운영하고 있는 거라서."

최대한 빠르게 자리를 벗어났다고 생각했는데, 혜연도 저를 본 모양이었다. 딱히 이렇다 할 만한 대답이 떠오르질 않아 예진은 그러셨나요, 하는 짧은 한 마디만을 내놓았다.

"예전부터 조금 궁금했거든요. 도대체 어떤 분인가 하고."

그리고 혜연은, 예진이 알아들을 수 없는 말을 하기 시작했다.

"그런데 왜 이 건설사에 계신 건가요?"

"……네?"

"뭔가 조금 이상해서요. 지금 SL건설은 박도준 본부장이 실경영을 하고 있지 않나요? 저는 당연히, 예진 씨는 박해준 이사님과 함께하실 줄 알았거든요."

전혀 알아들을 수 없는 혜연의 말에, 저도 모르게 눈이 가늘어졌다. 하지만 혜연은 그런 예진을 아는 것인지, 모르는 것인지 계속해서 말을 이었다.

"지금 여기서 일하고 계신 것 맞죠? 제 눈에는 그래 보이는데……."

"……네, 본부장님 비서로 일하고 있어요."

이번에는 혜연이 조금은 놀란 듯한 표정을 지었다. 그녀는 잠시 말이 없더니, 조금은 당혹한 낯으로 아, 하는 소리를 내었다.

"음…… 우선 미안해요. 제가 상황도 모르는데 괜히 쓸데없는 말을 한 것 같네요."

"그게 무슨 말씀이세요?"

"아니에요. 그다지 신경 쓰지 않으셔도 되는 말이었어요."

혜연은 뒤늦게 아차 싶었다. 그녀는 제가 한 말대로, 해준과 예진의 사이가 어떤 상황인지 전혀 모르고 있었다.

다만 호텔에서 예진을 보았던 날, 해준과 함께 있었던 것은 사업과 관련해 대화를 나누기 위함이었다. 혜연은 해준의 시선을 좇다가 예진을 보게 되었고, 해준은 그녀에게 양해를 구하고는 잠시 자리를 비웠다.

'되게 중요한 분인가 봐요, 이사님한테.'

'……'

'하지만 여자 친구분이 알면 기분이 좋지는 않을 것 같은데요. 처음 만났던 날 얘기했던 분 말이에요.'

해준은 대답 대신 어딘가 모르게 자조적인 낯으로 피식거렸고, 혜연은 그의 그런 모습을 다른 뜻으로 이해했다.

'혹시 그분이 저분인가요?'

오해하지 않게 잘 말해 주세요. 혜연의 말에도 해준은 끝까지 아무런 반응도 보이지 않았다.

그래서 예진이 이 건물에 있는 게 더 의아했던 것이었다. 얘기를 들어 보니, 둘의 관계는 틀어져 버린 듯싶었다. 이럴 줄 알았다면 애초에 이야기조차 꺼내지 않았을 텐데. 혜연은 뒤늦게 후회했다.

이내 짤막한 알림 음과 함께 엘리베이터가 멈추어 섰다. 해준이 있는 층이었다. 조금 민망한 표정을 지으며 예진을 바라보던 혜연은 천천히 엘리베이터에서 내렸다.

"다음에 기회 되면 또 봐요."

"……."

"그럼."

엘리베이터 문이 다시 닫혔고, 예진은 혼자 남겨졌으나 머릿속은 아까보다도 더 혼란스러워져 있었다. 혜연이 남긴 알아들을 수 없는 말들 때문에.

○ ◎ ●

"좋은 아침이에요, 예진 씨."

본부장실 안으로 들어서자, 여느 때처럼 엷게 미소를 짓고 있는 도준의 얼굴이 보였다. 예진은 짤막하게 인사를 건네고는 오늘의 일정표를 되짚으며, 도준에게 알려야 하는 사항들을 보고했다.

"그래도 오늘은 조금 낫네요. 생각보다 많이 바쁘지는 않아서."

도준이 작게 중얼거리자 말없이 고개를 끄덕이던 예진은 문득 그를 마주 보았다.

표정은 평소와 다름이 없었지만, 도준은 조금 피곤해 보였다. 잠을 자지 못한 것일까. 어쩌면 그럴지도 몰랐다. 예진으로서는 그가 받고 있는 스트레스가 얼마나 큰지 쉽게 짐작할 수 없었으므로.

예진의 그런 눈빛을 알아차렸는지, 도준이 살짝 피식거리며 말했다.

"얼굴이 좀 그런가요?"

"그냥 피곤하신 것 같아서요."

예진의 말이 맞았다. 피곤하기 짝이 없었다. 하지만 육체적인 피로라기보다는 정신적인 문제가 더 컸다.

"신경 써 줄 정도까지는 아니에요. 그래도 뭐, 나쁘지는 않네요."

"뭐가요?"

"누군가가 내 감정 변화를 기민하게 알아차려 준다는 거요."

도준의 말에 예진은 무슨 대답을 해야 할지 알 수가 없었다. 어쩐지 그는 예진의 기억 속에 남아 있는 누군가와 무척이나 닮은 것 같았다. 필요로 하는 것도, 결핍된 부분도.

"……난 가끔 모든 걸 다 내려놓고 떠나고 싶다는 생각을 해요."

도준이 조금은 공허한 표정을 지으며 말을 이었다.

"물론 그러지 못하겠지만요."

"왜요?"

"족쇄가 있어서."

도준이 손가락으로 동그라미를 만들며 대답했다.

"어렸을 적에는 그게 족쇄인 줄도 모르고 살았어요. 그냥 내가 당연히 책임져야 하는 무언가라고 생각했죠. 지금도 그 생각을 완전히 떨쳐 내지는 못했어요. 그 족쇄가 싫지만 가엾고, 가엾지만 또 벗어나고 싶은 그런 거죠."

상황은 무척이나 달랐으나, 예진 역시 비슷한 생각을 한 적이 있었다. 엄마에게. 동병상련의 기분을 느껴서인지, 아니면…… 제가 알고 있는 김미향이라는 사람의 이미지 때문인지는 알 수 없었지만 예진의 귀에는 그 족쇄라는 것이 본인의 모친을 이야기하는 것처럼 들렸다.

도준은 예진의 모든 생각을 다 뒤바꿔 놓은 사람이었다. 그는 예진의 예상과는 달리 김미향과는 하나도 닮지 않았고, 외려 이런 상황을 버거워하는 것도 같았다. 어쩌면 그래서 눈앞의 도준이 더더욱 안쓰럽게 느껴지는 걸지도 몰랐다.

"주제넘다고 생각하실 수도 있겠지만……."

이내 예진이 천천히 입술을 달싹였다.

"본부장님이 원하는 게 모든 걸 내려놓는 거라면, 그렇게 하셔도 된다고 생각해요."

도준이 작게 멈칫거렸다.

"본부장님의 인생이잖아요."

"……."

"그러니 본부장님이 책임지셔야 하는 건 본인의 행복뿐이에요. 다른 사람들은 본부장님의 선택에 대해서 뭐라고 말할 권리도, 자격도 없어요."

그뿐이에요. 예진은 그 말을 끝으로 입을 다물었고, 도준은 고요히 그녀를 바라보았다.

어쩌면 알아들었을지도 모르지. 내가 말한 족쇄가 누구를 뜻하는지. 게다가 이미 모든 상황을 파악하고 있었던 사람이니, 더더욱.

하지만 예진의 말에 다른 뜻은 전혀 없는 것 같았다. 그저 온전히 저를 향한 위로처럼 들렸다. 다른 시선 따위는 아무것도 섞이지 않은.

이제야 조금은 알 것도 같았다. 그 박해준 이사가, 왜 이 여자를 그렇게까지 마음에 담아 두고 있는지.

"고마워요. 늘 기억하고 있을게요. 진심이에요."

맑게 웃어 보이며 답한 도준은 화제를 돌리듯 다른 질문을 던졌다.

"내일은 뭐 해요, 주말인데. 집에서 쉴 생각이에요?"

"아, 내일은……."

"괜찮으면 같이 저녁이나 먹는 건 어때요. 저번에 제대로 된 식사 대접 못 했잖아요. 또 뒤늦게 취업 축하도 할 겸."

잠시 머뭇거리던 예진은 조금 미안한 표정을 지으며 말했다.

"죄송해요. 일이 있어서."

"약속이라도 있어요? 친구들?"

"아뇨, 그런 건 아니지만…… 갈 곳이 있어서요."

그 말을 하는 예진은 지금까지와는 달리 조금 울적한 낯을 하고 있었다. 그래서 도준은 무언가를 더 물으려다가, 입을 다물었다. 늘 얼굴 한구석에 그늘이 져 있는 예진이었으나, 저런 표정을 짓는 것은 처음 보는 듯했다.

"그럼 이만 나가 보겠습니다."

그래요. 알겠어요. 도준은 짤막하게 대답했고, 예진은 곧 본부장실을 빠져나갔다.

○ ◎ ●

윤 비서에게 전화가 걸려 온 것은 늦은 밤 무렵이었다.

윤 비서는 피곤이 잔뜩 묻어나는 낯으로 차에서 내렸다. 늘 바쁜 일상을 보냈으나, 요즘은 그 강도가 더 심했기 때문이었다. 그렇지 않아도 처리할 일이 한가득인데도 불구하고, 그는 포기하지 않고 계속해서 누군가를 찾고 있었다.

집을 향해 터덜거리며 걸음을 떼던 윤 비서는 문득 자리에 멈추어 섰다. 계속해서 울려 대고 있는 핸드폰의 진동 때문이었다. 또 무슨 일이 있나. 윤 비서는 핸드폰을 확인했다. 그러고는 눈을 가늘게 뜬 채 전화를 받았다.

— 윤 비서님, 찾았습니다.

핸드폰을 귀에 대자마자 그는 생각지도 못한 소식을 듣게 되었다.

— 사라진 경호원 말입니다. 최 팀장.

"……예?"

— 서울에서 멀리 떨어진 지방에 있다고 합니다. 그런데 계속해서 위치가 바뀌는 것 같다고 해서 일단 먼저 연락드렸습니다.

이사님에게 미리 알려야 할까. 제일 먼저 든 생각은 그것이었다. 하지만 윤 비서는 이내 고개를 저었다. 해준에게 알리는 건 상황이 더 확실해지고 난 뒤에 해도 늦지 않으리라.

"일단 알겠습니다. 내일 아침까지 그쪽으로 갈 테니 주소 먼저 보내 주세요."

예. 핸드폰 너머에서 경호원의 목소리가 들려왔다. 전화를 끊은 윤 비서는 저도 모르게 마른침을 삼켰다.

그 최 팀장이라는 남자에게서 이야기를 들을 수 있다면. 그래서 어떤 일이 있었는지 알 수만 있다면…… 어긋나 버린 두 사람의 관계 또한 돌이킬 수 있으리라. 윤 비서가 원하는 건 그것 하나뿐이었다.

15

예진이 그곳을 찾은 것은 늦은 오후 무렵의 일이었다.

날씨는 그녀의 감정처럼 금방이라도 비를 쏟아 낼 듯 우중충했고, 불어오는 바람은 뼈가 시릴 정도로 찼다.

"……."

천천히 납골당 안으로 들어서는 예진의 옆얼굴은 처연하기 짝이 없었다.

얼마 가지 않아, 예진의 걸음이 멈추었다. 못이 박힌 듯 우두커니 자리에 선 예진은, 유리 너머에서 저를 바라보며 웃고 있는 엄마의 사진을 응시했다.

……한국에 돌아온 뒤, 처음으로 찾은 납골당이었다.

"안녕, 엄마."

예진은 갈라진 목소리로 엄마에게 인사를 건네었다. 그러고는 또다시 입을 다물었다가 달싹거리기를 쉼 없이 반복했다.

"그동안 안 찾아와서 미안해."

말 그대로였다. 못 찾아온 것이 아니라, 안 찾아온 것이었다. 다른 사람들이 듣는다면 손가락질을 할 수도 있겠으나, 예진으로서는 어쩔 수가 없었다.

"난 그냥…… 엄마가 어딘가에서 계속 잘 지내고 있을 거라고 생각하고 싶었던 것 같아."

그러니 엄마는, 죽은 게 아니라고. 바보 같은 짓이라는 건 알았으나, 그렇게라도 생각하고 싶었다.

하지만 오늘까지도 그 멍청한 짓을 되풀이할 수는 없었다. 오늘은 엄마의 기일이었으니까.

"……아직까지도 받아들이고 싶지가 않았나 봐."

예진이 힘없이 피식거렸다.

"나는…… 잘 지내."

새빨간 거짓말이었다. 하지만 난 여전히 잘 지내지 못하고 있다고, 그런 말을 하면 엄마는 슬퍼할 것이었다. 그래서 예진은 부러 웃어 보이며 덧없이 중얼거렸다.

"그러니까 엄마도 잘 지냈으면 좋겠어. 아프지도 말고, 슬프지도 말고. 평범하게. 거기서라도."

이런 말을 한다는 것 자체가 우습다는 사실은 알았다. 애초에 엄마가 죽어 버린 것은 제 탓이나 다름없었으므로.

엄마의 사진을 응시하던 예진의 눈동자가 슬프게 흔들렸다. 그녀는 그렇게 하염없이 엄마를 바라만 보다가, 1년 전에는 미처 하지 못한 말을 내뱉었다.

"엄마, 미안해. 결국 나는 엄마를 한 번도 지켜 주지 못했어."

아버지에게서도 지키지 못했고, 결국에는 그녀를 죽게 만들었다.

차라리 그 언젠가, 엄마가 응급실에 실려 갔던 날. 무슨 수를 써서라도 그녀를 데리고 이곳을 떴어야만 했다. 아버지도, 해준도 찾을 수 없는 아주 먼 곳으로.

그랬다면 결과는 달랐을 텐데.

"정말 미안해……."

대답조차 들을 수 없는 사과였으나, 예진은 하염없이 같은 말만을 되풀이했다.

이내 예진의 고개가 푹 숙여졌다. 마치 스스로가 죄인처럼 느껴져서, 엄마를 계속 바라볼 자격조차 없는 것 같았다.

얼마 지나지 않아 바깥에서는 빗줄기가 퍼붓는 소리가 들려왔고, 예진은 그렇게 한참 동안이나 그 자리에 못이 박힌 듯 서 있었다.

○ ◎ ●

시리도록 찬 겨울비가 쏟아지고 있었다.

건물 밑에 선 예진은 한없이 퍼부어지는 빗줄기를 멍한 낯으로 그저 바라만 보았다.

하지만 비는 멈출 생각이 전혀 없는 것 같아 보였고, 하늘은 이미 어두워져 있었다.

이윽고 예진은 우산도 없이, 천천히 걸음을 떼었다. 찰박거리는 소리와 함께 운동화가 젖어 들어갔고, 얇은 코트는 점점 무거워졌다. 얼마 지나지 않아 젖은 몸에서는 한기까지 돌기 시작했으나, 그래도 상관은 없었다.

어차피 익숙한 일이었다. 이런 식으로 비를 맞는 너절한 삶 같은 건.

그래. 어쩌면 나한테 제일 잘 어울리는 건 이런 것들일지도 모르지.

'모르잖아요…… 그렇게 가 놓고도 후회하고 있을지. 그래서 사실은 내가 기다려 주기를 바라고 있을지도…… 모르잖아.'

그리고 문득, 오늘처럼 비가 오던, 그리고 예진의 마음에도 빗줄기를 퍼부었던 지난날들이 눈앞을 선명하게 스쳐 지나갔다.

'이 망할 년, 감히 도망을 가!'

'난 엄마를 사랑하는데, 그러니까 져 줬어야 했는데. 하지만 엄마처럼 살고 싶지는 않았어요. 나까지 그렇게 되고 싶지는 않았어……'

머리카락을 타고 흘러내린 시린 빗방울이 예진의 얼굴을 적셨다. 마치 눈물처럼.

'비가…… 그냥 비가 와서 그래요……'

그래.

비가 와서 그런 것뿐이야.

하지만 예진은 몇 걸음도 걷지 못하고 무너지듯 거리에 주저앉았다. 그러고 는 앙상한 손으로 얼굴을 감싼 채 움직이지 않았다.

한동안 그렇게 울고 있던 예진의 몸 위로 어두운 그림자가 졌다. 마른 몸을 하염없이 적시던 빗줄기가 멎었다.

무엇인가 이상하다는 걸 느낀 예진은 고개를 들었다.

제 앞에는 해준이 서 있었다.

"……."

비에 젖고 있는 것은 해준 역시 마찬가지였다. 그는 손에 들고 있는 우산을 예진에게 씌워 준 채, 한참이나 움직이지 않고 있었으므로.

"당신이……."

예진이 마른 입술을 달싹거렸다.

"당신이 여기에…… 왜 있어요. 왜……!"

제게 내던져진 물음에는 원망만이 선명히 묻어나고 있었다. 하지만 해준은 그녀의 물음에, 어떤 대답도 할 수가 없었다.

글쎄. 왜일까. 왜 나는 이곳에 있는 걸까. 스스로조차도 알 수가 없었다. 그 저 기억하고 있었을 뿐이다. 오늘이 예진 어머니의 기일이라는 것을. 그러니 예 진이 이곳에 올 것이라는 사실 역시 알았다.

예진은 눈물이 그렁그렁 맺힌 눈으로 해준을 쳐다보더니, 천천히 자리에서 일어났다. 그러고는 제게 우산을 씌워 주고 있던 그의 손을 힘없이 내리쳤다.

툭, 하는 소리를 내며 우산이 빗물이 가득 고인 땅을 뒹굴었다.

"도대체 나한테 왜 이래요. 내가 이러는 게, 매번 이런 식으로 무너지는 게…… 재미있어요?"

……아니, 하나도 재미있지 않았다.

망가트리고 싶었다. 저처럼 무너지게 만들고 싶었다. 그러나 그럴 수 없다는 사실을 이제는 너무나 잘 알고 있었다.

네가 싫어. 날 그렇게 매정하게 버려 놓고, 배신해 놓고 아무렇지 않게 떠나 버린 네가. 그런데도 불구하고, 자격도 없으면서 끝까지 날 원망만 하는 네가.

내 마음을 산산조각 내 버린 주제에 뒤도 돌아보지 않고 네 인생에서 나를 몰아내 버린 네가, 난 정말 싫어. 해준은 진심으로 그렇게 생각했다.

하지만…….

제일 싫은 건 이 여자가, 이렇게 퍼붓는 비를 맞으며 혼자 무너지는 것인 듯도 했다. 빗물과 눈물로 하얀 얼굴을 잔뜩 적시고 있는 것 역시 마찬가지였다.

"……."

해준을 담은 예진의 눈동자가 슬프게 어물거렸다. 그녀의 마음은 해준과 다르지 않았다. 마찬가지였다.

해준이 싫었다. 갑작스럽게 사고처럼 제 인생에 나타난 것이 싫었고, 재앙처럼 저를 나락으로 몰아넣은 것이 싫었다.

누군가에게 의지하고 싶다는 알량한 기대감을 심어 놓고, 관계를 산산조각 내 버린 것이 싫었다. 하필이면 오늘, 또 하필이면 이렇게 비가 오는 날, 무너지는 제 모습을 보았다는 것이 싫었다. 그리고 예진이 이럴 것임을 알고 있었다는 사실도 싫었다.

하지만 제일 싫은 것은, 모든 걸 등지고 떠났음에도 불구하고 아무것도 잊지 못한 저 자신인 것도 같았다. 결국 아무렇지 않게 그를 내치지 못하고, 이렇게 울면서 탓하고 있는…….

"이제 와서…… 뭐가 그렇게 내가 원망스럽고, 뭐가 그렇게 밉다고……."

마음에 고여 있던 원망이 기어코 말이 되어 입술 사이를 비집고 흘러나왔다.

"그렇게 내 믿음을 저버리고, 날 버리고 기만했으면서……."

"……난 널 버린 적 없어."

해준이 감정이 북받친 목소리로 대답했다.

"버림받은 적은 있어도, 내가 그런 적은 없어."

"……."

"그리고 없을 거였어."

예진이 그렇게 제 손을 먼저 놓지만 않았더라면, 반드시 그랬을 것이었다.

'전 이사님한테 진심이었던 적 없어요. 단 한 번도.'

1년 전 예진이 했던 그 마지막 말은 지치지도 않고 메아리처럼 해준을 찾아왔다. 매일, 매 순간 그 말을 잊어 본 적이 없었다.

하지만 이제는 그만 멈추고 싶었다. 망치고 무너트릴 수도 없는 주제에, 그녀를 끊임없이 미워하고 원망하는 일은.

해준은 천천히 무릎을 굽혔다. 그러고는 일그러진 낯으로 예진을 바라보며 입술을 달싹였다.

"……차라리 거짓말을 해. 그때 내게 했던 말들은 다 진심이 아니었다고…… 떠날 수밖에 없는 사정이 있었다고. 그래서 그랬던 거라고."

"……."

"믿을 테니까. 무슨 핑계를 대든, 그랬었냐고 하고 넘길 테니까 어떤 말이든……."

눈가에 맺혀 있던 눈물이 뺨을 타고 소리 없이 흘러내렸다. 마치 빌기라도 하는 사람처럼 저를 응시하는 해준을 마주 보았다.

……해준에게서 이런 말을 들을 거라고는 단 한 번도 생각해 본 적이 없었다. 제게 애원을 할 거라는 사실 역시도.

하지만 당신의 말을 어떻게 들어줄 수 있을까. 차라리 그런 거짓말을 할 수 있었으면 마음이나마 편했을 것이다. 그러나 깊게 맺힌 마음의 응어리는 영영 풀어지지 않을 것만 같았다. 그렇게 한으로 남아 예진으로 하여금 평생을 괴롭게 만들 것 같았다.

당신의 손을 잡으면 나는 다시 불행해지겠지. 그리고 하염없이 후회하게 되겠지. 지난 1년간 늘 그래 왔듯이. 그 시간들을 되풀이하고 싶지는 않았다. 아니, 할 수 없었다. 그랬다가는 정말 단 하루도 살아갈 수 없을 듯싶어서.

"……."

예진은 힘없이 자리에서 일어났다. 그러고는 눈물에 젖은 낯으로 뒤돌아서, 어떤 말도 남기지 않은 채 해준을 등지고 걸어가기 시작했다.

그렇게 걸어가는 예진에게도, 혼자 남겨진 해준에게도 빗줄기는 계속해서 퍼부어지고 있었다. 길가를 덩그러니 뒹굴고 있는 우산만이, 결국 누구의 비도 막아 주지 못한 채 자리를 지키고 있을 뿐이었다.

○ ◎ ●

동네로 돌아왔을 때는 이미 늦은 밤이었다.

비는 여전히 쏟아지고 있었고, 예진은 비에 흠뻑 젖은 채 하염없이 걸음을 옮겼다. 아무것도 생각하고 싶지 않았다. 아니, 어쩌면 생각을 할 힘 자체가 없는 것도 같았다.

그럼에도 불구하고, 제게 애원하던 해준의 얼굴이 계속해서 머릿속을 떠나지 않았다. 떨쳐 내려 하면 할수록 악몽처럼 쫓아와 예진의 마음을 마구잡이로 헤집어 놓았다.

이건 빗물이라고, 그냥 비가 와서 그런다는 졸렬한 핑계조차 댈 수 없을 정도로 자꾸만 눈물이 나는 것은 어쩌면 그 이유 때문일지도 몰랐다.

예진은 그렇게 소리 없이 흐느끼며 걸었고, 집 앞에 다다랐을 즈음 누군가의 목소리가 그녀를 반겼다.

"예진 씨."

흐리멍덩한 예진의 두 눈이 건물 앞에 서 있는 윤 비서를 바라보았다.

그는 생각지 못한 예진의 모습에 조금은 당황한 것 같았다. 그러나 지금 예진에게는 윤 비서의 그런 감정을 헤아릴 수 있을 만한 여력이 없었다.

"……하실 말씀 있으신 거라면, 얼른 하고 가세요."

그래서 예진은 지친 낯으로 그에게 말했다.

"듣고 싶지 않지만…… 말씀 안 하실 것도 아니잖아요."

윤 비서는 잠시 난처한 표정을 짓더니 이내 천천히 그녀에게로 다가왔다.

"오래 괴롭히지 않을게요. 전할 말만 하고 바로 가겠습니다. 이사님께도 말씀드려야 하는 일이지만, 예진 씨 쪽에 먼저 알리는 게 맞는 것 같아서요."

그러고는 조심스럽게 입술을 떼었다.

"사모님, 그러니까 이모님에게…… 무슨 말을 들으셨죠? 예진 씨."

예진은 아무런 대답도 하지 않았다. 하지만 윤 비서는 제 짐작이 맞았다는 걸 깨달은 것 같았다. 그는 무거운 한숨을 내쉬고는 다시 천천히 말을 이었다.

"어떤 식으로 말을 하셨는지는 모르겠지만, 이사님께서는 예진 씨한테 거짓말을 하신 적이 없어요."

"……."

"모친분을 사고 전날 먼저 발견하신 건 맞지만, 다음 날 깨어나시면 바로 서울로 모시고 올 예정이었습니다."

그 말을 하며 윤 비서는 재킷 안주머니에서 핸드폰을 꺼내 들었다.

"그런데 그날, 퇴원 절차를 밟고 이동하려고 대기하고 있을 때 모친께서 사라지셨어요. 그리고 경호원 몇 명 역시 같이 사라졌습니다. 딱 세 명이었어요."

경호원이 사라졌다는 말을 처음 들었다. 생각지 못한 윤 비서의 말에, 예진은 의아한 눈빛으로 그를 바라보았다.

"사고는 몇 시간 뒤에 난 거였습니다. 입원하셨던 병원에서 거리가 좀 있는 위치였어요. 뭔가 이상하다고 생각했죠. 혼자서 갈 수 있는 거리가 전혀 아닌데. 그것도 불편한 몸으로는 더더욱."

'병원에서 그저 얌전히 데리고만, 보호하고만 있던 거라면 왜 도망을 치셨겠어요? 그런 생각은 안 해 봤어요? 아무리 제정신이 아닌 사람이라고 해도, 그렇게까지 도망칠 일은 없어요.'

문득 연정이 한 말이 귓가를 스쳐 지나갔다.

"예진 씨가 사라진 뒤에도, 이사님은 계속해서 그 경호원들을 찾았습니다. 그러다 겨우 그중 한 명과 연락이 닿았어요. 바로 오늘이요."

윤 비서는 약속한 대로, 오늘 아침 일찍 사라졌던 최 팀장을 만나러 갔다. 그리고 그에게서 모든 이야기를 전해 들었고, 깨달았다. 왜 예진이 갑자기 해준을 버리고 떠나 버렸는지를.

"……나머지는 직접 들으시는 게 좋겠습니다."

착잡한 낯으로 말을 마친 윤 비서는 핸드폰 액정에 띄워진 재생 버튼을 눌렀다.

—사모님이······.

이내 무겁게 내려앉은, 남자의 갈라진 목소리가 흘러나오기 시작했다.

—그렇게 말씀하셨습니다. 꼭 그 아주머니를······데리고 와야 한다고.

이유는요. 이유는 들었습니까? 윤 비서가 캐묻자 남자는 대답했다.

—아니요······ 그것까지는 알지 못합니다······. 하지만 SL과 관련된 병원은 안 된다고, 최대한 찾기 어려운 곳으로 가라고 하셨습니다. 서울과 멀리 떨어지고 외진 곳으로요. 그래서 박해준 이사가 뒤쫓을 수 없게.

'당신 어머니, 계속 병원에 데리고 있으면서 끝까지 못 찾았다고 거짓말하려 했던 거예요, 해준이는.'

—그래서 아주머니를 데리고 차를 타고 가다가 많이 무서우셨는지 소변을, 소변을 보셔서······ 옷을 갈아입히려고 시장에 갔습니다. 그런데 갑자기 도망을 치셨습니다. 다급하게 쫓아갔는데······ 눈앞에서 사고가 나서······.

'그쪽 모친은 거기서 도망가려다가 그렇게 된 거고.'

—어떻게 잡아 볼 틈도 없이 벌어진 일이었습니다······. 사모님께서는 계속해서 입막음을 시키셨고, 무사히 잘 마무리가 되면······ 섭섭지 않게 챙겨 주겠다고 하셨지만 전 자꾸 그때 일이 떠올라서······.

녹음된 내용은 그게 전부였다. 윤 비서는 핸드폰을 다시 주머니에 집어넣었다. 그러고는 진지한 얼굴로 말했다.

"이사님께서는 정말 모르셨어요. 저 역시 몰랐습니다. 저런 일까지 벌이실 줄은."

"······."

"물론 이사님을 사모님과 별개로 떼어 놓고 생각할 수는 없겠죠. 어찌 되었든 그분의 조카이시니까요. 하지만 한 가지 확실한 건, 이사님은 정말 예진 씨에게 어머님을 찾아 주는 것 외에 다른 생각을 하신 적이 없어요."

윤 비서는 잠시 숨을 골랐다. 눈앞의 예진은 손을 대면 곧바로 부서져 버리는 낙엽 같은 낯을 하고 있었으나, 아직 전해야 할 말이 남아 있었다.

"그리고 저택에서 사모님을 뵀다고 하더군요. 이건 제 추측이지만…… 맞선 얘기를 흘리셨죠? 예진 씨에게."

'그렇게 가엾다는 해준이가, 지금 어디서 누구랑 뭘 하고 있는지는 알아요? 결혼할 여자 만나고 있어요. 결국 당신 자리는 거기까지인 거야. 그냥 심심풀이.'

"맞선 장소로 나가신 건 맞습니다. 나가지 않으면 또 무슨 일을 벌이실지 모르는 상황이었으니까요. 하지만 이사님은 맞선을 보신 게 아니라, 거래를 하고 나오셨습니다. 예진 씨도 봤을 거예요. 유한그룹 따님."

"……."

"그분이 원하는 사업을 도와주는 대신, 회장이 될 수 있도록 힘을 실어 주는 게 조건이었습니다. 그게 전부였어요."

'그런데 왜 이 건설사에 계신 건가요? 뭔가 조금 이상해서요. 지금 SL건설은 박도준 본부장이 실병영을 하고 있지 않나요? 저는 당연히, 예진 씨는 박해준 이사님과 함께하실 줄 알았거든요.'

……이제야 이해가 가는 것도 같았다. 왜 혜연이 처음 만난 제게 그런 말을 했는지.

"예진 씨, 지난 1년간 이사님이 어떻게 지냈는지 아세요?"

지금도 눈에 선했다. 혼자 남겨진 해준이 어떤 시간을 보내 왔었는지. 윤 비서는 그 모습을 가장 가까이에서 보았던 유일한 사람이었다.

"미친 사람처럼 일에만 매달리셨습니다. 마치 스스로를 학대라도 하듯이요. 아니, 어쩌면 학대가 맞았을지도 모르죠. 그런 식으로 자신을 내모는 것 말고는 할 수 있는 일이 아무것도 없어서. 그러다가도 가끔은 그곳에 가셨어요. 예진 씨가 살던 오피스텔이요."

이사님, 오피스텔은 어떻게 할까요. 언젠가 해준에게 아주 조심스럽게 물었던 적이 있었다. 차라리 처분을 해 버리는 것이 더 낫지 않을까 싶기도 했다. 그렇게 하면 해준이 예진을 잊는 것에 더 도움이 되지는 않을까 싶어서.

하지만 해준은 허락하지 않았다. 처분은 물론이거니와, 가구나 가전 같은 것들도 그대로 내버려 두었다.

"도대체 거기까지 가서 뭘 하시나 싶어서, 몇 번 따라간 적이 있습니다. 어떤 날은 문 앞에 우두커니 서 있다가 돌아가시고, 또 어떤 날은 큰 결심이라도 하신 것처럼 방 안까지 들어가셨다가……."

"……."

"훨씬 더 굳은 낯으로 걸어 나오셨습니다. 그게 몇 번이나 되풀이됐는지 예진 씨는 하나도 모르실 겁니다."

결국 윤 비서는 오피스텔에 가는 해준을 쫓는 일을 그만두었다. 보아서는 안 되는 것을 엿본 기분이 들어서. 해준의 마음이 얼마나 산산조각 났는지 훤히 느껴져서.

"아무리 겉으로는 멀쩡해 보인다고 해도, 그게…… 그게 정상적으로 사는 거라고 할 수 있겠습니까? 사모님의 말처럼 정말 맞선을 봤고, 그분과 결혼을 할 생각이었다면 그렇게까지 망가질 일도 없었을 겁니다."

'난 널 버린 적 없어. 버림받은 적은 있어도, 내가 그런 적은 없어. 그리고 없을 거였어.'

……해준의 말이 맞았다.

그는 저를 버린 적이 없었다.

"물론 예진 씨의 마음도 이해합니다. 오해할 수밖에 없는 상황이었으니까요. 전 이제 이사님에게 가서 이 모든 것들을 얘기할 겁니다. 그 뒤의 선택은 이사님과 예진 씨가 하셔야 할 거고요."

예진에게 알려야 하는 이야기들은 이것으로 끝이었다. 하지만 개인적으로, 따로 꼭 하고 싶었던 말은 남아 있었다.

"더 이상의 후회는 남기지 마세요."

"……."

"지난 1년간의 시간이 예진 씨에게도 고통스러웠다면, 더더욱."

그럼 가 보겠습니다. 윤 비서는 짤막한 인사를 남기고 천천히 뒤돌아섰으나, 예진은 여전히 차가운 겨울비를 맞으며 우두커니 자리를 지키고 있었다.

○ ◎ ●

예진의 오피스텔처럼 온실 역시 1년 전 모습 그대로였다. 예진과 함께 있었던 그날과 달라진 건 아무것도 없었다. 온실 천장을 하염없이 때려 대는 빗소리 역시 마찬가지였다.

해준은 가만히 의자에 앉아 있었다. 그는 움직이는 방법을 잊어버린 사람처럼 미동조차 하지 않았다.

대신, 아까 전 윤 비서가 제게 찾아와 건넨 말들만을 하염없이 곱씹을 뿐이었다.

이내 딱딱하게 굳어 있던 해준의 얼굴이 아프게 일그러졌다. 그는 괜히 주먹을 꽉 쥐었다가, 수척해진 얼굴에 마른세수를 했다가, 종국에는 웃음을 터트렸다. 즐거움이 묻어나는 웃음은 아니었다. 그는 마치 금방이라도 표정을 바꾸어 눈물을 터트릴 것처럼, 그렇게 우는 낯으로 웃었다.

'어제…… 오신다고 해서, 기다렸었는데. 많이 바쁘셨나 봐요.'

'저한테 할 말 없으세요? 어떤 것이든.'

이제야 알 것 같았다. 예진이 물었던 게 무엇이었는지.

아마도 내가 먼저 이야기하기를 기다렸던 거겠지. 그런 말들을 차마 직접 물을 수가 없어서.

네가 날 버렸잖아. 그렇게 얘기했다. 멍청한 소리였다. 예진은 저를 배신한 것이 아니라, 상처를 견딜 수 없어 떠난 것이었다. 오해였다고는 하나, 처음부터 제가 모든 것을 이야기했더라면 지금 같은 결과에 이르지는 않았을 거였다.

조금 더 솔직해야 했고, 조금 더 그녀의 마음을 들여다보았어야 했다.

'그래서 더 병신 된 기분이었어. 불쌍하고 비참한 여자가 감히 내 뒤통수를 쳐서.'

'이제 와서 뭐가 그렇게 원망스럽고, 뭐가 그렇게 밉다고…… 내 믿음을 저버리고, 날 버리고 기만했으면서……'

어쩌면 너는 지난 1년간, 나보다 더한 지옥에 있었을지도 모르지. 그리고 나의 말들을 들으면서 수없이 무너졌을지도.

……정말 결국 난 매번 너를 불행하게만 만드는 사람인가. 자꾸만 비를 내리게 하는?

거기까지 생각이 미친 해준이 슬프게 웃었다. 그러고는 힘없이 고개를 푹 숙였다.

끝도 없이 화가 치미는 기분이었다. 가라앉히는 방법조차 모르는 노여움이었다. 그 감정은 너무나 강렬하기 짝이 없어서, 해준은 이를 악물고는 볼품없이 작게 떨었다.

어디서부터 무엇을 바로잡아야 할지 알 수가 없었다. 어떻게 해야 예진에게 용서를 받을 수 있는지도.

하지만 한 가지 사실만은 분명하게 알고 있었다. 이 분노가 누구에게 향해야 하는지.

"……."

이내 해준은 천천히 자리에서 일어났다. 그러고는 싸늘하게 식은 낯으로 온실을 빠져나가기 시작했다.

○ ◎ ●

해준은 이른 아침 연정을 찾아갔다.

"네가 여긴 어쩐 일이니. 그것도 이 시간에."

방금 막 잠에서 깬 연성은 조금 떨떠름한 표정을 짓고 있었다. 그도 그럴 것이, 해준은 연정이 귀국한 이후 그녀의 집에 걸음 한 적이 단 한 번도 없었다. 그런데 아무런 연락도 없이, 심지어 이렇게 이른 시간에 찾아온 것이 조금은 미심쩍었다.

"……."

소파에 앉은 연정은 눈을 가늘게 뜬 채 해준을 바라보았다. 오늘의 해준은 이상하게도 평소와 다른 낯을 하고 있는 것 같았다. 표정은 평소와 같은데, 풍기는 분위기가 오묘하게 달랐다.

……설마, 뭔가를 알고 온 건 아니겠지.

연정이 그런 생각을 하며 뒤늦게 혼자 불안해하고 있을 때였다. 해준이 품에서 무언가를 꺼내 던진 것은.

"아주 혈안이 돼서 찾으셨다던데."

탁, 하는 소리를 내며 자그마한 USB가 테이블을 뒹굴었다.

"그 경호원 말입니다. 사라진 경호원들 셋 중 하나."

……제 짐작이 맞았음을 직감한 연정의 얼굴이 파사삭 굳었다.

"발뺌할 생각은 하지 마십시오. 여기 모든 게 다 들어가 있으니까."

연정은 아무런 대답도 하지 않았다. 그저 조용히 입술을 짓씹을 뿐이었다.

해준은 그런 연정을 싸늘하기 짝이 없는 눈동자로 응시한 채 천천히 말을 이었다.

"제게 말씀하셨죠. 박동호라는 남자를 저주한다고. 그렇게 잔인하고 뻔뻔한 사람은 이 세상에 없을 거라고."

"……."

"하지만 그거 알고 계십니까? 이모님은 그 남자보다 더한 사람입니다."

"뭐?"

"내 인생에서 어떤 일이 생겨도, 박동호보다 더 저주할 인물은 없을 거라고 생각했는데…… 그렇지도 않군요."

"너, 지금 나한테 무슨 말을 하는 거야!"

"그때 말씀드렸죠. 제가 이모님에게까지 등을 돌리게 하지는 말라고 말입니다. 그러니 한예진을 건들지 말라고, 이건 경고라고."

……그러니 절대로 잊지 말라고. 해준이 연정을 노려보며 말했다. 하지만 연정은 사과를 하지도, 미안한 기색을 내비치지도 않았다. 외려 해준의 태도에 기가 찬다는 듯 맞수를 놓았다.

"처음부터 네가 내 말을 들었다면 일이 이렇게 될 리도 없었겠지. 그런 생각은 해 보지 않은 모양이구나!"

"이모님 말대로 말입니까?"

해준이 어처구니가 없다는 듯 되물었다.

"내가 원하지도 않는 사람을 만나서 원하지도 않는 삶을 살라고요? 저를 어머니처럼 불행해지게 만드는 게 이모님의 뜻이었습니까!"

"전부 널 위한 선택이었어!"

연정이 소리쳤다.

"별것도 아닌 볼품없는 여자 하나 때문에 멍청한 짓을 벌이는 걸 말린 거였다! 어떤 사람이었어도 나처럼 했을 거야!"

"별것도 아닌 볼품없는 여자 하나……?"

해준이 헛웃음을 지었다.

"그럼 두 눈으로 똑똑히 보십시오. 제가 그런 여자 하나 때문에 무슨 일까지 벌일 수 있는지."

"네 아버지처럼 굴기라도 하려고?"

연정이 피식거리며 말했다.

"연희였어도 그렇게 했을 거다. 치를 떨면서 나처럼 했을 거야. 한예진이라는 그 여자가 김미향하고 다를 게 뭐야!"

"다릅니다!"

해준이 듣기 싫다는 듯 소리쳤다.

"그 여자와 같았다면 그런 식으로 날 떠나지도 않았겠죠. 그 사실을 결국 기어코 증명까지 해낸 게 바로 이모님 아닙니까?"

틀린 말은 아니었다. 어쨌거나 예진은 연정에게 해준의 곁을 떠나는 것에 대한 대가를 요구한 적이 없었다. 그것은 누구보다도 연정이 가장 잘 알고 있는 사실이었다.

"그리고 한예진은…… 그냥 여자가 아니라, 제 숨구멍이었습니다. 박동호, 이모님 같은 사람들한테 평생을 부딪치고 시달려 온 제가 유일하게 기대어 쉴 수 있는 사람이었어요!"

"지금 그걸 말이라고……!"

"그리고 어머님이 이모님과 같은 행동을 했을 거라고요?"

해준이 되물었다.

"아니요, 절대로 그러지 않았을 겁니다. 그렇게 어머님을 생각했다면, 그렇게 챙기고 싶었다면…… 무슨 수를 써서라도, 조금이라도 빨리 한국에 돌아오셨어야죠!"

꾹 다물린 연정의 입술 사이에서 이가 갈리는 소리가 났다.

"어머님이, 내가 절벽 끝까지 밀렸을 때 그 곁을 지켜 준 건 이모님이 아니었어요. 한예진, 그 여자였단 말입니다! 그런 주제에 무슨 권리로, 무슨 자격으로 날 위해 그런 거라는 말을 할 수가 있습니까? 결국 이모님은 박동호가 어머님을 망가트린 것처럼 그 여자를 망가트리고, 날 망가트린 겁니다."

날 위한 선택이었다고? 연정이 하는 말들은 결국 온통 궤변뿐이었다.

"나름대로 부채감이, 죄책감이 있으셨겠죠. 물론 나 때문이 아닌 어머니의 곁을 지키지 못해서 느낀. 이모님은 단 한 번도, 저를 진심으로 생각하신 적이 없으니까요."

"……."

"그리고 이모님은 앞으로도 그 감정들에 시달리면서 사셔야 할 겁니다. 제가 회장직을 차지하는 것의 여부와는 전혀 상관없이, 다시는 저와도, 또 어머니와도 만나실 수 없을 테니까."

"그게 지금 무슨 뜻이야!"

연정이 분노가 가득 담긴 목소리로 외쳤지만, 해준은 아무런 대꾸도 하지 않았다. 그저 할 말을 다 했다는 듯 자리에서 일어날 뿐이었다.

"난 네 이모야."

걸음을 떼려던 해준의 발목을 붙잡은 것은, 우습기 짝이 없는 연정의 말이었다.

"네가 어떤 생각을 하고, 어떤 행동을 하든 그건 변하지 않을 거다. 그런데 감히 내게 이런 식으로……!"

연정의 그 뻔뻔스러운 태도에, 해준은 냉정한 어조로 대답했다.

"네, 그러니 복수하고 싶으셨겠죠. 어머님이 망가진 게 싫으셨겠죠. 하지만 적당히 하셨어야 했습니다."

"뭐……?"

"방금 말씀하신 것, 바로 그게 문젭니다. 이모님이 제 이모라는 사실이 지금처럼 이렇게 치가 떨리도록 싫고 아쉬운 건 태어나 처음이니까."

저를 노려보는 해준의 눈동자는 살벌하기 짝이 없었다. 여태껏 단 한 번도 마주해 보지 못한 것이었다. 온몸에 소름이 끼치고, 등골이 서늘해졌다. 그래서 연정은 저답지 않게 주춤거리며 조카를 바라보았다.

"만약 당신이 내 이모가 아니었다면, 그래서 정말 아무런 관계가 아니었다면……."

"……."

"난 똑같이 되갚아 줬을 겁니다. 어떻게든, 무슨 수를 써서라도, 반드시."

해준은 짧지 않은 시간 동안 연정을 죽일 듯 노려보다가 다시 뒤돌아서 걸어가기 시작했다. 얼마 지나지 않아 그의 발소리는 점점 멀어져 가기 시작했고, 혼자 남겨진 연정은 힘없이 소파에 주저앉았다.

○ ◎ ●

주말 내내 예진은 집 밖으로는 한 발자국도 나가지 않았다.

불이 꺼진 방, 우두커니 바닥에 앉아 있는 예진의 눈은 퉁퉁 부어 있었다.

부러 울려고 한 것은 아니었으나, 눈물은 그칠 생각을 하지 않았다. 지금 역시 마찬가지였다. 그렇게나 울었는데도, 눈물은 마를 마음이 전혀 없는 듯했다.

나는 왜 이렇게 울고 있는 걸까.

눈물의 이유가 어떤 감정 때문인지, 예진은 확실하게 말할 수가 없었다. 허탈함인지, 슬픔인지, 아니면 저 자신을 향한 원망인지. 어쩌면 셋 모두일지도 몰랐다.

'예진 씨, 지난 1년간 이사님이 어떻게 지냈는지 아세요?'

상처를 주고 싶었다. 돌이킬 수 없을 정도의 흉터로 남았으면 좋겠다고 생각했다. 하지만 그러면서도, 저라는 존재는 해준에게 자그마한 생채기조차 남기지 못할 것이라고도 생각했다. 그래서 꿈에도 알지 못했다. 해준이 저처럼 지난 1년을 지옥 속에서 살았다는 사실을.

'차라리 거짓말을 해. 믿을 테니까. 무슨 핑계를 대든, 그랬었냐고 하고 넘길 테니까 어떤 말이든······.'

그의 애원을 들을 자격이나 있었던 것일까. 결국 해준의 말이 맞았다. 손을 먼저 놓아 버린 것은 예진이었다. 해준은 저를 버린 적이 없는데도 불구하고.

오해를 할 만한 상황이었고, 연정은 거기에 기름을 쏟아부었다. 하지만 결과적으로 본다면 그를 믿지 못한 것은 예진 자신이었다. 그리고 결국 모든 것은 예진이 바라는 대로 되었다. 해준은 상처받았고, 무너졌으니까.

차라리 원하는 대로 되지 않았더라면. 그래서 오로지 저를 버렸다는 원망만 남았다가, 종국에는 그것마저 흐려져서 모든 것을 잊어버렸다면 이렇게 고통스럽지는 않을 것 같았다.

세상 어디에도 마음 붙일 곳이 없는, 맘 편히 숨을 쉴 수도 없는 해준을 지옥까지 밀어 버린 것이 본인이라는 사실을 이제는 너무나 잘 알았으므로.

"······."

예진은 손으로 가만히 얼굴을 감쌌다. 그러고는 조용히 흐느끼기 시작했다. 하지만 그리 오래가지는 못했다. 갑작스럽게 울리기 시작한 벨 소리 때문이었다.

액정에 뜬 것은 해준의 이름이었다. 지금껏 지우시 않고 계속해서 저장해 놓았던.

전화는 끊겼다 다시 걸려 오길 여러 번 반복했다. 예진은 우는 낯으로 핸드폰을 바라만 보다가 결국 손에 쥐었다.

그리고 전화를 받았다.

무거운 침묵이 내려앉았다.

전화를 건 사람도, 전화를 받은 사람도 마찬가지였다. 둘 모두 어떤 말도 쉽게 꺼내지 못했다.

……그리고 적막을 먼저 깨트린 것은 해준이었다.

— 내 잘못이야.

그의 말에 무슨 대답을 해야 하는지 하나도 알 수가 없었다. 그러고 보면 해준은 1년 전에도 같은 말을 했다. 모든 건 제 잘못이었다고. 제 탓이었다고. 그러니 차라리 저를 원망하라고.

하지만 이제는 예진 역시 모르지 않았다. 그렇게 단순히 해준만을 탓하며 넘어갈 수 있는 일이 아니라는 사실을.

— 내가 널 지키지 못한 거야.

그러나 해준은 계속해서 같은 말만을 되뇌었다.

— 내가 모든 걸 얘기했더라면, 모든 걸 조금 더 빨리 알아챘더라면…… 네가 그렇게 떠날 일도 없었을 테니까.

"……."

— 네 잘못은 없었어. 그 어디에도.

해준은 꼭, 예진이 이 모든 일들로 인해 스스로 상처를 줄까 걱정이라도 하는 사람 같았다. 그래서 모든 책임을 본인에게 돌리는 게 낫다고, 그렇게 판단한 것 같았다.

— 이해해, 네 행동들을.

핸드폰 너머로 들려오는 해준의 목소리는 탁하게 잠겨 있었다.

— 무슨 말을 해도 쉽게 받아들여지지 않을 거란 건 알아. 나라도 그럴 테니까.

"이사님, 저는……."

— 하지만 내가 말했지. 난 널 버린 적이 없다고. 그리고 없을 거였다고. 그건 지금도 마찬가지야.

해준이 목이 메인 음성으로 말했다.

— ……다시 시작해.

무슨 대답을 할 수나 있을까. 예진은 소리 없이 흐느꼈다.

너무 멀리 와 버렸다는 생각이 들었다. 다시 시작하기에도, 해준의 말처럼 그 전으로 돌아가기에도 너무나 먼.

"……전 아직도 잘 모르겠어요. 사과를 해야 할지, 아니면 받아야 할지."

예진이 마른 입술을 달싹였다.

"어쩌면 그 둘 모두일지도 모르죠. 하지만 그런다고 한들…… 바뀌는 게 있을까요. 우리가."

신뢰는 이미 깨져 버렸고, 애증은 짙었다. 아무런 일도 없었던 듯 돌아가기에는 너무나 깊이 남은 감정이었다.

여러 색들로 물들어 가던 도화지 위에, 검은색 물감을 아무렇게나 부어 버렸다. 붓기는 쉬웠으나, 예전으로 돌아가기는 어려웠다. 예진은 그 사실을 잘 알고 있었다. 그리고 그것은 해준 역시 마찬가지일 것이었다.

"우린 서로에게 같은 존재일지도 몰라요. 서로 비를 맞게 만들고, 또 서로 비참하게만 만드는……."

그래서 서로의 마음을 좀먹기만 하는. 예진이 뇌까리듯 말했고, 해준은 대답했다.

— 그거 알아? 난 여전히 불쌍하고 비참한 게 싫다는 거. 세상 무엇보다도. 하지만 널 붙잡을 수만 있다면…… 난 몇 번이고 불쌍해지고, 비참해질 수 있어. 얼마든지.

질끈 감긴 예진의 눈꺼풀이 힘없이 떨렸다.

— 그러니까 단 한 순간도 내게 진심이었던 적 없었다고. 그 말만, 그것만…….

"……."

— 그때 내게 했던 그 얘기만, 네 본심이 아니면 돼. 난 그거 하나면 돼.

"……진심이 아니었던 적, 없었어요."

예진이 고개를 떨구며 말했다.

"그랬으면 그런 식으로 떠날 일도 없었겠죠. 그냥 난…… 너무 괴로웠어요. 견딜 수가 없었어요. 그게 전부였어요."

그저 흘려보낼 수 있는 마음이었다면, 그렇게 간단한 감정이었다면 배신감에 상처를 입지도, 떠나지도 않았을 것이었다.

"하지만 되돌리기에는 늦었어요, 이사님."

예진이 다시 말을 이었다.

"또 너무 멀리 와 버렸고요……."

— ……그럼 넌 그 자리에 그대로 있어.

해준은 힘주어 말했다.

— 네가 있는 곳으로 내가 갈 테니까. 그게 어디든. 대신 더 멀어지지만 마. 그러면 되는 일이야.

상처받은 것은 해준 역시 마찬가지였다. 제가 지난 1년간 그랬듯, 그도 끊임없이 고통스러워하며 버텨 왔을 것이었다.

한 번 마음이 산산조각 났던 사람은, 누군가 제 마음에 손을 뻗기만 해도 겁을 먹는 법이었다. 해준이라고 해서 다르지는 않을 것이다.

그리고 이미 멀어져 버린 마음들이었다. 다시 붙여 놓는다고 한들, 두 번 깨지는 것은 더 쉬울 터였다.

그런데 어떻게 저런 말을 할 수 있을까. 예진의 이런 생각을 읽기라도 한 듯 해준은 말했다.

— 하루도 지나지 않았어.

"……."

— 난 그랬어. 네가 떠난 그날부터 나는…… 하루도 나아가지 못했으니까.

그리고 보면 재회를 한 뒤에도, 해준은 늘 같은 말을 했다. 우리는 끝나지 않았다고. 저는 이 관계를 끝낸 적이 없다고.

— 그러니…… 늦지도 않았어.

다시 돌아갈 수 있어. 이 역시 얼마든지. 해준은 마치 애원하듯 말하고 있었다.

그의 마음이 너무나 진심이라는 것을 알아서, 예진은 어떤 말도 섣불리 내뱉을 수가 없었다.

— 지금 당장 대답을 하라는 뜻이 아니야. 강요할 마음도 없어. 대신······.

대신, 대신······. 해준은 같은 말만 몇 번 되풀이하는가 싶더니, 짧지 않은 시간이 지난 뒤에야 신음을 내뱉듯 말했다.

— ······다시 사라지지만 마. 내 앞에서.

그거 하나면 돼.

낮게 떨리는 해준의 음성이 말해 주고 있었다. 지난 1년간 그의 마음이 어땠는지를. 또 그가 얼마나 고통스러운 지옥에 있었는지 역시도.

그 추웠던 겨울날에서 벗어나지 못한 것은 예진도 마찬가지였다. 그렇게 저 역시, 1년 전의 그날에 멈춘 채였다. 떠난 뒤에도 끊임없이 그를 그리워했고 끊임없이 뒤를 돌아보았으니까.

하지만 정말 돌아갈 수 있을까. 그게 가능한 일일까. 예진은 결국 어떠한 확신도, 결론도 내릴 수가 없었다.

16

주말이었으나, 도준은 출근을 했다.

일을 하지 않은 것은 아니었으나, 사실 그가 외출을 택한 것은 다른 이유였다.

'더 눈에 띄는 성과를 내야 해. 그래야 더 안전하게 갈 수 있어.'

미향의 말을 떠올릴 때마다 숨이 턱턱 막히는 것 같았다. 마치 정말 목이라도 졸린 듯이.

도준은 스스로가 마치 집에 돌아가고 싶지 않아 억지로 떼를 쓰는 어린아이 같다고 생각했다. 뭐, 사실 그렇게 틀린 말은 아니지. 혼자 중얼거리며 도준은 자조적으로 피식거렸다.

"……."

차에서 내리는 도준의 얼굴에서는 빛 한 점 찾아볼 수가 없었다.

집이 가까워질수록, 그의 머릿속을 차지하고 있는 생각은 점점 한 가지로 좁혀졌다.

도대체 언제까지 이렇게 살아야 할까.

끝이 보이기라도 했다면 차라리 편했을 것이다. 하지만 도준이 성공적으로 계열사를 운영한다고 한들, 미향은 그것으로 만족할 사람이 아니었다. 결국 그녀가 바라는 것은 딱 한 가지뿐이었다. 도준이 회장 자리를 차지하는 것.

그러나 그것은 말처럼 쉽지도, 또 간단하지도 않은 일이었다. 게다가 그 성공할 확률조차 희박한 일 때문에 저는 끊임없이 물어뜯겨야만 하리라.

차라리 제가 미향처럼 어떻게든 그 자리를 차지하고 말겠다는 오기가 있었다면 편했을 것이었으나, 도준은 잘 알고 있었다. 저는 그렇게 싸울 만한 힘도, 목적의식도 없는 사람이라는 사실을.

다른 사람들의 눈에 비친 도준의 현재는 크게 문제 될 것이 없을 터였다. 하지만 도준의 속내는 전혀 달랐다. 그는 점점 한계에 다다르고 있었다.

그것은 부담감이나 압박감 같은 단순한 감정들 때문만이 아니었다.

……그저 끝도 보이지 않는 어두운 동굴에 갇혀 있는 듯한 기분이었다. 무슨 방법을 써도 빠져나갈 수 없는. 그리고 애초에 그 동굴에 갇힌 것 자체가 스스로의 의지가 아니었으니, 시간이 갈수록 괴로움이 짙어져 가는 것은 어쩔 수 없는 일이기도 했다.

'참 아이러니한 일이죠. 이사님께 도움이 될 사업을 보기 좋게 성공해야, 제 능력을 증명받을 수 있다니.'

미향은 이 상황을 그대로 내버려 둘 생각이 전혀 없는 것 같았다. 그렇겠지. 어떻게든 방법을 찾아내서 시간을 끌겠지.

그러고는 저를 다시 그 싸움판에 내던져 놓을 것이 분명했다. 지금까지 언제나 그래 왔듯이.

……문득 그런 생각이 들었다. 차라리 그녀의 계획이 수포로 돌아간다면, 그래서 박해준이, 배다른 이복형제가 아무런 무리 없이 회장직을 차지한다면 이 끝없는 싸움을 멈출 수 있지 않을까.

대부분의 사람들은 이 싸움이 도준과 해준의 싸움이라고 생각하겠지만, 도준의 마음은 달랐다. 이것은 그와의 싸움이 아닌…….

저와 미향의 싸움처럼만 느껴져서.

'너까지 날 비참하게 만들 셈이니?'

만약 내가 그렇게 말한다면 뭐라고 할까. 이건 엄마를 비참하지 않게 만드는 싸움이지만, 반대로 나를 비참하게만 만드는 싸움이기도 하다고.

이야기라도 해 볼까. 제발 멈춰 달라고. 나는 이 모든 것들을 이겨 낼 자신이 없다고…….

……그렇게 한 번이라도, 더 늦기 전에, 정말 돌이킬 수 없어지기 전에.

현관 앞에 선 도준의 입가에서 무거운 한숨이 흘러나왔다. 그는 파리하게 질린 얼굴에 짤막하게 마른세수를 하고는 천천히 키패드를 눌렀고, 조용히 집 안으로 들어섰다.

"정말 진심이십니까?"

……그런데 낯선 목소리가 들려왔다.

"네. 진심이에요."

다음으로 들려온 음성은 미향의 것이었다. 도준은 저도 모르게 자리에 멈추어 섰다. 그러고는 이어지는 대화를 숨죽여 들었다.

"그럼 아드님한테도 타격이 갈 텐데요. 그런 상황이 되어도 괜찮겠습니까? 아니면 차라리 먼저 상의를 해 보시는 게 어떨까요."

"그런 건 필요 없어요."

"하지만……."

"도준이는 절대로 내 말을 거역하지 않아요. 아니, 못 해요. 내가 그렇게 키웠으니까."

나지막하게 들려오는 미향의 목소리는 평소와 다를 게 하나도 없었다. 그만큼 그녀는 방금 본인이 내뱉은 말이 아주 당연한 사실이라고 생각하는 것 같았다.

……하지만 자리에 멈춰 선 도준의 얼굴은 미세하게 굳어 있었다.

"그래도 먼저 대화를 해 보는 게 좋을 것 같습니다. 박해준 이사를 공격하든, 유한그룹을 공격하든 어쨌거나 우리 쪽에서 부러 책을 잡는 것 아닙니까."

"그래서요."

501

"어떻게든 시간을 끌 수는 있을지 몰라도, 그룹 내에서는 말들이 많아질 겁니다. 그리고 사모님도 아시다시피, 박해준 이사가 그렇게 호락호락한 사람도 아니고 말입니다."

며칠 전, 아침을 먹으며 했던 말이 진심이긴 한 모양이었다. 미향은 어떻게든 그 사업이 지연되기를 바라고 있었다. 그러기 위해 임원진들과 머리를 맞대고 어떤 수를 써야 할지 고민하고 있던 것 같았다.

하지만 남자의 말이 맞았다. 상황이 어떻게 돌아가고 있는지는 그룹 내 사람들도 모두 알고 있었다. 도준이 졸렬할 수를 쓴다면, 그 사실 역시 곧 모두가 알게 될 것이다. 결국 비난의 눈초리를 견뎌 내는 건 오롯이 그의 몫이었다.

"방금 말씀하신 그대로예요. 그래도 시간을 끌 수는 있잖아요?"

"……."

"말들이야 많아지겠죠. 하지만 그건 늘 그래 왔어요. 그리고 뭐라고 떠들어 댄다고 해도, 그 사람들에게 무슨 중요한 결정권이라도 있나요?"

그러나 미향은 그런 건 전혀 신경 쓰지 않는 것 같았다. 가령 예를 들어 보자면, 혼자 고군분투를 해야 하는 아들의 심정 같은 것.

"공격받는다고 해서 우리 도준이가 회장님의 아들이라는 사실이 변하는 것도 아니잖아요? 자격이 없어지는 것 역시 아니고요. 그 정도는 견뎌야 하는 일이에요."

견뎌야 한다고? 내가 왜? 어째서? 무엇을 위해? 미향의 말을 가만히 듣고 있던 도준의 얼굴 위로 짙은 그림자가 졌다.

"그 정도도 하지 못하는 아들로는 키운 적 없어요."

그 단호하기 짝이 없는 말에, 대화를 나누던 남자 역시 잠시 입을 닫았다.

"……일단 무슨 말씀이신지는 잘 알겠습니다. 어쨌거나 그렇게까지 마음이 확고하시다면 쓸 수 있는 방법은 많습니다. 돈만 쥐여 주면 유리한 기사를 써줄 신문사는 늘 있으니까요. 회장님과 친분이 깊었던 기자들도 있고."

그들에게는 도준의 의사 따위는 안중에도 없었다. 그 구태의연함에 구역질이 치밀어 오르는 것 같았다.

"회장님께서 살아만 계셨다면 힘을 많이 실어 주셨을 텐데…… 아쉬울 뿐입니다. 그렇지 않습니까?"

"아마도 그러셨겠죠."

미향이 피식거리며 대답했다.

"그래도 늘 말씀하곤 하셨습니다. 사모님이 계시니, 조금이나마 마음을 놓을 수 있다고요. 그게 참 많이 의지가 되신다고."

"……"

"가끔 그런 얘기도 하셨습니다. 그러니 더더욱 미안하고, 또 죄스러우시다고요."

"죄스럽다고요?"

남자가 한 말을 되묻는 미향의 목소리에는 왜인지 모를 비웃음이 선명했다.

"그런 생각을 정말 하실 줄 아는 분이었다면 일이 이렇게까지 되지도 않았겠죠. 결국 우리 모자를 여기까지 오게 만든 건 회장님이시니까요."

"……그래도 처음부터 끝까지 아드님을 챙기려고 애쓰지 않으셨습니까. 사모님께서도 잘 버텨 내셨고요."

"글쎄요. 회장님은 처음부터 끝까지 도준이를 챙기려고 애쓰신 게 아니라, 그냥 최소한의 양심을 지키셨던 거예요."

"하지만 회장님의 노력이 없었다면 일은 더 힘들어졌을 겁니다."

"어쩌면 그럴지도 모르죠. 회장님께서 그런 노력을 할 의지조차 보이지 않으셨다면, 도준이는 이 세상에 없었을 테니까."

……대화를 몰래 듣고 있던 도준이 크게 멈칫거렸다.

"낳지 않았을 거예요, 그랬다면. 낳아도, 키워도 아무짝에도 도움이 되지 않을 텐데…… 필요 역시 없지 않았겠어요?"

"음……."

"처음에는 그렇게 생각했죠. 이 모든 것들은 원래 내 것이어야 했는데. 그게 배가 아팠던 것도 같아요. 회장님 모친의 수발을 들 때도, 마지막으로 헤어질 때도 회장님은 그러셨어요. 조금만 기다리라고. 하지만 몇 년 만에 다시 본 회장님은 이미 사모님의 남편이 돼 있었죠."

"……."

"사모님 친정 덕에 그룹을 키웠고 일궈 내셨으니 나쁜 거래는 아니었겠지만, 저한테는 얘기가 달랐어요. 그렇게 다시 회장님의 품에 안기면서도 생각지 못했어요. 도준이가 생길 거라곤."

미향이 계속해서 말을 이었다.

"고민하고 있을 때, 회장님이 그러셨죠. 낳자고. 이번만큼은 날 버리지 않겠다고. 도준이는 회장님에게 있어 말씀드린 대로 최소한의 양심이었던 거예요. 저 혼자일 때는 버렸지만, 본인 아들까지 버릴 순 없었겠죠."

"꼭 복수라도 하시려고 아드님을 낳으셨다는 말로 들리네요."

남자는 농을 치듯 웃으며 말했으나, 미향은 웃지 않았다.

"복수라기보다는 그렇게 생각했죠."

'엄마는 이미 충분히 비참한 사람이야.'

"어쩌면 이 애가, 내 아들이…… 날 불쌍하고 비참하지 않게 만들어 줄 수도 있겠다고. 내가 가졌어야 했던 모든 것들을 대신 빼앗어 줄 수도 있겠다고."

'그러니까 너까지 날 비참하게 만들진 마라.'

"그래서 그렇게 키웠어요. 내 말에 절대 거역하지 못하는 순한 아이로."

하지만 그 말은, 도준에게는 다르게 들렸다. 그래서 널 그렇게 키웠어. 내가 이용할 수 있는 도구로.

"도준이에게 제일 중요한 건 내 안위예요. 평생 그것만 걱정하게 만들어 놨으니까. 내가 직접."

미향의 말이 맞았다. 도준은 어머니의 안위를 늘 생각했고, 걱정했다.

……하지만 내가 아무리 당신의 안위를 생각한다고 한들, 당신은 내 안위를 생각하지 않는데. 내가 계속 이렇게 살아야 할 이유가 있을까. 도준이 입을 틀어막은 채 혼자 생각했다.

"그러라고 낳은 아들이에요."

"……."

504

"그리고 절 이렇게 만든 건 회장님이시고요. 어쩔 수 없는 일 아닌가요?"

모두가 각자의 선택을 했다. 박동호는 결국 본처와 해준을 버리는 것을 선택했고, 김미향은 도준을 낳는 것을 선택했다. 그러나 그 어디에도 도준의 선택은 없었다.

"어쨌든 제 의견은 늘 같아요. 어떤 방식이건, 어떤 과정을 겪건…… 결과만 좋다면 뭐든 상관없어요. 도준이도 이해할 거고요."

숨이 가빠 오고 있었다. 머리가 어지러웠고, 구역질이 일었다. 도준은 계속해서 입을 틀어막은 채 천천히 뒤돌아섰다. 그리고는 들어올 때 그러했듯, 소리 없이 집을 빠져나왔다. 마치 도망이라도 치는 사람처럼.

"……."

저택 앞에 선 도준은 무너지듯 주저앉았다. 얼마 지나지 않아, 그는 신음 소리를 내며 속에 든 것들을 게워 내기 시작했다. 도준은 그렇게 멀건 위액이 나올 때까지 구토를 하고는, 실성이라도 한 듯 헛웃음을 터트렸다.

'내가 그렇게 키웠어요. 내가.'

어머니의 목소리는 지치지도 않고 계속해서 그의 귓가를 맴돌고 있었다. 이제야 알 것도 같았다. 이런 삶은 살고 싶지 않다고, 제발 이해해 달라는 제 말을 어떻게 단 한 번도 귀담아듣지 않을 수 있었는지. 어떻게 그 정도로 냉랭하게 무시할 수 있었는지 역시도…….

"어떻게 되든 전혀 상관이 없었던 거야……."

그래서 얼마나 상처를 받든, 얼마나 아파하든 중요하지 않았던 거야. 그리고 그것은 앞으로도 마찬가지일 터였다.

도준은 주저앉은 채, 떨리는 손으로 제 얼굴을 감싸 쥐었다. 그리고는 한참이나 움직이지 않았다.

○ ◎ ●

무슨 정신으로 주말을 보냈는지 알 수가 없었다.

마음은 혼란스럽기 짝이 없었고, 잠조차 제대로 청하지 못했다. 옥상에 혼자 우두커니 선 예진의 얼굴은 하루 새 꽤나 수척해져 있었다.

"……."

반쯤 열려 있던 입술 사이에서 무거운 한숨이 흘러나왔다. 초췌한 낯을 한 예진은 한참이나 말없이 하늘을 바라보다가 이내 고개를 푹 숙이곤 천천히 눈을 감았다 떴다.

— 다시 시작해.

문득 핸드폰 너머로 들려왔던 해준의 북받친 목소리가 떠올랐다.

그의 말에 예진은 결국 어떤 대답도 내놓을 수가 없었다. 조금은 겁이 나는 것도 같았다. 서로의 마음에 날카로운 손톱자국을 남긴 저와 해준의 관계의 끝은 결국 아픔만이 남는 게 아닐까 싶어서.

'그럼 넌 그 자리에 그대로 있어. 네가 있는 곳으로 내가 갈 테니까.'

대신 더 멀어지지만 마.

해준의 말을 곱씹으면서, 예진은 생각했다. 만약 마음의 거리도 잴 수가 있다면, 우리는 그때보다 얼마나 더 멀어졌을까. 어쩌면 그런 것 따위는 재 볼 수조차 없이 멀어져 버린 것은 아닐까.

예진은 해준이 저를 배신했다고 여겼고, 해준 역시 마찬가지였다. 이미 움푹 파여 버린 마음들이었고, 산산조각 나 버린 신뢰였다. 오해였고, 오해를 할 수밖에 없는 상황이었다고는 해도 현실이 그러했다.

그것이 자의였든, 타의였든…… 한 번 깨진 관계를 다시 이어 붙일 수 있을까.

혼자 묵묵히, 그런 생각을 하고 있던 찰나였다. 익숙한 향수 냄새를 풍기며 누군가가 예진의 옆에 다가와 선 것은.

"오늘은 도망가지 마."

예진이 작게 멈칫거리자, 해준이 그녀를 바라보며 붙잡듯 말했다.

"……아무 짓도 하지 않을 테니까."

해준은 아주 조심스러워 보였다. 아주 조심스럽게 예진의 곁에 다가와 서고는, 난간에 손을 올린 채 저 앞을 응시했다.

예진은 그런 해준을 조용히 바라만 보았다.

"그러고 보면 그때도 옥상이었는데."

해준이 천천히 입술을 달싹였다.

"내가 억지로 줬던 돈을 보란 듯이 날려 버렸던 장소."

해준이 엷게 피식거렸다. 그러고는 옥상에서 저를 내려다보던 예진의 얼굴을 떠올렸다. 이상하게도 그 일이 일어난 게 아주 오래전처럼 느껴졌으나, 그때 느꼈던 감정만큼은 여전히 또렷이 남아 있었다.

"당돌하다고 생각했지."

"……."

"또 보기 좋게 한 방 먹었다고도."

이번에는 예진이 피식거리고 웃었다.

"그 큰돈은 아무렇지도 않게 허공에 뿌려 놓고, 그 돈의 절반도 안 되는 병원비를 대신 냈다고 화를 내던 게 조금은 우스웠어."

동정이라도 해요? 지금? 벌겋게 달아오른 예진의 눈동자가 지금도 눈에 선명했다.

"……그래서 거슬리셨어요? 그것도."

"아니."

해준이 고개를 저으며 대답했다.

"궁금해졌던 것 같아. 도대체 어떻게 된 여자이기에 저럴 수 있나 싶어서."

분명히 비참하고 불쌍하기 짝이 없는 여자였다. 그런데도 불구하고 예진은 늘 제게 호락호락하게 져 주는 법이 없었다. 처음에는 그것이 거슬렸으나, 시간이 지날수록 궁금해지기 시작했다.

"그다음에는 신경이 쓰였지. 내가 그렇게 괴롭히고 또 괴롭혀도 눈 한 번 꿈쩍 안 하던 여자가 자꾸만 와르르 무너지는 모습이 눈에 밟혀서. 그렇게 무너졌다가도 또 아무렇지 않게 다시 일어나는 게 놀라워서."

"……."

"그러다 결국에는…… 내 곁에 있어 줬으면 좋겠다고 생각했어."

나한테 팔아. 네 불행, 네 불쌍함, 네 비참함.

그렇게 불쌍하고 비참하기 짝이 없는 나를 곁에 두면, 그래도 본인의 불행 정도는 괜찮다고 자위할 수 있어서였겠지. 해준 역시 똑같이 이야기했다.

"너 같은 사람이 옆에 있어 주면, 나도 그렇게 강해질 수 있을 것 같았어."

하지만 오늘의 해준은 다른 이유를 말했다.

"잘 이겨 낼 수 있을 것도 같았어. 너처럼."

해준은 천천히 고개를 돌렸다. 그러고는 예진을 마주 보며 말을 이었다.

"난 널 닮고 싶었던 거야."

제 눈에 비친 예진은 늘 강인하기 짝이 없어 보였다. 좌절에 발목을 붙잡혀 진창을 뒹굴다가도 결국에는 일어서는 법을 알았고, 현재를 사는 법을 알았다. 그래서 곁에 있고 싶었다. 저 역시 그렇게 살아갈 수 있기를 바라서.

"……내가 되돌릴게. 황급하지 않게, 천천히 다가가서. 네가 다시 마음을 열 때까지 조용히 기다리면서."

그것은 해준에게 차라리 쉬운 일이었다. 저를 왜 버리고 떠났는지 이유조차 알려 주지 않는 이를 하염없이 기다리는 것과, 그녀의 근방에서 그녀가 다시 저를 받아 주기를 기다리는 것은 비교조차 할 수 없는 일이었으므로.

"그러니까 너무 내치진 말아 줘."

해준이 부탁하듯 말했다.

"지금은 그걸로 충분해."

그런 해준을 마주 보던 예진의 눈동자가 짤막하게 흔들렸다.

내가 당신을 내칠 수나 있을까. 그 멀리 떨어진 곳에서도 그걸 하지 못해 몇 번이고 제 꼬리를 뒤쫓는 개처럼 지치지도 않고 같은 자리만을 맴돌았는데…….

하지만 머리로 받아들이는 것과, 그를 정말 다시 제 인생에 등장시키는 것은 너무나 다른 일이었다. 그래서 예진은 아픈 낯을 한 채로 그를 말없이 응시하다가, 천천히 고개를 떨구었다.

"……먼저 들어가 보겠습니다."

"……."

"나중에 다시 봬요."

그 말을 끝으로, 예진은 천천히 뒤돌아섰다. 그러고는 문을 향해 걸음을 옮기기 시작했다.

그리고 얼마 지나지 않아, 생각지 못한 누군가가 저희들을 바라보고 있었다는 사실을 깨달았다.

도준이 문 앞에 서 있었다.

"……본부장님?"

놀란 예진이 눈을 동그랗게 뜬 채 도준을 응시했고, 도준은 뒤늦게 정신을 차린 듯 입술을 달싹였다.

"여기엔 왜……."

"머리가 좀 아파서…… 바람이라도 쐴까 싶었거든요."

"아, 그럼 저는 먼저 내려가 있겠습니다."

"아뇨, 같이 가요. 이제 괜찮으니까."

괜찮다고 말하는 사람치고는 표정이 좋지 않은 것 같았다. 하지만 도준은 정말로 괜찮다는 듯 몇 발자국 앞서 걸어가기 시작했고, 예진은 조금은 의아한 낯을 한 채로 그의 뒤를 쫓았다.

○ ◎ ●

예진은 도준과 함께 본부장실로 향했다. 지난 며칠간 늘 그래 왔듯 오늘 도준이 처리해야 할 일정들을 확인해 주었고, 도준은 딱히 이렇다 할 대답 없이 그녀의 말을 가만히 듣고만 있었다.

"정말 괜찮으신 거예요? 약이라도 갖다드릴까요. 안색이 안 좋으신 것 같은데……."

"괜찮아요."

대신 도준은 테이블 위에 올려놓았던 물컵을 들어 미지근한 물을 조용히 들이마셨다. 두통에 딱히 도움은 되지 않았으나, 약을 먹는다고 해결이 될 것 같지도 않았다.

컵을 내려놓은 도준은 잠시 말없이 예진을 바라보았다.

……처음부터 둘의 대화를 엿들으려고 한 것은 아니었다. 하지만 이상하게도, 해준과 예진이 함께 있는 것을 본 순간 저도 모르게 자리에 멈추어 섰다.

둘의 이야기들을 완전히 이해할 수는 없었지만, 한 가지 사실만은 확실했다. 배다른 형제가, 박해준이, 예진을 아직도 마음에 담아 두고 있다는 것.

그리고 어쩌면 예진 역시도…….

"예진 씨는 박해준 이사와 인연이 꽤 깊은가 봐요."

갑작스럽게 던져진 질문에 예진이 도준을 바라보았다.

"물론 예상하지 못했던 건 아닌데, 제 생각보다도 훨씬 더 그런 것 같아서."

예진은 아무런 대답도 하지 않았다. 그저 살짝 고개를 끄덕일 뿐이었다.

"……"

그런 예진을 응시하는 도준의 눈동자에서는 공허함이 묻어나고 있었다. 처음부터 알고 있던 일인데, 그러니 아무렇지도 않아야 하는데. 하지만 이상하게도 마음은 좋지 않았다.

질투라도 하고 있는 것일까. 도준은 예진 몰래 속으로 피식거렸다. 애초에 내게는 그런 자격조차 주어진 적이 없는데.

도준은 그렇게 혼자만의 생각에 빠져 있다가, 다시 예진을 향해 물었다.

"예진 씨는 날 어떻게 생각했어요?"

"……네?"

"그냥, 박해준 이사에게 나에 대한 이야기를 들었을 것 같아서요. 한국을 떠나오기 전에."

예진은 짤막하게 머뭇거렸고, 도준은 힘없이 웃었다. 그래, 그렇겠지. 해준이 누구보다도 저를 원망하고 있다는 사실은 이미 잘 알고 있었다. 예진은 저를 향한 그의 원망을 모두 들었을 테니, 그녀가 저를 어떻게 생각했을지는 불

을 보듯 뻔했다. 그러니 예진만큼은 자신을 어떤 편견도 갖지 않고 봐 준다고
생각했던 것 역시 지독한 착각일지도.

"……따로 생각해 본 적은 없어요. 아일랜드에서 만나기 전까지는요."

하지만 예진은 도준의 예상에는 없던 대답을 내놓았다.

"그냥 일어나고 있는 일들에 대해서만 인지했을 뿐이에요."

"……왜요?"

"어쨌든 저는 도준 씨가 아니니까요. 그러니 어떤 사람인지 생각하고 단정
짓는 건 우스운 일이 아닐까요. 원래 각자 사정이 다르고, 처한 환경을 받아들
이는 마음도 다르니까."

예진의 말에 굳은 듯 멈춰 있던 도준은 이내 엷은 미소를 지었다.

그녀의 마음이 고마웠다. 사람들이 떠들어 대는 대로 받아들이지 않은 이해
심이 고마웠고, 누구도 헤아려 주지 않는 제 마음을 멋대로 단정 짓지 않아 주
어서 고마웠다.

"그럼 박해준 이사는요?"

"……네?"

"예진 씨가 본 박해준 이사는…… 어떤 사람이었어요?"

예진은 아까보다 길게 머뭇거렸다. 적당히 정리할 만한 말을 찾지 못해 생각
에 빠진 듯했다. 도준은 재촉하지 않고 그녀의 대답을 기다렸고, 얼마 지나지
않아 예진은 입술을 달싹였다.

"……외로운 사람이요."

"……."

"모든 걸 다 가진 것 같아 보이는데, 그 안을 들여다보면 마음 붙일 곳 하나
없는…… 외로운 사람. 그래서 늘 혼자 싸워야 되는 사람이요."

어릴 때 그런 생각을 한 적이 있었다. 지금처럼 머리가 자라기 전. 그러니까
미향의 말들만이 세상의 전부였던 시절에.

저와는 달리 모든 것을 가진 이복형제. 그래서 저처럼 비참하지도, 사람들에
게 손가락질을 받지도 않는.

하지만 지금은 알았다. 해준에게는 해준만의 고독과 외로움이 있다는 사실을. 제가 그러했던 것처럼. 그래서 그가 저를 죽일 듯 원망해도, 싫어해도 이해할 수 있었다. 저 역시 그랬을 테니까.

그러나 해준에게는 예진이 있었지만 도준에겐 그런 존재가 없었다. 제 감정을 그렇게 긴밀하게 알아줄 수 있는 사람이 없었다. 그리고 서로를 마주 보는 해준과 예진을 마주한 순간, 도준은 깨달았다. 그들의 관계는 끝난 적이 없었고, 끝나지 않았고, 또 앞으로도 그럴 것이라는 사실을.

그것 때문에 나는 마음이 아팠던 것일까. 도준은 생각했다.

"그리고…… 도준 씨도요."

"……네?"

"힘들지 않은 척, 괜찮은 척 하지만…… 사실은 혼자서 곪은 마음을 껴안고 살아가는 사람 같았어요. 처음 만났을 때부터."

"……."

"너무 외로워 보이는 것도 같아서…… 닮았다고 생각했어요. 제 말을 어떻게 받아들이실지는 모르겠지만."

태어나 처음으로 들어 본 소리였다. 박해준과 제가 닮았다니. 하물며 생김새도 아닌, 그런 것이.

"그래서 덜 외로우셨으면 좋겠어요."

제가 바라는 건 그뿐이에요. 예진이 힘주어 말했고, 도준은 고개를 떨구며 웃었다.

'본부장님의 인생이잖아요. 그러니 본부장님이 책임지셔야 하는 건 본인의 행복뿐이에요. 다른 사람들은 본부장님의 선택에 대해서 뭐라고 말할 권리도, 자격도 없다고 생각해요.'

문득 며칠 전, 예진이 제게 진중히 했던 말이 귓가를 스쳐 지나갔다.

그래, 어쩌면 정말 그랬을지도. 그 생각을 조금이라도 빨리 했어야 됐을지도.

도준은 그렇게 혼자만의 생각에 잠겨 있다가, 다시 고개를 들었다. 그러고는 예진을 마주 보며 입술을 떼었다.

"유한그룹과 박해준 이사가 같이 사업을 하고 있다는 거, 알죠."

예진은 조용히 고개를 끄덕였다. 이미 알고 있는 일이었다. 그런데 왜 갑자기 이런 얘기를 꺼내는 것일까. 그것도 지금 이 순간에. 그녀는 조금 의아한 표정을 지었다.

"내 어머니는 어떻게든 시간을 끌고 싶어 해요. 그 사업이 보기 좋게 진행되고, 또 성공하면 내 입지가 좁아질 테니까."

"……."

"하지만 나는 계열사를 운영하면서 내 능력을 보여야 하니, 이러지도 저러지도 못하는 격이죠. 물론 내 어머니 생각은 다르지만요. 늘 그랬듯이."

"……그래서요?"

"이런 상황에서 쓰는 방법은 정해져 있어요. 어떻게든 이슈를 만들고, 흠집을 내죠. 불분명한, 근원도 확실치 않은 엉터리 기사 따위를 터트린다거나 하는 식으로요. 어쨌든 시간을 끌어야 하니까. 우리 건설사가 그 사업을 진행하지 않는 건 그들의 허물 때문이고, 내 경영 능력과는 전혀 상관이 없다는 게 포인트예요."

"……."

"물론 사람들도 바보가 아니니, 나나 내 어머니가 한 짓이라는 걸 다 알겠죠. 그리고 내 어머니는 그런 걸 신경 써 보신 적이 단 한 번도 없고요."

예진은 문득 언젠가 제게 말을 걸어오던 김미향의 얼굴을 떠올렸다. 그녀의 입에서 흘러나오던, 뻔뻔스럽게 내뱉어지던 말들 역시 기억하고 있었다.

"……내가 이대로 있으면, 그냥 가만히 있으면 박해준 이사는 타격을 입어요. 물론 철두철미한 사람이니 대안을 갖고 있을지는 모르겠지만, 어쨌거나 그건 확실해요."

"왜 이런 걸…… 제게 말씀하시는 건가요?"

도준은 이미 저와 해준의 관계에 대해 알고 있었다. 그래서 더 이해가 가지 않았다. 예진은 결국 도준에게 물었고, 도준은 수많은 감정이 묻어나는 얼굴로 작게 대답했다.

"예진 씨의 대답이 듣고 싶어서요. 본부장과 비서 관계가 아닌, 친구 박도준, 한예진의 관계로서요. 그때 그랬잖아요. 우리는 친구라고."

"……."

"솔직히 얘기해 보자면, 이런 걸 터놓고 말할 사람조차 없어서요."

그 말을 하는 도준은 퍽 외로워 보였다. 언젠가, 그리고 수없이 해준에게서 봐 왔던 그 모습들처럼.

"예진 씨는…… 내가 어떻게 하기를 원해요?"

"그건 제가 말할 수 있는 성질의 것이 아니에요."

예진이 단호하게 대답했다.

"하지만 SL의 혼외자도, 본부장도 아닌…… 친구 박도준에게 할 수 있는 이야기는 있어요."

그러고는 도준을 똑바로 마주 보며 말을 이었다.

"도준 씨가 바라는 일을 하세요."

"……."

"그때 말씀드린 것처럼, 도준 씨만의 행복을 위해서요. 족쇄를 위한 행동이 아닌, 스스로를 위한 행동을 하세요. 그게 제 바람이에요."

내가 이런 말을 할 자격이나 있을까. 도준 씨가 어떤 행동을 할 줄 알고.

……하지만 이상하게도, 예진은 어쩐지 알 것도 같았다. 스스로의 행복만을 위하는 도준의 선택은, 아마도 모두의 예상과는 전혀 다를 것이라는 사실을.

박동호와 김미향에게 치인 채 평생을 혼자 싸워 온 해준이 가여워서, 그의 인생이 애잔하여 하는 말이 아니었다. 진심으로 도준을 위해 하는 이야기였고, 예진은 그가 행복해지기를 바랐다.

한국으로 돌아온 뒤, 예진의 눈에 비친 도준은 단 한 번도 그래 보인 적이 없었으므로.

"……고마워요."

그리고 도준이 예진을 바라보며 말했다.

"도움이 됐어요."

그렇다면 다행이에요. 정말 진심으로요. 예진은 짤막하게 대답했고, 도준은 조금은 슬프지만, 그러나 또 조금은 개운하다는 듯 웃었다.

……이제는 됐다는 생각이 들었다. 예진의 말처럼, 제 행복만을 위해 나아가도 된다는 생각이 들었다. 지금껏 살아온 시간 동안, 충분히 고통스러웠고 충분히 힘들었으니까. 제 인생임에도 단 한 번도 제 스스로 선택해 살아 본 적이 없었으니까.

그런 일은 이제 그만하고 싶었다. 그만해도 될 것도 같았다. 눈앞의 여자가 말한 것처럼, 그 누구도 제게 뭐라고 할 권리는 없으니까. 설령 그것이 어머니라고 하더라도.

○ ◎ ●

해준이 도준의 연락을 받은 것은 늦은 밤의 일이었다.

— 할 얘기가 있어요.

뻔뻔스럽게 내뱉어진 그 말에, 해준은 조금은 어처구니가 없었다.

우리가 이런 시간에 굳이 만날 만큼 긴밀한 관계는 아닐 텐데. 그리고 말하지 않았나? 나는 비위가 약하다고.

가시 돋친 해준의 말에도, 도준은 강경했다.

— 괜찮으시다면 댁으로 가겠습니다.

'……뭐?'

— 이사님 말씀처럼 우리가 긴밀한 관계는 아니지만, 나눠야 하는 대화는 무척이나 긴밀한 것이라서요. 그러니 더더욱 남들의 눈이 없는 곳이어야 해서.

이미 늦은 시간이었다. 어머니는 잠들어 있었고, 파출부 아주머니는 퇴근한 뒤였다. 도대체 무슨 이야기를 하려고 저러는 것일까. 해준은 결국 그의 제안을 받아들였고, 도준이 저택에 도착한 것은 그로부터 한 시간이 지난 뒤였다.

"……."

거실로 들어서는 도준의 얼굴에서는 정확히 꼬집어 말할 수 없는 복잡한 감

515

정들이 묻어나고 있었다.

몇 번이고 상상했었다. 그 집, 어머니가, 미향이 일했던. 그리고 박동호와 김연희, 박해준이 사는 집은 어떤 곳이었을지.

아마 엄마와 내가 사는 곳과는 다르겠지. 엄마는 늘 그렇게 이야기했으니까. 그 저택에 있는 시간 동안, 스스로가 너무나 비참하고 불쌍해지는 기분이었다고.

하지만 직접 와 본 저택은 저의 상상과는 전혀 달랐다.

"……생각보다 삭막하네요."

말 그대로였다. 저택은 삭막하기 짝이 없었다. 엄마는 도대체 이런 집에서 왜 그런 생각을 했었던 걸까. 어쩌면 본인의 피해 의식 같은 것은 아니었을까. 아니, 혹시 모르는 일이었다. 남부럽지 않은, 행복한 가정을 이렇게 사막처럼 삭막하게 만든 것이 김미향 본인이었을지도.

"할 말이 뭐야."

해준의 물음에 도준은 대답 대신 소파에 앉았다. 그러고는 맞은편에 자리한 해준을 바라보았다.

"이사님은 며칠 전에 절 처음 보셨겠지만, 전 아니었어요. 몇 번이고 봤거든요. 텔레비전에서도 봤고, 신문으로도 봤고."

지금 도준이 무슨 말을 하고 있는 것인지 하나도 이해할 수가 없었다. 게다가 이렇게 늦은 시간에, 저택까지 찾아와서 할 말은 전혀 아니었다. 하지만 그는 아직도 할 이야기가 남았는지 계속해서 말을 이었다.

"하나도 안 닮았다고 생각했죠. 어릴 적에는. 그런데 나이를 먹고, 클수록 조금은 닮았을지도 모르겠다는 생각을 하긴 했어요. 우스운 일이죠. 남보다도 못한 사이인데."

"……."

"날 미워하고, 원망하고, 싫어할 텐데."

도준이 힘없이 피식거렸다.

"그런데 그게 이제는 조금 지겨워진 것도 같아서요."

"……뭐?"

"그래서 그만하려고."

도준은 짤막한 대답을 내놓는가 싶더니, 이내 들고 있던 가방에서 무언가를 꺼내 들었다. 몇 장의 문서들이었다.

"어머니에게 협력하고 있는 사람들의 명단이에요. 바꿔 말하자면, 박동호 회장이 죽기 전에 남겨 뒀던 사람들. 물론 이미 파악은 하고 계시겠지만."

문서를 내려다보는 해준의 눈매가 가늘어졌다. 도준의 말이 맞았다. 이미 알고 있는 사람들의 이름이었다. 하지만 이해할 수가 없었다. 도대체 이런 것을 왜 준단 말인가. 그것도 몸소 찾아와서.

"엊그제 임원진들 중 하나가 찾아왔었어요. 물론 제가 알고 있다는 사실은 모르겠지만."

"……."

"유한그룹과 이사님에 관련한 기사를 낼 거예요. 이번에 하는 사업에 커다란 하자나, 커넥션 따위가 있었다고. 제대로 된 기사는 아니겠지만 충분히 이슈는 될 테니, 어머니가 원하는 대로 시간을 끌 수도 있을 테고요."

김미향이 가만히 지켜보고만 있을 거라고는 생각하지 않았다. 언젠가 박동호가 그랬던 것처럼, 무슨 수를 써서라도 발목을 잡을 심산이었겠지. 하지만…….

"이걸 왜 내게 말하는 거지?"

도준이 저를 도와줄 거라고는 생각해 본 적이 없었다.

"또 무슨 짓을 하려고."

"얼굴을 제대로 확인하지는 못했지만, 아마 이 사람일 거예요."

도준은 해준의 말에 대답하지 않은 채, 종이 한가운데를 짚었다.

"언론사와의 커넥션이 깊거든요. 이사님과 한예진 씨 관련해서 맨 처음에 기사를 냈던 것도 이 사람이고요."

"……박도준."

"시간이 얼마 없으니, 우선 이 사람의 수족 먼저 묶는 게 편할 거예요. 아마 이거면 충분할 테고요."

문서를 넘기자, 선명하게 인쇄된 계좌 내역이 보였다. 차명 계좌였다. 전부 도준이 짚은 사람의 것이었다.

"이따위 건 나도 이미 알고 있어."

해준이 말했다.

"난 네가 생각하는 것보다 더 많은 걸 갖고 있지. 말하지 않았나? 네가 무슨 짓을 한다고 한들 아무런 소용도 없을 거라고."

도준은 조용히 피식거리고 웃었다. 그래, 그렇겠지. 박해준은 그런 사람이었다. 매사에 철두철미하고, 빈틈 하나 찾아볼 수 없는 사람.

어찌 보면 당연한 일이었다. 그는 내내 물어뜯기고, 물어뜯으며 평생을 살아온 사람이었으니까. 그것에 적응할 수 없고, 받아들이지 못하는 자신과 해준은 태생부터 판이하게 달랐다.

······어차피 나는 이길 수 없었을 거야. 문득 그런 생각이 들었다. 하지만 볼품없는 패배감보다는, 우습게도 다른 감정이 도준의 마음을 물들이고 있었다.

그러니까, 해방감 같은 것.

"내가 궁금한 건, 또 알고 싶은 건 네가 지금 왜 이런 걸 내게 말하고 있느냐는 거야."

"······."

"왜지?"

이미 가지고 있는 정보들이었으니, 한눈에 알아볼 수 있었다. 도준이 가지고 온 것들이 거짓이 아니라는 사실을. 그래서 더 이해를 할 수가 없었다.

······도준은 잠시 말없이 해준을 바라보다가, 짧지 않은 시간이 지난 뒤에야 천천히 말문을 열었다.

"가끔씩 그런 생각을 했어요. 날 정말 많이 미워하겠구나."

도준은 어딘가 모르게 씁쓸한 낯을 한 채로, 천천히 말을 이어 가기 시작했다.

"그런데 솔직히 말하자면 사실······ 나라고 행복했던 건 아니었어요. 정말로. 어떻게 받아들이실지는 모르겠지만."

처음 들어 보는 도준의 속내였다. 해준으로서는 단 한 번도 생각해 본 적이 없었다. 김미향의 아들이, 제 이복동생이 어떤 인생을 어떤 마음으로 살아가고 있는지.

"어머니는 제게 늘 말하셨어요. 나까지 본인을 비참하게 만들지 말라고. 날 위해서 이 모든 걸 버텨 냈던 거라고. 어쩌면 정말 그럴지도 모른다고 생각했죠. 하지만 거기에 제 의사는 없었어요."

도준이 힘없이 피식거렸다.

"모두가 손가락질을 한다는 건 어릴 적부터 알았어요. 그때는 그냥 화가 났지만, 커 갈수록 알게 됐죠. 우리는 그런 취급을 받아도 할 말이 없다는 걸."

'지겹지도 않아요, 어머니는? 이렇게 매번 상처받고 매번 무너지는 거, 이럴 이유가 없어요. 이럴 이유 없다고요……'

우리가 왜 이런 취급을 받아야 하지? 늘 해준의 머릿속을 어지럽히던 생각이었다.

그런 취급을 받아도 할 말이 없다는 사실을 인지한 사람과, 그런 취급을 받아야 할 이유가 없다고 생각하는 사람의 입장은 너무나 다른 것이었으나…… 어찌 본다면 느끼는 감정만큼은 비슷할지도 몰랐다.

그러니까, 비참함 같은 것.

"그래서 가끔은 이사님이 부럽기도 했어요. 하지만 이것도 곧 안일한 생각이었다는 걸 깨달았죠. 내가 이렇게 버티는 동안, 그 사람도 그 사람만의 시간을 버티고 있지는 않을까. 그런 생각이 들어서."

해준은 아무런 대답도 하지 않았다. 그저 말없이 도준을 바라볼 뿐이었다.

"그래서 1년 전에도 도망쳤던 거예요. 너무 숨이 막혀서. 더 이상은 물러날 구석이 없다고 생각해서."

그가 자취를 감추고 사라졌다는 것 정도는 해준도 알고 있었다. 하지만 왜 그런 선택을 했는지는 알지 못했었다.

……늘 숨이 막힌다고 생각했다. 어머니의 눈물로 가득 찬 사해 같은 집이. 그리고 하염없이 저를 사지로 몰아넣는 모든 환경들이.

도준도 저와 다르지 않았던 모양이었다.

"그게 이사님이 궁금해하신 것에 대한 답이에요. 이제는 정말 숨이 막혀 죽어 버릴 것 같아서."

"……."

"핑계에 불과하겠지만, 내 말을 믿으실지는 모르겠지만, 나도 이런 삶을 살고 싶은 건 아니었어요. 그리고 난……."

"……넌?"

"돌이킬 수도 없이 틀어진 관계지만, 뭘 어떻게 할 수 있는 관계도 아니지만…… 한 번쯤은 이런 얘기를 이사님에게 하고도 싶었어요."

"왜."

해준이 되물었고, 도준은 고개를 숙이며 힘없이 웃었다.

"어쩌면 이사님과 저는 이런 감정을 서로 이해할 수 있지 않을까 싶어서요."

"……."

"서로를 이해해 줄 수 있는 게 서로뿐일지도 모른다는 생각이 들어서요."

우스운 일이었다. 그런 말 따위로 사라질 수 있는 앙금이 아니었다. 그 앙금은 너무나 오랜 세월 동안 해준을 좀먹었고, 결국에는 커다란 흉터로 남아 그의 가슴에 선명히 자리하고 있었으므로.

"잘 지내고 싶다는 말이 아니에요. 그런 건 나도 바라지 않아요. 단지 내 생각을 말하는 것뿐이에요."

……하지만 그의 마음을 이해 정도는 할 수도 있을 것 같았다.

이런 삶을 살고 싶지 않았던 것은, 저 역시 도준과 마찬가지였으니까.

"난 물러날 거예요."

도준이 해준을 바라보며 말했다.

"어머니는 당연히 반대하시겠죠. 하지만 이게 내 선택이에요. 그리고 가능하다면 한국을 떠날 거고요. SL에 바라는 건 아무것도 없어요."

그 말을 하는 도준의 얼굴은 놀랍게도 홀가분하기 짝이 없어 보여서, 해준은 잠시 짤막하게 멈칫거리며 그를 마주 보았다.

"제 이야기를 다 들으시고도 믿을 수가 없으시다면. 그래서 구실을 계속해서 찾고 싶으시다면⋯⋯."

도준은 해준의 눈빛이 못 미더운 감정에서 나오는 것이라고 생각한 모양인지, 짤막하게 뜸을 들이고는 이내 다시 말을 이었다.

"내가 태어나서 처음이자 마지막으로 주는 생일 선물이라고 생각해요."

"⋯⋯."

"곧 생일이잖아요."

"⋯⋯하."

도준의 그 맹랑하기 짝이 없는 말에, 해준은 저도 모르게 피식거렸다. 어이가 없어서 터트린 웃음이었으나, 화가 나지는 않았다.

준비한 말은 다 마친 듯, 도준은 천천히 자리에서 일어났다. 하지만 그는 곧장 걸음을 옮기지 않고 멈춰 선 채로 저 멀리를 바라보았다.

김연희가 있는 방이었다.

"그리고⋯⋯."

도준은 닫힌 방문을 말없이 응시하다가 다시 해준을 돌아보며 입술을 달싹였다.

"정말 미안해요."

"⋯⋯."

"진심이에요."

그것이 마지막이었다. 형제는 잠시 아무런 말 없이 서로를 쳐다보았고, 이윽고 도준은 어두운 복도를 혼자 걸어가기 시작했다.

거실에 남겨진 해준은 도준이 두고 간 테이블 위의 문서들을 바라보며 생각에 잠겼다. 아주 긴 시간 동안. 달이 완전히 지고, 해가 다시 떠오를 때까지.

○ ◎ ●

SL그룹은 다음 날부터 호되게 몸살을 앓기 시작했다.

시작은 SL그룹의 임원진들과 관련한 비리였다. 그들은 해준이 오랜 시간 공들여 준비해 온 자료와 정보들을 무마시킬 재간이 없었다. 결국 비리에 연루된 이들은 모두 임원직에서 물러나게 되었다. 한 가지 재미있는 것은 그들이 전부 박동호 전 회장과 아주 긴밀한 관계를 유지해 왔다는 사실이었다.

몇몇 사람들은 떠들어 댔다. 박해준 이사가 드디어 발톱을 드러낸 것은 아니냐고. 박도준이 계열사를 무리 없이 운영하고 있으니, 이제야 칼을 뽑아 든 것 같다고.

그리고 얼마 지나지 않아, 더 놀라운 소식이 들려왔다. 바로 박도준이 본부장직에서 물러남과 동시에 SL과 관련된 모든 일에서 손을 떼겠다고 의사를 표명한 것이었다.

박도준이 이런 선택을 했으니, 이제 박동호의 유언장 따위를 운운하는 사람들에게 시간을 잡아먹혀야 하는 이유는 어디에도 없었다. 신문과 언론은 하루가 멀다 하고 계속해서 떠들어 댔다. 박해준 이사가 결국에는 그 지겨운 싸움을 끝내고 회장직을 차지하게 되었다고.

처음부터 해준에게 힘을 실어 주던 몇몇 이들은 그에게 물어보기도 했다. 도대체 어떻게 된 일이냐고. 무슨 방식으로 박도준을 치워 버린 것이냐고. 왜 진작 그렇게 하지 않았느냐고.

그들의 물음에 해준은 짤막한 대답만을 내놓았다. 이제 박도준은 SL과는 전혀 연관이 없는 사람이니, 더 이상 그에 관한 이야기를 입에 담거나 쓸데없이 떠들어 대며 흠집을 내는 일은 하지 말라고.

……그렇게 SL그룹은 몇 년 만에 안정을 되찾았으나, 도준에게는 아직 부딪쳐야 할 문제가 하나 남아 있었다.

"네가 어떻게……!"

미향의 거친 손이 도준의 옷깃을 꼭 잡고는 마구 뒤흔들어 댔다. 하지만 도준은 아무런 반응도 보이지 않았다. 그저 그녀가 하는 대로 내버려 둘 뿐이었다.

"어떻게 나한테는 일언반구도 없이, 그딴 행동을 해……!"

도준은 그 말이 진심으로 우습다고 생각했다. 그러는 미향이야말로, 도준에게 일언반구도 없이 이 모든 일들을 벌이지 않았던가. 제 아들의 의사 따위는 한 번도 묻지 않은 채로.

"네가 결국…… 결국 나를 이런 식으로……."

미향이 허탈하다는 표정을 지으며 제 아들을 힐난하듯 말했다.

"내가 그렇게 노력했는데. 널 위해서 그 시간을 버텨 냈는데! 어떻게 네가!"

도준은 제 옷깃을 붙들고 있는 미향의 손을 붙잡고 떼어 내며 말했다.

"아니요. 그건 날 위한 게 아니라, 엄마를 위한 거였겠죠."

"……뭐?"

"난 몇 번이고 말했어요. 이런 식으로는 살고 싶지 않다고. 이건 내가 바라는 게 아니라고. 하지만 그때마다 제게 뭐라 하셨어요?"

"그래서 네가 원하는 게 나를 결국 이 모양, 이 꼴로 만드는 거였어?!"

미향이 소리쳤다.

"그럼 내 세월은. 너 하나 때문에 버텨 온 내 시간은!"

이미 알고는 있었다. 제 어머니는 최소한의 죄책감도, 창피함도 모르는 인간이라는 걸.

하지만 그 사실을 이런 식으로 직접 목도하고 싶은 것은 아니었다. 도준이 쓴웃음을 지었다.

"날 탓하지 마세요."

도준이 미향을 마주 보며 말했다.

"결국 모두 다 엄마의 선택이었어요. 내연녀로 평생을 살았던 것도, 또 혼외자를 낳았던 것도."

"……."

"엄마를 불쌍하고 비참하게 만든 건 내가 아니에요. 엄마 자신이에요."

왜 아직도 그걸 몰라요.

도준이 감정이 북받친 목소리로 말했다.

미향은 그런 아들을 가만히 노려보다가 분노에 찬 목소리로 말을 이었다.

"박해준한테…… 말을…… 한 거야. 그렇지? 네가."

도준은 대답하지 않았다.

"이미 처음부터 다 계산해 놨던 거야. 어떻게 하면 네 엄마를 배신할 수 있을지!"

"엄……."

엄마. 도준이 말을 채 다 잇기도 전에, 미향은 있는 힘껏 그의 뺨을 내리쳤다. 짝, 하는 소리와 함께 고개가 돌아갔으나 도준은 딱히 놀란 기색은 아니었다.

어차피 다 예상한 것이었다. 미향의 이런 반응 정도는.

"그만할 거예요."

도준은 미향을 향해 힘주어 말했다.

"엄마의 말 같은 건 거역하지도 못하는 그런 순한 아들. 그렇게 키워진 아들. 안 한다고요, 이제."

"뭐……?"

"이렇게 평생을 저당 잡혀 살아왔으면 이제 그만해도 돼요. 엄마의 생각이야 어쨌든…… 신경 쓰지 않을 거예요."

저를 바라보는 미향의 눈동자가 거칠게 흔들렸다. 그녀는 꽤나 충격을 받았는지 경악하는 표정을 짓고 있었다.

하지만 진작에 이렇게 했어야만 했다. 평생을 미향의 뜻대로 살아왔으니 그녀를 실망시켰다는 것에서 오는 죄책감까지 완전히 지워 낼 수는 없었으나, 그래도 도준은 인지하고 있었다.

그런 감정 따위는 결국 아무것도 아닌 허상이라는 사실을. 처음부터 제가 갖지 않아도 되는 부채 의식이었다는 것 역시도.

그러니 끝을 낼 때였다.

"안녕, 엄마."

"너, 너……."

"날 너무 원망하지는 마세요. 결국 이것 역시도 엄마의 선택에 의한 결과일 뿐이니까."

그 말을 마지막으로, 도준은 제 어머니를 등지고 섰다. 그러고는 천천히 걸어가기 시작했다.

'도준이는 절대로 내 말을 거역하지 않아요.'

문득 며칠 전, 제가 했던 말이 귓가를 스쳐 지나갔다.

'아니, 못 해요. 내가 그렇게 키웠으니까.'

"박도준……."

'내 말에 절대 거역하지 못하는 순한 아이로.'

"박도준!"

미향은 악을 쓰듯 있는 힘껏 아들의 이름을 외쳤으나, 도준은 뒤돌아보지 않았다.

그것이 모자의 마지막이었다.

17

주말 오후의 카페는 한적했다.

"예진 씨."

안으로 들어서자, 미리 도착해 예진을 기다리고 있던 도준이 그녀를 향해 손짓했다. 예진은 살짝 미소를 띤 채로 도준을 향해 다가갔다.

"얼굴이 좋아진 것 같아요, 며칠 사이에."

"일을 그만둬서 그래요."

예진이 설핏 웃으며 대답했다.

도준이 본부장직에서 물러난 뒤, 예진 역시 SL건설사를 그만두었다. 더 이상 그곳에 있어야 할 이유가 없어졌으므로.

"미안하네요. 괜히 나 때문에."

"무슨 말씀이에요, 그게."

예진이 고개를 저으며 말했다.

"이렇게 밖에서 보는 건 오랜만이네요."

예진의 말이 맞았다. 한국에 돌아온 뒤로는, 처음 재회한 날을 제외한다면

늘 회사에서만 도준을 만났으니까.

매일 슈트를 차려입은 모습만 보다가 이렇게 편한 복장을 한 모습을 보니, 어쩐지 감회가 새로운 것도 같았다. 꼭 예전의 그를 보는 듯해서.

그리고 도준에게는 지금의 모습이 더 어울렸다. 그는 편해 보였고, 또 평화로워 보이기도 했으니까.

"박해준 이사는 잘 지내요?"

도준이 넌지시 물었고, 예진은 고개를 끄덕였다.

"아마도요."

"아마도라니요. 자주 만나고 있는 것 아니었어요?"

예진은 조금은 애매한 표정을 지었다.

해준은 제가 한 말을 부지런히 지키고 있었다. 조바심 내지 않고, 초조해하지 않고, 천천히 예진에게 다가오고 있었다. 이따금 그에게서 연락이 왔고, 또 가끔은 만나서 함께 식사를 하고는 했다.

하지만 해준과는 달리, 예진은 아직 주춤거리고 있었다. 어쩔 수 없는 일이었다. 하루아침에 예전의 관계로 돌아가는 것은 절대 쉬운 일이 아니었으니까.

예진의 그런 마음을 알고 있다는 듯, 도준이 입술을 달싹였다.

"천천히 해요. 시간은 많으니까. 그렇잖아요."

도준의 말에, 예진은 대답 대신 그저 설핏 웃었다. 그러고는 화제를 돌리듯 물었다.

"도준 씨는…… 괜찮아요?"

예진의 물음이, 그저 단순히 제 안부를 궁금해하는 것이 아니라는 사실을 도준은 알았다. 그래서 그는 쓴웃음을 지으며 대답했다.

"잘 모르겠어요. 정말 솔직히 말해 보자면 그래요."

그렇게 집을 나온 뒤, 도준은 미향과 다시는 만나지도, 연락을 하지도 않았다.

물론 그렇다고 마음이 편한 것은 아니었다. 어쨌거나 지난 평생 동안 도준의 마음을 가장 크게 억누르고, 또 짓눌러 온 것은 미향이 그에게 심어 놓은 부채감이었으므로.

어쩌면 그녀는 저를 포기하지 않을지도 몰랐다. 그렇지만 이제는 신경 쓰고 싶지 않았다. 저와는 상관없는 일이라고 생각하고 싶었다. 그런 식으로 살아가는 것은 지금까지 보내 온 세월만으로도 차고 넘칠 만큼 충분했으므로.

"하지만 후회는 안 해요."

그래서 도준은 부러 웃으며 대답했다.

"예진 씨가 그랬잖아요. 내 행복만을 위해서 살라고. 이제는 정말 그러려고요."

"……그렇다면 다행이네요."

그래. 그럼 된 일이었다. 어차피 모두가 다 행복할 수는 없는 일이었다. 그리고 도준에게는 미향의 행복을 위해 본인의 인생을 희생해야 하는 의무가 없었다.

"실은 그 저택에 갔었어요. 본부장직에서 물러나기 전에요."

"……이사님 댁이요?"

"네."

도준이 고개를 끄덕였다.

"한 번쯤은 솔직하게 대화를 나눠 보고 싶었어요. 물론 내 얘기를 안 들어 줄 수도 있을 거라는 생각을 안 한 건 아니었지만요."

"그래서요?"

"그런데 내 짐작과는 다르게, 내쫓지 않으시더라고요."

도준이 피식거리며 말했다.

"무슨 대화를 했는데요."

"그냥, 미안했다고요."

"……."

"정말 너무 많이…… 미안했다고."

사과를 해야 하는 사람은 도준이 아니었다. 그 사실을 누구보다도 예진이 제일 잘 알고 있었다. 해준에게, 그리고 또 도준에게 사죄를 해야 하는 사람은 박동호와 김미향이었다.

"그렇게 말하고 나니 마음이 조금 편해지는 것도 같더라고요. 우습지만."

……그렇다면 그걸로 된 일이겠지. 도준이 조금이라도 제 마음의 짐을 덜어 냈다면, 그걸로 다행인 일이라고 예진은 생각했다.

"물론 그렇다고 뭐, 드라마에서 나오는 것처럼 극적인 화해를 한다거나 하는 일은 없었지만…… 그냥 그걸로도 충분하다는 생각이 들었어요."

해준은 저와는 달리 본인에 대한 이야기를 하지 않았다. 결국 혼자 떠들어 대다가 온 셈이었다. 게다가 어쩌면 그는 바란 적도 없을 사과까지 하고서 말이다.

하지만 가만히 이야기를 들어 주었다. 내치지 않고. 도준은 그것이 못내 고마울 뿐이었다.

"내가 상상했던 거랑은 다르게, 그렇게까지 차가운 분은 아닌 것 같았어요. 그래서 조금 놀랐다고 할까."

도준이 부러 장난을 섞어 말했다. 그러고는 조금은 씁쓸한 낯을 한 채로 중얼거렸다.

"……다르게 만났더라면, 다른 관계였다면 조금 더 좋았을 텐데."

"……."

"그랬다면 지금까지 그래 왔던 것처럼 서로 미워하지 않아도 됐을 일일 텐데."

어쩌면 정말 그랬을지도 모르지. 예진은 그렇게 생각했다. 어머니가 달랐고, 서로를 증오할 수밖에 없는 환경이었지만 해준과 도준은 닮은 면이 무척이나 많았다.

그것은 비단 겉모습에만 국한된 이야기가 아니었다. 둘은 모두 외로웠고, 고독했고, 본인들에게 주어진 삶을 버텨 내느라 안간힘을 써야 했다. 그러니 누구보다도 서로에 대해서 더 잘 이해할 수 있었을지도.

"미안하다던 그 말에 이사님이 뭐라고 하시던가요?"

"아무 말도요. 아무런 대답도 하지 않으셨어요. 어떻게 보면 당연한 일이었겠지만."

예진은 잠시 생각에 잠기는가 싶더니, 이내 그를 바라보며 말해 주었다.

"지금도 정말 도준 씨를 미워하고 있는 거라면, 애초에 도준 씨의 말을 들어 주지도 않으셨을 거예요."

"……."

"물론 아무 일도 없었던 것처럼 지낼 수는 없는 관계겠지만…… 이것만으로도 놀라운 일이라고 생각해요. 제 개인적인 생각이지만."

그 말에 도준은 엷게 웃었다. 그러고는 잠시 뜸을 들이는가 싶더니, 낮은 목소리로 입술을 달싹였다.

"예진 씨도 마찬가지예요."

"……네?"

"다른 식으로 만났다면. 그래서 내가 이사님보다 예진 씨를 먼저 알았다면…… 좋아했을 거예요."

"……."

"사랑했을 거예요. 아마도."

전에는 쉽게 이해할 수 없었으나, 지금은 확실히 알았다. 왜 그 박해준이 이 여자를 마음에 둔 것인지. 왜 그렇게 놓지 못해 괴로워했는지.

"고마워요. 그런 말을 해 줘서."

딱히 이렇다 할 만한 대답은 아니었으나, 도준은 그것으로도 충분히 족했다. 그래서 그는 웃으면서 말해 주었다.

"예진 씨가 행복했으면 좋겠어요. 나한테 말했던 것처럼, 예진 씨의 행복만을 최우선으로 생각하면서요."

"……."

"어떤 일이 있었든, 무슨 아픔이 있었든…… 어쨌든 중요한 건 과거가 아니라 미래잖아요."

도준의 말에 예진은 조금은 멍한 표정을 지었다.

"내가 이런 걱정을 하지 않아도 예진 씨는 그렇게 살 수 있는 사람이라고 믿어요. 왜냐면 나보다 훨씬 더 용감하고, 강한 사람이니까."

"······그런가요."

"네. 그러니 이사님도 예진 씨를 좋아하는 걸 테고요."

우리 다시 시작해. 문득 그 말을 내뱉던 해준의 얼굴이 머릿속을 스쳐 지나갔다. 그리고 그런 그를 받아 주지도, 내치지도 못하던 제 모습까지도.

"잘 해낼 거라고 믿어요."

"······."

"지금까지도 그래 왔으니까요."

도준의 말에 예진은 잠시 멈칫거렸다. 그녀는 혼자만의 생각에 빠진 것도 같았으나, 이내 저를 마주 보며 엷게 웃어 주었다.

······그저 친구 사이일 뿐이었고, 또 그렇게 깊은 관계도 아니었지만 나는 당신을 많이 그리워하겠지. 내가 처음 사귀어 본 벗이었고, 또 내 감정에 기민하게 반응해 준 유일한 사람이었으니까.

하지만 그래도 괜찮았다. 방금 예진에게 말했듯, 어쨌든 중요한 것은 지나간 과거가 아닌 앞으로 펼쳐질 미래였으므로.

그래서 도준은 끝까지 예진을 보며 웃어 주었다. 그녀의 행복을 진심으로 빌면서.

○ ◎ ●

며칠의 시간이 지났다.

SL그룹은 완전히 안정을 되찾았으나, 반대로 해준은 전보다 몇 배는 더 바빠졌다.

어쩔 수 없는 일이었다. 그는 이제 그룹의 회장이 될 것이었고, 짊어져야 하는 일들 역시 많아질 것이었으므로.

그러는 동안에도 해준은 틈틈이 예진을 보러 왔다. 그 바쁜 시간을 쪼개고 또 쪼개어서.

해준은 관계를 다시 시작하자든가, 어서 저를 받아 달라는 말 같은 건 하지 않았다. 그저 본인이 이야기했듯, 천천히, 아주 천천히 다가오고 있을 뿐이었다.

그의 마음을 모르지 않았다.

"……."

테이블 앞에 앉아 있던 예진은 문득 캘린더를 바라보았다.

……오늘은 해준의 생일이었다. 꼭 1년 만에 돌아온.

문득 1년 전, 해준의 생일에 있었던 일들이 선명히 머릿속을 스쳐 지나갔다. 그때 느꼈던 감정들까지도.

아팠고, 슬펐고, 원망했다. 상처받기를 원했고, 괴롭기를 바랐다.

그리고 지금은…….

예진은 캘린더에 고정돼 있던 시선을 떼어 내곤 핸드폰을 쥔 채 천천히 자리에서 일어났다.

예진에게서 연락이 온 것은 초저녁 무렵의 일이었다.

[오늘은 그 집으로 와 주셨으면 좋겠어요.]

"……."

운전대를 잡은 해준의 얼굴에는 불안감이 선명하게 묻어나고 있었다.

설마. 설마, 또.

그런 생각을 하지 않으려고 노력도 해 보았으나, 어쩔 수가 없었다. 아무리 애를 써도 1년 전 오늘이 떠올라서.

아니야. 그럴 리 없어.

해준은 몇 번이고 마음을 가라앉히기 위해 안간힘을 썼다. 그러는 동안에도 그의 차는 부지런히 도로를 달렸고, 얼마 지나지 않아 낯익은 곳에 도착했다.

예진의 오피스텔에.

차에서 내리는 해준의 얼굴에서는 수많은 감정이 묻어나고 있었다. 그는 잠시 건물을 올려다보다가 천천히 그 안으로 들어섰다.

엘리베이터에서 내려, 복도를 걸었다. 이제는 익숙한 현관 앞에 선 해준은 저도 모르게 작게 주춤거렸다.

"……."

지난 1년간 수없이 찾았던 오피스텔이었다. 그리고 매번, 텅 빈 오피스텔을 바라보며 느꼈던 감정들을 해준은 선명하게 기억하고 있었다.

빛 한 점 보이지 않는, 냉기만이 가득 내려앉은 주인 잃은 방. 해준은 그것을 목도할 때마다 매번 지치지도 않고 무너져 내렸다.

……어쩌면 지난 며칠의 일들이 꿈이었을지 모르지. 사실 너를 다시 만났던 건 내 상상 속에서 일어난 일이었고, 이 문을 열면 다시 난 네가 없다는 현실을 마주하게 되고.

문고리 쪽으로 뻗어 가던 손이 머뭇거리며 허공에 멈추었다. 해준은 금방이라도 사라질 사람처럼 아스라한 낯을 하고 있었다.

그는 그렇게 한참 동안이나 굳은 듯 서 있다가, 천천히 마른 입술을 달싹였다.

"……나야."

그러고는 용기 내 예진의 이름을 불러 보았다.

"한예진."

"……."

"나 왔어."

찰나의 시간이 영원처럼 느껴졌다. 얼마 지나지 않아 닫힌 문 너머에서 인기척이 들려왔다.

그리고, 문이 열렸다.

"……."

문을 연 이와 문 앞에 서 있는 이가 서로를 고요히 바라보았다.

"……어서 오세요."

말없이 해준을 응시하던 예진이, 작은 목소리로 말했다.

"들어와요."

예진의 어깨 너머로 낯익은 방이 보였다.

지난 1년간 보았던 낯선 한기로 가득찬 방이 아닌, 누군가의 온기와 인기척이 묻어 있는.

"……."

기껏 받아 주었는데도 불구하고, 해준은 안으로 들어오지 않았다. 여전히 문 앞에 우두커니 선 채로 저를 바라볼 뿐이었다.

예진은 천천히 손을 뻗었다. 그러고는 해준의 손을 잡고, 그와 함께 안으로 들어섰다.

"앉아요."

예진이 소파를 바라보며 말했고, 해준은 순순히 그곳에 앉았다.

"……."

집 안을 둘러보는 해준의 얼굴에서는 수많은 감정들이 묻어나고 있었다.

이런 날이, 다시는 오지 않을 것이라고 생각했다.

예진이 마음을 열 때까지 기다리겠다고 했지만, 해준의 마음 한편에는 언제나 불안이 도사리고 있었다. 이러다가 또 저번처럼 날 떠나지는 않을까. 한마디 말조차 없이 사라져 버리지는 않을까.

하지만 그는 그것을 내색하지 않았다. 죽을힘을 다해 견뎌 내었다. 제가 이런 생각을 하고 있다는 것을 안다면, 그 자체만으로도 예진이 상처를 입지는 않을까 해서.

"……이사님."

예진은 천천히 해준의 옆에 앉았다. 그러고는 그를 잠시 말없이 바라보았다.

……해준이 무슨 생각을 하고 있는지, 무슨 마음으로 저를 기다리고 있는 것인지 모르지 않았다.

그리고 그것은 해준도 마찬가지였을 것이리라. 제가 그의 불안을 느꼈듯, 그 역시 저의 고민을 알고 있었을 것이다.

그러니 확실히 말해 주고 싶었다.

"다시 시작해요."

그가 원하는 답을.

"1년 전 그날부터, 다시."

예진을 바라보는 해준의 눈동자가 짧게 흔들렸다.

"대답이 늦어져서 미안해요."

"……."

"하지만 생각할 시간이 필요했어요. 정말 그래도 되는 건지…… 알 수가 없어서……."

여전히 답은 알 수가 없었다. 해준은 과거보다도 더 많은 것을 손에 쥐었고, 저는 여전히 그에게 줄 게 아무것도 없었으므로.

그러나 한 가지 사실만은 확실하게 알았다.

……다시 떠나게 된다고 해도. 그래서 해준과 영영 헤어지게 된다고 해도, 저는 그를 잊지 못할 것이다.

그리고 또, 제가 아니면 마음을 붙일 곳조차 없는 그를 영원히 걱정할 거라는 것 또한.

"언젠가 다시 지금의 선택을 후회하게 될지도 모르죠. 앞으로의 일은…… 아무도 알지 못하는 거니까요."

예진이 작게 뇌까리듯 말했다.

"그래도…… 곁에 있고 싶어요. 이제 더 이상 같은 이유로 괴롭고 싶지는 않아요."

언제 어떻게 또 아파질지 모르지만.

그래도 나는 앞으로 나아가고 싶으니까. 당신과 함께, 현재를 살면서. 또 미래를 그리면서.

그것이 예진의 마음이었다.

"약속해요. 이젠 어디로도 떠나지 않겠다고."

"……."

"이사님의 곁에 있겠다고⋯⋯."

해준은 잘 알고 있었다. 예진이 저 말을 하기까지, 얼마나 많은 생각과 또 얼마나 많은 감정들을 잠재웠을지.

그래서인지, 고맙다는 말처럼 상투적인 대답을 쉽게 내뱉을 수가 없었다.

대신 그는 천천히 손을 뻗었다. 그러고는 예진을 제 품에 안았다.

예진은 크게 멈칫거렸으나, 그를 밀어 내지는 않았다. 이내 그녀는 그를 마주 안았고, 두 사람은 그 상태로 한참이나 움직이지 않았다.

"생일⋯⋯."

예진이 해준의 귓가에 속삭이듯 말했다.

"축하해요, 이사님. 정말 진심이에요."

예진의 품은 마지막으로 안겼던 그때처럼 여전히 따뜻했다. 마치 세상에 유일하게 남겨진 품인 것처럼.

⋯⋯예진이 떠난 뒤로, 해준의 시간은 흘러가지 않았다. 그래서 그는 지난 1년간 늘 오늘에 멈춰 있었다.

하지만 이제는 아니었다. 그의 시간은 예진을 담은 채, 그녀와 함께 앞으로 흘러갈 것이었고, 다시는 멈추지 않을 것이었다.

해준에게 있어 그것만큼 소중하고, 필요로 하는 선물은 없었다.

"평생을 살면서 단 한 번도 태어났다는 걸 기뻐해 본 적도, 생일에 의미를 둔 적도 없었는데⋯⋯."

해준이 낮은 음성으로 입술을 떼었다.

"지금은 아니야."

"⋯⋯."

"내가 받은 최고의 생일 선물이야."

⋯⋯해준의 그 말에, 예진은 대답 대신 작게 웃었다. 해준 역시 마찬가지였다.

1년 전 겨울처럼 무척이나 추웠고, 또 그만큼 무척이나 삭막한 겨울이었다.

하지만 서로의 온기는 여전히 눈물이 날 정도로 따뜻했다. 이것이면 다 되었다고 생각할 만큼.

그렇게 모든 것이 제자리로 되돌아갔고, 또다시 시작하게 된…… 어느 날이었다.

○ ◎ ●

"이사님, 저번에 말씀드렸던 건은 어떻게……."

해준과 눈이 마주친 순간 윤 비서는 저도 모르게 말끝을 흐렸다.

"죄송합니다, 회장님. 이사님이라는 호칭이 아직도 입에 배서."

벌써 며칠이나 지났는데 아직도 쉽게 고쳐지지가 않네요. 윤 비서는 혼자 머쓱해했고, 해준은 그런 그를 바라보며 피식거렸다.

"검토는 다시 했지만 추가로 얘기할 사안은 없습니다. 덧붙여 호칭은 적응하기까지 시간이 걸릴 테니 어쩔 수 없는 일이고."

예. 윤 비서가 살짝 민망한 듯 웃으며 대답했다.

"그럼 오늘은 이 정도로 하죠. 내가 급한 일이 있어서."

"급한 일…… 아, 예."

따로 캐묻지 않아도 무슨 일일지 빤했다. 해준이 저렇게까지 어울리지도 않는 부산을 떨어 대는 이유야 늘 한 가지뿐이었으므로.

윤 비서야 무슨 생각을 하건 말건, 해준은 이미 자리에서 일어난 채였다. 그는 뒤도 돌아보지 않고 걸음을 떼었고, 윤 비서는 해준의 뒷모습을 물끄러미 바라보다가 다시 입을 열었다.

"즐거운 시간 보내십시오, 회장님."

윤 비서의 말에 해준이 걸음을 멈추곤 그를 돌아보았다.

"예진 씨에게도 안부 전해 주시고요. 물론 어제도 뵀지만."

"즐거운 시간은 알아서 보낼 거고, 안부는 안 전할 겁니다. 내 얘기 하는 것만으로도 바빠서."

"아, 예……."

윤 비서는 떨떠름한 표정을 지었지만 해준은 그저 피식거리고 웃을 뿐이었다.

○ ◎ ●

어느새 벚꽃이 만개한 계절이었다.

"춥진 않아?"

봄의 중턱이라고는 하나, 그래도 밤이 되면 날씨는 꽤 쌀쌀했다. 해준이 걱정스럽게 묻자 예진은 고개를 저으며 대답했다.

"괜찮아요."

"아니, 보는 내가 별로 안 괜찮은 것 같은데."

해준은 작게 중얼거리는가 싶더니, 자리에 멈춰 서고는 웃옷을 벗었다. 그러고는 그것을 예진의 어깨에 둘러 준 뒤에야 만족스럽다는 표정을 지었다.

"……의외로 과잉보호를 하는 경향이 있으시군요."

"별로 그렇지는 않은데. 그냥 좋아하는 여자한테만 그러는 거라서."

해준의 뻔뻔스러운 대답에 예진은 작게 웃었다. 해준 역시 마찬가지였다. 그는 엷게 미소를 짓고는, 다시 예진의 손을 붙잡았다. 그러고는 천천히 걸음을 떼기 시작했다.

"오늘 어머니를 뵙고 왔다고 들었는데. 별일은 없었고?"

"그럼요."

예진이 밝은 목소리로 대답했다.

"하지만 특별한 일은 있었어요. 선물을 받았거든요."

"……선물?"

생각지 못한 말에 해준의 눈이 가늘어졌다.

"이거."

이내 예진이 꺼내 든 것은 자그마한 사진이었다.

"다시 돌려드리려고 했는데, 안 받으셔서."

해준의 사진.

"주시는 거냐고 물었더니 고개를 끄덕이시더라고요."

오래전, 예진이 간병을 할 때 쥐여 줬던 그 사진이었다. 김연희는 오늘 그것을 예진의 손에 다시 쥐여 주었다.

김연희의 상태는 많이 좋아졌다. 아직 완전히 나은 것은 아니었으나, 전처럼 발작을 일으키지도 않았고, 복용하는 약의 용량도 눈에 띌 정도로 줄어들었다.

1년 전처럼 간병 일을 하는 것은 아니었지만, 예진은 자주 김연희를 보러 갔다. 가서 시키지도 않은 말을 끝도 없이 걸기도 했고, 또 어떤 날은 그저 묵묵히 그녀의 곁에 앉아 있기도 했다.

오늘 역시 마찬가지였다.

'어머…… 저 주시는 거예요?'

사진을 몇 번이나 손에 쥐여 주는 김연희에게, 예진은 물었다.

'하지만 사모님한테 소중한 사진이잖아요.'

그런데 제가 가져도 될까요. 예진의 말에 김연희는 그녀의 손을 꼭 잡아 주었다. 그러고는 놀랍게도, 엷게 미소 지었다.

"귀하게 간직하려고요. 사모님한테 귀한 물건이니까."

예진의 다정한 말에, 해준은 그녀의 손을 꼭 쥐었다.

……예진에게 고맙지 않은 것이 하나도 없었다. 모든 게 그녀의 덕이었다. 제가 이렇게 흔들리지 않고 자리를 지킬 수 있는 것도, 또 어머니가 점차 나아지고 있는 것 역시도.

"예전에 그런 생각을 한 적이 있었지. 왜 나만 이렇게 힘들게 살아야 하는 건지 모르겠다고."

매번 고통스럽고, 힘들기만 했다. 그렇지 않았던 순간이 한 번도 없다고 해도 과언이 아니었다. 남들이 그러하듯, 해준이라고 그런 우울감에 빠지지 않았을 리가 없었다.

"남들은 힘든 일이 있다가도 좋은 일이 생긴다는데, 난 왜 매번 절벽 끝까지 밀려나기만 할까. 하지만 지금은 아니야. 예전에 받지 못했던 것까지 합쳐 좋은 일들이 한꺼번에 내게 찾아온 것 같아."

"그게 뭔데요?"

"너를 만난 거."

"……."

"힘들었던 시간들이 그거 하나로 다 메워지더군. 지금처럼."

예진은 잠시 말없이 해준을 올려다보았다.

……그가 재앙 같은 존재라고 생각한 적이 있었다. 사고처럼 제 인생에 갑작스레 들이닥쳐서, 끊임없이 저를 나락으로 빠트리고야 만다고.

"저도 비슷해요."

하지만 지금은 예진 역시, 그렇게 생각하지 않았다.

"그래서 이제는…… 내 인생에서 다시 비가 내릴 일이 생긴다고 해도, 크게 무섭지는 않아요."

"왜?"

"같이 비를 맞아 주실 거라고 믿으니까요."

나와 함께 아파하고, 나와 함께 버텨 줄 테니까. 예진이 웃었다.

맑게 웃는 예진의 머리 위로, 여린 벚꽃 잎이 떨어졌다. 자리에 멈추어 선 해준은 조심스럽게 손을 뻗고는 그것을 떼어 주었다.

'곧 봄이 오잖아요. 그땐 사람들이 또 벚꽃을 보러 모여들겠죠.'

'그럼 그때도 와. 그렇게 하나씩 같이 해 봐. 남들이 하고 사는 것들 전부 다. 나랑 같이.'

문득 언젠가 예진과 함께 나누었던 대화가 스쳐 지나갔다.

아직도 우리는 함께할 일들이 많겠지. 남들은 평범하게, 아무렇지도 않게 하고 사는 그런 당연한 것들. 이렇게 벚꽃이 만개한 거리를 함께 걷는 것처럼.

예전에는 그런 당연한 것을 누리지도 못하고 사는 삶이 조금은 우습다고도 생각했으나, 지금은 차라리 다행이라는 생각이 들었다. 모든 처음을 예진과 함께할 수 있을 테니.

곧 다가올 여름에는 푸른 잔디밭에 앉아 같이 더위를 식힐 것이었고, 또 가을에는 예진과 함께 지금처럼 손을 잡고 낙엽이 가득 쌓인 길가를 걸을 것이었다. 그렇게 다시 겨울이 오고, 계절은 되풀이될 터였다.

……그것이 못내 가슴을 뛰게 만들었다.

"내가 얘기한 적 있던가?"

해준은 예진을 가만히 바라보다가 미소를 띤 낯으로 물었다.

"널 사랑한다고. 그것도 무척."

"아니요, 아직."

예진이 웃으며 대답했고, 해준은 다정한 눈빛으로 그녀를 바라보았다.

그러고는 살짝 상체를 숙여, 예진의 입술에 입을 맞추었다.

"사랑해."

"……."

"네가 상상할 수 없을 정도로."

"이미 알고 있어요."

예진이 대답했다.

"또?"

"……네?"

"지금 내가 사랑한다고 했잖아. 그럼 대답이 있어야 하는 거 아닌가?"

해준이 진지한 낯으로 되물었고, 예진은 너털웃음을 지었다.

"저도 사랑해요."

그리고 까치발을 세워, 그의 귓가에 대고 속삭여 주었다.

"생각하고 계시는 것보다 훨씬 많이."

이내 해준의 두꺼운 팔이 예진의 허리를 단단히 감싸 쥐었다. 그는 미소를 머금은 채로, 예진에게 다시 깊게 입을 맞추며 그녀를 품에 안았다.

너무나 먼 길을 돌아왔다. 이제 다시는 놓지 않을 것이었다. 시작은 불순했으나, 후회는 없었다.

그리고 지난날을 후회하기보다는, 행복한 미래를 그리며 앞으로 나아가고 싶었다. 그것은 해준도, 예진도 마찬가지였다.

이제 예진은 혼자 비를 맞지 않아도 되었고, 해준은 숨을 쉴 수 있는 곳을 찾아 방황하지 않아도 되었다.

서로에게 그만큼 더한 축복은 없을 것이었다.

"오늘은 가란 말은 안 했으면 좋겠는데."

이윽고 해준이 입술을 떼어 내며 예진에게 속삭이듯 말했다.

"내일은 주말이니까, 하루 종일 같이 붙어 있는 것도 나쁘지 않다고 생각해."

어쩜 저런 말을 이렇게 진지한 낯으로 할 수 있는 것인지 도통 알 수가 없어서, 예진은 못 말리겠다는 표정을 지었다.

"물론 가라고 해도 들을 생각은 없어."

"괜한 걱정을 사서 하시네요. 가라고 할 생각도 없었어요."

"아주 마음에 드는 대답이야."

하루 종일, 함께.

그리고 내일도, 또 머나먼 앞으로의 나날들 역시도.

그런 생각을 하면서, 해준은 다시 예진의 손을 꼭 쥐었다.

이내 두 사람은 발을 맞추어 걷기 시작했다.

흐드러진 벚꽃은 무척이나 아름다웠고, 밤의 봄바람은 조금 쌀쌀하기는 했으나 맞잡은 손이 너무나 따뜻하여 딱히 상관은 없었다.

그렇게 모든 것이 평화롭고, 또 모든 것이 행복한 어느 밤이었다.

또 앞으로도 끊임없이 이어질.

— fin

누구에게나 흉터로 남은 기억이, 제대로 아물지 못해 매번 덧나기만 하는 상처가 있을 겁니다. 그것들은 때때로 끝을 모르는 아픔과 트라우마가 되어 평생을 따라다니곤 합니다. 마치 짙게 드리워진 그림자처럼요. 저 역시 다르지 않았습니다. 그래서 한 번쯤은 꼭 써 보고 싶었습니다. 겁이 나고 두렵지만, 그럼에도 용기를 내어 상처에서 자유로워지는 사람들의 이야기를요.

'불순하게 탐하다'는 서로 너무나 다른 삶을 살았지만, 자세히 들여다보면 실은 같은 아픔을 지닌 사람들의 이야기입니다. 작중 모든 등장인물은 본인이 택할 수 없었던 문제들로 트라우마를 갖게 되고, 평생을 버티듯 살아 냅니다. 늘 같은 그림자에게 발목을 잡힌 채로요.

그 자리에 그대로 머물 것인지, 아니면 아픔을 이겨 내고 그림자에서 벗어나 햇살이 가득한 곳으로 나아갈 것인지는 오로지 본인의 선택에 달린 것인데요. 처음으로 주어진 그 선택지 앞에서 사람들은 쉽게 겁을 집어먹고 두려워합니다. 특히 후자를 택하고자 할 때 그럴 테지요. 아무래도 가 본 적이 없는, 완전히 모르는 길이니까요.

　하지만 작중에서 주인공들은 용기를 내어 본인만의 선택을 합니다. 모든 아픔의 원흉이었던 부모들과는 전혀 다른 선택이었죠. 해준은 박동호와는 반대로 처음부터 끝까지 예진만을 택했고, 예진 역시 늘 희생하기만 했던 어머니와는 반대로 스스로의 행복을 우선순위에 두었습니다. 도준도 그랬고요. 비록 그 과정에서 그들은 아파하고, 힘들어했지만 결국에는 평생 쫓겨 다녔던 그림자로부터 자유로워질 수 있었습니다.

　마찬가지로, 용기를 내어 상처에서 벗어나 앞으로 나아가고자 하는 분들에게 이 글이 감히 조금이라도 위안이 되었으면 합니다. 그래서 어떤 상황이건, 어떤 환경이건 용감히 본인만의 선택을 해 각기 다를 아픔에서 자유로워지실 수 있기를 빌겠습니다.

　마지막으로 매번 함께 고생하며 힘이 되어 주신 심은지 담당자님, 뿔미디어 관계자분들, 그리고 수많은 이야기들 중 하나로 이 글을 지나칠 수도 있었으나 읽는 것을 선택해 주신 독자분들께 진심으로 감사 인사 전합니다.

2021년 가을의 어느 날, 하연우 드림